L’Assaut du Mal

Tome 5

L’armée infernale

Sylvain Bouffard

ISBN 978-2-9820036-0-6

« Le monde ne sera pas détruit par ceux qui font le mal, mais par ceux qui le regardent sans rien faire. »

Albert Einstein

Je dédie ce livre à vous, cher lecteur ou chère lectrice, pour être resté(e) fidèle à ma série jusqu'à la fin. Sans vous, je ne pourrais plus continuer ma passion. Malgré la vie qui roule à 100 à l'heure, vous avez choisi encore une fois mon livre pour vous divertir. Après le travail et l'étourdissante vie quotidienne, pour le peu de temps encore disponible pour vous détendre et vous amuser, votre choix s'est arrêté sur mon histoire! Wow! Sachez que j'en suis réellement touché! Merci, sincèrement!

Remerciements

Encore une fois, je tiens à remercier grandement toute l'équipe derrière moi qui m'a supporté tout au long de mon projet. Sans vous, je n'y serais jamais arrivé.

D'abord ma mère, Solange (Cloutier) Bouffard, qui a passé bénévolement des heures et des heures à la correction. Ensuite ma nièce Claudie Bouffard, qui m'a offert un dessin pour la couverture me laissant sans mot. Mon père, Luc Bouffard, qui même s'il n'est pas du tout un lecteur, s'est empressé de passer au travers de mes brouillons pour me donner son point de vue sur l'histoire. Mon pote Pier-Xavier T. Morin pour ses fabuleux montages photos pour me faire de la pub. À tous ceux qui m'ont servi de critique, soit mon beau-frère, Yves Rousseau, ainsi que mes lecteurs et amis, Stéphane D'amours et Yves Gonneville. Sans oublier ma femme, Caroline Cameron, qui m'a encouragé et laissé du temps pour m'adonner à mon projet malgré la routine déjà très remplie, étant parents de 3 enfants.

Un merci spécial aux administrateurs des différents groupes Facebook de lecture, dont entre autres « Les lecteurs de romans Noir/Horreur/Policier » qui ont été les premiers à littéralement soufflé du vent dans mes voiles, ainsi qu'à tous mes merveilleux lecteurs et merveilleuses lectrices qui ont pris le temps de « poster » leurs commentaires pour m'aider à me faire connaître. Et je tiens à saluer ma toute première lectrice de la France, Morgane Marchandé, qui a permis à mon histoire de traverser l'océan!

Finalement, merci mon cher Wali, encore fidèle au poste pour éditer un 5e roman même si les 4 premiers sont loin de nous avoir rendu riche!

Merci à vous tous!!!

Tout comme les tomes précédents, j'ai demandé à ma nièce, Claudie Bouffard, de bien vouloir créer le dessin, en se basant sur la description de mes vilains, qui allait servir à la couverture

Voici d'abord les premières ébauches qu'elle m'a proposées afin de faire des tests et m'offrir un éventail de choix pour l'allure des personnages.

2

3

4

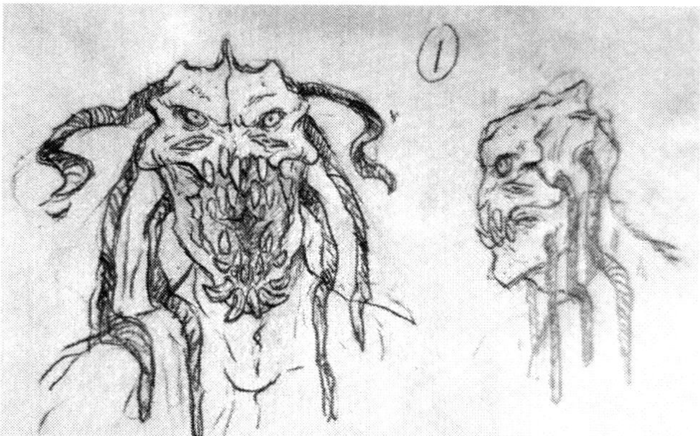
1

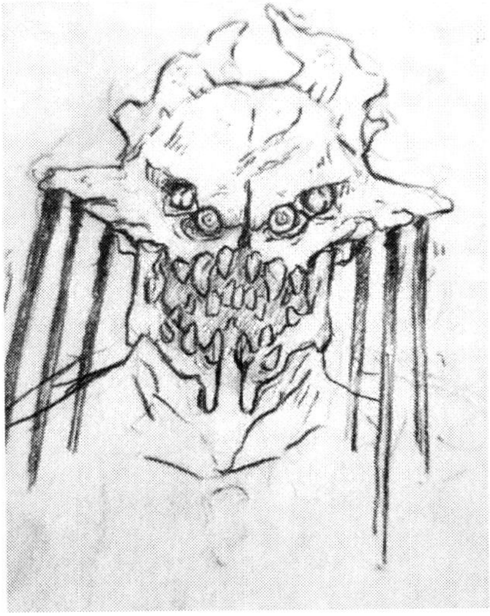

3

C'est Claudie qui a eu l'idée de la disposition des personnages et de toute la mise en place du croquis. Je dois même avouer avoir modifiés des éléments aux descriptions des créatures suite aux détails géniaux qu'elle y avait ajoutés. En les voyants, je me suis aussitôt dit qu'ils étaient encore mieux que dans mes pensées!

Et voici le résultat final, qui je dois avouer est royalement épatant!

Un mot de l'auteur

Dernièrement, mon éditeur, ami et partenaire de guerre, Wali, a publié un excellent livre, «Mission : Tireur d'élite», qui relatait toutes les aventures de notre détachement de snipers durant notre séjour de près de sept mois en Afghanistan. Son histoire reflète réellement le contexte dans lequel nous nous trouvions et la complexité d'un combat contre des insurgés. On peut y lire toutes les péripéties que nous avons surmontées ainsi que les difficiles décisions que nous avons dû prendre. Honnêtement, même si j'étais très sceptique lorsqu'il m'avait exposé son projet d'écriture, je ne peux nier que je suis plus que satisfait du résultat. Les commentaires positifs reçus en sont d'ailleurs la preuve.

Pour ma part, bien que Wali en fasse déjà mention dans son manuscrit, j'aurais aimé profiter de cette préface pour mettre davantage l'accent sur des portions très importantes de notre mission outre-mer, qui pour certains ont été des plus difficiles à surmonter.

La première, le fameux retour! Comment faire pour reprendre une vie normale après avoir vécu tout ça?

Je dois avouer qu'au tout début, ce n'est pas évident. Je passais d'un pays où les pères, pour se protéger, font marcher devant eux leurs enfants (encore plus les fillettes qui ne valent pas chers à leurs yeux) au cas où ils y auraient des mines ou engins explosifs, à un autre où les parents se font regarder de travers s'ils ne font pas mettre de casques de vélo à leurs petits. Ou encore d'un endroit où à tout moment des terroristes peuvent débarquer dans votre village et piller, menacer, violer ou assassiner à volonté, à un lieu où la population se plaint parce que le prix de l'essence est monté de 10 cents le litre. (Bon d'accord, il n'y avait pas encore eu le Coronavirus à cette époque)

Bien que ce soit un film fantaisiste, il y a une scène à la fin de «Le Seigneur des Anneaux : Le retour du Roi» qui représente superbement bien comment on peut se sentir en revenant du front. Dans l'extrait en question, les quatre hobbits, enfin de retour chez eux, à La Comté, après toutes leurs mésaventures, sont assis à une table, une bière à la main. Tous les villageois autour d'eux s'amusent et rient comme si de rien n'était, insouciants de tous les dangers qui venaient de les menacer. Tandis que les héros, pour leurs parts, se tiennent là, tranquilles et silencieux, sachant ce qui se cachait de l'autre côté des frontières. Ils ne prononcent pas le moindre mot, mais le regard qu'ils s'échangent veut tout dire. Quand j'ai visionné une nouvelle fois ce long-métrage après mon expérience de «l'autre bord» et que j'en suis arrivé à cette scène, je me suis immédiatement senti interpelé. «Wow, c'est tellement ça!» m'étais-je dit en constatant à quel point c'était représentatif.

C'est très ironique, puisqu'autant tout au long des six mois et demi que durait la mission, nous n'avions qu'une chose en tête, revenir sain et sauf, autant une fois à la maison, toute l'adrénaline et l'action nous manquaient. Je me souviens que peu de temps après mon arrivée au Canada, alors que je me trouvais au beau milieu de l'épicerie à pousser mon panier, me mettre à me demander réellement ce que je faisais là. Quelques jours à peine auparavant, j'étais dans cette région chaude et désertique à traquer des Talibans, munies de mes armes et de mon équipement, alors que là, je me trouvais à cet endroit, au frais et pénard, à me demander ce que je devrais acheter pour le souper. Quel contraste, quel bordel dans notre tête! Ou encore cette fois où je suis allé chercher des matériaux à la quincaillerie et que l'homme plus âgé à la cours arrière me manquait littéralement de respect et me parlait comme si je n'étais qu'un jeune blanc-bec n'ayant jamais rien fait dans la vie. Dire que le mois précédent, j'étais le chef d'une équipe de tireurs d'élite. On m'avait donné une formation avancée sur les règles d'engagement afin qu'une fois sur le terrain, je puisse prendre la décision d'ouvrir le feu sur un ennemi. Sans hésitation, notre détachement de quatre soldats se faisait larguer au beau milieu d'une terre remplie de types qui voulaient notre peau et une fois là-bas, j'avais la responsabilité de vie ou de mort sur des hommes! Lors des opérations majeures, les commandants de compagnies me demandaient mon avis avant de pondre leurs plans. J'avais les membres de mon équipe sous ma charge et chacune des positions ou itinéraires que je choisissais pouvaient être fatales. Un seul faux-pas et nous revenions au pays dans une tombe. Et là, j'avais ce gars de la quincaillerie, qui n'était probablement jamais sorti de chez lui, qui me parlait comme si je n'étais qu'une merde! Je dois avouer m'avoir imaginé lui balancer tout ce que je venais de faire, mais après quelques grandes inspirations, j'ai réussi à me contenir et à me dire : «À quoi bon?! Il ne comprendrait pas de toute façon!»

Et ça, c'est une chose en tant que vétéran qu'il faut absolument prendre en ligne de compte; malheureusement, ceux qui ne l'ont pas vécu ne comprendront jamais! Plus vite on l'accepte et mieux on s'en sort. Au début, on fait tous l'erreur d'essayer de faire saisir à notre entourage les évènements vécus. Très souvent, lorsqu'on décide enfin d'en parler, la conversation dure environ une dizaine de minutes.

Tout ce qu'on a tenté d'enfouir au plus profond de nous commence peu à peu sortir. Et quand on laisse finalement remonter tout ça, le sujet de conversation a déjà changé. Alors on essaie de le ravaler, puisque ce serait déplacé ou encore vantard de revenir là-dessus. Mais le problème, c'est que ça flotte, tous ces «osties» de sentiments-là! Maintenant qu'on les a laissés nous submerger, ça va prendre quelques temps avant qu'ils ne retournent tout au fond. Tandis que tous, autours, une coupe de vin la main et la bouche pleine de nourriture, n'ont aucune espèce d'idée de ce tu viens tout juste de revivre!

Ou encore mieux, lorsque l'on mentionne qu'on a été en Afghanistan, il y a toujours la fameuse question, la plupart du temps crue et sans préliminaire : «Avez-vous tué du monde, là-bas?» Et cette interrogation vient surtout de simples connaissances et même d'inconnus. La famille et les vrais amis vont seulement attendre que tu te vides le cœur au moment opportun. Et quand ça arrive, ils vont simplement faire la meilleure chose à faire, écouter! Mais pour les autres, qui demandent sans aucun respect, il y a souvent trois options de réaction lorsqu'on leur répond que oui, on a dû faire le nécessaire. La première est la personne toute excitée qui va se mettre à poser pleins de questions afin d'avoir des détails croustillants, sans se rendre compte que ceux à qui on a pris la vie étaient des personnes bien réelles et non des personnages de fiction. Bien que les intentions de nos ennemis allaient à l'encontre de nos valeurs, c'était tout de même les fils, les pères, les frères, les cousins, ou encore les amis de quelqu'un, qui les ont certainement pleurés. La seconde réaction est tout le contraire, soit la personne se met à te dévisager comme si tu étais un monstre, sans comprendre que si l'on a enlevé des vies, c'était pour en sauver d'autres. Celles de nos frères et sœurs d'armes et même celles des pauvres civils coincés dans tout ça! Et la plus commune des réponses est un froid de quelques secondes suivi de la seconde question la plus populaire au sondage : «Es-tu post-trau (post-traumatique)?» Ces deux interrogations-là, ce sont des classiques. À cette dernière question, j'ai la chance de répondre que non, je ne fais pas de cauchemar la nuit et je ne suis pas toujours sur le qui-vive. J'arrive à fonctionner normalement. Toutefois, est-ce que ça m'a changé, bien sûr que oui! Tout évènement dans une vie nous fait évoluer, alors c'est certain qu'on ne peut pas rester indifférent à une expérience comme celle-là. Et même aujourd'hui, alors que j'en parle ouvertement et que j'ai l'impression que tout ça est derrière moi, il m'arrive lors d'une soirée trop arrosée de revoir les visages de ceux à qui on a enlevés la vie, visages que malheureusement je n'oublierai jamais!

Malgré cela, contrairement à plusieurs confrères et consœurs que je salue et à qui je souhaite de tout cœur de se rétablir le plus tôt possible, je crois que j'ai eu beaucoup de chance d'être en mesure de reprendre rapidement un train de vie normal. Dans mon cas, la première chose que j'ai faite dès mon retour, c'est de me trouver bons nombres de projets. Étant devenu propriétaire d'une petite écurie, ma femme et moi, nous avons enchaînés travaux par-dessus travaux pour améliorer l'endroit qui nécessitait un peu d'amour. En ayant la tête plongée dans la menuiserie, la pose de clôtures, l'excavation, la manutention de bois de chauffage et autres besognes de la vie rurale, je n'avais désormais plus le temps de penser à ce que je venais de faire. Toutes mes idées étaient orientées ailleurs et je crois sincèrement que ça m'a beaucoup aidé.

Comme vous le savez, je me suis également plongé dans l'écriture, voulant profiter de cette 2e chance qui m'était offerte pour tenter de réaliser un rêve d'enfance. Bien sûr, au début, j'ai pensé faire comme mon ami Wali et rédiger ce que nous avions vécu là-bas. Mais après mûre réflexion, ce n'était pas ce dont j'avais envie. Je ne voulais pas faire un documentaire ou une biographie, mais plutôt créer et surtout, m'amuser! Je croyais et crois encore sincèrement que de relater ce qu'on avait fait là-bas n'allait pas du tout m'aider à progresser et à passer à autre chose (et c'est exactement ce que je n'arrête pas de dire à mon ami Wali : «Décroches mec!»). Bien sûr, j'allais me servir de mon expérience pour rendre mes histoires encore plus croustillantes, en rajoutant des détails lors de situations de stress ou encore de fusillades. Mais la dernière chose que je voulais, c'était écrire du réaliste. Alors voilà comment, il y a un peu plus de 12 ans déjà, je rédigeais les phrases initiales de mon premier roman, me menant contre toute attente à taper aujourd'hui la préface d'un 5e livre. C'est certain que pour moi, l'écriture a été un grand stimulant pour m'aider à passer à autre chose.

Évidemment, l'un des aspects qui m'a grandement aidé dans mon cheminement est d'abord le soutien de ma femme, Caroline, qui était déployée elle aussi en même temps que moi là-bas, en tant qu'infirmière. Du coup, elle comprenait totalement ce que j'y avais vécu. Celle-ci, qui avait également affronté un tas d'émotions là-bas, était la mieux placée pour me soutenir, contrairement à certains de mes confrères dont les conjointes n'avaient pas la moindre idée de ce qu'ils venaient de vivre. Donc, soit ces derniers essayaient de leurs expliquer, soit ils ne leurs disaient rien et conservaient le tout à l'intérieur, ce qui à mon avis est très néfaste.

Dans un même ordre d'idée, le fait que ma sœur, Valérie, mon frère, Pierre-Luc et ma belle-sœur Julie, tous aujourd'hui d'ex-militaires, aient été eux aussi déployés a inévitablement favorisé mon parcours.

Évidemment, mes trois merveilleux enfants, Justin, Amélie et Rosalie, m'ont grandement aidé à faire le point. À chaque fois que je me demande pourquoi est-ce que moi, j'ai survécu, alors que d'autres frères d'armes ou encore les ennemis qui ont croisés notre route y sont restés, je n'ai qu'à les regarder pour comprendre. Si le destin ne m'avait pas permis de revenir, mes deux filles ne seraient pas là et mon fils aurait perdu son père. Voilà la meilleure des raisons d'être rentré sain et sauf.

Ce qui m'amène à la deuxième chose qui s'est avéré la plus difficile, le départ! Devoir regarder ma femme (qui allait être déployée 3 mois plus tard) et mon fils (qui allait se faire éventuellement garder par mes parents et mes beaux-parents) en me demandant sincèrement si j'allais les revoir un jour a été l'une des plus difficiles épreuves de ma vie. En serrant mon garçon de trois ans à l'époque, mon plus grand souhait était de pouvoir l'élever et le voir grandir. En l'entendant hurler : «Non papa! Ne t'en va pas!», mon cœur n'avait pu faire autrement que de se déchirer en mille morceaux. Sans oublier devoir dire au revoir à tous mes proches, morts d'inquiétude.

Voilà donc le troisième grand défi, de devoir infliger toute cette angoisse à mes proches. Quand on fait le choix d'aller au combat, on oublie souvent les répercussions engendrées par notre goût de l'aventure et notre désir de faire notre part pour un monde meilleur. Je pense surtout à mes pauvres parents, qui jour après jour se demandaient dans quel contexte je me trouvais et s'ils n'allaient pas recevoir d'un instant à l'autre un coup de téléphone annonçant la mort de leur fils. Ceux-ci, qui entendaient fréquemment les médias parler du conflit et de ceux tombés au front. Pour ma mère, Solange, qui s'inquiète encore aujourd'hui quand je prends le volant alors qu'il tombe un peu de neige, c'était évident qu'elle allait vivre un enfer alors que ses deux fils, sa fille et sa bru allaient être outre-mer en même temps. Mais ce qui m'avait le plus touché était de voir à quel point mon père avait été frappé par toute cette anxiété. Ce dernier, qui est mon mentor, un vrai dur à cuire qui ne flanche jamais, m'inspirant ainsi à ne jamais baisser les bras. Un homme qui, malgré entre autre une fracture du bassin, un cancer du rein, un virus presque mortel, une chute lui ayant causé des lésions au sternum, aux côtes et à la colonne vertébrale, est encore plus endurant que bien des jeunes dans la vingtaine, semblait complétement dévasté à mon retour. En tant que militaire, ou tout autre métier dangereux, on oublie trop souvent que nos choix entraînent de grandes conséquences à notre entourage. Malheureusement pour eux, il est difficile pour des gens avides de défi comme nous de changer.

Bien que les affrontements physiques qui se passent sur le terrain soient davantage mis en valeurs, les combats psychologiques sont à prendre en grande considération. Et je ne parle pas là seulement de militaires ayant été à la guerre, mais de n'importe qui ayant vécu une dure épreuve.

Pour résumer, ce qui a bien fonctionné dans mon cas, je crois que la solution pour passer à autre chose est premièrement de parler de ce qui nous brûle à l'intérieur, que ce soit à un proche ou à un professionnel de la santé mentale. Et un autre conseil est de se trouver d'autres buts, d'autres projets. J'ai que trop souvent vu des frères d'arme arrêter le temps et accorder trop d'importance à l'époque où tout ça s'est déroulé. Il faut évoluer! Par exemple, pour ma part, rejoindre le groupe de pompiers de ma petite ville m'a apporté de nouveaux défis. Et finalement, c'est de tenter de reprendre la «game» là où on l'avait laissé le plus tôt possible. De se remettre, nous aussi, à se plaindre du prix de l'essence.

Sur ce, comme je l'ai déjà mentionné auparavant, l'écriture est pour moi non seulement libérateur, mais également une vraie passion. Je profite donc de cette expérience acquise, qui me permet de me glisser davantage dans la peau de mes personnages qu'un autre auteur ne puisse le faire, pour apporter un certain côté réaliste à cette histoire totalement mythique. Alors laissez-moi donc vous présenter mon dernier tome de la série. En espérant de tout cœur que vous aurez autant de plaisir à le lire que j'en ai eu à le rédiger. Êtes-vous prêt pour la finale?

Bonne lecture!

Récapitulation du tome 1

Sadman, le sorcier

Pendant que de son côté, Max, après une randonnée en quad, ait dû affronter un énorme loup-garou ayant dévoré son meilleur ami Ray, Robert, quant à lui, faisait face dans sa chaloupe de pêche à une zombie ayant enlevé la vie à son ancien partenaire Georges.

Puis, après s'être échappé au volant d'une voiture de police abandonnée servant d'appât dans un cimetière, Robert était enfin tombé sur Max. Par la suite, les deux futurs co-équipiers avaient dû s'enfuir d'une horde de zombies et d'hommes armés avant de réussir à se réfugier dans une vieille écurie.

Le lendemain, les deux survivants étaient repartis en direction du poste de police de la petite ville la plus près, Winslow, dans l'espoir d'y trouver du secours. Les deux hommes avaient alors découvert dans le lieu dévasté une autre survivante, Katie, qui les avait supplié de la reconduire à l'église la plus près, le seul endroit encore sécuritaire dans le coin.

Une fois que les rescapés avaient atteint la maison de Dieu, ils étaient, à leur grande surprise, tombés sur un autre groupe de survivants, dont Henri le prêtre, Jacob et ses fillettes et la belle Éva, un ancien flirt de Max.

Parvenus en sécurité à l'intérieur, Katie leurs avait alors avoué qu'elle avait été la psychologue d'un dangereux personnage au visage brûlé portant le pseudonyme de Sadman. Elle leurs avait expliqué que ce puissant sorcier avait réussi à faire entrer simultanément dans notre monde les quatre démons créés par le Mal. Les survivants avaient donc compris qu'ils allaient devoir faire face à Nospheus, le vampire, ayant l'apparence d'une chauve-souris, Isigard, le lycan, sous la forme d'un loup, Bakkar, le léviathan, aux traits de reptiles et Orzel, l'armark, sous l'aspect d'une araignée. Katie avait ensuite poursuivi avec le fait qu'en arrivant sur terre, les démons étaient faibles et devaient s'approprier des âmes, par la morsure, afin de gagner en pouvoir. Et que plus l'âme était forte spirituellement, plus le démon devenait puissant. De plus, une fois contaminée, la victime se changeait en un sbire du démon l'ayant dépouillé de son âme. Et pour en rajouter, elle avait terminé en disant que Sadman avait tout d'abord utilisé les membres de la secte des Serviteurs du Mal, qu'il avait fondée, afin de circonscrire Winslow, pour ensuite lever une armée de zombies.

Après avoir laissé retomber la poussière, Max, Robert, ainsi que quelques autres survivants, étaient partis à la recherche de vivres au marché, à proximité. Durant leur périlleuse excursion, ceux-ci avaient dû se frotter à nouveau à des membres de la secte armés ainsi qu'à des morts-vivants affamés. Pour se défendre, Max avait mis la main sur une épée médiévale, qui allait devenir au cours de l'aventure son arme fétiche. Également, durant leur combat, le jeune homme avait surpris une conversation radio, sur l'appareil de l'un de leurs poursuivants, qui annonçait qu'un espion se trouvait parmi les survivants de l'église.

De retour dans leur refuge béni, Max et Robert s'étaient empressés de trouver le traître. À leur grand étonnement, ils découvrirent que c'était la belle Éva qui était en fait l'acolyte du sorcier.

Après un interrogatoire corsé, la jeune femme leurs avait enfin avoué comment faire face aux démons. En effet, elle leurs avait expliqué que chaque démon, en prenant une forme physique, avait inévitablement un point faible. Soit le bois pour les vampires, l'argent pour les loups-garous, l'or pour les léviathans et le feu pour les armarks. Également que les symboles du Bien, tel un crucifix, pouvaient servir de bouclier, tout en tenant compte de la force spirituelle de celui qui les braquait ou du monstre qui lui faisait face.

Puis, pendant que les réfugiés se préparaient à affronter la menace, Éva, remplie de remords, s'était enlevée la vie à l'aide d'un pistolet.

Plus tard durant la nuit, l'église avait subi une attaque au cocktail Molotov. Incapable de contrôler l'incendie, le groupe n'avait eu d'autres choix que de s'enfuir de leur refuge par une fenêtre du sous-sol. Toutefois, afin de ne pas risquer l'âme de ses fillettes, Jacob avait décidé de rester avec elles à l'intérieur du bâtiment en flammes.

Une fois à l'extérieur, les survivants avaient fait face à une bande de vampires, d'hommes-araignées et de léviathans. Seuls Katie, Henri, Robert et Max, grièvement blessé pour sa part, s'en était sorti vivant.

Finalement, avant de reprendre la route pour sortir de Winslow, Max, qui avait terrassé le chef des vampires, avait appris à ses coéquipiers qu'un léviathan lui avait tranché un doigt de ses crocs. Du coup, étant contaminé, les autres avaient dû abandonner leur jeune confrère contre leur gré pour aller chercher du secours au plus vite. Pour sa part, Max était reparti vers la ville pour y affronter Bakkar afin de sauver son âme avant de devenir un léviathan à son tour.

Récapitulation tome 2

Le Chevalier de Dieu

Après s'être équipé pour affronter Bakkar avant de se transformer en léviathan, Max avait foncé vers la berge où il avait été infecté, sans toutefois réussir à mettre la main sur le démon.

De leur côté, Katie et Robert, partis chercher du secours, étaient tombés sur un groupe de guerriers appelés les Protecteurs. Le chef de cette escouade, Christophe, était ce qu'ils appelaient un Chevalier de Dieu; soit un soldat du Bien immortel à la force et à la rapidité surhumaine, ayant acquis ses dons en terrassant un démon originel, Isigard, le loup-garou, il y avait deux siècles et demi de cela. Les deux rescapés avaient à ce moment compris que Max, qui avait éliminé Nospheus, était lui aussi devenu un Chevalier de Dieu. Cependant, en étant contaminé par le Mal, son âme puissante allait rendre celui qui l'avait contaminé, Bakkar, presqu'invincible.

Un peu plus tard, Robert était retourné à Winslow à la recherche de Max, accompagné d'un petit groupe de soldats, comprenant entre autre Christophe et Tom, un tireur d'élite. Sur place, ils avaient affronté des tireurs embusqués et étaient tombés sur Max, fraîchement transformé en léviathan, qui avait décidé d'utiliser ses dernières forces pour neutraliser les snipers de Sadman.

Lorsque Christophe avait réussi à le neutraliser, le chef du commando avait ensuite donné l'assaut au reste de ses soldats afin que ceux-ci exécutent une avance offensive pour nettoyer la ville des zombies. Pendant ce temps, Robert et Max avaient été rapatriés au camp de base afin que Charles, un prêtre exorciseur, chasse le démon qui avait pris possession du jeune Chevalier de Dieu. Pendant ce temps, les Protecteurs étaient parvenus à éliminer la plupart des morts-vivants, sans toutefois ne découvrir aucun refuge diurne des démons.

Pendant que Max était toujours inconscient dans l'infirmerie, un transport fut offert aux survivants pour quitter la ville. Robert avait refusé l'offre pour rester auprès de Max tandis que Katie et Henri avaient quant à eux accompagné les quelques autres survivants, qui avaient été retrouvés par les Protecteurs pendant leur attaque de la journée.

Durant l'après-midi, l'ancien ambulancier avait surpris Tom et Irsilda, l'une des chefs d'équipe, en train de flirter. À son retour au chevet de Max, il avait pu assister à son réveil.

À la tombée de la nuit, pendant que les Protecteurs étaient partis faire la chasse aux démons, Sadman et Isigard avaient débarqué à l'improviste, tuant les sentinelles et capturant Robert. Lorsque Max avait découvert son ami sous leur emprise, il avait alors appris que l'un des médecins des Protecteurs, Ryan, était un agent double satanique. C'est à ce moment que Sadman avait voulu forcer Max à tuer son partenaire afin de faire ressortir son côté sombre, ce qui l'aurait fait redevenir un démon. Heureusement, comme il allait s'exécuter, Tom, le tireur d'élite, et son partenaire, Daniel, étaient arrivés à temps à leur secours.

Après une poursuite en véhicule et une fusillade sur la route, qui avait coutée la vie à Daniel, Tom, Max et Robert avaient réussi à s'enfuir dans les bois. Ensemble, ils avaient décidé de se diriger vers le groupe de Protecteurs le plus près où une attaque avait été prévue par Sadman.

Pendant ce temps, dans les égouts, suite à une embuscade, Djibo, l'un des chefs d'équipe s'était sacrifié pour éliminer Orzel, soit en se faisant exploser lui-même à proximité du monstre.

Au même moment, Peterson et son équipe, en charge d'éliminer les léviathans, avaient également succombés à un autre guet-apens le long de la rivière.

Lorsque que Max, Robert et Tom étaient arrivés à proximité du reste du groupe, dont Christophe, Charles et Irsilda, ils avaient aperçu des membres de la secte des Serviteurs du Mal préparer une embuscade. Après avoir réussi à les prévenir, un combat sanguinaire avait éclaté, alors que les loups-garous et les léviathans s'étaient unis aux sataniques pour affronter les soldats du Vatican.

Pendant la bagarre, Isigard, le chef des démons-loups, s'était emparé de Charles avant d'aller se réfugier dans une grange servant d'entrepôt.

Max et Robert, ainsi que deux autres tireurs d'élite des Protecteurs, avaient alors décidé d'entrer à leur tour afin de secourir le pauvre prêtre. À l'intérieur, Max avait croisé le chemin de Sadman, armé d'une hache. De son côté, Robert était tombé sur le cadavre de Charles avant de faire face à Isigard en personne.

Tom et Christophe avaient ensuite fait leur entrée juste à temps dans le vieux bâtiment. S'en était suivis plusieurs affrontements, dont entre autre celui de Max et Sadman ainsi que d'Isigard et Christophe. De peine et de misère, le loup-garou l'avait emporté sur le vieux Chevalier de Dieu, s'acquérant ainsi son âme puissante. Pour leur part, Max et son ennemi Sadman avait chuté à l'extérieur pendant leur combat. Ayant le dessus, le sorcier avait tenté de faire monter la colère en Max afin qu'il se retransforme en léviathan. Durant ce temps, Bakkar, le démon-serpent, était apparu devant Robert, qui avait sitôt tenté tant bien que mal de le retenir à l'aide d'un crucifix. Au même instant, Tom avait dû faire face à Isigard, devenu presqu'invincible grâce l'âme de Christophe qu'il venait d'acquérir.

Lorsque le sorcier avait enfin réussi à faire ressortir le côté sombre de Max, Bakkar était rapidement devenu trop fort pour que Robert puisse le contenir et le monstre avait balayé son crucifix du revers de la main. Mais par le plus grand des miracles, la croix s'était faite un chemin jusqu'à Max, qui, dans un dernier moment de lucidité, s'en était emparée avant de la plaquer contre sa poitrine. La blessure qu'il s'était infligée avait également affecté Bakkar, ce qui avait permis à Robert de se sauver. Ce dernier était alors tombé par hasard sur le pistolet-mousquet chargé d'une ogive en argent, échappé plus tôt par Christophe. En mettant la main dessus, il avait remarqué Isigard sur le point de mettre un terme à la vie de Tom. L'ancien ambulancier avait donc pressé la détente en visant le loup-garou. En blessant ce dernier, la distraction avait permis à Tom d'éliminer le chef des démon-loups de son pistolet.

Puis, en continuant sa fugue loin de Bakkar, Robert s'était retrouvé à l'extérieur, où Max était venu à son secours avant de retourner l'homme-reptile en enfer d'une balle en or.

Et comme tous deux croyaient que s'en était fini, Sadman

avait grièvement blessé Robert avant de se dresser à nouveau devant Max qui, après un violent combat, lui avait tranché la tête de son épée.

Irsilda, qui était en charge du reste des soldats encore en vie, les avaient ensuite rejoint après avoir gagnée la bataille dans le champ. La guerrière avait aussitôt sauté au cou de son amoureux, Tom.

Finalement, un mois plus tard, Max avait rendu visite à son partenaire. Au passage, il avait salué la fille de celui-ci, Sarah, dont il était contre son gré tombé amoureux lorsqu'il l'avait croisé pendant la convalescence de Robert. Max avait annoncé à son partenaire qu'avec son grand pouvoir de Chevalier de Dieu, il avait décidé de rejoindre les Protecteurs, dont Tom avait pris le commandement, étant lui aussi devenu un immortel. Il lui avait également signalé qu'Henri s'était lui aussi enrôlé dans le groupe et que Katie s'était fait effacer la mémoire par un puissant hypnotiseur.

Récapitulation du tome 3

La bête

Le troisième tome s'amorçait trois ans plus tard alors que Max, devenu l'exorciseur officiel des Protecteurs, était venu s'occuper d'une religieuse possédée dans un couvent, quelque part en France. En l'interrogeant, l'étrange créature avait avoué que son maître n'était nul autre que Sadman, revenu d'entre les morts sous la forme d'un démon pour se venger. Max avait ensuite libéré la pauvre femme en utilisant la brûlure en forme de croix sur son torse, symbole de la victoire du Bien sur le Mal.

Puis, inquiet que la chose ne dise vrai, il avait tenté de rejoindre son partenaire, Robert, ainsi que Tom, le nouveau chef des Protecteurs, mais sans succès. Il avait donc finalement réussi à communiquer avec Irsilda, qui se trouvait chez elle à s'occuper de son bébé, Daniel, né de l'union entre Tom et elle, qui portait ce prénom en mémoire du partenaire du tireur d'élite.

Max lui avait alors demandé d'avertir Tom, qui s'apprêtait à faire un raid sur un nid de vampires quelque part en Angleterre, ainsi qu'Henri, devenu le gardien de la bibliothèque secrète du Vatican, afin que celui-ci entame des recherches sur un démon aux yeux bleus.

Max s'était ensuite empressé de prendre un vol vers le Canada pour rejoindre Robert et sa famille, anxieux que Sadman ne désire mettre son plan de revanche à exécution.

De leur côté, Tom, accompagné de ses Protecteurs, dont un nouveau venu, Yohanda, avait décidé d'attaquer le repaire de vampires malgré l'avertissement de Max. Les soldats du Vatican s'étaient engagés dans une violente bagarre contre une trentaine de vampires, espérant en éliminer la source, le chef Nospheus. Mais en vain, puisqu'à leur grand malheur, ce dernier ne s'y trouvait plus.

Durant son voyage au-dessus de l'océan Atlantique, Max s'était remémoré son histoire d'amour impossible avec Sarah, la fille de Robert. En effet, même s'il en était follement amoureux, il n'avait pu mettre à jour ses sentiments, ne voulant pas la plonger dans son mode de vie des plus dangereux.

À son arrivée, le puissant Chevalier de Dieu avait alors reçu un appel de Simon, le fils de Robert, qui lui avait annoncé une très mauvaise nouvelle.

En effet, tel qu'il l'avait pressenti, Sadman et ses nouveaux acolytes, dont Nospheus, étaient débarqués à l'improviste chez Robert. Après avoir grièvement blessé Sarah et contaminé le retraité d'une morsure de vampire, les soldats de Satan étaient repartis aussi vite qu'ils étaient venus, laissant le pauvre père de famille avec un lourd dilemme, soit de devoir infecter sa fille du Mal pour la sauver ou la laisser mourir.

Peu de temps après avoir décidé de choisir la première option et avoir donné de brèves explications à sa femme, Isabelle, des policiers et des ambulanciers s'étaient présentés sur les lieux, alertés par les voisins. Afin de s'isoler avec le corps de sa fille, qui allait se réveiller tôt ou tard sous les traits d'un vampire, Robert avait dû se lancer dans une poursuite sur la route, au volant d'une ambulance. Après avoir réussi à semer les agents de la paix, il était tombé par hasard sur le cimetière du quartier. N'ayant presque plus de temps avant sa transformation définitive en vampire, il s'était menotté avec sa fille à une clôture de fer. Il avait ensuite utilisé ses dernières minutes pour passer un appel à son fils, Simon.

Une fois au courant de l'histoire, Max avait visité une cache d'armes secrète des Protecteurs avant de passer à l'action. Simon l'avait ensuite convaincu de le laisser l'accompagner dans sa mission de sauvetage.

Une fois au cimetière, seul Shiver, un apprenti sorcier, ainsi qu'un vampire les attendait. Le jeune sorcier avait alors annoncé à Max que Sadman avait un bien plus grand plan que de seulement satisfaire sa vengeance personnelle. S'en était suivie une bagarre se terminant par la victoire du Chevalier de Dieu. Simon, de son côté, s'en était également sorti en terrassant le vampire.

Par la suite, après un affrontement contre Robert et Sarah, tous deux sous forme de démons, Barry Chester avait fait son entrée en blessant les vampires de son arc. Max avait ensuite persuadé cet ancien Protecteurs, qui cherchait désespérément à devenir un Chevalier de Dieu, de se joindre à eux afin de conduire les deux possédés au refuge pour un interrogatoire.

Ce fut pendant cette fameuse période de questions que Max avait appris que le but de Sadman était de faire revenir à la vie la bête de Babylone. Par la suite, le puissant Chevalier de Dieu avait procédé aux exorcismes de Sarah et Robert.

Plus tard, le reste des Protecteurs étaient arrivés au refuge. Après une discussion sur les derniers évènements, Max avait recontacté Henri. Ce dernier avait alors annoncé qu'il était tombé par miracle sur des pages cachées qui fournissaient des explications sur la fameuse bête de Babylone. Envoyée par le Mal pour détruire l'humanité, elle avait finalement été terrassée par un ange. Cependant, la créature, dont les ossements étaient dissimulés dans une grotte irakienne, pouvait être réanimée dans un rituel satanique s'achevant par le sacrifice d'un être puissant du Bien, tel un Chevalier de Dieu.

Après la conversation, Robert et Max avaient enfin expliqué toute la vérité à Sarah. Pendant cette mise au point, une théorie sur le plan réel de Sadman avait effleuré l'esprit de Max.

Aux regrets de tous, spécialement du chef des Protecteurs, l'hypothèse voulant que Sadman capture Daniel, le fils de Tom, un Chevalier de Dieu, pour l'utiliser en sacrifice dans le rituel afin de ramener la bête à la vie, s'était avéré véridique.

Sadman, devenu un démon, était débarqué chez Irsilda, lui dévoilant son nouvel aspect de panthère humanoïde, pour lui prendre son bébé. Dans sa lutte pour protéger son enfant, la mère avait découvert que les diamants étaient le point faible du monstre et l'avait transcrit sur le comptoir avant d'être capturée également. Par chance, Henri avait découvert la note.

Heureusement, comme le rituel pour faire renaitre la bête devait avoir lieu à la pleine lune, antithèse du soleil, les Protecteurs avaient eu encore du temps pour intervenir.

Avant de quitter, Sarah et Max s'étaient avoués leurs sentiments l'un pour l'autre et la belle lui avait avoué vouloir rester auprès de lui, même s'il était un être immortel. Leurs déclarations d'amour s'étaient évidemment scellées d'un baiser.

Après s'être équipés à Rome, les Protecteurs s'étaient précipités vers la grotte irakienne qui abritait les ossements de la bête. Suite à un saut en parachute et une marche dans les montagnes, les soldats du Bien avaient enfin trouvé l'entrée de la crypte. Une fois à l'intérieur, ceux-ci avaient dû affronter une horde de vampires en armure. Durant le combat, Tom et Max s'étaient frayés un chemin pour aller intercepter le rituel. Robert, de son côté, avait temporairement repris ses traits de démons avant de réussir à le chasser lui-même de son corps. Pendant ce temps, ne voulant pas rater sa chance de devenir un Chevalier de Dieu, Barry Chester avait dû se quereller avec Yohanda pour finalement mettre un terme à Nospheus.

Durant ce temps, Max et Tom s'étaient frottés à Sadman et son sbire dans un affrontement sanguinaire. Pendant la bagarre, Irsilda avait été libérée, ce qui lui avait permis d'aller intercepter Lilith, la sorcière. La bataille s'était terminée par la victoire de l'espagnole.

Lorsque les survivants du corridor étaient arrivés pour prêter main forte à leurs confrères, ils étaient tombés sur une ombre, soit un tortionnaire de l'enfer sous forme de corbeau géant. Après avoir blessé grièvement Barry, l'ombre s'était acharnée sur Robert, qui par chance avait réussi à la terrasser en lui faisant exploser la tête au lance-grenade.

Au même moment, Lilith, toujours vivante, avait enfoncé sa lame dans le dos de Barry pour offrir son âme de nouveau Chevalier de Dieu pour réveiller la bête.

Et alors que la monstrueuse créature à sept têtes de Satan reprenait vie, Max, appuyé par Robert, avait par miracle mis enfin un terme à son brutal combat contre Sadman.

Toutefois, dès que la bête avait repris vie, elle avait frappé de plein fouet Max de sa longue queue, le poussant contre une colonne qui s'était effondrée sur lui.

Les Protecteurs restants avaient donc tenté de neutraliser l'énorme chose, mais sans succès. Elle était malheureusement bien trop puissante. Puis, lorsque tout semblait perdu, Max était réapparu. En effet, en éliminant un troisième démon, il était devenu un être surnaturel que les catholiques, entre autre, appellent un ange.

Dans un brutal combat, Max avait réussi de peine et de misère à mettre un terme à la monstrueuse bête en lui enfonçant son épée bénite dans le cœur. Il avait ensuite dévoilé ses nouveaux dons de guérison en sauvant Robert d'une mort certaine.

L'histoire s'était finalement terminée, trois mois plus tard, alors que les Protecteurs encore valides, comprenant Sarah qui venait de s'enrôler, avaient réussi à mettre la main sur les dernières pages écrites avec le sang du diable.

Récapitulation du tome 4

Alicia

Le quatrième tome de la série débutait en hiver, trois ans et demi après les évènements en Irak (Tome 3), soient donc six ans et demi après l'assaut du Mal sur Winslow (tome 1 et 2), alors que Max était soudainement atteint par des visions à propos d'une adolescente Afro-Américaine aux cheveux courts, qui semblait emprisonnée.

Pendant ce temps, Richard, un homme qui, après un accident de la route lui ayant coûté la vie de sa femme et de ses deux enfants, avait pendant longtemps chercher sans succès une preuve de l'existence d'une vie après la mort, avait fait la rencontre d'Hugo, qui affirmait être un médium. Ce dernier, en sondant son âme, lui avait alors appris que suite à sa tentative de suicide, il était revenu d'entre les morts avec une carte gravée sur son âme, qui sans le savoir menait à la même adolescente que celle aperçue dans les visions de Max.

Durant cela, une petite famille se faisait attaquer par une bande d'armarks, les créatures à l'aspect d'araignées. Plus tard, alors que les Protecteurs inspectaient les lieux du crime, Max avait été atteint d'une vision réellement plus précise qu'à l'habitude. Sentant que la jeune fille qu'il y voyait était en grave danger, il était donc parti au plus vite à son secours, accompagné par sa copine Sarah.

Richard, Hugo, Max et Sarah, après avoir faient face à des sorciers dans une vieille maison en Alabama, avaient enfin découvert Alicia. Durant l'affrontement, l'un des étrangers s'étaient mis à réciter une formule magique et à utiliser des armes maudites, ce qui avaient atteint l'ange, devenu tout comme les démons un être surnaturel ayant des points faibles. C'était donc Richard qui lui avait sauvé la vie.

Après avoir libéré Alicia, le groupe s'était réfugié dans un motel un peu plus loin. Le médium leurs avait alors appris que l'adolescente, qui était encore vierge, portait un enfant dans son ventre. Tous avaient été persuadés que l'immaculée, tout comme Marie deux mille ans plus tôt, portait un nouveau messie.

Cependant, une fois de retour au pays et après avoir rejoint le reste des Protecteurs, toute la bande était tombée dans l'embuscade d'un autre groupe de chasseurs de démons, les Guerriers de la Lumière. Lieng, le chef de cette équipe constituée de bouddhistes, leurs avait alors affirmé que dans une séance de méditation, une vision lui avait dévoilé qu'Alicia portait en fait l'antéchrist. Ne voulant pas y croire, une bagarre s'en était ensuite suivie entre les Protecteurs et les Guerriers de la Lumière. Les combattants à la solde du Vatican avaient somme toute réussi à prendre la fuite, tout en emportant l'une d'entre eux, une grande guerrière du nom de Wayuki.

Après s'être réfugié dans l'un des repères secrets, une remise en question avait été de mise pour la suite du plan d'action. Pendant ce temps, une idylle s'était involontairement créée entre Yohanda et Wayuki.

Puis, durant la nuit, Orzel et ses armarks avaient créé une panique générale en prenant d'assaut les soldats du Vatican. Durant cette attaque sournoise, le chef d'équipe et Chevalier de Dieu, Tom, avait été infecté par l'une des créatures, octroyant ainsi d'incommensurables pouvoirs à Orzel. S'en était ensuite suivie un sanguinaire combat entre le démon

Orzel et l'ange Max. Pendant ce temps, Yohanda avait libéré sa prisonnière, Wayuki, afin qu'elle leur donne un coup de main. Ces derniers avaient donc réussi à prendre la fuite avec Alicia et Hugo. Au même instant, après que Richard ait réussi à blessé Orzel d'une grenade inflammable, le démon était battu en retraite avec le cadavre de Tom.

Plus tard, lorsque tous les survivants s'étaient rejoints dans un nouveau refuge, Max, par crainte que les Guerriers de la Lumière ne leur retombent dessus alors qu'ils allaient affronter le puissant Orzel, proposa le plan de s'associer avec cette autre bande de chasseurs. Puis, après qu'Alicia, Hugo et Richard, sous la protection d'Irsilda, se soient dissociés du groupe, Wayuki avait communiqué avec son commandant afin que son équipe les rejoigne pour faire une trêve.

Toutefois, comme Lieng n'avait qu'en tête de se débarrasser de l'ange qui l'empêchait de neutraliser la porteuse de l'enfant du Mal, un affrontement avait à nouveau éclaté entre les deux groupes, allant jusqu'à l'utilisation par les ninjas d'armes maudites pour atteindre le surhomme. C'est alors que Robert, que Max avait secrètement appelé en renfort, avait contrecarrée le plan de Lieng en neutralisant leur tireur d'élite. Puis, suite à une vilaine bagarre, les Protecteurs l'avaient emporté de justesse. Après que Max eut sauvé de la mort Lieng grâce à ses dons de guérison, un appel angoissant de Richard avait sitôt fait changer la donne.

En effet, le rouquin leurs avait alors annoncé qu'Hugo s'était avéré être un agent-double à la solde du Mal et qu'il s'était dévoilé en tuant Irsilda à l'aide de son pistolet. Et que le bébé d'Alicia était en fait neutre pour l'instant. Ce qui voulait dire qu'à sa naissance, si celui-ci ingérait une goutte de sang d'ange, il allait devenir un messie, mais s'il en absorbait une d'un Luciférien, soit un puissant démon, il allait plutôt évoluer à l'inverse, soit en antéchrist. Il leur avait également dévoilé que Lieng avait eu des visions de seulement l'un des scénarios possibles à cause d'un sortilège d'Hugo, le sorcier. Aussi, Richard leur avait annoncé que, tout comme Joseph à l'époque de Jésus, Dieu avait fait de lui un défenseur de la vierge en lui concédant certains dons comme la télékinésie, qui, bien qu'il ne la maîtrisait pas encore, lui avait déjà sauvé la vie en faisant dévier les balles qu'Hugo lui avait envoyées. Finalement, il leur avait mentionné qu'Alicia et lui étaient enfermés dans une petite pièce à l'intérieur d'une chapelle qu'Hugo était en train de maudire afin qu'Orzel à l'extérieur puisse y pénétrer.

Suite à cet appel, les Guerriers de la Lumière et les Protecteurs en étaient enfin venus à une alliance afin d'aller les sauver. Ils étaient tous accourus par la suite à leur rescousse. Suite à une grande bataille comprenant entre autre plusieurs armarks et deux ombres sous formes de rats géants, les combattants du Bien avaient de peine et de misère réussi à évincer Orzel et blesser Hugo, grâce entre autre à Yohanda qui avait dû éliminer son meilleur ami Tom alors que ce dernier était toujours possédé. Mais comme Max venait d'en finir avec son quatrième démon originel et que tout semblait terminé, voilà que le sorcier s'en était remis à un rituel permettant au Mal en personne de prendre son corps.

Bien que l'enveloppe charnelle ne pouvait contenir autant de pouvoir que durant un court laps de temps, Satan en avait tout de même profité pour donner du fil à retorde à ses opposants. Durant la bagarre, Max avait découvert que son propre sang d'ange était la seule chose pouvant affecter le diable dans son état physique.

Puis, au dernier instant, Richard avait réussi à sauver Alicia grâce à ses nouveaux dons psychiques. Mais ne voulant pas en rester là, le diable, dont le corps était presque entièrement consommé, s'était préparé à écraser la jeune femme sous plusieurs bancs d'église. C'est à ce moment, dans une ultime tentative que Robert avait réussi un exploit en tirant sur Max, enligné avec Satan, afin que sa balle s'enduise d'abord de sang angélique, pour qu'ensuite cette dernière poursuive son chemin jusque dans le cœur du puissant adversaire. Ce fut dans une étincelante lumière bleue que le Mal en personne était retourné en enfer.

L'histoire s'était ensuite terminée à l'enterrement d'Irsilda et de Tom, alors qu'on y apprenait que Robert et sa femme, Isabelle, allait prendre en charge le fils surdoué des défunts, Daniel. Aussi que Yohanda et Wayuki, devenu un couple, avaient discrètement créé une alliance officielle entre les Protecteurs et les Guerrier de la Lumière, dont les deux groupes avaient essuyé de grandes pertes. Pour terminer, il nous était dévoilé que Max, Sarah et Richard allaient accompagner Alicia tout au long de sa grossesse afin de la protéger, voyageant ainsi de pays en pays afin de ne pas être localisés par les agents du Mal.

Et c'est ainsi que débute cette dernière grande aventure de la série…

Chapitre 1

L'interview

Allan Grisko rejeta sa dernière bouffée de cigarette avant de retourner à l'intérieur du bâtiment en pierre, voulant y retrouver au plus vite le Père Henri Dubreuil, qui l'attendait dans son bureau. Le journaliste d'expérience employé par le Vatican, qui avait déjà, par le passé, rédigé plusieurs articles erronés sur les évènements de Winslow dans le but de dissimuler l'horrible vérité au reste du monde, marcha d'un bon pas dans le corridor. Excité d'enfin pouvoir écrire quelque chose d'authentique à propos des secrets de l'organisation, il se hâta d'aller se réinstaller sur la chaise devant le prêtre, qui semblait toujours aussi confus qu'avant qu'il ne sorte satisfaire son envie de nicotine.

Voyant que le vieil homme était encore perdu dans ses souvenirs, le rédacteur, qui était loin d'en être à sa première entrevue, mit en marche son enregistreur et débuta ses questions.

— Alors, Père Dubreuil, dites-moi ce qui s'est réellement passé à Montréal, il y a environ 6 jours.

— Si seulement je... Si seulement je savais par où commencer!

— Eh bien, tout simplement par le début. Vous n'avez qu'à me dire comment cette... Cette guerre, qui a bouleversée la planète entière, a débuté.

— En fait, les... Les origines de cette guerre, comme vous dites, se sont déclenchées il y a... Je ne sais pas... Si longtemps. Avant même la création… Désolé, j'ai… J'ai toutes ces idées en tête, mais je suis incapable de vous les expliquer pour qu'il y ait un sens logique.

— Henri, vous n'avez qu'à commencer par le début de votre aventure. Comment toute cette histoire a commencé pour vous? Donnez-moi votre version des faits!

— Eh bien, pour moi… Tout a débuté il y a presque 7 ans déjà, alors que je venais tout juste d'être assigné en tant que prêtre dans la petite paroisse de Winslow. Par… Par une belle soirée d'août encore chaude, je… Je prenais tranquillement une marche quand j'ai perçu… Des cris! Et c'est là que je l'ai vu… Cet ignoble personnage, au visage défiguré par la décomposition, qui s'en prenait à une pauvre jeune femme. J'ai alors tenté de les séparer, mais en vain. Ce… Ce zombie… Car c'est ce qu'il était, je vous le jure!

— Je sais, Henri. Je les ai déjà vus à la télé, comme la plupart des gens sur le globe.

— Oui… Je disais donc que… Que ce monstre était accroché à sa proie comme une bête affamée. Cependant, à force de tirer sur ses vêtements, il s'est finalement retourné vers moi. Et il a alors commencé à me pourchasser. Il… Il courait bien plus vite que moi malgré ses jambes putréfiées. Seigneur… Je l'entends encore… Il était juste derrière moi… C'est à ce moment que j'ai perçu la voix de Jack, debout sur le perron de l'église, qui hurlait à plein poumon pour que j'aille le rejoindre. J'ai immédiatement bifurqué vers lui sans réfléchir et… Et comme la chose s'apprêtait à me mettre la main dessus, elle s'est étrangement arrêtée d'un coup. Mais même si je ne la sentais plus à proximité, j'ai tout de même continué à avancer en toute hâte pour rejoindre Jack. Une fois à ses côtés, il m'a mentionné de me calmer et m'a affirmé que j'étais en sécurité ici. Que ces êtres ne pouvaient pas grimper les marches. Je... Je me suis retourné et je les ai vus... Tous ces zombies qui semblaient bloqués par ce mur invisible... J'ai... J'ai alors compris que Dieu empêchait ces créatures de Lucifer d'atteindre sa maison. Lorsque je me suis calmé un peu, Jack s'est remis à crier aux autres gens dans la rue de venir se réfugier avec nous. J'ai immédiatement fait la même chose, mais... Mais ils ne nous écoutaient pas... Nous étions là, à hurler à gorge déployée, impuissant, regardant tous ces pauvres gens se faire mutiler par cette horde de... De morts-vivants... Seigneur-Jésus... C'était... C'était si horrible..., s'arrêta-t-il, bouleversé.

— Prenez votre temps Henri. Je sais que tous ces souvenirs sont pénibles, mais le monde doit savoir. Il est temps que tous connaissent enfin la vérité.

— Je... Je me souviens avoir été des plus heureux de voir enfin un autre citoyen converger vers nous. Jacob, qu'il s'appelait. Ce dernier tenait ses deux fillettes sous ses bras... Quelques autres ont également réussi à nous rejoindre... Très peu... Pas assez... Et puis, il... Il n'y avait plus personne à sauver. Que des corps inertes au sol, baignant dans des mares de sang... Et ces êtres qui se régalaient de leur chair... Seigneur! Je vous épargne les détails!

— Vous vous êtes ensuite enfermés dans cette église?

— Oui, alors que les choses s'accumulaient au bas des marches. Nous sommes donc restés à l'intérieur, jusqu'au lendemain. Et puis, peu de temps après l'aube, quelqu'un a cogné à la porte... On a hésité un moment avant d'ouvrir... Mais nous avons fini par les faire entrer. Max et Robert, accompagnés par cette femme, Katie... En les voyant, j'ai immédiatement ressentis... Comment dire?

— Dites-le-moi tout simplement.

— Cette force et ce courage qui émanaient d'eux... C'est étrange, mais j'ai tout de suite su que ce serait eux nos sauveurs. J'ai... J'ai tout de suite senti que c'était Dieu qui nous les avait envoyés... Qu'Il les avait choisi pour nous sauver tous...

Chapitre 2

La sorcière

Après avoir monté leurs tentes dans la partie de la forêt défendue aux campeurs, dans le site d'Epping Forest, en Angleterre, le groupe d'universitaires comprenant deux beaux jeunes hommes et trois splendides filles s'allumèrent un feu. Lorsque les flammes, également illégales dans ce secteur, se mirent à danser dans la pénombre de la soirée plutôt nuageuse, les cinq amis déployèrent leurs chaises de camping tout autour pour profiter du spectacle. Excités de défier les règlements en se trouvant dans cet endroit interdit, Lewis, Scott, Amber, Amy et Courtney s'ouvrirent chacun une bière en ricanant.

— Je dois aller pisser! avoua Lewis de son anglais à l'accent british.

Dès que ce dernier se retira à l'écart, Scott se rapprocha du feu avec un regard sombre.

— Dites les filles, vous savez pourquoi il est défendu de camper dans cette partie de la forêt? demanda-t-il, toujours dans la même langue.

— C'est une question d'écologie? tenta Amber.

— C'est ce qu'ils essaient de nous faire croire, mais ce n'est que pour dissimuler la terrible vérité. En fait, il y a plusieurs sombres légendes à propos de cet endroit. Mais j'ai fait des recherches et je connais la véritable histoire. À ce qu'il paraît, cette forêt serait hantée par une abominable sorcière depuis le moyen-âge.

— Une sorcière?! s'exclama Amy. Qu'est-ce que c'est que ces conneries?

— Je vous le jure! Apparemment, celle-ci se serait réfugiée dans ces bois après avoir survécu miraculeusement à son exécution.

— Quoi?!

— Oui, Courtney. Elle avait été condamnée au bûcher pour sorcellerie. Mais alors qu'elle était en train de brûler vive, elle aurait réussi à rester consciente, malgré les flammes qui envahissaient tout son corps, jusqu'à ce que la corde qui la retenait se consume suffisamment pour se libérer. Une fois ses liens défaits, elle en aurait profité pour s'enfuir.

— C'est n'importe quoi! Comment est-ce possible?

— Eh bien, ce serait grâce à la magie noire qu'elle aurait réussi à survivre. Mais non sans peine puisque ses hurlements de douleur se seraient fait entendre dans tous les villages avoisinants.

— Ha! Ha! Où as-tu entendu un truc pareil?

— Attends Amy, ce n'est pas tout. On raconte ensuite qu'après sa fuite, des soldats l'auraient pourchassé jusqu'ici, où nous nous trouvons présentement, pour terminer ce qu'ils avaient commencé. Mais aucun d'entre eux ne seraient revenu en vie. Des passants auraient toutefois retrouvé plus tard quelques cadavres décapités en bordure de la forêt, qu'elle aurait laissés en guise d'avertissement. Et par la suite, on dit que tous ceux qui auraient tenté de la retrouver se serait également fait sectionner la tête. Mais ce qui est le plus terrifiant, c'est qu'il paraitrait que la sorcière serait toujours en vie et qu'elle se cacherait encore ici, après toutes ces années. Et que quiconque oserait se balader la nuit dans Epping Forrest risquerait de tomber sur elle, et de subir sa colère envers l'humanité!

Suite à cette fin angoissante, Scott s'arrêta, attendant impatiemment que Lewis fasse son entrée comme prévu, avec son masque de sorcière, afin de faire sursauter les filles. Mais ce dernier ne semblait pas du tout suivre le plan qui était prévu. Le raconteur tenta alors d'improviser autre chose, mais les demoiselles commencèrent à flairer le pot aux roses. Lorsqu'il réalisa que son ami avait tout fait rater en ne se présentant pas, Scott se décida enfin à abandonner.

— Lewis, merde! C'était à ce moment que tu devais apparaître! Lewis! Lewis? Mais où est-ce que tu te caches, bordel?!

— Je crois qu'il a l'intention de te faire sursauter également, mon cher Scott, en déduisit Amber.

— Eh merde, Lewis! soupira-t-il en se relevant.

Une fois debout, il se dirigea vers l'endroit où son copain avait caché le costume. Au passage, il attrapa un lampe de poche et éclaira le boisé brumeux devant lui.

— Lewis, putain! s'exclama-t-il lorsqu'il fut assez loin de la zone du feu de camps. Mais tu vas nous faire rater notre coup avec les filles! C'est quoi ton problème? Pourquoi tu n'as pas suivi le plan?! Pourquoi...

Il s'arrêta soudainement lorsque son faisceau éclaira une masse suspecte par terre. En s'approchant, il reconnut avec affolement le corps de son copain, gisant au sol dans une mare de sang, dont la tête avait été sectionnée. Devant l'ignoble spectacle, Scott figea totalement, incapable de faire autre chose que de rester là, sans bouger. Il demeura ainsi quelques secondes, jusqu'à ce qu'il entende des cris de panique féminins. Rapidement, il accourut vers les filles pour aller leur prêter main forte. Mais dès qu'il arriva à proximité, il fut estomaqué de découvrir Amber, Amy et Courtney étendues près du feu, également décapitées.

— Ah Seigneur! s'alarma-il aussitôt. Qu'est-ce que c'est que ça?! Mais qu'est-ce qui se passe?! Ah, mon Dieu!

Craignant être la prochaine victime, Scott se dit qu'il devait au plus vite foncer vers la voiture pour quitter cet endroit maudit. C'est alors qu'en se retournant, la silhouette d'une femme hideuse lui apparut à moins d'une trentaine de centimètres de son visage, le faisant hurler de frayeur…

Chapitre 3

La recrue

— Êtes-vous des guerriers?! hurla l'instructeur à ses 38 stagiaires, qui s'efforçaient de maintenir la position push-up depuis un bon moment.

— Oui, caporal-chef! répondit entre autre Ulric Lechasseur, un jeune gringalet de 18 ans aux cheveux rasés.

— Pour avoir l'honneur de porter le castor sur son béret, l'emblème du Royal 22e Régiment, il faut d'abord le mériter!

Même si ses bras minces tremblaient et que ses pectoraux en sueur le faisaient souffrir, il n'était pas question qu'il abandonne. Ulric, qui rêvait depuis longtemps de devenir un soldat d'infanterie, avait la ferme intention de se rendre jusqu'au bout de cette très exigeante formation. C'était enfin le défi qu'il attendait. En effet, il avait été plutôt déçu par son cours de recrue, alors qu'il croyait que ce dernier allait être plus physique. Mais depuis qu'il avait débuté celui pour devenir un fantassin, il y a un mois, il avait déjà à maintes reprises testé ses limites. Et même s'il n'avait pas encore réussi la portion la plus difficile, le jeune téméraire savait qu'il allait se rendre jusqu'au bout afin de pouvoir porter fièrement l'emblème des «22» sur son béret.

— Les fantassins sont les premiers sur la ligne de front! poursuivit l'instructeur. Ils doivent être capables de marcher sur de longues distances avec de très lourds sacs à dos. Ils doivent être prêts à combattre l'ennemi, peu importe le terrain! Peu importe la fatigue! Et peu importe les conditions météo! Et ils ne doivent jamais reculer face à une menace! Sur ce cours, vous avez et allez apprendre le maniement des armes, le combat au corps à corps, les techniques de guerre en campagne et urbaine! Mais ce que vous devrez également maîtriser, c'est la résilience! La volonté de vaincre et la capacité d'endurer la douleur sont aussi importantes que les aptitudes au combat pour vaincre l'ennemi. Et nous ne pouvons nous permettre d'échouer! Nous sommes les gardes du corps de ce pays! Si nous ne sommes pas capables de repousser nos adversaires, il n'y aura personne d'autre pour prendre la relève! Si nous perdons à la guerre, nous crevons, point final! Êtes-vous prêt à défendre votre pays?! Êtes-vous prêt à devenir un fantassin?!

— Oui, Caporal-chef! hurla le groupe en chœur.

— De plus, les «22» sont les soldats d'infanterie canadiens français, soit les meilleurs fantassins du pays! Les meilleurs au monde! Voulez-vous faire partie des meilleurs?!

— Oui, caporal-chef!

— Voulez-vous devenir des «22»?!

— Oui caporal-chef?!

— Alors prouvez-moi que vous le méritez! Prouvez-moi que vous êtes des durs à cuire! Maintenez la position et cessez de vous plaindre! Seuls les faibles se plaignent! Êtes-vous des faibles?!

— Non, caporal-chef!

— Êtes-vous des guerriers?!

— Oui, caporal-chef!

Chapitre 4

Spero

Lorsque ce type nommé Marcus forgea cette épée, il n'avait rien d'autre en tête que de créer son plus grand chef-d'œuvre. Ce passionné du moyen-âge voulut reproduire cette fois-ci une lame parfaite, digne des vrais chevaliers de l'époque. Pas une simple réplique comme les autres glaives qu'il avait fabriqués et qui se retrouvait dans sa petite boutique médiévale, situé au marché de Winslow. Mais une épée réellement solide et tranchante digne d'Excalibur. Une fois qu'il eut réussi son exploit, il ne put nier qu'elle était littéralement la pièce maîtresse de son commerce et sa grande fierté.

Malheureusement, il succomba à une attaque de zombies avant de connaître l'important destin qui attendait sa création. Il n'eut donc pas l'occasion de voir Max la choisir, attiré inconsciemment par sa splendeur, pour éliminer une bande de morts-vivants. Il n'eut pas non plus la chance de le voir la manier pour terrasser entre autre un dangereux sorcier, une énorme créature à sept têtes ou encore un démon à l'aspect d'araignée.

Même dans ses rêves les plus fous, jamais Marcus n'aurait pu imaginer que sa lame parfaite deviendrait l'arme la plus puissante du monde pour vaincre les démons. Et jamais il n'aurait pu croire qu'elle se retrouverait un jour entre les mains de l'ange le plus robuste qui ait existé.

— Je devrais la nommer! suggéra Max en fixant son arme fétiche, qui lui avait été fidèle depuis le début de l'aventure.

— En effet, c'est une bonne idée, l'appuya Sarah tout en plaçant la vaisselle de camping sur la table de pic-nic. Comme le faisait les chevaliers à l'époque?

— Oui, c'est ça! Comme les Chevaliers de la Table Ronde. Vous savez qu'Henri a découvert tout un manuscrit sur la véritable histoire de ce groupe de chasseur de démons de l'époque. J'espère qu'un jour, il aura le temps de le traduire. Je suis vraiment curieux de connaître toute la vérité à propos de leurs péripéties.

— Spero! lança soudainement Alicia, tout en cuisinant un délicieux ragoût sur son petit poêle portable au propane.

— Spero? répondit Max.

— Ça veut dire espoir en latin. C'est ce que cette arme nous a apporté, l'espoir... L'espoir de vaincre le Mal pour nous offrir un monde meilleur.

— Spero... Ouais... Ça sonne plutôt bien...

— Je trouve aussi, appuya Richard, à l'autre bout de leur terrain de camping, tentant encore de déplacer une canne de conserve avec la pensée.

— Bien... Alors Spero sera son nom! annonça Max en l'élevant à la hauteur de ses yeux de sa main droite, dont le majeur et l'annulaire avaient été amputés un peu plus qu'à la moitié à Winslow. Merci Alicia! Dis, tant qu'à y être, est-ce qu'on ne pourrait pas également trouver un prénom à ton enfant?

— Cessez de me harceler avec ça! Je vous l'ai tous déjà dit, je dois voir son petit minois d'abord. D'ailleurs, je ne sais même pas s'il s'agit d'un garçon ou d'une fille.

— D'accord, c'est bon…

— Oh! Et en passant, c'est une bonne chose que tu aies apprécié mon idée pour ton épée, car il ne faut jamais vexer une femme enceinte sur le point d'accoucher.

Tous éclatèrent de rire. Après tout ce qu'ils avaient vécu depuis l'enterrement de Tom et Irsilda, il y avait un peu plus de huit mois, un moment de sursis ne leur faisait pas de tort. Bien qu'ils n'avaient pas eu affaire à des démons, ils avaient tout de même dû affronter à maintes reprises une panoplie de serviteurs du Malin. En effet, depuis que la rumeur sur une immaculée avait circulée, plusieurs prêtres sataniques et leurs sectes d'adorateurs de Satan avaient tenté de mettre la main dessus. Heureusement, grâce à son équipe de garde du corps, Alicia avait pu s'en sortir indemne jusqu'ici.

— Nous sommes tellement bien ici, avoua Sarah en levant la tête en direction du soleil. Ce camping est juste trop parfait. Nous sommes isolés du reste du monde tout en ayant accès aux commodités essentielles. Nous devrions peut-être rester un peu plus longtemps. Personne ne nous retrouvera ici.

— C'est hors de question! répondit aussitôt Max. Souviens-toi de ce qui est arrivé la dernière fois que nous sommes restés au même endroit trop longtemps.

— Comment oublier ces adeptes du Voodoo! commenta Alicia. Ils donnaient vraiment froid dans le dos. J'en ai encore des cauchemars.

— Moi aussi, j'aimerais rester plus longtemps, mon amour, poursuivit l'ange. Mais tu sais comme moi qu'ils ont des membres partout. Ce peut être le caissier du marché où tu es allée faire des emplettes, le proprio du camping, des employés ou encore d'autres campeurs. Mais tôt ou tard, nous tomberons sur un de ces sataniques qui préviendra vite fait ses partenaires. Nos photos circulent déjà sur tous leurs sites internet privés. Il faut constamment demeurer mobile si on veut éviter qu'ils nous retombent dessus. D'autant plus que l'accouchement arrive à grands pas.

— Je sais… Je sais, mon chéri. Tu as raison… Mais c'est juste que… Le temps a passé si vite ici… Dommage que ce soit déjà terminé.

— Mais ce n'est pas encore fini. Nous ne partirons que demain matin. Il nous reste encore une belle soirée pour en profiter. Et un délicieux repas qui nous attend.

— C'est presque prêt, d'ailleurs, les prévint Alicia.

— Comment fais-tu pour nous concocter des plats aussi exquis en pleine nature avec le strict minimum? lui demanda la belle sportive.

— Je cuisinais souvent au couvent, expliqua la jeune femme au ventre proéminent. Et les ressources étaient souvent limitées. Je faisais donc des recherches sur le net pour m'inspirer. Et le fait que j'adore cuisiner aide beaucoup. Surtout maintenant… Ça me donne un peu l'impression d'être… D'être normale.

— Je vois… Dis, tu viens Richard? l'appela Sarah.

— Oui, juste un moment, répondit le rouquin en fixant la canne devant lui qui commençait lentement à se mettre en mouvement. Je… J'y suis presque!

Puis, la boite de conserve s'immobilisa de nouveau. Richard poussa alors un juron en donnant un coup poing dans le vide.

— Je ne comprends pas! Quand je suis dans le feu de l'action, j'arrive à faire des trucs pas croyables. Mais lorsque je suis calme, je n'arrive plus à contrôler mon don! Putain de merde, je suis déjà arrivé à faire dévier des balles ou encore à faire s'envoler un adversaire alors que là, je n'arrive même pas à bouger cette conserve!

— C'est une question d'émotion, en conclut Max. Ce n'est que lorsque tu as de la pression que tu réussis à te servir de ta télékinésie.

— Je sais… C'est seulement quand Hugo m'a tiré dessus que mes pouvoirs se sont manifestés pour la première fois. Même quand ces types masqués m'ont attaqué d'un hachoir et d'une barre en Arizona, ça n'avait pas été suffisant. L'élément déclencheur a seulement été lorsque ma vie était réellement menacée… Mais maintenant, je devrais être en mesure de toujours en avoir le contrôle…

— De la pression, hein? Essayons quelque chose, suggéra Sarah. Comme vous le savez déjà, depuis que Max a éliminé son quatrième démon, il se déplace à une vitesse phénoménale. La seule chose qui pourrait l'empêcher de mettre la main sur cette boîte de pois le premier serait de la faire léviter avant qu'il n'y arrive. Donc, je propose un petit jeu, Je parie que Richard arrivera à la faire bouger avant que Max ne réussisse à l'attraper.

— Chérie?! Tu paris contre moi?!

— Mon amour, c'est pour la bonne cause!

— D'accord, rajouta Alicia. Et pour mettre un peu de piquant, le perdant sera de corvée pour nettoyer la vaisselle.

— OK, accepta le défenseur de la Vierge. Je suis partant!

— Bien! Mais je t'avertis Richard, le prévint Max. Je n'ai pas l'intention de frotter ces casseroles collées!

Sur ces mots, les deux hommes aux cicatrices (pour Max, les quelques marques laissées par un léviathan à Winslow ainsi que le kusarigama maudit de Lieng sur sa joue droite et pour Richard, celles bien plus apparentes qu'il s'était infligé dans sa tentative de suicide) se placèrent côte à côte. Puis, sentant la pression du défi, ils se préparèrent sérieusement à passer à l'action. La belle Sarah leva alors sa main afin de donner le signal de départ.

— Tenez-vous prêt! Un... Deux... Trois... Go! s'exclama-t-elle en abaissant le bras.

Dès que le coup d'envoi fut donné, Max fonça à toute vitesse vers son objectif. De son côté, Richard fixa la canne en serrant les dents, tentant de la faire s'envoler à temps. Mais comme celle-ci commença à bouger, l'ange l'attrapa sans même freiner son élan.

— Désolé vieux! s'excusa-t-il ensuite en s'arrêtant. Mais même avec mes supers pouvoirs, il est impossible de faire décoller la crasse que la délicieuse cuisine d'Alicia laisse sur les chaudrons.

Cette dernière poussa un long rire avant de se retourner vers son repas. Cependant, elle accrocha accidentellement la poignée de la casserole de son bras et celle-ci bascula sur le côté.

— Oh non! s'écria-t-elle.

Mais alors que le ragoût allait toucher le sol, celui-ci

s'immobilisa d'un seul coup. Puis, lentement, la nourriture remonta se loger dans le chaudron, qui à son tour se redressa.

Devant le spectacle, tous se tournèrent vers Richard, les deux bras poussés vers l'avant, qui grimaçait en exécutant son tour de force. Lorsque le repas fut enfin sauvé, tous applaudirent leur sauveur.

— Tu as réussi! s'écria Sarah.

— Ouais, c'est vraiment une question d'émotions, répondit le rouquin. Faire la vaisselle, c'était une chose, mais gaspiller un aussi bon repas, alors là, non! Il n'en est pas question! Je ne pouvais l'accepter!

Tous pouffèrent alors de rire avant d'aller féliciter physiquement leur partenaire pour cet exploit.

— Si seulement je savais comment j'ai pu faire pour réussir cela. J'ignore comment… Ah, si je pouvais avoir le plein contrôle de mon don.

— Ça viendra, Richard, l'encouragea son ami. Mais je crois que tu… Que tu ne dois pas trop penser. Tu dois seulement agir… Tu vois… C'est ce que je fais avec mes capacités. Tu dois croire en toi et juste laisser aller. Exactement comme tu viens de le faire!

— Je… Je sais. Merci, Max.

— Et grâce à ta prouesse, je n'ai d'autres choix que de m'incliner devant toi. C'est bon, tu as gagné le défi. Je vais me taper la vaisselle.

— On peut dire que c'est égalité. Nous la ferons donc à deux!

termina le veuf, qui ne s'était pas senti aussi bien depuis le tragique accident qui lui avait pris les siens.

En effet, des liens s'étaient inévitablement tissés entre eux au cours des derniers mois, d'autant plus qu'en ayant tous déjà vécu des situations extrêmes communes, ils étaient en mesure de se comprendre l'un l'autre sans avoir à tout s'expliquer, un peu comme une bande de militaires se réunissant des années après un conflit armé. Et pour la première fois depuis que sa femme et ses deux enfants avaient quittés ce monde, il avait l'impression de faire à nouveau parti d'une famille. Pour la première fois, il avait repris goût à la vie.

Sur ce, le groupe en charge de la protection d'Alicia s'installa à table en ricanant, profitant de cette paisible période, sachant que la tempête allait bientôt frapper à la porte.

Chapitre 5

La formation

Le jeune homme, qui portait l'uniforme noire de combat affichant la croix blanche des Protecteurs à l'avant, s'avança lentement dans la ruelle sombre, son pistolet à la main. Tout en analysant autour de lui, celui-ci, qui avait des traits physiques s'apparentant beaucoup au défunt Tom, resta sur le qui-vive, prêt à intervenir. Soudain, comme il s'y attendait, une silhouette humaine aux yeux rouges apparut devant lui. Aussitôt, le soldat visa le cœur tout en pressant la détente. Lorsqu'il toucha la cible, cette dernière retomba alors qu'une autre se leva presque instantanément. Toutefois, cette nouvelle affichait pour sa part deux lumières jaunes au centre du visage. Malheureusement, le jeune homme sous pression ne remarqua pas ce détail d'une importance capitale et tira rapidement deux balles en direction du mannequin à l'effigie d'un démon-serpent.

— Non! le reprit aussitôt Yohanda, qui se tenait juste derrière. Ce n'est pas un vampire, celui-là! Regarde ses yeux! Jaunes, c'est pour les léviathans! Allez, vite! Fais quelque chose!

Aussitôt, le stagiaire du barbu laissa tomber son chargeur de balles de bois qui était logé dans la poignée de son arme et en attrapa un autre avec cette fois de la munition en or, rangé dans sa veste tactique. Mais au moment de l'insérer, ses mains trop nerveuses l'échappèrent au sol.

— Ce n'est pas fini! Mais c'est trop tard pour utiliser ton pistolet! Il se rapproche! Allez, réagit! Vite! Il est presque sur toi!

Sans perdre une seconde, le nouveau attrapa la poignée de l'un de ses poignards à sa ceinture et se dépêcha à le dégainer. Mais à son grand regret, ainsi qu'à celui de son instructeur derrière, la lame qu'il dévoila fut argentée.

— Non, Alec! L'argent, c'est contre les loups-garous!

— Je sais! Je croyais que…

— Eh bien, tu as cru trop tard!

— C'est qu'avec ce stress, je…

— Ce stress! Ce stress, tu dis! Mais putain de merde, ce n'est qu'un sentier de combat! C'est seulement une pratique avec des saloperies de mannequins en plastique! Ils n'ont que de simples lumières en guise d'yeux! Ça n'a rien à voir avec le regard terrifiant des véritables démons! Si tu ressens de la pression maintenant, qu'est-ce que ce sera lorsque tu feras véritablement face à ces créatures qui voudront te prendre ton âme?! Reprends-toi bon sang!

— Yohanda, assez! l'arrêta Henri un peu plus loin. Viens ici, s'il te plaît!

Le colosse s'approcha sans s'obstiner, suivi de près par sa copine, Wayuki, qui assistait également à l'évaluation des nouveaux Protecteurs.

— Yohanda, qu'est-ce qui se passe? demanda le prêtre.

— Ils ne sont pas prêts! Normalement, lorsque nous arrivons à cette portion de la formation, ils sont censés être meilleurs que cela. Ça fait quatre mois que nous les entraînons et pourtant, le résultat n'est pas concluant!

— Tu ne peux pas les comparer aux hommes que Wayuki

nous a fournis. Ceux-ci s'entrainaient depuis leur enfance et ils agissaient déjà sur le terrain. Pour eux, nos tests n'étaient que de simples formalités pour le système.

— Mais je ne les compare pas aux Guerriers de la Lumière qui ont rejoint notre groupe... Je le fait avec tous ceux que nous avons formés avant... Ils... Ils ne sont simplement pas prêts!

— Il faut seulement leur laisser le temps.

— Mais nous n'en avons pas! Alicia est sur le point d'accoucher! Il est certain que le Mal ne laissera pas venir au monde un nouveau messie sans intervenir! Une guerre approche, Henri! Je peux la sentir! Et nous ne pourrons pas y faire face! Mis à part la dizaine de bouddhistes, nous n'avons qu'une quinzaine de recrues, dont ce minable qui était censé être le meilleur. Quand le Mal fera son ultime assaut, nous prendrons une putain de dégelée cette fois-ci!

— Tu sais tout comme moi qu'il n'est pas facile de recruter de nos jours. Sans compter que depuis Éva, le Dr Ryan et Hugo, nous devons redoubler de prudence pour ne pas insérer un agent double du Mal dans nos lignes. Nous sommes déjà chanceux d'avoir trouvé ces quinze volontaires prêts à se sacrifier pour une cause aussi insensée aux yeux du reste de la planète.

— Mais ce sera loin d'être suffisant!

— Lorsque Christophe a fondé cette organisation, ils n'étaient pas très nombreux au début.

— J'ai aussi lu le récit de son histoire et je tiens à préciser qu'en dépit de leur nombre, ils étaient déjà tous de grands chasseurs de monstres lorsqu'ils se sont unis! Et ils avaient du cœur au ventre!

— Peut-être, mais ils étaient loin de posséder les armes et la technologie d'aujourd'hui pour défendre notre monde. Et pourtant, c'est ce qu'ils ont fait! Tu... Tu te dois d'être un grand chef comme Christophe et Tom l'ont été. Et je ne crois pas que ce soit en minant leur confiance comme tu viens de le faire que tu feras d'eux des bons soldats. Tu dois plutôt les encourager et les pousser à se relever!

— Je... Je comprends mais... On n'est pas dans un film de Walt Disney, là! Wayuki! Dis-lui!

— Désolée, Yohanda, répondit la belle asiatique. Mais Henri a raison. Ces gens n'ont pas été éduqués à la dure de la même façon que mes soldats et moi. Et aucun d'eux n'a d'antécédent militaire. Tu dois t'adapter à eux si tu veux réussir à faire ressortir leur plein potentiel.

— D'accord! Je vois... C'est bon! Je... Je vais tenter de me calmer et d'être le gentil instructeur...

— Et si ça peut te redonner espoir, n'oublie pas que Max et Robert n'avaient suivi aucune formation avant de faire face au Mal, poursuivit Henri. Et c'est même avec des armes artisanales qu'ils ont commencé à affronter des démons. Pourtant, ils se sont avérés comme être des combattants des plus coriaces depuis longtemps. Quand tes recrues feront réellement face au Mal, ils seront également à la hauteur. Aie foi en eux, mon ami!

— Ouais, j'espère que vous avez raison. De tout cœur! Reste que moins d'une trentaine de combattants ne seront pas suffisants pour affronter ce qui nous attend. Je n'ai peut-être pas assisté à la grande bataille de Winslow, mais je sais tout de même qu'il a fallu le sacrifice de près d'une centaine de Protecteurs pour repousser l'armée de Satan. Et je le sens… Je ne sais pas comment l'expliquer, mais… Je sais que quelque chose de pire va arriver. Une guerre encore plus sanglante… Il va nous falloir de l'aide…

Chapitre 6

Les rêves de Daniel

Robert termina d'étendre la crème solaire sur les parties exposées du petit Daniel, même s'il doutait fortement que la peau du garçon ne puisse brûler au soleil. En effet, depuis que l'ancien ambulancier et sa femme en avait pris la charge, jamais le petit garçon n'avait développé de maladie ou n'avait affiché de marques ou d'ecchymoses suite à des petits accidents de parcours. Même lorsqu'il tombait ou se cognait, en aucun cas le fils de Tom et Irsilda n'avait pleuré, comme s'il ne ressentait pas la douleur et que son corps était plus résistant que la normale. De plus, mis à part sa résistance physique, le couple n'aurait pu nier que le fils d'un Chevalier de Dieu se développait beaucoup plus rapidement qu'un autre enfant de son âge. Tous deux étaient étonnés de constater à quel point Daniel avait un vocabulaire élaboré, une force supérieure et une dextérité anormale pour un jeune garçon de quatre ans. Malgré tout, Robert et Isabelle avait continué à s'occuper de l'incomparable orphelin comme si tout était normal, espérant ne pas attirer l'attention.

Le retraité avait donc presque fini de protéger Daniel contre le soleil lorsqu'un ballon de football, lancé accidentellement par une bande d'adolescents, arriva à pleine vitesse par derrière. Mais comme l'objet ovale s'apprêtait à terminer son envol contre sa tête, Robert se retourna à une vitesse fulgurante pour finalement l'attraper d'une seule main.

— Wow, papa! s'étonna alors Simon, témoin de la scène. Comment… Comment as-tu fait cela?

— Je… Je ne sais pas trop, mentit-il.

— Désolé monsieur! s'excusa aussitôt le lanceur un peu plus loin. Heureusement que vous avez de supers réflexes.

Après avoir répondu d'un hochement de tête, l'ancien ambulancier retourna le ballon à son propriétaire, en faisant attention pour ne pas le lancer trop fort. Malgré cela, le jeune homme poussa un soupir en le recevant.

— Bon sang! C'est tout un bras que vous avez là, monsieur! Vous avez dû être quart arrière dans votre jeunesse!

Encore une fois, Robert ne voulut pas élaborer davantage sur ses prouesses et se contenta simplement de sourire avant revenir à sa tâche.

— Ah, ben ça! Papa, comment as-tu fait pour effectuer un tel lancer sans effort? poursuivit Simon. Tu ne t'es même pas donné d'élan! Je crois que Daniel n'est pas le seul à avoir des dons! Ce n'est pas la première fois que je remarque ce genre de truc chez toi. Est-ce que… Est-ce que tu serais devenu un Chevalier de Dieu, toi aussi?

— Impossible! Je n'ai jamais éliminé de démons originels!

— Peut-être, mais tu as tué le Mal en personne!

— Ça… Ça ne compte pas! Son corps était déjà presque détruit. Encore plus que quelques secondes et il serait tombé par lui-même.

— Tu plaisantes?! C'était Satan en chair et en os! En plus, les quelques secondes, comme tu dis, Lui auraient permises d'écraser Alicia!

— Comment se fait-il que tu saches tout… Ah, je vois… Ta

sœur a une grande bouche…

— Reste que ce que tu viens de faire à l'instant prouve qu'il y a quelque chose d'anormal chez toi depuis ton exploit dans cette chapelle.

— Mais non! continua-t-il de nier même s'il savait très bien que son fils avait raison. Bon, est-ce qu'on profite de cette belle journée ou quoi?

Sentant que son père évitait le sujet, Simon décida de remettre cette conversation à plus tard. Afin de briser le léger malaise, le jeune homme lui suggéra de l'accompagner pour une baignade dans le lac. Ce dernier hésita un moment tout en se tournant vers sa femme, étendue silencieusement sur sa serviette depuis un moment, le regard dissimulé derrière des lunettes de soleil.

— Vas-y, Robert, lui dit-elle en voyant les yeux de son mari se diriger dans sa direction. Je ne dors pas. Je vais surveiller le petit.

Après quelques secondes, le retraité se décida enfin à accompagner son fils dans les eaux tièdes du lac. Une fois accoutumé à la température de celui-ci, Simon l'invita à le suivre vers le large. En le voyant s'éloigner, Robert se mit aussi à nager.

Ces derniers allaient bon train et la profondeur de l'eau devenait de plus en plus importante lorsque soudainement, sans pouvoir le contrôler, l'image de Bakkar se mit à hanter l'esprit du plus vieux. Même s'il tenta de chasser cette pensée, il ne put s'empêcher d'imaginer la créature aux traits reptiliens nagé sous lui. Il essaya tant bien que mal de se ressaisir, mais en vain. Il n'y avait rien à faire. Il n'arrivait plus à se sortir de la tête que les ignobles yeux jaunes du démon étaient peut-être en train de le fixer comme un morceau de viande. Il fut bientôt totalement envahi par la panique. Sans avertir Simon, il rebroussa chemin en direction de la berge. Il se mit à nager à toute vitesse, comme s'il était poursuivi par un requin. Imaginant que le monstre se rapprochait à toute vitesse, Robert redoubla d'effort, si bien qu'il arriva totalement essoufflé sur la plage. Une fois qu'il mit enfin le pied sur le sable, il s'éloigna en courant pour aller se réfugier derrière un rocher un peu plus loin.

En le voyant s'exécuter, les vacanciers autour s'interrogèrent un moment, observant le lac pour vérifier s'il n'y avait pas quelque chose qui expliquait un tel comportement.

Pour sa part, Isabelle agrippa sans attendre Daniel et alla rejoindre son époux. Elle fut alors estomaquée de le retrouver accroupi dans sa cachette à fixer le sol en hochant la tête.

— Je... Je n'arrive pas à me les sortir de la tête!

— Robert, qu'est-ce qui se passe?

— Je l'ai vu! J'avais... J'avais vraiment l'impression qu'il me poursuivait!

— Qui?

— Bakkar! Celui qui ressemble à un serpent!

— Quoi?! Il est ici?!

— Non! Mais il est là! s'écria-t-il en pointant son front. Ils... Ils sont toujours là, dans ma tête! J'en ai assez! Depuis le début... Depuis cette morte-vivante qui a prise Georges! Je n'arrive pas à les chasser! Ils sont constamment dans mes pensées!

— Mon pauvre chéri! le réconforta-t-elle en le serrant dans ses bras.

— Tu sais, Robert, c'est exactement ce qu'Il veut, commenta étonnamment Daniel. Il se nourrit de tous les sentiments mauvais que nous avons au fond de notre cœur. La peur en fait d'ailleurs partie.

— Quoi… Qui… Qui se nourrit de notre peur?

— Tu le sais. C'est le monsieur méchant. Tu le connais puisque c'est toi qui l'as chassé la dernière fois qu'Il est venu sur terre. D'ailleurs, Il t'en veut beaucoup pour ça.

— Comment? Qui… Qui t'as parlé de ça? Et qui t'as parlé de Lui?

— Eh bien, Il vient souvent me voir dans mes rêves.

— Quoi?! s'exclamèrent les deux tuteurs en sentant un long frisson leur traverser le dos.

— Oui. Il est très grand et très sombre… Il ressemble un peu à une ombre avec d'énormes yeux blancs très effrayants. Il essaie souvent de me faire peur la nuit.

— Ah, Seigneur! s'inquiéta Isabelle.

— Avant, Il avait tenté de me convaincre de le suivre. Il m'avait dit que si je m'agenouillais à ses pieds, j'allais ensuite m'élever à ses côtés dans l'autre monde. Il… Il voulait que je fasse des trucs méchants. Des choses pour vous faire de la peine. Mais je lui ai dit non! C'est là qu'Il a commencé à devenir vraiment mauvais et qu'Il a essayé de m'effrayer. Il dit qu'Il veut se nourrir de ma peur parce qu'elle lui donnerait de grands pouvoirs, étant donné que je suis spécial. Mais ça ne fonctionne pas! Je n'ai pas peur de Lui! Il ne le faut pas! Je ne veux pas lui donner à manger pour qu'Il devienne encore plus gros!

— Comment? Comment un petit bonhomme comme toi peut savoir tout ça? demanda Robert.

— C'est le monsieur gentil qui me l'a dit.

— Le... Le monsieur gentil?! Quel monsieur gentil?!

— Lui aussi, Il vient me visiter dans la nuit. Il me raconte des histoires et on joue ensemble aux camions. Il me donne mêmes des bonbons parfois.

— Mais qu'est-ce que...

— C'est Lui qui m'a donné des trucs pour ne pas avoir peur de son frère, le grand méchant.

— Oh, mon Dieu... Comment se fait-il que...

— Tu vas voir, ce n'est pas difficile de maîtriser sa peur. J'ai pleins de trucs. Tu veux bien que je te les apprenne?

— Euh... Oui... Oui, j'aimerais beaucoup, dit-il en le serrant dans ses bras, complètement sous le choc par ces aveux soudains.

— Mais Daniel, questionna Isabelle. Pourquoi... Pourquoi ne nous avoir rien dit à propos de tes rêves?

— Je ne voulais pas vous inquiéter. Comme je n'ai pas peur du grand méchant, Il vient de moins en moins me voir, mais s'Il la ressentirait en vous, alors Il reviendrait plus souvent.

— Papa?! les coupa soudain Simon. Papa, ça va?! Je t'ai vu

rebrousser chemin à une telle vitesse! Est-ce que tu vas bien?

— Ça va… Je… Je… J'ai eu… Un malaise…

— Le démon de l'eau, c'est ça?

— Euh… Oui…

— Je sais papa. Moi aussi, je vois constamment ce vampire aux cheveux verts que j'ai combattu.

— Ne t'en fais pas, le coupa Daniel. À toi aussi, je vais te donner mes trucs pour ne plus avoir peur du grand méchant et de ses soldats.

Simon jeta aussitôt un regard interrogateur vers ses parents, qui étaient tout aussi stupéfaits.

Chapitre 7

Le premier assaut

Le groupe en charge de la protection d'Alicia descendit lentement les marches plutôt achalandées d'une station de métro de New York afin de retourner à leur hôtel avant la nuit et d'y retrouver ainsi la plupart de leurs armes et équipement. Doutant fortement que des forces démoniaques tenteraient quoi que ce soit en plein centre-ville par ce merveilleux après-midi ensoleillé, les membres qui accompagnaient la vierge avaient décidé de prendre le risque de faire un brin de tourisme dans cet endroit, qu'aucun d'entre eux n'avait eu la chance de visiter auparavant, avant de devoir quitter la région. De toute façon, ils se sentaient souvent plus en sécurité en publique.

Évidemment, même si la probabilité qu'un serviteur du Mal ne se manifeste en plein jour était mince, Max n'avait pris aucune chance en dissimulant Spero sous un long imperméable. Il préférait de loin porter des vêtements plus chauds et inappropriés pour cette période de l'année que de se balader sans son arme fétiche. De plus, avec tous les gens bizarres qui arpentaient les rues de cette ville, il passait tout de même plutôt inaperçu.

Pour sa part, Sarah était également vêtu un peu trop chaudement afin de dissimuler un système Chester sous une manche de sa petite veste de cuir rouge. Mais c'était peu payé pour avoir la chance de visiter cette métropole qui avait depuis longtemps piqué sa curiosité.

Pour Richard, ce fut dans un sac à dos qu'il traina incognito un pistolet avec différents types de munitions, un crucifix ainsi que quelques fioles d'eau bénite.

Alicia, quant à elle, en avait déjà bien assez à traîner pour une femme sur le point d'accoucher pour ne pas s'encombrer en plus d'une arme quelconque. Néanmoins, elle porta tout de même à son cou une jolie chaînette en or ayant comme pendentif une croix plutôt imposante, en guise de protection.

Les quatre touristes, enchantés de leur journée, venait à peine de passer le guichet que Richard s'arrêta tout d'un coup, l'air inquiet.

— Il y a quelque chose qui cloche! Je... Je ressens... Une présence maléfique!

— Quoi?! s'exclama Sarah.

— Oui, l'appuya Max. Je la ressens aussi. Il y a... Il y a ici un être qui... Duquel émane le Mal!

Immobile, les deux hommes se mirent aussitôt à scruter la foule devant eux, tentant de découvrir la source de ce sombre pressentiment. Mais rien ni personne parmi la cinquantaine de passants ne sembla répondre à leurs inquiétudes.

— Que fait-on? interrogea bientôt la fille de Robert.

— Peut-être faisons-nous erreur? se demanda l'ange.

— Non! Non, je le sens! insista le défenseur. Il y a réellement quelque chose ici qui put le Mal! L'un d'entre eux est peut-être un démon originel encore sous sa forme humaine.

— En pleine journée? s'inquiéta Alicia.

— Dans cette station de métro, à l'abri du soleil, c'est bien possible, affirma Max.

— Dans ce cas, sortons d'ici! suggéra fortement Sarah.

— Oui! Remontons à la surface! ordonna son amoureux.

Sur ces mots, le groupe se mit en mouvement en sens inverse. Mais à peine venait-il de faire un pas que l'attention de Richard se porta instinctivement vers un grand blond barbu, qui le dévisageait anormalement. Au moment où il posa les yeux sur lui, le défenseur sursauta en voyant son visage arborer des traits démoniaques d'un seul coup, avant de redevenir normal par la suite.

— Seigneur!

— Quoi? demanda Max.

— Tu... Tu ne l'as pas vu?

— Vu quoi?

— Le gars, juste là! Son visage... Il est devenu tout déformé et monstrueux, avec une gueule pleine de crocs!

Les trois autres sentirent aussitôt leur cœur se serrer dans leur poitrine. Leur journée si paisible semblait malheureusement prendre une toute autre tournure. Rapidement, ils se mirent à scruter la foule, cherchant l'être ignoble.

— Non, je ne le vois pas! affirma bientôt Max. Et en fait, personne autour ne semble l'avoir remarqué. Ça fait peut-être parti d'un autre de tes dons que d'arriver à reconnaître un démon lorsqu'il est sous sa forme humaine.

— Eh bien, si c'est vrai, ce type est sans aucun doute la

source de notre pressentiment.

— Très bien! Dans ce cas, éloignons-nous de lui par ce côté! Il n'osera pas se transformer dans un lieu public! Le Mal n'osera jamais se dévoiler ainsi! Il préfère de loin que les humains croient à sa non-existence.

Sur ces mots, le groupe bifurqua afin d'éviter l'étrange personnage. Mais à l'instant où ils commencèrent à se déplacer, Richard aperçut au travers de la foule trois autres visages prendre des formes maléfiques pendant une fraction de seconde.

— Il... Il y en a d'autres! J'en ai repéré d'autres! Et ils nous encerclent!

Tous, la panique dans le regard, s'immobilisèrent sur-le-coup en se préparant au pire. Au même moment, Max remarqua deux hommes et une femme au look gothique dégainer des pistolets en direction de la jeune vierge enceinte. Sans réfléchir, l'ange se plaça directement devant les lignes de visée. Puis, au moment où les tireurs ouvrirent le feu, il déploya son bouclier spirituel blanchâtre. Les projectiles se rivèrent alors sur ses soi-disantes ailes, protégeant ainsi non-seulement Alicia, mais les deux autres membres de l'équipe ainsi que les civils à proximité.

Les gens autours se mirent aussitôt à hurler de terreur et à paniquer. Certains se jetèrent au sol tandis que d'autres se mirent à courir dans toutes les directions. Mais malgré la folie, les coups de feu se poursuivirent sans délai.

Richard, accroupi auprès de Max, remarqua alors un autre individu sur sa gauche sortir également un arme de poing en contournant leur barricade spectrale. Sans réfléchir d'avantage, le défenseur dirigea son bras vers lui, comme s'il tentait de le pousser à distance. Dès qu'il s'exécuta, l'étranger décolla du sol à toute vitesse pour aller se percuter violemment contre un mur de pierre.

Pendant ce temps, une vieille dame atteinte par une balle perdue s'effondra aux côtés de Max. Frustré par ce spectacle, celui-ci serra les dents avant de se décider à passer à l'action. En utilisant la force herculéenne de ses jambes, il se projeta en direction d'un premier tireur. Sans couper son élan, il le plaqua brutalement à l'aide de son épaule. Le pauvre fit aussitôt un long vol plané avant d'atterrir en faisant plusieurs roulades.

Sans attendre, l'ange se dirigea à une vitesse fulgurante vers le second et lui frappa si fort le menton que la mâchoire se décrocha dans un dégoûtant bruit de craquement. Ce dernier fit ensuite deux culbutes arrière avant de s'effondrer au sol.

Sans réfléchir, la troisième dirigea son canon vers le soldat du Bien et pressa la détente. Mais à son grand malheur, même si sa première balle le frappa de plein fouet à la poitrine, l'être surnaturel ne broncha pas le moindrement. Et avant même que la femme aux lèvres maquillées en noir ne puisse faire feu à nouveau, Max se rua vers elle et agrippa solidement le pistolet d'une main. Par la suite, il broya littéralement l'arme de métal entre ses doigts comme si elle était en porcelaine. Pendant qu'il s'exécutait, la femme remarqua le plomb ressortir tout seul de la blessure qu'elle venait de lui infliger. Dès que son corps eut rejeté le projectile, Max assena un coup de pied brutal à son assaillante. Non seulement son attaque la projeta plusieurs mètres plus loin, mais il lui fractura également de nombreuses côtes.

Durant ce temps, un passant derrière Sarah arbora tout d'un coup les traits d'un sbire d'Isigard, avec des yeux verts flamboyants, des sourcils épais et froncés, de longs favoris fournis, un nez aplati et surtout de longs crocs jaunâtres. Puis, à peine venait-il de se transformer qu'il agrippa fermement la belle en poussant un terrifiant grognement.

En entendant la bête, l'ange se retourna aussitôt vers celle-ci, qui retenait sa bien-aimée en lui braquant ses griffes acérées sur la gorge.

— Rends-toi ou je la tue! beugla le loup-garou.

Max s'arrêta un instant pour analyser la situation quant au même moment, une femme juste à ses côtés se transforma à son tour en créature des bois. En la voyant, Richard tenta d'utiliser à nouveau sa télékinésie, mais il se fit surprendre avant par un troisième démon qui se jeta sur lui. Sans avoir le temps de réagir, le rouquin se retrouva sous ce dernier, tentant de toutes ses forces de l'empêcher de le contaminer.

— Si tu bouges, je lui tranche la gorge! menaça à nouveau le premier alors que sa partenaire s'approchait de Max.

Le Protecteurs se demanda à cet instant comment sortir de cette impasse. Il ne pouvait laisser la créature qui s'avançait l'attaquer sans se défendre, mais il lui était impossible de laisser l'autre faire du mal à sa Sarah. Et bien qu'il était extrêmement rapide, il ne l'était tout même pas assez pour se rendre à lui avant qu'il ne blesse son otage. Et il ne pouvait décidément pas compter sur Richard, qui était en pleine bataille, ou Alicia, qui s'était à mise à couvert plus loin. Néanmoins, le temps jouait malheureusement contre lui et il devait prendre une décision sur-le-champ avant que la femme aux traits sataniques ne lui bondisse dessus.

Alors que la situation semblait désespérée, Sarah activa le pic de son système Chester et l'enfonça sous la mâchoire de son agresseur. La pointe, contenant du bois, de l'or, des diamants et, le plus important pour la situation, de l'argent, se fraya un chemin pour finalement ressortir par le dessus de sa tête. Le loup-garou la relâcha immédiatement en poussant une plainte de chien blessé. Rapidement, la guerrière retira son arme du menton de celui-ci avant de l'enfoncer mortellement dans son cœur.

À l'instant où sa petite amie éliminait le monstre, Max se retourna vers l'autre qui se ruait sur lui tout en lui lança un puissant coup de poing. L'impact fut si brutal que ses jointures traversèrent de part en part sa tête. Surpris par la situation, l'ange secoua son bras pour se libérer de la carcasse qui y pendait. Quand le corps tomba enfin à ses pieds, il retira en toute hâte son imperméable et attrapa la poignée de son épée, qui était fixée dans le milieu de son dos afin d'être imperceptible. Une fois qu'il l'eut en main, il enfonça son glaive béni dans la partie vitale du monstre avant qu'il ne se régénère.

Richard, quant à lui, luttait toujours pour empêcher le démon de le contaminer lorsqu'il entendit le métro arriver à leur station. À ce moment, le rouquin, se sentant pris au piège, concentra toute son énergie pour se libérer à l'aide de ses facultés. Il fut alors très étonné lorsque son agresseur s'envola en direction des voies du train souterrain. Et alors qu'il planait encore dans les airs, l'engin le happa de plein fouet.

Dès que le loup-garou disparut de sa vue, Richard se dépêcha de retirer son sac à dos. Mais à peine venait-il de l'ouvrir que déjà un autre être satanique se précipitait vers lui. N'ayant pas le temps de saisir son pistolet, l'homme utilisa tout de même ses dons pour faire léviter dans sa direction les trois fioles d'eau bénite qu'il transportait également dans son sac. Lorsque les capsules de verre allèrent se river contre l'homme-loup, le liquide hautement corrosif pour lui le força à s'arrêter et à se tortiller de douleur. Le défenseur profita de ce délai pour attraper enfin son arme de poing, y introduire un chargeur de balles d'argent et faire feu en visant sa partie vitale.

Sarah, qui se trouvait à proximité, se fit également charger par un autre loup-garou. Pour sa part, elle actionna un jet de liquide béni de son système Chester et en aspergea le visage de la créature. Puis, lorsque celle-ci attrapa sa tête à deux mains pour tenter d'atténuer sa souffrance, la belle en profita pour lui transpercer le cœur de son pic.

Durant ce temps, les deux gardes de sécurité de la station fixèrent l'ahurissant spectacle, se demandant réellement s'ils devaient intervenir et surtout, comment le faire. Finalement, l'un d'eux se contenta de prévenir la police.

Pour sa part, Alicia, dissimulée derrière une colonne, tenta de calmer une vieille dame hystérique couchée près d'elle en posant sa main sur son épaule et en lui disant de ne pas s'en faire. Mais alors qu'elle s'exécutait, la femme âgée leva la tête vers elle et, en une seconde, adopta à son tour les traits d'un loup-garou. La vierge poussa aussitôt un bruyant cri d'effroi tout en ramenant instinctivement son bras. La bête, qui venait de jouer la comédie pour s'approcher en douce, se délecta de sa frayeur avant de lui bondir dessus. Mais avant qu'elle ne puisse la blesser, Alicia saisit son crucifix en pendentif, l'arracha de son cou et le plaqua sur le front de son assaillante. Un bruit de cuisson se fit rapidement entendre, suivi d'une plainte du soldat du Mal. Lorsque celui-ci se recula, un long filament de peau fondu s'étira pendant près de trente centimètres entre la blessure et la croix. Alicia en profita pour s'éloigner et, au moment où elle sortit de la ligne de visée de Richard juste derrière, qui venait d'assister à la scène, celui-ci pressa la détente.

Mais à peine venait-il d'en finir avec la vieille dame aux longs crocs que le premier homme satanique, qu'il avait projeté plus tôt contre une colonne, se releva brusquement et le saisit aux hanches sans qu'il ne le voie s'approcher. Puis, le gothique, plutôt costaud, le souleva de terre avant de le rabattre douloureusement sur un banc en bois. Et pendant que le rouquin avait le souffle coupé, son agresseur balaya son pistolet du revers de la main avant de lui asséner un solide coup de poing sur la joue.

À cet instant, le grand blond du départ, que Richard avait identifié en premier, décida de passer à son tour à l'action. C'est alors que celui-ci, qui grimaçait à chaque fois qu'un loup-garou était éliminé ou blessé, bondit sur une distance impressionnante en direction d'Alicia. Mais comme il allait lui tomber dessus, Max, qui avait également sauté de son côté, l'attrapa au vol et tous deux chutèrent plus loin.

À peine venaient-ils de toucher le sol que déjà ils s'étaient remis sur pied, un en face de l'autre, se dévisageant hargneusement. À ce moment, le grand blond dévoila sa réelle identité en se transformant en un énorme et terrifiant loup humanoïde aux yeux verts brillants. Lorsque la foule, tant dans la station que celle encore dans le métro qui venait d'arriver, vit l'effroyable créature, plusieurs cris de panique résonnèrent dans le souterrain.

Les deux gardes de sécurité pointèrent finalement leurs armes vers Isigard, qui était devenu si imposant que presque la totalité de son linge était en lambeaux. Toutefois, à l'instant où celui-ci posa son sinistre regard vers eux en affichant ses impressionnants crocs jaunâtres sous ses lèvres qui tressaillaient tel un chien enragé, les hommes figèrent, totalement terrorisés.

— Comment oses-tu te montrer ici, en publique?! lança alors Max pour retenir son attention, tout en relevant son glaive, prêt à se battre.

— Le plan du maître dépasse tout entendement! répondit la voix grave du chef des loups-garous, dont de longues coulisses de bave dégoulinait de sa gueule entre chaque mot. Avec la venue possible d'un futur messie, Il n'a eu d'autres choix que de changer de stratégie!

— Qui t'as ramené? Qui est le sorcier qui a brisé le sceau?!

— Tu veux dire qui nous a ramené?! Car je ne suis pas le seul à être revenu! Nous sommes tous de retour! La sorcière nous a tous ressuscité! Tous les cinq!

— Sorcière?! Quelle sorcière?!

— La plus grande qui ait jamais existée en ce monde. Et sache que nous ne sommes que les pions de l'échiquier avant leur arrivée!

— Leur arrivée?! Mais de qui?!

— Ha! Ha! Ha! Sache qu'une guerre est sur le point d'éclater!

Et même avec ta force, tu ne seras jamais assez puissant pour tous les arrêter. Le maître a décidé de passer à l'offensive ultime. Ta planète sera bientôt plongée dans la peur et la souffrance. Et jamais tu ne pourras l'empêcher!

— Quel plan ultime?!

— Tu pourras bientôt y assister, si bien sûr tu réussis à me vaincre aujourd'hui!

— Je vais te tuer sur-le-champ et je tuerai toutes les créatures que ton maître dressera contre nous! Je protègerai ce monde coûte que coûte!

— Je ne suis peut-être pas assez puissant en ce moment pour te vaincre! Mais celui qui s'en vient, lui, tu ne pourras jamais lui tenir tête!

— C'est ce qu'on verra!

— Mais tu devras d'abord me passer sur le corps!

— Prépares-toi à retourner en enfer!

Sur ces mots, Isigard se rua vers Max en grognant férocement. Dès qu'il arriva à sa hauteur, il lui envoya deux coups de pattes, que l'ange évita aisément. Puis, au moment où le loup-garou en tenta un troisième, le guerrier de Dieu contre-attaqua avec son épée. La lame se fraya alors un chemin entre le majeur et l'annulaire, lui infligeant ainsi une sévère entaille à la main. Par la suite, il enchaîna en découpant une lisière de cuir sur son ventre toujours à l'aide de Spero. Et pendant que son ennemi se plaignait, il tenta de mettre un terme au combat en poussant la pointe de son arme en direction de son cœur. Mais au dernier instant, le monstre esquiva le coup, qui lui aurait été fatal.

En passant à côté de sa cible, Max fut légèrement déséquilibré et Isigard en profita pour lui assener d'abord un violent coup de griffes au visage, pour enchaîner ensuite avec un autre au poignet droit, lui faisant échapper son épée. Sans ralentir, il poursuivit avec un troisième à la poitrine, déchirant ainsi son t-shirt bleu marin. Profitant du moment de confusion, le loup humanoïde voulut à son tour en finir et tenta d'enfoncer ses crocs dans la gorge de l'ange. Cependant, ce dernier réussit juste à temps à lui saisir le haut et le bas de sa gueule de ses mains.

Alors que Max retenait son féroce ennemi à proximité de son visage, la mâchoire ouverte, un autre sbire du loup s'approcha en douce par derrière, se préparant lentement à attaquer.

Pendant ce temps, Richard était toujours occupé avec le gothique au-dessus de lui qui le ruait de coups, ne lui laissant pas la chance d'utiliser ses pouvoirs. Néanmoins, tout en se débattant, le rouquin réussit à se glisser au côté du banc, se retrouvant ainsi à plein ventre sur le sol. En terminant sa chute, il leva les yeux afin de trouver quelque chose pour se défendre. Il remarqua à ce moment non seulement son pistolet quelques mètres plus loin, mais également l'esclave d'Isigard, qui se rapprochait dangereusement de Max. Un choix s'imposa alors à lui. Ou il allait tenter de sauver son coéquipier, s'exposant ainsi au bagarreur au-dessus lui, ou encore il se débarrassait de lui en espérant pouvoir intervenir à temps pour Max. Ne pouvant se permettre d'y réfléchir plus longuement, il passa précipitamment à l'action.

Il leva donc son bras en direction de son arme de poing et, se servant de sa télékinésie, l'attira jusqu'à lui. Puis, il la saisit et la leva en pointant le démon derrière Max. Lorsqu'il toucha enfin son cœur à la troisième balle, la perte d'un autre de ses soldats affecta Isigard, qui plia légèrement les genoux. L'ange, qui le retenait toujours, en profita pour tenter une manœuvre. En utilisant sa force surnaturelle, il poussa sur ses prises pour lui agrandir anormalement la gueule, si bien que les joues se déchirèrent, la mâchoire se décrocha et le museau se fractura. La souffrance fit aussitôt reculer la bête.

Mais durant que Richard tirait en direction du loup-garou, le gothique, penché sur lui, se prépara à lui porter un coup de coude final. Toutefois, au moment où il allait s'exécuter, Sarah entra juste à temps en scène en le frappa de son pied en plein visage. Puis, profitant de sa confusion, elle enchaîna avec plusieurs solides coups de genoux aux nez et aux joues tout en lui retenant les cheveux à deux mains. Lorsque le pauvre ne sembla plus combatif, elle le laissa enfin s'affaisser au sol, totalement K.O.

Jugeant que celle qui venait de le sauver avait nettement le dessus, Richard se tourna plutôt vers l'ange en criant son nom. Lorsque celui-ci le regarda, il fit léviter son épée, qui trainait plus loin, jusqu'à lui. Max l'attrapa au vol avant de l'enfoncer dans le cœur du seul démon qu'il n'avait pas encore terrassé depuis le début de ses aventures. Il se recula ensuite pour le regarder hurler à pleins poumons alors qu'il se mettait à fondre de façon répugnante. Et comme à l'habitude, des flammes bleuâtres vinrent consumer le squelette et les lambeaux de chair restants.

Pendant qu'il admirait le spectacle, Max sentit ses muscles se gonfler encore plus et l'air qu'il respira lui semblait réellement plus pur. Il vit également ses lacérations à la poitrine, autour de sa brûlure en forme de croix, se guérir à une vitesse phénoménale. Il comprit qu'avec ce cinquième démon à son tableau de chasse, il venait encore d'augmenter sa puissance.

Lorsqu'Isigard disparut totalement, les quatre combattants du Bien analysèrent autour d'eux pour vérifier s'il n'y avait pas d'autres menaces. Mais seul des gens apeurés s'affichèrent dans la station. Ces derniers, complètement déboussolés, fixèrent silencieusement l'ange encore debout, le glaive à la main.

— Personne n'est blessé? demanda ce dernier à ses amis.

Tout en reprenant leur souffle, ceux-ci lui certifièrent être sains et sauf. Richard se remit d'abord sur pied, aidé par Sarah, pour ensuite essuyer le sang sur son visage avec son avant-bras.

— Il faut partir avant que la police n'arrive! suggéra bientôt la belle.

— Tu as raison! Allons-y au plus vite! l'appuya son amoureux.

— Attendez! les interrompit Alicia, penché sur une jeune femme qui avait reçu une balle perdue à l'abdomen pendant la fusillade. La pauvre est gravement blessée!

— Mom! hurla aussitôt une fillette à ses côtés en voyant la plaie sanglante. Mom, no!

— Max, tu dois la soigner! le supplia la vierge, incapable de ne pas porter secours à son prochain, même après ce qui venait de lui arriver plus tôt avec la dame loup-garou.

— Nous n'avons pas le temps! Il faut partir au plus vite! Si la police nous attrape, nous…

— Je ne partirai pas d'ici tant que cette femme ne sera pas

hors de danger! C'est à cause de moi que ces types nous ont tirés dessus. C'est ma faute si cette fillette risque de perdre sa mère! Max, je t'en prie!

— Eh merde! C'est bon! Mais après, on y va!

L'ange s'approcha rapidement de la blessée pour y apposer sa main sur sa plaie. Cette dernière se mit alors à se reconstituer en un temps record, sans même affecter le guérisseur comme c'était le cas habituellement.

Moins d'une vingtaine de secondes plus tard, la femme se releva en position assise en prenant une grande inspiration. Sa petite fille lui sauta aussitôt au cou en s'écriant de joie.

— Vous… Vous l'avez sauvé! le remercia cette dernière en anglais. Vous avez sauvé ma mère! Vous avez tué ce monstre et vous avez guéri sa blessure! Vous êtes sans aucun doute un vrai super-héros!

Max tenta aussitôt de la calmer tout en regardant autour, un peu embarrassé. Tout en s'exécutant, il remarqua un vieil homme s'agenouiller devant lui et retirer son chapeau en signe de respect.

— Elle a raison! dit-il dans sa langue New-Yorkaise. Cette croix sur votre poitrine… Vous… Vous êtes notre sauveur! Un ange venu du Ciel pour nous sauver du Mal!

— Non! Non! Non! Je…

Mal à l'aise, Max tentait de lui dire de se relever lorsqu'il aperçut plusieurs autres personnes se mettre à l'imiter en s'inclinant également. Et bientôt, lui et ses trois autres acolytes furent complètement entourés par la plupart des gens présents en position à genoux, y compris les gardes de sécurité, qui les remerciaient du fond du cœur de les avoir sauvés de ces créatures. Inévitablement, plusieurs sortirent leur cellulaire pour filmer la scène.

Ne sachant pas trop comment réagir à la situation, les Protecteurs se tinrent immobile en s'échangeant des regards, un sourire aux lèvres. Mais hélas, leur moment de gloire fut promptement interrompu par le bruit des sirènes de police.

— Ah merde! s'écria Sarah. On est foutu! On ne pourra pas sortir!

— Non! Si on va en prison, nous serons séparés d'Alicia! s'exclama Max. Et ces putains de satanique peuvent être n'importe où! Même dans un poste de police!

— Qu'est-ce qu'on fait? interrogea Richard.

— Je ne veux pas blesser ces agents de la paix, mais nous n'aurons pas le choix! Il va falloir sortir d'ici d'une manière ou d'une autre!

— Suivez les rails! les coupa l'un des agents de sécurité, qui parlait français et qui avait épié leur conversation. Un peu plus loin, il y a un tunnel qui mène à une sortie d'urgence! Allez-y, vite! Ils ne sauront pas que quelqu'un est parti par-là et nous ne le dirons pas! Vous pourrez sortir d'ici sans problème! Vous entendez tous! poursuivit-il en haussant le ton et en utilisant l'anglais cette fois. Nos sauveurs ne peuvent se permettre d'être pris par la police! Et je suis persuadé avec ce que j'ai vu qu'ils ont d'excellentes raisons! Nous allons donc les laisser partir et ne pas le mentionner à la police, pour l'instant!

Même si la foule acquiesçait, les quatre acolytes s'échangèrent un regard, se demandant si c'était réellement une bonne idée. Car maintenant qu'ils avaient été filmés, s'ils se sauvaient, ils allaient devenir des fugitifs pour les autorités. Était-ce réellement un choix judicieux?

Néanmoins, ils durent hâtivement en arriver à un consensus. Les quatre décidèrent donc de suivre le plan du garde plutôt que de prendre un risque pour Alicia avec la prison ou encore de blesser un agent de la paix. Ils remercièrent d'abord ce dernier avant de se diriger au-devant du métro. À mesure qu'ils avançaient, les gens s'écartèrent pour leur céder le passage tout en les touchant comme s'ils étaient des stars. Bientôt, la foule les regarda disparaître dans la pénombre de la caverne de béton. Et lorsque des policiers arrivèrent en trombe dans la station de métro, personne ne mentionna la fuite de leurs sauveurs.

Plus loin, au moment où Max arriva au fameux passage, il s'arrêta, hésitant à y pénétrer.

— Qu'est-ce que tu fais? l'interrogea Sarah. Il faut y aller au plus vite avant que l'un d'eux parle de nous!

— La... La dernière fois que j'ai emprunté un tunnel de ce genre, c'était à Winslow, avec ton père. Et nous nous étions fait attaquer par Orzel et ses armarks. Et si... Et si c'était un piège? Et si ce garde était l'un des leurs et que nous conduire ici faisait partie de leur plan? Je suis peut-être en pleine paranoïa, mais j'ai... J'ai un mauvais pressentiment!

— Cet homme avait l'air réellement sincère, commenta Alicia. Je crois qu'il voulait réellement nous aider.

— Ryan, Hugo et... Et Éva aussi semblaient sincère dans leurs propos. Et pourtant... Écoutez, plus j'y pense et plus je trouve que ça put le guet-apens à plein nez! C'est presqu'impossible qu'un étranger ait été aussi coopératif aussi instantanément! Qu'un garde de sécurité soit prêt à mentir à la police pour des inconnus, juste comme cela, pour rendre service! Non, il y a anguille sous roche!

Ses arguments convaincants firent alors hésiter presque tous les autres, excepté la vierge enceinte.

— Je ne suis pas d'accord, Max! Tu... Tu ne peux toujours être sur tes gardes comme cela! Tu... Tu dois avoir davantage confiance en l'humanité si tu veux réellement la sauver! Je ne crois pas que ce garde nous ait rendu service parce qu'il était corrompu. Cet homme t'a tout simplement vu éliminer les démons et il a compris que nous étions du bon côté. Il a sans aucun doute saisi que les autorités ne pourraient comprendre ce que lui-même avait encore du mal à croire, même s'il l'avait vu de ses propres yeux. Et que de se retrouver en prison ne ferait que nous ralentir dans notre mission!

— Mais, Alicia... Nous devons rester sur nos gardes!

— Je suis d'accord! Mais il ne faut pas non plus embarquer dans son jeu! C'est exactement ce que désire Satan! Que nous perdions espoir en l'humanité! Max, des gens bien, ça existe encore! Tu dois absolument y croire!

Sur ces sages paroles, Max, qui une fois de plus compris pourquoi Dieu avait choisi cette jeune femme, poussa un long soupir avant de s'avancer finalement vers la grotte de ciment. Puis, espérant de tout cœur avoir tort, il serra les dents et plongea dans l'obscurité.

Les autres, tout aussi inquiets, suivirent leur chef en se préparant au pire. Richard se plaça en deuxième dans l'ordre, suivit de près par Alicia. Sarah ferma la marche. Tout en élevant leurs armes plutôt limitées, ils avancèrent lentement dans le tunnel étroit.

À chaque coin qu'il tourna, Max s'attendit à tomber nez à nez avec un armark. Tout en marchant, des flashbacks d'Orzel et de ses mésaventures dans les souterrains de Winslow lui vinrent involontairement en mémoire, le rendant encore plus nerveux. Plus il s'enfonçait et plus il se disait que c'était une mauvaise idée de se retrouver là, vulnérables dans cet endroit clôt.

Mais à son grand étonnement, il perçut enfin une échelle menant à une sortie similaire à bouche d'égout. En restant sur ses gardes, il grimpa lentement jusqu'à la surface. Surpris d'y être parvenu sans embuche, il souleva le couvert et analysa la situation à l'extérieur. Ne discernant aucune présence policière ou démoniaque, il poussa la lourde rondelle de métal comme si elle pesait une plume et invita les autres, qui attendaient impatiemment le verdict, à le suivre.

Une fois dehors, Alicia envoya un sourire à Max, qui lui donna raison d'un hochement de la tête. Par la suite, ils partirent le plus discrètement possible, en empruntant les ruelles, en direction de l'hôtel où ils avaient laissé leurs affaires et leur véhicule.

Chapitre 8

La vision d'Henri

Comme à son habitude, Henri descendit les marches menant à la bibliothèque secrète pour y feuilleter l'un des nombreux manuscrits sur lesquels il n'avait pas encore eu la chance de mettre la main. Une fois arrivé, il se dirigea vers l'étagère où il avait laissé son dernier ouvrage dans le but de saisir le suivant dans l'ordre. Mais alors qu'il s'avançait, un vieux bouquin poussiéreux, provenant d'une tablette plus éloignée, tomba subitement au sol. Curieux, le prêtre alla ramasser ce livre, qu'il n'aurait pas eu la chance de lire avant plusieurs semaines selon sa routine, et souffla dessus pour en découvrir le titre. Commençant à bien connaître la langue noire fréquemment utilisée dans ces écrits nécromanciens, Henri déchiffra le titre comme étant «Les passages interstellaires».

Il ouvrit ensuite la page couverture quand soudain, le prenant par surprise, un trou noir de deux mètres de diamètre se dessina devant lui. Et à peine une seconde plus tard, l'imposante tête d'une créature effroyable à la peau rouge fit son apparition. La créature le fixa aussitôt de ses quatre yeux d'une couleur inconnue, ressemblant à du mauve, tout en ouvrant sa gueule béante qui prenait tout le reste du visage, ne laissant pas de place pour un nez. Lorsque celle-ci, ayant six larges et longues tiges foncées qui pendaient en guise de cheveux au bout de son front se terminant en trois pointes, dévoila une centaine de longs crocs qui tapissaient tout son palais et sa mâchoire, Henri poussa un hurlement de frayeur avant de se réveiller en sursaut.

Il lui fallut ensuite un long moment pour réaliser qu'il venait simplement de faire un cauchemar. Et même lorsqu'il reprit ses esprits, il lui fut impossible de se sortir l'image de cet hideux monstre de la tête. Incapable de se rendormir, le responsable de la bibliothèque secrète du Vatican décida finalement de se lever et d'aller assouvir sa curiosité.

Une fois dans son repère, moins d'une demi-heure plus tard, il se dirigea vers le rayon où il avait vu le manuscrit dans son rêve. Son cœur se serra aussitôt lorsqu'il tomba exactement sur le même, tout aussi poussiéreux et portant un titre identique.

Pris de panique, il le feuilleta rapidement afin de trouver une explication. Il tomba quelques secondes plus tard sur une illustration représentant un sorcier en train de faire apparaître un trou noir. En la découvrant, il sentit sa respiration augmenter.

Sans perdre de temps, il traduisit le texte explicatif juste en-dessous du dessin. «Bakkar, alors qu'il était encore un sorcier, en train de créer un passage interstellaire, juste avant d'être interrompu et exécuté par un groupe de soldats du Bien.»

Un paquet de questions prit immédiatement naissance dans l'esprit du prêtre. D'abord, Bakkar, tout comme Sadman, aurait été un sorcier avant de devenir un démon. Dans ce cas, se pouvait-il que tous les démons ait d'abord été des hommes, avant d'être remodelé avec une partie du Mal pour devenir ce qu'ils sont? Ensuite, existait-il réellement un sortilège capable de créer un trou noir? Si oui, où est-ce que ce passage pouvait bien mener et dans quel but? À moins que ce ne soit pour faire entrer la créature de son cauchemar? Et si oui, qu'était-elle exactement?

Le pauvre Henri était complètement rongé par toutes ces interrogations quand la sonnerie du téléphone le fit sursauter. Il lui fallut quelques instants pour se remettre avant d'aller finalement répondre.

— Oui?

— Henri? C'est Max!

— Max?! Seigneur, ça fait un bout de temps! Tout va bien?

— En fait, oui et non! Nous nous sommes fait attaquer dans une station de métro, à New York!

— Seigneur!

— Tout le monde est sain et sauf!

— Est-ce qu'Alicia et son bébé vont bien?

— Oui! Personne n'a été blessé!

— Est-ce que c'était un groupe satanique, comme la secte Voodoo de la dernière fois?

— Non, il n'y avait pas que des humains. Isigard et sa meute de loups-garous y étaient.

— Quoi?! Un démon?! Et en plein jour…

— Oui! Et en plein public en plus! J'ai réussi à l'éliminer mais… Avant que je ne le tue, il m'a dit des trucs…

— Quels trucs?

— Il m'a mentionné que le Mal avait changé de tactique! Qu'Il ne désirait plus rester sous couverture désormais et qu'Il allait bientôt s'afficher au reste du monde! Et aussi qu'une guerre allait bientôt éclater!

— Ah, mon Dieu! Et... Et tu crois qu'il a dit vrai?

— Eh bien, Isigard savait qu'il n'était pas assez puissant pour nous battre. Même s'il avait plusieurs sataniques armés en plus d'un bon nombre de ses esclaves, il se doutait très bien qu'il ne faisait pas le poids. En fait, je crois effectivement que c'était en premier lieu une tentative pour mettre la main sur Alicia, mais qu'il avait également une autre idée derrière cette attaque. Je crois que le but était... Était de semer la terreur! Je pense que le Mal veut se nourrir de cette peur.

— Si c'est le cas, ça a dû franchement fonctionner avec tous ces civils. En tout cas, si ce que tu dis est vrai, alors cela veut dire qu'Il n'a désormais plus rien à perdre et qu'Il va tenter le tout pour le tout!

— Je le crois aussi, puisque ce n'est pas tout. Isigard a aussi mentionné qu'il avait été ramené par la plus puissante des sorcières jamais existées. Et qu'elle avait également fait revenir tous les autres démons...

— Mais comment a-t-elle pu réussir sans les pages maudites?! Briser un sceau est déjà un exploit en soi sans les écrits du diable! Mais tous les cinq, sans le manuscrit originel, c'est impossible! Même Sadman n'y serait pas arrivé!

— Eh bien, il semblerait que cette fameuse sorcière ait plus d'un tour dans son sac. Car en plus des démons, elle s'apprêterait apparemment à faire entrer dans notre monde d'autres créatures, dont une en particulier qui serait invincible.

L'image de la bête de son rêve revint aussitôt hanter le vieil homme. Avec ce que venait de dire son ami, il était maintenant plus que probable que le songe qu'il avait eu plus tôt était prémonitoire.

— Henri? Tu es toujours là?

— Oui… Désolé, Max!

— Je ne sais pas si toute cette histoire est vraie, mais dis quand même à Yohanda de se préparer à intervenir!

— Oui… Je…

— Et j'aimerais que tu tentes de trouver le plus d'informations possible sur une créature que nous n'avons pas encore croisée.

— Oui… Il se pourrait bien que je trouve quelque chose… Je… Je dois te laisser, Max… Je dois vérifier quelque chose…

— Très bien! Merci! Pour notre part, nous sommes en mouvement vers la campagne pour aller nous dissimuler dans le repère le plus près d'ici. Je te rappellerai quand j'y serai.

— D'accord… Faites très attention à vous…

— Vous aussi!

Lorsque Max raccrocha, Henri, complètement estomaqué, s'assit un moment pour reprendre ses esprits avant de téléphoner au nouveau commandant des Protecteurs. Lorsque le barbu répondit, le prêtre lui relata toute l'histoire et il fut tout aussi stupéfait que les autres par les nouvelles. Quand ils eurent un peu plus tard fini leur conversation remplie de questionnements, le gardien de la bibliothèque reprit la traduction de l'étrange bouquin depuis le début.

Chapitre 9

L'interrogatoire

Lorsque qu'ils virent arriver le grand barbu aux cheveux rasés en veston et la magnifique asiatique en tailleur, les policiers en charge de la sécurité du prisonnier ainsi que l'enquêteur en civil s'interrogèrent sérieusement, étant loin de s'imaginer que les agents spéciaux qu'ils attendaient auraient une telle allure. Toutefois, lorsque Yohanda et Wayuki leur présentèrent leurs fausses cartes du FBI, imitées avec une minutieuse précision, ils n'eurent d'autres choix que d'admettre qu'il s'agissait bel et bien des visiteurs prévus.

— Agents fédéraux! se présenta le colosse, en anglais. Nous sommes venus interrogés le prisonnier! rajouta-t-il en pointant le seul tireur de la station de métro de New York encore en état de parler, assis tranquillement de l'autre côté de la vitre miroir dans la salle d'interrogation.

— Ouais, je sais! répondit le détective. Nos supérieurs nous ont avisé de votre passage. Vous pouvez tenter de le questionner, mais je vous avertis, vous n'en tirerai rien! Ça fait plus de 4 heures qu'il est assis là et il n'a pas dit le moindre mot.

— Bien, merci! Nous sommes venus de loin, alors nous allons tout de même tenter notre chance.

— Bien sûr! Il est à vous! termina-t-il en leur ouvrant la porte.

Lorsque les deux Protecteurs firent leur entrée, le satanique, que Sarah avait salement amoché auparavant, leva ses yeux enflés et noircis vers eux tout en serrant les dents. Le juif prit alors un siège devant lui alors que la bouddhiste resta debout à proximité. Dès qu'ils furent entrés, les policiers se retirèrent afin de les laisser mener leur enquête.

Yohanda posa alors quelques questions générales, sachant très bien que l'homme ne répondrait pas. Toutefois, ses interrogatoires réussirent comme prévu à le distraire suffisamment pour que Wayuki le pique subtilement au bras avec la petite seringue qu'elle dissimulait dans sa manche. Au moment où elle s'exécuta, en portant bien évidemment attention à l'angle de la caméra de surveillance, le terroriste se mit à s'agiter vigoureusement en hurlant de rage. Mais comme il était enchaîné, les deux envoyés du Vatican se contentèrent de le regarder s'énerver un moment, attendant que le puissant sérum de vérité concocté par leur savant de service, Travos, fasse effet.

— Bon, nous allons pouvoir y aller! dit enfin Yohanda. Alors dis-moi, à quelle secte appartiens-tu? Quel est le nom de votre organisation?

— Les... Aaaargh! Les.... Fils de pute! Non!

— Cesse de lutter! Tu n'y arriveras pas! Alors répond à la question! Qui êtes-vous!

— Aaaarrrghh! Les... Non! Je ne dois pas... Aaaaarrrghh! Les... Les Illuminati! finit-il par dire malgré tous ses efforts pour garder le silence.

— Les Illuminati? Oui, j'en ai déjà entendu parler. Mais ce groupe s'est dissout à la fin du 18e siècle! Les théories à propos de cette société secrète pratiquant les sciences occultes, qui complotait clandestinement pour dominer le monde, ne sont que des légendes urbaines, non?!

— Oh non, mon cher! Les Illuminati ont bien voulu faire croire à leur dissolution afin de demeurer le plus discret possible! Mais ils sont toujours demeurés actifs. Ils ont infiltrés toutes les couches de la société à travers le monde! Et dernièrement, la ligue recrute à travers la planète pour créer une alliance entre tous les autres groupes vouant un culte au Mal. La secte des Serviteurs du Mal, dont je faisais partie, s'est donc ralliée à leur cause il y a près d'un mois.

— Les Serviteurs du Mal! C'était celle que Sadman avait fondée!

— Oui! Quand le grand Sadman m'a trouvé, je n'étais qu'une merde, qui allait et venait sans but précis! Une merde dont tout le monde se foutait! Mais il m'a ouvert les yeux! Ils nous a tous ouvert les yeux! Ils nous a tous fait voir le monde tel qu'il était! Ils nous a tous montré comment Dieu pouvait se foutre de nous!

— Mais cette secte a été détruite à Winslow, il y a presque 7 ans déjà?!

— J'y étais lors de la grande bataille! Ces enfoirés de Protecteurs ont eu de la chance ce jour-là! Nous... Nous étions une dizaine à être battu en retraite lorsque nous avions compris que nous ne gagnerions pas. Nous nous sommes ensuite regroupés et avons poursuivi sur les traces de notre grand maître. Et quand nous avions su qu'il était parvenu à revenir d'entre les morts sous la forme d'un démon, nous avions alors redoublé d'effort pour agrandir nos effectifs.

— Oui, il est revenu! Et il a été éliminé une seconde fois!

— Pauvre idiot! Les Protecteurs ont détruit son enveloppe charnelle seulement! Tous leurs efforts ont été faits en vain puisqu'il est une fois de plus de retour! L'attaque dans le métro n'était qu'un avant-goût! Le règne du Mal est en route! Avec l'aide des Illuminati, lorsqu'Il frappera, votre monde sera complètement anéanti et seuls ses fidèles seront épargnés! Seuls ceux qui se seront agenouillés devant Lui pourront s'élever à ses côtés!

— Où compte-t-il attaquer?! Où se fera l'assaut du Mal cette fois?!

— Aaaargh! Non… Je… Je ne parlerai pas! Aaaargh!

— Je te l'ai dit, tu ne pourras pas résister! Ce sérum de vérité qui coule dans tes veines est trop puissant! Alors parle! Où se fera l'attaque?!

— Je… Aaargh! Partout! À travers le monde!

— Mais où cela débutera-t-il? Où se fera le premier assaut?

— Mau…. Aaaargggh! Non! M… Mauberge! Mauberge, en France, sera la prem…

Il s'arrêta soudainement tout en se penchant. Les deux interrogateurs le fixèrent un moment alors qu'il restait ainsi, complètement immobile. Tout à coup, l'homme releva la tête, dévoilant des yeux totalement blancs et cernés. Yohanda et Wayuki se reculèrent aussitôt, terrorisés par ce retournement de situation.

— Tous ce que vous avez à savoir, lança ensuite le possédé d'une voix démoniaque, c'est que votre planète sera bientôt plongée dans un atroce cauchemar! Ha! Ha! Ha! Ha!

Dès qu'il termina, ce dernier se frappa brutalement la tête contre le coin de la table devant lui. L'impact fut si violent que son crâne se fendit comme un œuf, laissant échapper une quantité impressionnante de sang et de liquide cervicale.

— Oh, merde!

— Non! Saleté! s'exclama Wayuki dans sa langue native.

Yohanda se rua aussitôt pour tenter quelque chose, mais en vain. Toutefois, malgré l'évidence du décès du prisonnier, le barbu entama les premiers soins pour tenter de le maintenir en vie. Pendant ce temps, la chinoise se précipita à la recherche des policiers. Lorsque ceux-ci arrivèrent sur place, ils prirent rapidement en charge le blessé en attendant les ambulanciers, qui ne tardèrent pas à arriver.

Une fois le suspect évacué, les deux Protecteurs s'expliquèrent à l'inspecteur, qui confirma rapidement leur dire grâce à la vidéo de surveillance.

— Mais c'est quoi cette merde! s'exclama l'enquêteur lorsque le visage du satanique se brouilla à l'écran au moment où il fut possédé. Ça a fait la même chose avec le film de la station de métro! C'est... Oh, mon Dieu! enchaîna-t-il au moment où l'homme au visage brouillé se frappa contre la table.

— Comme je vous l'ai dit, spécifia Yohanda, nous lui parlions calmement lorsqu'il s'est mis à paniquer avant de... De s'infliger ça!

— Nom d'un chien! Ce n'est pas croyable! Comment a-t-il pu se frapper aussi fort? Sans même hésiter?!

— Je n'ai malheureusement pas d'explication à vous donner... Sur ce, nous devons y aller!

— Quoi?! Non! Vous ne pouvez pas partir comme cela! Il va y

avoir un rapport à faire et…

— Désolé, mais nous devons vraiment y aller! Mon organisation communiquera sous peu avec vos supérieurs.

— Non, je ne vous laisserai pas partir! lui avoua-t-il en lui saisissant une manche.

Mais au moment où il posa sa main sur lui, l'as des arts martiaux appliqua l'une de ses prises d'autodéfense. Avant qu'il n'ait eu le temps de faire quoi que ce soit, le pauvre enquêteur se retrouva à plat ventre sur une table avec un bras douloureusement retenu derrière son dos.

— Je ne le redirai pas, monsieur l'inspecteur! lui ordonna Yohanda en le retenant dans cette position très inconfortable. Nous avons une urgence et nous partons! Nos supérieurs contacteront les vôtres pour régler les détails! Est-ce que je me suis bien fait comprendre?!

— Oui… Oui, c'est bon!

Sans perdre une seconde de plus, le barbu le relâcha avant de se diriger vers la sortie, suivi de près par Wayuki. Le détective, encore sous le choc par toute cette histoire, les regarda s'éloigner silencieusement en replaçant sa cravate.

— Dites! les questionna-t-il avant qu'ils ne disparaissent. Qu'est-ce qu'il vous a dit exactement?

— Même si je vous le disais, vous ne me croiriez pas!

Chapitre 10

Le pouvoir de la peur

Robert, qui avait de grands problèmes d'insomnie depuis les aveux du petit Daniel à propos de ses cauchemars, s'installa confortablement sur son sofa dans l'espoir d'y trouver le sommeil en cette nuit pluvieuse. De plus, le fait de ne pas se sentir chez lui depuis leur déménagement n'aidait en rien sa situation. Pour l'aider à se changer les idées, il alluma la télévision, tout en s'assurant de baisser le volume. Toutefois, son plan qui avait comme objectif de se détendre démarra de très mauvaise façon dès que l'appareil s'ouvrit sur un bulletin de nouvelle parlant d'une attaque terroriste dans une station de métro de New York. Sachant que ce n'était pas en visionnant le reportage d'un aussi tragique évènement qu'il arriverait à ses fins, le retraité en pyjama se prépara à changer de chaîne quand il fut soudainement saisit en reconnaissant son fidèle partenaire à l'écran.

— Quoi?! Max?! Nom d'un chien! Mais qu'est-ce que c'est que cette histoire?! Non, non, non!

Totalement affolé de voir son ami qui se tenaient au milieu d'une foule à genoux qui applaudissait, il se dépêcha de monter le volume.

— Voici l'un des membres du groupe qui aurait interpellé les fameux terroristes, précisa la voix de la journaliste. Aucune organisation n'aurait revendiqué l'attentat pour l'instant, mais nous avons appris que certains de ces malfaiteurs portaient étrangement des costumes de loups. Cette vidéo, filmée à l'aide d'un portable, a rapidement fait le tour du Web. D'après plusieurs témoins, le jeune homme que l'on peut y apercevoir aurait été aidé de trois autres personnes pour arrêter les malfaiteurs, qui avaient ouvert le feu dans cette station de métro. Toutefois, les héros auraient ensuite pris la fuite avant l'arrivée des policiers. En ce qui a trait à ses acolytes, il s'agirait de deux jeunes femmes, l'une de race blanche et l'autre de race noire, ainsi que d'un homme blanc dans la mi-trentaine qui affichait une imposante cicatrice au visage.

— Seigneur! Ce sont eux! Ils... Ils se sont fait attaquer! En plein jour et... Et en public?!

— Voici quelques témoignages de cet insolite évènement.

— Ce n'était pas des humains! avoua en anglais un premier témoin, totalement affolé. Pas tous en tout cas! Des... Des loups! C'était des loups-garous! Je vous le jure! Et ce type, il s'est battu contre le plus gros d'entre eux! Il... Il l'a tué avec son épée!

— Il a guéri ma maman! admit la petite fille qui avait assistée au miracle. Elle avait reçu une balle et il l'a soigné juste en la touchant!

— C'était un super-héros! exprima à son tour un adolescent. Vous auriez dû le voir! Il était si vite et si fort! Je vous le dit, c'était réellement un super-héros!

— Un ange! relata finalement le premier vieil homme à s'être agenouillé. Un ange venu du Ciel pour combattre ces créatures... Ces démons!

— Alors comme vous pouvez le constater Chantale, poursuivit la journaliste, c'est vraiment une affaire des plus intrigantes. Ces témoignages sont réellement très étranges. Nous n'avons malheureusement pas davantage de détails, mais nous allons rester sur place et tenter d'en savoir un peu plus…

— Ah, mon Dieu! s'exclama Robert lorsque le sujet du bulletin de nouvelle se tourna vers une autre histoire. Si seulement je pouvais les appeler! Mon Dieu, faites qu'ils ne soient pas blessés! Comment? Comment est-ce possible?! Putain de merde! Comment se fait-il qu'ils se soient fait attaquer en plein New York! Cette fois, il n'y a plus aucun doute! Le Mal est prêt à tout pour empêcher Alicia d'avoir cet enfant!

Tout en défilant les chaînes pour tenter d'en trouver une autre qui parlerait de cet évènement, un paquet de scénarios prirent naissance dans son esprit. Lorsqu'il tomba enfin sur un autre canal parlant des attentats, il tendit scrupuleusement l'oreille pour essayer d'en savoir plus.

Mais alors qu'il était sur le qui-vive devant le téléviseur, un hurlement d'enfant le fit tout à coup sursauter.

— Daniel! Seigneur!

Ayant reconnu la voix du garçon, Robert se leva d'un bond et fonça vers sa chambre, craignant le retour des cauchemars insolites.

— Nom d'un chien! se dit-il en accourant. Ça va réellement de mieux en mieux! Il me semble que c'en était déjà assez pour ce soir!

Une fois rendu, il ouvrit sans hésiter la porte et y découvrit avec soulagement le fils de Tom et Irsilda, seul, assis dans son lit en train de pleurer à chaudes larmes. Néanmoins, avant de lui poser la moindre question, il examina nerveusement partout autour, craignant de découvrir une créature démoniaque quelconque. Lorsqu'il eut terminé son inspection rapide des lieux, il s'approcha enfin du pauvre Daniel et le prit dans ses bras.

— Qu'est-ce qui se passe, mon petit?

— Il… Il a réussi!

— Qui… Qui a réussi?

— Le monsieur méchant! Il a réussi! Il a réussi à me faire peur!

— Ce… Ce n'était qu'un cauchemar, tenta-t-il pour le rassurer, bien qu'il ressentait également la frayeur le gruger de l'intérieur.

— Il… Il est d'abord apparu sous la forme de maman. J'étais… J'étais certain que c'était bien elle, alors je l'ai laissé approcher… Et puis son beau visage est devenu tout blême avec de lignes noires. Ses yeux sont devenus complètement blanc et elle s'est mise à crier si fort. Et là j'ai vu ses longues dents jaunes et croches qui sortaient de sa grande bouche. Puis elle m'a attrapé par le bras et elle m'a attiré vers son ventre sur lequel il y avait pleins de petites silhouettes humaines qui y grouillaient… Celles-ci avaient l'air d'être prisonnières sous sa peau et tentaient de s'évader… Elles paraissaient souffrir le martyr… Je… Je ne sais pas comment l'expliquer! Mais c'était horrible… J'ai été surpris et… Et j'ai eu peur!

— Chut, mon petit! Chut! Ça va aller!

— Non, Robert! Ça ne va pas aller du tout! C'est ce qu'Il voulait! Étant donné que je ne suis pas un garçon normal, ma peur va lui donner assez de pouvoir pour faire une courte fissure dans notre monde! Même s'Il ne pourra pas percer totalement le bouclier du monsieur gentil, Il va quand même réussir à y créer une petite ouverture! Et il en profitera pour t'atteindre!

— Hein? Pour... Pourquoi moi?

— Parce que tu es l'un des seuls êtres de cette planète à être assez puissant pour nuire à son plan! Parce que tu es l'un des plus grands combattants de la Terre à avoir réussi à contrecarrer ses derniers assauts! Aussi, il sait qu'il atteindra le grand ange Max s'il arrive à te tuer! Et comme je te l'ai déjà dit, il a une dent contre toi depuis que tu l'as renvoyé dans l'au-delà avant qu'il n'en finisse avec Alicia! C'est Lui qui me l'a dit! Il... Il te déteste! Il désire se venger de toi!

— Est-ce qu'Il t'a dit comment Il allait le faire? questionna Robert, toujours aussi surpris comme à chaque fois du vocabulaire et du résonnement mature du jeune garçon de seulement quatre ans.

— Non! Mais Il va arriver bientôt! Il faut partir d'ici au plus vite!

— Je... Je...

— Robert, vite! Il faut s'en aller!

— Qu'est-ce qui se passe? questionna au même moment Isabelle, qui venait de les rejoindre.

— OK Daniel! On s'en va! Chérie, va vite réveiller Simon! Nous devons partir au plus vite!

— Quoi?! Qu'est-ce que c'est que...

— Isabelle! Je t'expliquerai en route! Va vite chercher Simon!

— Mais où allons-nous?

— Je... Je ne sais pas... Euh... À l'église! Nous allons nous réfugier à l'église!

Même si un tas de questions se bousculaient dans sa tête, la femme cessa son interrogatoire et se hâta d'aller réveiller son fils qui, depuis plusieurs semaines, ne dormait pratiquement plus dans son appartement. Durant ce temps, Robert dévala l'escalier avec le petit dans les bras.

Au moment où il mit le pied dans le salon, l'image sur le téléviseur s'embrouilla d'un seul coup, le faisant inévitablement sursauter. Puis, alors qu'il fixait nerveusement l'écran, une voix effrayante retentie des haut-parleurs.

— Je vais prendre vos âmes!

Malgré la frayeur qui l'emplissait, Robert se dépêcha de poursuivre son chemin vers le comptoir de la cuisine où y étaient rangées les clés de voiture. Mais au moment où il mit la main dessus, le plus gros couteau de cuisine, accroché au mur sur une plaque aimantée, s'envola à toute vitesse dans sa direction. Et juste comme la pointe allait l'atteindre, Robert, grâce à ses nouveaux réflexes surhumains, se baissa à temps pour l'éviter. Au moment où l'arme blanche termina sa trajectoire dans le mur, l'homme poussa un soupir avant de se glisser derrière le comptoir, toujours avec Daniel dans les bras.

Cependant, à peine venait-il de se mettre à couvert que Simon faisait à son tour son entrée dans la pièce. En l'apercevant, son père lui hurla de se coucher. Cependant, avant qu'il ne puisse s'exécuter, un second couteau s'envola dans sa direction. En voyant la menace, le jeune leva instinctivement sa main pour se protéger. La lame la lui transperça alors de part en part avant de venir s'enfoncer profondément dans sa joue. Tout en poussant un cri de douleur, le blondinet se jeta au sol avant de subir une autre attaque.

— Ah, Seigneur! s'exclama Robert tout en rampant vers son fils blessé. Isabelle! Reste où tu es! Ne viens pas dans la cuisine!

Puis, tout en s'assurant que sa femme l'avait bien compris, il retira l'arme blanche du visage ensanglanté de Simon, qui se plaignit pendant la manœuvre. Il poursuivit ensuite avec la main, qui ne fut pas sans peine non plus. Une fois qu'il eut terminé, l'ancien ambulancier examina hâtivement les plaies pour vérifier l'étendue des dommages. Il constata alors avec soulagement que même s'il s'agissait d'impressionnantes coupures, il n'y avait rien là qui pouvait intenter à sa vie.

— Reste à plat ventre, Isabelle! ordonna-t-il ensuite à femme, toujours dans le salon, pendant qu'il installait à son fils des bandages improvisées faits à partir des manches de son pyjama.

— Mais qu'est-ce qui se passe, Robert? sanglota-t-elle tout en se glissant vers eux.

— Viens vite, ma chérie! Ne t'inquiète pas! Je vais nous sortir d'ici!

— J'ai peur, Robert!

— Bon, écoutez-moi bien! Il est important de rester derrière le comptoir! Nous allons tous le longer jusqu'au bout. Une fois rendu, je vais me relever pour servir d'appât et vous en profiterez pour sortir à l'extérieur le plus vite possible! Vous m'avez tous bien compris?

Daniel et Isabelle hochèrent rapidement la tête. Mais comme l'attention de Simon était plutôt attirée par la quantité abondante de son sang qui se répandait sur le plancher, celui-ci ne répondit pas immédiatement.

— Simon! Simon, regarde-moi! Tes blessures ne sont que superficielles. Il n'y a pas de danger! Mais il faut que nous sortions d'ici au plus vite! Alors écoute-moi bien!

Il répéta une seconde fois le plan en s'assurant que son fils l'écoute bien cette fois-ci. Lorsque ce dernier lui indiqua qu'il avait compris, le groupe commença à se déplacer. Une fois arrivé à l'extrémité, Robert entama un compte à rebours avant de s'exposer nerveusement, tel que prévu.

Dès qu'ils le virent se relever, les trois autres accoururent vers la porte. Mais alors qu'Isabelle s'apprêtait à l'atteindre, une grande silhouette sombre aux yeux blancs s'interposa devant elle. En la voyant, la femme poussa un cri de frayeur en se reculant.

Robert, qui s'attendait plutôt à recevoir un projectile, se retourna rapidement vers cette effrayante ombre qui venait d'apparaître. Il ressentit à ce moment, tout comme les trois autres, une noirceur envahir tout son être, comme si l'aura démoniaque du spectre lui traversait tout le corps. Ne sachant pas quoi faire, l'homme figea un moment jusqu'à ce que soudainement, comme si quelqu'un lui avait soufflé la réponse, il pensa à la fiole d'eau bénite placée sur le comptoir. Il attrapa alors l'une des nombreuses armes de Dieu, qu'il avait depuis longtemps dissimulé partout à travers la maison par précaution, et décapsula la bouteille. Puis, sans réfléchir davantage, il aspergea la forme démoniaque du liquide consacré.

À sa grande satisfaction, l'ombre poussa un soupir aigu avant de s'évaporer complètement. Robert se précipita aussitôt à l'extérieur en ordonnant aux autres de le suivre. Une fois dehors, sous une pluie froide et abondante, la famille se dirigea au plus vite vers la plus grande des deux voitures. Simon, toujours avec sa manche de pyjama ensanglantée attachée en diagonale autour de sa tête, ainsi qu'une autre à la main, prit place à l'arrière avec Daniel. Le père et la mère prirent quant à eux leur position respective de chauffeur et passager à l'avant.

Lorsque tous furent installés, Robert se dépêcha de mettre le contact, espérant de tout cœur que le moteur se mette en marche. Il fut alors extrêmement surpris de l'entendre commencer à tourner sans aucune hésitation. Il embraya donc sans perdre une seconde le véhicule en marche arrière et quitta la cour. Mais à peine venait-il de commencer à avancer sur la rue recouverte d'eau qu'un puissant coup de vent souffla vigoureusement sur un grand conifère à proximité. L'arbre, ne pouvant résister à un souffle d'une telle violence, se cassa à la moitié de la hauteur. Évidemment, la partie du sommet entama aussitôt sa chute en plein vers l'automobile de la famille en fuite.

— Attention! hurla au même moment Simon en voyant le gros sapin se diriger en plein sur eux, tout en agrippant Daniel et en le tirant avec lui au fond du véhicule.

Par réflexe, Robert actionna les freins et, par chance, la cime de l'arbre chuta bruyamment sur le capot en écrasant le moteur. Inévitablement, celui-ci se cala dès l'impact.

— Ça va?! cria le conducteur. Êtes-vous blessés?! poursuivit-il en examinant du regard sa femme qui, quoique complètement abasourdie, semblait saine et sauve.

— Putain de merde! finit par répondre son fils derrière. Ça va ici! On… On va bien! On n'est pas blessé!

— Bon, ne bougez pas! poursuivit Robert en tentant désespérément de redémarrer. Saloperie! La voiture est complètement bousillée! Je… Je vais aller chercher ton auto, Simon. Où sont tes clés?

— Euh… Sur le comptoir de la cuisine… Je crois…

— OK! Restez ici! Je reviens tout de suite!

— Regarde Simon, pointa au même instant Daniel. Il y a un fils en feu dehors!

— Quoi? Qu'est-ce que… Papa, stop! lui ordonna le blondinet alors que son père s'apprêtait à sortir.

— Hein? Pourquoi?

— En tombant, l'arbre a sectionné un fil électrique. Il traine juste là, près de la portière de maman. Et il fait tout plein de flammèches! Comme la voiture se trouve au beau milieu d'une marre, si tu mets le pied dans la rue emplie d'eau, tu vas prendre un choc électrique, c'est certain!

— Oui… Tu as sans doute raison! Ce doit être les pneus qui nous isolent de l'électricité pour l'instant. Mais si on reste ici, le Mal tentera tôt ou tard un nouvel assaut! Daniel, est-ce que le monsieur gentil t'avait dit combien de temps le pouvoir de ta peur permettrait au méchant d'interagir sur notre monde?

— Non, je ne sais pas! Il avait dit que c'était pour un court moment, mais je ne peux pas dire comment long cela voulait dire.

— Robert! les coupa Isabelle. De la fumée… Les… Les pneus… Ils fondent!

— Quoi?!

— Elle a raison! confirma visuellement Simon par la vitre de sa portière. L'électricité fait fondre les pneus! Non, non, non! Ce n'est pas bon, ça! Dès que les roues toucheront le sol, nous nous ferons électrocuter!

— Oh, mon Dieu! s'écria Robert. OK, je… Je vais tenter de…

Le pauvre homme se creusa alors la tête pour essayer de trouver un plan efficace quand soudain, un pick-up se rapprochant rapidement les éclaira de ses phares. Lorsqu'il fut à proximité, le camion venant en sens inverse s'immobilisa lentement avant que la portière du conducteur ne s'ouvre.

— Non! cria Robert pour avertir ce qui semblait être un bon samaritain. Ne descendez pas! Restez dans votre véhicule! Non! Non! Ne bougez plus! Restez dans…

Mais malgré les avertissements du retraité, l'homme dans la quarantaine, qui n'avait comme objectif que de venir en aide aux passagers de la voiture accidentée, posa le pied par terre. Aussitôt qu'il toucha le sol recouvert d'eau de pluie, une lueur bleue se forma autour de sa semelle et il fut projeté d'abord contre le côté de son 4x4 avant de terminer sa chute quelques mètres vers l'arrière.

Devant l'affreux spectacle, Isabelle ne put s'empêcher de pousser un cri de panique. Les autres, quant à eux, restèrent complètement bouche bée en voyant le pauvre homme se faire exécuter sous leurs yeux.

— Papa! le prévint après quelques secondes Simon. Les... Les pneus s'enflamment! Ils vont bientôt éclater! Je... Je ne veux pas finir comme ce type!

— Eh merde! OK, je... Je ne peux pas atteindre son pick-up! Il est encore trop loin! Je crois que je vais plutôt essayer de... Peut-être que sur la pelouse...

— Non Robert! La pelouse sera aussi un conducteur! Ne fais pas ça!

— Maman a raison! Mais avec tes nouveaux dons, je suis persuadé que tu peux arriver à atteindre le capot du camion!

— Simon, il est encore à plus de quinze pieds! C'est impossible!

— Papa, cesse de nier, maintenant! Tu es un Chevalier de Dieu et peut-être même quelque chose de plus fort! Je suis persuadé que tu peux le faire! Aie confiance!

Robert serra alors les dents en évaluant la distance importante qui le séparait de l'autre véhicule, sachant très bien qu'un saut de cette longueur sans élan était impossible à réussir. Mais comme le temps était compté, il savait qu'il devait au plus vite tenter quelque chose ou ils allaient tous y passer.

Ne voyant pas d'autre solution, il ouvrit finalement sa portière et grimpa sur l'arbre encore sur le capot, en faisant bien attention de ne pas toucher le sol. Puis, il s'installa le plus possible à l'avant de l'auto accidentée et se prépara à faire le grand saut. Il put à cet instant entendre son cœur se mettre à battre à tout rompre, sachant que s'il ratait son coup, ce serait la mort assurée pour sa famille et lui.

— Allez mon Dieu! Aidez-moi! Par pitié, donnez-moi la vigueur pour réussir l'impossible!

Sur ce, Robert se projeta de toutes ses forces dans les airs en poussant un grognement pour appuyer ses efforts. À sa grande surprise, il s'éleva bien plus haut qu'il ne l'aurait cru. Durant son envol surhumain, il fut contraint d'admettre que son corps avait bel et bien évolué. Il parcourut donc ainsi la longue distance dans les airs de façon surprenante avant de redescendre en plein sur le devant du camion. Cependant, lorsque ses pieds touchèrent le capot mouillé, ces derniers dérapèrent et l'homme chuta sur le dos, avant de glisser vers le sol. Mais juste avant de tomber du véhicule, il attrapa fermement un essuie-glace tout en relevant les jambes. Par miracle, il réussit à se freiner à peine à quelques centimètres du sol électrifié. Sans perdre de temps, il se hissa en poussant un soupir, conscient qu'il venait de frôler la catastrophe.

Cependant, à peine venait-il de reprendre une position plus confortable que l'ombre effrayante, qui leurs était apparue plus tôt dans la cuisine, se reforma à nouveau tout juste à côté de lui. Dès qu'elle fit son entrée, Robert sentit sa gorge se resserrer et son souffle se couper, comme si quelqu'un était en train de l'étrangler. Et comme si ce n'en était déjà pas assez, à cette nouvelle éruption du Mal, le cadavre du conducteur électrifié se mit à remuer lentement.

Simon, toujours à bord de la voiture accidentée, regarda son père en très mauvaise posture en se sentant totalement impuissant. Même s'il savait à quel point le temps était compté, tant pour son géniteur que pour eux, alors que les pneus semblaient vouloir céder à tout instant, il fut incapable de trouver une solution.

— Pense! lança-t-il à haute voix tout en scrutant autour de lui. Allez, trouve quelque chose! Il y a forcément un moyen, merde!

— Je sais comment le chasser! commenta tout à coup Daniel.

— Pardon?

— Le monsieur gentil, il m'a dit dans mes rêves que j'étais quelqu'un de spécial. Et que parce que j'avais des pouvoirs, mon sang était particulier. Il disait qu'il était un peu comme de l'eau bénite et que je pourrais m'en servir pour combattre le monsieur méchant.

— Tu... Tu en es bien certain?

— Oui. Si on pouvait trouver le moyen de...

N'ayant pas le luxe de pouvoir songer plus longtemps à cette insolite affirmation, Simon décida de suivre son instinct et d'agir au plus vite. Il brisa donc douloureusement la vitre de sa portière d'un seul coup de coude déterminé avant de saisir un long morceaux de verre en pointe. Mais lorsqu'il l'approcha du bras de l'enfant, le blondinet hésita quelque peu.

— Vas-y, Simon! Ça ne me fera pas mal! Je ressens moins la douleur que les autres gens! Et je guéris plus vite qu'eux! Allez vite! On dirait que Robert n'arrive plus à respirer et celui qui était mort vient de se relever! Vite, il faut le sauver!

Sur ces mots fort convaincants, le jeune homme se décida enfin et lacéra l'avant-bras de Daniel afin d'imbiber son couteau improvisé du sang de ce dernier. Lorsqu'il en fut rapidement recouvert, Simon ordonna au petit de faire une forte pression sur sa blessure. Puis, il ouvrit sa portière et exposa le haut de son corps à la pluie toujours aussi abondante en prenant bien soin de garder les pieds à bord de l'automobile. Une fois en position, il se concentra un bref instant avant de lancer son arme artisanale, espérant de tout cœur ne pas rater sa cible.

Le morceau de verre ensanglanté tournoya un instant sur lui-même avant de finalement entrer en contact avec l'ombre aux yeux blancs. Dès qu'elle fut atteinte, cette dernière poussa un agressif soupir strident avant de s'évaporer une nouvelle fois dans les airs.

Le morceau de verre, quant à lui, ne fut aucunement affecté par le spectre, comme s'il avait simplement traversé un nuage de brume. Il poursuivit donc sa trajectoire pour aller se fracasser contre le pare-chocs du pick-up.

À la seconde où la silhouette disparut, Robert prit une grande inspiration avant de se mettre à tousser vigoureusement. Mais alors qu'il tentait de reprendre son souffle, la voix de sa femme retentit dans la nuit orageuse.

— Robert, il arrive! Attention, derrière toi!

Suite aux avertissements d'Isabelle, l'ancien ambulancier se tourna juste à temps pour voir le zombie qui, comme s'il avait flairé le danger de la marre d'eau électrique, avait grimpé à l'arrière du camion avant de se diriger sur le toit pour lui bondir dessus. Et au moment où le conducteur revenu d'outre-tombe se jeta dans sa direction, Robert se tourna sur le côté pour l'éviter. Le mort-vivant s'écrasa alors à plat ventre sur le capot et l'homme en profita pour le chasser à l'aide de son pied. Le cannibale ne put se retenir et chuta sur la rue inondée. Au contact du haut voltage, son corps se crispa et ses muscles contractés le forcèrent à demeurer cloué au sol.

Ne pouvant se permettre de contempler ce spectacle, Robert se glissa ensuite derrière le volant en passant par le haut de la portière qui était restée ouverte. Une fois en place, il se hâta de déplacer le 4x4 à la hauteur de l'auto, dont les pneus s'apprêtaient à éclater d'un instant à l'autre.

Dès que son père immobilisa le pick-up, Simon lança littéralement Daniel dans la boîte à l'arrière. Puis, il aida sa mère à traverser à son tour. Lorsque ce fut enfin à lui, un transformateur dans le poteau au-dessus d'eux explosa en créant plusieurs flammèches, le faisant sursauter au plus haut point. Croyant qu'il était trop tard, le pauvre jeune homme se figea en fermant les yeux, appréhendant la décharge électrique mortelle. Réalisant quelques secondes plus tard que son heure n'était pas encore venue, il sauta à son tour à bord du camion.

Mais à peine venait-il d'atterrir à son tour dans la boîte qu'il se sentit agrippé et tiré fermement vers l'arrière, le faisant chuter sur le dos. Simon se tourna hâtivement vers son assaillant et ne fut pas du tout rassuré de reconnaître le zombie qui venait probablement d'être libéré par le bris du transformateur. Les réflexes aiguisés du jeune homme lui permirent néanmoins de bloquer la tête de l'agresseur juste avant que ses dents ne lui transpercent la peau.

Isabelle, totalement affolée de voir son fils se faire attaquer, chercha rapidement autour d'elle quelque chose pour le défendre. Elle saisit alors un morceau de planche qui trainait avec eux dans la partie ouverte du véhicule et frappa la tête du mort-vivant de toutes ses forces avec. L'assaut porté fût effectué avec assez de vigueur pour casser le bout de bois en pointe, mais insuffisamment robuste pour mettre un terme à la créature, qui poursuivit son manège envers Simon. Ne baissant pas les bras, Isabelle tenta une nouvelle attaque en lança le bout pointu de son arme artisanale en plein dans sa gueule ouverte. La pointe s'enfonça d'abord dans le palet du conducteur ressuscité pour ensuite ressortir ignoblement par le derrière de sa tête. Cette fois, l'être du Mal s'effondra mollement.

Après avoir remercié sa mère, le blondinet ordonna à son père, qui se préparait à les rejoindre à l'arrière pour leur prêter main forte, de partir au plus vite. Ce qu'il fit sans se questionner davantage. Les trois autres se recroquevillèrent tous ensemble au moment où le camion se mit en mouvement.

Robert fila à vive allure à travers les petites rues du quartier, s'attendant à tout moment à subir une nouvelle attaque du Mal. Le pied tremblant sur l'accélérateur, il s'efforça tout de même de demeurer prudent par cette pluie interminable, voulant à tout prix éviter un accident à ses passagers toujours à l'extérieur.

Lorsqu'il arriva bientôt à une intersection, il vit une autre voiture s'immobiliser à un panneau d'arrêt. Ne désirant pas en faire de même, Robert actionna les feux de détresse et pressa le klaxon en continue. Heureusement, l'autre conducteur sembla comprendre le message et demeura immobile jusqu'à son passage.

Les quatre rescapés furent alors très surpris d'atteindre enfin le stationnement de la grande église sans autre embûche. Même s'il se doutait qu'ils étaient, grâce à Dieu, maintenant hors de danger, Robert se hâta tout de même d'aller aider Isabelle et Simon à descendre pour ensuite attraper Daniel. Le groupe se déplaça ensuite à la course jusqu'à la porte principale. Cependant, comme ils le craignaient celle-ci était verrouillée.

Poussé par toutes les émotions de la soirée, le père de famille tenta sa chance et la frappa de son pied. Il fut alors étonnamment surpris de briser le verrou dès son premier essai.

Une fois enfin à l'intérieur, les survivants trempés poussèrent un soupir de soulagement. Robert remercia alors le Bien de vive voix, tandis qu'Isabelle fondit en larme dans ses bras. Pour sa part, Daniel était resté d'un calme surprenant. Le blondinet, lui, était tellement sur les dents qu'il en avait oublié ses coupures.

Puis, tout en restant sur le qui-vive, l'ancien ambulancier vérifia les blessures des garçons et leurs appliqua les premiers soins avec ce qu'il trouva à portée de main. Une fois qu'il eut terminé, il équipa sa famille de différentes armes de Dieu tel de l'eau bénite ou des crucifix, craignant que ce ne soit pas encore fini.

Il fallut ensuite près d'une heure avant qu'ils ne puissent commencer à décompresser. Tous, assis ensemble sur un banc, fixèrent la porte d'entrée le reste de la nuit, qu'ils avaient bloquée à l'aide d'une lourde étagère, espérant de tout cœur qu'elle ne s'ouvrirait pas.

Chapitre 11

Le conseil du Vatican

Henri, vêtu de son complet noir agrémenté du col blanc, suivait nerveusement l'évêque devant lui qui les escortait jusqu'au conseil du Vatican, réuni suite à sa demande. Même s'il avait régulièrement l'habitude de rencontrer le pape pour donner des comptes rendus, avoir forcé une rencontre de la commission des neuf cardinaux lui donnait involontairement le trac. Derrière, Yohanda, quant à lui, marchait avec conviction, déterminé à partager son point de vue.

Leur guide les conduisit bientôt dans une grande pièce où siégeaient en demi-lune les vieux hommes en uniformes noirs et rouges. Et au centre de ceux-ci se tenait le pape, qui ne portait pour sa part que du blanc.

— Père Dubreuil, M. Mizrahi, veuillez vous approcher, les invita le bras droit du pape, le cardinal Membertica.

— Merci, Votre Éminence. Bonjour Votre Sainteté, s'inclina Henri devant le chef des catholiques alors que Yohanda ne se contenta qu'un d'une salutation silencieuse de la tête.

— Donc, nous avons parcouru votre rapport, poursuivit le doyen des cardinaux. Je dois vous avouer que nous avons pris en considération la situation que vous y exposez. Sachez que nous comprenons vos inquiétudes et que nous avons discuté consciencieusement de la solution que vous nous proposez, mais…

— Vous… Vous ne comptez pas approuver…

— Mon Père, s'unir avec d'autres groupes religieux n'est pas chose simple, vous savez. Nous ne pouvons pas laisser tomber toutes nos traditions du jour au lendemain juste sur des intuitions.

— Mais... Votre Éminence, ce sont des faits que je vous ai rapportés. Quelque chose d'énorme est sur le point de frapper notre monde et...

— Mon Père, sachez que nous avons pris votre requête très au sérieux. Et c'est pourquoi nous avons organisé une réunion du conseil d'urgence. Mais la décision que nous avons prise a été celle qui nous a semblé la plus judicieuse. Savez-vous mon Père le nombre de fois où le Mal a menacé notre monde? Et malgré cela nous sommes toujours là. Si à chaque fois nous avions...

— Alors vous ne comptez réellement pas approuver notre demande! le coupa Yohanda, incapable de se retenir davantage en voyant la tournure de la conversation. Mais c'est insensé! Avez-vous réellement lu le rapport?!

— M. Mizrahi, je vous demanderais de baisser le ton!

— De baisser le ton?! De baisser le ton! Des loups-garous ont attaqués Alicia en plein New York et au beau milieu de la journée! Et l'ange Max nous a affirmé par téléphone qu'Isigard a mentionné, juste avant de retourner en enfer, que tous les autres démons étaient de retour et que quelque chose de bien pire qu'eux allait frapper! Et c'est exactement ce que nous a avoué l'ancien membre de la secte des Serviteurs du Mal avant d'être éliminé. Sans compter que Robert Longuet nous a contactés hier pour nous mentionner que le Mal en personne avait tenté de le supprimer afin d'avoir le champ libre pour son prochain assaut! Tout ça en plus des signes de

Dieu Lui-même qui ont conduit Henri vers le fameux bouquin! Et... Et malgré tous ces avertissements, vous continuez à vous mettre la tête dans le sable!

— Nous n'agissons pas comme si le Mal n'allait rien tenter, M. Mizrahi. Il est évident qu'Il va frapper de nouveau, comme Il l'a toujours fait depuis notre apparition en ce monde. Et surtout avec l'arrivée d'un nouveau messie. Mais nous ne pouvons pas sombrer dans la panique maintenant. Nous devons garder notre sang-froid, tout comme nous l'avons fait pendant la bataille de Winslow ou encore quand la bête avait été ressuscitée.

— Eh bien, j'y étais justement, lorsque la bête est réapparue! Et laissez-moi vous dire que c'était un vrai merdier et que nous avons réellement frôlé la catastrophe! Et les Protecteurs comptaient à cette époque beaucoup plus de membres et ceux-ci étaient bien mieux entraînés! Ce n'est pourtant pas compliquer à comprendre! Les dernières tentatives du Mal nous ont couté extrêmement cher! Il ne reste désormais plus beaucoup de pions sur l'échiquier pour faire face à ce qui semblerait être son ultime assaut! Nous ne sommes qu'une poignée de personnes et la plupart sont des recrues qui n'ont pas le niveau nécessaire pour affronter les dangers qui arrivent. Car si réellement une sorcière puissante a ramené tous les démons, ce sans les pages maudites, et que mis à part Isigard, nous n'avons pas encore réussi à les retracer, alors il est clair qu'un gros coup se prépare! Si tous ces démons se terrent dans l'ombre sans attaquer, c'est qu'ils attendent le bon moment! Et quand il arrivera, il faudra faire face à la musique! Notre requête est pourtant simple! Nous voulons créer une alliance avec d'autres groupes de chasseurs de démons pour nous appuyer, tout comme nous venons de le faire avec les bouddhistes. Nous savons entre autre que les musulmans, les témoins de Jéhovah, les hindouistes, les taoïstes et même les zoroastrismes ont des équipes en charge de protéger notre monde. Bien sûr, ils n'ont eu pas le même entrainement que nous, les Protecteurs, avions jadis, mais ce sont tous des hommes et des femmes qui mettent quotidiennement leur vie en péril pour combattre le diable et ses sbires. C'est pourtant évident que nous allons avoir besoin d'eux!

— Sachez que nous saisissions votre point de vue, mais vous devez comprendre qu'il y a de grande répercussion à votre demande. Nous avons réussi à tenir sous silence notre alliance avec les Guerriers de la Lumière. Mais pour tous ces groupes, ce ne sera pas aussi simple...

— Alors vous ne comptez rien faire! Le groupe des Illuminati, que l'on croyait inactif, est pour sa part en train de créer une alliance entre toutes les sociétés pratiquant les sciences occultes alors que vous...

— Les Illuminati? Mais toutes les histoires que l'on raconte à leur sujet ne sont que mystifications!

— Pas toutes apparemment! Le sérum de vérité de Travos est bien trop efficace pour que notre délateur nous ait menti. Les Illuminati sont bien existant et ils sont plus actifs que jamais! Et pendant qu'ils complotent, vous... Vous restez là, les bras croisés, à attendre que l'on se fasse tous massacrer sur le terrain avant d'agir!

— M. Mizrahi...

— Laissez tomber les «monsieur» et écoutez-moi bien vieux connard! Vous n'avez aucune idée de ce que c'est que de se battre contre ces créatures! Vous ne savez pas ce que c'est que de voir tous ses frères et sœurs d'armes se faire mutiler juste devant soi! De devoir combattre la peur à chaque fois que notre regard croise leurs ignobles aspects! De sentir cette crainte constante de non seulement crever, mais également de se retrouver en enfer! De... D'avoir ensuite à vivre avec ces images horribles en tête et ces cauchemars qui se répètent à chaque nuit! Putain de merde, j'ai dû tuer mon meilleur ami Tom deux fois plutôt qu'une pour votre compte! Et vous voulez me faire croire qu'il pourrait y avoir de plus grandes répercussions que cela! «Bullshit»! Vous... Vous n'êtes que de vieux cons incapable de s'adapter au changement! Pas étonnant que les églises se vident et que les gens soient de moins en moins croyants! Vous êtes incapables d'évoluer et de vous adapter!

— M. Mizrahi, je n'accepterai pas un tel manque de respect dans ce lieu sacré! Je vous demande de baisser le ton lorsque vous vous adressez au conseil et surtout à Sa Sainteté ou sinon...

— Ou sinon quoi! Hein? Vous allez me remplacer peut-être! Je vous rappelle que vous m'avez élu comme leader des Protecteurs, même si à la base je suis juif, parce que j'étais le seul à pouvoir faire ce job! Et ce n'est certainement pas vous qui allez venir faire le sale boulot à ma place! Je n'ai peut-être pas le tact de Christophe et de Tom pour apporter mes points, mais vous savez très bien que j'ai raison! On ne gagnera pas cette guerre tout seul! Nom d'un chien, à l'époque de Christophe, les Protecteurs regroupaient déjà tout un tas de types de divers milieux! Même parmi nos nouvelles recrues, on compte en autre des protestants et des orthodoxes, qui ont été prêts à abandonner certains des principes fondamentaux de leurs religions d'origine pour venir servir en votre nom! Sans compter les bouddhistes qui se sont sans hésitation adaptés à la réalité! Et tout comme moi, même les autres juifs de l'équipe ont également été capables d'admettre que l'existence d'un messie par le passé était bien réelle! Alors c'est à votre tour maintenant de vous plier à des accommodements! C'est terminé désormais de jouer chacun pour soi pour des divergences d'opinions débiles! Tous les groupes religieux doivent abandonner leurs petites règles respectives et ouvrir les yeux! Il n'y a plus qu'une chose qui compte! Tous s'unir sous la bannière du Bien pour empêcher notre monde de tomber sous l'emprise du Mal! Enlevez vos putains de balais plantés dans vos culs et réagissez avant qu'il ne soit trop tard!

Sur ces dures paroles, Yohanda tourna les talons et ressortit de la pièce d'un pas déterminé avant de claquer la porte. Henri, mal à l'aise, regarda son partenaire s'exécuter en ne sachant pas s'il devait le suivre ou rester.

— Désolé Votre sainteté, finit-il par dire en regardant vers le pape. Depuis notre dernière aventure où il dû… Enfin… Vous avez lu le rapport… Eh bien, disons que… Qu'il est plus sur les dents. Tom était son meilleur ami et…

— Cela n'excuse pas un tel manque flagrant de respect! reprit le plus vieux des cardinaux avant que le chef des catholiques ne réponde. Comment a-t-il pu utiliser un tel langage en présence de Sa Sainteté? Ceci est inacceptable! Cette histoire n'en restera pas là, soyez-en bien certain! Vous lui passerez le message!

— Quoi? Êtes-vous à ce point borné pour ne retenir qu'un langage grossier des points apportés par le commandant de votre escouade tactique?! Ne l'avez-vous pas écouté?! Une terrifiante menace est sur le point de frapper notre monde! Et vous croyez réellement qu'il en a quelque chose à faire de vos menaces ridicules?!

— Père Dubreuil, je vous conseille de vous reprendre sur-le-champ! Vous savez, la possibilité de faire de vous un évêque, pour ensuite vous remettre le rang de cardinal et éventuellement prendre un siège au sein du conseil est présentement en discussion. Alors je vous recommande de peser vos mots et de prendre de sages décisions avant que nous ne reconsidérions votre candidature.

— Votre Éminence, vous... Vous n'avez donc rien compris?! Tout cela n'aura bientôt plus aucune importance! Le Mal n'a pas l'intention de laisser réapparaître un nouveau messie et Il fera tout en son pouvoir pour l'empêcher! Une guerre approche et nous ne sommes pas prêts à y faire face! Si nous n'agissons pas au plus vite, il n'y aura plus de conseil! Il n'y aura plus de Vatican! Il n'y aura plus de monde! Et par-dessus tout, nos âmes iront toutes brûler en enfer! J'y ai fait un séjour, vous savez, lorsque j'ai été mordu par Nospheus à Winslow! Et croyez-moi, il n'y a pas de pire supplice!

Dès qu'il termina sa phrase, les membres du conseil le fixèrent silencieusement, stupéfié d'entendre le prêtre tenir un tel discours. Après un bref moment sans recevoir de répliques, Henri se déplaça à son tour vers la sortie. Mais au moment où il posa la main sur la poignée, le pape, qui n'avait pas encore prononcé le moindre mot, l'interpela de son accent roumain.

— Mon Père, attendez!

— Votre Sainteté!

— Mon Père, sachez que je comprends très bien tous les enjeux. Je suis conscient des tourments que vous, M. Mizrahi et toute son équipe avez dû endurer. Et sachez que je vous en serai éternellement reconnaissant. Mais vous devez comprendre tout l'enjeu de votre demande. Il y a une différence entre enrôler des volontaires ici et là venant d'autres milieux comme nous l'avons déjà fait et ouvrir toutes grandes nos portes. Si nous accédons à votre requête, nous ne pourrons plus faire marche arrière. Toutes nos anciennes traditions et notre façon de procéder seront reconsidérées. Nous ne serons plus entièrement libres des allées et venues des Protecteurs. Et vous n'êtes pas sans savoir que nous avons eu plusieurs altercations avec d'autres groupes religieux par le passé. Même si nous décidons de faire les premiers pas, rien ne nous assure qu'ils accepteront. Ou encore qu'ils viendront ici avec de bonnes intentions. Je ne vous apprends rien en vous disant que certains groupes sont capables d'être encore plus bornés que nous ne pouvons l'être. Sans compter que si la population vient à apprendre que nous ouvrons les portes du Vatican à d'autres religions, la plupart n'accepteront pas un tel changement radical sans s'opposer. Il y aura à coup sûr des manifestions violentes et très probablement des morts. Et si nous leur disons toute la vérité à propos de la guerre qui approche, le monde sera plongé dans la peur et le Mal s'en nourrira pour augmenter sa puissance. Il l'utilisera pour noircir leurs cœurs!

— Mais… Mais Votre Sainteté, avec tout mon respect, si nous attendons… Eh bien… Lorsque le Mal frappera, il sera trop tard!

— Il est vrai que ce n'est pas une décision à prendre à la légère. Passez le mot à M. Mizrahi que nous allons reconsidérer la question.

— Merci! Merci Votre Sainteté!

À l'instant où il lui répondit d'un signe de la tête, Henri se dépêcha d'aller retrouver le grand barbu qui l'attendait à l'extérieur, en train d'envoyer un message texte à sa copine. En voyant le prêtre, Yohanda se hâta de le questionner.

— Désolé Henri! C'était plus fort que moi Je n'ai pas pu me retenir! Alors, qu'est-ce qu'ils ont dit?

— Le pape m'a affirmé qu'il allait reconsidérer la question!

— Excellent! Alors j'ai réussi à les secouer un peu!

— Ah ça, oui alors!

— Excuse-moi, mon ami! Je ne voulais pas te faire vivre ça.

— Ah, tu sais, j'ai connu bien pire qu'eux. Alors quel est le plan maintenant? Est-ce que tu comptes poursuivre l'entrainement ou...

— Non! Nous allons partir pour Mauberge et enquêter sur les lieux pour tenter d'y déceler une quelconque menace. C'est l'endroit que le type de New York nous a indiqué, alors il y a des chances que nous y trouvions quelque chose.

— Mais... Les nouveaux viennent à peine de finir leur formation de base, alors peut-être que quelques jours de plus...

— Je sais qu'ils ne sont pas encore totalement prêts, mais... Nous avons l'avantage de connaitre l'endroit où tout devrait débuter! Et quand ça se produira, je tiens à être déjà sur place pour intervenir. Nous pourrons ainsi sauver plusieurs vies et peut-être même empêcher le pire.

— Et si c'était un leurre?! Et si le satanique avait nommé expressément Mauberge pour vous éloigner pendant qu'il frappe ailleurs? Ou encore pire, s'il s'agissait d'un piège?

— C'est une possibilité, en effet. Mais je préfère tout de même tenter quelque chose plutôt que de rester ici à tirer sur des cibles de cartons. De toute façon, ce n'est pas quelques jours d'entraînements supplémentaires qui feront de nos recrues des soldats d'élite. Comme tu l'as mentionné, c'est sur le terrain qu'ils prouveront leur vraie valeur…

— Oui, tu as sans doute raison.

— Imagine, Henri, le nombre de personnes qui auraient été sauvées si les Protecteurs avaient connu l'endroit où Sadman allait frapper lors de l'assaut à Winslow. Imagine s'ils auraient déjà été sur place et seraient intervenus dès les premières heures, avant que les zombies ne se propagent et que les démons ne se renforcissent. C'est pour ça que nous devons nous rendre en France. Je pense que le risque en vaut la chandelle.

— En effet! Quand partez-vous?

— J'ai prévenu Wayuki pendant que je t'attendais. L'équipe est déjà en train de se préparer. Nous partirons demain à l'aube.

— D'accord dans ce cas… Je passerai vous bénir avant votre départ.

— Encore merci, Henri.

— Je prierai pour que vous réussissiez à stopper la menace,

quelle qu'elle soit, avant qu'elle ne se répande.

— En tout cas, nous ferons tout ce qui sera en notre pouvoir pour y parvenir.

Chapitre 12

Le «22»

— Comme j'ai pu m'ennuyer de toi, mon amour, lui avoua à l'oreille sa copine, une belle jeune blonde.

— Moi aussi! lui répondit Ulric, prénommé ainsi en l'honneur de son arrière-grand-père.

Tous deux, étendus au soleil sur le bord d'une rivière, s'embrassèrent ensuite tendrement. Le jeune homme réalisa alors à quel point ces doux moments lui avaient manqué pendant son long exercice militaire de deux mois, qui s'était déroulé dans l'Ouest canadien.

Même si cela faisait moins de deux ans que la magnifique Sabrina était officiellement sa copine, il n'y avait aucun doute dans son esprit qu'elle était la femme de sa vie. Voilà pourquoi chaque séjour loin de son adorable sourire était des plus difficiles.

C'était lors d'une soirée bien arrosée, alors qu'il célébrait avec ses collègues la fin de sa formation de fantassin et sa mutation au sein du 2e Bataillon du célèbre et réputé régiment d'infanterie, le Royal 22e Régiment, qu'il l'avait croisé pour la première fois. En mettant les pieds dans la petite microbrasserie, le fantassin aux cheveux rasés, vêtu en civil, avait tout de suite remarqué cette splendide fille aux yeux bleus qui ricanait de bon cœur avec ses copines. Sans perdre de temps, il avait aussitôt pointé à ses copains la table vide à côté d'elles. Puis, après quelques pintes, le groupe de jeunes hommes fringants s'étaient peu à peu introduit dans la conversation des demoiselles, permettant ainsi au grand timide d'enfin réussir à adresser la parole à celle qu'il n'avait pu s'empêcher de regarder.

Rapidement, lorsque la belle, qui avait une opinion plutôt limitée envers l'armée, avait appris que le jeune homme était un militaire, la discussion s'était bientôt détériorée. Ulric avait alors dû redoubler d'effort pour lui prouver que l'opinion qu'elle portait sur les soldats était stéréotypée et loin de la réalité.

En voyant ce séduisant sportif se démener pour lui démontrer qu'elle avait tort, Sabrina n'avait pu faire autrement que de succomber à son charme. Aussi, à la fin de la soirée, au moment où elle devait partir, elle n'avait pu lui résister lorsqu'il s'était approché pour l'embrasser.

Dès le lendemain, ils s'étaient retrouvés sur le net et avaient communiqué ainsi ensemble le reste de la semaine, échangeant peu à peu des tranches de leur vie. Des papillons plein l'estomac, ils n'avaient pu nier d'un côté comme de l'autre leur envie de se revoir. C'était finalement Ulric qui avait osé l'inviter au restaurant le vendredi suivant.

Après un bon repas et deux bouteilles de vin, Sabrina l'avait finalement invité à monter dans son appartement. Le lendemain de cette nuit de passion, les deux tourtereaux s'étaient alors avoués avoir véritablement le coup de foudre l'un pour l'autre.

Quelques semaines plus tard, alors qu'Ulric, nouvellement arrivé à son unité, devait partir pour deux semaines, Sabrina avait tenté de le détourner vers un nouveau choix de carrière. Mais autant que le soldat Lechasseur pouvait aimer sa nouvelle copine, autant il était dévoué à son travail. Il lui avait alors fait rapidement comprendre qu'il n'était pas question qu'il abandonne sa passion et que si elle ressentait réellement quelque chose pour lui, elle comprendrait et ne lui demanderait plus de faire un choix. Lui, qui après tant d'effort était enfin parvenu à devenir un vrai fantassin, un «22» (surnom donné aux fantassins du Royal 22e Régiment) comme il le rêvait, n'avait absolument pas l'intention d'abandonner maintenant.

Sabrina s'était à ce moment remise en question face à l'idée de bâtir une relation avec un partenaire qui serait aussi souvent absent. Mais même si sa logique lui avait dictée de le quitter, son cœur n'avait pu s'y résigner. Elle en était bien trop tombée amoureuse.

Elle avait donc dû s'habituer à ce rythme de vie hors du commun et bientôt, elle s'était même mise à l'apprécier, étant donné que leur retrouvaille permettait de remettre continuellement de la passion dans leur couple. Exactement comme à ce moment, devant ce magnifique paysage, alors qu'elle retrouvait enfin son homme après deux mois d'absence.

— Ce que je peux être content d'être enfin de retour, soupira-t-il.

— Qu'est-ce que tu as envie de faire?

— Eh bien, comme j'arrive à peine d'un exercice qui était très physique et où je n'ai pas beaucoup dormi, j'ai plutôt l'intention de simplement profiter de cette belle journée et nous verrons ensuite.

— Tu as raison.

— Ne t'inquiète pas. Tu me connais, je n'ai pas l'intention de rester devant la télé pendant nos journées de congé. Nous allons faire un tas de choses, c'est promis. Mais aujourd'hui, j'ai simplement le goût de ne penser à rien. De ne pas faire de plan et de simplement laisser aller.

— D'accord mon amour… Je t'aime.

— Ce que je peux t'aimer aussi.

Sur ce, Sabrina déposa sa tête sur la poitrine de son homme et soupira de bonheur, espérant que ce moment ne se termine jamais.

Chapitre 13

Le point de vue de Travos

À peine Henri venait-il de descendre les premières marches menant à l'atelier de leur cerveau de service, Travos, que déjà il pouvait apercevoir ce gringalet aux cheveux frisés et aux lunettes à larges montures en train de bricoler sur son nouveau projet, un projet d'envergure d'ailleurs. Même s'il savait que Yohanda lui avait débloqué un budget important et qu'il avait vu passer les nombreuses caisses de matériel, jamais le prêtre n'aurait pu s'imaginer que le nouveau gadget de l'ingénieur serait aussi important. En voyant le robot en métal noir mât à la silhouette humanoïde de près de trois mètres de hauteur, digne d'un film de sciences fictions, il s'arrêta au beau milieu de l'escalier, complètement bouche bée.

— Ça, alors!

— Il est pas mal, hein? lança Travos de son accent russe en poursuivant son travail, un tournevis à la main.

— C'est peu de le dire! Wow!

— Ça faisait un bon bout de temps que je travaillais sur les plans. J'ai toujours rêvé de fabriquer un engin comme celui-là. Et quand Yo m'a donné le feu vert, j'étais comme un enfant le jour de Noël.

— Je savais que tu travaillais sur un nouveau projet, mais jamais je n'aurais pensé que… Bon sang!

— Je n'ai malheureusement pas les capacités physiques pour aller sur le terrain, mais avec lui, je pourrai enfin donner un bon coup de main. Il est équipé entre autre d'une mitrailleuse à tête rotative avec différents types de munitions et aussi de missiles. Il possède une lance à eau bénite avec un grand réservoir et des grenades pouvant affecter tous les types de démons. Il a même un lance-flamme pour les armarks. Et regarde le plus beau…

Il attrapa alors une manette et pressa quelques boutons. Le robot leva alors le bras juste avant qu'une longue lame fabriquée avec du bois, de l'argent, de l'or et des diamants ne surgisse de son poing.

— Je me suis inspiré du système Chester pour celle-là! poursuivit-il fièrement. Elle peut même s'enflammer au besoin comme les couteaux anti-armarks que j'avais déjà produits.

— Ça alors! Mais comment il fonctionne? Je veux dire…

— Il est alimenté avec des piles ultra sophistiquées…

L'inventeur s'emballa ensuite dans une série de termes scientifiques que le pauvre Henri ne put comprendre entièrement. Néanmoins, il en saisit suffisamment pour concevoir que le robot possédait deux batteries vraiment complexes, soit une primaire servant à la motricité et une secondaire plus petite pour faire fonctionner une sorte d'alternateur. Et ce dernier était assez puissant pour alimenter les deux piles, créant ainsi une boucle inépuisable d'énergie.

— Tu es littéralement un génie, Travos. Et comment le contrôles-tu?

— Comme un jeu vidéo, lui répondit-il en lui exposant un casque de réalités virtuelles et une manette ressemblant à celle d'un jeu vidéo. Je n'ai qu'à pirater les satellites des environs pour qu'ils transmettent le signal et le tour est joué. Un vrai jeu d'enfant!

— Eh bien, mon fils, nous n'avons pas la même définition de jeu d'enfant.

Le «geek» ricana un moment avant de poursuivre en divulguant davantage de détails sur sa création. Même si ce dernier lui expliqua des spécifications totalement incompréhensibles pour lui, Henri se fit une joie de l'écouter, voyant à quel point il était heureux de dévoiler son œuvre à quelqu'un.

Lorsque Travos eut fini de faire le tour de sa machine de guerre, le prêtre, après l'avoir félicité une fois de plus, tourna la conversation vers un tout autre sujet.

— Écoute Travos, je voulais avoir ton point de vue scientifique à propos… À propos des trous noirs. Est-ce que…

— Ah, oui! J'ai su au sujet de ta vision et de ce bouquin qui en parle. Honnêtement, un trou noir est objet céleste si compact que l'intensité de son champ gravitationnel empêche toute forme de matière ou rayonnement de s'en échapper. Bref, ce n'est pas… Ce n'est pas habituellement décrit comme étant un passage pour voyager entre deux mondes. Mais il y a tout de même cette théorie du trou de ver de Morris-Thorne. La relativité générale indique qu'il existerait des configurations dans lesquelles un trou noir pourrait être relié à un trou blanc. Une telle disposition formerait un raccourci à travers l'espace-temps. De telles conformations, qui n'ont jamais été vérifiées, ont d'ailleurs beaucoup inspiré les auteurs de science-fiction puisqu'elles proposent un moyen de voyager très rapidement sur de grandes distances.

— Que veux-tu dire par longue distance?

— Un raccourci entre deux galaxies à des années-lumières l'une de l'autre, par exemple. C'est un peu comme si on prenait deux points dessinés à chaque bout d'une feuille de papier et qu'on trouverait un moyen de la plier, alors les points qui étaient éloignés arriveraient à se rejoindre. Mais en pratique, de telles configurations, si elles sont autorisées par la relativité générale, semblent totalement irréalisables dans un contexte astrophysique car aucun processus connu ne semble pouvoir permettre la formation de tels objets.

— Alors, tu ne crois pas que ce soit une chose possible?

— Écoute, Henri... Hum... Contrairement à vous, avant que Tom ne me trouve, mon esprit scientifique était incapable de croire que les humains étaient pourvus d'une âme et qu'un autre monde existait au-delà de la mort. Aucune donnée tangible ne mène à un tel résultat. Et pourtant, les fantômes et les démons sont bien réels. Alors est-ce qu'un sorcier peut réussir à contrôler et à contenir assez de masses de charges négatives pour créer un tel passage? En théorie, non! Mais vous savez comme moi que ce monde est rempli d'incohérences et d'anomalies qui dépassent totalement mon entendement. Après tout, des hommes ont déjà fini au bûcher pour avoir affirmé que la Terre était ronde. Peut-être qu'un jour des données scientifiques mèneront clairement à Dieu. Cependant, depuis que j'ai joint les Protecteurs, mon cerveau nage complétement dans le néant et... Et je suis prêt à croire n'importe quoi et à ne sous-estimer aucune théorie. D'ailleurs, c'est un peu comme le paradis. Comment peut-on y voir quelque chose une fois là-bas puisque nous n'avons plus l'usage de nos yeux? Je... Je n'arrive pas à me rentrer ça dans la tête… Même si je connais la vérité, je n'arrive toujours pas à la digérer…

— Je ne sais pas, Travos… Quand tu fais un rêve, tu arrives pourtant à voir alors que tes yeux sont physiquement fermés…

— Ouais, je… Mais tu sais qu'il y a une explication neurologique pour…

— Tu réfléchis trop, mon fils! Il y a des choses qui malheureusement sont incompréhensibles tant que nous serons encrés à ce monde physique. Je l'ai compris quand j'ai été transformé en vampire.

— J'imagine! D'ailleurs… Je… Je peux vous demander comment c'était, l'enfer ?

— Tu… Tu dois comprendre que mes souvenirs de là-bas sont vraiment très vagues. Je n'en retiens que des images floues d'un endroit sombre et bleuâtre. Je… Je me rappelle des cris de gens affolés… Et de cette douleur intérieure… Comme si je vivais encore et encore un deuil… Une peine intense qui te ronge en-dedans! Je me sentais opprimé comme si on m'écrasait la poitrine et qu'on me serrait le cœur… Comment dire… Et c'était bien pire lors du passage de ces ombres sadiques… J'avais… J'avais si peur… J'appréhendais ces tortionnaires de Satan comme un enfant qui se fait intimidé jour après jour par des brutes dans la cours d'école. C'était… C'est réellement difficile à décrire… Ce n'était pas des douleurs physiques mais vraiment psychiques… Le genre qui peut pousser quelqu'un à bout au point de s'enlever la vie… Tu vois? Désolé… Je ne peux t'en dire plus. Comme on ne peut expliquer un cauchemar quelques temps après notre réveil. Tu sais? On est conscient que ce qu'on a vécu était désagréable, mais quand on essaie de l'expliquer, on se rend rapidement compte que notre histoire ne fait ni queue ni tête. C'est un peu le même principe. Mais une chose est certaine, je sais pertinemment au fond de moi que je ferai tout ce qui est possible pour ne plus jamais y retourner.

— Je n'arrive peut-être pas à saisir tout ce que vous venez de m'expliquer, mais je n'ai qu'à observer votre regard pour comprendre que ça a été une épreuve des plus pénibles.

— Oui, en effet mon fils… Mais, pour en revenir au trou de ver, je… Je n'arrive tout de même pas à saisir. Est-ce que ça pourrait ouvrir directement une porte de l'enfer vers nous?

— Honnêtement, je ne sais plus quoi penser… Mais selon mes connaissances, non. Cela ne créerait qu'un passage réellement physique. Donc entre deux galaxies bien existantes dans notre dimension et pas une ouverture entre notre monde et celui des esprits…

— Mais… Dans quel but…

— Je n'en sais rien… Peut-être pour… Eh bien…

— Oui?

— Pour faire voyager des extra-terrestres… Tout est possible après tout…

— Ah, Seigneur-Jésus!

Chapitre 14

Mauberge

En ce beau dimanche matin, dans un petit resto au sein de la paisible ville d'un peu plus de 30 000 habitants du nom de Mauberge, situé au nord de la France, Julien profita de ce moment en famille avec sa charmante femme Clara, son fils de dix ans Nathan et sa fille de six, Chloé. Comme il était souvent parti en voyage d'affaire, l'homme plutôt athlétique dans la quarantaine appréciait d'autant plus le temps passé auprès des siens et comprenait à quel point celui-ci était précieux. C'est pourquoi, dans la mesure du possible, il tentait au moins une fois par mois de faire plaisir à sa famille avec un succulent petit déjeuner au restaurant.

Il venait donc tout juste de s'installer à une table près d'un mur vitré lorsque la serveuse leur apporta des menus. Les enfants, tout excités, feuilletèrent rapidement les pages tandis que les parents, voulant profiter de la tranquillité du week-end, prirent leur temps de bien étudier les options avant de faire un choix. Tout en s'exécutant, le père, qui avait été absent ces derniers jours, posa une panoplie de questions à ses petits trésors à propos de leur semaine. Même si son adorable Clara lui avait déjà tout raconté au téléphone, il tenait absolument à entendre leur version. Et pendant qu'il les écoutait, le sourire aux lèvres, il remercia le Ciel d'avoir autant de chance.

Mais alors que tout se déroulait à merveille, l'ambiance paisible fut brutalement chamboulée lorsqu'une voiture passa à travers un vitrail à pleine vitesse et percuta la table vide juste à côté d'eux, pour finalement terminer sa course bruyamment contre une poutre de soutien en béton. Suite à l'accident, qui sema la pagaille au sein des clients et même des employés, Julien attrapa ses enfants et les tira un peu plus loin pour les mettre à l'abri, tout en criant à sa femme sous le choc de les suivre.

— Ça va? les questionna-t-il tout en les inspectant et en chassant avec sa main les petits morceaux de verre dans leurs cheveux. Vous n'êtes pas blessés?

— Papa, qu'est-ce qui s'est passé?

— J'ai eu si peur!

— Ça va aller mes chéris... Ça va aller... C'est fini... Allez, venez près de moi... Clara, est-ce que ça va?

— Nom de... Mais... Mais c'est quoi son problème à ce sale con! Encore un putain de conducteur ivre, je suppose! Non, mais... Sale enfoiré! Tu as failli tous nous tuer, connard! cria-t-elle, complètement hystérique.

— Clara... Clara, regarde-moi! tenta son mari pour la ressaisir. Ça va aller! Personne n'est blessé...

Tout en la rassurant, Julien la serra contre lui. Celle-ci, qui tremblait comme une feuille, se calla alors le visage contre la poitrine de son amoureux tout en laissant échapper quelques larmes.

Pendant ce temps, un serveur s'approcha lentement de la voiture immobile afin de vérifier l'état du conducteur. Mais comme il arrivait à proximité de la portière, celle-ci s'ouvrit d'un coup sec, libérant le passage à une femme affolée qui se précipita au fond de la pièce en hurlant.

— Allez-vous-en! Vite! Partez! Ils arrivent!

Toutes les personnes présentes, stupéfiées par l'étrange réaction, la regardèrent s'enfuir à toute vitesse sans réagir. Malheureusement, la réponse à leurs questionnements ne tarda pas à arriver lorsqu'un autre homme pénétra à son tour, par le passage qui venait d'être créé, et se jeta sans avertir sur le serveur. Et avant que ce dernier ne puisse se défendre, le nouveau venu lui arracha sauvagement la trachée de ses dents.

En voyant le sang gicler à travers la pièce, tous les spectateurs, y compris Julien, s'écrièrent de frayeur. Toutefois, avant que l'un d'entre eux ne puisse porter secours à la pauvre victime, d'autres individus ayant le même regard psychopathe se frayèrent également un chemin à l'intérieur du restaurant.

— Ah, putain de merde! jura le père de famille en voyant ces êtres se ruer sur les premiers venus comme des animaux enragés. Mais qu'est-ce que…

Clara, qui avait toujours le visage dans l'épaule de son mari, se retourna en toute hâte, interpelée par tout ce brouhaha. Dès que son regard se posa sur tous ces cannibales qui attaquaient les clients, elle ne put s'empêcher de hurler à son tour. Son cri, combiner à ceux des enfants, ne put faire autrement que d'attirer l'attention de l'un d'entre eux.

En voyant s'approcher l'homme aux yeux vides et à l'écume autour de la bouche, Julien comprit qu'il devait réagir pour protéger les siens. Il attrapa donc une chaise par le dossier et frappa l'agresseur à l'aide des pattes en métal. Le coup fut si violent que celui-ci s'effondra aussitôt au sol.

Cependant, malgré la brutalité de l'attaque, l'étranger se

releva d'un seul bon, comme s'il ne ressentait aucune douleur. Julien l'avisa de vive voix de ne plus les approcher, mais en vain. L'enragé semblait complètement absent mentalement. Et même si une importante blessure à la joue venait de lui être infligée, celui-ci ignora totalement les avertissements et se rua à nouveau sans hésitation vers ses proies. Sans prendre le temps de réfléchir, le père de famille le frappa une seconde fois. L'être retourna aussitôt au tapis sans se protéger le moindrement.

Néanmoins, il continua encore à remuer comme si de rien n'était. Par contre, ce coup-ci, Julien ne lui laissa pas l'occasion de se relever et éleva son arme artisanale avant de la rabattre encore et encore, jusqu'à qu'il s'arrête enfin de bouger.

Pendant que son mari transformait l'abject personnage en viande hachée, Clara bloqua instinctivement la vue à ses enfants afin qu'il n'assiste pas à cet effroyable spectacle. Même elle, n'étant plus capable d'en supporter davantage, se tourna la tête et ferma les yeux en grimaçant de dégoût.

Même si son adversaire avait cessé tout mouvement depuis les trois derniers coups, Julien, poussé par les émotions, poursuivit tout de même ses assauts jusqu'à ce qu'il soit à bout de souffle. Lorsqu'il s'arrêta enfin, il se recula de quelques pas en tentant de ralentir sa respiration haletante, sans toutefois relâcher la chaise souillée de morceaux de chair et de sang, à laquelle il ne restait plus que trois pattes tordues.

Mais alors qu'ils croyaient être au bout de leur peine, Julien et Clara aperçurent quelques secondes plus tard une femme d'une cinquantaine d'années se mettre à les dévisager agressivement. Et lorsque celle-ci leur exposa ses dents en salivant abondamment, tout en poussant un grognement tel une bête, l'homme comprit qu'elle s'apprêtait à son tour à passer à l'attaque. Il agrippa donc le chandail de sa femme en lui ordonnant de le suivre.

— Par ici, vite! Il y a une sortie de secours! Venez!

Sans questionner, la mère s'exécuta en tirant ses enfants par la main, qui n'eurent d'autres choix que de l'accompagner. La famille se dirigea alors à toute vitesse vers la porte ornée d'un écriteau rouge. Une fois rendue, Julien poussa le bouton pressoir pour l'ouvrir et, avant que la dame enragée ne les rattrape, se précipita à l'extérieur, suivit de près par sa famille.

Cependant, la scène dans la rue ne fut guère plus rassurante, au grand désespoir de Julien et Clara. En effet, ces derniers furent aussitôt plongés dans une atmosphère chaotique alors que plus d'une trentaine d'autres individus cannibales se jetaient littéralement sur les passants, qui hurlaient de douleurs et d'effrois.

L'homme s'interrogea un instant s'il n'était pas plus sage de retourner à l'intérieur du resto. Toutefois, il n'eut guère le temps de revenir sur sa décision que déjà l'un des méprisables personnages accourait vers eux. Se doutant que la dame enragée les attendrait de l'autre côté de la porte à l'intérieur, Julien dirigea donc les siens en sens inverse sur le trottoir. Mais cette tentative fut peine perdue puisque d'autres autour remarquèrent rapidement leur fuite. Et en l'espace de quelques secondes, les pauvres se retrouvèrent complètement encerclés. Plus aucune issue ne s'avéra possible.

Immobile au centre des enragés, le père, qui tenait toujours sa chaise en piteuse état entre ses mains tremblantes, se plaça devant sa femme et ses enfants pour les protéger, même s'il savait qu'ils étaient bien trop nombreux pour qu'il ne puisse tous les repousser. Malgré cela, le cœur battant à tout rompre, Julien se prépara à se battre jusqu'à la mort.

— Ah Seigneur! Je vous en supplie! Aidez-nous!

La situation semblait complètement perdue pour la pauvre famille quand tout à coup, des coups de feu d'une arme automatique retentirent dans la rue. Et au grand étonnement des parents, les agresseurs les plus éloignés s'effondrèrent tour à tour à travers les nombreux tirs, dont certains percutaient également le sol faisant ainsi voler des morceaux d'asphalte. Et bientôt, il ne resta plus que ceux à proximité.

C'est alors qu'un imposant Hummer noir heurta le plus près de plein fouet. Le véhicule freina ensuite d'un coup sec de manière à former un bouclier devant les survivants. Julien remarqua à cet instant qu'un homme portant un uniforme semblable à celle des équipes de «S.W.A.T.» de la police, à l'exception d'une croix blanche dessinée à l'avant de sa veste tactique, était à demi sorti par le toit ouvrant. Celui-ci, installé derrière une imposante mitrailleuse, poursuivait son tir sur des cibles plus éloignées. Pendant qu'il ouvrait le feu, un deuxième camion identique vint rapidement se positionner juste à l'arrière.

La portière côté passager de ce dernier s'ouvrit avant même que les roues se soient immobiles pour laisser sortir un grand et colosse barbu, vêtu également en Protecteurs. Celui-ci venait à peine de mettre le pied par terre que déjà il s'occupait des ennemis de son fusil d'assaut en les visant en plein front.

Presque simultanément, une femme et deux autres hommes, qui portaient quant à eux des cagoules de ninja, descendirent également du véhicule avant de presser eux aussi la détente. Finalement, un dernier individu arborant un symbole catholique blanc sur la poitrine sortit à son tour pour passer à l'attaque.

Afin d'économiser les munitions de son fusil d'assaut, Yohanda dégaina bientôt l'imposant révolver de Riu, qu'il conservait désormais avec lui depuis le décès du membre des Guerriers de la Lumière en signe de respect envers ce grand combattant. Puis, il se mit à abattre à bout portant tous les enragés qui se trouvaient à proximité, leur faisant littéralement éclater le crâne de son gros calibre.

Pour sa part, Wayuki attrapa son sabre, qui avait été reforgé, et, telle une farouche guerrière, trancha la tête de tous ceux qui l'entouraient. Les deux autres asiatiques cagoulés avec elle firent également leur part pour en éliminer un maximum.

Alec, le dernier à être sorti, voulut quant à lui imiter son mentor et empoigna également son arme de poing. Mais la recrue, qui ressemblait physiquement à Tom, rata complètement son premier tir contre l'un de ses hideux personnages qui se dirigeait vers lui. La nervosité, déjà très présente en lui, ne fit que s'accentuer, lui faisant envoyer sa seconde balle dans la joue de la chose. L'impact non fatal donna alors le temps à celle-ci de lui bondir dessus, le projetant au sol.

Témoin du spectacle, Yohanda se rua vers eux avant qu'il ne soit trop tard. Puis, il assena un violent coup de pied à l'agresseur qui était penché sur Alec afin de lui relever la tête. Par la suite, il lui agrippa les cheveux d'une main et de l'autre, il actionna son système Chester avant de lui enfoncer son pic de part en part du crâne.

Dès qu'il eut éliminé son adversaire, le chef des Protecteurs agrippa Alec et l'aida à se relever rapidement.

— Allez, debout! Il faut continuer!

— Il… Il m'a mordu! Il m'a mordu le bras!

— Attends, laisse-moi voir! Non, c'est bon! Les dents n'ont pas traversé ta veste de protection!

— Tu… Tu en es sûr?!

— C'est bon, je te dis! Allez, ressaisis-toi et retourne te battre immédiatement!

Sur ce, le nouveau commandant des Protecteurs se tourna vers un autre cannibale qui s'approchait dangereusement et lui lança un puissant uppercut. La pointe de son appareil fixé à son avant-bras lui perça alors le menton pour ressortir par le dessus de la tête. Dès que l'enragé s'écroula, Yohanda rechargea rapidement son révolver avant de le diriger vers ceux qui restaient.

Totalement bouche bée, Julien et Clara admirèrent les nouveaux venus exterminer tous les morts-vivants autour d'eux à une vitesse phénoménale. En moins de deux minutes, il ne resta plus que des cadavres autour d'eux. Lorsque la rue fut complètement déserte, l'impressionnant barbu s'approcha des civils apeurés tout en essuyant la sueur sur son front.

— Oh, doucement! s'exclama Yohanda en voyant l'homme encore sur les dents relever sa chaise, prêt à se défendre. Vous n'avez plus rien à craindre. Nous ne vous ferons aucun mal. Nous sommes ici pour vous secourir.

— Ah, merci Seigneur! Mais qu'est-ce que… Qu'est-ce que c'était que ces trucs?! Tous ces gens étaient…

— C'est fini maintenant! Nous allons vous mettre à l'abri. Mais avant, j'ai besoin de savoir si l'un d'entre vous est blessé.

— Euh… Non… Je ne crois pas… Clara, les enfants, vous êtes blessés? les interrogea-t-il en les inspectant.

Comme ils étaient tous sous le choc, aucun d'entre eux ne répondirent et se laissèrent examiner par Julien. Ce dernier, ne décelant aucune marque apparente, se retourna vers son sauveur, attendant la suite.

— Monsieur, il est primordial de savoir si l'un d'entre vous a été mordu par l'une de ces choses.

— Non! Nous ne l'avons pas été…

— En êtes-vous certain?

— Oui! Aucun de ces psychopathes n'a réussi à nous mettre la main dessus, grâce à Dieu… Et surtout grâce à vous! Vous nous avez sauvé la vie! Je vous en serai éternellement reconnaissant… Mais attendez! Pourquoi cette question? Est-ce que tous ces gens étaient contaminés pas un virus, comme dans les films de… De zombies? C'est ça?! C'était des putains de zombies?!

— Je… Je n'ai pas d'explication pour l'instant.

— Ouais… En fait, je suis persuadé que vous savez très bien de quoi il s'agit, mais que vous ne pouvez pas en parler. D'ailleurs, qui êtes-vous donc? Des agents du gouvernement ou…

— Monsieur, il y a probablement d'autres personnes à secourir alors je n'ai pas le temps de répondre à vos questions! Si vous n'êtes pas blessés, alors nous allons vous évacuer de la zone.

— Oui... Je comprends... Et je vous remercie du fond du cœur... Au fait, il... Il y avait plein d'autres contaminés dans le restaurant juste là...

— Bien, merci! Nous allons nous en occuper! Alec, viens ici! l'interpella-t-il ensuite en faisant un signe à son nouveau soldat. Prend notre véhicule et amène ces gens jusqu'aux policiers qui maintiennent le périmètre de sécurité. Et profites-en pour dire à ces derniers que la situation est sous contrôle, mais que personne ne doit toujours pas pénétrer dans le secteur, pas même eux. S'ils s'obstinent, rappelle leurs que nous avons des papiers en règle signés par le gouvernement qui nous délèguent le plein pouvoir et qu'ils doivent se soumettre à nos conditions.

— Et s'ils insistent?

— Et bien tu leur diras qu'un virus mortel a été largué ici par un terroriste et qu'ils risquent d'être contaminés. Ça devrait les calmer.

— Je le savais! s'exclama ensuite Julien. Alors, il s'agit bien d'un virus!

— Bien! Tu peux compter sur moi! le coupa celui qui ressemblait à Tom sans lui prêter attention. En passant, Yohanda, je suis désolé pour tout à l'heure. Je...

— Ce n'est pas important pour l'instant. Nous en reparlerons plus tard. Allez, va!

Sur ce, Alec escorta jusqu'au véhicule la famille, dont le père encore sur les nerfs tentait toujours d'obtenir des réponses. Une fois les civils à l'écart, Wayuki se rapprocha de son petit copain.

— Alors, qu'est-ce que tu en pense? le questionna-t-elle en privé.

— Ce sont des zombies, à coup sûr! Mais pourtant... Caleb, tu me reçois? tenta-t-il sur la radio.

— Oui, Yohanda! répondit plus loin un grand haïtien, camouflé dans un boisé tel un sniper. Je te reçois!

— Alors, toujours pas de mouvement?

— Non, toujours rien!

— Mais c'est pourtant impossible! Ça grouillait de zombie ici! Vous êtes certain que...

— Tina et moi avons un excellent visuel sur tout le cimetière en entier et il n'y a eu aucun mouvement ici depuis hier! Il n'y a aucune trace qui laisserait croire qu'un cadavre soit revenu à la vie!

— Je confirme! ajouta la partenaire en question, installée derrière une lunette d'observation longue portée. Les morts-vivants ne proviennent pas d'ici! conclut cette femme plutôt costaude dont la peau blanche de son visage était recouverte de maquillage de camouflage vert, noir et brun.

— Bien reçu! Terminé! Alors là, je n'y comprends rien! avoua le chef.

— Eh bien moi, si j'étais une sorcière et que j'avais le moindre doute de la présence d'un groupe de chasseurs de monstres dans le coin, le cimetière de la ville serait bien le dernier endroit où j'irais me pointer, amena Wayuki. En fait, si je voulais lever une armée de zombies, j'égorgerais moi-même une dizaine d'otages, que je ressusciterais ensuite à l'abri des regards. Et je m'arrangerais pour les relâcher dans les rues une fois que je serais bien loin de la ville visée.

— Oui! C'est forcément ça!

— C'est l'hypothèse la plus plausible, à mon avis. C'est ce que je ferais en tout cas.

— Ouais... Dis, tu sais que tu arrives parfois à me faire peur, toi? Je suis heureux que nous soyons maintenant dans le même camp.

— Ha! Ha! En tout cas, s'il est vrai qu'une puissante sorcière est derrière tout ça, alors elle aura forcément plus d'un tour dans son sac. Nous ne l'attraperons pas aussi facilement. D'ailleurs, je me demande réellement quel était le but de tout ceci. Nous avons presque déjà réussi à neutraliser l'infection sans embûche. Et depuis l'époque du Covid-19, tout le monde sait qu'un paquet de mesures ont été mises sur pieds pour stopper rapidement une nouvelle pandémie mondiale. Elle doit certainement savoir qu'une épidémie de zombies ne serait pas la meilleure façon de détruire le monde.

— En effet... C'est peut-être ailleurs que... Dis Antonio, tu me reçois? appela Yohanda ensuite par ondes radio.

— Oui, répondit un beau mexicain aux cheveux léchés vers l'arrière à l'intérieur d'un autre Hummer, dans lequel il siégeait avec trois autres bouddhistes.

— Alors, c'est toujours tranquille dans la portion Ouest de la ville?

— Toujours rien à signaler!

— Parfait, reçu! Terminé!

— Alors, interrogea la belle.

— Toujours rien là-bas... Ou bien nous sommes intervenus beaucoup plus rapidement que prévu, ou bien...

— Ou bien il s'agit d'une diversion! Ou encore d'un piège! Le Mal savait que son disciple avait eu le temps de nous divulguer le nom de cette ville!

— Non, ça ne colle pas! Je ne crois pas que le diable ait fait tout ça juste pour nous atteindre. Nous ne sommes désormais qu'une poignée d'humains sans pouvoir, alors je soupçonne fortement qu'Il ait pris la peine de nous monter une embuscade. En fait, je... Je crois bien que le Mal n'en a rien à foutre de nous! En tout cas, si c'était un piège, ce n'est pas très réussi pour l'instant. Et si son objectif était simplement de nous éloigner, pourquoi ne pas avoir frappé dans une petite communauté éloignée comme Winslow. Dans une aussi grande ville... À moins que...

— Que quoi?

— Que son but soit simplement de créer la panique. Il est évident que cet évènement ne pourra pas passer inaperçu, tout comme l'attaque à New York. Non, je pense plutôt que le Mal désire sortir de sa cachette et terroriser le monde entier.

— En tout cas, si je voulais semer la pagaille, je lèverais des armées de zombies à travers le monde entier.

— Seigneur! Si jamais tu avais raison, il nous serait

impossible de tout contrôler... Ce serait l'anarchie!

— Voilà pourquoi Il n'a déployé aucun effort pour nous prendre en guet-apens.

— Wayuki, il en reste d'autres dans le bâtiment juste en face! Je crois que nous devrions d'abord régler un problème à la fois! les interrompit dans sa langue natale l'un des Guerriers de la Lumière, qui venait de remarquer du mouvement.

— Oui, en effet! Allons-y! répondit-elle en utilisant le même dialecte.

— Qu'est-ce qu'il a dit? demanda le barbu.

— Que nous devrions peut-être en finir d'abord ici! Il en reste encore plein d'autres dans le resto.

— Très bien! Finissons-en! Restez tout de même alerte! Même si ça parait étrange à dire, j'ai encore espoir qu'il s'agisse d'un piège.

Le groupe, sous couvert du mitrailleur toujours à son poste sur le toit du Hummer, se déplaça donc aussitôt en file indienne vers le bâtiment accidenté. Puis, en utilisant leurs techniques de soldats, ils pénétrèrent en utilisant le passage laissé par la voiture un peu plus tôt. En entrant, ils engagèrent le combat contre tous les zombies visibles qui, pour la plupart, étaient en train de se régaler de leurs proies. Lorsque la pièce principale fut claire de tout ennemi, les combattants du Bien inspectèrent chaque pièce telle une escouade de police. Le seul autre cannibale sur lequel ils tombèrent fut rapidement éliminé par la chinoise d'une balle en pleine tête. Avant de ressortir, ils s'assurèrent également de mettre hors-service les cerveaux des victimes étalées au sol avant qu'elles ne se relèvent à leur tour.

Une fois terminé, ils poursuivirent leur avance pendant une longue et épuisante journée à travers les ruelles et les bâtiments accessibles afin de s'assurer de ne pas en avoir oublié un seul. Et comme le nouveau commandant le craignait, aucun démon ou satanique armé ne les attendaient dans le détour.

Chapitre 15

Le livreur

Alors que sa mère, Suzanne Scott, une grande journaliste de renom, travaillait sur son portable dans sa chambre à coucher, Bryanna, âgée de seize ans, ainsi que son amie, Jodi-Ann, étaient confortablement installées devant un film mélangeant amour et vampire.

— Ah, ce qu'il peut être beau! s'exclama Bryanna devant le bel acteur qui jouait le rôle principal.

— Tu peux le dire! l'appuya sa copine venue passer son vendredi soir avec elle. Je le laisserais volontiers me mordre!

— Ah oui, tellement! Pourquoi les vampires n'existent-ils pas? Je rêverais d'en croiser un!

Au même moment, la sonnette de la porte d'entrée retentit.

— Tiens! Ce doit être la pizza! Arrête le film! Je ne veux pas manquer la moindre seconde.

— Évidemment!

La jolie blonde se hâta ensuite d'aller répondre à la porte. Comme elle l'avait deviné, un jeune de bel apparence portant l'uniforme d'une pizzéria, qui tenait une boite carrée, l'attendait de l'autre côté.

— Puis-je entré? demanda le livreur. Étant donné que je suis un vampire, je ne peux entrer que si on m'invite à le faire. Désolé, poursuivit-il en voyant l'air interrogateur de Bryanna, j'ai surpris votre conversation et je voulais rigoler un peu. De toute façon, ce serait vraiment ridicule qu'un vampire ne puisse entrer dans une maison sans invitation. Je ne sais pas qui est l'idiot qui a pu inventer une chose pareil?

— Ouais... Donc, combien ça fait? enchaîna l'adolescente, ne voulant pas étirer la conversation avec ce type plutôt étrange.

— Oui, c'est 32,75 $, dit-il en remettant le repas.

— Oui, je... Oups, ma bourse est dans le salon. Je reviens tout de suite!

Et pendant qu'elle allait chercher son argent, Jodi-Ann, qui trouvait le type plutôt mignon, s'approcha pour poursuivre la conversation.

— Alors, une soirée occupée? Beaucoup de livraisons?

— Oui, c'est vendredi après tout.

— Alors comme ça, tu as réussi à entendre notre conversation? Je dois avouer que c'est un peu étonnant. Tu as une ouïe vraiment aiguisée.

— On peut dire ça, oui. Mais je n'ai pas tout entendu.

— Et quelle partie as-tu réussi à saisir?

— Eh bien, celle où vous parliez de beaux vampires romantiques.

— Ah, oui...

— Vous savez, je trouve ça réellement hilarant. Les vampires sont en fait des créatures de Satan. Ils ont été créés par un être purement maléfique qui déteste plus que tout les êtres humains. Ces derniers le répugnent à un point tel qu'il jubile carrément lorsqu'il a la chance de pouvoir mettre la main sur l'une de leurs âmes pour la torturer. Il a une telle haine envers eux qu'Il fait tout ce qui est en son pouvoir pour les faire souffrir. Alors celui ou celle qui a eu l'idée absurde d'écrire des histoires où des créatures du Mal pouvaient ressentir de l'amour et être des charmeurs irrésistibles est complètement stupide! Si le diable avait réellement créé une machine à tuer pour effrayer et terrasser les humains, croyez-vous vraiment qu'il y aurait une chance pour qu'elle soit un séducteur!

— OK… Là, je dois vous avouer que c'est un peu bizarre…

— Bizarre? Non pas encore! Mais laissez-moi vous montrer! Ce n'est par hasard que le maître m'ait envoyé ici! Il savait que vous seriez affectées de voir un vrai vampire! Vous en vouliez un, et bien vous allez être servies!

Sur ces mots, le visage du livreur arbora d'un seul coup des traits maléfiques. Ses yeux tournèrent au rouge écarlate alors que ses sourcils et son front se gonflèrent. Des veines bouffies se dessinèrent sur tout son visage et des longs crocs jaunâtres poussèrent sur ses gencives devant ses dents humaines.

En voyant l'ignoble individu se transformer, les deux filles se mirent à crier d'effroi. Mais avant de pouvoir réagir, le démon se jeta sur Jodi-Ann et lui transperça une jugulaire de ses canines.

Lorsqu'elle sentit un jet de sang lui asperger le visage, Bryanna se dirigea en courant et en hurlant vers la chambre de sa mère. Cette dernière, qui se demandait à quoi rimait tout ce brouhaha, ouvrit la porte juste comme sa fille arrivait. En la voyant couverte de d'hémoglobine, elle se mit aussitôt à paniquer également.

— Ho, mon Dieu! Mais qu'est-ce qui…

— Vite, ferme la porte!

— Quoi? Mais…

— Vite, il a un type dans la maison!

Il n'en fallu pas plus à la journaliste pour s'enfermer avec Bryanna dans la pièce. Elle attrapa ensuite son téléphone intelligeant et composa le 9-1-1. Lorsque l'opératrice répondit, elle tenta de lui en dire le maximum malgré le peu d'information qu'elle détenait, à commencer par son adresse.

— Oui, c'est bien sur rue Gosford! Il y a un type dans la maison… Il… Il…

— Il a tué Jodi-Ann, cria la témoin par-dessus son épaule. Il l'a mordu au cou!

— Oui! Et l'homme est toujours dans la maison!

— Son visage… Ah, Seigneur, son visage! Ce n'est pas un homme! C'est… C'est un vampire! s'affola la plus jeune.

— Quoi?!

— Pardon? interrogea l'opératrice.

— Non, désolée! Ma fille est sous le choc! Mais envoyez vite des policiers ici!

— Non, maman! Je te le jure! C'est réellement un vampire!

— Est-ce que c'est une blague? suggéra la femme à la centrale

— Non, madame! Il y a réellement quelqu'un ici!

— Très bien, une auto-patrouille est déjà en route. Restez avec moi!

— Oui, faites vite! Bryanna! se tourna-t-elle ensuite en bloquant le microphone avec sa main. Qu'est-ce que c'est que cette histoire?

— Je te le jure, maman! Ce n'est pas un humain! Il s'est transformé et... J'ai si peur!

Même si elle semblait réellement sincère, Suzanne n'en crut pas un mot et se dépêcha plutôt d'aller chercher un fer 9 dans son sac de golf rangé dans le placard. Puis, tout en continuant de converser au téléphone, elle se colla sur sa fille hystérique pour tenter de la réconforter. Toutes deux, reculées au fond de la pièce, fixèrent ensuite la porte, s'attendant à la voir s'ouvrir à tout moment.

Mais alors qu'elles ne s'y attendaient pas le moindrement, le livreur apparut plutôt de l'autre côté de la fenêtre juste derrière. Les yeux rouges qui brillaient dans l'obscurité attirèrent aussitôt l'attention de Bryanna, qui hurla à plein poumon en apercevant le monstre.

Et alors que la mère se retournait à son tour, le vampire passa carrément à travers la vitre pour retomber sur la jeune fille, la planquant ainsi sur le lit. En voyant l'hideuse créature, Suzanne sursauta d'abord avant figer un bref instant. Mais lorsqu'elle comprit que son enfant était en danger, la femme lâcha le téléphone pour prendre son bâton de golf à deux mains. Elle s'élança ensuite des toutes ses forces en visant la tête du truand. Toutefois, malgré la force de l'impact, qui aurait dû le mettre K.O., ce dernier broncha à peine. Au contraire, il se tourna vers la journaliste avant de pousser un rire machiavélique.

Néanmoins, la diversion permit à Bryanna de se faufiler hors de l'emprise du vampire avant d'accourir rejoindre sa mère. Les deux se ruèrent ensuite vers la sortie alors que le livreur demeura sur place à rigoler.

Suzanne déverrouilla rapidement la poignée avant de la tourner enfin. Cependant, au moment où elle ouvrit la porte, le cœur des deux femmes se serra d'un coup en découvrant un autre type aux traits diaboliques similaires. Celui-ci, grand et robuste, qui arborait un look vraiment gothique avec ses cheveux longs et ses vêtements de cuir noir, poussa un effrayant grognement dès qu'il apparut.

Sans réfléchir, Suzanne élança son arme improvisée aussi fort qu'elle le put. Toutefois, le nouveau l'attrapa aisément au vol avant de la casser simplement en serrant le poing.

Réalisant que son attaque s'avérait inefficace, la femme se recula en trainant Bryanna avec elle. Prises en sourcière, la mère et la fille, complètement affolées, s'immobilisèrent au milieu de la pièce en pleurant entre les deux vampires qui semblaient prendre un malin plaisir à les terrifier.

— Mais qu'est-ce que vous voulez?! questionna Suzanne. Qui êtes-vous?!

— Je me nomme Nospheus! répondit le plus costaud d'une voix rauque. Je suis un soldat originel du Mal! J'ai été le premier humain à avoir accepté de fusionner avec le maître dans le but de créer une faille au bouclier érigé par Dieu pour protéger l'univers physique. J'ai pu ainsi revenir d'entre les morts afin d'assouvir ma vengeance contre ce monde pourri! J'ai été chassé bien des fois par le passé, mais ce coup-ci, je suis de retour pour de bon! Nous allons mettre ce monde à feu et à sang! Nous allons nous emparer de vos âmes et les envoyer se faire consumer en enfer!

Une fois son discours terminé, le chef des vampires demeura sur place à fixer les femmes apeurées. Alors que l'un comme l'autre aurait pu aisément les massacrer, ils se contentèrent de rester là à saliver jusqu'à ce qu'une sirène de police provenant de l'extérieur retentisse.

Étrangement, les deux personnages s'enfuirent aussitôt par la fenêtre brisée, laissant seules dans la chambre la journaliste et l'adolescente qui sanglotaient.

Chapitre 16

L'attentat

Le centre Vidéotron de Québec était plein à craquer en ce dernier week-end d'août alors que les légendes du Canadiens de Montréal affrontaient ceux des Bruins de Boston dans un match de hockey d'exhibition. La partie hors du commun était attendue depuis un moment par les fans de la région et tous les billets s'étaient vendus en un temps record.

À peine les hymnes nationaux venaient-elles d'être chantées qu'un agent de sécurité très colosse se dirigea anormalement vers une sortie d'urgence. Le grand chauve, dont la moustache qu'il arborait descendait jusqu'au menton, ouvrit ensuite la porte conçue uniquement pour sortir. Un petit homme mince vêtu d'un manteau noir, qui attendait impatiemment que son acolyte infiltré dans la sécurité lui ouvre, pénétra en toute hâte. Puis, ce dernier, qui semblait nerveux et agité, fonça directement vers la patinoire. Une fois rendu, sans crier gare, il grimpa par-dessus la bande avant de sauter directement sur la glace. Et avant qu'un réel garde de sécurité n'intervienne, il dégaina un pistolet et ouvrit le feu sur les joueurs devant lui. Il assassina d'abord l'ancien gardien étoile avant de poursuivre avec les deux défenseurs, jusqu'à ce que son chargeur soit vide.

Dès le premier coup de feu, la panique s'empara de l'amphithéâtre. Des cris et des pleurs d'enfant retentirent tout autour. Certains se couchèrent dans les estrades alors que d'autres se dirigèrent comme des animaux affolés vers les sorties. En l'espace de quelques secondes, la situation devint complètement chaotique. Les gens se bousculaient sauvagement et ceux qui avaient le malheur de tomber se faisaient carrément piétiner.

— Oui, c'est ça! cria le terroriste en admirant tout le chaos qu'il était en train de causer. Battez-vous pour votre survie! Laissez le Mal vous guider! Je suis d'ailleurs son messager! C'est Satan lui-même qui m'envoie vous livrer un message! Son règne arrive! Et vous ne pourrez pas vous cacher nulle part! La fin du monde est à nos portes! Le pouvoir au grand Satan! Au nom des Illuminati!

Sur ces mots, il actionna la bombe qu'il dissimulait sous son manteau et une importante explosion causa plus d'une centaine de victimes autour.

Chapitre 17

Le monstre marin

De son point de vue, la tempête était parfaite pour le réalisateur de cette télé-réalité sur les pêcheurs en haute mer. En effet, elle n'était pas trop grosse pour être dangereuse, mais juste assez importante pour rendre son émission intéressante. Évidemment, il avait fallu investir dans de l'équipement de protection contre l'humidité pour les caméras, mais le jeu en valait la chandelle.

— Ne manque rien! ordonna ce dernier au caméraman. Ces images vont valoir de l'or!

— Ne t'en fait pas Steve! Ce n'est pas mon premier rodéo!

— Est-ce que tu vois bien malgré la noirceur et la pluie abondante?

— Oui, Steve! Ça va être comme tu le penses!

— Et toi, je sais que ça brasse, mais dans la mesure du possible, il ne faut pas voir ta perche! spécifia ensuite le cinéaste au preneur de son.

— Je fais ce que je peux, patron!

— Putain de merde! s'écria alors l'un des pêcheurs. Le filet semble être pris! Il ne veut pas remonter!

— Quoi?! s'exclama Randal, le capitaine du navire, en s'approchant. Il ne peut pas être pris!

Au même instant, quelque chose dans l'eau tira sur le filet, faisant tanguer le bateau pourtant d'une importante dimension. Sur le coup, tous les hommes s'échangèrent un regard incertain.

— Nom d'un chien! s'étonna le vieux marin. Mais on a attrapé une baleine ou quoi?

En terminant sa phrase, un second coup tira dangereusement l'embarcation, faisant ainsi trébucher la plupart des pêcheurs pourtant habitués aux vagues. Ce deuxième assaut inquiéta réellement Randal, qui pourtant en avait vu d'autre, à un point tel qu'il ordonna à l'un de ses hommes de relâcher l'une des cordes. Celui-ci s'exécuta avant qu'une autre secousse ne les fasse chavirer.

Dès qu'il eut actionné un levier, un autre pêcheur s'approcha du bord pour vérifier si le filet était encore sous tension. C'est alors qu'il aperçut très clairement le dos d'une créature marine s'exposer brièvement à la surface.

— Ah, ben ça! Il... Il y a quelque chose dans l'eau! Je... Je n'ai jamais vu rien de tel! C'est plus gros qu'un requin et... Ça avait une rangée de cornes!

— Qu'est-ce que tu me chantes, là?! lança Randal en s'approchant.

— Là, encore! Regarde!

— Ah, nom de Dieu! Mais qu'est-ce que... Seigneur-Jésus! Mais qu'est-ce que c'est que ce truc?!

— On dirait... On dirait un monstre marin, putain de merde!

Sur ce, les autres braves pêcheurs, ne voulant pas en croire un traître mot, s'avancèrent à leurs tours pour assouvir leur curiosité.

— Dis-moi que tu filmes tout ça! s'assura Steve.

— Évidemment! le rassura celui qui captait les images.

— Peut-être que tu pourrais t'approcher du bord pour réussir à avoir cette chose!

— Et risquer de perdre la caméra, non merci! De toute façon, il n'y a certainement rien à voir. Cette bande de plouques sont en train de nous monter en bateau!

Mais à peine venait-il de finir sa phrase qu'un impressionnant reptile aux yeux jaunes brillants de près de trois mètres s'extirpa de l'eau d'un bon pour ensuite grimper par-dessus la rambarde. Une fois sur le pont au milieu des pêcheurs, le monstre marin éviscéra le plus près d'un coup de griffe avant d'en balancer un second à la mer d'un coup de queue. Puis, sans laisser le temps aux autres de réagir, il en attrapa un troisième qu'il égorgea de ses longs crocs de serpent. Dès qu'il en eut fini avec lui, il bondit sur le preneur de son, qui tenta en vain de se défendre avec sa perche.

Randal se jeta aussitôt vers l'arrière pour éviter d'être le suivant. Pour leur part, Steve et son caméraman, témoin de cet horrible spectacle, prirent rapidement leurs jambes à leur cou et allèrent se réfugier dans la cabine. Une fois à l'intérieur, le réalisateur tenta désespérément de rejoindre quelqu'un sur la radio, mais sans succès. Il poursuivit tout de même ses tentatives alors que les cris des hommes restants retentissaient jusqu'à eux.

Tout à coup, les faisant sursauter, Randal, le front ensanglanté, entra à son tour à l'abri.

— Ce fils de pute a bien failli m'avoir! expliqua le vieux loup de mer tout en allant chercher son révolver dissimulé sous un siège.

— Mais qu'est-ce que c'est que ce monstre? s'écria Steve.

— Je n'en ai pas la moindre idée! Mais s'il approche, il va goûter à mon vieux Colt!

Presqu'aussitôt, Bakkar, ayant flairé leurs âmes apeurées, défonça la porte de la cabine en poussant un frémissant grognement. En le voyant, le commandant vida ses six balles sans attendre en visant la poitrine. Même si le chef des léviathans broncha à chaque impact, celui-ci, au grand désespoir des trois hommes, demeura tout de même sur pieds.

— Seigneur-Jésus! Il est immortel! C'est un démon! s'alarma Randal.

Pendant que Bakkar se remettait de ses blessures, le capitaine, qui était une personne très pieuse, attrapa le crucifix accroché au-dessus de la barre et le braqua vers la créature.

— Arrière, suppôt de Satan!

Le soldat du Mal, qui n'avait pas encore assouvi assez d'âmes pour atteindre le niveau nécessaire, sentit aussitôt le symbole du Bien lui brûler la vue. Il fut donc contraint de se cacher les yeux et de se reculer légèrement.

Les deux spectateurs furent alors des plus étonnés que la tentative désespérée de Randal semblait vouloir fonctionner. Ils l'observèrent chasser le monstre de cette façon jusqu'à ce que celui-ci décide finalement de sauter par-dessus bord.

Les trois hommes, sous le choc, restèrent immobiles et

silencieux un bon moment, tentant de reprendre leur souffle. Puis, après quelques minutes, le vieux capitaine agrippa l'émetteur de la radio et tenta d'entrer en contact avec les garde-côtes. Il fallut plusieurs tentatives mais quelqu'un lui répondit enfin.

Toutefois, en entendant une voix, Randal baissa sa garde et Bakkar, qui était remonté en douce, en profita pour prendre sa revanche. Le dragon humanoïde fracassa une vitre, attrapa le vieil homme et le tira d'un coup sec à l'extérieur. La rapidité et la brutalité de l'attaque le surprit à un point tel qu'il en échappa sa croix.

Steve et son acolyte, totalement terrorisés, perçurent ensuite les hurlements du pauvre pêcheur sans pouvoir intervenir. Toutefois, le réalisateur, dont les muscles étaient complètement figés, réussit tout de même à s'étirer pour attraper le crucifix.

Par la suite, le symbole de Dieu entre ses mains, il se dissimula sous le tableau de bord, suivi de près par le caméraman. Collés l'un contre l'autre, les deux derniers survivants s'attendirent à voir réapparaître l'effroyable bête à tout moment. Mais étonnamment, les minutes passèrent sans le moindre signe d'elle. Après plus d'une heure, ils commencèrent à espérer qu'elle était repartie au large. Mais malgré cela, ils demeurèrent dans leur cachette en laissant le bateau voguer à la dérive tout le reste de la nuit.

Chapitre 18

Le monde ne sera plus jamais comme avant

— Saloperie de merde! s'exclama Max en marchant de long en large dans la petite chambre du motel tout en regardant les bulletins de nouvelles sur son téléphone intelligent.

— Vraiment? l'interrogea Sarah. C'est si pire que ça?!

— Tu n'as pas idée! C'est un vrai cauchemar! Le Mal a frappé à travers le monde! Un paquet d'évènements isolés tout autour du globe! D'abord, il y a plus d'une vingtaine de journalistes de renom qui jurent avoir été agressés par des vampires, dont la grande Suzanne Scott! Mais... Mais Nospheus n'en a tué aucun! Ensuite, cette équipe de télé-réalité qui a filmé un monstre marin en train de massacrer des pêcheurs! Et on y reconnaît très bien Bakkar sur la vidéo! Et... Et ce fils de pute a refait une apparition sur un bateau de croisière. Il n'a tué que quelques personnes devant une foule apeurée avant de replonger! Il y a aussi un groupe de chercheur qui a été attaqué par une araignée géante dans une grotte en Afrique. Orzel à coup sûr! Sans prendre de risques, les démons se sont organisés pour se faire découvrir. Et regardez ce gros titre : «Un virus similaire à la rage frappe toute l'Europe!»

— Ce n'est pas vrai! soupira Richard, assis sur une chaise dans le coin de la pièce.

— Il est écrit que «plus d'une trentaine de villes à travers la France, la Belgique, l'Allemagne et l'Espagne ont été mises en quarantaine après avoir été touchées par un étrange virus hautement contagieux. Ces évènements nous rappellent la terrible tragédie de la petite ville de Winslow, au Canada, il y a presque 7 ans.»

— Une trentaine! s'exclama Alicia, également présente. C'est terrible!

— Et ce n'est pas tout! poursuivit Max. Plus d'une vingtaine d'attentats terroristes auraient été commis à travers le monde, tous revendiqués par les Illuminati, un groupe secret suspecté de pratiquer les sciences occultes, que l'on croyait dissous depuis plus de deux siècles.

— Les Illuminati? réagit Richard. J'en ai déjà entendu parler sur le net. Mais j'avais lu que toutes ces histoires de complot secret à leur sujet n'étaient que des mythes!

— Eh bien, apparemment pas! Oh, non! Ce n'est pas possible!

— Quoi?! l'interrogea sa copine.

— Il y a eu un suicide à la bombe dans le centre Vidéotron pendant un match d'exhibition et... Seigneur! Je vous lis : «Parmi la centaine de victimes, on compte plusieurs légendes du Canadien de Montréal.»

— Merde! s'étonna le rouquin. Cette fois, il sera impossible au Vatican de dissimuler la vérité.

— Tous les efforts pour maintenir le monde dans l'ignorance n'auront servi à rien. Avec un ou deux évènements, nous aurions facilement pu feindre des canulars. Mais là... Et regardez-moi ça! C'est totalement l'anarchie! On parle d'émeutes un peu partout et d'une hausse flagrante de la criminalité... Voici un des gros titre : «Villes en panique, les policiers n'arrivent pas à reprendre le contrôle.» C'est maintenant une évidence; le monde ne sera plus jamais comme avant.

Après cette sombre conclusion, Max persista à défiler les nombreux articles relatant les horribles évènements qui venaient de frapper la planète au cours des dernières 24 heures. Tout à coup, il s'immobilisa en fronçant les sourcils. Curieuse de savoir ce qui venait de le saisir de la sorte, Sarah s'approcha pour observer l'écran.

— Ah, mon Dieu!

— Quoi?! questionnèrent presque simultanément Alicia et Richard.

— Regardez vous-même! lança Max en tournant son cellulaire vers eux.

Ceux-ci purent alors voir à leur tour une photo d'un building à Détroit sur lequel était écrit avec du sang, en grosse lettre et en français : «Je suis de retour, Max! Cesse de te cacher et vient te battre! Sadman.»

— Le salaud! commenta Richard. Il cherche à te provoquer!

— Le fils de pute! Le nombre de victimes qu'il a dû faire pour tracer ce message! Je le hais ce connard! Je… Je…

— Max! Du calme! lui dit Sarah. C'est exactement ce qu'il recherche! Il veut te pousser à faire une erreur!

— Alors quoi, hein?! Je devrais rester ici peut-être?!

— Oui, c'est exactement ce que tu dois faire! Tu sais qu'ils ont des yeux partout. Ce qui s'est produit à New York en est la preuve! Le Mal ne peut pas nous voir grâce à la bénédiction servant à dissimuler nos âmes que nous avons reçues. Alors s'ils nous ont attaqué, c'est parce que nous avons d'abord été repéré. Nous avons même pris une chance en prenant une chambre dans ce motel miteux afin d'offrir un lit à Alicia. Mais nous devons nous exposer le moins possible! À chaque fois, nous prenons un risque!

— Je sais bien, mais… Merde!

Tout en serrant les dents, Max continua à consulter l'actualité bondée d'assauts du Mal. Même s'il savait que la belle avait raison, il lui était impossible d'empêcher cette boule d'émotion de lui chavirer l'intérieur.

— Je ne comprends pas! s'interrogea à voix haute la jeune femme enceinte. Pourquoi, après toutes ces années à opérer dans l'ombre, le Mal décide-t-il de s'afficher de la sorte? Et Il a tout orchestré pour que ses attaques ne passent pas inaperçues! Ce n'est pas un hasard s'Il s'en est pris à des journalistes ou à un réalisateur! Et qu'il les a laissé vivre! Il voulait que ça se sache! Mais quel est son motif?

— Probablement parce qu'Il n'a plus rien à perdre avec l'arrivée de ton bébé.

— Oui, mais… Mon enfant n'est pas encore au monde et il est encore loin d'être un adulte. Le Mal aurait encore eu le temps d'effectuer d'autres tentatives sournoises pour le détruire avant qu'il ne soit connu. Non, je crois qu'Il a autre chose en tête.

— À moins que…, suggéra Sarah. Quand ma famille s'est faite attaquer la semaine dernière, mon père m'a affirmé au téléphone que le Mal avait réussi à percer temporairement le bouclier de Dieu en utilisant la force que la peur de Daniel lui avait procuré. Peut-être qu'Il veut justement se servir de toute cette terreur qu'Il est en train de créer à travers la Terre pour sa prochaine offensive.

— Tu crois que toute la frayeur des gens pourrait Lui permettre de revenir? proposa Alicia.

— Je crois que la protection du Bien est trop résistante pour qu'Il puisse revenir pour plus qu'un court laps de temps comme la dernière fois, mais... Il a peut-être besoin de toute cette peur pour...

— Pour faire fonctionner un rituel servant à faire pénétrer la bête qu'Henri affirme avoir vu dans son rêve! la coupa Richard. Celle que... Que...

— Que je n'arriverais pas à vaincre selon Isigard! en conclut l'ange. Si... Si tout cela est vrai, alors nous devons agir au plus vite avant qu'il ne soit trop tard.

— Max! Nous ne pouvons pas...

— Écoute cet article! persista son amoureux. «Où est le super-héros? Il parait maintenant évident qu'il y a un lien entre l'attentat dans le métro de New York et tous les évènements paranormaux des dernières heures. Mais alors, une question se pose sur toutes les lèvres du monde entier. Où est ce fameux super-héros qui aurait soi-disant éliminé l'une de ces créatures. Espérons qu'il reviendra au plus vite nous apporter son aide. Le monde a besoin plus que jamais d'un Superman!» Et ce journaliste a bien raison! Si c'est vrai que le Mal a besoin des tourments des humains, alors il faut leur apporter de l'espoir au plus vite! Je dois m'exposer à eux et combattre pour leur donner courage!

— Mais Max, nous avons besoin de toi pour protéger Alicia! s'exclama le rouquin.

— Tu es là, toi! C'est toi le défenseur de la vierge!

— Tu as vu toi-même tout ce bordel! Je n'y arriverai pas tout seul. Et puis, si tu meurs, il sera impossible de créer un nouveau messie! Il faut absolument ton sang pour le rituel à la naissance!

— Je... Je... Je ne peux pas me terrer ici pendant que le monde s'effondre! Wayuki et Yohanda doivent être complètement débordés en ce moment alors que je me tourne les pouces! Putain de merde! Je dois aller combattre également! Je... Aaargh!

— Max Gunnar, tu n'iras nulle part! le ressaisit Sarah. Et tu vas me faire le plaisir de te calmer. Si le Mal a pu se nourrir de la peur du fils d'un Chevalier de Dieu, alors il peut certainement le faire également avec la colère d'un ange! Tu ne vois pas que la provocation de Sadman avait justement pour but de te mettre dans cet état! Sans compter que ce dernier journaliste était même peut-être l'un des leurs! Alicia peut accoucher d'une journée à l'autre alors il n'est pas question que tu nous abandonnes maintenant! Si Dieu a fait don de cette enfant à Alicia, c'est spécifiquement parce que tu es là! D'abord pour la protéger mais aussi pour compléter le rituel. Et c'est exactement ce que tu vas faire! Ce monde aura besoin d'un guide pour se remettre debout après tout ça!

— Justement, je peux être ce guide! Là et maintenant, avant qu'il ne soit trop tard!

— Tu... Tu ne pourras pas tous les combattre tout seul! Tu l'as déjà dit toi-même! Tu es très fort, certes, mais... Tu ne gagneras pas tout seul. Si cette fameuse sorcière est si puissante, elle te clouera au sol tout comme Hugo l'avait fait et les autres ne feront qu'une bouchée de toi! Max, je t'en prie!

Incapable de retenir toute cette colère qui bouillait en lui, l'ange frappa une table de nuit qui s'effondra en morceau. Puis, tout en jurant, il se déplaça jusqu'à l'extérieur afin de prendre une bouffée d'air. Il était dans un tel état qu'il ne put empêcher quelques larmes de couler sur ses joues.

Après un instant, Sarah sortit le rejoindre. Lentement, elle se colla contre son dos en le serrant très fort.

— Moi aussi, je suis terrorisée par tout ça! Et tu sais bien qu'on voudrait tous aller donner un coup de main aux autres Protecteurs. Mais ce ne serait pas la bonne solution.

— Mais à quoi bon tous ces pouvoirs si... Je sais que je pourrais faire une différence!

— Et tu en feras une, le temps venu! Max, il est évident que d'autres menaces vont nous tomber dessus d'un moment à l'autre. Et c'est là que tu seras le plus utile.

— Je sais... Mais... Je... Aaahhh!

Il prit ensuite une pause tout en tentant de se ressaisir. Il prit également de grandes inspirations afin de s'aider à se calmer.

— Je suis désolé, reprit-il après un moment Je me suis emporté et...

— Allez, je sais... Retournes-toi et prends-moi dans tes bras.

— Qu'est-ce que je deviendrais sans toi?

— Je t'aime, Max.

— Je t'aime aussi.

— Bon, rentrons avant qu'un de leurs espions ne nous repère.

— D'accord, allons-y!

— Dis Max, je crois sincèrement que tu devrais passer un coup de téléphone à ta famille. Ils ont dû voir la vidéo du métro! Ta mère doit être morte d'inquiétude!

— Tu as raison. Et je dois surtout les prévenir de rester à l'abri et d'éviter les villes. Tout ceci n'est certainement que le début!

Chapitre 19

Une heure d'avis

À peine Ulric Lechasseur venait-il de terminer sa conversation téléphonique qu'il fonçait déjà vers la pièce où était rangé tout son équipement militaire. En le voyant, sa copine, Sabrina, qui parlait quant à elle avec son père par cellulaire, mit rapidement un terme à la discussion pour aller au plus vite rejoindre son copain. En entrant dans la pièce, un nœud se serra dans sa poitrine en le retrouvant en train de paqueter ses bagages.

— Alors? l'interrogea-t-elle.

— Je suis à une heure d'avis!

— Qu'est-ce que ça veut dire?

— Ça veut dire qu'il y a de forte chance que nous soyons déployés. Si c'est le cas, lorsque mon Sergent me rappellera, je devrai me rendre à mon unité en moins d'une heure. Il… Il est persuadé que nous allons bouger avec tout ce qui se passe!

— Ah, je vois… Et… Et pour combien de temps?

— Je ne sais pas, mon amour! Je ne sais même pas où nous serons envoyés!

— Je… Je viens juste de parler à mon père. Il m'a dit que les médias suggéraient fortement de quitter les grandes villes et de se diriger vers les régions rurales le temps que la situation redevienne sous contrôle.

— Je crois en effet que c'est une excellente idée.

— Je vais donc partir avec mes parents et ma sœur pour le chalet en campagne.

— Bien, c'est une très bonne chose!

— Ulric, je veux que tu viennes avec nous!

— Quoi?! Mais je ne peux pas! Je viens de te le dire, le gouvernement va certainement déployer l'armée pour reprendre le contrôle!

— Je sais mais... Tu n'as qu'à ne pas y aller!

— Je ne peux pas, Sabrina! Je serais un déserteur! Et je ne veux pas! Je me suis enrôlé pour défendre mon pays! Pour défendre tout ce que j'aime! Et tu n'as qu'à ouvrir la télé pour vite constater que la situation est loin d'être sous contrôle! Je dois aller me battre pour protéger ce monde! Je dois aller faire ma part! Est-ce qu'un pompier se sauve quand il y a un feu?

— Mais Ulric, ouvre les yeux! Tout ceci n'a rien de normal! Ce n'est pas une guerre dont on parle! Ils ont beau dire que c'est un virus, ce sont des zombies! Comme dans les films! Et ils parlent également de monstres! Je... Je ne veux pas que tu y ailles!

— Sabrina, je n'ai pas le choix! Je ne laisserai pas tomber mes frères d'armes! Il n'y a personne d'autre après l'armée! Qui pourra aider tous ces pauvres gens si nous décidons tous de nous cacher!

— Ce... Ce n'est pas un soldat de moins parmi toute votre bande qui va changer la donne!

— Il n'est pas question que j'aille me terrer comme une poule mouillée pendant que se joue le sort de la planète!

— Mais tu vas te faire tuer!

— Alors je crèverai! Mais au moins, je le ferai en héros!

— Désolée! Je ne voulais pas..., s'excusa-t-elle en se mettant à sangloter. Ulric, je t'en supplie! Vient avec nous!

— Je... Je suis navré... Allez, approche!

Le soldat se dirigea ensuite vers sa bien-aimée en lui tentant les bras. Celle-ci alla aussitôt s'y réfugier tout en pleurant à chaudes larmes.

— J'ai si peur, Ulric! Je... Je ne veux pas te perdre!

— Ne t'inquiète pas! Je ferais tout ce qui est en mon pouvoir pour revenir! Je ne suis pas si facile à faire tomber!

— Pourquoi a-t-il fallu que je tombe amoureuse d'un putain de militaire?! Vous et votre saloperie d'orgueil! Alors que tout le monde essaie de s'éloigner de la menace, vous, vous allez à sa rencontre!

— Ha! Ha! En effet, il nous manque certainement une case. Mais c'est probablement pour cela que tu m'aimes!

— Oui, espèce de petit con! Je t'aime tant!

— Je t'aime aussi! Je ferai attention, c'est promis!

Chapitre 20

Un cœur pur

Les deux membres du service de police de la ville de Montréal frappèrent à la porte de l'appartement en s'annonçant. Suite à un appel d'un voisin dénonçant des bruits étranges provenant du loyer en question, Sébastien, un grand et costaux homme noir, et Jessica, une petite blanche athlétique aux cheveux foncés attachés en queue de cheval, avaient été déployé par le central pour aller vérifier les lieux.

— Police! Ouvrez! ordonna Sébastien tout en restant aux aguets.

— Au secours! s'écria alors une voix d'enfant à l'intérieur.

Dès qu'il perçut celle-ci, le baraqué défonça la porte d'un coup de pied avant de faire irruption dans la pièce, pistolet en mains. Sans hésiter, sa collègue dégaina également son arme avant de le suivre.

En entrant, les constables furent aussitôt saisis par la lugubre scène qui les attendait. D'abord, le corps de ce qui leur sembla être un itinérant gisait au centre d'étranges traces brûlées au sol en forme d'étoile satanique, dont des crânes humains étaient disposés à l'extrémité des pointes. Ensuite, au fond de la pièce sombre se trouvaient plusieurs cages à chien dans lesquelles étaient enfermées des préadolescentes crasseuses dont l'âge variait entre 11 et 13 ans. De plus, tous les murs étaient recouverts de symboles étranges tracés avec du sang. Par-dessus tout, une horrible odeur de pourriture combinée à celle de fumée saturait entièrement le salon uniquement éclairé par des chandelles.

Malgré cela, les policiers s'efforcèrent de rester concentrés et observèrent autour d'eux pour s'assurer qu'il n'y avait pas de menaces. Une fois qu'ils certifièrent qu'il n'y avait personne d'autre que le clochard par terre, Jessica s'approcha de ce dernier pour vérifier ses signes vitaux. Toutefois, dès qu'elle éclaira son visage, la nausée s'empara de son estomac en découvrant que celui-ci était déjà en décomposition avancée.

— Ah, merde! Ouf! Il est déjà mort depuis longtemps.

Alors que sa partenaire se concentrait pour ne pas vomir, Sébastien, qui la couvrait, décida donc de s'approcher des enfants qui réclamaient leur aide.

— Oh, doucement! Ça va aller! Vous n'avez plus rien à craindre! Nous allons vous sortir d'ici!

— Attention, monsieur l'agent! le prévint alors l'une des fillettes. Elle est encore ici!

— Qui est ici?

— La méchante sorcière! C'est elle qui nous a kidnappées! Elle est vraiment hideuse!

— OK, je vais aller l'attraper! Mais ne vous inquiétez pas, je vais revenir vous chercher!

— N'y allez pas! Elle est vraiment monstrueuse! Elle fait très peur!

Malgré la mise en garde, le grand policier se tourna vers sa collègue pour lui faire un signe de la tête. Mais au même instant, une voix féminine prononçant des mots incompréhensibles se mit à retentir dans l'appartement. Les deux policiers s'échangèrent aussitôt un regard avant de se préparer à passer à l'action.

Ils s'apprêtaient à se déplacer quand tout à coup, le clochard ouvrit les yeux et se releva d'un seul bond avant de se jeter sur Jessica. La pauvre, qui n'eut comme réflexe que de pousser un cri d'effroi, se retrouva rapidement au sol sous l'hideux personnage.

En voyant ce dernier mordre l'avant-bras que sa partenaire utilisait pour se protéger, Sébastien l'attrapa par sa veste défraichie et le projeta sur le côté. Mais à peine venait-il de terminer ses roulades que le vieillard au visage décomposé se relevait déjà pour retourner à l'attaque. Le colosse l'avertit alors à plusieurs reprises de s'immobiliser, mais sans succès. Alors, la nervosité et la frayeur lui firent appuyer sur la détente. Cependant, malgré les trois balles qui venaient de le frapper au corps, l'abject individu continua d'avancer sans même broncher. Dépassé, le policier continua tout de même de presser la détente. Et comme l'agresseur s'approchait dangereusement, Sébastien visa sans réfléchir sa tête. Dès que le projectile traversa le cerveau du zombie, celui-ci s'effondra sur le coup.

L'agent de la paix resta immobile un moment à fixer le cadavre avant de se ressaisir et d'aller vérifier l'état de Jessica.

— Ça va aller?

— Ce sale fils de pute m'a mordu! Mais qu'est-ce c'était que ce truc?! Tu... Tu as vu son visage?! Ce type était mort, merde!

— Je... Je n'en sais rien!

Soudain, un rire machiavélique féminin les interrompit. En se retournant, le policier remarqua une silhouette au bout du corridor disparaître dans une chambre. Sébastien s'élança sans hésiter dans sa direction.

Toutefois, avant d'entrer, il éclaira nerveusement de sa lampe-torche toute la pièce plongée dans l'obscurité où elle s'était terrée, qui était également tapissée de symboles sataniques. À son regret, l'endroit, qui ne contenait aucun meuble, lui sembla totalement vide. Suspectant qu'elle se soit cachée dans le placard, l'homme s'avança lentement tout en restant sur ses gardes. Le cœur battant à tout rompre, il s'approcha pas à pas, sentant la frayeur l'envahir de plus en plus. Les mots de la petite fille à propos d'une hideuse sorcière submergèrent involontairement dans sa tête.

Lorsqu'il arriva finalement à la penderie, son instinct lui dicta de ne pas ouvrir la porte, mais son courage le poussa à le faire. S'attendant à voir ressurgir une femme au visage effrayant, Sébastien se recula aussitôt d'un bon en élevant son pistolet. Mais à son grand étonnement, son faisceau lumineux n'éclaira qu'une petite pièce vide.

Il se questionna alors réellement sur l'endroit où la suspecte avait pu s'enfuir quand tout à coup, le faisant sursauter, une femme d'une cinquantaine d'année aux cheveux roux long et emmêlés, portant des marques hideuses de brûlures sur plus de la moitié du visage, apparut juste derrière lui. Malgré son tressautement, le policier se retourna hâtivement vers celle qui portait une grande robe noire. Mais malgré la rapidité de son action, la sorcière lui saisit le poignet avec une rudesse impressionnante avant de lui trancher la main qui tenait son arme à l'aide d'une longue dague recourbée, dont la poignée était faite de bois. Par la suite, elle dirigea sa lame vers le visage de l'homme, qui se recula à temps pour l'éviter. Néanmoins, la pointe lui lacéra profondément la joue.

Malgré la douleur, Sébastien attrapa son bâton rétractable et s'élança de toutes ses forces. Mais étonnamment, la femme l'attrapa au vol sans même broncher. Et avant qu'il ne puisse réagir, elle sectionna son autre main de sa serpe de druide. Cette fois, le pauvre agent de la paix ne put s'empêcher de pousser un hurlement.

Jessica entra au même moment dans la chambre. En voyant son acolyte amputé des deux membres, elle leva sans hésiter son pistolet et se prépara à presser la détente. Toutefois, comme si la sorcière avait senti sa présence, celle-ci se retourna à une vitesse fulgurante tout en lançant son arme blanche. Et avant que la policière n'ait eu le temps de faire feu, le couteau courbé s'enfonçant mortellement dans sa gorge. La jeune femme tenta tout de même de mettre une pression sur sa sanguinaire lésion, mais en vain. Le souffle coupé, elle s'effondra rapidement au sol.

Au moment où Jessica trépassa, l'ignoble sorcière afficha un vil sourire, dévoilant ainsi une rangée de dents pourries. La prêtresse satanique regarda ensuite Sébastien, qui était maintenant à genou devant elle.

— Oh, je sens que tu as un cœur pur, divulgua-t-elle avec un accent européen. J'en avais justement besoin d'un pour mon prochain rituel. Le tiens est brave et honnête! Il sera parfait pour le sacrifice!

Sur ces sombres paroles, Sébastien, qui avait perdu beaucoup de sang, ne put, malgré ses efforts, rester conscient plus longtemps et s'abattit à plat ventre.

Chapitre 21

Jacob

Une fois à l'intérieur du repère secret le plus à proximité de la ville de Corralejo, en Espagne, Yohanda convoqua ses Protecteurs autour de lui. Les hommes et les femmes crasseux et cernés formèrent aussitôt un demi-cercle autour de leur chef.

— OK, messieurs-dames! Vous avez tous fait de l'excellent boulot jusqu'ici et je vous en félicite! Mais comme vous le savez, il en reste encore beaucoup à faire! Je ne peux vous accorder que quatre heures pour vous doucher et dormir un peu. Ensuite, nous devrons plier bagage pour aller faire le ménage de Corralejo qui, comme vous le savez, est également infestée de zombies! Question?

Comme aucun des soldats fatigués ne se prononça, le barbu laissa aller son équipe avant de se diriger en direction de la sortie.

— Tu ne viens pas te reposer? le questionna Wayuki en le voyant s'éloigner.

— Je vais d'abord faire mon compte rendu à Henri et... Et vérifier s'il y a du changement du côté de la décision du conseil.

— D'accord, mais fais vite! Tu dois dormir un peu, toi aussi!

Après lui avoir répondu d'un sourire en coin, il alla à l'extérieur et composa le numéro du prêtre sur son cellulaire.

— Allo?

— Henri, c'est Yohanda!

— Bonsoir mon cher ami! Alors, comment ça se passe?

— Plutôt bien! Nous avons terminé de nettoyer les villes de France. Après quelques coups de téléphone, j'ai décidé de bouger vers Corralejo, en Espagne, où la situation semblait vouloir le plus se détériorer. L'infection est en train d'échapper complètement aux autorités ici.

— Bien fait! Alors, toujours pas de blessés?

— Non, rien de grave pour l'instant. La chance a été de notre côté.

— Comment va l'équipe? Est-ce que le moral est bon?

— Les gars et les filles sont épuisés. Nous n'avons pratiquement pas arrêté depuis les derniers jours. Cette chaleur et tout ce stress les vident encore plus, déjà que les manœuvres de guerre urbaine sont très exigeantes. Mais ils tiennent le coup.

— Mais vous devez tout de même prendre le temps de vous arrêter un peu.

— À chaque minute de repos que nous prenons, des gens meurent et le Mal se propage davantage! Cependant, si mes soldats deviennent trop fatigués, ils risquent de commettre des erreurs qui seront fatales. C'est un putain de cercle vicieux!

— Je comprends… Seigneur!

— Je dois donc gérer un certain équilibre. Je viens tout juste de leur donner quatre heures pour dormir un peu.

— Mais c'est loin d'être suffisant!

— Ce le sera pour tous ceux que nous pourrons sauver une fois le délai terminé!

— Je... Je salue votre courage! Je prie sans arrêt pour vous!

— Merci... Alors, des nouvelles du conseil!

— Pas pour l'instant, j'en ai bien peur.

— Mais qu'est-ce qu'ils attendent, putain de merde?! Ne voient-ils pas que le monde est en train de s'écrouler?! Henri, nous ne pourrons pas maintenir cette cadence encore longtemps! Il nous faut de l'aide! Surtout que nous risquons de finir par tomber sur quelque chose d'encore plus coriace que des zombies!

— Je sais, Yohanda! Je sais! Surtout avec ce qui risque d'arriver...

— Qu'est-ce que tu entends par là? As-tu d'autres infos?

— Euh... Non! répondit Henri, sachant que ce n'était pas le moment d'élaborer sur la folle théorie d'une invasion extraterrestre suspectée par Travos. Non, rien de nouveau pour l'instant.

— Et des nouvelles de Max et son groupe?

— Non, toujours rien! Je me dis le fameux dicton : «Pas de nouvelle, bonne nouvelle!»

— Oui, en effet... Je... Je comprends qu'il doit rester auprès d'Alicia mais... Je dois avouer qu'un ange ne serait pas de trop ici!

— Connaissant Max, je suis persuadé qu'il doit s'impatienter dans sa cachette.

— Je sais... J'en suis certain! Bon, je dois y aller!

— Bien, je vais te tenir au courant dès qu'il y aura du changement. Faites bien attention à vous!

— Vous aussi, Henri! Au revoir!

Une fois la conversation terminée, le prêtre, totalement chamboulé par tous ces évènements, décida d'aller se recueillir. Bien qu'à l'habitude, il adorait le faire dans la chapelle Sixtine, il savait que les rues bondées de la cité du Vatican par une foule de prieurs désespérés par la situation mondiale l'empêcheraient d'y accéder facilement. D'autant plus que la police du Vatican avait beaucoup de mal à contenir tous ces gens affolés. Il décida donc de se rendre dans une petite chapelle privée pour prier.

Comme il l'espérait, compte tenu qu'elle était interdite au publique, l'endroit était complètement vide. Henri s'avança donc à l'avant et s'agenouilla devant un grand crucifix.

— Seigneur, je suis totalement perdu! Je... Je ne sais pas quoi faire... Nous avons réellement besoin d'un coup de main en ce moment. Je... Je vous demande de me guider. Faites-moi un signe! Montrez-moi ce que je dois faire! Je vous en prie!

À peine venait-il de terminer sa phrase que le concierge, un homme de race noir, fit son entrée. En voyant que celui-ci n'avait pas en sa possession ses articles de travail, le prêtre devina que l'inconnu désirait vraisemblablement profiter lui aussi de la tranquillité de l'endroit pour se recueillir. Henri se releva donc et alla s'asseoir sur un banc pour ne pas monopoliser le lieu sacré. Le nouveau venu s'avança et, étonnamment, s'installa directement à côté de lui. Un peu surpris, ce dernier le regarda prendre place en silence.

— Bonsoir, mon Père. Vous permettez?

— Bonsoir, mon cher monsieur. Oui, évidemment.

— Ouf! Quelle histoire, tout ça!

— Oui, en effet.

— Alors, vous en pensez quoi?

— Je… Je ne suis pas certain de comprendre votre question.

— Vraiment, Henri? Moi, je crois que tu as très bien saisi la question!

— Pardon?! Est-ce qu'on se connait? Votre voix m'est familière mais…

— Oui, mon ami! Nous nous sommes déjà croisés, à Winslow, juste avant ma mort.

— Votre mort?

— Quand j'avais décidé de rester dans l'église en flammes pour ne pas risquer les âmes de mes filles.

— J… Jacob?! C'est toi?!

— Oui, Henri, c'est bien moi!

— Comment? Comment se peut-il que…

— Écoute, Henri! Je n'ai vraiment pas beaucoup de temps! Dieu ne peut pas venir ici Lui-même à cause de sa propre barrière spirituelle qu'Il a instauré mais Il a tout de même réussi à m'envoyer temporairement pour te délivrer un message. J'ai pu emprunter ce corps, mais ce n'est que pour un temps très limité. Comme tu as déjà fait un passage de l'autre côté, toi aussi, quand tu t'es retrouvé en enfer, il m'est possible d'arriver à communiquer avec toi.

— Ah, ben ça!

— Henri, tu dois m'écouter! Une grande menace va bientôt s'abattre sur la Terre!

— Oui! Nous avons perçu les avertissements, mais... Nous ne savons toujours pas de quoi il s'agit exactement!

— Je t'avertis, ce que je m'apprête à te dire risque de te sembler difficile à croire! Mais tu dois retirer tes œillères de mortel et ouvrir ton esprit à l'amplitude de l'univers et du monde spirituel! Voir plus grand et cesser de penser comme un simple humain!

— C'est bon, je t'écoute!

— Tu sais, l'univers regorge de milliards et de milliards de systèmes solaires et de planètes. Évidemment parmi toutes celles-ci, plusieurs d'entre elles, tout comme nous, ont eu la chance de connaître la vie. Il y a des tas de civilisations semblables à la nôtre à travers les galaxies. D'autres êtres avec la capacité d'aimer et donc, en mesure de posséder une âme.

— Vraiment?!

— C'est la vérité! Alors, tout comme sur Terre, le Mal a évidemment tenté de récolter le plus possible de ces énergies intérieures. Car ce sont les âmes qui sont la source de son pouvoir. Donc, si le Mal réussit à en saisir plus que son rival, le Bien, Il deviendra assez fort pour le vaincre!

— Il pourrait y arriver?!

— C'est son unique objectif! Et si cela ce produit, alors nous serons tous plongés dans le chaos! Il n'existera plus de paradis! Nous serons tous prisonniers dans la souffrance et la noirceur de son enfer!

— Oh, Seigneur!

— Pour t'aider à comprendre, je dois retourner à la base. Comme tu le sais déjà, grâce au Bien, une barrière a été mise en place pour empêcher Satan de venir Lui-même récolter les esprits. Du coup, mis à part de rares percées éphémères, Il n'a pas accès de façon permanente au monde physique. Voilà pourquoi Il a créé des armées de démons.

— Des armées? Mais il n'y en a que cinq, non?

— Sur Terre, oui! Cependant, Il en a engendré des dizaines à travers l'univers!

— Quoi?!

— Pour faire un topo rapide, tous les démons ont d'abord été des êtres vivants qui ont donnés de leur plein gré leurs âmes au Mal. Des puissants sorciers qui avaient atteint un niveau spirituel très élevé. Ce que tu ignores cependant, c'est qu'une fois façonné avec une part du diable, après leur mort, les démons ne peuvent revenir que dans un corps similaire à celui qu'il possédait lorsqu'il vivait. Corps dont le propriétaire originale doit volontairement offrir à ces êtres de l'au-delà. Et je ne t'apprends rien en te disant que ce type de rituel, qui doit être orchestré par un être vivant qui possède une pleine croyance en un monde spirituel, comme un puissant sorcier, est l'une des rares failles dans le mur que le Bien a érigé.

Donc en résumé, Dieu a pu empêcher les intrus d'entrer, mais Il n'a pas pu empêcher que quelqu'un de l'intérieur leurs ouvre une porte. Évidemment, le Mal s'est servi de cette lacune pour exploiter sa tactique. Soit de tout d'abord semer le doute sur l'existence de la vie spirituelle tout en noircissant les cœurs pour attirer le maximum d'adeptes, pour ensuite faire entrer sournoisement ses soldats afin qu'ils envahissent peu à peu leur planète tout en gagnant en puissance, pour finalement la ravager et y récolter toutes les âmes.

— Oui... Je sais déjà tout ça! C'est exactement ce que le diable a tenté de faire à Winslow!

— Exactement! Et fort heureusement, les humains ont réussi à l'en empêcher. Et pas seulement ces derniers temps. Les terriens se sont battus à plusieurs reprises au cours des âges et ont par miracle toujours réussi à repousser le Mal. Toutefois, d'autres civilisations n'ont pas eu cette chance. Plusieurs mondes ont déjà été détruits par Lucifer, ce qui le rend de plus en plus fort. La courte percée qu'Il a réussi dernièrement pour s'en prendre à Robert en est la preuve!

— Je vois!

— Parmi toutes les planètes qui ont été anéanties, il y en a une qui a nécessité plus d'effort que les autres. Pour celle-ci, le Mal a dû engendrer un antéchrist, comme Il désire le faire avec l'enfant d'Alicia.

— Vraiment?

— Oui! Comme Satan n'arrivait pas à avoir une aussi grande influence sur les occupants de cet autre système solaire, Il utilisa plutôt la manière forte, soit plusieurs assauts du Mal similaire aux évènements de Winslow. Les pauvres habitants, qui guerroyaient sans arrêt contre les sbires du prince des ténèbres, prièrent jour après jour pour que Dieu leur vienne en aide. Voilà pourquoi dès qu'un grand guerrier réussit à combattre trois démons, faisant de lui un ange tout comme Max, le Bien décida de leurs envoyer un protecteur, un peu comme Il l'avait déjà fait pour nous avec Jésus. Cependant, contrairement à ce qui s'est produit ici, il y a deux milles ans, ou encore il y a huit mois avec Alicia, les soldats du Bien n'ont pas réussi cette fois à repousser les attaques de Lucifer. Après avoir terrassé l'ange, un puissant démon de leur planète, nommé Malork, a réussi à faire boire de son sang au messie à sa naissance, assombrissant ainsi son cœur et son esprit. Cet antéchrist, appelé Usaarag, poussa ensuite tout son peuple au désastre alors que Malork, quant à lui, récoltait les âmes les unes après les autres. Bientôt, ce dernier, après avoir ingéré l'esprit d'un ange, d'un Chevalier de Dieu et de la plupart des grands prêtres spirituels œuvrant pour le Bien, devint si puissant qu'il fut impossible pour les derniers survivants de s'y opposer.

— Ça alors! C'est horrible! Mais, quel est le lien avec nous?

— J'y arrive justement. Vois-tu, le Mal a réussi à trouver une façon d'exploiter les singularités de notre univers. En effet, en réalisant avec assiduité un rituel précis, de façon simultanée, deux êtres vivants d'une grande puissance peuvent arriver à créer un trou de ver!

— Tu dis que le Mal a l'intention de faire ouvrir un passage entre nos planètes par deux de ses adeptes?!

— C'est exactement cela!

— Alors tous les soldats de ce démon extra-terrestre pourront débarquer ici!

— Pas tous, car le passage ne restera que pour une courte durée. Mais l'antéchrist, Usaarag, le chef démon, Malork, ainsi qu'une dizaine de ses esclaves les plus puissants auront amplement le temps de traverser. Et ils répandront ensuite leurs malédictions à travers notre globe, d'autant plus s'ils sont appuyés par Bakkar, Orzel, Nospheus, Sadman, les Illuminati et des hordres de zombies.

— Seigneur! On parle réellement d'une armée infernale!

— Ce n'est pas peu dire.

— Donc, si j'ai bien saisi, contrairement à lorsqu'un démon revient d'entre les morts sur la Terre, Malork, quant à lui, étant donné qu'il appartient déjà au monde physique, arrivera avec la pleine possession de tous ses pouvoirs.

— Oui, malheureusement.

— Oh, doux Jésus! Il faut empêcher cela à tout prix!

— Je sais! Mais le problème, c'est que tout comme les Protecteurs, les agents du Mal ont reçu une malédiction qui les rends invisible aux yeux de Dieu. Il Lui est donc impossible de les repérer avant qu'ils ne frappent. Galalel, la prêtresse de Lucifer, en est la preuve vivante.

— Qui?

— Galalel, la plus puissante sorcière qui n'ait jamais foulé ce sol. Elle erre sur ce monde depuis plus de deux millénaires.

— Comment est-ce possible?

— Elle est immortelle depuis qu'elle est une Cavalière du

Diable, l'équivalent d'un Chevalier de Dieu. Elle est si forte qu'elle arrive même à faire revivre des démons sans posséder les pages maudites.

— Comment a-t-elle réussi à devenir...

— Elle a tué Gabriel, l'ange gardien de Jésus, il y a deux mille ans, alors que le messie n'était encore qu'un adolescent. Toutefois, dans un féroce combat, Joseph, le défenseur du fils de Dieu, s'était ensuite sacrifié pour réussir à la chasser en se jetant avec elle dans un précipice.

— Vraiment?!

— Eh oui... N'as-tu jamais remarqué que l'histoire de la mort de Joseph a toujours été ambigüe? De toute façon, comme tu le sais, tout ce qui se trouve dans la bible a été modifié pour dissimuler la vérité à propos du Mal.

— Ah, ben ça...

— Je disais donc que le Bien la croyait morte suite à cette chute. Mais voilà qu'elle fit sa réapparition à l'époque du moyen-âge. Par chance, des combattants du Bien avaient réussi à la neutraliser. Afin d'être certains qu'elle ne revienne plus, ils l'avaient ensuite condamné au bûcher. Mais grâce à ses capacités surhumaines, elle était parvenue à survivre suffisamment longtemps pour que les flammes consument ses liens. Une fois libérée, elle s'était enfuie dans la forêt. Des chasseurs l'avaient évidemment poursuivit, mais aucun d'entre eux n'avaient survécu. Plus tard, un guerrier du Bien partit à sa recherche et revint plusieurs jours plus tard, gravement blessé, en affirmant l'avoir terrassé. Comme il n'y eu plus aucune trace d'elle, tous crurent que le brave homme avait réellement réussi. Mais voilà qu'elle réapparait aujourd'hui pour mener ce qui pourrait bien être l'ultime assaut du Mal, laissant ainsi croire que le soldat qui affirmait l'avoir combattu était un traître et avait monté cette mise en scène pour faire croire à la mort de la sorcière.

— Je… Je ne comprends pas! Si elle est si forte et qu'elle était vivante toutes ces années, alors pourquoi Satan ne s'en ait pas servi avant? Je veux dire, pourquoi a-t-il recruté Sadman pour sa tentative à Winslow? Ou encore pour ressusciter la bête?

— C'est simple, mon cher Henri. Galalel est son arme suprême. Elle est la seule qui soit assez puissante pour créer un trou de ver. La seule à pouvoir mener à bien le plan de dernier recourt du Mal. Celui-ci ne voulait donc pas risquer de perdre son meilleur atout pour exécuter une tâche qu'un sorcier moins expérimenté pouvait accomplir. Il voulait la garder en réserve. Pourquoi risquer sa reine sur un échiquier quand le fou peut faire le même travail?

— Je vois. Mais pourquoi dans ce cas le diable n'a-t-il pas commencé plutôt avec son invasion extra-terrestre, si on peut l'appeler comme cela?

— Tout comme elle l'a prouvé sur d'autres planètes, sa stratégie de base est très efficace. Elle est beaucoup moins risquée et demande amplement moins de ressources. Afin de ne pas compromettre son dernier plan, Il a attendu d'être au bord du gouffre. Car si cette tentative échoue, Il aura dévoilé tout son jeu et ne pourra plus revenir en arrière. Il causera ainsi inévitablement sa perte.

— Je ne suis pas certain de comprendre pourquoi.

— La peur est une source de pouvoir pour le Mal. Pour que le rituel de Galalel fonctionne, il doit être appuyé par le maximum d'énergie négative dans l'environnement avoisinant. C'est pourquoi la sorcière a dû plonger le monde dans la terreur avec tous ces évènements récents. Néanmoins, en agissant de la sorte, le Mal s'est dévoilé au monde entier. Il n'y a donc plus de points de non-retour. S'Il échoue, les terriens auront désormais la conviction de l'existence d'une vie spirituelle et seront plus enclin à le combattre.

— Oui! Je vois! Car avec la venue d'un nouveau messie, Il n'a plus le choix d'attaquer, car d'une manière ou d'une autre, notre monde connaitra enfin la vérité.

— C'est exactement ça! Le Mal avait réussi la première fois avec Jésus à rattraper la balle, car notre civilisation n'était pas encore assez évoluée. Mais avec la technologie d'aujourd'hui, le mot va se passer à une vitesse fulgurante. Satan sait qu'Il doit désormais tenter le tout pour le tout car Il perdra à coup sûr s'Il n'essaie rien.

— Ça prend tout son sens. Alors, que peut-on faire pour éviter ce cauchemar?

— À moins d'être extrêmement chanceux et de tomber sur Galalel avant qu'elle ne parvienne à ses fins, une guerre est malheureusement inévitable. Tout comme l'a présenté Yohanda, il faudra alors unir le plus grand nombre de groupes de chasseurs pour l'ultime combat. Sans compter que les armées du monde seront requises. Sans nécessairement les plonger au cœur même de la bataille, ces soldats seront à tout le moins en mesure de contenir une invasion et surtout de stopper la contamination de zombies. Donc, tu devras non seulement trouver un moyen de former une alliance entre ceux qui affrontent déjà des démons, mais également réussir à rassembler la majorité des chefs politiques afin de s'assurer leur assistance militaire. Avec la situation mondiale, tous les dirigeants voudront tôt ou tard organiser un grand sommet. Il faut les réunir le plus tôt possible et arriver à les convaincre de vous aider à défendre la planète. Il est désormais trop tard pour continuer de cacher la vérité.

— Attends?! Moi?! Si j'ai bien compris, tu veux que moi je trouve une façon de créer une association entre les combattants du Mal tout en organisant le plus grand congrès mondial jamais orchestré? C'est bien ça?!

— Oui, Henri! Toi! C'est Dieu Lui-même qui t'as choisi! Il a confiance en toi et Il sait que tu y arriveras!

— Ouf! Je ne crois pas que...

— Henri, moi aussi j'ai foi en toi! Tu arriveras à les convaincre de te suivre, j'en suis persuadé! Tu es le nouveau prophète de ces temps modernes!

— Je... Je...

— Mais fait bien attention, mon ami. Les Illuminati se sont infiltrés un peu partout et il est impossible pour le Bien de les repérer. Alors je te conseille fortement d'être accompagné par les Protecteurs lors du congrès.

— Vraiment?

— Ne prend aucune chance! De toute façon, même s'il n'a pas beaucoup de tact, Yohanda sait tout de même se montrer convaincant.

— En effet!

— Toutefois, même si vous arrivez à convaincre tous les

leaders à s'allier pour combattre Malork, je crains que ce ne soit suffisant. Ce démon sera d'une robustesse phénoménale.

— Que peut-on faire dans ce cas?

— Il existe un manuscrit, dissimulé dans un endroit appelé le temple des ténèbres, en Amérique du sud. Cet ouvrage est en fait la toute première bible. Comme celle-ci a été rédigée avec le sang de Dieu en personne, les soldats du Mal qui ont réussi à s'en emparer n'ont pu le détruire, tout comme le livre maudit que possédait Sadman. Il a donc été confié à un groupe de sorcier, qui avait alors pris de force une pyramide Maya pour en faire leur refuge. Ces derniers l'ont donc enfoui dans leur antre truffé de pièges, caché au beau milieu de la jungle. Et afin d'être certain que quiconque ne puisse l'atteindre, une créature féroce, mit sur Terre à la même époque que la bête en Irak, a été enfermée dans la pyramide pour servir de chien de garde.

— Quoi, une autre bête?!

— Elle n'a rien de l'ampleur de celle à sept têtes. Elle est la toute première tentative plus ou moins concluante de façonnage d'un être physique par le Mal. Mais même si elle n'était pas la machine à tuer qu'Il désirait, elle s'est avérée tout de même être assez redoutable pour défendre la bible.

— Ce n'est pas croyable tout ça. Mais qu'est-ce que cet ouvrage contient de si spécial?

— Il contient entre autre les plus grands secrets de l'humanité. Mais ce qui nous intéresse pour l'instant, c'est que dans ses pages se retrouve divers rituels servant à appuyer les habitants de ce monde pour le défendre. Dont un en particulier qui permettrait d'ouvrir des portes pour laisser entrer d'autres anges parmi vous.

— D'autres anges?!

— Oui, dans le même principe que des démons. Des êtres qui, de leurs vivants, possédaient un grand pouvoir spirituel, permettant ainsi d'être façonnés avec une part de Dieu avant d'être renvoyés sur Terre. Des guerriers ayant déjà combattu au nom du Bien. Des Chevaliers de Dieu en d'autres termes.

— Si j'ai bien compris, des Chevaliers de Dieu décédés pourraient revenir sous la forme d'un ange, comme Max?

— Pas tout à fait comme lui. Ce jeune homme est une exception puisqu'il est devenu un ange à même le monde physique. Mais ces soldats seraient quand même d'une puissance équivalente. La différence est qu'il ne pourrait transmettre le pourvoir par le sang. Donc, Max resterait le seul à pouvoir faire du bébé d'Alicia le nouveau messie.

— Je vois! Alors, combien de ces anges pourrions-nous faire entrer?

— Tout dépendra de ta capacité à accomplir le rituel.

— Moi?!

— Oui, Henri! Avec toutes tes connaissances et ta bonté intérieure, tu es la personne la plus apte à réussir cet exploit.

— Je... Je ne sais que dire... Je...

— Mais il y a un «hic». Pour qu'un défunt puisse revenir, la personne qui lui offre son corps doit avoir en sa possession un objet lui ayant déjà appartenu de son vivant.

— Voilà qui complique les choses!

— Du coup, trois volontaires sont propices à une réussite. Les deux anciens commandants des Protecteurs, Tom et Christophe, ainsi que l'ancien chasseur d'armarks, Djibo.

— Djibo? Mais il n'était pas un Chevalier de Dieu?

— Si! En se sacrifiant lorsqu'il a éliminé Orzel dans les égouts de Winslow, la fraction de seconde avant de mourir a été suffisante pour que son âme reçoive les vertus nécessaires pour être éligible.

— Alors il y a une possibilité que ces trois-là puissent revenir nous aider dans cette guerre?!

— Oui, c'est exact!

— Mais dans ce cas, pourquoi le Seigneur ne nous a-t-Il pas prévenu plus tôt de cette opportunité?

— C'est parce qu'il s'agit d'une pratique de dernier recours. Comme je l'ai mentionné plus tôt, pour que ces anges puissent accéder au monde physique, des personnes doivent leur offrir leur corps. Et le Bien est loin d'être un fervent des sacrifices. De plus, les risques à encourir pour se procurer le manuscrit nécessaire à la réussite du rituel doivent réellement être justifiés. Car comme celui-ci est gardé par une créature façonnée par le Mal, il n'y a qu'une seule personne qui pourrait arriver à la terrasser...

— Max!

— Oui! Il faudra risquer la vie du seul être sur Terre en mesure de transmettre son pouvoir à l'enfant prodigue pour l'envoyer affronter un monstre sanguinaire dans un lieu truffé de traquenards mortels.

— C'est énorme tout ça! Pourrait-il y arriver?

— Il a tout le potentiel nécessaire. Mais il n'est pas le seul à posséder des capacités surhumaines. Quelqu'un d'autre pourrait l'épauler.

— Richard?

— Non! Il est primordial que le défenseur reste toujours auprès d'Alicia. Comme je l'ai mentionné plus tôt, Dieu n'arrive pas à détecter les agents du Mal, ce qui fait en sorte qu'une attaque sournoise peut survenir à tout moment. Déjà qu'en envoyant Max dans cette pyramide, nous prenons un gros risque.

— Alors qui dans ce cas serait assez fort pour l'accompagner?

— Quand une porte s'ouvre pour renvoyer un être démoniaque en enfer, l'énergie qui est engendrée par cette ouverture est absorbée par l'esprit et le corps de celui qui en est la cause. Voilà pourquoi les capacités de l'individu qui ouvre un passage en assenant un coup mortel à un démon originel évoluent autant. D'autant plus s'il renvoie le diable en personne dans l'au-delà

— Le... Le diable, tu dis? Alors... Robert! Il est un Chevalier de Dieu!

— On peut le dire ainsi. Mais le transfert de Lucifer dans l'au-delà a dégagé bien plus d'énergie que celui d'un simple démon. Du coup, sans équivaloir un ange, Robert a acquis un pouvoir semblable à celui qu'avait Max après avoir tué son deuxième soldat du Mal.

— Ce qui veut dire que les deux fidèles partenaires devront à nouveau s'allier pour cette quête!

— Oui, la fine équipe!

— Je suis persuadé qu'ils y arriveront. Quand ils sont ensembles ces deux-là, ils arrivent à faire des miracles.

— Oui, espérons-le! Mais Henri, si tout fonctionne comme prévu, lorsque que les trois autres anges seront de retour, il est primordial que Max reste auprès d'Alicia. Non seulement pour la défendre, mais également parce la première chose que le bébé devra boire à sa naissance sera une goutte de son sang. Tu trouveras d'ailleurs tous les détails de ce rituel blanc dans la fameuse bible.

— D'accord! Ouais... Comme je connais Max, ce sera une tâche ardue de le retenir alors que les autres partiront au combat.

— Il faudra le convaincre! Après cette guerre, le monde aura besoin d'un guide pour se relever. Si Max meurt ou n'arrive pas à temps, il sera impossible pour l'enfant d'acquérir les pouvoirs divins nécessaires pour accomplir cette tâche.

— Je lui expliquerai, mais... De toute façon, nous sommes encore loin d'en être à cette étape.

— Vous y arriverez! J'en suis persuadé!

— Je l'espère! Mais Jacob, même si nous arrivons à créer cette escouade d'anges, arriverons-nous à repousser Malork? Existe-t-il un moyen de le vaincre?

— Vois-tu, il ne peut y avoir d'entrée sans avoir de sortie. Ce qui veut dire que quand un démon revient d'entre les morts, il doit absolument y avoir un moyen pour l'y faire retourner. Un être physique ne peut être complètement immortel.

— Oui, je connaissais déjà ce détail, mais…

— Eh bien vois-tu, cet élément mortel doit se trouver dans un environnement à proximité du corps possédé. Au moins sur la même planète que lui, comme le bois ou l'argent, par exemple. Or, le minéral en mesure de mettre un terme à Malork et ses sbires n'existe pas sur Terre.

— Ils seront donc invincibles?!

— On peut toujours essayer de leurs couper la tête pour les neutraliser pendant un certain temps, mais seules les armes bénites et maniées par des anges auront la capacité de les éliminer pour de bon.

— Ah, Seigneur! Dis-moi que je suis en train de faire un mauvais rêve et que je vais bientôt me réveiller!

— Désolé, mon ami, mais aussi incroyable que tout ça y parait, c'est malheureusement la triste vérité.

— Je sais… Autre chose?

— Eh bien, comme tu le sais, d'abord pour inspirer la peur mais également pour acquérir des capacités physiques afin de décimer les mortels, le Mal a réussi à permettre à ses soldats de prendre la forme d'une créature effrayante sur laquelle leurs yeux avaient déjà posés le regard avant leurs morts. Soit une araignée, un serpent, une chauve-souris, un loup ou encore une panthère noire. Mais voilà que l'animal choisi par Malork n'est pas existant dans l'écosystème présenté aux humains. Du coup, il aura un aspect d'autant plus redoutable.

— Un démon extra-terrestre qui aura l'apparence d'une des bêtes les plus terrifiantes de sa planète… C'est vraiment de mieux en mieux tout ça!

— Voilà pourquoi Dieu a pris le risque de m'envoyer te livrer ce message.

— Ce message! On ne peut pas dire que toute cette histoire soit un simple message! Doux Jésus! Donc, en résumé, pendant qu'une société secrète satanique, des troupes de zombies et des démons terriens plongent notre monde dans la peur, Galalel, une sorcière portant le titre de Cavalière du Diable, s'apprête d'un moment à l'autre à créer un passage interplanétaire. Et de ce trou de ver surgira Usaarag, un antéchrist alien, accompagné de Malork, un démon presqu'indestructible venu d'une autre planète, et une dizaine de ses sbires les plus robustes.

— C'est à peu près ça.

— Et Dieu t'a envoyé pour que moi, le simple prêtre d'une petite paroisse, arrive à convaincre tous les leaders religieux et les présidents des nations de créer une alliance pour affronter cette menace. Pendant ce temps, Max et Robert devront s'aventurer dans une pyramide perdue pour y retrouver la toute première bible gardée par une bête féroce. Et après tout ça, je devrais accomplir un rituel presque impossible à réaliser pour ramener Tom, Christophe et Djibo sous la forme d'anges en vue de la plus grande guerre jamais vue, qui aura des répercussions flagrantes sur l'existence même de Dieu et du paradis.

— Oui, c'est bien résumé! Mis à part que tu es loin d'être un simple prêtre de paroisse. Tu as combattu des démons, tu es revenu des enfers pour devenir le gardien de la grande bibliothèque secrète du Vatican. Et par-dessus tout, tu as un cœur pur et honnête! Voilà pourquoi tu es désormais le prophète de notre Seigneur!

— Tout ça, c'est… Bien trop pour moi!

— Désolé, Henri! Je ne suis que le messager! C'est Lui qui t'a choisi!

— Je n'arrive pas à y croire!

— Il le faudra bien, pourtant… Sur ce, mon ami, je dois y aller! Mon temps est maintenant écoulé. Mais avant de partir, je dois te remettre un cadeau, dit-il en posant ses mains sur le front du prêtre. Voilà!

— Voilà quoi?

— Je viens de te concéder le savoir de l'une des premières langues humaines officielles afin que tu sois en mesure de déchiffrer les symboles utilisés dans le fameux ouvrage religieux originel.

— Tu viens tout juste de me donner la capacité de lire la bible ancienne.

— Oui, et je t'ai transmis aussi une coordonnée te permettant de situer la pyramide cachée. Mais ces chiffres ne seront encrés que temporairement dans ta mémoire, alors je te conseille de les écrire. Max et Robert trouveront là un peuple d'indigènes qui prêche le Bien, à leur façon. Dieu a réussi à transmettre une vision à leur chef de tribu. Ils aideront nos deux guerriers à coup sûr! Nos aventuriers n'auront qu'à leur demander de les guider jusqu'au temple dissimulé dans la jungle.

— D'accord!

— Bon courage, Henri! Bien qu'Il ne puisse interagir directement, le Seigneur réussira tout de même à trouver un moyen de te faire parvenir un peu de sa force pour t'aider à accomplir ton destin. Allez, je dois absolument redonner ce corps à son propriétaire au plus tôt, avoua-t-il en se relevant.

— Jacob, attends! Avant de partir, dis-moi! Comment c'est, de l'autre côté?

L'homme lui répondit alors d'un simple sourire en coin avant de traverser le corridor. Puis, lorsqu'il disparut enfin à l'extérieur, le prophète se retourna vers l'imposant crucifix en faisant des signes de négation de la tête.

— Ah, Seigneur! Je crois que vous m'avez surestimé. Vous n'avez pas misé sur le bon cheval, je le crains! Bon! Par quoi devrais-je commencer?

Chapitre 22

Rencontre d'urgence

Lorsqu'il vit Henri tout en sueur arriver d'un pas rapide, l'un des deux gardes de sécurité en veston l'arrêta en levant son bras devant lui.

— Je dois absolument rencontrer le pape, lui avoua aussitôt le prêtre en anglais.

— Désolé, mon Père, mais aucun autre rendez-vous n'était cédulé pour ce soir. Je ne peux donc vous laisser passer.

— Voyons, mon enfant! Vous savez qui je suis! Je viens de traverser toute une foule hystérique pour venir jusqu'ici! Je dois lui parler ce soir, sans faute!

— Désolé, il s'entretient présentement avec le Cardinal Membertica, qui a spécifié qu'ils ne devaient pas être dérangés.

— Vraiment? À une heure aussi tardive?

— Apparemment, oui!

— Eh bien, je vous en prie, il est primordial que je parle à Sa Sainteté maintenant! C'est une question de sécurité internationale!

— Bon… Attendez, je vais lui passer un coup de fil.

Le gardien traduisit alors la conversation à son partenaire, qui ne parlait pas l'anglais. Par la suite, le premier alla vers un téléphone fixé au mur et décrocha le combiné. Après un moment, il revint vers Henri.

— C'est bon! Il va vous recevoir!

L'homme en complet l'escorta ensuite jusqu'à la pièce où se trouvait déjà les deux haut-placés religieux avant de retourner à son poste. En le voyant, le chef des catholiques l'invita à s'asseoir avec eux, mais Henri préféra rester debout. Puis, après un bref échange de politesse, le nouveau prophète dévoila toute sa conversation qu'il venait de tenir avec le fantôme de Jacob. Le pape resta totalement de glace durant tout le récit tandis que le cardinal fronça fréquemment les sourcils. Lorsqu'il eut enfin terminé, un moment de silence plana quelques instants avant d'être interrompu par celui vêtu de noir et de rouge.

— C'est scandaleux, mon Père! Comment osez-vous venir nous déranger alors que nous tenions des propos importants pour nous exposer une histoire aussi ridicule?! Un démon venu d'une autre planète! Vous devriez avoir honte!

— Je vous jure que c'est la vérité! Jacob est réellement venu me livrer ce message!

— Ou bien l'homme qui est venu vous parler vous a joliment monté en bateau, ou bien vous êtes en train de perdre la tête, mon Père! poursuivit le cardinal sans laisser la chance au pape de répondre.

— Après tout ce que nous avons vu, ne me dites pas que croyez réellement que ce soit impossible! Des vampires, des loups-garous, des zombies, un ange, une créature à sept têtes! Toutes ces choses sont bien réelles! Alors pourquoi pas ça?!

— Père Dubreuil, allons donc! Nous sommes loin des démons, là! Des extra-terrestres! C'est du pur délire!

— Ce qui serait du pur délire, ce serait de ne rien tenter pour défendre notre planète! Si nous attendons, il sera trop tard! Votre Sainteté, c'est notre Seigneur lui-même qui a envoyé ce messager! Vous devez avoir la Foi!

— Pourquoi le Seigneur n'a pas plutôt envoyé son messager à Sa Sainteté lui-même plutôt qu'à... Qu'à vous?

— Je vous l'ai dit! Parce qu'il ne pouvait entrer en communication qu'avec quelqu'un qui avait déjà visité l'au-delà!

— Oui, quelqu'un qui s'est déjà transformé en vampire...

— Écoutez, Votre Sainteté! Je sais que toute cette histoire est complètement folle, mais je...

— Je vous crois, Henri! finit par répondre le pape.

— Vous... Vous... Vraiment?

— Oui, j'ai une confiance absolue en vous! Votre équipe a déjà sauvé ce monde à maintes reprises. Et je suis persuadé que notre Père ne vous a pas seulement choisi parce que vous aviez visité la mort... Il est évident que quelque chose de majeur se prépare...

— Mais, Votre Sainteté, vous ne songez quand même pas à..., insista le cardinal.

— Oui, Éminence. Nous tiendrons une réunion. Et nous la tiendrons ici-même! Il y a des enceintes ici qui sont à la fois suffisamment grandes et surtout inaccessibles aux démons, tout comme les autres lieux Saints. Telle est la volonté de notre Seigneur, nous inviterons le plus de leaders religieux possible ainsi que le maximum de chefs d'état.

— Vous êtes sérieux?!

— On ne peut plus! Avertissez l'équipe des affaires publiques. Je veux que cette réunion se fasse le plus discrètement possible. Aucun média ne devra annoncer une telle rencontre, pour la sécurité de tous!

— C'est... C'est scandaleux! hurla celui qui tentait d'éviter à tout prix une telle décision du plus haut gradé. Je ne devais pas agir maintenant, mais vous ne me laissez pas le choix!

Sur ces étranges paroles, le vieil homme plongea sa main sous son veston avant d'en retirer un long couteau argenté. Puis, sans crier gare, il se releva d'un bon avant de foncer vers le pape. Mais au moment où il s'apprêtait à abaisser sa lame, Henri le plaqua juste à temps, évitant ainsi la catastrophe. Les deux serviteurs de Dieu se retrouvèrent ensuite au sol à lutter pour prendre le contrôle de l'arme blanche. Rapidement, celui qui s'avéra être un traître se retrouva sur le dessus en poussant sur sa dague alors que le pauvre Henri tentait de la retenir de peine et de misère.

— Prépares-toi à mourir! s'écria le fourbe.

Réalisant qu'il ne pourrait reprendre le dessus, Henri dirigea tout de même la pointe vers un endroit moins dommageable. Puis, à bout de forces, il relâcha la tension et la lame s'inséra douloureusement dans son épaule.

Au moment où le prêtre poussa un cri, une chaise se fracassa dernière la tête de l'agent double. Henri en profita pour retirer le couteau de son muscle avant de se rouler sur le côté. En se relevant, il remarqua le pape avec un morceau du dossier en bois. Ce dernier releva aussitôt ce qui restait de la chaise, prêt à se défendre contre l'assaillant, qui se remettait difficilement debout.

— Albert? s'exclama Sa Sainteté. Comment as-tu osé? Après toutes ces années?

— Mon pauvre vieux! Les Illuminati m'ont approché dernièrement et m'ont ouvert les yeux! Je me suis tout simplement tourné vers celui qui a le plus de chance de remporter la guerre! Pas pour ma vie, mais pour mon âme! Quand Dieu sera éliminé, toutes les âmes qui l'accompagnaient sombreront également dans le gouffre! Seuls ceux qui se seront agenouillés devant le Mal pourront s'élever à ses côtés!

— Eh bien, tu t'es trompé de camps, mon cher!

— Vraiment?! Tu crois réellement que le Bien réussira à l'emporter?! Mais ouvre les yeux, bon sang! Lorsque Malork débarquera, ce sera un vrai carnage! Il est une réelle machine à tuer et personne ne sera épargné! Même Max n'a aucune chance contre lui! Et... Et même si par miracle vous arrivez à le battre, jamais les humains ne vaincront le Mal qui anime leurs cœurs!

— J'ai Foi en l'humanité! Chose que tu sembles avoir perdue, mon frère!

— Plus un geste! s'écria alors l'un des gardes en entrant en trombe, son pistolet en main. Lâche ton arme, maintenant!

— Ce monde ne survivra pas à cette guerre et tu le sais très bien! Tu peux encore changer d'idée! Il n'est pas trop tard!

— Albert, tu peux encore te repentir!

— Si je me résorbe, le Mal me jettera au trou avec les autres minables! Je préfère me réserver un siège dans l'au-delà avec celui qui sera couronné le roi! Pouvoir aux Illuminati! Pouvoir au grand Satan!

Tout en hurlant, le cardinal se rua vers le pape en brandissant son couteau. Mais avant qu'il ne puisse l'atteindre, le garde l'abattit de plusieurs balles au corps. Le vieil homme s'écoula alors au pied du chef des catholiques, qui resta totalement immobile.

Le constable, qui plus tôt avait perçu le cri d'Henri, alla ensuite attraper le pape dans le but de la sortir de la pièce, mais celui-ci refusa de le suivre et se pencha plutôt vers le cadavre de celui qui fut son bras droit. Il posa ensuite sa main droite sur son front en prononçant une prière dans sa langue natale.

— Il... Il était mon ami! avoua-t-il ensuite en se relevant doucement. Comment est-ce possible?

— Je suis désolé! tenta de le réconforter Henri. Mais le Mal sait être très persuasif.

— Je savais que les Illuminati s'étaient infiltrés un peu partout, mais... Pas ici! Et pas lui!

— Vous devez tenir le coup, Votre Sainteté! Le monde se tournera plus que jamais vers vous!

— Oui, je le sais! Oh, Seigneur! s'exclama-t-il soudainement en voyant la main ensanglanté du prêtre faire une pression sur sa blessure à l'épaule. Ça va aller?

— Je crois bien que oui.

— Vous devez au plus vite recevoir des soins!

— Venez avec moi, mon Père, insista aussitôt un second

garde qui venait de les rejoindre. Je vais vous conduire à l'infirmerie. Votre Sainteté, je vous prierais de me suivre également.

— Oui! Laissez-moi juste un moment.

— Très bien!

— Henri! lança le pape avant que le prophète ne quitte la pièce. Tâchez de vous remettre au plus vite! Lors de la grande réunion, je vous réserverai une place à mes côtés. J'aurai grandement besoin de vous pour arriver à les convaincre de créer une alliance.

— Vous pouvez compter sur moi, Votre Sainteté!

Chapitre 23

Les retrouvailles

Après les appels d'Henri, le groupe de Max et celui de Robert se donnèrent rendez-vous dans un des refuges du Québec. Plus tard, alors qu'ils n'étaient maintenant plus qu'à une dizaine de kilomètres de l'endroit, Sarah et son petit copain ressentirent des papillons leur chatouiller l'estomac. Après huit mois au loin, l'un comme l'autre étaient excités de revoir le reste de la famille Longuet.

En arrivant devant la vieille maison servant de repère secret, la belle reconnut aussitôt la petite voiture verte de son frère déjà garée dans l'entrée. Max, derrière le volant, se stationna juste à côté. À l'instant où les roues du VUS de location gris s'immobilisèrent, Robert, qui faisait le guet devant la fenêtre, sortit en toute hâte les rejoindre.

— Papa! s'écria la jeune femme en lui sautant dans les bras comme si elle n'avait encore que cinq ans.

Elle fit de même avec sa mère, qui sortit à son tour. Pendant ce temps, les deux fidèles partenaires de Winslow se firent une accolade. Une fois qu'ils eurent avoué à quel point ils étaient heureux de se revoir sains et saufs, Robert alla saluer Alicia et Richard, qui attendaient silencieusement un peu plus loin.

Max remarqua ensuite Simon sur le perron, qui portait encore un bandage au visage.

— Wow! J'ai vaguement appris ce qui vous était arrivé, mais je ne savais pas que tu étais aussi mal-en-point.

— Ce n'est pas si grave. En fait, c'est ma main qui me fait le plus mal, enchaîna-t-il en lui présentant son membre emmailloté.

— Je vais te guérir tout ça une fois que nous serons à l'intérieur.

— Ah, ce n'est pas si pire que cela. Je préfère que tu conserves tes forces au cas où.

— Tu sais, depuis que j'ai vaincu mon cinquième démon, j'arrive à guérir les blessures vraiment plus facilement et ça ne m'épuise presque plus.

— C'est bizarre, j'arrive à ressentir l'aura d'énergie qu'il y a autour de toi, les interrompit le fils de Tom.

— Tiens, bonjour Daniel!

— Bonjour, Max! Je suis vraiment content de te revoir! affirma-t-il ensuite en lui enserrant le bassin avec une force surprenante pour un enfant de son âge.

— Moi aussi, mon petit.

— Sarah! s'écria-t-il par la suite en lui faisant le même accueil.

En le voyant agir de la sorte, l'ange ne put faire autrement que de se remémorer le visage de ses parents, qui devaient énormément manquer à l'enfant.

— Il va bientôt faire nuit, souleva Richard. Nous devrions peut-être rentrer?

Tous acquiescèrent avant de sortir les bagages et de se diriger à l'intérieur. Une fois au salon qui, comme la plupart des cachettes des Protecteurs, était un peu décrépi, Robert exprima à nouveau toute sa joie de les retrouver. Pendant ce temps, Isabelle prépara du café aux nouveaux arrivants.

Après que chacun eut relaté leurs péripéties, la conversation se tourna inévitablement vers les projets insolites du Mal, qui avaient été expliqués à chaque groupe par téléphone. Tous avouèrent alors avoir eu beaucoup de difficulté à croire à toute cette histoire complètement folle et qu'Henri avait dû redoubler d'effort pour arriver à les convaincre.

Assurément, le sujet se tourna bientôt vers les nouvelles capacités de Robert. Celui-ci ne put alors nier qu'il n'était plus comme avant depuis son exploit dans cette chapelle contre le Mal. Puis, de fil en aiguille, ils se mirent enfin à discuter de l'illustre première bible que les deux acolytes devaient aller chercher dans cette pyramide. Max exposa donc toutes les cartes et les photos satellites que Travos lui avait fait parvenir par «mail» de la fameuse coordonnée implantée dans la mémoire du prophète. Étrangement, mis à part un petit village indigène, rien n'indiquait la présence d'un quelconque bâtiment ancien. En fait, seule de la végétation dense leur était dévoilée. Après avoir étudié les plans pendant plus d'une heure sans trouver le moindre indice susceptible d'en apprendre davantage, les deux partenaires en conclurent qu'ils allaient malheureusement devoir improviser une fois sur place, si bien sûr ce repère existait réellement.

Plus tard, Alicia se fit plaisir en prenant un bon bain chaud. Pendant ce temps, tous les autres adultes, y compris les deux super-soldats, même s'ils ne ressentaient plus les effets de l'alcool, se servirent un verre d'un bon scotch que Richard avait dégoté pendant leur voyage. Bien entendu, ce fut un verre de lait pour l'enfant. À ce moment, Max soigna les blessures de son beau-frère avec un simple touché et ce, à une vitesse phénoménale qui surprit tout le monde.

— Tu as réellement évolué! s'étonna Robert.

— Espérons que ce sera suffisant pour affronter ce qui nous attend.

— Oui, en effet.

Afin de se détendre un peu, tous tentèrent de ne pas trop évoquer le sujet et le doyen s'efforça de tourner la conversation vers quelque chose de moins sérieux. Puis, après un moment, la fatigue sembla prendre le dessus. Max suggéra à tous d'aller dormir pendant qu'il allait monter la garde le reste de la nuit, étant donné qu'il n'avait presque plus besoin de repos désormais.

Une fois au lit, tous eurent beaucoup de difficulté à trouver le sommeil. Après s'être retourné plusieurs fois dans les draps, Robert finit par se relever et aller rejoindre son ami. Celui-ci, qui était aux aguets à l'extérieur, d'autant plus avec ce qui s'était produit le soir où Tom s'était fait tuer, fut ravi de le voir.

— Lors de notre première rencontre, je croyais que j'étais en train de vivre le pire cauchemar de ma vie, avoua après un moment Robert en fixant le ciel étoilé. Quand nous avons pris la fuite en quad, après toutes nos péripéties chacun de notre côté, jamais je n'aurais pu imaginer que toute cette histoire nous mènerait jusqu'ici. Et dire qu'après tout ce que nous avons affronté, le Mal arrive encore à nous surprendre. Ouais, parmi toutes ces étoiles, il y a quelque part ce démon extra-terrestre qui s'apprête à venir nous envahir. Je... Je n'aurais jamais pu m'imaginer que les mots démon et extra-terrestre aurait pu un jour définir le même être.

— En effet, c'est incroyable tout ça! Mais... On se disait la même chose lors de l'attaque du loup-garou devant ma maison et de ces zombies dans cette grange. Ou lorsque nous avons affronté tous ces démons et même la légendaire bête. Et pourtant, tout ça était bien réel. Et malgré cela, nous sommes toujours là!

— Oui, j'aimerais bien partager ton optimisme, mais...

— Ne te méprends pas, Robert! Je suis mort de trouille! À commencer avec l'idée d'affronter cette créature inconnue dans cette pyramide. Mais... Comment dirais-je... J'aime à penser que nos ennemis sont terrorisés aussi. Après toutes les raclées qu'on leurs a balancées, eux aussi doivent craindre le pire.

— Ha! Ha! Ha! Oui! En tout cas, un truc est certain, mon ami, toutes ces horreurs m'auront tout de même apporté quelque chose de bien. Je suis choyé d'avoir pu faire ta connaissance.

— Oh, mais je te retourne le compliment. Je n'y serais jamais arrivé sans toi. J'aurais probablement fini à côté de mon garage, gisant criblé de balles auprès du cadavre de mon ami Ray.

— Je n'aurais pas été bien loin non plus sans ton aide. Ouf! Quelle aventure tout ça!

— Ouais, comme tu dis.

— Espérons que les évènements tourneront encore une fois en notre faveur.

— Oui... Alors, après tous tes efforts pour ne pas devenir un Chevalier de Dieu, t'en voilà maintenant un.

— Apparemment!

— Comment te sens-tu?

— Eh bien, je ne ressens plus mes rhumatismes à l'épaule dus au coup de hache de Sadman.

— Ha! Ha! C'est déjà ça!

— Mais quand Henri m'a confirmé le tout, il m'a également mentionné qu'il avait déjà lu quelque part que le Bien avait le pouvoir de retirer ce don.

— Vraiment?!

— En tout cas, si je survis à tout ceci, j'espère qu'Il le fera.

— Il le fera, j'en suis persuadé… En tout cas, pour le moment, je suis vraiment heureux que tu possèdes ces facultés et que tu puisses m'accompagner dans cette jungle, dans deux jours.

— Ouais… Je suis loin d'être au même niveau que toi. J'espère que je ne serai pas un boulet.

— Ça, jamais!

— Alors, crois-tu qu'on réussira à mettre la main sur ce bouquin?

— Malheureusement, je crois que Dieu Lui-même n'a pas la réponse à cette question.

Chapitre 24

Le temple des ténèbres

Cela faisait plus de deux heures que Robert et Max suivaient à travers la jungle épaisse leur guide sud-américain, qui n'était vêtu que d'un pagne pour cacher ses parties génitales. Malgré leur pouvoir, la température chaude et humide commençait à faire transpirer les super-soldats sous leur équipement de Protecteurs, en particulier le plus âgé des deux. L'aborigène, quant à lui, filait bon train sans même boire une seule goutte d'eau alors que même les surhommes durent s'abreuver. Sa machette artisanale en main, il se frayait aisément un chemin à travers la végétation dense. Les partenaires derrière lui se considérèrent choyés que ce brave combattant les accompagne.

Après avoir été parachutés à l'aube en tandem, au grand désespoir de Robert, les deux acolytes avaient dû naviguer pendant près de cinq kilomètres avant de tomber sur le village indigène. Bien qu'ils n'eurent pas tourné en rond grâce à leur GPS, celui-ci ne leurs avait toutefois indiqué le chemin qu'en ligne droite, ce qui ne se révéla pas être l'itinéraire le plus facile pour se rendre à destination. Après leur déplacement plus long et plus ardu que prévu, les villageois les avaient accueillis comme des sauveurs et leur chef les avait aussitôt invité à prendre un repas sous sa hutte. Contrairement à ce qu'ils craignaient, les nord-américains avaient été étonnés de la qualité de la nourriture.

Par la suite, malgré la barrière de langage, Robert et Max avait vite compris que le chef avait l'intention de leur fournir leur meilleur guerrier pour les guider vers le temple des ténèbres. Ce que ce dernier fit de façon irréprochable. Leur excursion leur parut royalement plus aisée en suivant celui qui connaissait le terrain comme sa poche.

Son fusil d'assaut C-8 en main et Spero portée en diagonale derrière son dos, Max n'avait qu'à le suivre aveuglément. Derrière, Robert, qui pour sa part avait un lance-grenade M-203 fixé à son arme principale, en faisait tout autant.

Toutefois, dès qu'ils arrivèrent à proximité d'une impressionnante grotte, le guide s'arrêta d'un coup sec. Il fut alors impossible pour les deux caucasiens de le faire avancer un pas de plus. Ce dernier se contenta de pointer l'ouverture tout en leur faisant comprendre par des gestes qu'il les attendrait ici jusqu'à la tombée de la nuit.

Robert et Max se résignèrent donc à poursuivre leur chemin seuls jusqu'à l'entrée qui menait sous une montagne. Ils se questionnèrent ensuite un moment, se demandant si l'aborigène les avait bien conduit au bon endroit. Ils décidèrent finalement de pénétrer nerveusement dans la sombre cavité tout en allumant leurs appareils de vision nocturne fixés à leurs casques. En passant le seuil, ils comprirent enfin de quoi il en retournait puisqu'ils se retrouvèrent à leur grand étonnement devant la fameuse pyramide Maya. Celle-ci, qui n'avait jamais été découverte plus tôt par la civilisation dû à son enfouissement dans une caverne, au beau milieu de la jungle, était plutôt impressionnante compte tenu de son emplacement. Robert fut épaté à l'idée que chaque lourde pierre taillée avait dû être transportée jusqu'à cet endroit difficile d'accès pour réaliser une telle œuvre.

Tout en restant aux aguets, les deux acolytes s'approchèrent le plus furtivement possible de ce qui sembla être l'entrée principale en haut d'une série de marches. Toutefois, en remarquant que celle-ci était jonchée de squelettes humains, les partenaires hésitèrent à emprunter ce passage.

— Il y a forcément un autre moyen de s'introduire à l'intérieur, supposa Robert. Ça donne vraiment froid dans le dos tout ça!

— En effet, ça ne me dit rien qui vaille. Ce serait trop facile de passer par ici. Ça sent le piège à plein nez!

Les hommes de Dieu décidèrent alors de faire le tour de la construction afin d'y trouver un passage secret. Mais après plus d'une heure de recherche sans succès, ils reconsidérèrent la question.

Soudain, au moment où ils se redirigeaient vers le seul accès disponible, Robert remarqua plus à gauche une chauve-souris se faufiler entre deux blocs, au milieu de la pyramide, avant de prendre son envol. Il escala aussitôt le mur en direction de la faille en question. Une fois arrivé en haut, il remarqua un mince espace entre les deux cubes rocheux.

— Je sens de l'air! chuchota-t-il en plaçant sa main devant. Il y a forcément un passage ici! Ce bloc semble être amovible!

Le Chevalier de Dieu se mit aussitôt à fouiller partout autour afin de trouver un levier ou un autre moyen quelconque d'actionner un mécanisme qui permettrait de déplacer les blocs. Après plus d'une minute sans résultat, l'ange s'approcha à son tour et attrapa le cube de pierre à deux mains. Puis, il tira de toutes ses forces pour tenter de le déloger. À son grand étonnement, celui-ci commença à bouger. En voyant que la méthode forte semblait vouloir fonctionner, Robert alla rapidement l'aider. Ensemble, ils réussirent à le déplacer suffisamment pour créer un passage.

Au même moment, une vingtaine d'impressionnantes chauves-souris, qui sortirent par l'ouverture en criant, les firent sursauter. Les deux partenaires s'écartèrent aussitôt, se préparant nerveusement au pire. Mais les petits animaux ne firent que s'envoler à travers la caverne.

— Putain de merde! jura Robert. J'ai failli faire une crise cardiaque! Saloperie de bestioles!

Après lui avoir répondu d'un sourire, Max retourna devant le passage secret. Il l'examina ensuite un bon moment, n'ayant en tête que les paroles d'Henri qui parlait de pièges et d'une bête féroce. Puis, quelques minutes d'hésitation plus tard, il se décida enfin à se faufiler à l'intérieur. Robert, quant à lui, attendit à l'extérieur le signal de son partenaire.

À son grand soulagement, rien ne s'actionna lorsque l'ange posa le pied au sol. Tout ce qu'il put distinguer à ce moment à travers son appareil infra-rouge fut un long corridor tapissé de toiles d'araignées. Ne remarquant aucune menace apparente, il invita son acolyte à venir le rejoindre.

Par la suite, tout en restant sur leur garde et en surveillant chaque endroit où ils posaient le pied, les deux aventuriers avancèrent lentement dans le tunnel. Tout en se déplaçant à travers les filets blancs, Robert s'aperçut avec aversion que plusieurs répugnantes tarentules se baladaient sur le dos de son confrère devant lui. Des images de sa bataille contre des armarks dans les égouts à Winslow lui revinrent aussitôt en mémoire, faisant inévitablement monter son rythme cardiaque. Au même instant, il sentit quelque chose se glisser dans son cou. Devinant qu'il s'agissait d'une araignée, il se mit à s'agiter en tentant de l'attraper. Lorsqu'il mit enfin la main dessus, celle-ci lui enfonça douloureusement ses crocs dans un doigt pour se défendre.

— Aïe! Saloperie! s'exclama-t-il en la lançant contre le mur.

— Quoi?! Des putains de tarentules! Il y en a des dizaines! Et il en a une qui vient de me mordre!

— Encore heureux que tu sois immunisé à son venin!

— En effet! Approche, tu en a plein le dos! Je vais te les retirer et tu feras de même pour moi! Je déteste ces trucs!

Après s'être débarrassés des arachnides poilus, les deux téméraires poursuivirent leur chemin. Soudain, Max s'immobilisa d'un coup sec.

— Qu'est-ce qu'il y a? l'interrogea Robert

En guise de réponse, son ami lui pointa un squelette, portant une armure et un bouclier, qui gisait par terre.

— Ça n'annonce rien de bon! en conclut Max.

— Regarde! Il y a quelque chose d'incrusté dans sa mâchoire!

— Qu'est-ce que c'est?

— On dirait une fléchette!

— Oui! On dirait bien! Le pauvre a dû mettre le pied au mauvais endroit.

Sans s'avancer, les co-équipiers scrutèrent aussitôt le plancher afin d'y découvrir un détail anormal. Max remarqua alors un carré encavé d'une dizaine de centimètres qui se dessinait sur le sol.

— Juste là! Ce doit être cette dalle qui fait se déclencher le piège. Je vais m'avancer sur le côté.

— Fais attention! Il me semble que c'est trop évident! Il se pourrait que ce soit un leurre!

— Je vais tenter le coup! De toute façon, ce n'est qu'une petite pointe!

Confiant, le plus jeune posa son pied le long du mur. C'est alors que, comme le craignait le plus vieux, un morceau du sol s'enfonça, enclenchant ainsi une fléchette, qui fut projetée du mur de droite en direction de l'ange. Heureusement, grâce à ses réflexes surhumains, ce dernier l'attrapa au vol avant qu'elle ne l'atteigne. Néanmoins, au moment où sa main l'enveloppa, la courte flèche se mit à le brûler atrocement. Max la jeta aussitôt en poussant un gémissement.

— Saleté! Cette merde doit être maudite! Ça m'a blessé!

— Je me doutais bien que ce ne serait pas aussi facile, même pour toi! Recules-toi avant qu'il y en ait une autre!

Jugeant qu'il était sage de suivre le conseil du doyen, le plus jeune se régressa hâtivement à sa position initiale. Mais au moment où il se mit en mouvement, un imposant bloc de pierre se déplaça juste derrière eux, leur bloquant entièrement le passage. Et comme si ce n'était pas déjà assez, ce dernier se mit à glisser doucement dans leur direction en produisant un bruit de frottement.

Sans perdre une seconde, l'ange se plaqua contre le mur mobile pour tenter de le freiner avec sa force, mais sans succès. Robert alla aussitôt l'aider, mais il n'y avait rien à faire. Impossible de l'arrêter.

— Ce truc va nous pousser dans les fléchettes! s'écria Robert.

— Bon, il va falloir avancer!

— Quoi?!

— Je vais attraper le casque du chevalier et je te laisse son bouclier. Essayons de marcher sur les dalles identifiées!

Sans laisser le temps à son acolyte de répondre, Max sauta sur le premier carré en question, tout restant alerte. À sa grande satisfaction, aucun traquenard ne sembla s'enclencher cette fois. Il se pencha ensuite et attrapa le bouclier rond orné d'un lion et le lança à Robert juste derrière. Puis, il saisit le crâne au complet sur lequel était fixé le casque de fer en insérant ses doigts dans les trous des orbites.

— Le mur me pousse de plus en plus! lui fit remarquer Robert. Il va falloir que tu te déplace pour que je puisse sauter à mon tour! Il n'y a pas assez de place pour deux là-dessus!

Sans hésiter, Max bondit sur le deuxième carré. Cependant, cette fois, celui-ci s'enfonça et une fléchette provenant de l'autre mur fut aussitôt lancée vers lui. Au dernier instant, l'ange la fit dévier avec le chapeau de métal dans sa main. Mais au même moment, le gros cube de pierre derrière eux doubla sa cadence de déplacement.

— Ce truc nous colle au cul! l'avertit le plus vieux.

— Le problème c'est qu'il n'y a pas de constance avec les plaques au sol! Cette fois, c'est en marchant dessus que j'ai déclenché le piège!

— On n'aura pas le choix, Max! Il va falloir foncer! Le bloc est à la veille de nous rattraper!

— Viens près de moi! En avançant dos à dos, on arrivera peut-être à bloquer les projectiles!

N’ayant plus le temps de réfléchir à un autre plan, le Chevalier de Dieu s’installa auprès de l’ange. Puis, après un décompte de trois secondes, ils se lancèrent à vive allure dans le corridor. Inévitablement, ils actionnèrent sur leur passage une panoplie de fléchettes qui fusèrent de toutes parts. Mais grâce à leur habileté surnaturelle, ils réussirent à les stopper chacun de leur côté sans jamais ralentir.

Par miracle, ils arrivèrent enfin au bout du couloir sans n’avoir subi aucune blessure. Une fois rendu, ils se retrouvèrent face à un autre mur quadrillé de trou sur lequel était sculptée une silhouette du diable. De plus, plusieurs plaques amovibles jonchaient le sol devant.

— Bon! Et maintenant?! examina Max.

— Je n’en sais rien! Mais il va falloir tenter quelque chose ou nous allons finir écrasé! Le mur derrière n’a pas du tout ralenti!

— Fais attention! Je vais presser l’une des dalles pour voir...

Sur ce, Max posa son pied au hasard sur l’une d’entre elle. Aussitôt, une série de lances aiguisées jaillirent des nombreuses cavités devant eux. L’ange se plaça de côté à la vitesse de l’éclair de manière à se faufiler entre deux séries de ces armes mortelles. Grâce à son excellente réaction, seul un tranchant arriva à le frôler, lui lacérant la surface de la joue. Robert, quant à lui, se recula juste à temps pour éviter le pire. Par chance, les pointes s’immobilisèrent d’un coup à moins d’un centimètre de son visage.

— Aïe! Mauvais choix! en conclut le plus jeune tout en cassant aussitôt les manches en bambou avec son avant-bras, laissant ainsi de côté la douleur intense de sa blessure vu l’urgence de la situation.

— Il doit certainement y avoir un moyen d'ouvrir un passage! Mais lequel?!

— Essayons celui-là!

Max se mit alors à frapper vigoureusement devant et sur les côtés. Mais bien que ses puissants poings firent éclater des morceaux rocheux, aucune trouée ne s'afficha.

— La manière forte ne fonctionnera pas cette fois! l'arrêta le plus vieux. Il faut trouver autre chose!

— Je suis persuadé que ces machins par terre sont la solution, mais comment?

— Il va falloir trouver au plus vite! Le mur se rapproche derrière!

Tout en réfléchissant, Robert tenta de bloquer l'avance du cube de pierre qui était déjà tout près en glissant son bouclier dans une mince faille sur le côté. Mais l'instrument médiéval se fit aisément aplatir sans même influencer la progression de la cloison. À son tour, son confrère essaya la même chose avec le casque en le plaçant dans un coin. Néanmoins, celui-ci, ainsi que le crâne toujours à l'intérieur, se firent broyer sans donner de résultat.

Comme les deux façades commençaient à se rapprocher dangereusement l'une de l'autre, Max, en dernier recours, plaqua son dos contre celle amovible et ses pieds sur celle d'où venait de jaillir les lances de manière à utiliser ses puissantes jambes. Miraculeusement, sa tentative s'avéra plutôt efficace puisque la progression de l'étreinte se mit à ralentir considérablement.

— Aaaahhh! hurla l'ange tout en forçant. Robert! Trouve vite une solution! Je ne pourrai pas tenir très longtemps! Aaaaahhh!

— Eh merde! Allez, pense! se dit l'aîné qui sentait son cœur battre à toute vitesse. Il y a certainement un moyen pour... Les Serviteurs du Mal doivent certainement y avoir accès...

— Je vais bientôt lâcher! Aaaahhh! Je sens mes genoux commencer à plier! On va finir aplatis comme des crêpes!

L'une des bottes de Max glissa alors quelque peu sur le mur jusqu'à la gravure de démon dans la pierre, ce qui attira l'attention de son partenaire.

— Attends un peu! lança celui-ci. Cette représentation du diable a sûrement un lien! Oui! Bien sûr! Pour passer, il faut être justement un serviteur du Mal! Donc, il faut probablement s'incliner devant son effigie!

Sans perdre une seconde, le doyen se plaça entre les jambes de Max avant de s'agenouiller au sol. En se positionnant de la sorte, il enfonça quatre des huit dalles simultanément. Au même moment, le mur devant lui se mit à se relever lentement, dévoilant une extension du corridor.

— Tu as réussi! se réjouit Max en se laissant tomber. Tu as trouvé la solution!

Fière de sa trouvaille, Robert se releva en arborant un sourire avant d'aider son ami à se remettre également sur pied. Néanmoins, les deux camarades ne purent se réjouir très longtemps en remarquant le bloc que le plus jeune venait de laisser se remettre instantanément en mouvement.

— Ce truc nous force encore à avancer! exposa Max.

— Il doit certainement nous pousser dans un autre piège!

— Je sais bien, mais... Nous n'avons pas le choix!

L'ange serra donc les dents et se risqua une fois de plus à poser son pied dans la nouvelle partie. Comme rien de fâcheux ne se produisit, il enchaîna d'un pas suivant, puis d'un autre. Robert le suivit de près en examinant le sol et les murs pour tenter de dénicher une anomalie. Mais comme sa lunette infrarouge était légèrement embuée, les détails étaient de moins en moins visibles dans cette profonde obscurité, ce qui le rendit d'autant plus nerveux.

Max, de son côté, commençait à prendre confiance quand tout à coup, sans aucun préavis, le sol s'effondra sous ses pieds. En se sentant tomber, il tenta de s'agripper sur les côtés, mais en vain. Il n'y avait malencontreusement aucune prise pour se retenir. La chute semblait inévitable jusqu'à ce qu'au dernier instant, Robert plongea sa main et l'attrapa du bout des doigts par le collet de sa veste tactique. Puis, avant que sa prise ne glisse, le nouveau Chevalier de Dieu le tira avec lui sur la terre ferme.

— Ouf! Je l'ai vraiment échappé belle! Merci! dit le plus jeune en examinant le trou dans le corridor devant, qui se perdait dans l'obscurité.

— Heureusement que j'ai ces nouvelles facultés, sinon je n'aurais jamais été assez vite et surtout suffisamment fort pour te retenir!

— Eh bien, j'en suis le premier heureux! Qui sait ce qu'il y a là-dessous? rajouta-t-il en regardant la sombre cavité.

— En tout cas, si on ne fait rien, on ne tardera pas à le

découvrir! Le mur derrière ne semble toujours pas vouloir s'arrêter et il se rapproche de plus en plus. Il va nous pousser là-dedans si on ne trouve pas une solution!

— Et je ne distingue même pas où cette fosse se termine en avant! Je… Je vais tenter de sauter quand même! Il n'y a pas d'autres choix!

— Attends! Qui sait encore sur quelle longueur s'étend ce trou. Je te rappelle que tous les autres pièges étaient conçus pour freiner un ange. Alors cette trappe doit certainement s'étaler suffisamment loin pour ne pas être traversable, même pour toi! Il doit forcément y avoir un autre moyen! Comme il y en avait un plus tôt!

— Mais quoi?!

— Ça a certainement un lien avec…

Tout en réfléchissant, une phrase que Daniel avait dite quand il révélait que le Mal lui rendait visite lui revint en mémoire : «Avant, Il a tenté de me convaincre de le suivre. Il m'a dit que si je me m'agenouillais à ses pieds, j'allais ensuite m'élever à ses côtés dans l'autre monde.»

— S'élever! Je me suis mis à genoux plus tôt, alors je devrais m'élever! Il doit y avoir un truc qui…

À cet instant, Robert, tout en levant les yeux, remarqua un petit cercle encavé dans la pierre. Sans hésiter, il le pressa avec son doigt. Surprenant les deux aventuriers, une trappe étroite s'ouvrit dans le plafond.

Max profita des quelques secondes restantes avant que le bloc de pierre ne les rattrape pour examiner l'échelle taillée dans la roche qui venait de leur apparaître de l'autre côté du passage secret. Ne détectant rien de suspect, il s'y engagea nerveusement. Même s'il s'attendait à ce quelque chose lui tombe dessus à chaque barreau, il dût tout de même se hâter pour faire une place à son partenaire.

À sa surprise, aucun traquenard ne se déclencha durant sa montée. De son côté, Robert, qui voyait le mur s'approcher dangereusement, grimpa dès qu'un espace se présenta. Au moment où ses pieds se posèrent sur un contrefort, le bloc se déplaça sous eux avant de s'immobiliser vis-à-vis de la trappe, les emprisonnant ainsi dans leur montée.

Sachant son ami hors de danger, Max ralentit sa cadence et examina cette fois chaque point d'appui en profondeur avant d'y toucher. Cette manœuvre s'avéra être plus que bénéfique puisqu'il remarqua que l'un des barreaux semblait amovible et suspect. Ne prenant aucun risque, il évita d'y toucher et prévint Robert d'en faire autant.

Après une ascension relativement longue, le jeune homme aux pouvoirs surnaturels arriva à un court corridor, qui donnait ensuite sur une ouverture menant à une immense salle. Celui-ci analysa un bon moment l'entrée avant de finalement s'y déplacer. Comme rien ne semblait se déclencher, Robert le suivit à son tour.

— Regarde! pointa tout à coup Max en remarquant une forme, ressemblant à un livre, posée sur un hôtel de pierre. Le voilà!

Tout en restant sur leur garde, les deux téméraires avancèrent lentement vers le manuscrit situé au centre de la grande pièce dont le plafond était soutenu par quatre imposantes colonnes sculptées. Tout en s'approchant, Robert remarqua que l'ouvrage à la forme carrée semblait être enchaîné à la table rocheuse.

Sentant que tout ceci était trop facile, à chaque pas qu'ils firent, ils s'attendirent au pire. Malgré cela, ils continuèrent leur progression le plus discrètement possible. Soudain, comme ils le craignaient, Max posa le pied sur une dalle qui s'enfonça sous son poids.

— Oh, merde! s'exclama-t-il au même instant en regardant partout alentour pour tenter de détecter la menace.

Cependant, au lieu d'un projectile quelconque, le piège déclencha plutôt un frottement de pierre dont les flammèches allumèrent une huile qui stagnait dans un canal autour d'eux. Les flammes se rependirent à une vitesse impressionnante, éclairant aussitôt l'endroit et obligeant les aventuriers à relever leurs lunettes infrarouges.

Soudain, ces derniers comprirent quel était l'objectif de ce piège lorsqu'un puissant rugissement retentit à travers les murs du temple.

— Putain de merde! jura Robert en sentant sa poitrine se serrer. Je crois qu'on vient juste de réveiller la bête!

À peine venait-il de terminer sa phrase qu'une immonde créature bondit par-dessus l'une des balustrades de feu avant d'atterrir entre eux et la bible ancienne. La chose à quatre pattes et aux écailles noires sur lesquelles se reflétaient des teintes rouges et vertes, de deux fois la taille d'un éléphant, était des plus impressionnantes. Bien qu'elle fût moins imposante que la bête en Irak, celle-ci, qui possédait trois têtes lugubres et une longue queue remuant de part et d'autre, affichait tout de même un aspect à faire frémir.

Pour sa première tête, qui avait la forme d'un tyrannosaure, le Mal s'était inspiré de la première forme de vie intelligente sur la planète, qui à son grand regret avait disparu suite à la chute imprévue d'un météorite sur la Terre.

La seconde au centre, quant à elle, rappelait aux deux soldats du Bien celle à l'allure stéréotypée d'un démon que possédait le monstre qu'ils avaient déjà combattu. Avec une gueule remplie de grandes dents crochues, deux trous en guise de nez et d'imposantes cornes de taureau, elle donnait vraiment la chair de poule.

La troisième, pour sa part, possédait étrangement trois yeux qui, comme tous les autres qu'affichait le monstre, étaient entièrement blancs sans présence de pupilles. Et de sa mâchoire proéminente sortaient d'imposants crocs dégoulinant de bave qui s'étiraient jusque devant son petit nez aplatit.

— Saloperie! s'exprima Robert. Cette fois, Max, je dois l'avouer! J'en ai vraiment marre de toutes ces merdes!

— Et maintenant? C'est quoi le plan?!

Le doyen n'eut guère le temps de répondre que déjà la figure de dinosaure crachait une impressionnante boule de feu bleuâtre dans leur direction. En voyant Max déployer ses espèces d'ailes blanches translucides pour parer l'attaque, son partenaire se dissimula derrière lui pour se protéger. Tel qu'ils l'espéraient tous deux, le bouclier astral de l'ange bloqua les flammes dans un assourdissant bruit d'explosion.

Avant qu'il n'en envoie une seconde, Robert se déplaça d'un pas à l'écart tout en appuyant sur la détente de son lance-grenade. La balle explosive frappa tel que prévu le premier visage, qui se recula en gémissant.

Par la suite, ne voulant pas être des cibles faciles à atteindre, les deux hommes se mirent à courir chacun de leur côté en ouvrant le feu sur leur ennemi. Cependant, tel qu'ils le craignaient, les balles ne firent que rebondir sur la solide peau de dragon.

Soudain, la tête de diable cracha à son tour une boule de chair qui rata de peu Robert, toujours en mouvement, qui dût toutefois se jeter au sol pour l'éviter. Le projectile fit ensuite quelques roulades au sol avant de se transformer en une fraction de seconde en un démon de plus de deux mètres à l'effigie de celui qui venait de l'expulser de sa bouche. En voyant ce nouveau venu se ruer vers lui, l'ancien ambulancier lui tira deux balles en pleine poitrine. Mais à son grand regret, cela ne suffit pas à l'arrêter et ce dernier frappa le fusil de l'homme d'une main avant de lui asséner un dur uppercut de l'autre. Le nouveau Chevalier de Dieu s'envola sur plusieurs mètres avant de se rabattre contre le plancher.

De son côté, lorsque Max fut suffisamment près, la figure à trois yeux ouvrit sa gueule et déploya sa longue langue de grenouille visqueuse. Le bout de celle-ci, qui se terminait étrangement avec une mâchoire remplie de canines acérées, attrapa solidement la cheville du membre des Protecteurs. Ce dernier se fit aussitôt tirer en direction de la gueule béante du monstre. Toutefois, en vol, l'ange lâcha son arme à feu et empoigna le pommeau de son épée derrière son dos. Et juste comme il allait pénétrer dans la bouche, il se libéra à l'aide de sa lame. Après s'être fait asperger d'un jet de sang jaunâtre, Max chuta durement le dos contre le sol.

Voyant que son ennemi semblait avoir le souffle coupé, la

bête profita de ce délai pour tenter de lui mettre sa patte griffue dessus. Mais malgré sa douleur, le soldat de Dieu réussit à se rouler sur le côté juste à temps pour l'éviter. Celui-ci se remit ensuite rapidement sur pied afin de poursuivre le combat. Cependant, il ne remarqua que trop tard la queue de la créature qui s'élançait vers lui et il fut frappé de plein fouet sur le côté de son corps. L'impact fut si brutal qu'il en échappa Spero sur le coup. Max plana par la suite sur une longue distance avant de terminer sa chute par de nombreuses roulades. Comble de malheur, il acheva celles-ci en plein dans un canal d'huile enflammée. Inévitablement, le feu se rependit sur tout le haut de son corps. L'ange en flammes sortit en toute hâte du bac d'huile en se roulant par terre. Néanmoins, constatant que sa manœuvre s'avérait inefficace, il décida d'arracher complètement sa veste tactique, son équipement de protection et même sa chemise, dévoilant ainsi son torse musclé et sa brulure en forme de croix toujours présente à l'avant.

De son côté, Robert dut également passer par-dessus sa douleur pour esquiver au dernier instant la créature démoniaque crachée plus tôt qui le chargeait tel un taureau enragé. Grâce à une roulade, il évita la mort de près. Puis, l'homme toujours couché au sol dégaina son pistolet avant une autre attaque. Il pressa ensuite à plusieurs reprises la détente en visant la tête du démon qui se ruait une fois de plus vers lui. Cependant, la manœuvre du retraité s'avéra efficace cette fois et son adversaire s'écroula le crâne criblé de balles en poussant un dernier soupir.

Pendant ce temps, Max fonça vers son glaive qui avait glissé d'entre ses doigts plus tôt. Voyant la tête de tyrannosaure se déplacer pour le bloquer, le surhomme redoubla d'ardeur et se jeta sur le côté lorsqu'il arriva à proximité. Tout en glissant tel un joueur de baseball voulant arriver au but avant la balle, il se demanda réellement si la chose n'allait pas réussir à le saisir avant. Mais comme le monstre s'apprêtait à l'attraper, l'ange mit la main sur son glaive et l'éleva à la vitesse de l'éclair. La pointe s'enfonça alors dans le palais de son assaillant, qui se recula sur le champ en poussant une impressionnante plainte.

Sans perdre une seconde, Max se remit au plus vite sur pied pour être prêt à faire face à une autre offensive. Il n'eut d'ailleurs pas à attendre très longtemps puisque la tête à trois yeux se précipita à son tour vers lui. Mais dès qu'elle arriva à proximité, le puissant guerrier de Dieu lui transperça un œil à l'aide de Spero.

La bête, folle de rage, tenta sans attendre une nouvelle attaque en utilisant une seconde fois sa queue. En la remarquant s'approcher cette fois, le soldat du Bien poussa son arme médiévale devant lui pour l'intercepter. Le tranchant béni sectionna alors aisément le cinquième membre du monstre, qui se détacha en libérant une quantité importante d'hémoglobine dorée.

Toutefois, la créature, malgré sa souffrance, profita du moment de distraction de son adversaire pour l'attaquer de dos d'un violent coup de patte. Les griffes tranchantes lacérèrent alors sa peau nue avant de le propulser dans les airs. Le pauvre fit ensuite plusieurs tours sur lui-même avant de s'écraser durement. Voulant saisir cette opportunité, la tête de diable se prépara à le transpercer de ses cornes quand une bombe lui explosa soudainement en plein visage.

Plus loin, Robert se dépêcha de recharger le lance-grenade qu'il venait d'utiliser. Puis, tout en se réalignant vers le monstre, il remarqua que celui-ci se trouvait à proximité d'une des colonnes de pierre. Une idée lui traversa aussitôt l'esprit. Il visa donc plutôt le pylône. Tel qu'il l'espérait, la détonation abîma ce dernier à un point tel qu'il chuta en plein sur le dos de la bête, l'écrasant ainsi contre le sol.

Pendant que cette dernière tentait de se déprendre sous le tas de pierre, le nouveau Chevalier de Dieu en profita pour lui bondir dessus avant de grimper en direction de la tête de diable. Puis, tout en se tenant avec une main à une corne, il positionna son sélecteur de tir à «automatique» et vida son chargeur à bout portant. À une distance aussi rapprochée, les écailles fendillèrent juste assez pour que les dernières balles réussissent à blesser la créature. Celle-ci se mit aussitôt à se débattre pour le désarçonner. À force de se secouer, elle réussit enfin à le faire glisser le long de son cou jusque sur son dos.

La tête qui s'était fait crever l'un de ses trois yeux se dirigea alors vers lui en ouvrant sa gueule. Robert empoigna rapidement l'une de ses grenades à main et la dégoupilla avant de la lui lancer dans la bouche. Puis, avant l'explosion, il se jeta en bas de son corps.

Néanmoins, au moment où ses pieds touchèrent le sol, la troisième tête, celle de dinosaure, l'attrapa par surprise dans sa gueule. Par la suite, tout en le balançant de gauche à droite, elle lui planta ses longues dents dans le corps tout en lui broyant les côtes

Et pendant que le pauvre Robert se faisait malmener, les quatre secondes et demi du compte à rebours de la grenade arrivèrent à terme et cette dernière explosa dans le gosier où elle avait été lancée. Jugeant que cette diversion lui procurait une ouverture, Max, malgré ses blessures, bondit sans hésiter vers le torse de la bête en brandissant Spero. Lorsque cette dernière perça enfin les écailles pour ensuite s'enfoncer jusqu'au cœur du gardien de la première bible, le guerrier soupira tout en remerciant le Ciel.

Tout en poussant un gémissement qui fit trembler les murs de la pyramide, la bête relâcha Robert avant de se mettre à chanceler. Finalement, pendant que l'ange allait chercher son ami pour l'éloigner un peu, la chose à trois têtes s'affaissa bruyamment.

Max ne put toutefois admirer ce spectacle puisque son attention fut plutôt dirigée vers son partenaire qui se mourrait. En effet, celui-ci, qui dégoulinait de sang, respirait de peine et de misère. Le plus jeune déchira en panique les vêtements de son ami avant de lui appliquer ses mains miraculeuses. Comme les blessures de Robert étaient intenses, alors que les siennes n'étaient pas encore totalement guéries, l'ange ressentit une faiblesse et plia les genoux. Néanmoins, il s'efforça de rester conscient jusqu'à que son confrère se remette à respirer normalement. Une fois qu'il sentit que celui-ci était hors de danger, Max se laissa tomber au sol, incapable de rester sur ses jambes plus longtemps.

Les deux combattants restèrent ensuite ainsi, étendus par terre côte à côte, à proximité du corps du monstre, pendant une bonne dizaine de minutes.

— Putain! Ce que je peux en avoir réellement marre de tout ceci! soupira bientôt Robert.

Max, qui pensait exactement la même chose, commença d'abord par ricaner. Mais probablement dû au stress et à la fatigue, le plus jeune se mit ensuite à rire de bon cœur. En l'entendant, Robert ne put faire autrement que de rigoler aussi. Cette hilarité inattendue dura ainsi un bon moment.

— J'ai comme une impression de déjà vu avec cette bête! avoua Max. On dirait presque que celui qui dirige notre destin a voulu faire un clin d'œil à nos aventures du passé.

— Et comme la dernière fois en Irak, tu m'as sauvé la vie juste à temps.

— C'est parce que t'es un putain de dur à cuire! Autant ces fumiers essaient de te faire la peau, autant tu réussis à résister! T'es une vraie machine!

— Ce n'est pas du tout comme cela que je me sens en ce moment! Ha! Ha! Ha!

De nouveau, ils se remirent à rire de bon cœur. Une fois de retour au calme, Max, même s'il n'était pas encore totalement rétabli, se remit sur pied avant d'aider son aîné à en faire autant. Avant de passer à l'étape suivante, celui en torse nu alla récupérer son fourreau, qui était encore en bonne condition, afin de réinstaller Spero derrière son dos. Tout en se faisant, les acolytes contemplèrent un instant la carcasse de la bête qu'ils venaient de vaincre. Puis, ils se dirigèrent enfin vers le but de leur quête.

Tout en restant prudent, l'ange empoigna les chaînes qui emprisonnaient le manuscrit dans le but de les briser. Mais dès qu'il les toucha, ses doigts se mirent à brûler comme si les liens étaient de la braise.

— Aïe! Ces saloperies sont maudites également!

— Recule! Je vais tenter quelque chose!

Robert dégaina son pistolet et tira sur les maillons à bout portant. À leur grand bonheur, ceux-ci cédèrent aisément dès l'impact des balles. Le retraité les balaya ensuite à l'aide de son pied.

— Heureusement, ces liens ont été installés avant l'invention de la poudre à canon, en déduit-il tout en s'exécutant.

Une fois la bible libre, les deux partenaires s'échangèrent un regard, se demandant vraiment s'il n'allait pas leur tomber quelque chose dessus en la déplaçant. Toutefois, après une longue hésitation, Max se décida enfin à attraper l'antiquité.

Et comme ils le craignaient, l'hôtel de pierre sur lequel le livre était posé s'écroula aussitôt en formant une profonde cavité. Puis, le plancher autour commença à s'affaisser également. Sans même réfléchir, les deux aventuriers se précipitèrent en toute hâte en direction de l'entrée d'où ils étaient arrivés. Tout en courant, ils entendirent le sol s'effondrer juste derrière eux. En passant au côté du gardien à trois têtes, ils remarquèrent celui-ci disparaître dans le précipice qui les rattrapait beaucoup trop vite. Arrivés aux flammes, les deux soldats du Bien ne purent se permettre de ralentir et bondirent au travers du mur de feu en se protégeant le visage. Une fois de l'autre côté, ils poursuivirent leur parcours de la mort vers leur porte de sortie. Alors qu'ils étaient tout près, ils sentirent les dalles céder sous leur pied. Réalisant qu'ils n'auraient jamais le temps de se rendre avec cette méthode, ils sautèrent en étirant les bras. Grâce à sa force surhumaine, Max réussit à s'élancer assez loin pour attraper le rebord du seuil de sa main libre. Cependant, les nouvelles facultés de Robert ne s'avérèrent pas assez évoluées pour permettre un bond d'une telle longueur. Toutefois, il plana sur une distance suffisante pour agripper la cheville de son partenaire, qui était étiré de tout son long.

Au moment où tout le sol de la pièce s'effondra dans le noir, l'ange se retrouva suspendu, se retenant d'une seule main au rebord du passage alors que Robert, quant à lui, s'était accroché à sa cheville. Mais comme si cela ne suffisait pas, l'ouverture où se tenait Max commença à se recouvrir par une palissade en pierre, qui descendait en direction de ses doigts. En l'apercevant, il lança d'abord la bible dans le tunnel avant de relever son genou pour rapprocher son acolyte. Puis, il saisit le poignet de celui-ci et, en utilisant sa force divine, le balança à son tour par-dessus lui. Ne pouvant se permettre de perdre une seconde de plus, il grimpa et se faufila par l'espace déjà restreinte. Il ramena ses pieds au dernier instant, juste à temps pour ne pas qu'ils soient écrasés.

— Ouf! C'est ce qui s'appelle l'échapper belle! s'exclama Max lorsque l'accès se referma complètement.

— En effet!

— Ça va aller?

— Oui… Grâce à toi!

— Ouais… C'est quand même en prenant le livre que j'ai tout déclenché...

— Je ne crois pas qu'on aurait pu réellement faire autrement…

— En tout cas, peu importe la méthode, on a réussi à le retrouver, ce bouquin!

— Ouais… Bon sang! Mais on n'est pas encore sorti d'ici!

Restons sur nos gardes! Même en revenant sur nos pas, il y a de forte chance pour que nous retombions dans les pièges.

Sur cette phrase pleine de sens, Robert extirpa le sac de transport prévu à cet effet d'une de ses poches sur sa veste tactique et y introduisit le manuscrit ancien, dont les nombreuses pages de papyrus étaient reliées sur le dessus à l'aide de lacets de cuir.

Par la suite, les deux courageux aventuriers se remirent en route. Même s'ils avaient réellement hâte de sortir de cet endroit maudit, ils prirent tout leur temps pour analyser chacun de leur mouvement avant de redescendre l'échelle. Une fois au bas, ils constatèrent que le bloc rocheux avait repris sa position initiale, ne leur bloquant plus le passage. Le chemin pour se rendre jusqu'au secteur des fléchettes se fit, à leur grand bonheur, sans embûche. Une fois rendue à cette partie, ils hésitèrent un bon moment. Max se lança finalement vers l'avant en marchant une fois sur la dalle identifiée et l'autre fois à côté. Avec un immense soulagement, il ne déclencha aucun projectile. Il se dit à ce moment que soit il avait utilisé la bonne méthode, soit il ne restait tout simplement plus de flèches. Ne prenant aucun risque, Robert entreprit le même chemin pour le rejoindre. Ils hâtèrent ensuite le pas pour traverser la zone remplie de tarentules pour finalement enfin sortir de la pyramide.

Se doutant que la nuit allait bientôt tomber, ils ne perdirent pas de temps pour se retirer de la grotte, espérant que leur guide les attendait toujours à l'extérieur. Les deux aventurieurs furent donc très ravis de retrouver l'indigène exactement à l'endroit où ils l'avaient laissé. Celui-ci sembla également fou de joie de les revoir sain et sauf.

Rapidement, l'aborigène les ramena à son village, où le chef les accueillit à bras ouvert. Le soir même, les habitants organisèrent une grande fête en leur honneur avec un feu impressionnant, de la musique à percussion et de la danse. Leur druide leur concocta même un breuvage spécial qui réussit malgré tout à affecter quelque peu leurs facultés surnaturelles, comme à l'époque où ils n'étaient que de simples humains prenant une bière. Les deux meilleurs amis levèrent donc leur verre à leur réussite.

Tout en relaxant après cette exténuante journée, ils regardèrent silencieusement ce peuple qui ne possédait ni technologie, ni biens de valeur, s'amuser tout simplement et respirer la joie de vivre. Cela leur redonna non seulement fois en l'humanité, mais ils réalisèrent également à ce moment qu'il y avait encore de l'espoir pour réussir à gagner cette guerre.

Chapitre 25

Le congrès mondial

Suite à la demande du pape, la plus grande réunion de l'histoire jamais tenue était sur le point de débuter dans l'une des plus importantes enceintes de la cité du Vatican qui était protégée contre les démons. Dû à la situation mondiale alarmante, presque tous les leaders, tant des gouvernements que des groupes religieux, avaient répondu à l'appel. Du roi d'Angleterre au Dalaï-Lama, en passant par la plupart des présidents de tous les pays du globe et même encore les Imams les plus respectés étaient présents, sans oublier les dirigeants de l'ONU. Et ceux qui n'avaient pu ou n'avait pas voulu se déplacer pouvaient tout de même assister par le biais d'internet. Les agents des ressources humaines du Vatican avaient fait un travail remarquable pour arriver à réunir autant de dirigeants aussi rapidement, le tout dans la plus grande discrétion face aux médias, qui pour leurs parts étaient déjà très occupés à tenter de couvrir toutes les catastrophes inhabituelles des derniers jours.

Évidemment, avec la menace Illuminati présente, la sécurité avait été une priorité. Sous la supervision de la police du Vatican, toutes les personnes présentes étaient d'abord passées au détecteur de métal avant d'être fouillées individuellement. Aucune arme n'était autorisée dans la salle, pas même pour les gardes du corps. Bien sûr, cela causa quelques discordes, mais Yohanda, fraîchement revenu de mission pour prendre en charge le tout, avait réussi à faire entendre raison aux contestataires.

Un silence absolu plana dans la grande salle au moment où

Henri, Yohanda et Wayuki, qui venaient d'être présentés par le pape, grimpèrent nerveusement sur l'estrade à l'avant. Le prêtre débuta d'abord sa présentation en exposant, à l'aide d'un projecteur, quelques vidéos et photos d'archives, datant du début des années 1900 à aujourd'hui. Chacune des présentations relataient des évènements surnaturels tels des exorcismes de Charles, le prêtre défunt des Protecteurs, ou encore des démons et des zombies se faisant neutraliser par Christophe et son équipe. Il montra également à l'assistance une cérémonie satanique filmée à l'insu par les Protecteurs, qui étaient intervenus au moment où le prêtre démoniaque s'apprêtait à sacrifier une jeune vierge pour son maître. Après une quinzaine de minutes d'images inusitées, Henri arrêta la projection et demanda à ce que le technicien relève l'intensité de la lumière dans la salle.

— Aussi insensé que cela puisse le paraître, débuta-t-il au micro, toutes les images que vous venez de visionner ne sont pas des canulars. Elles sont toutes authentiques. Le Mal et ses soldats sont bien réels et, comme vous avez pu tous le constater dernièrement, Il est sur le point de sonner l'ultime assaut contre notre monde.

Il fit ensuite une pause pour laisser le temps aux nombreux interprètes d'effectuer leur traduction avant de poursuivre. Il tenta alors, le plus brièvement possible, de décrire toute la situation, en débutant avec l'existence des démons jusqu'à l'arrivée probable des créatures extraterrestres. Déjà, en partant avec les vampires et les loups-garous, l'assistance commençait à parlementer. Mais lorsque le prêtre annonça l'arrivée de Malork par un trou de ver, ce fut carrément la cacophonie dans la salle.

— Mais qu'est-ce que c'est que ces sornettes?! déplora l'un des présidents.

— Je n'aurais jamais dû venir perdre mon temps ici! s'exclama un autre.

— Avec la crise mondiale, nous avions bien d'autres chats à fouetter que de venir jusqu'ici pour écouter ce ramassis de conneries! rajouta un conseillé gouvernemental.

Devant tout ce chahut, Henri cessa de parler et figea sur place, regardant son auditoire le réprimander. Il se demanda réellement ce qu'il allait pouvoir leur dire pour leur faire entendre raison quand soudain, Yohanda lui arracha le micro de la main.

— Shut the fuck up! (Fermez vos putains de gueules)

Non habituées de se faire réprimander de la sorte, les personnalités de haute instance se tournèrent aussitôt vers le barbu qui, même s'il les avait insulté, avait tout de même réussi à capter leur attention.

— Il y a quelques jours, si l'on vous avait parlé de démons, vous nous auriez traités de cinglés sans aucune hésitation! poursuivit-il en anglais afin d'être compris par le maximum d'entre eux. Et pourtant, vous avez tous vu ce qui se passe à travers le monde! Vous ne pouvez le nier désormais! Les faits sont bien là! Ces créatures sont bien réelles! Alors dites-moi, si une chose aussi improbable qu'une invasion par des êtres venus directement de l'enfer s'avère finalement véridique, alors pourquoi ne pourrait-il pas en venir également d'une autre planète. En fait, avant de rejoindre les Protecteurs, j'avais beaucoup plus de difficulté à croire aux forces occultes qu'aux extra-terrestres. Croyez-vous sincèrement que nous sommes les seuls à avoir eu droit à la vie et à une âme dans tout l'univers? Vous... Vous ne pouvez plus vous permettre d'être fermé aux éventualités! Ouvrez vos esprits, bordel de merde! Le mot impossible n'existe plus désormais! Cela fait des jours que mon équipe et moi tentons de circonscrire une invasion de zombies! Eh oui, messieurs-dames, des putains de morts revenus à la vie! Plusieurs d'entre vous tentent encore de trouver une explication scientifique à tout ceci! Mais je vous le jure, ces saloperies de cadavres qui nous pourchassent comme des bêtes féroces sont bel et bien animées par des forces maléfiques! Nous avons essayé tant bien que mal de tous les arrêter, mais nous ne sommes pas assez nombreux. Mes soldats sont épuisés et ils ne pourront maintenir cette cadence encore longtemps. Nous avons besoin d'un coup de main si nous voulons parvenir à sauver notre planète! Nous avons besoin que tous les groupes de chasseurs de monstres nous rejoignent pour arrêter les démons avant qu'ils ne deviennent trop puissants. Nous avons besoin des armées pour stopper l'épidémie de zombies et supporter tous ces gens qui ont dû évacuer leur domicile. Il nous faudra utiliser tous les moyens à notre disposition pour localiser cette sorcière avant qu'elle ne crée son trou de ver. Nous avons besoin d'être une équipe si nous voulons survivre à ceci. Car que vous le vouliez ou non, que vous le croyiez ou pas, nous allons bientôt être plongé dans la plus grande guerre que cette planète ait connue. Et nous devrons nous battre non seulement pour nos vies, mais également pour nos âmes! Maintenant, c'est à vous de faire votre choix! Ou vous continuer à faire l'autruche et vous vous foutez la tête dans le sable jusqu'à ce que le Mal nous ait tous anéantis, ou vous vous relevez pour vous battre afin de protéger tous ceux que vous aimez! Pour ma part, il n'est pas question que je reste assis sur mon cul à regarder ce monde brûler!

Suite à son exposé plutôt brutal, un silence total plana dans l'assemblée, prouvant ainsi qu'il était parvenu à les interpeler. Après quelques instants, le pape se leva pour prendre la parole à son tour.

— Les paroles de M. Mizrahi sont peut-être dures, mais elles sont véridiques. Les Protecteurs ont combattu les forces du Mal pendant plus de 270 ans pour notre compte et vous n'avez pas idée de toutes les créatures inusitées qu'ils ont dues affronter pour défendre notre monde. Si vous saviez... Alors lorsque le père Dubreuil m'a annoncé qu'un monstre allait bientôt traverser les étoiles pour nous attaquer, je n'ai pas été surpris le moindrement. Je suis persuadé que toute cette folle histoire est la pure vérité. Nous devons nous ouvrir à cette éventualité et nous préparer à l'affronter. Nous devrons avoir foi les uns envers les autres afin de nous serrer les coudes pour faire face à l'adversité.

Une fois que tous les traducteurs eurent fini de traduire les propos de Yohanda et du pape, les dirigeants se mirent à discuter entre eux jusqu'à ce que le premier ministre du Canada prenne à son tour la parole.

— Lorsque je suis entré en poste, j'ai rapidement interrogé mon nouvel entourage à propos de la tragédie qui s'était déroulée dans mon pays, il y a 7 ans. Mais lorsque j'ai commencé à poser des questions sur les évènements survenus dans la petite ville de Winslow, qui avait été mise en quarantaine, on m'a immédiatement répondu que moins j'en saurais et mieux ce serait. J'ai pourtant continué à creuser, affirmant qu'avec les évènements du virus Corona quelques années auparavant, il était impératif que je sois mis au courant de tout ce qui pouvait s'apparenter à une pandémie. J'ai persisté jusqu'à ce qu'on m'interdise totalement les accès aux dossiers concernant cette mystérieuse épidémie. Toutefois, j'en avais suffisamment appris pour comprendre qu'il y avait anguille sous roche et qu'un secret véritablement horrible était tenu dans la plus grande discrétion. Bien que ma curiosité me poussait à poursuivre mes recherches, j'avais alors compris que c'était pour notre bien à tous que les évènements véridiques demeuraient sous silence. Mais lorsque cette épidémie de zombies s'est déclarée à travers toute la planète, j'ai immédiatement fait le lien avec les évènements de Winslow. Je... Je comprends désormais pourquoi la bataille qui s'y était déroulée était restée dans l'anonymat... Toutefois, si nous tous, nous avions su plus tôt l'existence d'une telle éventualité et que nous avions su comment y faire face, il est évident que nous aurions pu sauver davantage de vies. Cependant, avant les derniers jours, si on m'avait mentionné la possibilité d'une attaque de morts-vivants, je ne l'aurais jamais cru et il aurait été trop tard de toute façon. Aujourd'hui, ma perspective de notre monde a bien changé. Aujourd'hui, je ne commettrai pas l'erreur de nier la menace, aussi ahurissante qu'elle puisse le paraître. Nous ne pouvons nous le permettre si nous voulons survivre. Père Dubreuil, si vous êtes persuadé qu'une attaque de démons extraterrestres est sur le point de nous frapper, alors je... Je tiens à être prêt à l'affronter! C'est incontestable, notre pays vous appuiera dans ce conflit!

— Nous avons également mis sur pied des équipes de chasseurs de démons, déclara à son tour un important Imam. Tout comme l'a mentionné Votre Sainteté à propos des Protecteurs, mes hommes également ont plus d'une fois combattus des êtres provenant des pires cauchemars. Cette fois, l'envergure de la situation me dicte que nous n'y arriverons pas seuls. Je crois sincèrement que nous devrons créer une alliance entre les groupes de chasseurs des diverses religions. Je sais qu'il en existe déjà une entre les bouddhistes et les catholiques. Je parle au nom des musulmans lorsque j'annonce que nous ne ferons pas abstractions à ce genre d'union. Nous sommes prêts à vous rejoindre pour affronter ce qui va bientôt arriver!

— Les États-Unis d'Amérique ne se sont jamais défilées devant un conflit! se leva à son tour le président de la super puissance. Ce n'est pas aujourd'hui, à l'aube du plus grand combat que cette planète aura à faire face, que nous allons nous défiler! Honnêtement, j'espère de tout cœur que vos dires ne sont que des mensonges. Mais dans le cas contraire, nous serons également prêts pour la bataille!

Sous le regard comblé d'Henri, les chefs d'états et les leaders religieux se mirent à se lever tour à tour pour annoncer leur désir de rejoindre la cause. Tout semblait vouloir se dérouler pour le mieux quand tout à coup, le même grand chauve, qui avait précédemment ouvert la porte à son collègue au centre Vidéotron pour qu'il aille commettre son acte terroriste, se leva lentement à travers l'assemblée déjà debout. Discrètement, le colosse dont la moustache descendait jusqu'au menton, qui avait réussi à s'infiltrer parmi les gardes du corps d'un président européen, laissa glisser un petit tube en bois de sa manche. Puis, il porta discrètement à sa bouche la sarbacane, qu'il avait adroitement dissimulée pour traverser la fouille. Mais au moment où il s'apprêtait à souffler en visant Henri, Wayuki le remarqua du coin de l'œil et se rua vers le prêtre.

Au même instant, le membre des Illuminati projeta à pleins poumons sa fléchette en bois fixée à une plume. Toutefois, grâce à ses réflexes de ninja, la belle asiatique leva son bras juste à temps pour l'intercepter. Cependant, la pointe transperça tout de même la paume de sa main gauche.

Témoin de la scène, Yohanda inspecta autour afin de repérer un autre assassin. Tel qu'il le craignait, il en repéra un autre équipé du même type d'arme. Sans perdre une seconde, il agrippa simultanément sa copine et le prêtre au collet avant de les projeter juste à temps au sol pour éviter le second projectile.

Aussitôt, le barbu releva la tête et tenta de repérer un troisième Illuminati parmi la foule apeurée. Comme il le craignait, il en localisa encore un qui les pointait à son tour. Totalement vulnérable au milieu de la scène, le juif s'installa instinctivement devant ses amis afin de les protéger. S'attendant à recevoir la fléchette dans le dos d'un instant à l'autre, il ferma les yeux et serra les dents. Mais au moment où l'intrus s'apprêtait à souffler, un soldat du Bien musulman à proximité le remarqua juste à temps pour l'intercepter d'un puissant crochet du droit.

Yohanda se retourna alors pour apercevoir le satanique prendre une bonne raclée. Du coin de l'œil, il remarqua par la suite le second Illuminati recevoir le même traitement de la part d'un réel garde du corps présidentiel. Puis, voyant que d'autres hommes s'en prenait également au grand moustachu, le chef des Protecteurs se concentra plutôt à en déceler un quatrième. N'en discernant aucun, il se pencha enfin vers Wayuki, qui retirait douloureusement le dard de sa main.

— Cette saloperie est certainement empoisonnée! s'inquiéta-t-elle.

— Non! Non! Non! s'alarma son amoureux en retirant la ceinture autour de son pantalon. Il n'est pas question que je te perde, toi aussi! Ne bouge pas! Je vais t'installer un garrot!

Le barbu s'exécuta aussitôt en serrant le plus possible sa sangle improvisée juste sous le coude. Puis, il attrapa une baguette de bois près de l'écran et l'utilisa pour faire des tourniquets dans sa courroie. À chaque tour qu'il fit, la chinoise hurla de douleur tout en s'efforçant de demeurer immobile.

Pendant ce temps, un peu plus loin, le premier assassin projeta l'un de ses assaillants à l'aide d'une prise de judo. Puis, il en jetant un second au tapis d'un coup de tête avant de lancer un puissant uppercut à un troisième, se créant ainsi une ouverture. Le grand chauve à la moustache en profita ensuite pour se ruer en direction d'Henri, toujours sur la scène.

— Tu vas crever, sale prophète! s'exclama-t-il en lui assénant un violent coup de poing.

Heureusement, le prêtre leva ses avant-bras pour se protéger, atténuant ainsi les répercussions de l'attaque. Néanmoins, celle-ci le déséquilibra suffisamment pour que le luciférien puisse s'installer derrière et lui appliquer une prise d'étranglement.

Témoin de la scène, Wayuki somma Yohanda de la laisser terminer son garrot et d'aller au plus vite aider le père Dubreuil. Le barbu hésita un bref instant à quitter sa belle. Toutefois, devant l'urgence de la situation, il n'eut d'autre choix que de la laisser pour foncer vers le fameux moustachu.

En arrivant, il bondit le plus haut possible et lui lança en redescendant un brutal coup de poing derrière la tête. La férocité de l'assaut fut suffisante pour lui faire lâcher prise et s'écrouler à genou. Néanmoins, pendant qu'Henri, enfin libre, s'éloignait en toussant, le colosse satanique se remit rapidement sur pied malgré la violence de l'impact.

Face à face, les deux grands combattants se fixèrent ensuite un instant, le feu dans le regard, avant de finalement passer à l'action. Le juif lui décocha un premier direct, que le luciférien para aisément avant de répliquer en le frappant aux côtes. L'Illuminati enchaîna ensuite en visant la mâchoire. Le barbu encaissa le coup pour ensuite riposter en atteignant la joue de son adversaire.

Pendant que les deux colosses se battaient avec fougue, Henri, après avoir repris son souffle, fonça vers la bouddhiste, qui tentait désespérément d'empêcher le poison de se répandre dans tout son corps.

— Je... Je vais t'amener à Travos! suggéra le père Dubreuil. Il trouvera sûrement un antidote!

— Non! Le temps que l'on sorte d'ici, il sera trop tard! Le garrot peut retarder la progression du poison, mais il ne n'empêche pas totalement la circulation sanguine! Il faut... Il faut me couper le bras au plus vite!

— Quoi?! Mais il n'y a... Il n'y a rien ici pour... Aucune arme n'a été admise dans la salle.

— Il va falloir trouver quelque chose! Et vite!

Pendant qu'Henri cherchait désespérément un moyen pour sauver Wayuki, Yohanda tenta de toucher son adversaire d'un crochet du droit. Mais ce dernier l'évita tout en utilisant une technique de judo afin de le projeter vigoureusement au sol. Immédiatement, le moustachu enchaîna avec une série de coups de poing au visage. Cependant, à la quatrième attaque, le barbu lui attrapa le poignet à deux mains et passa ses jambes devant son torse et son visage, lui appliquant ainsi une prise très efficace de jujitsu appelée un «arm bar». L'assassin tira aussitôt en bougeant de gauche à droite pour se défaire de la prise, mais en vain. Yohanda le retenait bien trop solidement. Il ne le relâcha pas le moindrement, même lorsque le grand luciférien le releva du sol pour le rabattre durement. Puis, lorsque l'occasion se présenta, le chef des Protecteurs appliqua une forte pression qui força son adversaire à plier les genoux et s'effondrer sur le dos. Cela permit au guerrier de Dieu d'encore mieux se positionner et, dans un craquement dégoutant, il lui brisa le coude. Par la suite, il repoussa l'homme qui se tordait de douleur avant de grimper à genoux par-dessus. Et sans lui laisser de répit, Yohanda lui assena une série de solides coups de poing à la tête.

— Maintenant, tu vas me répondre, sale fils de pute! lui cria-t-il ensuite en le saisissant au collet. Où est-ce que la sorcière est censée faire apparaître son trou de ver?

Mais en guise de réponse, le satanique, le visage en sang, se mit à rire comme un vrai cinglé avant de croquer la pilule de cyanure qui remplaçait l'une de ses dents.

— Vous allez tous crever et le maître vous fera subir les pires tourments une fois en enfer! hurla-t-il avant de trépasser.

En le voyant se crisper, le barbu comprit qu'il n'allait plus pouvoir rien en tirer et se dépêcha de retourner auprès de sa belle et d'Henri, qui pour sa part cherchait désespérément un objet tranchant.

— Tiens bon, ma chérie! dit le juif en arrivant auprès d'elle. Je suis là! Nous allons… Nous allons trouver quelque chose!

— Yohanda! l'interrompit-elle en le fixant dans les yeux. Je… Je tiens à te dire que je t'aime de tout mon cœur! Je n'avais jamais ressenti quelque chose comme ça auparavant. Merci de m'avoir permis de…

— Ne parle pas comme cela! Tu ne vas pas mourir aujourd'hui! Tu m'entends! Accroches-toi! Fais-le pour moi! Je n'y arriverais pas sans toi! Je… Je t'aime plus que tout!

Au même moment, Henri s'approcha avec un morceau de vase en céramique qu'il venait de casser en pointe.

— Peut-être qu'avec ceci? C'est… C'est tout ce que j'ai trouvé!

— Non, je doute que…, désapprouva Yohanda.

— Il n'y a rien d'autre dans les environs! Je te le jure!

— Bordel de merde! Je… Je vais la transporter à l'extérieur et…

— Allez-y! ordonna l'asiatique en fermant les yeux. Avec tout ce chahut, il sera trop tard lorsque nous arriverons à l'extérieur. Nous n'avons pas le choix! Le garrot n'est pas assez efficace, je le sens! Il ne retiendra pas le poison encore longtemps! Il faut tenter le coup! Tu m'as demandé de m'accrocher et c'est exactement ce que je fais! Alors, vas-y!

— Ah, Seigneur! OK, j'y vais!

Le cœur battant à tout rompre, le barbu attrapa le morceau pointu et l'approcha de l'avant-bras de sa copine. Il hésita un moment avant de finalement le planter dans la portion musculaire la plus molle. Puis, il remua le couteau improvisé peu coupant de gauche à droite pour sectionner la peau et les veines, libérant ainsi une impressionnante quantité de sang qui lui aspergea tout le visage. Bien que le garrot avait en grande partie engourdi son bras, la chinoise ressentit tout de même une atroce douleur qui lui fit pousser un hurlement. Malgré cela, son amoureux poursuivit sa lourde tâche tout en la retenant pour l'empêcher de bouger. Grâce à sa force et à sa détermination, il réussit enfin inciser toute la chair, laissant ainsi entrevoir une parcelle des os de son avant-bras. La pauvre fille, ne pouvant en supporter d'avantage, finit par s'évanouir avant la fin.

— Je... Je crois que comme cela, le poison n'arrivera plus à se répandre! espéra Yohanda en tentant de reprendre son souffle.

— Seigneur Jésus! s'exclama Henri, qui n'arrivait plus à regarder le spectacle. Quelle horreur?! rajouta-t-il alors que des images du pauvre Jack amputé sur un banc de l'église de Winslow lui revinrent en mémoire.

— Je vais lui faire un bandage pour stopper l'hémorragie! poursuivit le barbu en déchirant l'une de ses manches.

— Excusez-moi, les interrompit soudain un français d'une cinquantaine d'année en se dirigeant vers eux. Avant de rejoindre la politique, j'ai fait médecine pendant plus de quinze ans. Je peux peut-être vous aider?

Tout en restant méfiant, le chef de l'escouade du Vatican le laissa s'approcher de celle qu'il venait de charcuter contre son gré. L'homme jeta un bref coup d'œil avant de décrire le matériel de fortune qu'il allait avoir besoin afin de l'aider dans sa manœuvre. Le prêtre et le combattant se mirent alors à la recherche d'objets correspondants aux descriptions. Une fois ceux-ci en main, le médecin à la retraite se mit sans perdre de temps au travail pour protéger la plaie et faire cesser le saignement.

Pendant que Yohanda le regardait, un arabe barbu, de petite stature aux cheveux longs foncés attachés en toque, s'avança en portant le cadavre d'un Illuminati sur une épaule. Derrière, un second homme qui lui ressemblait beaucoup, transportant également le dernier luciférien, le suivait de près.

— Ces deux-là se sont suicidés également avec du poison, affirma le premier avec un accent prononcé en jetant la dépouille au pied du commandant des Protecteurs. Je vois bien que le moment est mal choisi, mais laissez-moi nous présenter. Je me nomme Khalid et voici mon frère Habib. Tout comme vous, nous combattons les forces de Mal pour protéger le peuple. Nous le faisons de générations en générations depuis des siècles. Notre père est décédé il y a huit ans devant nos yeux en tuant le monstre à l'aspect de serpent. Depuis, j'ai été nommé chef de notre équipe. Nous avons beaucoup entendu parler de vos exploits... Une légende raconte même qu'un ange se battrait à vos côtés.

— Ce n'est pas un mythe. Max est réellement devenu un ange en liquidant son troisième démon. Aujourd'hui, son tableau de chasse en compte cinq, en plus de la bête à sept têtes.

— Oui, j'ai entendu cette histoire! Vous y étiez?!

— Oh, oui!

— Comment… Comment était-elle?

— Encore pire que ce que vous pouvez imaginer!

— Nous aurions voulu vous donner un coup de main pour y faire face. Si nous avions su à temps, nous aurions pu faire équipe.

— Je suis d'accord. Et vous n'auriez pas été de trop.

— Mais il n'est pas trop tard pour nous racheter. Car si ce que vous avez mentionné plus tôt est bien vrai, il faudra nous serrer les coudes pour affronter nos puissants ennemis.

— Je suis bien d'accord. Cependant, vous m'excuserez, le moment est bien mal choisi pour en parler.

— Croyez bien que je compatis à votre inquiétude pour votre copine, mais vous devez comprendre que jamais nous ne pourrons réunir une autre fois autant de dirigeants au même endroit.

— Où voulez-vous en venir?

— Si vous laissez partir tout le monde, nous n'aurons pas l'occasion de faire un plan de guerre solide et donc, peu importe que ces trois soldats d'Iblis aient raté leur cible, leur but aura été atteint.

— Que suggérez-vous?

— Que vous empêchiez tout le monde de partir de la cité des catholiques. Une fois que votre amie aura été évacuée jusqu'à un hôpital, faites-les revenir pour que nous terminions cette assemblée. Ne serait-ce que pour au moins divulguer à tous les moyens à notre disposition pour chasser les djinns... Les démons, comme vous dites. Si cette rencontre se termine ainsi, dans la peur, le Mal ne fera qu'en bénéficier et votre amie aura perdu son bras pour rien. Tous ces gens qui pourraient être sauvés simplement en apprenant qu'un symbole du Bien peut repousser les créatures plus faibles.

— Voilà, elle est stabilisée pour l'instant, les interrompit le médecin retraité. Mais elle aura besoin de soin rapidement. D'autant plus qu'il est possible qu'une petite quantité de poison se soit tout de même propagé. De plus, il faudra... Enfin... Terminer l'amputation.

Yohanda, encore sous le choc par toutes ces histoires, se tourna vers Henri. Celui-ci, également dans tous ses états, tentait de se ressaisir.

— Part avec elle, finit par dire le prêtre. Khalid a raison. Nous... Nous devons tenir ce comité à tout prix. Je... Je vais tenter de rappeler tout le monde à l'ordre. Ce qui vient de se produire aura sans aucun doute convaincu les sceptiques de la gravité de la menace. Les policiers du Vatican, les autres Protecteurs et les Guerriers de la Lumière vont pouvoir m'aider à les convaincre de revenir.

— Nous aussi! mentionna le musulman.

— Nous vous aiderons également à leur faire entendre raison, s'immisça soudainement l'interprète d'un vieil hindou en toge orangée ayant assisté à la conversation. Il est temps que le monde connaisse le vrai visage de Maya et de ses asuras.

— Très bien, répondit Yohanda en prenant son amoureuse, toujours inconsciente, dans ses bras. Attrape ma radio Henri et mentionne aux chefs de police que ses hommes ne doivent laisser personne sortir de ce bâtiment.

— C'est bon Yohanda! Je m'en occupe!

— Et on va l'appuyer! spécifia Khalid. Allez, va au plus vite, mon ami.

— Je vous remercie du fond du cœur. Je vais revenir dès que je le pourrai.

— Je suis persuadé que tu auras le temps avant la fin, présuma le prêtre. Cette réunion risque d'être plutôt longue. Allez, part avant que la situation ne s'aggrave pour elle.

Sur ces mots, le juif se précipita à travers la foule en se frayant un chemin. Henri, quant à lui, prévint les autorités de bloquer les sorties avant de demander à maintes reprises au micro à ceux encore dans la salle de reprendre leurs sièges. Il fallut ensuite presqu'une heure avant que les tous dirigeants se résignent enfin à retourner dans la salle. Bien que plusieurs furent offusqués d'être retenus contre leur gré à l'intérieur de ses lieux, lorsque le prêtre repris la parole en expliquant comment se débarrasser efficacement des zombies, même les plus froissés d'entre eux tendirent l'oreille.

Chapitre 26

Le petit marché

La brève balade au petit marché du coin de cette petite ville perdue fit le plus grand bien à Sarah. Celle-ci, morte d'inquiétude depuis que son père et son amoureux étaient tous deux partis faire leur excursion dans la jungle, ne faisait que tourner en rond et broyer du noir à l'intérieur du repère secret. Elle s'était donc trouvée une bonne raison pour sortir se changer les idées en constatant que les vivres se faisaient rares.

Alicia, qui avait également une grande envie de mettre le nez dehors, l'avait supplié de l'amener avec elle. Cela faisait déjà plusieurs jours qu'ils étaient tous restés cloitrés à l'intérieur de la vieille maison décrépie, afin de ne pas être repérés, et la jeune femme en avait plus qu'assez d'être entre ces murs.

Évidemment, il n'était nullement question que la vierge enceinte ne sorte sans son garde du corps. De toute façon, cela faisait également l'affaire de Richard de prendre un peu l'air.

Comme Daniel faisait sa sieste d'après-midi, Isabelle et Simon s'étaient tous deux sacrifiés pour demeurer auprès du garçon au refuge. De toute façon, depuis l'attaque du Mal sous forme de spectre, la mère et le fils étaient plutôt frêles et se sentaient davantage en sécurité dans le refuge. La femme, pour sa part, allait en profiter pour prendre un bon bain chaud accompagné d'une coupe de vin alors que le jeune homme allait se détendre avec une bière en regardant une comédie.

C'est ainsi que Sarah, Alicia et Richard se retrouvèrent dans les courtes allées de la petite épicerie à choisir les provisions.

Pendant que les filles s'attardaient dans la petite section des fruits, le défenseur, plutôt nerveux depuis l'attaque dans le métro, fit un tour rapide pour examiner les lieux. Mis à part le commis dans la mi-vingtaine, qui s'amusait sur son cellulaire, l'endroit était totalement désert.

Le rouquin se relâcha donc un instant et se dirigea vers les biscuits dans l'espoir d'y retrouver ses préférés. Mais à peine venait-il d'y arriver que des bruits de motos provenant de l'extérieur se firent entendre. Il s'approcha hâtivement d'une vitre et y aperçut à son grand désespoir près d'une dizaine d'imposants motards se positionner de manière à encercler le bâtiment. Inquiet, il demeura sur place pour observer la suite. Mais lorsqu'il vit ces derniers empoigner des armes à feu de diverses dimensions, passant du pistolet aux mitrailleuses, il accourut aussitôt prévenir les deux autres de la tournure des évènements.

— Ils sont là! Putain de merde, ils sont là!

— Qui sont là? l'interrogea Sarah.

— Des types armés! Une bande de motard! Ils sont là pour nous, c'est certain!

— Quoi?! C'est impossible!

— Va voir! Je te dis qu'ils nous ont retrouvés!

— Ah, bon sang! s'exclama-t-elle ensuite en jetant à son tour un coup d'œil à l'extérieur.

Paniqués, ils s'approchèrent du commis afin de lui demander s'il y avait une sortie à l'arrière. Mais au moment où Alicia débuta la question, le jeune homme attrapa un fusil de calibre douze sous le comptoir et le pointa vers eux.

— Bande de crétins! leur balança-t-il. Vous devriez savoir que les Illuminati sont partout! En voici la preuve! affirma-t-il en pointant par la fenêtre deux voitures de police se stationner pour venir prêter main forte aux criminels déjà en poste.

— Comment nous avez-vous retrouvé?

— Nous nous doutions que vous vous rapprocheriez de la région et que vous resteriez dans des lieux moins achalandés. La grande Galalel a donc disposé des équipes un peu partout dans les endroits ruraux. Je vous ai immédiatement reconnu dès que je vous ai vu. J'ai donc prévenu les autres par message texte. Et maintenant, vous êtes fait comme des rats! Si vous bougez ne serait-ce que le petit doigt, je vous troue la peau!

Sentant que la situation allait inévitablement se corser, Richard, l'adrénaline à fond, projeta sans réfléchir le commis d'un coup sec contre les étagères derrière grâce à sa télékinésie. Le violent impact coupa automatiquement le souffle à l'agent-double, le clouant par la suite au sol.

Sans perdre une seconde, le rouquin agrippa ensuite une manche d'Alicia afin qu'elle l'accompagne vers l'arrière du magasin. Sarah, quant à elle, dégaina le pistolet à sa ceinture qui était dissimulé derrière son dos sous son chandail avant de se mettre également en mouvement.

Dès qu'il remarqua une sortie d'urgence, Richard bifurqua immédiatement vers celle-ci. Mais avant de l'atteindre, la porte s'ouvrit brutalement pour laisser entrer deux policiers armés, qui pressèrent la détente sans hésiter.

Grâce à ses facultés, le défenseur fit encore une fois dévier les balles pendant que la fille de Robert répliqua de deux projectiles aux torse et un dans la tête, tel que Tom lui avait enseigné durant sa formation de Protecteurs. À l'instant où les constables corrompus s'écroulèrent, un grand motard pénétra à son tour par l'entrée principale. Instinctivement, la belle se retourna avant de l'abattre également. Puis, les mains tremblantes, elle échangea son chargeur, dangereusement bas en munitions, afin d'être prête à poursuivre le combat.

Toutefois, aucun autre Illuminati ne se présenta à l'intérieur, les laissant immobiles entre les allées. Poussée par la curiosité, Alicia se releva pour observer par une fenêtre.

— Couchez-vous! hurla-t-elle à la seconde où elle aperçut les sataniques se mettre tous en joue vers le marché.

Suite à l'avertissement, ils n'eurent que le temps de se mettre à plat ventre que déjà les balles se mirent à voler en quantité phénoménale de part et d'autres au-dessus d'eux. Les articles touchés s'écoulèrent partout autour, les forçant à se protéger le visage. Et alors qu'ils étaient cloués au plancher, des rires s'entremêlèrent au coup de feu juste avant qu'un bâton de dynamite allumé virevolte à travers un vitrail cassé. En le voyant toucher le sol tout près, Richard se décida enfin à passer à son tour à l'attaque. En utilisant le pouvoir de sa pensée, il renvoya l'explosif d'où il provenait à une vitesse fulgurante. Lorsque la détonation retentit, le défenseur, furieux, se releva et fonça sans hésiter à l'extérieur.

En le voyant, les Illuminati qui n'avaient pas été touchés par l'explosion ouvrirent aussitôt le feu. Mais tout comme il l'avait fait précédemment, le balafré aux cheveux roux, toujours en laissant simplement ses émotions guider ses facultés, empêcha surnaturellement tous les tirs de l'atteindre. Tout en se faisant, il projeta ensuite une voiture de police mortellement sur deux d'entre eux. Puis, déchainé, il propulsa un tireur par-dessus un arbre à proximité. Toujours avec sa télékinésie, il arracha un fusil des mains d'un quatrième avant de le retourner contre lui pour ensuite presser la détente. Il en élimina également un autre avec l'arme flottante. Au même instant, les deux derniers motards, qui étaient positionnés à l'arrière, vinrent prêter main forte à leurs collègues. En les repérant, Richard balança au premier une Harley Davidson en pleine poitrine. Le dernier, comprenant qu'il ne faisait pas le poids, jeta son arme de poing devant lui avant de relever les mains. Mais malgré cela, le défenseur ne s'arrêta pas là et fit léviter le révolver qui venait d'être jeté avant de diriger le canon vers le front de celui qui se rendait.

— Richard, non! l'interpela Alicia, qui s'était approchée lorsque les tirs avaient cessé. Si tu fais ça, tu ne vaux pas mieux qu'eux!

Même s'il était bien conscient qu'elle avait raison, le soldat de Dieu hésita tout de même un instant, poussé par la colère envers ceux qui venait d'intenter à leurs vies. Il se contenta donc de maintenir l'arme ainsi tout en serrant les dents.

— Richard! insista la vierge. Dieu ne t'as pas donné ces pouvoirs pour que tu t'en serves de la sorte! Ne fais pas ça!

Sachant qu'elle avait raison, il tenta d'abaisser l'arme, mais sans succès. Comme si la rancune qu'il avait envers ce truand l'empêchait totalement de se contrôler. Il ressentait tellement d'hostilité envers celui qui avait voulu faire du mal à sa protégée. À celle qui avait donné un sens à sa vie. Non seulement l'arme de poing resta en lévitation, mais la détente commença lentement à se presser. Même si sa tête savait qu'il devait s'arrêter, son cœur poussait le coup à partir d'un moment à l'autre.

— Je... Je n'arrive pas à le contrôler! se justifia-t-il en paniquant. Je ne peux pas...

— Richard! Tu dois le faire! le pria Alicia. Ce sont tes sentiments qui guident tes pouvoirs! Ne laisse pas ta colère prendre le dessus! Tu peux contrôler tes dons!

— Aaahhh! J'essaie... Mais je n'y arrive pas!

— Richard, j'ai confiance en toi! Tu dois reprendre le dessus sur tes émotions! Essaie... Essaie de te calmer!

Sur ces mots, le défenseur, qui perdait son sang-froid, ferma les yeux et prit une grande inspiration tout en tentant de se ressaisir. Puis, il reposa son regard sur son otage en expirant. À cet instant, il remarqua son regard apeuré. Le motard était complètement désemparé. Celui-ci était désormais la victime et lui, la menace. C'était maintenant lui le méchant! Le rouquin se mit alors à ressentir de l'empathie envers l'homme terrorisé. À cet instant, le télépathe se surprit à enfin reprendre ses moyens. Selon sa volonté, et non seulement par instinct comme à l'habitude, il laissa finalement retomber l'arme au sol, à son grand soulagement.

Sans perdre une seule seconde, le dernier bandit prit ses jambes à son cou en direction de la forêt derrière. Mais comme il allait atteindre l'orée, il se sentit s'envoler pour revenir ensuite vers l'être surnaturel, qui pour la première fois se sentait en plein contrôle. Une fois que son prisonnier fut au-dessus de lui, Richard l'interrogea tout en le faisant tourbillonner, toujours selon sa volonté, pour le faire parler.

— Dis-moi, est-ce qu'il y en a d'autres de ta bande dans les parages?

— Oui, et ils vont arriver d'une minute à l'autre pour vous botter le cul!

— Ne me mens pas!

— Je ne plaisante pas! Nous sommes installés dans toutes les petites villes avoisinantes! Celle la plus près n'est qu'à quinze kilomètres! Ils seront ici d'un instant à l'autre!

— Alors nous irons droit au but! Est-ce que tu connais l'endroit où Galalel a l'intention de créer son trou de ver?

— Non! Je te jure que non!

— Tu en es bien sûr? insista-t-il en le faisant chuter pour l'arrêter ensuite à un centimètre du sol.

— Elle n'a rien mentionné de cela à notre grand prêtre! Je... Je ne suis qu'un de ses hommes de main! Je ne l'ai jamais rencontré! En fait, je ne sais même pas de quoi tu parles? Je ne suis là que parce qu'elle nous a promis des richesses!

— Il a raison! l'arrêta Sarah. Il n'est qu'un pion pour elle. Je ne crois pas qu'elle serait assez idiote pour lui avoir dévoilé un tel secret! Laisse-le! Il faut partir avant que les autres ne débarquent!

— Bien, allons-y! acquiesça-t-il en projetant le motard suffisamment loin sans toutefois le blesser gravement.

— En passant, vraiment impressionnant ces tours de magie! Wow! lui avoua la copine de Max.

— Je suis fière de toi! souligna Alicia

— Je… Je crois que j'ai enfin saisi comment… Ça fonctionne! Je ne peux pas l'expliquer, mais… J'ai vraiment ressenti que j'avais enfin le contrôle de tout ça!

— Je suis vraiment heureuse de l'entendre! avoua la femme enceinte.

— Moi aussi! admit Sarah. Mais nous en discuterons plus tard! Pour l'instant, il ne faut pas traîner ici! Allons chercher ma mère, Simon et Daniel au plus vite! Déguerpissons d'ici et dirigeons-nous vers un autre repère plus au Nord!

Tous acquiescèrent le plan. Sans perdre davantage de temps, ils grimpèrent à bord de leur voiture de location et s'éloignèrent au plus vite.

Chapitre 27

Les secrets de la première bible

En apercevant Robert et Max debout, à proximité de la piste d'atterrissage du petit aéroport entourée par la jungle, Henri et Yohanda dévalèrent les marches de l'avion et se précipitèrent pour les saluer.

— Je suis si heureux de vous retrouver en un seul morceau, avoua le prêtre.

— Je le suis tout autant, admit Robert.

— Alors, à ce qu'il parait, ça n'a pas été une partie de plaisir, rajouta le juif.

— Non, en effet, répondit le plus jeune. Et vous non plus apparemment.

— En effet… Mais ce n'est pas en vain. Nous avons réussi à en tirer profit.

— Je n'en doute pas… Je suis réellement content de vous voir… Alors, comment va-t-elle?

— Eh bien… Son état s'est stabilisé, mais… Disons que le voyage nous a tous parut plutôt long. Elle a perdu beaucoup de sang et… Sa santé nous inquiète.

— J'imagine! Allons la voir au plus vite! Nous aurons tout le temps de discuter par la suite.

Sur ce, le barbu, pressé que Max s'occupe enfin de sa bien-aimée, attrapa l'une des valises et les somma de les suivre afin de rejoindre Wayuki, toujours à bord.

Une fois à l'intérieur, les deux aventuriers du temple des ténèbres déposèrent leurs bagages et se dirigèrent vers la pauvre asiatique, qui était étendue sur un lit de camp et branchée à un appareil médical qui lui distribuait de la morphine. Après l'avoir rapidement salué d'un signe de la tête, l'ange retira le bandage ensanglanté et apposa ses mains miraculeuses sur le membre amputé. La chinoise sentit aussitôt une chaleur agréable atténuer sa douleur. Et en l'espace d'une minute, la blessure grave se transforma un moignon en bel état, comme si elle avait perdu sa main et la moitié de son avant-bras il y avait des années. Malgré les circonstances, elle fut des plus satisfaites de ne plus souffrir et le remercia du fond du cœur.

Néanmoins, Max trouva regrettable de ne pas avoir pu être présent lors de l'accident. Il aurait certainement pu lui retirer le poison sans avoir à en arriver là.

À son tour, Yohanda s'inclina pour lui démontrer sa gratitude. Évidemment, son ami lui somma aussitôt de se relever.

Après une légère pause pour reprendre ses forces suite à son miracle, le jeune retourna rejoindre son fidèle partenaire un peu en retrait, laissant ainsi un peu d'intimité au chef des Protecteurs, qui célébra la guérison de la dirigeante des Guerriers de la Lumière en la serrant très fort.

— J'ai eu si peur de te perdre! avoua le barbu. Désolé! Désolé de t'avoir fait ça!

— D'avoir fait quoi au juste? De m'avoir sauvé la vie? Car c'est ce que tu as fait! C'est grâce à ton courage que je suis toujours en vie!

— Dois-je te remémorer que tu as été empoissonnée de la

sorte parce tu t'es placée volontairement dans la ligne de tir? Alors en fait de courage, tu gagnes le prix sans contredit!

— Ha! Ha! Ha! Ouais... Mais je n'aurai jamais pu tenir le coup sans toi dans ma vie. Pas seulement par ton intervention, mais surtout parce que... C'est toi qui m'as donné envie de me battre!

— Que veux-tu dire?

— Tu sais ce que je veux dire, gros bêta!

— Mais je veux te l'entendre le dire!

— Écoute Yohanda, je sais... Je sais que je ne suis pas le genre de femme qui étale facilement ses sentiments. Tu connais mon passé... J'ai... J'ai été formée toute ma vie pour combattre le Mal et jamais je n'aurais pensé qu'un jour... Enfin... Je pourrai moi aussi vivre une histoire de la sorte, comme tous ces gens normaux que je m'efforçais de protéger. Je dois avouer que je les enviais en secret, mais je savais très bien au fond de moi que jamais ce ne serait chose possible pour moi... Jusqu'à ce que tu entres dans ma vie. Dès le moment où je t'ai vu... Dès notre première bagarre... Ha! Ha! J'ai ressenti ce sale truc qui me serre l'estomac depuis. Tu sais... Et c'est pourquoi je me suis accrochée après l'incident. Parce que j'avais une raison de vivre... Yohanda, tu es ma raison de vivre! Jamais je n'aurais pu en espérer autant de la vie!

— Je t'aime aussi, Wayuki! Ma grande guerrière! De tout mon cœur!

Le dur à cuire au cœur tendre s'avança ensuite lentement la tête et la belle asiatique en profita pour l'embrasser tendrement.

Durant ce temps, lorsque Max arriva auprès d'eux, Travos et les nouvelles recrues des Protecteurs, dont entre autre Alec, le canadien qui ressemblait à Tom, Caleb, le grand haïtien, Tina, la femme plutôt costaude et Antonio, le beau mexicain, qui discutaient tous déjà avec Robert, le saluèrent l'un après l'autre.

Tout en leur offrant un breuvage, Henri leur présenta ensuite les deux frères musulmans, Khalid et Habib, qui étaient également du voyage avec les dix-sept autres membres de leur groupe. Les combattants d'Allah se sentirent des plus choyés de pouvoir enfin rencontrer les deux légendaires guerriers qui s'étaient frottés au Mal en personne. Ils les fixèrent tels des adolescents devant leur groupe de musique favori.

Abhay, le leader d'une équipe de six hindouistes, qui pour sa part portait un turban rouge, s'approcha aussi pour faire ses salutations à ceux dont les histoires avaient fait le tour du globe.

En attendant que le pilote reçoive la permission de redécoller, tous se regroupèrent bientôt autour des deux explorateurs afin d'entendre en détail toutes leurs péripéties pour mettre la main sur l'antiquité. Tous burent littéralement leurs paroles, fascinés par toute cette histoire. Spécifiquement la portion de leur combat contre la créature à trois têtes. Les deux frères arabes, qui les louangeaient déjà, n'en crurent tout simplement pas leurs oreilles. Pour sa part, la femme parmi les combattants hindouistes se surprit à ressentir une certaine attirance envers l'ange, qu'elle trouvait secrètement des plus sexy. Évidemment, elle garda ce sentiment pour elle et s'efforça de ne rien démontrer à ses confrères.

Une fois le récit terminé, la conversation tourna par la suite vers la fameuse assemblée qui s'était tenu au Vatican. Henri débuta le récit avec l'attaque des trois Illuminati. Puis, de fil en aiguille, il en vint à relater la conclusion du congrès. Brièvement, il expliqua que tout d'abord, les armées de toutes les nations allaient procéder à l'évacuation de tous les civils des zones affectés par des zombies, pour ensuite tenir celles-ci en quarantaine le temps de la brève durée de vies de ces derniers, soient deux semaines tout au plus. Évidemment allait s'en suivre la mise en place des mesures déjà prévues qu'en cas de pandémies, tel l'annulation des évènements pouvant agglomérer des foules, la limitation des rassemblements, la fermeture des écoles et tout autres services non-essentiels ou encore la minimisation des déplacements. Sans compter la gestion de toute l'hystérie de la population. Également, tous les services secrets allaient se mettre à la recherche de la sorcière Galalel, espérant mettre la main dessus avant qu'elle n'exécute son plan. De ce fait, tous se tiendraient prêts à une intervention militaire si jamais elle était localisée ou encore si elle parvenait à le réaliser. De plus, les points faibles des créations du Mal devaient être divulgués au plus vite. Finalement, tel que les deux aventuriers avaient pu le constater, des groupes de chasseurs musulmans et hindouistes avaient décidé de les rejoindre immédiatement dans l'éventualité d'un déploiement hâtif.

Lorsque le pilote annonça qu'ils allaient décollés d'un moment à l'autre en direction de l'aéroport la plus près de l'endroit où se terrait le reste de l'équipe, Henri, qui en brûlait d'envie, demanda enfin à Max s'il pouvait voir l'écrit de Dieu Lui-même. Ne voulant pas le faire languir davantage, il le sortit doucement sous les regards curieux de tous.

— C'est magnifique! soupira le gardien de la bibliothèque secrète qui venait de passer les dernières années à feuilleter ce genre d'ouvrage.

— Ce bouquin va à l'encontre de toute ma logique scientifique, commenta Travos.

— Bien des choses ces jours-ci vont à l'encontre de la science, répliqua Robert sous les rires de ses acolytes.

Jusqu'au décollage, tous restèrent regroupés pour discuter. Mais une fois en vol, Henri, incapable de s'en empêcher, se plongea enfin dans la fameuse bible. Travos, quant à lui, en profita pour exposer fièrement à l'ange et au Chevalier de Dieu d'abord son tout nouveau gadget.

— Voilà un pendentif bien spécial, leur expliqua-t-il en levant un collier supportant une espèce de bille de métal. Pour l'expliquer dans de simples mots, lorsque le petit bidule est en fonction, il émet une sphère éthérée autour de la personne afin de bloquer toutes les ondes sonores.

— D'accord..., interrogea Max. Mais dans quel but exactement?

— Mais pour empêcher toutes incantations sataniques de t'atteindre, ainsi que les autres anges que nous allons peut-être ramener de l'au-delà. Comme cela, aucun sorcier ne pourra vous atteindre de ses paroles maudites.

— Tu es vraiment un génie!

— Je travaille là-dessus depuis vos dernières péripéties, il y a huit mois.

— Nous sommes vraiment bénis de t'avoir dans notre équipe, Travos.

— Chacun sa force... Mais attendez, vous n'avez encore rien vu! Venez avec moi que je vous montre mon chef-d'œuvre. Je vais enfin pouvoir vous appuyer directement sur le terrain.

Intrigués, ils le suivirent jusqu'à son androïde de guerre, fixé à l'arrière dans la partie cargo de l'appareil. En arrivant, il se mit à énumérer avec fierté toutes les capacités de son invention.

— Nom d'un chien! réagit l'ancien ambulancier. Tout d'abord, il y a eu un sorcier au visage digne de celui de Freddy Kruger, des zombies et des démons! Des vampires, des loups-garous, des léviathans et des putains d'armarks aux allures d'araignées. Puis, un corbeau et des rats géants, une panthère noire humanoïde, deux titans à sept et à trois têtes et même Satan en personne. Sans compter un ange, des ninjas et même des êtres d'une autre planète. En fait, des démons extra-terrestres, putain de merde! Et voilà maintenant qu'il y a un robot qui se rajoute à toute cette histoire! Non, mais... Ce n'est pas croyable tout ça! On dirait réellement que nous faisons partie d'une série de romans rédigés par un écrivain à l'esprit totalement tordu, qui a écouté beaucoup trop de films des années 80.

— Oui, c'est vraiment bien dit, mon cher! l'appuya son partenaire. Malheureusement, c'est bien notre réalité. Mais au moins ce coup-ci, cette machine sera de notre côté. Travos, je te lève mon chapeau! Ton invention est extraordinaire!

— Merci, Max! Je dois avouer que j'en suis plutôt fier.

Les hommes admirèrent ensuite l'engin encore un bon moment avant de retourner à l'avant. En arrivant dans la portion des sièges de l'avion, les deux aventuriers, curieux, s'approchèrent du prophète afin de vérifier si, contrairement à eux, il avait réussi à déchiffrer quelque chose de l'antiquité pour laquelle ils avaient déployé autant d'efforts afin de la rapporter.

— Et puis? demanda Robert.

— Ce manuscrit est tout simplement fascinant! Il ne contient pas seulement le rituel pour faire entrer des anges, mais un paquet d'autres. Il y a là une bénédiction pour protéger un guerrier contre la télékinésie d'un démon ayant atteint le niveau pour l'utiliser. Et ces écrits ne renferment pas seulement des rites. Il y est expliqué en détail la véritable histoire de la création.

— Comment?

— Je vous le jure! Le début de tout! C'est fantastique! Écoutez ça! Je... Je vais tenter de vous en traduire une partie. L'histoire, écrite par le Seigneur en personne, débute en précisant que celle-ci est extrêmement difficile à expliquer à des êtres ayant toujours vécu dans une enveloppe charnelle. C'est pourquoi Il a dût imager pour... Désolé... Ce n'est pas évident... Grâce aux facultés transmises par Jacob, j'arrive à interpréter les symboles. Mais transformer ma compréhension sous forme de mots est un peu ardue... Bon, j'y suis... Donc, le Bien a dût imager le tout pour que nous arrivions à concevoir ses révélations. Pour commencer, Dieu explique à l'homme que même s'Il n'est pas perceptible avec ses sens physiques, Il est pourtant bien présent. Une notion plutôt difficile pour un être n'ayant pour l'instant connu que ses capacités corporelles pour se guider. Il se compare alors à l'amour qui nous rend si différent des autres espèces de la planète... Bon... Attendez... Je dois juste... Voilà! Tel qu'Il le précise, dû à la barrière qu'Il a érigée pour nous protéger du Mal, Il ne peut plus agir directement. Ce qui fait qu'on ne puisse le voir avec des yeux humains ou le toucher avec nos doigts, mais c'est avec l'énergie intérieure qui nous anime que nous pouvons interagir avec Lui.

Au fur et à mesure qu'Henri parlait, les autres autours se rapprochèrent à tour de rôle pour l'écouter. Bientôt, tous furent réunis pour boire ses paroles.

— Il est donc écrit qu'au début, dans le vaste univers, il n'y avait aucune vie physique existante. Il n'y avait seulement que cette espèce d'énergie gigantesque qui prenait peu à peu de l'amplitude. Tout en prenant de l'expansion, de cette force en émergeaient, de temps à autre, de minuscules autres sources qui gravitaient ensuite en toute harmonie autour de son créateur. Il explique que le terme «gravitait» utilisé n'était qu'une allégorie pour nous aider à comprendre. Pour faire une image à notre esprit qui n'a encore connu que le monde physique, car rien de tout ceci n'aurait été visible pour un œil humain. Et ces minuscules formes d'énergie subsistaient en parfaite symbiose avec l'entité primaire. Cette dernière utilisait la force des plus petits pour conserver et même augmenter sa puissance, tandis que ces dernières se nourrissaient de l'énergie qu'émanaient l'entité. C'est vraiment compliqué à expliquer, car le livre est transcrit en symbole, mais en bref, ils vivaient tous en partage mutuel, un cycle équilibré en toute équité. Les petits se nourrissaient de l'amour du grand et le grand lui, de celui des petits. Ces derniers avaient besoin de l'entité pour demeurer existant et vice-versa. Et au fur et à mesure que les petits se rajoutaient, la force de l'entité augmentait. Toutefois, façonner une nouvelle source demandait énormément d'effort à l'entité, et ce n'était pas sans conséquence. En effet, à chaque fois qu'une d'entre elle était créée, cela occasionnait, comment l'expliquer... Disons une espèce de réaction chimique. Et de celle-ci apparaissait quelque chose d'insolite et d'inhabituel. Des formes physiques. Au début, ce n'était que de simple déchet atmosphérique; de minuscules atomes. Mais à mesure que l'entité grossissait, elle se mit à façonner des sources de plus en plus puissantes afin de subvenir à ses besoins en énergie. Un énorme cercle un peu vicieux, en quelques sortes. Du coup, les débris qu'occasionnaient ces créations étaient inévitablement de plus en plus importants, tel des morceaux de terre ou de roche. Puis devenant lentement des astéroïdes et des planètes pour finalement en venir à des énormes sphères de gaz enflammées par réactions de fusion nucléaire. Mais alors qu'une partie de l'entité était totalement émerveillé par cette chaleureuse lumière qui éclairait peu à peu l'obscurité de l'univers, une autre part était dérouté par ces dommages collatéraux, ces déchets qui devenaient de plus en plus encombrant autour de lui et qui commençait à chambouler son mode de vie. Lentement, les deux parts de l'entité se mirent à diverger complètement d'opinion, si bien qu'un jour, l'une d'elle, dégoûtée que son autre moitié puisse avoir une si grande admiration pour ces repoussants déchets physiques, décida de se séparer. Mais à son grand accablement, la «réaction» que causa cette disjonction fut des plus catastrophique pour lui. En effet, à défaut de ne créer qu'une seule étoile à l'occasion, la déchirure de l'entité occasionna une gigantesque explosion, un grand «bing bang», de laquelle émergea une incommensurable quantité de planètes, de lunes et de soleils, qui se mirent à graviter tous par petits groupes tel les minuscules atomes du départ.

— Ce mode de gravitation universelle… La source de rotation des électrons autour d'un noyau central des tous premiers atomes, aurait peut-être été affecté en fait par le fameux principe de départ de l'entité et de ses créations, supposa Travos en fixant le vide, semblant perdu dans ses pensées.

— Peut-être bien, poursuivit Henri. Pour être honnête, je suis désolé Travos, mais ces pages n'expliquent pas toutes les réponses aux lois de la physique et je dois avouer que j'en serai de toute façon totalement perdu. Ha! Ha!

— Désolé! C'est juste que… Wouah! Toutes ces nouvelles données chamboulent complètement mon cerveau de scientifique… Mais je vous en prie, continuez!

— D'accord. Donc, où en étais-je? Oui, voilà… En voyant toutes ces nombreuses sources de lumière, qui l'irritaient au plus haut point, la partie la plus négative fut totalement déroutée par l'erreur qu'Il venait de commettre. Ce dernier se mit alors à se remplir de regret, de haine et de mépris, et devint de plus en plus obscur. Aveuglé par ces sentiments, Il développa même une rancune envers son autre moitié pour avoir divergé d'opinion envers les déchets et l'avoir ainsi poussé à commettre son irréparable erreur. L'énergie qu'Il émanait devint alors si néfaste qu'Il lui fut rapidement impossible de ressentir autre chose que de la haine. Et c'est ainsi qu'Il devint ce que nous appelons le Mal.

— Wow! s'étonna Max. Ça explique pourquoi les démons détestent tant la lumière du jour. Désolé, continue!

— Alors, dans toute cette cohue, les petites sources furent complètement confuses et se dispersèrent dans l'univers, incapable de tolérer cette querelle. Voyant ces pauvres voyageurs, complètement perdus, l'autre part, qui allait devenir le Bien, tenta encore et encore de raisonner son frère pour qu'Ils ne forment à nouveau plus qu'un. Il tenta même de lui faire entendre raison en lui expliquant que leur destin serait funeste si les plus petits ne revenaient pas auprès deux. De plus, Il lui fit remarquer que depuis qu'Ils étaient séparés, Ils étaient désormais incapables d'en créer de nouveaux. Mais en vain. Le Mal avait développé une hargne si profonde envers le Bien qu'Il préférait disparaître plutôt que faire à nouveau un avec Lui. Les deux opposés tentèrent donc, chacun de leur côté, de rassembler le plus de sources perdues en les recherchant à travers l'univers. Durant leur quête, le Bien fut des plus attristé de concevoir que l'aura noir qu'émanait maintenant le Mal était contagieux et avait de fortes répercussions sur les petits qu'Il retrouvait, ne leur apportant que colère et tristesse. Voilà pourquoi le Bien redoubla d'effort pour tenter d'en recueillir le maximum afin d'en sauver le plus possible. C'est alors que, pendant sa collecte, Celui-ci retrouva l'une d'elle sur une étrange planète, dont une... Désolé, je n'ai pas les mots pour le décrire correctement... Je vais donc traduire en disant une «réaction chimique», causée par des rayons solaires frappant sur des liquides contenus sur ce globe qui avait créé une espèce de couche atmosphérique tout autour. Et au moment où Il s'en approcha, la puissance qui émanait de son être rajouta à l'étrange recette un ingrédient secret qui changea tout. En effet, grâce à l'insolite combinaison d'énergie physique de l'atmosphère et psychique de Dieu, quelque chose d'inconcevable se produisit. Quelque chose de nouveau put enfin voir le jour. De microscopiques êtres ayant leur propre volonté. Complètement fasciné, Dieu regarda ces fameuses bactéries se mettre à évoluer dans un temps remarquable. En seulement quelques milliards de nos années terrestres, le Bien vit ces germes se changer en des êtres de plus en plus imposants. En commençant par des plantes, pour finalement devenir des insectes et des animaux ayant des pensées et des désirs. Des créatures capables de ressentir des émotions. Ayant découvert un nouveau sens à son existence, il voyagea donc à travers l'univers, cherchant les planètes susceptibles de donner la vie, afin d'y apporter son énergie, occasionnant ainsi son miracle à travers l'univers. Puis un jour, alors qu'Il croyait avoir tout vu, Adam, le fameux singe doté d'une intelligence supérieure, dont les exploits avaient déjà été cités dans les pages cachées sur lesquelles j'étais tombées en cherchant des infos sur la bête, développa un amour inconditionnel envers Ève. Un sentiment que Dieu croyait être le seul à pourvoir ressentir. Mais Il ne fut pas au bout de ses surprises puisque grâce à ces sentiments au fond de son cœur, Adam réussit à former sa propre force intérieure, soit une âme. Et comble de surprise, lorsque son enveloppe charnelle fut fanée, sa forme d'énergie interne quitta son corps. Voyant que cette dernière, qui n'avait connu que le monde physique, semblait égarée, Dieu se permit de l'approcher afin de la guider. À sa grande surprise, l'âme d'Adam lui fit le même effet que les petites sources qu'Il créait lorsqu'Il ne formait qu'un avec le Mal. Il fit donc de même avec les autres qui suivirent, et ce à travers l'univers. Mais son frère, qui fut témoin de la scène, voulut à son tour faire la même chose. C'est ainsi que débuta la guerre pour la récolte des âmes. Comme vous le savez déjà, il s'en suivit entre autre les bêtes sur Terre, que le Mal créa en réussissant à réunir physiquement des atomes pour modeler ces créatures. C'est à ce moment que le Bien, incapable de regarder son opposant plonger les esprits qu'Il récoltait dans les pires tourments, érigea sa protection autour du monde physique. Ce qui, comme vous le savez déjà, força le Mal à user d'imagination, créant ainsi les démons à partir d'âmes existantes.

— Quelle histoire! s'exclama Robert. Alors, si je comprends bien, c'est de notre amour que naît notre âme?

— Oui! Notre cerveau supérieurement évolué nous permet de développer un sentiment assez puissant pour que naisse cette vie intérieure. Comme il l'est expliqué là-dedans, dit-il en pointant la bible, la simple connexion d'un bébé à sa mère, ou à un autre humain, est suffisante pour que l'âme apparaisse. C'est pourquoi même la personne la plus corrompue peut en posséder une, ayant dès sa naissance inconsciemment connu l'amour. Mais il est également expliqué que certains animaux, particulièrement ceux qui nous côtoient, peuvent également arriver à se forger une telle énergie interne

— Ça alors! interpréta Yohanda. Donc... Si je comprends bien, tu as dit qu'Adam a été le premier être assez intelligent pour que son psychique engendre une émotion suffisamment intense pour se façonner une âme.

— Oui...

— Alors cela signifie que nous sommes les premiers à avoir eu un esprit.

— En effet! C'est pourquoi les humains ont beaucoup d'importances pour le Bien et surtout pour le Mal. Car Celui-ci sait que son rival nous affectionne d'autant plus particulièrement.

— Ça prend tout son sens, commenta Khalid.

— Évidemment, cette version de l'histoire relatée par Dieu en personne, ou Allah pour vous, est plutôt imagée pour permettre à des mortels tel que nous de mieux comprendre.

— En tout cas, tu avais raison sur un point, Henri, dit Max. Ce livre est fascinant.

Tous acquiescèrent avant d'être interrompus par le pilote annonçant qu'ils allaient bientôt atterrir. Après quelques échanges sur le récit du prêtre, chacun retourna à son siège tout en tentant de digérer toutes ces dernières informations, spécifiquement Travos.

Puis, lorsque les roues touchèrent le sol, Robert et Max, sans en discuter, laissèrent toute cette histoire de la création de côté pour partager tous deux une envie commune, revoir Sarah. Depuis qu'ils avaient appris ce qui s'était déroulé au marché, les hommes de sa vie étaient inévitablement morts d'inquiétude.

Bien sûr, leur aventure n'avait pas simplement rendu le père de famille anxieux pour sa fille, mais pour tous les membres de sa famille au complet. Et il s'impatientait de revenir auprès d'eux afin de s'assurer que tous allaient bien.

Moins de trois heures plus tard, les deux groupes se rejoignirent enfin au refuge le plus près de l'aéroport, qui était assez grand pour loger la cinquantaine de combattants sous la bannière du Bien, soit un entrepôt de véhicules. En les voyants, Sarah et Isabelle sautèrent directement au cou de leur bien-aimé respectif. Lorsque sa mère se recula, la copine de Max relâcha ce dernier pour aller serrer son père. Quelques secondes plus tard, tous les anciens se firent ensuite des accolades avant que Yohanda ne présente les nouveaux venus. Tous leur souhaitèrent la bienvenue.

En voyant l'amputation de la pauvre Wayuki, l'équipe qui était restée avec Alicia l'interrogea sur son état. Lorsqu'elle affirma se considérer tout de même chanceuse vu la tournure des évènements, tous saluèrent son courage.

Un peu plus tard, à tour de rôle, chacun relata ses péripéties. La discussion dura des heures. En les voyants ainsi échanger et même rire malgré les circonstances, les arabes et les hindous comprirent qu'ils avaient fait le bon choix de se joindre à l'équipe. Et tous, conscients que la tempête approchait, louangèrent ce bref moment de répit.

Chapitre 28

L'évacuation de Montréal

Ulric se sentait réellement nerveux alors qu'il se dirigeait avec sa section en direction de l'île de Montréal, qui venait à son tour d'être la cible d'une épidémie de zombies. Tout en survolant à bord d'un hélicoptère le fleuve Saint-Laurent, qui faisait partie des cours d'eau qui entouraient la grande ville, le jeune soldat sentait l'inquiétude l'envahir de plus en plus. Et avec raison, car en plus de se déployer pour la première fois en terrain opérationnel, il allait devoir faire face à une menace des plus dangereuses et des plus inusitées.

Évidemment, au départ, lorsque leurs supérieurs leurs avaient annoncé le but de la mission, sa bande de frères d'arme et lui n'y avaient pas du tout cru. Surtout lorsqu'ils leurs avaient signalé qu'en plus d'avoir à faire face à des morts-vivants, il y avait de fortes chances qu'ils doivent affronter des démons tel que des vampires et des loups-garous. Mais à leur grande surprise, ainsi que leur intense désespoir, les hauts gradés leurs avaient faits comprendre qu'il ne s'agissait malheureusement pas d'une mauvaise blague et que les informations provenaient directement du premier ministre du pays.

En effet, celui-ci, qui revenait tout juste du congrès au Vatican, avait aussitôt rencontré son ministre de la défense, qui avait ensuite fait parvenir incessamment un communiqué directement aux commandants de brigade. Dans ce message courriel de la plus haute importance, il était indiqué plusieurs informations pertinentes concernant les insolites ennemis que ses soldats allaient devoir affronter.

Les militaires de la base de Valcartier, qui avait ainsi dû se rendre à l'évidence, s'étaient donc fait expliquer en long et en large les méthodes pour combattre les guerriers du Mal. Cependant, à peine quelques heures après que l'info fut passée, voilà qu'un appel d'urgence avait retentit suite à une panique générale dans la plus volumineuse ville de la province de Québec, alors que les zombies s'accumulaient dans les rues.

Voilà comment Ulric se retrouvait ainsi, moins d'une heure avant l'aube, à survoler le fleuve en direction de la ville infestée, tout en glissant entre ses doigts son pendentif en forme de croix accroché auprès de ses plaques d'identités militaires. Le soldat, qui avant aujourd'hui ne croyait ni en une entité divine, ni en une vie après la mort, avait, comme la majorité de ses confrères, été contraint de remettre ses croyances en question. Voilà pourquoi, tout en tenant son petit crucifix distribué plus tôt par le «padre» de leur unité, il fit quelque chose qu'il n'avait pas fait depuis son enfance. Tout en pensant à sa belle Sabrina, le jeune homme se mit à prier.

— Mon Dieu, je... Je suis désolé de ne pas avoir cru en vous... Je... Je ne suis plus réellement certain de la façon de procéder pour vous demander quelque chose, mais... Je vous supplie de me donner la force de... De servir à quelque chose! Vous devez savoir combien j'aime ma copine et je donnerais tout pour qu'il ne lui arrive rien... Vous... Vous savez certainement à quel point me séparer d'elle a été difficile et je... Je souhaite de tout mon cœur que ce sacrifice ne soit pas en vain! J'espère faire une différence. Donc, mon Dieu, je... Je ne sais pas si vous pouvez influencer quoi que ce soit. Mais si c'est le cas, donnez-moi le courage d'être à la hauteur! Merci!

À peine venait-il de terminer que l'hélicoptère, qui avait survolée une ville totalement plongée dans la panique, arrivait déjà au-dessus du point d'insertion prévu pour sa section, soit le toit d'un grand hôtel. En voyant les patins de l'aéronef s'approcher du gratte-ciel, Ulric sentit son cœur se mettre à battre à tout rompre. Ça y était maintenant. Impossible de faire marche arrière. Sa périlleuse mission était sur le point de débuter.

Comme tout bon soldat, dès que le signal fut donné, il bondit hors de l'appareil avant de s'en éloigner rapidement. Puis, lorsqu'il fut à une distance raisonnable, il posa un genou au sol tout en couvrant devant lui. Moins d'une dizaine de secondes plus tard, l'engin derrière s'envola de nouveau, le laissant seul avec les neufs autres acolytes de sa section. Toutefois, en voyant tous les autres hélicoptères se poser sur les différents buildings autour de celui sur lequel il se trouvait, Ulric comprit que dès qu'il allait redescendre jusqu'à la rue avec son groupe, il allait pouvoir rejoindre les autres membres de son peloton, et même de sa compagnie. Ainsi, ils allaient être au moins plus d'une centaine à se défendre contre la lugubre menace.

Lorsque son Sergent le somma bientôt d'avancer, le jeune fantassin se remit hâtivement debout sans s'obstiner et se dirigea vers la porte menant aux escaliers. Arrivé à proximité, il se positionna afin d'être prêt à entrer alors qu'un confrère qui le suivait se plaça juste derrière lui, prêt à le suivre. Au même instant, un troisième attrapa le fusil de calibre douze disposé derrière son dos et alla s'installa devant les deux premiers pour être face à la porte. Lorsque le deuxième serra le bras d'Ulric pour lui indiquer qu'il était en position, le jeune homme donna le signal à celui armé du fusil, appelé le «breacher», en baissant son canon. À cet instant, celui-ci tira deux cartouches pour faire sauter les pentures avant de pousser la porte de son pied. Dès qu'une ouverture se créa, Ulric s'y glissa rapidement, suivi de très près par son collègue juste derrière.

Comme le palier semblait désert, le jeune homme commença à dévaler les marches tout en analysant nerveusement partout autour à l'aide de son appareil de vison nocturne. Il déboucha bientôt sur un corridor jonché de porte de chambres de part et d'autre. N'y détectant aucun mouvement, il se mit en marche pour aller rejoindre l'escalier principal menant au rez-de-chaussée. Tout à coup, à mi-chemin, des coups de feu provenant de la rue plus bas, à l'extérieur, résonnèrent. Déduisant qu'une autre section venait probablement de tomber sous contact de l'ennemi, le Sergent ordonna de presser le pas afin de descendre au plus vite aller leur prêter main forte. Ce qu'Ulric fit sans hésiter.

En avançant, il remarqua soudainement que l'accès à la cage de l'ascenseur était étrangement ouvert alors que l'élévateur était absent, comme si celui-ci était hors fonction. Il n'en fit cependant pas de cas et poursuivit son avance vers l'escalier.

C'est alors qu'au moment où il aperçut la pancarte indiquant les marches, la porte d'une suite de luxe s'ouvrit avec fracas avant qu'un être aux yeux rouges flamboyants n'en surgisse en grognant.

Ulric sursauta en voyant le vampire se jeter sur son collègue, qui tenta tant bien que mal de le repousser. Au même instant, plusieurs autres démons bondirent à leur tour des différentes chambres. En voyant ces êtres répugnants se ruer sur les membres de son équipe, le jeune fantassin leva son arme en tentant de trouver un angle de tir. Cependant, comme il s'apprêtait à ouvrir le feu, un autre sbire de Nospheus apparut derrière lui et l'attrapa par sa veste tactique.

Par miracle, le soldat eut comme réflexe de ramener son canon vers la gueule ouverte du monstre. Et juste avant que celle-ci ne se referme sur sa nuque, il pressa la détente. Lorsque la balle lui traversa le palet, le vampire, sous l'emprise de la colère suite à cette douloureuse blessure, le repoussa sauvagement.

Ulric chuta juste à côté du «breacher» déjà étendu par terre sous l'emprise d'un autre démon. Le monstre en question, en apercevant le jeune homme atterrir à sa portée, se releva en exposant son affreux visage dégoulinant du sang de son ami. En le voyant, le militaire agrippa le fusil de calibre douze que son partenaire en piteuse état portait derrière son dos et le releva vers le nouvel assaillant. Lorsqu'il tira le coup, la moitié du visage du vampire se fit effroyablement arracher.

Le jeune soldat profita alors de ce délai pour se relever. Comme le fusil qu'il venait d'utiliser était toujours fixé par une bretelle au corps de son collègue, il empoigna plutôt sa mitrailleuse d'assaut personnelle et se mit à ouvrir le feu sur tous les nombreux ennemis qui étaient en train de littéralement massacrer sa section.

En agissant de la sorte, il attira rapidement l'attention et bientôt, il se fit encercler par les choses aux yeux rouges et aux longs crocs. Complètement paniqué, le pauvre tenta de les retenir à distance par le tir tout en cherchant un moyen de s'enfuir.

Il remarqua alors les câbles de métal dans la cage d'ascenseur ouverte. Sans avoir l'opportunité d'y réfléchir davantage, il se fraya un chemin avec son arme à feu avant de bondir dans le vide. Il lâcha aussitôt son fusil d'assaut, qui tomba au bout de la corroie autour de lui, et se prépara à attraper l'un des deux fils de fer. Mais malheureusement, sous le poids de son équipement de combat, ses doigts glissèrent et il fut incapable de se retenir. Il se mit alors à chuter les dix étages en anticipant l'impact qui allait certainement être mortel.

Toutefois, à sa grande surprise, il atterrit plutôt dans une nappe d'eau profonde. Tout en s'enfonçant dans le sous-sol complètement inondé, Ulric, comprit que ce n'était pas encore la fin. Il nagea donc sans attendre pour remonter à la surface. En émergeant, il prit une grande bouffée d'air avant de se retirer de l'eau par l'accès au rez-de-chaussée, également demeurée ouverte. Tout en se glissant à plat ventre sur le plancher, le soldat se questionna un instant sur la raison de la présence de toute cette eau dans le sous-bassement.

Cependant, il n'eut point le luxe d'y penser plus longuement puisqu'à peine venait-il de se retirer des flots qu'un homme à la peau verdâtre et aux yeux jaunes brillants surgit à son tour juste derrière en poussant un grognement. L'être l'agrippa aussitôt à la cheville avant de le tirer dans sa direction. Ulric empoigna instantanément la poignée de son fusil d'assaut et vida le reste de son chargeur en pleine tête du léviathan. Le monstre marin le relâcha sur-le-champ et le fantassin trempé en profita pour se relever au plus vite. Puis, tout en s'enfuyant, il changea le magasin vide sur son arme pour faire le plein de munitions. Au même instant, une autre créature semblable à la dernière sortit à son tour de l'eau et se lança à sa poursuite dans le corridor. Complètement affolé, Ulric plaqua de son épaule la première porte sur sa gauche. Celle-ci s'ouvrit sans trop de difficulté et il se faufila aussitôt dans l'ouverture.

En pénétrant dans ce qui était la grande salle de réception de l'hôtel, le jeune homme se retrouva devant une scène des plus horribles. Partout sur les murs, éclairés par un nombre impressionnant de chandelles, étaient affreusement crucifiés, la tête en bas, de très jeunes adolescentes nues qui semblaient toutes déjà décédée. Et entre les vierges sacrifiées étaient tracés avec du sang plusieurs symboles sataniques. De plus, au centre de la pièce se tenaient une femme devant ce qui lui parut d'abord un trou noir, qui devint vite un cercle blanc s'étendant du plancher jusqu'au plafond. L'hideuse dame d'une quarantaine d'années, aux longs cheveux roux et emmêlés, portant une robe foncée et des marques de brûlure sur plus de la moitié du visage, hurlait des incantations en langue inconnue tout en agitant les bras. Et tandis qu'elle s'exécutait, un homme un peu plus à l'écart, grand et costaud, qui arborait un look gothique avec une coiffure longue et des vêtements de cuir, se tenait aux aguets tel un garde du corps.

En entrant, Ulric figea complètement devant un tel spectacle, digne des plus lugubres films d'horreur. Au même instant, une imposante tête de créature à la peau rouge, sans nez, affichant quatre yeux mauves et une gueule béante remplies de longs crocs jusque sur le palais, fit son apparition par le passage blanchâtre en poussant un grognement des plus terrifiants. Le cri de la chose, qui avait six larges et longues tiges foncées pendouillant en guise de cheveux, fut si intense que l'homme dût relâcher à nouveau son arme au bout de sa courroie pour se boucher les oreilles.

Nospheus, en charge de protéger la sorcière, aperçut le jeune mortel au même moment. Le vampire se rua aussitôt dans direction. En voyant le grand gothique foncer vers lui, Ulric se remit en mouvement vers une autre porte à proximité de celle qu'il venait d'emprunter. Remarquant que son assaillant arrivait dangereusement vite, en passant le seuil, le jeune homme referma l'ouverture avant d'appuyer son épaule pour la retenir. Mais à son grand étonnement, la force de son adversaire s'avéra bien plus importante que ce qu'il s'imaginait puisque lorsque le chef-démon, toujours sous sa forme humaine, plaqua l'accès, le pauvre fut projeté plusieurs mètres plus loin.

Malgré la brutalité du choc, le fantassin se remit tout de même sur pied en empoignant son arme. Toutefois, au moment où il leva le canon, le colosse aux cheveux longs attrapa son fusil d'assaut d'une main et le fracassa en deux de l'autre. Puis, il agrippa Ulric au collet et l'approcha de lui en le soulevant de terre. Cependant, par miracle, le pendentif du soldat glissa jusque sur la main du serviteur du Mal. Lorsque le petit crucifix béni toucha sa peau, la douloureuse brûlure lui fit aussitôt relâcher sa prise tout en poussant un grognement.

En retombant sur ses pieds, le militaire réalisa que son symbole du Bien venait de repousser son assaillant. Il se remémora sur-le-champ les insolites instructions à propos des démons, que ses confrères et lui avaient reçus avant de partir, et attrapa la fiole d'eau bénite qui leur avait été distribués. Même s'il espérait encore à un canular au moment où il avait obtenu la sienne, il comprit qu'à cet instant elle allait avoir toute son utilité. Il n'hésita donc pas un instant en voyant l'inconnu revenir à la charge à l'asperger du liquide de Dieu.

L'arme fut encore plus efficace que ce qu'il espérait puisque Nospheus attrapa aussitôt son visage à deux mains en hurlant de douleur alors qu'une légère fumée émanait d'entre ses doigts. Ulric figea un bref instant devant ce spectacle imprévisible, avant d'enfin prendre ses jambes à son cou.

Il fila donc à travers le hall d'entrée jusqu'à la sortie, qui donnait sur une rue encore plongée dans l'obscurité, sur le point de laisser sa place à l'aube. En passant les portes en verre, les jambes du soldat s'arrêtèrent d'un seul coup lorsque ses yeux remarquèrent un sol jonché de cadavres de civils et de frères d'armes d'un autre peloton. Le carnage qui s'était produit au pied de l'hôtel était ahurissant.

Complétement estomaqué, Ulric fixa ce bain de sang sans bouger jusqu'à qu'il remarque un homme penché sur un cadavre en train de se faire un festin des intestins de celui-ci. En voyant le zombie se relever et se tourner dans sa direction, le jeune homme lui tourna le dos et se remit à courir en sens inverse sur le trottoir en enjambant les corps mutilés. Tout en prenant la fuite, une vieille voiture blanche, dont la portière était encore ouverte, attira son attention. Il fonça alors vers celle-ci en espérant que la clé se trouvait toujours sur le contact. Par chance, lorsqu'il arriva assez près de celle-ci, il constata qu'elle s'y trouvait toujours. Il s'installa sans hésiter derrière le volant et démarra le moteur avant même d'avoir refermé la portière.

Il poussa un cri de joie en entendant la mécanique se mettre en marche quand tout à coup, le surprenant au plus haut point, Nospheus, sous sa forme la plus monstrueuse, atterrit violemment en plein sur le capot. Sous le poids de la bête, celui-ci s'enfonça et le moteur se cala.

En voyant l'abominable chose aux yeux rouges, qui en plus de sa peau grisâtre, de ses traits démoniaques de chauve-souris humanoïde et de ses longs crocs jaunâtres, portait des marques de brûlure d'eau bénite au visage, Ulric ne put s'empêcher de pousser un hurlement de frayeur. Néanmoins, malgré sa frousse intense, lorsqu'il vit le vampire se préparer à lancer son poing dans sa direction, le fantassin se jeta hors du véhicule par la portière encore ouverte. Il s'exécuta juste à temps pour ne pas être agrippé par l'imposante main griffue du démon qui venait de traverser le pare-brise.

Rapidement, le jeune homme se remit sur pied et s'éloigna de l'affreuse créature. Mais ce fut en vain puisque moins d'une seconde plus tard, six autres vampires ayant bondi de l'hôtel atterrirent autour de lui pour l'encercler. Prisonnier entre Nospheus et ses sbires, Ulric s'immobilisa, sentant le piège se refermer sur lui. Il chercha désespérément un passage, mais il n'y en avait aucun. Il était totalement cloîtré au milieu de ces êtres diaboliques qui salivaient devant une âme aussi combative et apeurée.

Le fantassin serra donc les dents, s'attendant à ce que l'un d'entre eux lui bondisse dessus, quand soudain, une balle frappa Nospheus en pleine tête. Dès l'impact, tous ses autres esclaves ressentirent la douleur de leur maître et se mirent à se tortiller aussi.

Ne comprenant pas vraiment ce qui venait de se produire, Ulric réalisa tout de même qu'un moment de sursis venait d'être créé et il en profita pour se faufiler entre deux créatures. Il courut ensuite en direction d'une ruelle. Au passage, il remarqua une pile de palettes de bois sur le coin d'un marché. Grâce à ses souvenirs de films de vampires combinés aux instructions sur leurs ennemis probables, le fantassin se remémora le point faible de ses assaillants aux long crocs et attrapa une grenade. Mais avant de réussir à la dégoupiller, l'un d'entre eux se ressaisit et bondit immédiatement dans sa direction. Toutefois, au moment où il allait lui atterrir dessus, un second tir de sniper fit mouche à nouveau.

En effet, l'équipe de tireurs d'élite de la même unité qu'Ulric, qui venait de se poster plus loin sur le toit d'un édifice, avait été préalablement attiré par le mouvement et les cris du survivant. En voyant ce dernier en mauvaise posture, le commandant du détachement de snipers avait aussitôt donné l'ordre à ses hommes d'ouvrir le feu.

Lorsque le second projectile frappa sa cible à la poitrine, Ulric profita de ce court délai pour balancer enfin sa boule explosive. Puis, avant la détonation, il se mit à couvert derrière un grand bac de poubelle. Lorsque le décompte fut terminé, le souffle projeta un paquet de débris de bois à travers la rue, blessant ainsi les démons qui s'étaient déjà relancés à sa poursuite.

Sans se poser davantage de questions, le jeune soldat se remit en route dès l'explosion. Tout en courant à travers la ruelle, il jeta à l'occasion quelques rapides regards vers l'arrière afin de vérifier s'il était suivi. À sa grande satisfaction, il ne discerna aucune silhouette le poursuivre.

Il arriva bientôt au bout du passage quand tout à coup, un clochard au visage en décomposition lui barra la route en sens inverse. Même si Ulric freina en le voyant, le zombie déjà sur son élan se rua sur lui sans qu'il ne puisse l'éviter. Le militaire tenta alors de le retenir à bout de bras alors que l'inconnu ouvrait et refermait bruyamment sa mâchoire dans le vide. Réalisant à l'odeur et à l'hideux aspect qu'il ne s'agissait pas là d'un simple citoyen, le guerrier eut rapidement le réflexe d'empoigner la baïonnette sur sa veste tactique et de l'enfoncer dans le crâne de la chose. Dès que la lame perça le cerveau, l'itinérant s'effondra mollement au sol.

À bout de souffle, le jeune homme retira aussitôt son arme blanche du cadavre et se retourna vers cette nouvelle rue, n'ayant pas le luxe de s'accorder une pause. Son estomac se serra aussitôt en apercevant plus d'une trentaine d'autres silhouettes titubant un peu partout. Désespéré, il se questionna réellement sur ce qu'il allait bien pouvoir faire à présent. D'un côté, une bande de vampires enragés allaient très bientôt refaire surface. Et de l'autre, cette horde de morts-vivants l'attendaient impatiemment.

Armé seulement de sa baïonnette, le pauvre comprit qu'il ne faisait pas le poids. Il regarda donc sa dernière grenade en se disant qu'elle allait certainement devenir sa seule issue possible pour ne pas se faire dévorer vivant. Il l'agrippa donc et, tout en pensant à sa belle Sabrina, plaça son doigt dans la goupille. Comme il aurait aimé revoir sa douce moitié une dernière fois. Comme il aurait aimé lui dire à quel point il l'aimait. Puis, il ferma les yeux et retira la tige de métal.

— Ne lâche pas la cuillère! l'interrompit au même instant une voix connue.

— Sergent Lacroix?! répondit-il en voyant le commandant d'une autre section.

— Pas si fort! chuchota le plus haut gradé. Ce n'est pas encore fini, Lechasseur!

— Mais…

— Ces pourritures nous ont pris par surprise plus loin. Il n'y avait plus rien à faire pour mes gars. J'ai… J'ai réussi à m'enfuir jusqu'ici! J'étais dissimulé derrière une voiture quand je t'ai remarqué! À ce que je vois, je suis intervenu à temps!

— Je… Je croyais que tout était…

— Ce n'est pas fini tant que ce n'est pas fini, Lechasseur! Tu devrais le savoir!

— Oui, Sergent! Mais que pouvons-nous faire? Il y a ces trucs qui vont rappliquer d'un moment à l'autre en plus de ceux-là!

— Ces trucs?

— Des… Des vampires, Sergent!

— Quoi?!

— Des putains de vampires! Je vous le jure!

— OK! OK! Bon, il y a un pick-up juste là! Le corps du conducteur semble encore à l'intérieur. Avec une chance, ses clés seront dans ses poches. Tu vas lancer cette grenade en sens inverse pour attirer leur attention. Nous en profiterons ensuite pour foncer!

— OK! OK, Sergent!

— D'accord! Vas-y!

Sans s'obstiner, Ulric suivit les ordres de son supérieur et lança sa balle explosive. Les deux hommes prirent ensuite un couvert, attendant la détonation qui fut imminente. Suite à la bruyante explosion, les deux fantassins accoururent vers leur objectif en toute hâte. Une fois arrivé, le plus haut gradé ouvrit la portière et, sans prendre de chance, planta son couteau dans la tempe du cadavre encore assis derrière le volant. Il tira ensuite le corps sur l'asphalte et fouilla dans ses poches. Dès qu'il découvrit le système de démarrage sans clé, il lança celui-ci au soldat derrière lui.

— Prend le volant! Je vais tenter de joindre le PC (poste de commandement)! lui ordonna-t-il en se déplaçant vers le côté passager.

Rapidement, le plus jeune enjamba le cadavre avant de s'installer à bord du véhicule à deux places. Puis, il pressa le bouton de démarrage et embraya le camion. Dès que son acolyte fut monté à son tour, il pressa l'accélérateur à fond.

— Où va-t-on, Sergent?

— Je n'en sais rien! Dans le putain de briefing, ils ont parlé que ces trucs ne pouvaient entrer dans les églises, alors...

— Il y en a justement une là-bas!

— C'est bon! Vas-y! Fonce!

Tout en évitant les voitures abandonnées et les cadavres, tant ceux qui gisaient que ceux debout, Ulric tenta d'aller le plus vite possible. Pendant ce temps, le plus vieux essaya d'entrer en communication par radio avec quelqu'un, mais sans succès.

Le clocher de la cathédrale se rapprochait de plus en plus quand tout à coup, Nospheus, toujours dans sa forme la plus terrifiante, atterrit d'un coup sec dans la boîte du camion.

— Nom de Dieu! s'exclama le Sergent. Mais qu'est-ce que c'est que ça?!

— Oh, merde! C'est l'un des vampires! Je crois que c'est leur chef!

— Ne t'arrête surtout pas! ordonna-t-il en attrapant son fusil d'assaut.

En le voyant lui pointer son arme à feu, le démon rejeta la tête qu'il tenait encore du dernier membre de l'équipe de tireurs d'élite, qu'il venait tout juste de massacrer pour se venger, avant de se ruer vers lui. Puis, comme le Sergent allait ouvrir le feu, Nospheus passa son bras au travers de la vitre arrière, agrippa le canon et tira l'homme attaché à son arme dans sa direction. Et malgré tous ses efforts pour se débattre, le plus haut gradé ne put rivaliser contre la puissance du monstre, qui enfonça ses longues canines dans sa gorge.

En entendant les hurlements de son supérieur, Ulric, sachant qu'il serait le prochain, pressa l'accélérateur à fond en s'enlignant vers les escaliers de la grande église, maintenant à proximité. Au même instant, il sentit une poigne ferme lui agripper une épaule. Il s'accrocha alors désespérément au volant tout en poussant un cri pour appuyer son effort. Au moment où ses doigts cédèrent, le devant du pick-up grimpa les premières marches de pierres. Le véhicule chavira violemment presqu'aussitôt.

Ulric, qui n'était pas attaché, se frappa alors à plusieurs reprises dans la cabine. Mais malgré la brutalité de l'accident, le jeune téméraire, grâce en partie à son casque, s'en sortit plutôt bien. Alors, encore sous l'emprise de la panique, il se faufila rapidement hors de la carcasse malgré ses muscles endoloris. Une fois à l'extérieur, même s'il se sentait étourdi, il chercha désespérément la créature, craignant qu'elle ne lui tombe dessus d'un moment à l'autre. Mais à part le corps sans vie du Sergent qui gisait à proximité, il ne discerna aucune autre silhouette.

Il continua de fouiller craintivement du regard les alentours lorsqu'il fut bientôt soulagé d'apercevoir enfin le vampire. Celui-ci se tortillait de douleur tout en tentant de ramper le plus loin possible de l'église. Bientôt, il cessa d'un coup de geindre et se remit sur pied.

Lorsque Nospheus se retourna, Ulric, prit de panique, détacha l'arme encore accroché au cadavre de son acolyte et la pointa vers la menace. La chauve-souris humanoïde poussa au même instant un puissant grognement de rage en le dévisageant.

Le canon chancelait tellement lorsque le fantassin pressa la détente que la première balle rata complètement sa cible. Le jeune homme sous le choc en tira donc une autre et encore une autre. Il lui fallut presque dix balles avant d'enfin atteindre le torse du monstre, qui resta tout de même sur place à le fixer de ses yeux rouges.

— Cessez de tirer! l'interrompit soudainement une voix féminine. Il ne peut plus avancer de toute façon! Vous n'allez que gaspiller vos munitions!

Ulric leva aussitôt les yeux sur une belle femme à l'aube de la cinquantaine, aux cheveux longs attachés, qui se tenait debout sur le perron. Celle-ci, qui portait un tailleur de marque, lui fit aussitôt signe de venir la rejoindre.

— Allez, venez! Ces choses ne peuvent pas entrer ici! Venez vite vous mettre à l'abri avec nous!

Réalisant qu'elle disait vrai alors que Nospheus se contentait de rester sur place à grogner de rage, le soldat attrapa la radio et les quelques munitions restantes du défunt Sergent et monta la rejoindre.

Dès qu'il arriva, elle l'invita rapidement à entrer, ne voulant pas rester une seconde de plus à l'extérieur. Une fois qu'ils eurent passé le seuil, d'autres survivants à l'intérieur refermèrent la porte avant de la barricader.

— Ça va aller? demanda l'inconnue.

— Nom de… Je… Je…. Putain de merde! Mais… Qu'est-ce que…, se contenta de répondre Ulric en sueur tout en marchant de long en large en fixant la porte.

— OK! Calmez-vous! C'est fini! Vous… Vous êtes en sécurité, maintenant!

— En… En sécurité! Comment pouvez-vous dire une chose pareille?! Mais qu'est-ce que c'est que ce bordel?!

— Nous… Nous n'en savons pas plus que vous pour l'instant! Mais il faut vous calmer! En… En fait, nous comptions un peu sur vous pour nous donner des réponses! Vous… Vous êtes bien un soldat, non?

— Oui…

— Alors… Alors, l'armée est venue nous sauver?

— Nous… Nous avons essayé… Mais… Jamais on ne se serait attendu à un truc pareil… Je…, s'arrêta-t-il en voyant les visages apeurés de près d'une dizaine de spectateurs, qui espéraient tant de ses confrères et de lui. Putain… Je suis désolé…, tentant-il ensuite de se ressaisir. Je… Je…

— Ça va aller! Nous aussi, il nous a fallu pas mal de temps pour essayer de nous calmer. En fait, je n'y suis pas encore parvenue pour être franche!

— Je… Je vous remercie, madame!

— Katie! Je me nomme Katie!

— Eh bien, merci, Katie!

— Alors, papa! s'écria une petite fillette italienne de son accent prononcé. L'armée ne pourra pas nous sauver eux non plus? Pourtant, tu m'as dit qu'ils allaient venir nous sortir d'ici!

— Ma chérie, je… Je…

— J'ai… J'ai une radio, le coupa alors Ulric, réalisant d'un coup qu'il portait l'uniforme qui représentait leur dernier espoir. Je… Je vais tenter de rejoindre mes supérieurs… Je vais appeler des renforts et ils vont venir nous évacuer! Ne… Ne t'en fait pas, petite! Ce… Ce n'est pas fini tant que ce n'est pas fini!

Chapitre 29

Le rêve

Max se baladait lentement dans un champ de blé, semblable à ceux de son enfance alors qu'il vivait sur la ferme de son père, lorsqu'il remarqua une chose étrange sur sa droite. En s'approchant, il reconnut une pierre tombale. Son cœur se serra dès qu'il y lut le nom de Sarah Longuet. C'est alors que d'autres épitaphes apparurent tout autour. Et sur chacune d'elles y était gravé le nom de tous les membres de sa famille, de ses amis et de tous ceux qu'il connaissait, y compris celui de Robert. Il fut bientôt totalement entouré par la centaine de monuments.

Mais alors qu'il était totalement hystérique, ne comprenant rien à ce qui se passait, il remarqua une silhouette dans l'ombre un peu plus loin. Celle-ci, légèrement différente d'une forme humaine, se mit à lui parler par la pensée.

— Max, tu sais très bien ce qu'il va t'arriver si tu ne rejettes pas tes pouvoirs! En demeurant immortel, tu perdras inévitablement tous ceux que tu aimes!

— Qui êtes-vous?!

— Pourquoi me poses-tu cette question alors que tu sais très bien qui je suis! Oh oui, je sais que tu arrives à le ressentir!

— Tu... Tu es l'antéchrist! Celui de l'autre planète!

— En effet, je suis en quelque sorte le demi-frère de l'humain que vous avez crucifié! Les tentatives du Bien pour préserver la vie ne sont pas très fructueuses. Quand il a enfin réussi à vous faire parvenir un messie, qu'en avez-vous fait? Ha! Ha!

Ha! Vous l'avez torturé à mort! Vous avez volontairement cloué votre Sauveur à une croix jusqu'à ce qu'il en crève! Le Bien a malgré cela retenté le coup ailleurs dans l'univers, soit là d'où je viens. Mais cette fois, Malork, le bras droit de mon vrai Père, que vous appelez le diable, m'a retrouvé à temps et m'a transmis son savoir! Par ce miracle, j'ai pu constater le vrai visage des créatures insignifiantes que vous êtes! Des êtres égoïstes qui se croient tout permis jusqu'à en épuiser les ressources de sa propre planète! Des individus qui se nourrissent du malheur des autres pour se valoriser! Des bêtes qui sont prêtes à se battre et à s'entretuer pour de simples billets de papier! Et ce n'étaient guère mieux là d'où je viens! Dire qu'après, vous osez nous traiter de monstres maléfiques! Ah! Décidemment, ton Dieu n'a pas réussi à atteindre son objectif de faire de vous des âmes aimantes! Et malgré cela, même si plusieurs d'entre vous ont été jusqu'à le renier en cessant carrément de croire en son existence, ce con récidive en retentant le coup ici, avec cette Alicia! Mais par chance, Malork retrouvera à temps ce fameux guide qu'Il vous envoie et, tout comme moi, il sera sauvé!

— Non! Je l'en empêcherai!

— Mais à quoi bon, Max?! Pour qu'il lui arrive la même chose que celui que vous appeliez Jésus! Hein? Un destin des plus cruels et des plus souffrants! C'est ça?!

— Ce sera différent, cette fois!

— Le crois-tu vraiment? Penses-tu réellement que ton monde est prêt à changer! Oh non, mon cher! Ça a été un jeu d'enfants de corrompre ceux de ma planète! Et ce sera la même chose ici! Tout comme mon peuple, jamais les terriens ne voudront rejeter ce que mon maître leur a enseigné! Je te l'ai dit déjà, ton espèce se vautre dans le péché! Les humains s'entretuent pour le pouvoir et la luxure! Pour leurs petits plaisirs personnels! Bien qu'ils soient intelligents, ils n'en demeurent pas moins des animaux poussés par leurs instincts! Cette guerre, vous ne la gagnerez jamais et tu le sais très bien! Il est encore temps de changer de camp, Max! Rejoins-nous et je te garantis une place de choix pour toi et tous tes proches!

— Jamais!

— Si vous perdez, tous ceux à qui tu tiens subiront les pires tourments. Es-tu à ce point certain de votre victoire?

— Nous vous écraserons tous!

— Pourquoi t'accrocher de la sorte?! Tu pourrais avoir tout ce que tu désires avec nous! Tout! Alors que là, même si tu gagnes, tu verras tôt ou tard mourir sous tes yeux tes êtres chers! Ta belle Sarah se fanera alors que tu demeuras jeune et bientôt, tu devras la mettre également sous terre! Penses-y, Max! Je pourrais la rendre immortelle, tout comme toi! Ou si tu le désires, je pourrais même te retirer tes pouvoirs et tu pourrais ainsi vieillir avec elle, comme tous les autres humains. Ton choix serait le mien!

— Va te faire foutre! Je préfère les garder et m'en servir pour te botter le cul!

— Ha! Ha! Ha! Quelle fougue! Mais ça n'arrivera pas et tu le sais très bien! Jamais nous ne pourrons nous affronter puisque tes pouvoirs ne seront qu'un boulet pour toi!

— Que veux-tu dire?

— Tu sais que ton équipe ne te fera pas assez confiance pour t'envoyer nous combattre! Jamais ils ne te laisseront venir à ma rencontre! Ils auront trop peur que tu échoues! Ils ne croient pas en toi! Je suis persuadé qu'ils te laisseront derrière, le moment venu! Tu devras nous regarder, Malork et moi, massacrer tous les gens que tu aimes, alors qu'ils t'obligeront à rester à l'écart!

— Non! Cesse de tenter de me monter contre eux! Tu n'y arriveras pas!

— Bien! Mais tu constateras très bientôt que j'avais raison! Ils seront tous contre toi! Tous! Même Robert et ta précieuse Sarah!

— Comment cela, très bientôt?!

— Crois-tu vraiment que j'arriverais à entrer dans ton esprit si je me trouvais encore à des années-lumière d'ici?

— Quoi?! Que veux-tu insinuer?!

Mais Usaarag se contenta de pousser un rire effrayant en guise de réponse avant de disparaître sans même que Max puisse voir son visage, resté dans l'ombre. L'ange continua tout de même à le questionner agressivement quand soudain, il se réveilla enfin.

— Ça va? lui demanda Sarah en le voyant s'asseoir d'un coup dans le lit.

— J'ai... J'ai fait un horrible rêve... Bordel de merde! Je ne dors qu'environ une heure par semaine et j'arrive quand même à faire un cauchemar.

— Mon pauvre chéri! Qu'est-ce c'était?

— C'était... C'était... Je n'en suis plus très sûr! répondit-il, ne voulant pas élaborer sur ce qu'il avait vu.

— C'est probablement mieux ainsi. Allez, recouches-toi!

— Non! Désolé, mais... Je n'ai plus sommeil! Je vais... Je vais aller regarder la télé.

— Tu veux que je t'accompagne?

— Non! Reposes-toi! J'ai... J'ai l'impression que tu vas avoir besoin de toutes tes forces dans les prochains jours.

Chapitre 30

Les trois anges

Max, Richard et Robert, aidés par quatre des nouveaux Protecteurs, soient Alec, celui qui ressemblait à Tom, Caleb, le grand haïtien, Tina, la costaude et Antonio, le beau mexicain, faisaient la maintenance des véhicules de l'entrepôt, qui n'avaient pas roulés depuis un moment, quand un bulletin spécial à la radio les interpela. Celui-ci, relatant que l'île de Montréal aurait été mise en quarantaine au courant de la nuit suite à une possible épidémie de zombies, les fit tous s'arrêter de travailler. Ils apprirent donc que le gouvernement aurait ordonné de bloquer toutes les issues possibles et que les militaires, qui tiendraient des barrages à tous les points d'accès à la ville, laisseraient sortir les gens au compte-goutte après de minutieuses inspections afin de contenir l'infection.

— Nom d'un chien! s'exclama Robert. Voilà que ça se produit chez nous maintenant!

— Merde! Ce n'est pas vrai! s'exclama Tina.

— En tout cas, je ne voudrais pas être dans la peau de ces types de l'armée, qui sont là à regarder tous ces gens affolés sans pouvoir les laisser passer plus rapidement! commenta Richard. Ce doit être horrible!

— Les gars, j'ai des infos! les coupa Yohanda en entrant en trombe dans la salle de maintenance. Un jeune soldat déployé à Montréal, cette nuit, vient de communiquer par radio à ses supérieurs. Il... Il l'aurait vu!

— Vu? Vu qui? s'inquiéta Max.

— Malork!

— Ce n'est pas vrai! lança-t-il en se remémorant son cauchemar. Putain de merde! Ils sont tous déjà arrivés! Est-ce que... Est-ce qu'on est certain que...

— D'après les informations qui m'ont été transférées, le soldat aurait aperçu une terrifiante créature à la peau rouge sortir d'une ouverture blanchâtre devant ce qui lui sembla être une femme, qui prononçait des incantations et qui gesticulait sans arrêt. Il n'y a pas de doute! C'était Galalel, la sorcière!

— Et la description de la chose concorde parfaitement avec celle que j'ai perçue dans ma vision, rajouta Henri en faisant à son tour son entrée.

— Pour être honnête, je ne tiens pas à vous effrayer davantage, mais j'ai réellement le pressentiment qu'Usaarag, l'antéchrist extra-terrestre, a également réussi à arriver jusqu'ici! avoua Max. Je peux le sentir! Je suis persuadé que leur équipe d'élite vient tout juste de débarquer. L'ultime assaut du Mal débutera ici, au Québec, encore une fois!

— Et c'est parfaitement logique, rajouta le grand barbu. Montréal est une ville idéale pour la venue du démon. Une île, c'est bien plus facile à défendre. Surtout lorsqu'elle est située dans un pays où des obstacles naturelles tel le froid au Nord et les océans à l'Est et à l'Ouest réduisent considérablement l'accès aux troupes armées. Pas étonnant que le Mal frappe encore dans la même région du globe où le premier grand assaut du Mal avait eu lieu, à Winslow! Mais cette fois, comme son guerrier nous arrive déjà très puissant, le diable a choisi une grande ville avec beaucoup plus d'âmes à se mettre sous la dent, plutôt qu'un petit paclin isolé, semant ainsi davantage la peur sur notre planète. Nous... Nous n'aurons donc pas le choix! Le plan était de réunir davantage de combattant du Bien avant de passer à l'action, mais il est trop tard! Il va falloir intervenir maintenant avant que la malédiction de cet extra-terrestre ne se répande davantage! Chaque minute compte désormais! Plus le temps passe, et plus des innocents meurent!

— Le... Le Seigneur m'avait fait le message de ne le faire qu'en dernier recours, avoua le prophète derrière. Mais je crois que nous en sommes là! Nous ne serons pas en nombre suffisant pour arriver à tenir tête à cette armée infernale! Nous allons devoir exécuter le fameux rituel de la première bible pour ramener les trois combattants de Dieu afin qu'ils nous appuient dans cette quête.

— Tu... Tu parles de ramener Christophe, Djibo et Tom? précisa Robert.

— Oui...

— Génial!

— Pas tant que cela, mon ami! Cette pratique comporte une grave conséquence. C'est pour cela que je ne devais le faire que si la situation l'exigeait. Il... Il faudra donc que... Que trois d'entre nous se sacrifient pour les accueillir. Il... Il nous faut trois corps pour leur servir de véhicule! Je... Je le ferais bien, mais je suis le seul à pouvoir lire le manuscrit et proférer le rite! Je suis désolé!

— Je... Je vois... Dans ce cas, Je... Je me porte volontaire! se prononça Robert.

— Il n'en est pas question! s'écria Sarah, ayant surpris la

conversation. Papa, tu es un Chevalier de Dieu. Ce… Ce ne serait pas logique de…

— Sarah, je…

— Elle a raison! le coupa Yohanda. Richard, Max et toi êtes nos meilleurs pions sur l'échiquier. Ce ne pourra donc pas être vous! Et ça ne peut pas être Travos puisqu'il est également un atout unique. Je donnerai donc mon corps pour…

— Tu ne peux pas faire cela, l'interrompit Alec. Tu n'as peut-être pas de pouvoir comme ces trois-là, mais tu es tout de même le meilleur guerrier d'entre nous. Et tu es notre chef par-dessus le marché, alors non! Écoutez, je… Je n'ai pas été très resplendissant sur le terrain et je… Je crois vraiment que c'est ainsi que je serai le plus utile. En plus, tout le monde n'arrête pas de me dire que j'ai la gueule de Tom. Alors, il ne sera pas trop dépaysé.

— Alec, non! insista le barbu. Tu… Tu ne peux pas! Tu as une jeune fille et…

— Oui… Une fille qui ne sait même pas que j'existe! Ce doit faire bientôt deux ans que je n'ai pas parlé à sa mère et… Je… Je n'ai peut-être pas été là pour elle dans le passé, mais si au moins en faisant cela j'arrive à la sauver, ainsi que son monde, alors peut-être que je pourrai ainsi me racheter. Peut-être que lorsqu'elle viendra me rejoindre de l'autre côté, elle m'aura pardonné! Je… Je tiens à faire parti des sacrifiés!

— Très touchant! enchaîna Caleb. Mais si tu crois être le seul à pouvoir se mériter toute l'attention, tu te trompes, mon ami. Cependant, contrairement à toi, mon histoire est beaucoup moins touchante. Ma famille, je l'ai déjà perdu lors d'un tremblement de terre en Haïti. Alors, je suis prêt à retourner les rejoindre. Comme je suis celui qui ressemble le plus à Djibo, je crois qu'il serait de mise qu'il prenne mon corps.

— C'est... C'est vraiment honorable de votre part, messieurs, s'étonna Henri. C'est... C'est un choix qui... Seigneur!

— Je serai la troisième! avoua ensuite Sarah, sous le regard saisi de son copain et de son père.

— Non, je le ferai! insista à son tour Wayuki en s'approchant.

— Je... Je..., bégaya Yohanda, cherchant un argument pour la faire changer d'avis.

— Il n'y a pas de parti pris, grand chef! Il en faut un autre et je le ferai!

— Tout comme ton copain, tu es une grande guerrière! répondit alors Alec, qui n'avait pas la langue dans sa poche, d'autant plus depuis qu'il faisait parti des sacrifiés. Ça ne peut pas être toi! Comme je vais bientôt crever, je n'ai plus rien à perdre. Alors désolé si je vous offusque mesdames, mais je vais dire ce que j'en pense! Croyez-vous réellement que ce soit une bonne idée de faire revenir la légende Christophe dans un corps de femme, amputé par-dessus le marché? Non, je ne pense pas! Sans vouloir être sexiste, je crois que si je revenais dans le corps d'une aussi belle fille que vous deux, ça risquerait de me déconcentrer un peu!

— Je ne savais pas que tu étais un petit comique, toi? lui répondit Sarah.

— Eh oui, à mes heures! On n'a malheureusement pas eu beaucoup l'occasion de se connaître, à mon grand regret. Mais sans vouloir blaguer, vous savez tous très bien que j'ai raison! Ce doit être quelqu'un d'autre! Un homme, de préférence!

— Très bien, fils de pute! J'ai compris! affirma Antonio. Je le ferai!

— Non, l'interrompit Habib, qui arriva à son tour suivi de près par son frère Khalid. Ce ne sera pas seulement aux catholiques de faire leur part. Je tiens, au nom de tous les musulmans, à me sacrifier également pour sauver ce monde. Je... Je suis prêt à aller rejoindre Allah! Je suis prêt à mourir pour sauver tous ceux que j'aime!

— Mon frère a fait son choix! répondit Khalid lorsque tous se tournèrent vers lui. Et je le respecte. Un homme doit choisir comment il va vivre et parfois, il peut également choisir comment il va mourir.

— Qu'il en soit ainsi! proclama Caleb. Henri, vous avez vos trois volontaires! Alors, allons-y au plus vite avant... Avant que l'un de nous change d'avis!

Même s'il savait que le haïtien avait raison, il fallut un certain temps à Henri pour se faire à l'idée que ces trois courageux hommes allaient donner leur vie sous ses yeux. Malgré cela, le cœur gros, il prépara l'une des pièces pour le rituel, aidé par presque tous les autres, exceptée Sarah. En effet, celle-ci, aidée de son frère Simon, qui venait d'apprendre les nouvelles, étaient quant à eux passés au resto pour offrir un bon dernier repas aux condamnés. La jeune femme, après les avoir questionné, avait tenté du mieux qu'elle le put de dénicher ce qu'ils avaient demandé.

Malgré leurs estomacs plutôt noués, les volontaires avaient essayés tant bien que mal d'en profiter au maximum. Par la suite, sous le regard attristé de tous, ils s'étaient finalement déplacés à l'endroit éclairé par de nombreuses bougies où devait avoir lieu le rite. Presque tout le monde, les larmes aux yeux, était venu assister à cet étrange au revoir. Pour sa part, Alicia, incapable de regarder ce spectacle, était restée à l'écart avec Isabelle et Daniel, alors que celui-ci jouait avec ses voitures sans se douter de ce qui allait se passer.

Henri se plaça enfin devant les trois hommes qui se tenaient au milieu d'un symbole tracé à la craie sur le plancher. Tel que précisé dans les directives, ceux-ci avaient tous en leur possession un objet ayant appartenu à celui à qui ils offraient leur corps. Habib était donc muni du ceinturon contenant l'épée de mousquetaire, le pistolet à poudre noire et la dague de Christophe. Caleb lui, avait le court fusil de calibre douze endommagé dont Djibo s'était servi pour se sacrifier dans les égouts. Alec, pour sa part, portait en pendentif l'alliance de mariage de Tom.

Bientôt, le prêtre commença à lire à voix haute quelques lignes avant de s'arrêter d'un coup sec. Puis, incapable de se retenir, il éclata en sanglot.

— Désolé! J'en suis incapable! Je n'y arriverai pas!

— Henri! Tu dois le faire! l'encouragea Alec. Pense à tous ces gens qui sont présentement en train de souffrir, tant ici qu'en enfer! Il faut les secourir au plus vite! Fais-le pour eux! Fais-le pour ma fille! Je ne veux pas que l'une de ces choses s'attaque à elle! De toute façon, tu m'as bien dit que lorsque cette histoire sera terminée, tu pourrais inverser ce qui a été fait, non?

— Oui, je... Je crois que c'est possible!

— Alors dans ce cas, j'ai bien plus de chance de survivre si c'est Tom qui prend les commandes! Allez, fais-le!

— Alec! l'interpela Max. Je n'ai malheureusement pas eu l'occasion de te connaître et je le regrette! Tu es quelqu'un de réellement courageux et de grande valeur.

— Oh non, mon cher! Je suis loin d'être parfait! La preuve est que j'ai un œil sur ta copine depuis que je l'ai aperçu, dit-il avec un sourire en coin. Non, sans farce, ce que je m'apprête à faire est sans aucun doute ce qui me permettra de passer à l'étage plutôt qu'au sous-sol, alors… Je suis prêt! Allez-y, mon père!

— Je le suis également! rajouta Caleb. Il me tarde de revoir mes parents, mes frères et mes sœurs!

— Nous sommes tous prêts, Henri! confirma Habib. C'est mon destin, je le sens! Allez, faites-le!

Sur ces affirmations des plus vénérables, le prophète se replaça devant son lutrin et débuta à nouveau sa lecture. Tout en suivant les étapes, il passa au travers de tout le rituel, comprenant entre autre la déclaration formelle des volontaires à offrir leur corps. Le tout dura près d'une demi-heure. À la toute fin, Alec, Caleb et Habib semblèrent entrer en transe pour finalement s'évanouir au sol.

Henri, complètement épuisé, tomba à son tour. Heureusement, les réflexes aiguisés de Max lui permirent de l'attraper à temps. Il installa ensuite le prêtre épuisé sur une chaise alors que les trois donateurs gisaient toujours par terre.

— Alors, ça a marché? questionna le prophète en reprenant ses esprits.

— Je… Je n'en sais rien! Ils n'ont toujours pas bougé depuis que…

Soudain, avant qu'il ne termine sa phrase, Habib ouvrit lentement les yeux. Puis, peu à peu, il se releva doucement sous le regard de tous, spécifiquement de son frère. Une fois sur pied, il regarda silencieusement ses mains en grimaçant, comme s'il avait de la difficulté à contrôler ses mouvements. Puis, après un instant, il leva la tête vers Max et Robert, qui le fixait silencieusement.

— Comptant de vous revoir, messieurs! dit-il avec la même voix et le même accent français que Christophe. C'est… C'est vraiment étrange de se retrouver à nouveau dans un corps.

— Ça… Ça a marché! s'exclama l'ancien ambulancier. Ça a marché!

Tous s'exclamèrent de joie malgré la circonstance, excepté Khalid, qui offrit silencieusement une dernière prière pour son frère. Durant ce temps, les corps de Caleb et Alec se réveillèrent à leur tour. Il leur fallut également un bref moment d'adaptation avant que ceux-ci ne prennent la parole, démontrant que Djibo et Tom les habitaient désormais.

Tous allèrent aussitôt leur souhaiter la bienvenue, spécifiquement Yohanda en serrant son meilleur ami Tom dans ses bras.

— Tu m'as manqué, petit connard! lui avoua-t-il en s'exécutant.

— Toi aussi, mon frère! Toi aussi!

— Je… Je suis désolé d'avoir dû te…

— Non! Pas de ça, Yo! Tu n'as pas à l'être! Quand tu as tué

l'armark qui possédait mon corps, tu m'as libéré de l'enfer! Je ne t'en remercierai jamais assez! Et si tu savais comment c'est quand on passe du côté du Bien, tu comprendrais que c'est en ce moment que tu devrais être triste pour moi! C'est là, en revenant parmi les vivants, que je fais un sacrifice!

Chapitre 31

Katie

Assis silencieusement sur un banc d'église, son casque entre les mains, sa C-7 et sa radio posées à côté de lui, Ulric regarda furtivement les autres survivants à qui il venait à peine d'adresser la parole. En effet, après avoir repris son calme et suite à sa conversation radio avec ses supérieurs, le soldat leur avait fait son exposé sur la situation. Ils les avaient alors mis sommairement au courant sur des quelques infos dont il disposait à propos d'une invasion de zombies et de démons dans la ville. Les réfugiés, qui connaissaient déjà la situation mondiale en plus d'avoir été témoins d'horribles choses, n'eurent donc pas trop de mal à le croire sur parole. Ceux-ci s'étaient par la suite présentés un à un avant que le jeune homme ne retourne s'asseoir pour tenter de faire le point.

Il y avait d'abord, Éloi, un grand blond dans la trentaine, portant des lunettes à larges montures, qui marchait de long en large et qui affichait une attitude plutôt perplexe à son égard. Puis, Alfredo, un italien immigré de quarante-deux ans, plutôt grassouillet, souffrant de calvitie, ainsi que sa petite fille, Annalisa, âgée de dix ans, aux cheveux foncés et à la robe de couleur claire. Suivait Zoé, une jeune femme de son âge aux cheveux courts roses portant une panoplie de boucles d'oreille et un anneau dans le nez. Le cinquième était un asiatique portant un complet d'homme d'affaire d'environ cinquante ans, nommé Xiang. Le sixième, un grand et costaud homme noir à l'approche de la trentaine, portant ses cheveux longs en tresses, se prénommait Dylan. Il y avait aussi cette charmante dame d'une soixantaine d'années, Danielle. La septième à avoir pris refuge dans l'église était une femme dans la trentaine, Sophia, plutôt corpulente, qui avait un vocabulaire cru et portait des vêtements défraichis. Et bien entendu, la première qui lui avait adressé la parole, Katie.

Après un moment, lorsque leurs regards se croisèrent, cette dernière, une psychologue de carrière, discernait bien que derrière l'assurance et le courage inébranlable que le militaire s'efforçait d'afficher se cachait une frayeur et une anxiété qui envahissait tout son être. Jugeant que malgré sa peur, le jeune homme restait tout de même le meilleur atout pour les protéger tous, la thérapeute prit place à ses côtés afin de mettre son talent à profil.

— Je peux m'asseoir? lui demanda-t-elle même si elle était déjà installée.

— Oui, bien sûr!

— C'est... C'est complètement fou cette histoire!

— C'est peu dire.

— Et je ne parle pas seulement des informations que vous nous avez transmises.

— Que... Que voulez-vous dire?

— Je... Je vous ai entendu, quand vous parliez à la radio...

— Vraiment? Pourtant, j'ai pris la peine de m'éloigner pour ne pas effrayer tout le monde avec...

— Ne vous inquiétez pas! Les autres n'ont rien entendu. Je... Je m'étais approchée en douce. La curiosité est parfois un vilain défaut.

— Qu'avez-vous entendu, au juste?

— Suffisamment pour comprendre votre inquiétude. Alors, c'est vrai? En plus de... De ce dont nous avons été témoin, vous avez vu une autre créature encore plus abominable sortir d'un... D'un passage...

— Tout... Tout est si confus! Je... Je me suis peut-être trompé! J'ai l'impression d'avoir fait un horrible cauchemar et que rien de tout ceci ne se soit jamais vraiment produit. Tous mes souvenirs sont flous, alors...

— Oui... C'est la même chose pour moi. J'arrive à peine à me souvenir comment je suis arrivée jusqu'ici! Je me souviens d'avoir vu cette bande de... De... De types qui agressaient les passants comme des chiens enragés... Et après, je me suis dit que je devais au plus vite venir me réfugier ici...

— Si peu... Si peu de gens ont fait comme vous...

— Pas étonnant! Plus personne ne croit en Dieu de nos jours! La plupart pense qu'après la mort, c'est tout simplement le néant.

— Pour être honnête, c'est ce que je croyais aussi. Mais vous, comment se fait-il que vous soyez aussitôt venu dans cette église? Vous... Vous êtes une grande pratiquante ou...

— Non! Je... Je m'efforce d'être croyante... Sûrement dû à mon éducation... Mais pas réellement pratiquante... En fait, c'est vraiment étrange... Je n'ai aucune idée pourquoi, mais je savais que je serais à l'abri dans une église. Et pour être franche... Je... Je connais un tas de trucs et j'ignore totalement la raison.

— Des trucs? Comme quoi?

— Eh bien, je savais dès que j'ai vu ces agresseurs qu'il s'agissait... Qu'il s'agissait de zombies! Je... Je savais que cette chose qui vous attaquait à votre arrivée était... Était un vampire. Et je savais que dès que les premières lueurs allaient se montrer, il allait devoir partir pour se réfugier dans l'obscurité.

— Oui, mais jusque-là, il n'y a rien que l'on ne retrouve pas dans des films.

— Alors pourquoi je sais que ce fils de pute s'appelle Nospheus? Comment se fait-il que je sache qu'il est un démon et qu'il a passé la porte de notre monde grâce à un sorcier ou une sorcière? Que... Que seule une arme en bois peut l'anéantir complètement. Je sais également qu'il n'est pas le seul à pouvoir être ramené de l'enfer. J'ai ces noms qui roulent dans ma tête... Bakkar, qui ressemble à un reptile... Isigard, le loup-garou... Pourquoi... Pourquoi je sais que je ne dois pas aller dans les égouts pour ne pas croiser Orzel, une créature aux traits d'araignée gigantesque?

— Eh bien... Comme vous le dites, c'est plutôt étrange...

— Et... Et j'ai ce nom en tête qui n'arrête pas de tourner en boucle, sans savoir qui ou qu'est-ce qu'il est!

— Quel nom?

— Sadman!

— Wow, on dirait presque un super vilain d'une bande dessinée!

— Oui... Oui, c'est ça... Un patient que j'aurais suivi...

— Patient?

— Oui, je suis psychologue... Et... J'ai en mémoire que... C'est vraiment flou. Mais, ce seraient des brutes de l'école qui l'auraient d'abord surnommé ainsi...

— Désolé, mais... Je ne peux pas vous aider là-dessus...

— Navré, je divague... Mais... C'est comme... C'est comme s'il y avait une partie de ma mémoire qui aurait été effacée... Comme si j'avais déjà vécu tout ça...

— Peut-être dans une vie antérieure. Après tout ce que j'ai vu, je suis prêt à croire n'importe quoi.

— Non... Ce n'est pas ça...

— Et... Il y a autre chose qui vous revient qui pourrait nous être utile?

— Pour être franche... Oui, en fait! Vous allez peut-être croire que je suis folle, mais je... Je... Je crois vraiment que parmi les survivants se cache un adepte de Satan qui est ici comme agent-double. Je suis également persuadée que si nous restons ici, ces confrères vont débarquer et incendier l'immeuble pour nous faire sortir.

— Ça alors!

— Je sais... J'ai l'air d'une vrai paranoïaque, mais... C'est réellement ce que je ressens! Si seulement j'arrivais à savoir pourquoi.

— Je... Je crois que pour l'instant, nous devrions garder vos intuitions pour nous. Si vous dites vrai, il ne faudrait pas alerter cette taupe. Et nous ne devons surtout pas nous monter les uns contre les autres!

— Je suis tout à fait d'accord... Je... Je me trompe

assurément de toute façon.

— Gardons tout de même l'œil ouvert, au cas où…

— Alors, ils vont venir, vos amis?

— Oui, j'en suis persuadé!

— Espérons-le! Donc, comment elle se nomme?

— Qui?

— Celle pour laquelle vous vous êtes battus à ce point pour survivre?

— Comment…

— Je vous l'ai dit, je suis une psychologue depuis fort longtemps.

— Eh bien, docteur, vous… Vous avez vu juste. Elle s'appelle Sabrina.

— Elle est en sécurité présentement?

— Oui, elle est partie avec ses parents, ainsi que les miens, se réfugier à la campagne.

— Bien… J'en suis très heureuse. Non seulement pour vous, mais pour nous également.

— Pourquoi?

— Parce qu'en ayant un objectif aussi fort que l'amour, je sais que vous allez vous battre jusqu'à votre dernier souffle pour survivre. Du coup, je vais rester auprès de vous si je veux également m'en sortir.

— Ne vous inquiétez pas! Je… Je vous protégerai! Je vous

protégerai tous! Je vais faire tout ce qui est en mon pouvoir pour tous vous sortir d'ici!

— C'est… C'est ce j'espérais entendre!

Sur ce, l'ex-psychologue de Sadman et l'une des seuls survivants de l'assaut du Mal sur Winslow, dont la mémoire avait été effacée selon sa volonté par un puissant hypnotiseur engagé par les Protecteurs, se releva, satisfaite d'avoir réussi à faire remonter le courage au combattant.

Chapitre 32

Un message pour Richard

Malgré le miracle qui venait de se produire, la situation alarmante força les soldats du Bien à se mettre rapidement au travail. Moins d'une heure après le retour spectaculaire des trois anciens Chevalier de Dieu, les combattants du Bien durent déjà cesser les retrouvailles et se mettre au travail. Réunis autour d'une table remplie de cartes et de photos aériennes présentées par Travos, les leaders, comprenant Yohanda, Wayuki, Max, Robert, Sarah, Henri, Khalid, Abhay, Richard et les trois nouveaux anges discutèrent d'un plan d'action rapide et efficace.

Soudain, les prenant par surprise, le petit Daniel fit discrètement son entrée dans la pièce et se dirigea vers Robert.

— Qu'est-ce que vous faites? demanda-t-il en arrivant auprès de son tuteur.

— Je suis désolé! s'excusa Isabelle en arrivant rapidement derrière. Il est vite comme un poisson!

En le voyant, la poitrine de Tom se serra. Ne voulant pas causer plus de mal à celui à qui il tenait le plus au monde, sachant qu'il allait bientôt partir pour une mission suicide, le père de l'enfant se tourna le visage afin de dissimuler les émotions qu'il se savait incapable de cacher. Malgré cela, juste le fait d'entendre sa petite voix lui réchauffa automatiquement le cœur.

Durant ce temps, tous autour, un peu mal-à-l'aise, gardèrent le silence pendant que Robert expliqua au garçon qu'il ne pouvait rester ici.

— Vient Daniel! insista Isabelle.

— D'accord! Je... Je...

— Qu'est-ce qui se passe, mon garçon? questionna l'ancien ambulancier.

— Je ressens vraiment quelque chose d'étrange... Comme si..., poursuivit le fils d'un Chevalier de Dieu en leva les yeux vers Tom. Comme si mon papa était là!

— Mais non, Daniel, enchaîna Sarah en devinant que ce dernier ne désirait pas dévoiler son identité. Nous t'avons déjà dit que ce monsieur ressemble à ton papa, mais ce n'est pas lui.

— Alors pourquoi il a la même voix?

— Quoi?

— Je l'ai entendu parler quand j'étais dans le corridor. Il a la même voix. Papa, est-ce que c'est toi?

Incapable de résister davantage, une larme se mit à couler sur la joue de Tom. Celui-ci se retourna enfin vers son fils alors que l'assistance attendait impatiemment sa réponse.

— Oui, mon bonhomme! C'est bien moi!

— Papa! s'écria-t-il en accourant dans ses bras. Je le savais que c'était toi! Je l'ai senti! Et j'ai reconnu ta voix! Tu m'as tellement manqué, papa!

— Ah, mon Daniel! Tu m'as manqué aussi! lui avoua-t-il en le serrant très fort contre lui. Je t'aime! Je t'aime tellement!

Sur ce moment émouvant, tous, les yeux pleins d'eau, prirent une pause en laissant en toute intimité le père et le fils se réjouir de leurs retrouvailles. Tout en se déplaçant vers la salle à manger, ils sentirent la bonne odeur du café que Simon venait de préparer. La plupart d'entre eux s'en servirent une tasse, même si les anges savaient très bien que la caféine n'aurait aucun effet sur eux.

Richard, pour sa part, ne prit pas de breuvage et resta un peu à l'écart. Cet évènement l'avait chamboulé à un point tel qu'il avait l'estomac tout noué. Tout à coup, le prenant un peu par surprise, Djibo arriva derrière en lui offrant une tasse.

— Tu n'en veux pas?

— Non… Non, merci! Je ne me sens pas très bien à vrai dire!

— Tu ne sais pas ce que tu manques! Il est délicieux!

— Ce doit être réellement étrange de retrouver des sens physiques, comme le goûter?

— Oui, en effet! Étrange est peu dire! Mais ce n'est pas quelque chose qui me manquait réellement.

— Dites, est-ce que… Est-ce que je peux vous demander enfin… Comment… Comment c'est, de l'autre côté?

— Tu ne t'en souviens pas? Pourtant, tu y as voyagé quand…, affirma-t-il en pointant les cicatrices de sa tentative de suicide.

— Étrangement, non! Je ne me souviens de rien!

— Pas étonnant! Cela fait seulement une heure que je suis de retour et j'ai déjà commencé à oublier. Et c'est normal puisque les mondes physiques et spirituels sont totalement différents.

Je… Je ne peux pas l'expliquer avec des mots. Et même si j'y arrivais, ton esprit, qui est encore prisonnier de cette enveloppe charnelle, n'arriverait pas à en saisir le sens. Mais une chose est certaine, c'est un endroit formidable!

— Alors, dans ce cas, pourquoi nous battons-nous pour survivre? Pourquoi insister à ce point pour vivre?

— Le passage sur Terre est un mal nécessaire. C'est ici que nous forgeons notre âme, que nous apprenons l'amour et malheureusement la tristesse. Mais tout ceci est primordial pour déterminer qui nous sommes en tant que personne, tu vois? Je… Je ne sais pas comment l'expliquer… Plus l'on vit longtemps et plus l'on en apprend sur la spiritualité. Cette expérience acquise dans ce monde ne fait que rendre plus facile le passage dans l'autre. Car une fois traversé de l'autre côté, l'évolution de l'âme ne s'arrête pas là. Il y a bien d'autres aspects à prendre en considération.

— Je… Je crois que je comprends.

— Ce sont entre autre les choix que nous faisons ici, à la naissance de notre âme, qui détermineront où sera notre case départ dans l'au-delà.

— C'est un peu comme un test.

— Un peu, en quelque sorte… Mais je dirais plus un rite de passage. Quelque chose que l'on doit vivre pour comprendre toute l'ampleur de la suite. Il… Il faut avoir faim pour apprécier un bon repas…

— Et… Et si nous faisons de mauvais choix?

— Dieu est si… Comment dire… Compréhensif… Enfin, tu comprendras quand tu le croiseras. Chaque réussite mais surtout chaque échec ici nous permet d'arriver à un palier supérieur là-bas. Et si l'on arrive de l'autre côté trop égaré, il y a la possibilité de revenir ici en se réincarnant pour tenter de saisir davantage le sens de l'existence.

— Je vois... Intéressant... Vous savez... Dernièrement, j'ai... J'ai tué des hommes pour défendre Alicia... Je sais que c'était nécessaire mais malgré cela... Vous... Vous croyez qu'Il me pardonnera?

— Dieu t'a déjà pardonné. Ce qu'Il fera en retour cependant, c'est de t'aider à te pardonner toi-même. Mais le fait que tu aies des remords présentement prouve que tu as du cœur et que tu es sur la bonne voie. Tu sais, lors de ma vie physique, j'ai moi aussi dû prendre des vies. Entre autre cette fois où avec les Protecteurs, nous avons fait une descente pendant une messe noire. Des types se sont mis à tirer dans tous les sens. Alors, pendant la fusillade, j'ai accidentellement ouvert le feu sur une jeune femme, qui se trouvait là seulement par curiosité. Il m'a fallu beaucoup de temps pour accepter ce que j'avais fait. Mais quand j'ai traversé de l'autre côté, après avoir fait le sacrifice ultime, la femme en question est venu me visiter et j'ai... J'ai tant appris... Elle m'a avoué qu'elle n'avait aucune rancune envers moi. Elle m'a aidé à me pardonner et à me faire passer à un autre niveau. Je sais que ce que je raconte doit te sembler n'avoir aucun sens, mais...

— Au contraire, je crois en avoir saisi l'essentiel. Alors... Si le Ciel, comme on peut l'appeler, est si merveilleux, revenir ici a dû être plutôt difficile.

— Oui, en effet! Mais, c'était une nécessité, puisque le paradis est en péril! Le Mal fait de plus en plus de ravage et... S'Il arrive à s'approprier toutes les âmes de la Terre, je crains qu'Il ne devienne trop puissant pour que Dieu ne puisse l'arrêter. Pour être caricatural, si le Mal réussit, Il deviendra assez puissant pour accéder aux portes du paradis! Le diable nous asservira tous et nous plongera dans son monde de colère, de frayeur et de tristesse. Il ne restera donc que l'enfer pour nous! Nous devons absolument gagner cette guerre!

— Ah, Seigneur! Et vous croyez que nous avons une chance?

— Oui, c'est pour cela que je suis revenu plutôt que mon frère, qui s'était également sacrifié contre Orzel. Celui-ci était moins enthousiaste et craignait le pire!

— Votre frère? Alors, il... Il est possible de revoir ses proches une fois...

— Richard, Audrey, ta femme, ainsi que Maggie et Edward, tes deux enfants, sont bien là et t'attendent à bras ouvert. Ils m'ont d'ailleurs chargé de te faire le message qu'ils sont tous très fier de toi et qu'ils veulent que tu continues à te battre pour eux! Ils sont impatients de te voir mais comprennent qu'il faut que tu restes le plus longtemps possible ici-bas! Ils savent qu'avec toute l'expérience dont tu feras l'acquisition en tant qu'humain, tu pourras leur en apprendre davantage et que grâce à ça, tous ensembles, vous arriverez à grimper à un autre niveau. Le temps là-bas est loin d'avoir la même incidence qu'ici et ils tiennent à ce que tu prennes tout celui qu'il te faudra avant d'aller les rejoindre.

— Wow! Je... Ouf! J'ai... J'ai tant cherché pour obtenir des réponses! J'ai tant attendu d'avoir enfin la confirmation que..., avoua-t-il en fondant en larme. Merci! Merci du fond du cœur!

— Tu n'as pas à me remercier!

— Oh, que si! Vous n'avez pas idée à quel point j'espérais ce moment! Ce fameux jour où enfin j'allais avoir la preuve que j'allais les revoir! Vous savez, ils me manquent tellement!

— Je sais, Richard! J'avais également perdu des êtres chers avant de mourir. Je comprends ce que tu ressens en ce moment. Ce sont entre autre ces sentiments qui t'aideront plus tard à faire évoluer ton être.

— Mais c'est... Si dur!

— Je sais! Mais un jour, tu comprendras!

— Je... Je les aimais tant!

— Tu veux dire que tu les aimes tant. Ils sont toujours là, Richard! Dans ton cœur! Il te regarde de là-haut! Et il t'encourage à rester debout et à te battre! Nous allons avoir grandement besoin de toi dans la bataille qui va venir!

— Je... Je serai là! Et je me battrai jusqu'au bout pour eux!

— Je n'en doute pas un seul instant! Et Dieu non plus, puisqu'Il t'a Lui-même choisi!

Et pendant que Richard se remettait de ses émotions, un peu plus loin, Yohanda aborda Christophe pour lui adresser la proposition qui lui tourmentait l'esprit depuis l'arrivée du vétéran.

— Je suis vraiment honoré de faire enfin votre connaissance, débuta le barbu. J'ai tellement entendu parler de vous! L'homme qui a fondé les Protecteurs!

— Oh, les histoires à mon sujet sont probablement exagérées. Contrairement à vous, je n'ai jamais eu à faire face à une bête à sept têtes de l'envergure d'un dinosaure.

— Ne soyez pas si humble! Je connais en grande partie vos péripéties. Vous êtes réellement une légende!

— Yohanda, je sais où vous voulez en venir et ma réponse est non! Je ne reprendrai pas les rennes de cette équipe! Vous êtes et resterez le commandant! Ce poste vous revient de droit!

— Mais, c'est vous le vrai chef des Protecteurs! Vous les avez menés durant tant d'années!

— Oui, voilà pourquoi il est temps qu'une autre personne le fasse!

— Mais avec toute votre expérience…

— Je vous ai regardé depuis là-bas et vous possédez entièrement toutes les qualités requises pour faire ce travail. C'est d'ailleurs grâce à votre ténacité que le monde s'est uni pour faire face à ce conflit. Je ne crois pas que j'aurais eu votre courage pour tenir tête au conseil du Vatican comme vous l'avez fait. Tu es un excellent chef qui donnerait tout pour ses soldats. Tu dois croire en toi autant que je le fais!

— Je… Je ne sais trop…

— Si je suis revenu ici, avec toutes ces facultés, c'est pour me battre! Un commandant doit souvent prendre un pas de recul lors d'une bataille pour analyser la situation et déployer ses plus grands atouts! Je suis revenu pour être déployé et non le contraire! Yohanda, je tiens à ce que ce soit toi qui nous mène au combat et personne d'autre! Et c'est non-discutable!

— D'accord… Dans ce cas, je… Je ferai tout ce qui est en mon pouvoir pour ne pas vous décevoir!

— Je le sais bien!

Au même moment, Tom vint rejoindre le groupe avec son fils dans les bras. Il déposa ensuite celui-ci, avant de lui faire un aveu.

— Écoute mon grand, il va falloir que… Que…

— Tu dois t'en aller, je le sais!

— Vraiment?

— Oui, c'est le monsieur gentil qui vient me visiter dans mes rêves qui me l'a dit.

— Ah oui? Qu'est-ce qu'il t'a dit, au juste?

— Il a dit que tu allais peut-être revenir, mais que tu ne pourrais pas rester avec moi. Qu'il fallait que tu ailles te battre contre le monstre extra-terrestre pour sauver la planète.

— Oui… Oui, c'est exactement cela!

— Je comprends! Mais je suis vraiment content de t'avoir revu. Même si c'était juste un peu. Je m'ennuyais beaucoup de toi!

— Moi aussi, fiston! Moi aussi!

— Et maman, est-ce qu'elle va revenir aussi?

— Non… Non, maman ne pourra pas…

— Oh, dommage! J'aurai bien aimé lui dire bonjour aussi!

— Tu… Tu peux lui dire, mon trésor! Elle est quand même là et elle peut t'entendre!

— Ah oui! Eh bien, bonjour maman! Tu me manques et je

t'aime beaucoup!

— Elle… Elle dit qu'elle t'aime aussi… De tout son cœur! Et tu lui manques énormément!

— Vraiment?

— Ça, oui! Tu peux en être certain!

— Je t'aime, papa! Je t'aime juuusssqu'à la lune!

— Ha! Ha! Si tu savais à quel point je t'aime, mon grand!

— Je sais! Bon, il faut que tu y ailles maintenant! Le monsieur gentil m'a dit que j'allais devoir te dire de te dépêcher même si je ne voulais pas que tu partes! Tu dois tuer le monstre avant qu'il ne fasse du mal à d'autres personnes!

— OK, mon petit homme! Le monsieur gentil a tout à fait raison! Moi non plus, je ne veux pas te quitter! Mais si nous n'arrêtons pas le monstre, il détruira tout sur son passage et ira jusqu'à faire du mal à maman au Ciel!

— Papa, je sais que c'est toi le plus fort! Tu es mon héros et je sais que tu réussiras à l'arrêter!

— Tu as raison, mon garçon, précisa Robert. Ton père est un vrai dur à cuire! Et nous avons beaucoup de chance qu'il soit de retour dans notre équipe!

— Sans lui, nous ne serions plus ici depuis longtemps, rajouta Max.

— Merci, mes amis! J'espère réellement que mon retour, et le sacrifice d'Alec, ne seront pas en vain! Sur ce, tout le monde a entendu mon fils? Allons botter le cul à ce sale fils de pute! Yohanda, notre chef, quel est le plan?

Le barbu releva aussitôt la tête, heureux que même son ancien partenaire l'appuie dans ses nouvelles fonctions, avant de débuter les instructions.

Chapitre 33

L'offensive militaire

Depuis que le soldat Lechasseur avait réussi à transmettre l'information à propos de l'arrivée de la plus importante menace planétaire à ce jour, tous les gouvernements mondiaux n'avaient cessé de mettre de la pression sur le pays touché pour qu'il déploie une frappe militaire au plus vite, d'autant plus que la reine d'Angleterre avait secondé dans ce sens le premier ministre canadien. Bien des suggestions avaient été proposées par les divers leaders, allant d'un bombardement de l'île à l'artillerie jusqu'à l'utilisation de la bombe atomique. Comme il savait que plusieurs civils étaient toujours en vie au cœur de la ville, le ministre de la défense proposa au chef du pays un tout autre plan.

Tout d'abord, avant de lancer une attaque, l'homme en charge de l'armée voulut d'abord confirmer les dires d'un simple jeune soldat apeuré en déployant un petit groupe de forces spéciales pour repérer le soi-disant démon venu d'une autre planète. Les militaires d'élite, insérés dès l'aube de façon amphibie en plongeant à partir de la frégate de combat, qui patrouillait déjà le fleuve conjointement avec un navire de défense côtière, étaient aisément parvenus à s'introduire sur l'île. Puis, en se dirigeant par ce matin ensoleillé à travers les rues, ceux-ci avaient réussi à se rendre à l'hôtel en question sans trop d'embûches, mis à part quelques zombies à descendre discrètement grâce à leurs silencieux. Une fois sur place, ils avaient à leur tour, grâce à des optiques longues portées, réussi à repérer le fameux Malork. Après avoir communiqué la position de celui-ci par radio, une confirmation par drone fut établie et des photos de la créature à la peau rouge furent transmises directement au ministre de la défense.

Celui-ci, nettement encouragé par son confrère des États-Unis à agir au plus vite, suggéra au premier ministre du Canada de lancer une offensive au sol supportée par des forces aériennes. Afin de l'inciter dans cette voie, le président américain proposa de lui fournir cinq hélicoptères d'attaque AH-64 Apache et un drone de combat pour l'appuyer.

Le premier ministre avait toutefois hésité un moment, prenant en considération les recommandations de l'escouade anti-démon du Vatican de ne pas agir sans leur consentement. Cependant, comme son dirigeant militaire lui fit remarquer, plus ils attendaient et plus cette chimère risquait de se répandre. Comme il faisait encore jour et qu'ils détenaient sa position précise, ils devaient agir au plus vite avant de perdre sa trace.

Tous ces arguments de poids finirent par convaincre le chef du pays, qui donna le feu vert à son responsable de la défense d'agir au plus vite. Et en un temps record de moins de quatre heures, deux chars d'assaut Léopard 2 suivi de quatre véhicules d'infanteries blindés VBL 6, qui étaient tous déjà en attente aux abords des ponts, entamèrent une avance à travers la ville en direction de l'extra-terrestre satanique.

Tout en déplacement en ce début d'après-midi, les mitrailleuses coaxiales et les canons de 25 MM sur les tourelles des véhicules d'infanteries ouvrirent aisément un chemin dans la horde de zombies. Tout en roulant sur ce qui restait des cadavres mutilés, les équipages demeurèrent tout de même des plus alertes, s'attendant au pire. Guidées à l'aide de radios par l'équipe des forces spéciales, qui avait toujours un œil sur leur objectif, les troupes terrestres avancèrent en toute hâte avant qu'il ne disparaisse.

Étrangement, malgré tout le vacarme, Malork resta exactement au même endroit, sans même tenter de s'enfuir. Et même au moment où les véhicules de combat arrivèrent à proximité, plutôt que de se mettre à couvert, le grand démon se déplaça plutôt en plein milieu de la rue. Le drone, qui se préparait à attaquer s'il tentait de s'échapper, continua donc de survoler la zone.

En apercevant cette abominable créature pourpre de près de trois mètres de haut, possédant quatre bras musclés dont les épaules du haut étaient ornés de cornes, une longue queue rappelant un peu celle d'un scorpion et une gueule béante remplie de longues dents acérés, le chef d'équipage du premier tank ressentit aussitôt un long frisson lui traverser tout le dos. Il n'arrivait pas à croire que cet ignoble monstre qui affichait quatre yeux violets et quelques longues tiges noires en guise de cheveux était bel et bien réel. Mais malgré sa frayeur, l'homme tenta de demeurer le plus professionnel possible et ordonna à son canonnier d'ouvrir le tir au plus vite. Celui-ci, impatient de faire voler cet être en morceaux, pressa le bouton de mise à feu sur sa manette de contrôle.

Toutefois, le résultat fut très loin de refléter l'effet escompté. En effet, grâce à sa puissante télékinésie, Malork fit d'abord dévier le premier obus sur un bâtiment à sa droite. Puis, après avoir fait la même chose avec le second, il bondit très haut dans les airs avant d'atterrir lourdement sur le char d'assaut. Tout en se servant de ses nombreux poings, il se mit à frapper le véhicule qui, malgré le solide blindage, fut aisément écrasé sous la puissance des coups. L'équipage n'eut malheureusement pas le temps de répliquer avant de se faire littéralement broyer.

Une fois qu'il en eut terminé, le démon qui avait déjà asservi toutes les âmes d'une planète entière lança le reste de la carcasse sur l'autre tank, qui s'apprêtait à répliquer. L'impact brutal neutralisa complètement les hommes à l'intérieur. L'abomination en profita donc pour se ruer vers ce second char. Une fois à proximité, il en saisit le devant avant de l'envoyer valser jusqu'au dixième étage d'un building à une cinquantaine de mètres de lui.

Aussitôt, les véhicules d'infanteries ouvrirent le feu à leurs tours. Cette fois, comme les tirs étaient plus nombreux, plutôt que de les dévier, Malork fit apparaître de son dos un bouclier spirituel bleuâtre, dans la même veine que celui de Max. Puis, par la force de la pensée, tout en bloquant toujours les tirs grâce à ses espèces d'ailes translucides, il fit s'envoler les camions blindés à huit roues les uns après les autres à la hauteur d'un édifice, avant de les laisser retomber durement au sol. Dès que ceux-ci s'écrasèrent, la dizaine de ses sbires, qui avaient traversés avec lui sur Terre, se faufilèrent hors de leurs cachettes dans les immeubles autour pour aller se nourrir des âmes des rares survivants à l'intérieur des véhicules endommagés.

Ces aliens, contrairement à leur maître, ne comptaient pour leur part que deux bras et portaient des vêtements sombres d'un tissu étranger. Bien qu'ils ne possédaient ni sa stature, ni sa queue munie d'un long pique, ces êtres à seulement deux yeux violets affichaient tout de même un visage aussi ignoble que lui. Ceux-ci, qui grâce à leur puissant souverain, pouvait supporter la lumière du soleil, n'étaient cependant dotés que de la moitié des crocs de l'originel. Néanmoins, les créatures à la peau rouge se contentèrent de ceux qu'ils disposaient pour trancher les gorges des pauvres soldats, qui avaient miraculeusement survécus aux chutes mortelles.

Et pendant que ses esclaves se régalaient, l'extra-terrestre leva les yeux vers les cinq hélicoptères de combat qui s'approchaient à leur tour. Alors, avant qu'ils ne soient à portée de tir, le plus important soldat d'élite de Satan utilisa à nouveaux ses facultés de télékinésie pour faire s'envoler vers eux une panoplie de voitures et de morceaux d'asphalte. Devant ce mur d'obstacle, les pilotes ne purent malheureusement empêcher l'inévitable de se produire. Toutefois, le plus expérimenté d'entre eux réussi tout de même de peine et de misère à se frayer un chemin. Ce fut malheureusement en vain puisque Malork bondit presqu'aussitôt jusqu'à lui, s'agrippa au-devant de l'appareil avant de le détruire de ses poings. Lorsque le monstre retomba sur ses pieds, le drone l'attaqua sans hésiter de ses missiles. Mais encore une fois, le démon suprême les bloqua aisément de ses ailes translucides.

Au moment où le groupe de forces spéciales regardait avec affolement les hélicoptères s'écraser les unes après les autres, l'un d'entre eux fut attiré par un bruit derrière. En se retournant, il aperçut un être à la peau grisâtre, ayant une silhouette humaine mais avec des yeux plus grands, un nez davantage aplatît et une bouche plus étroite que celle d'un terrien. En le voyant, il leva sans hésiter son arme vers celui-ci, qui portait un crâne d'animal inconnu en guise de chapeau et des vêtements semblant être fabriqués de parties de squelettes. Mais comme il allait presser la détente, l'étrange personnage leva sa main, qui ne comptait que quatre doigts.

Aussitôt, le militaire, ainsi que ses autres acolytes, furent complètement paralysés. C'est alors que, étrangement, une voix retentit dans la tête du premier soldat.

— Écoutez-moi bien, petit asticots! Je suis Usaarag, le fils du Mal! Je ne vous ai laissé vous rendre jusqu'ici que pour faire une démonstration de force! Je vais maintenant te relâcher. En échange, je veux que tu communiques à tous tes supérieurs et que tu leurs ordonnes de cesser toute attaque et de laisser les charmants petits combattants du Vatican venir ici. Ou alors ce sera un vrai bain de sang! Est-ce que tu m'as bien compris?

— Va te faire foutre! répondit-il en pensée.

— Mauvaise réponse!

Sur ce, l'antéchrist s'approcha de lui, attrapa son couteau et se mit à le taillader cruellement. Tout en s'exécutant, il lui libéra la bouche de son emprise afin que ses confrères entendent ses hurlements. Ces derniers, horrifiés par l'abominable spectacle, se mirent à craindre le pire, sachant que leurs tours allaient arriver.

Lorsque Usaarag eut terminé d'entortiller les intestins de sa victime autour de son cou pour lui faire un effroyable collier, alors que celui-ci était toujours en vie, le tortionnaire se tourna vers le deuxième. Il lui offrit également le choix de coopérer ou de subir le même sort. Mais comme celui-ci résista aussi, le fils de Lucifer lui fit subir une fatalité encore pire. Il lui trancha sadiquement ses parties génitales, le tout en affichant un sourire démoniaque. Après un tel spectacle, le troisième, malgré son courage à toute épreuve, ne put faire autrement que de céder. La progéniture de Satan le libéra donc de sa paralysie et le força à avertir son poste de commandement.

Pendant ce temps, deux jets F-18 tentèrent à leur tour une attaque sur Malork. Tout comme pour les hélicoptères, l'effroyable monstruosité jeta au premier avion de chasse une panoplie de morceaux de pierres et de carcasses de voitures. Quant au second, après avoir fait dévier le missile, qu'il lui lançait, en direction des restes du premier aéroplane encore dans les débris, il dirigea carrément l'appareil contre un gratte-ciel grâce à son incommensurable pouvoir de la pensée.

Plus loin, lorsque le militaire d'élite termina son message à ses supérieurs, Usaarag l'immobilisa de nouveau grâce à ses facultés surnaturelles avant d'inviter Nospheus à les rejoindre. Celui-ci, accompagné de deux autres vampires, s'approchèrent à l'orée d'un coin d'ombre. L'antéchrist força alors les hommes restants à se mettre en marche contre leur gré vers les démons, qui salivaient la gueule ouverte. Même ceux qui étaient mutilés furent forcés d'avancer. Les pauvres, totalement paniqués dans cette situation des plus épouvantables, ne purent toutefois contrôler leurs muscles, qui les forçaient à entrer dans l'ombre où les attendaient un sanguinaire destin.

Et comme si ce n'en était déjà pas assez, les nombreux léviathans qui erraient dans les profondeurs du fleuve Saint-Laurent et du lac Saint-Louis percèrent des trous dans les coques des navires militaires qui le patrouillaient afin de s'y faufiler sans s'exposer au soleil. Puis, ces derniers remontèrent peu à peu les étages des bateaux en s'emparant des âmes des marins. Les rares survivants qui réussirent à prendre refuge à la lumière, sur le pont, n'eurent que quelques minutes de sursis. Incapable d'atteindre des chaloupes de sauvetage ou de tout simplement sauter à l'eau sans se faire intercepter par les créatures à la peau verte, ils durent attendre en priant pendant que les navires coulaient. Un hélicoptère canadien tenta d'aller les secourir, mais elle fut aussitôt happée par le tir d'une roquette provenant d'un membre des Illuminati qui surveillait le tout de la rive. Malgré tous leurs espoirs, tous les passagers nautiques finirent sous l'emprise de Bakkar, le démon-serpent. Même les embarcations plus petites qui naviguaient sur la rivière des Prairies furent coulées par les sbires.

Lorsque tous les comptes rendus parvinrent aux oreilles du premier ministre canadien, celui-ci, les deux mains plaquées sur le visage, se laissa tomber sur sa chaise.

— Je n'aurais jamais dû vous écouter! cria-t-il à son conseiller militaire.

— Mais monsieur le premier ministre, ce n'est pas terminé! Les américains nous offrent d'autres drones de combat encore plus sophistiqués! Leurs nombreuses troupes et leurs porte-avions sont déjà en route! Dans moins de deux jours, nous serons réellement en mesure de faire face à la musique! D'ici-là, nous pouvons les contenir en les bombardant à l'artillerie!

— Non! Un paquet de civils se battent encore pour leur survie dans la ville! Le Vatican nous avait pourtant bien prévenu d'attendre que leur équipe de choc passe à l'action! Que nous n'avions pas les moyens de faire face à ces êtres surnaturels et que nous risquions simplement d'empirer les choses! Et c'est exactement ce que nous venons de faire!

— Mais, monsieur…

— Je ne sacrifierai pas un soldat de plus tant que ce ne sera pas absolument nécessaire! Suis-je bien clair?!

— Oui, monsieur le premier ministre.

— Alors maintenant, faites au plus vite le message à ces types de Rome que nous n'allons plus rien tenter tant qu'ils ne seront pas intervenus! Nous devons… Nous devons nous en remettre à eux! Le destin de cette planète est désormais entre leurs mains!

Chapitre 34

L'espion

Dès que les premiers coups de feu retentirent, Ulric sut aussitôt que ceux-ci provenaient d'un véhicule d'infanterie VBL 6. Il se rua donc vers l'une des fenêtres pour tenter d'y apercevoir ses frères d'arme. Comme il n'y arrivait pas, il changea de vitre, mais sans davantage de succès.

— Qu'est-ce qui se passe? l'interrogea Éloi, le grand blond aux lunettes.

— Ce sont mes collègues! Ils doivent avoir décidé de mener une attaque!

— Ils vont venir nous chercher? l'interrogea Danielle, la charmante dame d'une soixantaine d'années.

— Oui, c'est certain! Quand ils auront fini de faire le ménage! Je... Je vais tenter d'en savoir plus par radio! décida-t-il en abandonnant son poste de garde et en se dirigea vers celle-ci.

Il attrapa ensuite l'appareil qui trainait sur un banc et essaya d'entrer en communication avec ses supérieurs. Comme il ne reçut aucune réponse, il se déplaça à travers la pièce pour capter une meilleure réception, sous les regards inquiets des réfugiés. Pendant ce temps, le bruit des tirs et des explosions à l'extérieur se firent de plus en plus nombreux.

De son côté, Xiang, l'asiatique de cinquante ans portant un complet tenta à nouveau d'utiliser son téléphone. Mais tout comme la veille, aucun réseau ne fut disponible. En le voyant faire, Dylan, le costaud à la peau foncée et aux cheveux longs en tresses, tenta également sa chance avec son appareil électronique, mais sans succès également.

Bientôt, Ulric, positionné exactement au même endroit où il avait réussi à émettre la dernière fois, tenta pour la dixième fois de transmettre son message. N'arrivant à communiquer avec personne, il en vint à la conclusion qu'il allait devoir se risquer à sortir sur le perron, afin d'avoir plus de chance.

— Hey, le jeune! l'apostropha Alfredo, l'italien plutôt grassouillet souffrant de calvitie, alors que le soldat s'apprêtait à ouvrir la porte barricadée. Qu'est-ce que tu fais?

— Je vais tenter de communiquer avec mon poste de commandement, monsieur. J'ai plus de chance à l'extérieur. Les infrastructures bloquent souvent les ondes radios.

— Mais alors, pourquoi ça fonctionnait plus tôt?

— Les communications radios demeurent toujours un vrai mystère, monsieur. Parfois, nous allons réussir à émettre sur des kilomètres alors que d'autres fois, nous n'y arrivons pas à moins d'un seul.

— Mais... Il n'est pas question que tu sortes, mon garçon! N'entends-tu pas toutes ces explosions dehors?

— Oui, justement! C'est pour cela que j'essaie d'avoir plus d'informations!

— Non! Tu risques d'attirer quelque chose ici si tu te fais voir! Déjà que lorsque tu es arrivé...

— Mais voulez-vous bien le laisser faire! le coupa Sophia, la femme dans la trentaine plutôt corpulente qui portait des vêtements défraichis. Moi aussi, j'ai envie de savoir ce qu'il en est!

— Il n'est pas question que je le laisse prendre un risque qui pourrait mettre en danger la vie de ma fille! s'exclama l'italien.

— Écoute-moi bien, toi là! poursuivit-elle. Si ça n'avait été que de toi, nous n'aurions même pas ouvert la porte à ce soldat ce matin! Et grâce à lui, des secours sont en route pour nous sortir d'ici! Alors ouvre un peu les yeux! C'est grâce à ce risque que nous avons pris que ta fille va survivre!

— Allons, ce n'est pas le temps de nous engueuler! les interrompit Zoé, la jeune femme aux cheveux courts roses portant une panoplie de boucles d'oreille et un anneau dans le nez. Mais la dame a raison monsieur. Nous ne pourrons pas demeurer ici éternellement, surtout sans vivres.

— Sans compter que nous sommes probablement une cible potentielle, ajouta Xiang.

— Comment cela? s'inquiéta Danielle.

— Eh bien, c'est logique! Vous avez tous bien vu que ces trucs n'arrivaient pas à entrer ici. Alors les types qui sont derrière tout ça doivent sans aucun doute savoir que lieux de cultes religieux abritent présentement des survivants! N'est-ce pas, Katie?

— Pardon?

— Ne faites pas l'innocente! J'ai surpris votre conversation plus tôt, avec le soldat. Vous avez même mentionné qu'un l'un d'entre nous pourrait être un espion!

— Quoi?! s'écria Éloi. Comment ça, un espion?!

— Je… Je ne sais pas! s'expliqua la psychologue. Je n'ai fait qu'une simple supposition!

— Comment pouvez-vous soupçonner des trucs pareils?! rajouta l'homme aux lunettes.

— C'est pourtant logique! raisonna Sophia. Si j'avais levé une armée de zombies et de monstres, j'aurais probablement infiltré l'un de mes hommes de main en douce dans les endroits qui leurs sont inaccessibles pour pouvoir surveiller ce qui s'y passe.

— Alors si c'est le cas, l'un de nous serait avec eux! réalisa Éloi. Et ça pourrait être n'importe lequel!

— Mais qui? s'interrogea Zoé alors que tous se mirent à se dévisager.

— Chose certaine, moi je trouve cela réellement étrange qu'un bouddhiste de Chine vienne se réfugier dans une église catholique! accusa Sophia en se tournant vers Xiang.

— Oh, doucement! répliqua-t-il. Il est vrai que je ne suis pas un chrétien, un protestant ou même un juif, mais c'est par pur hasard que je me sois retrouvé ici! J'étais en fuite quand j'ai entendu Katie hurler sur le perron de venir au plus vite la rejoindre!

— C'est vrai! confirma la psychologue. En fait, c'est ce qui s'est produit pour la plupart d'entre vous, excepté pour Danielle!

— Quoi? Oseriez-vous vraiment soupçonner une dame de mon âge! se défendit cette dernière.

— Pourquoi pas? Ce serait une couverture parfaite!

— Madame, vous saurez que contrairement à vous tous, moi je viens ici à tous les dimanches! Et j'avais déjà la foi bien avant l'arrivée de ces choses dehors! Alors je crois que ça a été absolument normal que je vienne ici quand ces démons ont envahi la ville! Alors que vous, chère dame... Je ne vous ai jamais croisé ici! Pourquoi être venu vous cacher dans cette cathédrale, au juste?

— Je... Je ne sais pas trop en fait! Mon instinct me dictait de venir dans cet endroit! Chose certaine, je serais une bien mauvaise agente-double de m'avoir époumoné afin que vous veniez tous me rejoindre!

— Elle dit vrai! l'appuya Dylan. Sans elle, nous serions tous déjà morts. Mais alors qui...

— Moi, je trouve que tu as vraiment le physique de l'emploi, en tout cas! l'accusa Éloi.

— Quoi? Parce que je suis noir, peut-être?!

— Parce que tu as l'air de ces putains d'enfoirés de caïds de la rue!

— Tu ferais mieux de la fermer, la blondinette, avant que je t'explose les dents!

Il n'en fallait pas plus pour que la situation dégénère dans le refuge. Les survivants, ayant tous les nerfs à vifs, se mirent à s'engueuler et à s'insulter les uns les autres. Ils en vinrent même à suspecter que l'arrivée rocambolesque du militaire soit une mise en scène. Tous, tout autant suspect les uns que les autres, tentèrent de se défendre en jetant le doute sur les autres.

— Papa! Qu'est-ce qui se passe? s'affola la petite Annalisa.

— Nous aurions vraiment dû rester dans la boutique! Au

moins là-bas, nous aurions des vivres tout en restant à l'abri!

— Je veux y retourner, papa! Je ne veux plus rester ici!

— Oui, nous devrions peut-être…

— Oh, tu n'iras nulle part! le coupa Sophia. Personne ne sortira d'ici pour aller remettre des infos sur nous!

— Ce n'est certainement pas toi qui va m'empêcher de faire quoi que ce soit! Il n'est pas question que je reste dans un endroit où ma fille est en danger! Surtout si l'un d'entre vous est dans leur camp!

— Vos gueules! les interrompit Ulric en empoignant son arme à feu. Fermez-là tous et écoutez! Il se passe quelque chose dehors!

— Quoi?! le questionna Zoé. Je n'entends strictement rien!

— Justement! Il n'y a plus de bruit! Plus de coups de feu, ni d'explosions!

— Et alors?

— Je n'en sais rien! C'est peut-être bon signe!

— Vous… Vous croyez? espéra Danielle.

— C'est ce que je vais tenter de savoir! Alors pour l'instant, cessez de vous disputer et reprenez vos places en silence sur vos bancs. Je vais maintenant sortir et tenter de communiquer avec mes supérieurs pour en apprendre d'avantage!

— Et tu te prends pour qui à nous donner des ordres de la sorte?! répliqua Éloi.

— Pour celui qui a un flingue! Alors maintenant fermez-là et calmez-vous! Je suis persuadé qu'il n'y a pas de putain d'espion parmi nous! Alors cessez ce cirque sur-le-champ!

Sur ces mots, tous ce calmèrent et se dispersèrent pendant que le militaire se dirigeait vers le perron. Une fois sorti, il tenta maintes et maintes fois de parler à son poste de commandement, mais toujours sans résultat.

— Ils ont peut-être brouillé les ondes radios également, le surprit Katie en arrivant derrière.

— Également?

— Bien sûr! Plus aucun cellulaire n'a de réseau! Alors peut-être qu'en plus d'être équipé pour brouiller les ondes satellites, ils sont en mesure de le faire avec les radios. Le vampire, qui te courrait après, a certainement rapporté que tu lui avais glissé d'entre les pattes. Ils ont donc certainement voulu te couper la parole au plus vite!

— Peut-être! Mais c'est aussi possible que notre armée ait des radios de merde! Chose certaine, ça ne fonctionne pas!

— Nous ferions peut-être mieux de retourner à l'intérieur, dans ce cas. Nous devrions aller les surveiller avant qu'ils ne s'étripent, là-dedans. C'est pour cette raison que je ne voulais pas que mon hypothèse ne s'ébruite!

— Ouais... Sinon, qu'en pensez-vous réellement, de votre théorie?

— Je... Je ne sais pas trop... Je suis persuadée que l'un d'entre eux est un agent-double, mais... Je ne suis certaine de rien. En tout cas, si c'est réellement le cas, lequel d'entre eux nous jouerait la comédie? Xiang, l'homme d'affaire étranger, Éloi, qui semble toujours sur les dents, Zoé, qui a l'air trop gentille, Danielle, la croyante pratiquante, Alfredo, le père de famille, Sophia, qui semble vivre sur l'aide social ou encore Dylan, qui a un look de criminel?

— Je tiens également à vous rappeler que vous, tout comme moi, restons des suspects potentiels l'un pour l'autre…

Soudain, le bruit d'un jet attira leur attention. En se retournant, le soldat reconnut deux CF-18 filer vers le centre-ville. Puis, tout à coup, tous ses espoirs s'écroulèrent en voyant au loin les deux engins se faire détruire en quelques secondes.

— Oh, non! s'exclama-t-il. Ce n'est pas bon, ça! Ce n'est bon du tout!

— Ah, Seigneur!

— Putain de merde! jura-t-il ensuite en lançant son casque sur le sol. Si même des avions de chasse n'arrivent pas à… Mais à quoi ça rime, tout ça?! Hein?! poursuivit-il en levant les yeux vers la croix au sommet du bâtiment. C'est quoi toutes ces conneries?!

— Qu'est-ce qui se passe? demanda la belle Zoé en sortant à son tour, attirée par les cris du fantassin.

— Il se passe que…, s'arrêta ce dernier en voyant la frayeur dans ses magnifiques yeux verts. Que… Que cette saleté de radio ne veut pas coopérer… Nous… Nous devrions rentrer maintenant!

Katie, qui comprit que le militaire ne désirait pas inquiéter davantage la jeune femme ainsi que le reste du groupe, ne rajouta rien et se contenta d'ouvrir la porte. De retour à l'intérieur, Ulric s'excusa auprès des autres en simulant un manque de patience envers la radio avant d'aller s'isoler dans les toilettes. Une fois seul, il versa silencieusement une larme, comprenant qu'avec ce qu'il avait vu, il venait fort certainement de perdre d'autres amis, mais également que ses chances de revoir sa magnifique Sabrina étaient désormais pratiquement nulles.

Chapitre 35

Robert vs Max

— Quelle bande de crétins! ragea Yohanda en entrant dans la grande salle de maintenance des véhicules, où tous étaient en train de se préparer au combat. Ils n'ont pas pu se retenir et ils ont tenté une offensive militaire sans notre consentement.

— Et le résultat? s'inquiéta Tom, ancien tireur d'élite de l'armée.

— Un vrai bain de sang! Ces connards ne nous ont pas écouté! Nous leur avions pourtant bien dit qu'avec ses pouvoirs, en particulier sa télékinésie, Malork allait être intouchable. Bande de pauvres idiots! Ils ont envoyé à la boucherie plus d'une centaine de leurs soldats. Sans compter que les léviathans ont coulé tous leurs navires de guerre qui patrouillaient autour!

— Mais, Yohanda, j'aurais une question pour vous, l'interrogea Khalid. Bien que nous ayons des anges, qui je sais ne peuvent être atteint par le pouvoir de la pensée, nous, nous ne sommes qu'une cinquantaine de combattants sans défense contre... Je veux dire... Qu'est-ce qui empêchera ce démon de nous faire subir le même sort qu'à ces militaires?

— Un rituel! répondit Henri en entrant à son tour. Comme je vous l'ai dit, il y a toute une panoplie de rites très utiles dans cette fameuse première bible. Pas étonnant qu'elle était aussi bien gardée.

— Vraiment?

— Oui, les pages contiennent une bénédiction spéciale,

applicable individuellement, qui offrira un bouclier spirituel contre des pouvoirs psychiques, tout comme celui dont sont munis les anges.

— C'est génial! affirma Max tout en lançant ses bottines. Cela nous donnera un net avantage sur ce salopard!

— Max? le questionna le prêtre. Mais que… Que fais-tu?

— Pardon?

— Es-tu… Es-tu en train de te préparer pour… Pour partir avec eux?

— Euh, oui! Je crois que c'est une évidence!

— Mais… Je croyais que tu avais déjà compris que tu resterais ici, avec le groupe de protection d'Alicia.

— Quoi?! Non! Je pars sur le terrain pour combattre ces choses extra-terrestres!

— Mais, non! Tu ne peux pas!

— Comment cela, je ne peux pas?! Je suis probablement l'être le puissant ici! Il n'est pas question que je reste à l'écart pendant que se déroulera le plus dangereux combat que les Protecteurs auront connu.

— Comme tu le dis, tu es le plus puissant, et donc le seul à être en mesure de transmettre le pouvoir à l'enfant de la vierge! Et étant donné que, tout comme tu viens de le mentionner, ce sera une bataille des plus périlleuses, tu ne peux pas risquer ta vie de la sorte! Dans la victoire comme dans la défaite, le monde aura besoin du Sauveur pour le guider pour la suite!

— Tu te fous de ma gueule, Henri?! Tu ne croyais quand même pas que j'allais rester ici?!

— Eh, bien… Oui! Il me semble que j'avais déjà précisé ce point quand je vous ai raconté ma discussion avec le fantôme de Jacob. Celui-ci m'avait spécifié que Dieu Lui-même désirait que tu demeures auprès d'Alicia.

— Non! Tu n'as jamais clairement dit que je n'allais pas prendre part à la guerre!

— Je suis pourtant persuadé que… Avec tout ce qui nous est tombés dessus, je n'ai peut-être pas été assez clair… Désolé, mais je… Je croyais que c'était évident!

— Mais… Mais… Elle a déjà Richard pour la protéger et…

— Je… Je n'avais pas saisis cette intention, moi non plus, précisa Yohanda. Mais malheureusement, Henri a raison. Le jeu n'en vaut pas la chandelle. Max, tu devras rester ici!

— Mais qu'est-ce que c'est que ces conneries?! Je le savais que vous… Comme il m'avait dit, dans mon rêve… Bordel! C'est hors de question!

— Max! tenta de le raisonner sa copine, sachant qu'elle avait peut-être une chance d'y parvenir. Tu es le seul à être en mesure de…

— Non, Sarah! Ne t'y mets pas, toi aussi! Tu ne crois quand même pas que je vais te laisser partir au combat pendant que je reste ici! Oh, que non!

— Je te comprends, le coupa le chef des Protecteurs. De toute façon, il fallait que je désigne certains d'entre nous pour rester sur la garde d'Alicia. Sarah en fera donc également partie, si ça peut aider à te convaincre de rester à l'écart.

— Yohanda, tu sais autant que moi que si l'on n'arrête pas ces fils de pute, il n'y aura plus rien sur Terre quand ce bébé viendra au monde! Alors, écoutez-moi tous! Je vais aller là-bas et tuer ce sale démon-alien et ce putain d'antéchrist de merde! Et il n'y a personne ici d'assez fort pour m'en empêcher!

— Calme-toi, Max! insista à son tour Robert.

— Non! Pas toi! Après tout ce qu'on a vécu! Après tout ce à quoi nous avons survécu, ne me dit pas que tu ne crois pas que nous ayons une chance de les battre! Dieu n'a eu aucune hésitation à m'envoyer dans cette putain de pyramide truffée de pièges pour faire la peau à ce monstre à trois têtes, mais voilà que là, Il ne veut plus que... C'est insensé!

— Max, il y a des risques qui valent la peine et d'autres...

— Robert, j'ai affronté une merde de la taille d'un dragon alors que j'avais deux démons de moins sur mon tableau de chasse! Je me suis battu contre Satan en personne, nom d'un chien! Et je suis toujours là! Alors je ne vais pas reculer maintenant devant cette chose!

— Tu... Tu n'es pas invincible, Max! Et notre Seigneur a mis cet enfant dans le ventre d'Alicia parce que pour la première fois depuis plus de deux mille ans, il y a un être en mesure de créer un messie. Toi! Nous... Nous avons crucifié le dernier guide qu'Il nous avait envoyé et malgré cela, Il nous redonne une seconde chance! Nous ne pouvons pas la laisser passer! Tu sais que je crois vraiment en toi, mon ami, mais je ne peux pas aller à l'encontre de la volonté de Dieu Lui-même! Tu... Tu dois te faire une raison! Le risque est bien trop important!

— Désolé, Robert! Mais tu n'arriveras pas à me convaincre!

— Mais tu n'es vraiment qu'une tête de mule, Max Gunnar! l'injuria Sarah, insultée que son homme soit aussi insouciant. Es-tu à ce point borné pour ne pas réaliser l'ampleur de la situation? Ou peut-être que c'est tout ce pouvoir qui te monte un peu trop à la tête?!

— Je n'ai pas peur de Malork! Je sais que je suis plus fort que lui et je suis certain que je le tuerai comme je l'ai fait avec toutes les autres saloperies de démons qui ont osé se frotter à moi!

— Alors, c'est ça! De l'orgueil mal placé! Quoi, tu veux te prouver à toi-même que tu es le meilleur, hein?

— Sarah, ce n'est pas…

— Tu as peut-être des gros bras, mais tu n'es qu'un petit crétin sans cervelle! Sers-toi de ta tête un peu! Tu tiens vraiment à aller à l'encontre du Bien en personne?! Tu es vraiment culotté!

— Sarah, merde! Je dois aller me battre! Il le faut, je le sens!

— Papa, fais quelque chose! Il ne veut rien comprendre!

— Max, écoute…

— Non, Robert! Je te l'ai dit! Il n'y a rien que tu pourras dire qui réussira à m'empêcher d'y aller! Je vais aller au combat, un point c'est tout!

— Tu en es bien certain? insista-t-il en s'approchant.

— Oui!

— Eh, merde! D'accord, dans ce cas…

Sans avertir, le retraité l'attrapa au collet et, en se servant de sa nouvelle force de Chevalier de Dieu, l'envoya valser jusque sous un véhicule en maintenance encore surélevé par un élévateur. Les spectateurs autour regardèrent la scène silencieusement, inquiets de savoir jusqu'où la situation allait dégénérer.

— À quoi tu joues, là?! demanda le plus jeune en se remettant sur pied.

— Max, je salue ton courage! Mais tu sais très bien au fond de toi que tu ne peux te risquer à affronter Malork! Il est beaucoup trop fort!

— Mais puisque je te dis que je peux le battre! Depuis que j'ai vaincu Isigard dans la station de métro, je ressens une telle force… Tous mes sens ont triplé d'ampleur! Et je perçois qu'il y a en moi… Je ne sais comment l'expliquer… Mais je sais que je peux y arriver!

— Très bien, Superman! Je veux bien te croire! Mais avant de pouvoir te frotter à Malork, tu devras d'abord me passer sur le corps!

— Quoi?!

— Mais comme tu es maintenant aussi fort que tu le dis, tu ne devrais avoir aucune difficulté à balayer du revers de la main un simple petit Chevalier de Dieu.

— Mais à quoi tu joues!

— C'est simple! Si tu n'arrives pas à me battre, alors jamais tu ne pourras gagner face à lui!

Sur ces mots, sans lui laisser le temps de répliquer, Robert attrapa un couteau à sa ceinture et trancha le tuyau d'huile hydraulique de l'élévateur. Aussitôt, le Hummer noir chuta en plein sur l'ange en-dessous, qui, pris par surprise, s'écrasa au sol.

Un peu sous le choc, Max, qui comprit où son ami voulait en venir, décida de se prêter au jeu et de lui prouver sa valeur. Dans une démonstration de force, le jeune serra les dents et se releva tout en soulevant le véhicule au bout de ses bras.

Voulant profiter de sa mauvaise posture, l'ancien ambulancier dégaina aussitôt son pistolet à sa cuisse et, sachant que le risque de blessure permanente était faible avec l'auto-guérison de son partenaire, il lui tira une balle dans chaque genou. L'effet escompté fut atteint lorsque Max, sous le poids du 4x4, s'effondra à nouveau. Néanmoins, tout en tombant, il se jeta sur le côté afin de ne pas être coincé une seconde fois sous les pneus.

Mais à peine commençait-il à se relever que Robert, déterminé à lui donner une leçon d'humilité, lui tira une troisième balle, en visant l'épaule cette fois, avant d'agripper une longue barre de fer. Par la suite, profitant de la diversion dû à la lésion qu'il venait de lui infliger, le nouveau Chevalier de Dieu le frappa en plein visage. Et sans lui laisser le temps de s'en remettre, il enchaîna avec un second coup au corps. Cependant, lorsqu'il tenta sa chance une troisième fois, Max agrippa la tige de métal en vol avant de riposter d'un crochet au corps. Sous le puissant impact, le retraité sentit douloureusement ses côtes se fracturer juste avant qu'il n'aille se river durement contre le mur plus loin.

Même s'il avait le souffle coupé, Robert ne voulut pas permettre de sursis au jeune, dont les balles commençaient déjà à s'extraire de son corps. Voilà pourquoi il empoigna aussitôt un extincteur rouge fixé près de lui avant de le balancer dans sa direction. Puis, au moment où ce dernier l'attrapa d'une main, le plus vieux décocha une balle en plein centre de l'objet, qui explosa sur le coup dans un nuage de poudre blanche. Par la suite, le père de famille profita de sa diversion, qui avait tout de même infligée une certaine douleur aux doigts de son puissant opposant, pour vider le reste de son chargeur en pointant son torse. Tout en s'exécutant, il accourut vers lui et, au moment où il arriva à sa dernière balle, il bondit dans sa direction. En redescendant sur Max, encore accroupi, il lui lança vigoureusement son poing sur le nez. Sans hésiter, il poursuivit ensuite d'une série de coups en se servant non-seulement de ses jointures, mais également de ses genoux.

Toutefois, malgré la brutalité des attaques, l'ange réussit à les encaisser et, lorsque l'opportunité se présenta, il s'empara de l'un des poings du Chevalier de Dieu avant qu'il n'atteigne sa joue. C'est alors qu'il lui broya tous les os de la main simplement en la serrant entre ses doigts. La douleur fut si intense que le pauvre Robert s'effondra à son tour à genou. Une fois à son niveau, Max lui frappa farouchement le visage à l'aide de son front. L'important impact projeta le Chevalier de Dieu instantanément sur le dos.

Malgré la souffrance, Robert, le nez dégoulinant de sang, ne voulut pas en finir ainsi et se mit à ramper vers un fusil d'assaut qui trainait à proximité. En le voyant faire, Yohanda, qui se demandait encore à quel moment il allait devoir intervenir, décida de le laisser continuer un peu. Du regard, il empêcha même les autres de bouger.

Dès qu'il mit la main sur l'arme à feu, l'ancien ambulancier se releva avant de se tourner vers son ami, dont les nombreuses plaies commençaient déjà à disparaître. Rapidement, il ouvrit à nouveau le feu.

Mais cette fois, Max discerna à temps les intentions de son acolyte et déploya son bouclier spirituel. Puis, pendant que les nombreuses balles se rivaient contre ses ailes, l'ange se projeta vers le tireur. Il l'attrapa ensuite en vol avant le plaquer sauvagement contre le mur de béton derrière. Sous la force de l'impact, qui créa des fissures autour et qui fit même détacher des morceaux de ciment, Robert poussa un soupir tout en échappant son arme. Puis, lorsque Max le relâcha, incapable de rester debout, il chuta à quatre pattes à ses pieds. Mais malgré cela, il ne voulut pas encore jeter l'éponge et répliqua avec un coup de coude dans les parties intimes avant d'empoigner son couteau et lui enfoncer dans le ventre.

En sentant la lame pénétrer sa peau, le plus jeune riposta d'un solide uppercut. La mâchoire fracturée, le retraité s'envola sur plusieurs mètres avant de retomber en plein sur le dos. Néanmoins, même s'il avait l'impression qu'un train venait de le frapper, celui qui serait probablement mort sans ses capacités de nouveau Chevalier de Dieu, bien trop têtu, décida malgré tout de se remettre lentement sur pied.

Tout en retirant le poignard, Max fut très surpris de voir son partenaire se préparer à retourner au combat. D'autant plus quand celui-ci attrapa une masse à portée de main. Les deux grands guerriers, le visage ensanglanté, armes en main, se fixèrent donc un instant, se préparant à retourner à l'action.

— Assez! s'écria tout à coup Sarah en s'immisçant entre les entre eux. Non, mais c'est quoi votre problème, merde?!

— J'en… J'en sais rien, tenta de s'expliquer son copain. C'est lui qui s'est jeté sur moi!

— Si mes balles ou mon couteau avaient été maudits, tu serais mort à l'heure qu'il est! souffla difficilement Robert entre ses dents malgré la douleur à sa mâchoire. Je suis loin d'être Malork, et loin de vouloir te faire du mal! Et je suis tout de même parvenu à te tenir tête et te blesser!

— Parce que tu crois que je n'ai pas retenu mes coups, peut-être?!

— Il n'y aura pas là-bas que ce démon extra-terrestre. Il y aura également un antéchrist, une puissante sorcière et une panoplie d'Illuminati équipés jusqu'aux dents d'armes maléfiques. C'est évident que nous aurions besoin de toi pour affronter tout cela, mais tu dois comprendre que c'est trop risqué! Tu es le seul à détenir le pouvoir d'offrir à ce monde l'espoir dont il aura besoin! Je te comprends! Je sais que c'est difficile, mais… Tu dois céder!

Bien qu'il ne voulut pas l'admettre, Max sut que son ami avait raison. Autant il appréciait ses pouvoirs lors des conflits, autant à ce moment il pouvait les haïr. Tout comme l'antéchrist lui avait mentionné dans son rêve, ses pouvoirs allaient être un boulet. Sentant la colère l'envahir, il jeta son poignard sans répondre et se dirigea vers la sortie. En marchant, les spectateurs, mal à l'aise, le regardèrent se déplacer en silence. Au passage, il frappa, tout en grondant, le devant d'un Hammer, dont la carrosserie s'enfonça profondément. Puis, il sortit à l'extérieur afin de tenter de reprendre ses esprits.

— Ça va, papa? s'inquiéta Sarah en allant s'appuyer sous son épaule.

— Oui, je crois.

— Ce qu'il peut être con, des fois!

— Ne le juge pas, chérie! Si j'avais été à sa place, j'aurais certainement réagi comme lui.

— Ce n'est pas possible d'être aussi borné! Allez, assieds-toi!

— Ouch! Ouf! Saloperie! Il ne m'a pas raté!

— Toi non plus, Robert! répondit Yohanda. J'étais sur le point de prendre des paries, ajouta-t-il pour détendre un peu l'atmosphère.

— Ha! Ha! Ouf! Ne me fais pas rire!

— Eh bien, pour un vieux, tu ne te débrouilles encore pas trop mal, le taquina Tom.

— En effet, le Robert de Winslow a bien évolué depuis, rajouta Christophe.

— Je… Je comprends que c'était un mal nécessaire, mais…, avoua Henri. Je n'aime vraiment pas ça!

— Je sais, mais comme je suis aussi têtu que lui, je savais ce que je devais faire pour arriver à le convaincre, affirma Robert.

— Vous n'êtes que deux crétins! commenta sa fille. Regarde dans quel état tu es, maintenant!

— Moi aussi, je t'aime, ma chérie!

— Ah, la ferme, papa! Bon, je vais aller chercher maman! Heureusement qu'elle n'a pas vu tout ça!

— Non, attends! Va plutôt lui parler!

— À Max?! C'est hors de questions!

— Sarah, il a besoin de toi! Va le voir au plus vite avant qu'il ne fasse une bêtise! Fais-le pour moi!

— Eh, merde! Comme si on avait besoin de ça en ce moment! rugit-elle en se déplaçant à son tour vers la sortie.

Une fois dehors, elle retrouva le jeune téméraire, totalement remis de ses blessures physiques, qui marchait en long et en large en tentant de reprendre son calme.

— Qu'est-ce qui t'as pris?! l'apostropha-t-elle en l'apercevant.

— Pardon?! Je ne me suis que défendu! C'est lui qui m'est tombé dessus comme une brique!

— Je te parle d'avant la bagarre! Pourquoi n'as-tu pas voulu entendre raison?!

— Ce... Ce n'est pas la première fois qu'on veut m'écarter d'un conflit! Et j'en ai marre! Il me l'avait dit que ça se passerait ainsi!

— Qui te l'avait dit?!

— Cet antéchrist extra-terrestre! Je l'ai vu dans mon rêve! Et il m'avait prévenu que vous seriez tous contre moi!

— Ah, vraiment, chapeau! Tu t'es laissé influencer par ce type! Il ne t'est pas passé par l'idée que ce salopard avait semé cette idée dans ton esprit justement pour nous monter les uns contre les autres?

— Mais ça ne date pas seulement d'aujourd'hui que je sois mis à l'écart! Souviens-toi quand Sadman avait débarqué chez vous! Si j'avais écouté Tom ce jour-là, je n'aurais pas pu vous libérer de l'enfer alors qu'un vampire se baladerait peut-être encore dans ton corps et celui de ton père! Je sais ce que j'ai à faire, Sarah!

— Eh bien, tu te trompes cette fois!

— J'aurais pensé qu'au moins toi, tu aurais cru en moi!

— Qu'est-ce que c'est que ces bêtises?! Je crois en toi! Mais... Mais tu dois rester auprès d'Alicia! C'est Dieu Lui-même qui te le demande, merde! Écoute, quand... Quand nous avons été attaqués par les Illuminati au marché, tu n'y étais pas et... On a bien failli y passer! Tu dois rester auprès d'elle! Le Mal a fait venir ces trucs de l'espace spécifiquement pour empêcher qu'une nouvelle fois un messie ne revienne sur cette planète. S'il a pris cette peine, c'est forcément parce qu'Il sait que ça le mènera à la défaite! Alors, c'est ça l'important! Et dis-toi bien que dès qu'un agent du diable te verra, tu deviendras à coup sûr la cible à abattre! Ils n'auront plus besoin de s'en faire avec le bébé d'Alicia s'il t'élimine! C'est ce qu'Henri a essayé de te faire comprendre, mais tu ne voulais rien écouter! Tu es aussi important qu'elle tant que le bébé ne sera pas au monde! Toi aussi, tu dois être autant protégé qu'elle! Le bébé ne sera rien sans toi! Alors les démons concentreront tous leurs efforts pour t'avoir si tu vas là-bas, sachant que leur but pourrait être atteint en te supprimant! Est-ce que tu saisis l'importance que tu as?!

— Mais je... Je...

— Max, merde!

— C'est... C'est bon! J'ai compris! J'ai compris! Vous avez gagné! Je... Je n'irais pas! Mais... Mais s'ils se retrouvent dans la merde, j'irai à leurs secours sans reculer cette fois, même si je dois traverser le fleuve à la nage!

— OK! Et je t'y accompagnerai!

— En tout cas, on ne pas le contredire, ton père est vraiment un dur à cuire et toi, une vrai tête de mule!

— Et regarde qui parle, maintenant!

— Ouais! On fait une belle paire, tous les deux!

— D'ailleurs, parlant de mon père, il serait peut-être temps que tu viennes le guérir! Tu l'as mis dans un sale état!

— Ouais... Mais on ne peut pas dire qu'il ne l'ait pas mérité! C'est lui qui...

— Max! Est-ce que tu es en train de t'écouter?! On parle de ton meilleur ami, là!

— D'accord! C'est bon, j'ai compris! Je suis un con!

— Plutôt, oui!

— Écoute, je... Je... Je suis désolé! Je l'admets! J'ai un peu dérapé!

— Un peu?

— Mais toute cette histoire, c'est... Et ce type de l'espace qui est rentré dans ma tête... Je refusais d'admettre qu'il avait raison et je... Je...

— Allez, viens ici, espèce de petit crétin! dit-elle en ouvrant les bras.

Max alla alors s'y blottir et la serra fort. Ils restèrent ainsi un moment, en silence.

— Je suis désolé! Je... J'ai vraiment pété les plombs, encore une fois!

— Oui, bien, fais en sorte que ça n'arrive pas trop souvent! Avec la fin du monde à nos portes, nous n'avons pas besoin de nous quereller entre nous en plus!

— Je sais... Heureusement que tu sois là! Je t'aime!

— Moi aussi, je t'aime, gros nigaud!

Sur ce, les deux amoureux s'embrassèrent avant de retourner à l'intérieur. Une fois entrés, tous se retournèrent vers eux alors qu'ils s'avançaient vers Robert, toujours assis par terre, le dos appuyé contre un mur.

— Je me demande si tu mérites que je te guérisse, sale connard! lança Max avec un sourire en coin.

— En tout cas, tu viens d'avoir un aperçu de ce qu'il t'arrivera si tu brises le cœur de ma fille.

— Ha! Ha! Oui, en effet! Bon, ne bouge pas, vieux têtu.

L'ange se pencha ensuite vers le Chevalier de Dieu avant d'appliquer ses mains sur une blessure à la fois. Par la suite, lorsqu'il eut terminé son miracle, il lui tendit la main avant de l'aider à se relever.

— Alors, le jeune. Prêt pour le deuxième round?

— Je ne voudrais pas avoir encore à te briser les os.

— Ha! Ha! Allez, viens ici, dit-il en lui faisant une accolade sous le regard soulagé de tous. Sans rancune! Il fallait que je dégonfle un peu ta petite tête enflée!

— Ouais... Je l'ai peut-être mérité... Un peu...

— Ha! Ha! Ha!

— En tout cas, ne fait pas trop de conneries de ce genre sans moi, là-bas!

— Bien sûr que non! Tu me connais?!

— Justement!

— En tout cas, je dois avouer que tu as un putain de punch!

Suite aux réconciliations, Yohanda laissa retomber un peu la poussière avant d'annoncer leur départ imminent. Tous se remirent donc à la tâche alors qu'Henri, plus que satisfait que les choses se soient arrangées dans l'équipe, poursuivit ses bénédictions individuelles dans la pièce d'à côté.

Max, Sarah, et Richard, qui allaient tous rester auprès d'Alicia, donnèrent un coup de main à leurs acolytes pour se préparer.

Simon, pour sa part, avoua être un peu déçu d'avoir manqué le grand combat. En effet, celui-ci, vraiment intrigué par le robot de Travos, était en train de lui apporter son aide afin de déballer et mettre en marche la machine de guerre à ce moment.

Tout en respectant l'horaire de leur commandant, l'escouade tactique du Bien fut bientôt prête à partir au combat.

Chapitre 36

Une mauvaise nouvelle

Sabrina, assise sur le sofa, tenant la main de sa mère à sa droite et celle de la maman d'Ulric à sa gauche, regarda avec grande inquiétude le bulletin de nouvelle. Derrière, le père du jeune soldat fumait sans arrêt une cigarette après l'autre à l'intérieur, sans se soucier de ce que le propriétaire, qui les avait invités à l'accompagner à son chalet, en pensait. De toute façon, compte tenu de la situation, le paternel de la jeune femme n'en avait vraiment rien à faire que le bâtiment luxueux se fasse enfumer de la sorte. Assis également tout près du téléviseur, ce dernier, sur le qui-vive comme tous les autres, attendait impatiemment d'en savoir plus.

— Jérôme, du nouveau sur le terrain? demanda le lecteur de nouvelles.

— Oui, Pierre! Je me trouve présentement sur la rive Sud de Montréal, à proximité d'un barrage de l'armée à la sortie du pont Jacques-Cartier... Écoutez, il y a environ une heure, nous avons entendu beaucoup de coups de feux et d'explosions! Sans compter que nous avons pu voir plusieurs hélicoptères de combat et même des avions de chasse nous survoler en direction de l'île, suivis encore une fois de bruits de détonation. Nous... Nous avons tenté d'en savoir davantage, mais nous n'avons pas eu de réponse officielle. Néanmoins, après avoir réussi à interroger l'un des soldats, qui a désiré conserver son anonymat, il semblerait qu'une offensive aurait bel et bien été menée sur quelque chose dans la ville et que... Que l'attaque n'aurait pas du tout tourné comme prévue! On parle ici de plus d'une centaine de militaires qui y auraient laissé la vie!

— Non! s'écria Sabrina. Non! Non! Non!

— Mon fils! éclata en sanglots la mère d'Ulric à ses côtés. Seigneur, non!

— Ah, maman! poursuivit la plus jeune en se blottissant dans les bras de celle-ci. Je ne veux pas le perdre!

— Il n'y a rien de confirmé pour l'instant, tenta son père. Le journaliste n'a eu aucune validation officielle et rien ne prouve qu'Ulric se trouvait parmi eux.

— Il y était, papa! Son dernier message texte disait qu'il partait en mission! Mon Dieu, non! Pourquoi? Pourquoi il a fallu que je tombe amoureuse d'un militaire?! Un informaticien, un docteur ou même un plombier! Mais non, un putain de militaire! Et pourquoi il faille que je l'aime autant! finit-elle en fondant en larme à son tour.

— Et moi qui l'ai laissé entrer dans l'armée! ajouta la mère du soldat. Mais… Mais c'est qu'il voulait tellement… Ah, Seigneur, non! Pas lui!

— Ce sale fils de pute de journaliste n'a pas d'infos concrètes et il n'a réussi qu'à interroger un petit soldat qui n'était au courant de rien! tenta de se convaincre monsieur Lechasseur de sa voix rauque, entre deux pouffées. Toute cette histoire n'est encore qu'une rumeur! De la saleté de sensationnalisme à la con! Je hais ces enfoirés de journalistes!

— Ne désespérez pas! les encouragea un peu plus loin la sœur de Sabrina. Ulric est un dur à cuir! Il ne se laissera pas avoir aussi facilement! Je… Je suis persuadée qu'il va bien!

— Merci, ma petite! répondit la mère. Il est vrai que mon fils ne s'est jamais laissé abattre! Je vais prier notre Seigneur pour que tu dises vrai!

Sur ce, malgré les commentaires négatifs à l'égard des journalistes, les deux familles demeurèrent tout de même rivées devant l'écran à écouter le bulletin se répéter en boucle. Et à chaque nouvelle information, qui sortait au compte-goutte, tous retinrent leur respiration, craignant le pire.

Chapitre 37

La vidéo

Moins d'une heure avant le crépuscule, Max, Sarah, Simon et Henri, de retour d'avoir été reconduire l'équipe à l'aéroport, stationnèrent les quatre panels noirs dans l'entrepôt, où les attendaient Richard, Alicia, Isabelle et Daniel. Dès qu'ils coupèrent le moteur de leurs véhicules, l'ange, sa copine et le frère de celle-ci se dépêchèrent d'aller retrouver Travos, qui contrôlait son robot à distance dans une pièce isolée. Henri, pour sa part, alla raconter brièvement aux autres comment le départ pour la mission s'était déroulé.

Pendant que les trois se déplaçaient vers le contrôleur robotique, les images de la dislocation de l'équipe roulèrent en boucle dans leurs têtes. Ce qui les avait évidemment le plus marqué et touché était lorsqu'ils avaient dû se séparer de Robert. Celui-ci, qui devait une nouvelle fois exécuter un saut en parachute, semblait plus ou moins rassuré à ce moment.

En effet, l'insertion planifiée par Yohanda consistait en un saut à plus de treize mille pieds afin que Malork ne puisse repérer leur avion. De plus, dans le but de créer une diversion, le chef des Protecteurs avait demandé l'appui de l'armée, toujours en position autour de l'île. D'autres avions de chasse allaient donc s'envoler, au moment où ils allaient se lancer dans le vide, afin de patrouiller le long de la rive-Sud. Assez loin pour ne pas être affecté par le démon, mais assez près pour attirer son attention. Durant ce temps, l'équipe financée par le Vatican, composée de chrétiens, de juifs, d'orthodoxes, de musulmans, d'hindouistes et de bouddhistes allait descendre furtivement en parachute du côté Nord de la ville. Robert, encore fixé à Tom, allait devoir une fois de plus surpasser sa crainte des hauteurs pour retourner au combat.

— Alors, comment ça se passe? interrogea Max en entrant dans la pièce où se tenait dans l'obscurité Travos, un casque de vision virtuelle sur la tête et une manette entre les mains.

— Vous arrivez juste à temps! Nous venons tout juste de sauter hors de l'avion! C'est génial! J'ai vraiment l'impression d'y être pour vrai! Putain! On est en chute libre! Ha! Ha!

— Tout se déroule comme prévu?

— Jusqu'à maintenant, notre seul souci est que notre parachute s'ouvre... Surtout que nous allons les activer au dernier moment pour ne pas être repérés! Ah, putain! Quel délire! , !

— Désolé mec, mais je ne parle pas le russe!

— Je disais que c'était vraiment trop génial, ce truc!

— Est-ce qu'il y a moyen de voir? demanda Simon.

— Oui! Désolé! Ouvrez l'écran juste-là! Vous allez être en mesure de regarder aussi.

Sans perdre une seconde, la jeune femme mit en marche l'appareil, qui dévoila aussitôt les images provenant de la caméra fixée au niveau des yeux de l'androïde. Mis à part un petit carré dans le haut à droite, qui exposait ce qui se passait derrière, tel un rétroviseur, les deux spectateurs eurent l'impression de se retrouver eux aussi à bord de l'automate en chute libre.

— Et tu arrives à le contrôler à partir d'ici? l'interrogea Max.

— Oui, en utilisant les satellites.

— Mais, je croyais, enfin, que... Je veux dire... Plus aucun cellulaire ne fonctionne là-bas, alors...

— Tu m'insultes là! Tu crois réellement que je ne suis pas en mesure de «hacker» leur petit blocage de merde!

— Mais même les américains n'ont pas pu...

— Ces types ne sont que des amateurs! Pirater les satellites pour contrecarrer le brouilleur a été un vrai jeu d'enfant!

— Tu es vraiment un génie! Pas étonnant que Tom ait fait des pieds et des mains pour te recruter.

— Et je peux même leur parler par radio! Encore un autre mille pieds... Nous y sommes presque! Encore un peu... Putain que c'est près du sol! Deux cents pieds... Pop! Voilà! C'est ouvert! Ouf, ça ne laisse pas une grande manœuvre! Je... Je regarde autour... Tous les parachutes semblent s'être ouverts... Oui, je crois bien que personne n'a eu de problème technique. Oh... Tom et Robert sont juste à côté...

— C'est vraiment trop fabuleux, ce truc! lui avoua Simon. Tu es... Attends un peu! Merde! Regardes, là! Dans le coin, plus bas! s'inquiéta-t-il soudainement en pointant quelque chose de louche à l'écran.

— Oh, non! On dirait... On dirait des zombies! ! ! (Merde! Ces saloperies sont déjà là!)

— Et le premier parachutiste semble se diriger en plein sur eux! remarqua Sarah. Je crois que c'est Yohanda!

— Oui, c'est bien lui! confirma Max. Oh, non! Bon sang! Il est coincé entre deux bâtisses! Il ne peut les éviter! Il n'aura pas le choix de toucher terre dans cet attroupement. Et ils semblent vraiment nombreux!

— Ils n'auront pas le choix d'ouvrir le feu! Et ça risque de foutre leur furtivité et du coup, tout le plan! s'alarma Travos.

Sur ce, les observateurs, angoissés, n'eurent d'autres choix que de rester là, impuissants, à regarder à l'écran leur chef se diriger en plein dans un groupe de morts-vivants affamés. Durant ce temps, Travos tenta de diriger le parachute de son androïde pour rapprocher son point d'atterrissage. Puis, au moment où Yohanda arriva juste au-dessus des cannibales, les spectateurs le virent décrocher son parachute afin de pouvoir en plaquer un premier en tombant. Par la suite, ils le perdirent complètement de l'image. Totalement affolés, ils fixèrent silencieusement le téléviseur en sentant leur cœur battre à toute vitesse.

Quelques secondes plus tard, Travos, jugeant que la hauteur où se trouvait son avatar était suffisamment basse pour ne pas endommager ce dernier, se détacha à son tour de sa voilure. Après une chute d'environ trois mètres, le russe dirigea au plus vite sa machine de guerre vers l'endroit où il avait perdu de vue Yohanda. Lorsqu'il tourna un coin de rue, il aperçut enfin celui-ci, aider par quatre autres confrères, dont Abhay et Khalid, en train de repousser la horde de zombies à l'aide d'armes blanches pour demeurer silencieux.

En les apercevant, le «geek» fit bondir son invention en plein sur l'un des cadavres animés. Par la suite, il déploya la longue épée de son poing avant d'entrer à son tour dans le combat. Et, comme s'il jouait à un jeu vidéo, Travos se mit à décapiter les zombies les uns après les autres, sous les regards enchantés de tous. En moins d'une minute, il massacra toute la horde alors que des quantités abondantes de sang foncé et de morceaux de chairs recouvraient peu à peu le métal noir mât.

Tous les autres membres du groupe sur le terrain, qui arrivaient en toute hâte pour prêter main forte à leurs acolytes, se figèrent sur place en voyant le robot à l'œuvre au milieu des nombreux corps mutilés et des membres sectionnés qui trainaient ici et là. Lorsque finalement il n'eut plus aucun mort-vivant en vue, tous sans exception saluèrent le travail exceptionnel de l'ingénieur.

Par la suite, le groupe fit une halte tactique un demi-kilomètre plus loin afin de déterminer s'ils avaient été repérés durant leur insertion. Peu de temps après, les bruits des avions de chasse au Sud s'estompèrent, les plongeant dans un silence des plus complets. Après environ dix minutes sans aucun incident, les combattants remercièrent le Bien d'avoir réussi à s'introduire sans être détectés. Puis, tout en suivant le plan, ils se dirigèrent vers un immeuble à logements pour y prendre refuge avant la noirceur.

En effet, comme le plan de Yohanda, qui avait fait l'unanimité de tous, était de s'introduire le plus rapidement possible avant que les visiteurs d'une autre planète n'aient eu le temps de s'organiser, ils avaient dû le mettre à exécution en toute hâte avant le crépuscule. Cependant, avant la sortie des autres démons terriens, qui n'étaient quant à eux pas encore assez puissants pour ne pas être affectés par le soleil, le commandant tenait à ce que son équipe prennent une tanière pour toute la nuit. Une fois à l'abri, ils allaient attendre l'aube pour se lancer à la chasse, réduisant ainsi les chances de croiser un ennemi dans les rues.

En voyant les derniers rayons commencer à s'estomper, le commandant du groupe pressa le pas vers le bâtiment précédemment choisi lors de la planification. Une fois à proximité, ils entrèrent sans attendre et commencèrent à l'inspecter de fond en comble.

Toujours fixés à l'écran, Max, Sarah et Simon suivirent la machine de Travos alors qu'elle accompagnait leurs acolytes à travers toutes les pièces. Sur le qui-vive, ils sursautèrent affreusement lorsqu'une morte-vivante accourut en grognant au téléviseur. Le technicien élimina aussitôt l'enragée de son poing de fer, qui lui broya complètement le crâne. Il continua ensuite la vérification alors que les spectateurs, stressés, avaient l'impression de regarder un film d'horreur à la «Blair Witch Project».

Lorsqu'enfin ils finirent de faire le tour, Yohanda choisit l'endroit le plus facile à défendre pour en faire leur repaire. Par la suite, il dicta les instructions pour la nuit, qui se résumaient grossièrement en une liste de responsables de la garde à divers points dominants prédéterminés pour assurer leur sécurité. Il précisa également qu'aucune lumière ne devait être utilisée et que le bruit devait être réduit au maximum. Il désigna aussi la toilette dont ils allaient se servir et les secteurs qui devaient être utilisés pour se reposer.

Puis, pendant qu'ils s'installaient, deux des recrues des Protecteurs, Antonio et Tina, allèrent placer des capteurs de mouvements autour d'eux afin d'être avertis en cas d'intrusion.

Une fois qu'ils furent établis, Travos, qui avait une envie pressante, mit son androïde en mode veille avant de se diriger vers les latrines. Jugeant que la situation semblait plutôt calme pour le moment, Max, Sarah et Simon quittèrent donc leur poste d'observation pour aller rejoindre les autres, qui étaient installés devant le bulletin de nouvelles, espérant en apprendre davantage sur la situation mondiale.

En arrivant, ils racontèrent l'insolite spectacle auquel ils venaient d'assister et saluèrent encore une fois le travail incroyable du russe. Tous, qui étaient morts d'inquiétude, furent fort soulagés d'apprendre que tout semblait vouloir se dérouler comme prévu pour le moment. Spécifiquement Isabelle, qui ne cessait de prier en boucle pour que son mari lui revienne en un seul morceau.

Ils venaient à peine de terminer le récit quand soudain, la voix du commentateur télé les interpela brusquement.

— Après plusieurs messages sanglants adressés à l'égard de ce fameux Max, de la part d'un certain Sadman, voilà qu'une effroyable vidéo circule sur le net. Les images qui y apparaissent sont d'une violence insupportable. On croyait au départ à un canular mais voilà que la jeune femme et l'enfant que l'on y retrouve seraient bel et bien portés disparus…

— Quoi?! Qu'est-ce que c'est que cette histoire?!

Rapidement, l'ange attrapa son téléphone et se mit à naviguer sur You Tube. Il trouva la fameuse vidéo en un rien temps avant de la mettre sur lecture. Aussitôt, il aperçut un homme blanc chauve, vêtu de noir, se tenant au côté d'une jeune mère et de sa fillette, attachées toutes deux à une chaise. La scène, filmée de façon amateur, enchaîna avec l'inconnu qui exhiba une lame de style médiévale.

— Max, ce message est pour toi! dit-il ensuite. Je sais que ce visage ne te dit rien, mais écoutes bien le son de ma délicieuse voix! Eh oui, c'est bien moi, Sadman! Je suis encore une fois de retour! Et je n'ai désormais qu'un seul désir, reprendre ma revanche! Cependant, étant donné que mes messages ne semblaient pas t'atteindre et que tu restes toujours caché comme un sale trouillard, j'ai décidé de faire une petite vidéo éducative pour attirer ton attention. Regarde bien ces deux charmantes personnes ici! Une mère qui s'appelle... Allez ma beauté, dit ton nom à la caméra!

— A... Arianne!

— Oui, c'est bien! Et nous avons sa gentille petite fille d'à peine huit ans! Comment tu t'appelles, ma toute belle?

— Mélodie! répondit-elle en pleurant.

— Oh, comme c'est un joli nom! Tu ne trouves pas, Max?

— Non! Le salopard! ragea ce dernier.

— Et dis-moi, petite Mélodie! Est-ce que tu veux mourir?

— Non! Maman, j'ai peur!

— Ne touchez pas à ma fille, espèce de psychopathe! tenta la femme.

— La ferme, pétasse! Alors, Mélodie! Le seul qui pourrait te sauver en ce moment s'appelle Max. Demandes-lui de venir te secourir. Allez! Demandes-le! ordonna-t-il d'une voix démoniaque.

— Max, je t'en supplie! Viens nous aider! implora l'enfant.

— Pitié, non! Mon Dieu, pas, ça! pria l'ange les yeux remplis d'eau.

— Mais j'ai une mauvaise nouvelle, Mélodie! Max préfère rester bien à l'abri dans sa cachette plutôt que de venir au secours de gens de peu d'importance pour lui.

— Maman, j'ai peur!

— Écoutez, monsieur, essaya cette dernière. Si c'est de l'argent que…

— Je t'ai déjà dit de la fermer, toi! Et maintenant, petit Max, dis-toi que tout ce qui va arriver est de ta faute parce que tu n'as pas répondu à mes messages. Et ça m'a beaucoup vexé! Je… Je dois leur faire du mal, à présent! Je n'ai pas le choix, puisque tu dois voir ce que je suis prêt à faire pour te retrouver enfin en face de moi!

Sur ces sombres paroles, Sadman dirigea son couteau vers le cou de la pauvre fillette. Par la suite, sans aucune hésitation, il lui trancha la gorge. Mélodie se vida alors de son sang sous les hurlements de sa mère.

— Écoutes Max! Écoutes bien le son de toute cette peine et cette souffrance que tu provoques! Tout ça parce que tu n'oses pas sortir de ta tanière!

Par la suite, l'ancien sorcier enfonça la pointe de sa lame dans la poitrine de la mère, qui cessa ses lamentations presqu'aussitôt. Le démon se retourna ensuite vers la caméra en léchant l'hémoglobine sur ses doigts.

— Ce sang, tu l'as aussi sur les mains! Hum, délicieux! Moins bon que leurs âmes cependant! Ha! Ha! Ha! Tu vois, cette rage que tu perçois au fond de toi en ce moment, c'est exactement la même que je ressens à ton égard! Alors maintenant, j'espère que j'ai toute ton attention, sale petit connard! Je te donne rendez-vous à l'endroit où nous nous sommes affrontés pour la première fois! Si tu ne viens pas, je referai pleins d'autres petits vidéos jusqu'à ce que tu te décides enfin à mettre tes couilles et à venir te battre!

— Le fils de pute! cria l'ange en broyant son téléphone entre ses doigts. Je vais le tuer! Je vais lui foutre une raclée et le réexpédier en enfer, ce salopard!

— Et on se demande d'ailleurs qui est ce fameux Max? poursuivit le commentateur. Plusieurs croient qu'il s'agit de ce fameux soi-disant super-héros aperçu dans la station de métro de New York. Toutefois, il n'a pas été revu depuis ce temps. En tout cas, une chose est certaine, s'il est vrai qu'il existe un surhomme parmi nous, nous aurions grand besoin de lui avec la situation que l'on vit présentement! Normalement, une vidéo de cette envergure aurait dû depuis longtemps être retirée du net. Mais dans ce cas-ci, ou bien les responsables de la censure sont trop occupés ailleurs, ou bien, comme je le crois, ils laissent se propager ce message dans l'espoir de faire sortir le fameux héros de son repaire…

— Ne les écoute pas, mon chéri! tenta aussitôt de le calmer sa copine.

— Non, Sarah! Pas cette fois! C'en est trop! Je ne peux plus le supporter! Je vais me rendre à Winslow et botter le cul à ce salopard!

— Mais tu sais bien qu'il s'agit d'un piège?! Tu n'es pas idiot à ce point, tout de même?!

— Et qu'est-ce que je devrais faire, hein?! Rester calmement ici et regarder cet enfoiré commettre ces atrocités?! Hein, c'est ça?!

— Oui! C'est ça!

— Désolé, Sarah! J'en suis incapable! Et vous n'arriverez pas à me retenir, cette fois-ci! avoua-t-il en se tournant vers Richard, le seul sur place à être en mesure de lui tenir tête physiquement.

— Je n'ai pas l'intention de me battre contre toi, Max! répondit aussitôt le défenseur. Tu es plongé dans cet aspect de notre monde depuis bien plus longtemps que moi et tu es amplement capable de prendre tes propres décisions. Mais tu dois prendre en considération les répercussions de tes actes. Il est certain que ce Sadman te tendra une embuscade là-bas et que si tu échoues, tu ne pourras non-seulement plus donner de pouvoir au bébé, mais tu rendras également ton pire ennemi presqu'aussi puissant que Malork! C'est à toi, et toi seul, de décider si le jeu en vaut vraiment la chandelle! Oui, ce que tu viens de visionner est horrible. Mais si tu échoues, plus personne ne pourra l'arrêter et des millions d'autres femmes et enfants se feront exécuter de la sorte! Et en plus de la planète, c'est tout le paradis qui sera en péril!

— J'ai... J'ai l'impression de tourner en rond, là! avoua Sarah. Toi qui veux partir te battre et moi qui tente de te retenir! J'en ai assez! Tu sais très bien quelle est la bonne chose à faire!

— Max! ajouta Henri. Écoutes... J'avais l'intention de t'en parler plus tôt, avant que les choses ne dégénèrent entre Robert et toi. Mais là, je crois que la situation actuelle nécessite que tu saches la vérité. Il y a... Il y a dans les pages de la première bible un ultime rituel. Le plus important jamais transcrit. Personne ne l'a jamais mis en pratique...

— En quoi consiste-t-il?

— Pour le traduire en nos mots, il s'intitule le pouvoir de Dieu.

Il permet à un individu qui a toujours fait partie du monde physique et déjà doté d'une très grande force spirituelle, tel que toi, d'absorber la pleine puissance capable d'être transmise par le Bien. Tu vois, au fur et à mesure que tu arrives à vaincre des démons, tu augmentes ton niveau de facultés surhumaines. Eh bien, avec ce rite, s'il est appliqué avec précision, tu atteindrais d'un seul coup le plus haut palier d'ange possible pour un être charnel. Tu deviendrais donc aussi puissant que Malork!

— Vraiment?! C'est génial! Pourquoi ne pas l'avoir mentionné plus tôt?!

— C'est exactement ce que je me suis demandé quand j'ai découvert cette possibilité. Pourquoi le Seigneur n'avait-Il pas demandé à Jacob de m'en parler avant? Mais j'ai ensuite compris en le lisant que pour que le tout fonctionne, l'élu doit d'abord avoir l'esprit complètement exempt de toute noirceur ou colère. Il doit avoir atteint la paix intérieure, le nirvana. Il ne devra pas chercher à utiliser ces fameux pouvoirs démesurés pour exécuter une vengeance, mais seulement pour protéger la vie. Et à ce que je constate, tu n'es pas encore à ce niveau. Regardes-toi, tu n'as qu'une seule idée en tête, affronter Sadman une fois de plus! Je sens que tu as non-seulement envie d'aller là-bas pour éviter que d'autres gens souffrent, mais également parce que tu aimes te battre! Et surtout contre lui, ton éternel rival! Ton Némésis! Et avec toute cette force en toi, tu sais que tu arriveras encore une fois à le vaincre et ainsi satisfaire ton égo! Voilà pourquoi Dieu n'a pas mentionné cette possibilité! Il sait que tu n'es pas encore prêt!

— Alors quoi?! Hein?! Qu'est-ce que je devrais faire dans ce cas?! Me rendre là-bas et lui offrir un bouquet de fleurs, peut-être?!

— Je n'ai pas la réponse, Max! Je ne fais que te rapporter les faits! Mais... Tu sais, quand Christophe a capturé Nicholas, la première fois, il aurait facilement pu l'exécuter. Mais il a plutôt décidé de le remettre aux autorités.

— Ouais! Pour qu'il s'évade par la suite et voilà où l'on en est maintenant!

— Tu réfléchis comme Liang, l'ancien chef des Guerriers de la Lumière, contre qui tu t'es élevé par le passé! Je sais que cette vidéo était horrible, mais là... Je ne te reconnais plus! Non! Tu dois aller au-delà de ce que te montrent tes yeux! Il ne t'est donc jamais venu ce questionnement en tête? Pourquoi Christophe l'a-t-il laissé en vie?

— Parce que s'il l'avait exécuté, il n'aurait pas valu mieux que lui!

— Pas seulement pour cela!

— Alors pourquoi dans ce cas?

— Parce qu'il a vu du bon en lui! Il a perçu que Nicholas agissait de la sorte parce qu'il avait mal! Parce qu'une souffrance intérieure lui grugeait son âme! Il a donc cru qu'en le faisant suivre par de bons psychologues, celui qui s'auto-surnommait l'homme-triste arriverait peut-être à guérir! Voilà pourquoi Christophe ne l'a pas enfermé dans le fond d'un cachot! Tu comprends?

— Je... Je crois...

— Max, je t'en supplie, tenta à son tour Alicia. N'y va pas! C'est exactement ce que Sadman désire! Ne lui donne pas satisfaction!

— Je... C'est bon! Vous avez gagné! Je n'irai pas! Veuillez m'excuser, je... Je... Je vais... Je vais aller voir comment se passe l'opération...

Sur ce, complètement ravagé par toute cette histoire, l'ange retourna sans rajouter un seul mot auprès de Travos pour vérifier où en était l'équipe. En arrivant dans la pièce, il retrouva celui-ci couché sur un lit de camps, des écouteurs sur les oreilles pour être certain d'entendre ses confrères si la situation se dégradaient. En le voyant installé de la sorte, Max comprit que tout se déroulait pour le mieux là-bas. Ne désirant pas le réveiller, il ressortit donc et se dirigea vers la cuisine dans le but d'y grignoter quelque chose. Même s'il n'avait plus réellement besoin de manger, se mettre quelque chose sous la dent l'aiderait peut-être à faire passer son mauvais sang. En entrant dans la pièce, il retrouva sa douce, qui avait eu la même idée.

— Salut! dit-il en la voyant.

— Alors, comment ça se passe là-bas?

— Tout est tranquille pour l'instant.

— Ça va aller?

— Je n'en sais rien! Si au moins je pouvais me rendre utile quelque part! Ce commentateur avait tout à fait raison! Le monde a plus que jamais besoin d'un héros et moi je suis ici à attendre...

— Je... Je sais très bien ce que tu ressens en ce moment, puisque je ressens aussi la même chose. Nous ressentons tous la même chose! Nous sommes tous cloitrés ici également pendant que se joue l'avenir du monde! Crois-tu réellement que je ne voudrais pas être avec mon père et le reste du groupe à Montréal autant que toi?! Crois-tu que de voir cette femme et sa fillette se faire massacrer ne m'a pas affecté également? Moi aussi, j'aurais envie de partir avec toi et d'aller donner une bonne leçon à Sadman! Tu n'es pas le seul à te sentir impuissant alors que tout ça autour se produit, tu sais! Mais… Mais je sais au fond de mon cœur que ce n'est pas la bonne chose à faire! Et malgré mon envie d'aller combattre, je sais que je dois rester ici pour veiller sur Alicia! C'est mon devoir!

— Je sais très bien tout ça… Enfin… Ma logique le sait, en tout cas! Mais je n'arrive pas à… Pourquoi avoir toute cette force si je ne peux pas m'en servir! Regarder ce vidéo est probablement la chose la plus difficile que… Et tout ça par ma faute!

— Mais ce n'est pas toi qui tenais le couteau! Tu n'as rien à te reprocher!

— C'est facile à dire, mais… Ces yeux au moment où elle m'appelait… Seigneur! Tu sais, contrairement à toi, mon cœur, lui, me dicte d'y aller! J'ai l'impression que c'est mon destin d'aller à sa rencontre et de…

— De te faire tuer et de permettre à Sadman d'enfin prendre sa revanche!

— Et si je gagnais?

— Tu sais que je crois en toi plus qu'en personne d'autre, Max. Mais il t'attendra de pied ferme là-bas! Il t'aura assurément tendu un piège! Le risque est bien trop grand!

— Je sais... Je sais très bien... C'est pour cela que je n'irai pas... En tout cas, merci! Merci d'être là pour me surveiller. C'est forcément pour cela que Yohanda a tenu à ce que tu restes aussi derrière.

— Tu sais que tu pourras toujours compter sur moi.

— Je le sais! Et c'est pour cela que je t'aime tant! dit-il en l'enlaçant contre lui.

— Ah! Je suis si bien dans tes bras. Ce que je peux t'aimer, même si tu arrives à me faire sortir de mes gonds. Comme j'aimerais passer un peu de temps seul avec toi. Juste nous deux, sans dangers ou batailles imminentes. Seulement nous, à profiter du moment. Sans personne pour nous déranger.

— Ce serait vraiment génial.

— Est-ce que toute cette histoire prendra fin un jour? Est-ce qu'on pourra avoir enfin une vie tranquille?

— Je l'espère réellement!

— Ouais... Dis, après tout ce stress, je commence à avoir sommeil. Je sais que tu n'as plus besoin de dormir, mais est-ce que tu viendrais t'étendre un peu avec moi?

— D'accord! Allons-y!

Le couple se dirigea donc vers leur chambre à coucher pour s'étendre sous les couvertures. Une fois blottis contre l'homme de sa vie, qui lui caressait délicatement les cheveux, la belle, complètement épuisée, s'endormit après un moment.

Pendant ce temps, l'insomniaque ne put s'empêcher de se remémorer encore et encore les atrocités aperçues sur la vidéo. Sentant la colère remonter de plus en plus lui, il s'efforça de se rappeler les sages paroles d'Henri. Mais malgré cela, il fut incapable de passer par-dessus. Incapable de laisser une telle chose se reproduire. Incapable de permettre à ce salopard de s'en sortir ainsi. Incapable de rester là à ne rien faire. La tentation était trop forte. Elle prit bientôt toute la place en lui. Il devait faire quelque chose pour l'arrêter. Il devait y mettre un terme. Et il devait le faire maintenant!

Après un moment à tourner en rond dans le lit, il comprit qu'il n'arriverait jamais à tenir sa parole et il se releva en douce. Puis après avoir confirmé que tous dormaient, il décida d'aller silencieusement ramasser l'équipement nécessaire, en particulier son épée Spero, avant de se diriger en toute hâte vers l'un des véhicules. Cependant, au moment où il mit le contact, une silhouette apparut devant lui. L'ange sortit aussitôt du véhicule en reconnaissant Richard qui, malgré les efforts de l'être surnaturel, avait perçu du bruit.

— Alors, tu vas y aller, finalement? devina le défenseur.

— Écoute, je... Je n'arrive pas à...

— Tu n'as pas à me convaincre! Tu dois simplement être certain qu'il s'agisse de la bonne décision!

— Tu comptes m'en empêcher?

— Non!

— Et tu vas le dire aux autres?

— Demain matin seulement!

— Richard, je... Je le sens au fond de moi... Il faut que j'y aille!

— Bien…

— Et dis à Sarah que… Que je suis désolé!

— Je le ferai!

— Merci, mon pote!

— Hey, Max!

— Oui?

— Sois prudent!

Sur ces mots, l'ange retourna à bord de son Hummer et recula à l'extérieur de l'entrepôt secret. Par la suite, il entreprit la route à toute allure en direction de Winslow.

Chapitre 38

Un endroit plus sûr

Zoé, la belle jeune femme aux cheveux courts roses, s'approcha d'Ulric, qui venait tout juste de donner l'une des barres énergisantes qu'il portait dans sa veste tactique à la petite Annalisa, pour ensuite partager les autres entre les survivants. Une fois à proximité de lui, elle demanda la permission de s'asseoir à ses côtés.

— Vous savez, je n'ai jamais été... Disons... En faveur de l'armée, lui avoua-t-elle une fois installée. Je ne voyais pas comment on pouvait régler un conflit avec une arme.

— Malheureusement, ce n'est pas tous les endroits du monde qui ont la chance de vivre dans la paix, l'abondance et le luxe comme ici. Enfin, avait la chance, avant tout ceci! Dommage qu'il ait fallu qu'un évènement de la sorte se produise ici pour faire comprendre aux gens qui avaient cette optique l'importance d'avoir des protecteurs quand vient le moment. Nous sommes comme une assurance! Personne croit en avoir besoin jusqu'au moment où la maison part en flamme.

— Oui, c'est plutôt bien dit.

— Je suis habitué. Ma copine avait exactement la même position négative envers les militaires avant que j'arrive à lui prouver le contraire.

— Ta... Ta copine?

— Eh, oui! Nous avons des vies même si nous portons l'uniforme.

— Oui, bien sûr... C'est juste que je me faisais tellement une autre opinion de vous avant... Mais... Quand je vous ai vu partager vos seuls vivres, et spécifiquement avec cette petite, j'ai... Enfin... Pour être honnête, je vous prenais tous pour une bande de fiers à bras machos et sans cervelle, alors que...

— Eh, oui! Nous avons du cœur! Quand je me suis enrôlé, je n'avais rien d'autre en tête que d'offrir ma vie pour aller aider des gens dans le besoin! Mais dites-moi, vous aviez rencontré beaucoup de militaires avant de vous faire une telle opinion à notre sujet?

— Euh... Non! Aucun, en fait!

— Voyez-vous, c'est ça le problème! Beaucoup de personnes ont des préjugés à notre égard sans réellement savoir ce qu'il en est.

— J'en suis bien consciente! Vous semblez réellement être quelqu'un d'exceptionnel! Vous avoir rencontré m'a réellement ouvert les yeux. Dommage que ce soit à l'aube de la fin du monde.

— Tout n'est pas encore fini!

— En tout cas, grâce à vous, je n'ai pas encore perdu espoir!

— Oui... Bien..., bégaya Ulric, commençant à se sentir mal-à-l'aise alors qu'il était évident que Zoé était en train de le draguer. Bon, vous m'excuserez, je... Je vais aller voir Katie... Elle n'a pas l'air d'aller très bien.

Le jeune homme, toujours en possession de son arme à feu, se leva ensuite avant de se diriger vers la psychologue, qui voyageait d'une fenêtre à l'autre.

— Quelque chose ne va pas? demanda-t-il lorsqu'il arriva auprès d'elle.

— Je... Je n'aime pas ça! Je ne crois réellement pas que passer encore une nuit ici soit une bonne idée.

— Encore cette impression qu'un groupe d'hommes va débarquer?

— Oui! Et je n'arrive pas à comprendre pourquoi je n'ai que cette idée en tête. Que... Que des cocktails Molotov vont jaillirent des vitres pour enflammer la pièce et ainsi nous forcer à sortir en plein dans leur piège...

— Cette idée fait malheureusement du sens, mais... Il est trop tard pour sortir maintenant. Le soleil vient tout juste de se coucher et les trucs que j'ai vus doivent se balader dans toutes les rues.

— Mais ils vont arriver! Ces adeptes du diable vont venir nous attaquer! Je ne sais pourquoi, mais j'en suis persuadée!

— Eh bien, nous ne sommes pas la seule cathédrale de la ville! Et comme il y a de fortes possibilités que mes confrères tentent une autre approche cette nuit, leur attention doit être davantage tournée sur leur position défensive que sur une poignée de survivants.

— Oui, vous avez sans doute raison! s'immisça Éloi, le blond aux lunettes, dans la conversation. Mais la seule chose qui m'inquiète, c'est qu'ils savent que vous êtes ici avec nous! Si j'étais à leur place, je ne voudrais pas laisser un tel détail m'échapper. Vous n'avez jamais vu le film «Die Hard».

— Je suis peut-être jeune, mais je connais mes classiques. Je suis flatté de la comparaison, mais je suis très loin d'être

Bruce Willis. Je ne suis qu'un petit soldat sans intérêt.

— Ouais, qui a survécu à une attaque de vampires et qui a réussi à transmettre à ses potes de l'information cruciale! Ce monstre avait plutôt l'air d'avoir une dent contre vous, ce matin!

— Eh bien… Je suis armé et s'ils viennent me chercher, je… Je les attendrai de pied ferme! De toute façon, je crois qu'il serait plus risqué de voyager avec ces trucs dehors que de rester et prendre la chance que des types débarquent.

— Je suis d'accord avec vous! Pour ce soir, il est trop tard! Mais Katie a raison! Quelqu'un finira bien par venir faire le ménage ici tôt ou tard. Ils savent à coup sûr que les églises abritent des survivants. Sans compter que, sans vouloir revenir là-dessus, l'un d'entre nous fait peut-être parti de leur groupe.

— Ou voulez-vous en venir, au juste?

— Je crois que si nous passons la nuit sans embûche, dès demain, nous devrions tous bouger vers un endroit plus sûr! Un refuge où personne ne saurait nous trouver!

— Ouais, ce n'est pas bête!

— Alfredo, je vous ai entendu discuter plus tôt de votre boutique, non?

— Eh bien… répondit-il. Oui, j'ai une petite boutique d'accessoires divers dans un centre commercial, tout près d'ici. J'ai… J'ai une grille de métal que j'installe à l'entrée à la fermeture. Elle est assez résistante en tout cas pour empêcher les zombies de passer. Et il y a un petit marché juste en face, qui nous donnerait facilement accès à de la nourriture. Il y a même des toilettes à côté.

— Ça semble parfait! affirma Katie. Comme nous n'avons aucune idée du temps qu'il faudra avant que des secours parviennent jusqu'ici, nous pourrions tenir longtemps là-bas.

Au fur et à mesure que la discussion évoluait, tous furent de plus en plus convaincu que de bouger à la boutique de l'italien dès l'aube était une idée brillante. Bientôt, tous, sans exception, acceptèrent le plan.

— Mais avant de bouger, nous devrions nous préparer! suggéra la psychologue.

— Dans le briefing avant mon départ pour ma mission, nous avons reçu des instructions concernant les points faibles des démons et les méthodes pour les vaincre, que nous n'avions malheureusement pas pris assez au sérieux! Le fait est que je vois suffisamment de truc ici pour nous créer des armes afin de nous défendre contre ces créatures!

— Alors, ne perdons pas une seconde de plus et fabriquons-nous de quoi nous défendre! s'exclama Éloi. D'autant plus que si la crainte de Katie se réalise, nous allons probablement être obligés de sortir cette nuit! Je ne suis peut-être pas un soldat, mais je ne me laisserai pas crever sans me battre!

— C'est exactement ce que j'en pense! l'appuya Dylan, le grand noir aux cheveux tressés. Il va falloir mettre nos différents de côté et nous serrer les coudes si nous voulons nous en sortir!

— Bien! compléta Ulric. Dans ce cas, au travail!

Inspirés par cette lueur d'espoir, les réfugiés, après les instructions du fantassin, se mirent rapidement en branle-bas de combat. Pendant que certains amassaient des crucifix, d'autres taillaient des pieux de bois avec les couteaux du soldat. Des articles en or et en argent furent également utilisés pour produire des armes blanches et toute l'eau bénite disponible fut recueillie dans des petits pots en verre. En s'exécutant, Katie eut une fois de plus un fort sentiment de déjà-vu.

Une fois qu'ils eurent terminé, une distribution en toute égalité fut tenue par le militaire. En recevant leur équipement, les survivants se sentirent davantage sécurisés.

Puis, un peu plus tard, Ulric offrit à tous de se reposer pendant qu'il allait monter la garde, spécifiant qu'il avait été entrainé à être efficace même en carence de sommeil. Certains s'installèrent aussitôt sur les bancs tandis que d'autres, sachant très bien qu'il n'allait pas arriver à fermer l'œil de toute façon, restèrent debout un moment.

Annalisa s'assoupit rapidement sur son père, Alfredo, qui bientôt, se mit même à ronfler. Danielle, Xiang et Dylan finirent également par passer dans le monde des rêves au bout d'un moment. Zoé alla une nouvelle fois discuter avec le jeune guerrier, qu'elle trouvait de plus en plus charment, afin de l'aider à se calmer avant d'aller s'étendre à son tour. Katie, quant à elle, tourna d'un côté et de l'autre, incapable de trouver une position confortable. Éloi, pour sa part, resta assis en fixant le vide. Toutefois, malgré ses tentatives pour demeurer éveillé, il finit par fermer les yeux. En les observant tous s'assoupir, Ulric se rappela qu'un vieil adjudant s'ayant battu en Afghanistan lui avait déjà dit que même à la guerre, la fatigue du stress arrivait à nous rattraper.

De son côté, même s'il était terrifié en entendant les

lamentions des zombies à l'extérieur, le fantassin cacha du mieux qu'il put sa crainte avant que tous ne s'endorment. Il savait qu'il apportait un certain sentiment de sécurité à ces pauvres civils. Que ces derniers avaient réussi à se détendre un peu parce qu'ils comptaient sur un valeureux soldat pour veiller sur eux. Il devait absolument paraître fort devant eux. C'est pourquoi il se tenait là, debout, au milieu de la nuit, à observer par la fenêtre. Tout comme il l'avait fait lors des nombreux entraînements militaires.

À première vue, il semblait totalement en possession de ses moyens. Mais au fond de lui, il était complètement perdu. Et depuis que le calme planait dans le sanctuaire, cela semblait vouloir empirer. Comment toute cette histoire pouvait-elle être réelle? Il arrivait à sentir toute cette frayeur lui serrer la poitrine. En voyant ses mains trembler encore suite à ce lot d'émotions, il tenta d'appliquer la technique de respiration tactique qu'il avait apprise sur ses formations. Sauf qu'au moment où ça commençait à fonctionner, voilà qu'un flashback de Nospheus, la gueule couverte de sang du Sergent, lui fit à nouveau perdre ses moyens. Puis, un autre souvenir du léviathan de la cage d'ascenseur, suivit de l'ignoble zombie qu'il avait poignardé dans la ruelle et de toutes ces fillettes sacrifiées, accrochées au mur la tête en bas. Finalement, cet être à la peau rouge, si sombre, si monstrueux, si effroyable. Sans oublier cette histoire de possibilité d'attaque au cocktail Molotov, le forçant à être méfiant à chaque bruit. Toutes ces idées les plus angoissantes les unes que les autres se bousculèrent dans sa tête, lui torturant l'esprit au point où il commença même à sentir ses jambes se ramollir. Et pour en rajouter, un mort-vivant beugla dehors comme une bête. Ce fut la goutte de trop. Il n'allait pas pouvoir tenir le coup. Et pourtant, il le fallait! C'était son devoir de protéger ces pauvres gens! S'il fléchissait le genou, ceux-ci s'effondreraient à coup sûr! Mais comment faire? Comment arriver à garder le contrôle dans une situation aussi démente?

Sans pouvoir se contrôler, il se mit alors à pleurer. Comprenant qu'il ne pourrait contenir ses larmes, il s'éloigna discrètement pour s'assurer que personne ne puisse le voir ni l'entendre. Alors qu'il s'exécutait, il essaya de toutes ses forces de reprendre le dessus tout en se traitant de vraie chiffe molle. Mais malgré cela, il ne put s'empêcher de sangloter. Le verre était trop plein! Était-il en plein milieu d'un cauchemar? Comme il aurait aimé se réveiller et réaliser que rien de tout ceci n'était vrai. Qu'il n'avait pas perdu tous ses amis, qu'ils n'avaient pas réellement été décimés par des vampires et autres créatures de la nuit. Se réveiller, au côté de sa belle Sabrina. Avait-il seulement la moindre chance de la revoir un jour? Existait-il un moyen d'empêcher ce Mal de se répandre jusqu'à elle?

Tout en se retournant vers les autres afin de vérifier si quelqu'un avait remarqué son moment de faiblesse, ses yeux croisèrent l'imposant crucifix derrière l'Hôtel. Curieusement, il sentit une force le réconforter. Un peu comme lorsque sa mère le serrait contre elle lorsqu'il n'était qu'un enfant. Poussé par cet étrange sentiment, Ulric, se disant qu'il n'avait rien à perdre, se mit une nouvelle fois à prier. Il demanda à Dieu de lui redonner le courage dont il avait tant besoin en ce moment afin de bien guider le groupe et d'être à la hauteur. De devenir celui dont ces survivants avaient besoin. Il L'implora également de veiller sur sa belle Sabrina, qu'il aurait tant aimé revoir.

Il réalisa à ce moment qu'autant il se serait trouvé ridicule de se parler tout seul, avant d'être plongé dans toute cette histoire, autant maintenant, ça prenait tout son sens. Et étrangement, il se sentit de mieux en mieux.

Un peu plus tard, alors qu'il avait quelque peu repris le contrôle, tout le stress de cette épuisante journée et la fatigue commença à le rattraper. Katie, qui venait d'ouvrir l'œil, le surprit alors à bailler. Elle alla donc s'offrir pour le remplacer.

— Avec toutes ces créatures dehors, je ne crois pas que j'arriverai à m'endormir, lui répondit-il. Juste d'y repenser, j'en ai la chair de poule.

— Je comprends, mais il faut te reposer un peu. Nous aurons besoin que tu sois en pleine forme tout à l'heure.

— Ça va! Ça va!

— Ulric, ce n'est pas une option! C'est à mon tour de monter la garde!

— Mais je...

— Je sais que tu es un dur à cuir! Mais tu restes un humain malgré tout, Ulric! Et toute cette histoire nous dépasse tous, peu importe que l'on soit un soldat ou une simple psychologue. Avec tout ce que tu as vécu, tu dois te reposer. Je veux que tu sois au meilleur de ta forme tout à l'heure. Alors fais-le pour moi, s'il te plaît!

Il hésita encore un moment, mais fini par se laisser convaincre et alla s'étendre à son tour, son fusil entre les bras.

Quelques instants plus tard, il vit une silhouette se mettre à lui tourner autour. Se sentant prit au piège, il demeura immobile, paralysé de terreur. La chose le fixait de ses yeux rouges tel un prédateur prêt à attaquer. Soudain, la créature se rua vers lui. Le jeune homme reconnut à nouveau l'ignoble visage du vampire qui exposait ses imposants crocs jaunâtres. Malgré la peur, le pauvre fut incapable d'appeler à l'aide. Comme si ses cordes vocales lui avaient été retirées. Il n'eut donc d'autre choix que de rester là à attendre la mort qui venait le prendre.

— Ulric! le réveilla au même moment la femme. C'est bientôt l'aube! Nous allons être en mesure de nous déplacer.

Encore tourmenté par son cauchemar, il lui fallut quelques secondes pour faire le point. Il se demanda même pendant un moment où il se trouvait. Mais lorsque la dure réalité le rattrapa, il fut tout de même soulagé de n'avoir fait qu'un mauvais rêve et surtout que la nuit se soit déroulée sans embûche.

— Rien à signaler? lui demanda-t-il.

— Non, fort heureusement! répondit-elle. Mais ne tentons pas notre chance une autre fois. Partons d'ici au plus vite!

Dès qu'il eut repris ses esprits, il aida Katie à réveiller les autres. Une fois sur pied, tous se préparèrent à exécuter le plan. Tout d'abord, ils se dirigèrent vers la porte arrière, question d'attirer le moins possible l'attention. Puis, positionnés en file indienne, Ulric en tête, ils attendirent avec inquiétude que le soleil soit totalement levé.

Bien que l'idée semblait définitivement la meilleure, à ce moment même, alors qu'ils étaient sur le point de sortir de cette forteresse, le doute se mit à les faire hésiter. Ne sachant pas quels dangers les attendaient à l'extérieur, ils sentirent leur respiration devenir de plus en plus haletante à mesure que les rayons du soleil se montraient. Sentant que certains étaient sur le point de se désister, le soldat décida de passer à l'action.

Il serra les dents, s'attendant au pire, avant de pousser la porte. Comme celle-ci donnait sur un stationnement n'affichant aucun mouvement, Ulric se lança d'un bon pas entre les voitures abandonnées. Son fusil d'assaut en main et sa baïonnette fixée au bout du canon, il examina rapidement les véhicules avant de faire signe au reste du groupe de le suivre.

Ils poursuivirent ensuite leur avance alors qu'Alfredo, juste derrière le militaire, leur désigna la route à suivre. Ils s'engagèrent alors dans une ruelle déserte en pressant la cadence. Tout semblait relativement calme quand tout à coup, en arrivant au bout du corridor, le jeune homme tomba face à face avec un mort-vivant fraîchement transformé, qui poussa un gémissement en l'apercevant.

Ulric sursauta d'abord, avant de lui enfoncer sa baïonnette en plein front. Lorsque le zombie s'écroula, un second, sans préavis, sortit en rugissant d'un conteneur de poubelle telle une marionnette d'une boîte à surprise. En le voyant, Zoé, juste à côté, tressauta à un point tel qu'elle en poussa un cri aigu.

La jeune femme se recula ensuite juste à temps pour éviter le cadavre animé d'un clochard, qui chuta sur le sol. Ne lui laissant pas le temps de se relever, Dylan attrapa un pieu en argent et lui transperça la nuque.

Lorsque tous affirmèrent être en mesure de continuer, Ulric s'engagea dans la rue. Toutefois, à peine venait-il de tourner le coin qu'il s'arrêta aussitôt. Alfredo s'apprêta à lui en demander la raison lorsqu'il vit à son tour la horde d'une centaine de morts-vivants un peu plus loin. En plus de former un barrage, ceux-ci, tous aussi répugnants les uns que les autres, semblaient avoir été attirés plus tôt par la voix de Zoé.

— Oh, merde! chuchota le militaire. Ils sont beaucoup trop nombreux! C'était une très mauvaise idée! Il faut rebrousser chemin! Allez, ils approchent!

Les autres, qui n'avaient pas encore vu la raison de cette halte, sentirent l'angoisse les envahir en entier lorsqu'Ulric et Alfredo retournèrent en toute hâte dans la ruelle en leur faisant signe de le suivre. Sans poser de question, les survivants se mirent alors à courir derrière ceux-ci, qui semblaient véritablement paniqués.

Mais une fois revenu au point d'entrée de la ruelle, le fantassin fut stupéfait de découvrir une quinzaine d'autres zombies, qui venaient de sortir de leurs cachettes, attirés par le bruit. Jugeant qu'il ne ferait pas le poids face à ceux qui leurs barraient maintenant la route jusqu'à l'église, il décida de réagir au plus vite.

— Ce n'est pas vrai! Bordel de merde! Allez, par ici! Vite! s'exclama-t-il en bifurquant vers une autre direction.

Les rescapés continuèrent de le suivre en courant sur le trottoir quand soudain, Sophia trébucha au sol. Aussitôt, Dylan s'arrêta tout en prévenant Ulric, qui rebroussa aussitôt chemin pour leur venir en aide. Les deux hommes relevèrent rapidement la dame qui souffrait d'embonpoint. Toutefois, dès qu'elle fit un autre pas, elle poussa un gémissement avant de retourner au tapis.

— Putain de merde! Ma cheville est foulée! devina-t-elle. Je n'arriverai pas à marcher!

— OK, je vais essayer de vous porter! suggéra Ulric en la prenant sur ses épaules.

Dès qu'il l'eut installé, le jeune homme poursuivit sa course en transportant la lourde femme. Cependant, malgré son excellente forme physique, il n'arriva pas à garder la cadence et sa vitesse diminua beaucoup trop rapidement. Lorsqu'il entendit les grognements des zombies se rapprocher, il devina que ceux-ci les rattrapaient dangereusement. Jugeant qu'il n'arriverait jamais à les semer, il déposa la dame et se prépara plutôt à les combattre.

— Foutez le camp! ordonna-t-il aux autres en voyant la horde de morts-vivants augmenter en nombre de plus en plus devant lui. Je vais tenter de les retenir!

— Pas question que je te laisse seul! lui répondit Dylan en se plaçant à côté de lui.

— Non, laissez-moi! leur cria Sophia. Sauvez vos vies!

— Je n'abandonnerai jamais personne derrière! avoua le fantassin, tout en sueur, même s'il savait très bien qu'il signait son arrêt de mort.

Témoin de la scène, les fugitifs restants hésitèrent un moment à s'enfuir jusqu'à ce que finalement, d'autres cannibales en décomposition apparaissent de toutes parts. N'ayant plus d'autres options, les survivants se préparèrent à combattre alors qu'ils se faisaient complètement encerclés par un peu plus de cent cinquante de ces créatures.

Désespérés, le groupe, armes artisanales en main, forma un cercle autour de Sophia et d'Annalisa tout en se préparant à livrer le dernier combat de leur vie. Leur fin était inévitable. Ils allaient bientôt tous finirent dévorés par les pions du Mal. En dernier recours, Ulric visa le plus près d'entre eux et s'apprêta à presser la détente.

— Ne tirez pas! l'arrêta alors une voix masculine avec un accent français.

Le jeune homme s'immobilisa aussitôt en se demandant qui était son interlocuteur lorsque Christophe, toujours dans le corps d'Habib, atterrit juste devant lui. En voyant l'arabe attriqué comme un européen du 18e siècle, le militaire resta complètement figé. Au même moment, Tom et Djibo, habillés en Protecteurs, touchèrent terre à leur tour après le long bond par-dessus les zombies.

— Si tu tires, petit, tu risques d'attirer quelque chose de bien pire qu'eux! poursuivit le premier arrivé en se tournant vers Ulric, qui n'arrivait toujours pas à comprendre ce qui se passait. Bon, messieurs, il est temps de se dérouiller!

Sur ces mots, les trois anges dégainèrent les armes qu'ils avaient précédemment bénites afin de s'exercer un peu avant de croiser Malork. Pour Christophe, il s'agissait sans contredit de son épée de mousquetaire, alors que pour Djibo, ce fut la machette de son frère défunt. Tom, quant à lui, avait simplement choisi la pointe de son système Chester.

Une fois en position, les trois combattants revenus d'outre-tombe se jetèrent à l'assaut contre l'armée de zombies. Les survivants de l'église admirèrent à ce moment, avec un grand étonnement, les valeureux guerriers se frayer un chemin en décapitant et mutilant avec une force surhumaine et une vitesse phénoménales leurs adversaires. Ils n'en crurent tout simplement pas leurs yeux.

Le français transperça entre autre le crâne de l'un des opposants de sa fine lame avant de lancer sa dague entre les yeux d'un autre. Par la suite, il arracha la tête d'un troisième avec un simple uppercut. Le tout en moins de quelques secondes.

L'ancien tireur d'élite, lui, en attrapa un au collet, le souleva d'un seul bras avant de le projeter sur un groupe d'autres pour les faire trébucher. Il se tourna ensuite vers ceux à sa gauche et leur perfora le cerveau du long pic au-dessus de son poing.

Djibo, pour sa part, tourna sur lui-même tout en tranchant trois cous durant sa manœuvre. Puis, il en élimina un quatrième en lui rabattant sa machette sur la tête, qui se fendit tel un melon.

Les rescapés, déboussolés, pensaient avoir tout vu quand soudain, le robot de Travos fit à son tour son entrée pour prêter main forte à ses partenaires. Le groupe en cercle contempla alors la machine à tuer se mettre à l'œuvre.

Pendant ce temps, derrière eux, la cinquantaine d'autres combattants du Bien se ruèrent également à l'attaque tout en restant discret, sans tirer une seule balle. Malgré son handicap, la première à l'avant, Wayuki, son sabre dans sa main et un système Chester fixé à son moignon, en extermina plus d'une dizaine à elle seule en utilisant ses techniques de d'arts martiaux. À ses côtés, Yohanda, Khalid, Abhay, Robert, ainsi que tous les autres, en éliminèrent également un nombre important à l'aide de leurs poignards. Tout en restant serrés pour couvrir leurs angles morts, ils avancèrent lentement alors que les carcasses s'accumulaient autour d'eux. Et en l'espace de quelques minutes, toujours sous le regard étonné du groupe de l'église, il ne resta bientôt plus aucun ennemi debout.

Lorsque la menace fut écartée, l'équipe tactique du Bien, couvert du sang de leurs adversaires, s'approchèrent lentement des survivants tout en reprenant leur souffle. Instinctivement, Ulric leva son arme en direction du barbu au visage dur, qui lui semblait le plus hostile. Yohanda s'immobilisa sur-le-coup.

— N'approchez pas! ordonna le fantassin. Qui... Qui êtes-vous?

— Vous n'avez rien à craindre! Nous sommes... Nous sommes les secours, en quelque sorte!

— Vous... Vous ne faites pas parti des forces spéciales! Ils ne portent pas ces uniformes-là!

— Tu as tout à fait raison! Mais, regarde la croix blanche qui est tracée sur ma veste tactique. Elle représente le Vatican!

— Quoi?!

— Nous sommes en quelque sorte une escouade au service de Dieu venue pour combattre les démons. Tu dois être le militaire qui a rapporté la présence de Ma... De celui qui venait du passage?

— Oui, c'est bien moi!

— Comment t'appelles-tu?

— Soldat Lechasseur!

— Et ton prénom, Soldat?

— Ulric!

— Eh bien, Ulric, nous te devons une fière chandelle. Grâce à toi, nous avons pu localiser rapidement ce monstre.

Même s'il ressentit une certaine fierté à ce moment, le jeune homme garda tout de même le mystérieux personnage en joue. Pendant ce temps, Robert examina rapidement du regard les autres afin de déterminer s'ils étaient blessés. Tout à coup, ces yeux s'arrêtèrent sur Katie. En la reconnaissant, son cœur se serra. Toutefois, sachant qu'elle ne se souvenait probablement plus de lui, il tenta de dissimuler sa surprise. Mais ce fut en vain puisqu'en voyant l'expression de son visage, la psychologue ressentit également quelque chose l'atteindre.

— Vous, monsieur! dit-elle. Je... Je vous ai déjà vu quelque part!

— Qui? Moi?

— Oui! Votre visage m'est vraiment familier! Mais je... Je n'arrive pas à savoir...

— Non, je suis désolé! Je ne vous ai jamais croisé de ma vie!

— Si! Je vous ai déjà vu quelque part...

Yohanda se tourna aussitôt vers le vétéran de Winslow avec un air interrogateur. Ce dernier, ne pouvant parler, joua le jeu en haussant les épaules.

— Bon, écoute le jeune, poursuivit donc ensuite le commandant. Comme tu viens de le constater, nous venons de vous sauver la vie! Et c'est vraiment un miracle que nous soyons passés par ici juste au bon moment. Mais si nous restons encore plus longtemps à découvert, nous risquons de nous faire détecter. Alors je te laisse le choix! Ou tu me tires dessus, ou bien tu baisses ton arme!

— Je… Je vous ai vu à l'œuvre! Certains d'entre vous ne sont pas humains! Je veux dire… Cette force et cette vitesse…

— Vous avez raison! Pour être tout à fait honnête, ces trois types, juste-là, sont en fait des anges venus nous donner un coup de main.

— Quoi?!

— Regardez autour de vous! Avec tout ce que vous avez vu, ne me dites pas que vous êtes réellement surpris? Vos supérieurs ne vous ont-ils pas averti que vous auriez peut-être affaire à des démons?

— Si…

— Alors si les démons sont bien réels, il est tout à fait normal que les anges le soient également. Non?

— Je… Je crois que oui…

— Baisses ton arme! lui suggéra fortement Alfredo. Il est clair qu'ils sont de notre côté! Sans eux, nous serions de la viande hachée à l'heure qu'il est!

Ne voyant d'autres options, malgré le doute qui planait encore dans son esprit, Ulric abaissa son fusil d'assaut. Yohanda le salua alors de la tête.

— Bon, écoutez! poursuivit le barbu. Il y a une église tout près d'ici. Là-bas, vous serez en sé…

— Nous y arrivons, justement!

— Vraiment? Pourquoi en être sorti dans ce cas?

— Parce que j'avais réellement le pressentiment que des hommes allaient bientôt débarquer pour éliminer les survivants qui y auraient pris refuge! expliqua Katie.

— Je vois…

— C'est tout à fait justifié! l'appuya Robert, son ancien partenaire du premier assaut du Mal orchestré par Sadman.

— Oui? se questionna réellement le chef des Protecteurs. Dis, Robert, je peux te parler…

— Robert! s'exclama-t-elle, sous le regard surpris de tous. C'est ça! Je savais bien que je connaissais votre nom. Mais pourquoi? Ça, je n'en ai pas la moindre idée… Et… Et je sais également que tu as un partenaire… Plus jeune, qui s'appelle… Qui s'appelle Max!

— Je… Je ne vois pas de qui vous voulez parler…

— Mais alors, c'était quoi, votre plan! enchaîna le barbu, qui commençait à comprendre.

— Eh bien, nous étions censés nous diriger vers ma boutique, les interrompit Alfredo. Nous serons en sécurité, là-bas!

— Vraiment?

Le groupe se mit alors à justifier à tour de rôle la raison de leur choix. Puis, la discussion bifurqua sur leurs mésaventures en cours de route jusqu'au moment de leur rencontre. En apprenant la blessure de Sophia, l'ancien ambulancier se pencha vers celle-ci pour analyser sa cheville. Dès qu'il découvrit à quel point elle était enflée, il signala au leader qu'elle n'arriverait pas à se déplacer dessus sur une longue distance. Yohanda se mit alors à réfléchir, sachant très bien qu'il ne pouvait pas les laisser repartir sans escorte. Toutefois, le temps pressait et il n'avait pas une seconde à perdre s'il ne voulait pas perdre la trace de Malork.

— Écoutez, monsieur, le dérangea Alfredo, qui comprenait que celui-ci analysait la situation. Je… Je vous ai vu à l'œuvre plus tôt et… Enfin… Voici ma fille, Annalisa. Vous savez qu'un père ferait tout pour sauver son enfant et donc… Je vous implore de bien vouloir nous accompagner jusqu'à ma boutique. Nous serons en sécurité avec vous… Elle n'est pas très loin, vous savez…

— Oui, je… Je dois juste…

— Écoute, Yohanda, l'interpela Christophe. Nous sommes un bien trop gros groupe pour avancer furtivement vers Malork, de toute façon. Je suggère donc de partir avec quelques-uns en reconnaissance. Dès que nous tomberons dessus, nous pourrons ensuite planifier une attaque. Durant ce temps, vous pourriez aller les reconduire à leur abri. Mais ce n'est qu'une suggestion. Je te l'ai dit, c'est toi le chef!

— C'est ce que tu ferais?

— Sans aucun doute!

— Bien! Mais je pars avec vous!

— Qui planifiera le raid dans ce cas? D'autant plus si nous tombons dans une embuscade!

— Je vois… Le pas de recul du commandant!

— Exactement!

Pendant que le français discutait avec le marocain, la psychologue continua d'analyser Robert, cherchant réellement à se souvenir où elle l'avait déjà rencontré. Soudain, alors qu'elle l'observait, l'un des zombies, qui n'avaient été qu'assommé durant la bataille, se releva d'un coup sec derrière.

— Katie! Attention! la prévint aussitôt le retraité.

Celle-ci se retourna à temps pour éviter sa poigne. Rapidement, Robert se rua vers le mort-vivant avant de lui perforer une tempe de son couteau. Une fois que le cadavre fut retourné au sol, l'homme leva les yeux vers celle qu'il venait de sauver.

— Vous connaissez mon nom?! s'exclama-t-elle.

— Vous… Vous venez tout juste de le dire…

— Non! Pas du tout! Je ne me suis jamais présentée!

— Mais si…

— Arrêtez cette mascarade et dites-moi pourquoi j'en sais autant sur vous et tous ces trucs qui se passent présentement!

— Je… Je…

— Écoutez tous! les coupa Yohanda. Plus nous restons ici, et plus nous courrons des risques! Robert, je crois que ça ne sert plus à rien de lui cacher la vérité, désormais! Tu as raison, Katie! Vous vous êtes déjà rencontrés! Mais ce n'est ni le lieu, ni le moment d'en parler! Nous allons vous escorter jusqu'à la boutique de ce monsieur. Une fois là-bas, nous vous expliquerons tout! D'accord?

Katie combattit alors sa curiosité envahissante et acquiesça de la tête. Les autres rescapés affichèrent aussitôt un sourire en sachant qu'ils allaient être accompagnés par ces super-soldats.

Yohanda fit ensuite approcher les membres de son équipe pour leur expliquer le plan. Christophe, Djibo, Antonio, Tina, Khalid ainsi que Lu-Pan, l'homme de confiance de Wayuki, se portèrent aussitôt volontaire pour être sur le groupe de reconnaissance. Comme le commandant tenait absolument à ce qu'un ange demeure dans le groupe principal, il demanda à son fidèle ami dans le corps d'Alec de rester auprès de lui. Sachant que cette décision prenait tout son sens, l'ancien tireur d'élite accepta à contrecœur sans s'obstiner.

Les combattants du Bien allèrent ensuite chercher leurs sacs à dos, qu'ils avaient laissés un peu plus loin pour s'alléger avant la bagarre. Tom retrouva alors son fusil de précision dans son étui en tissu, qu'il avait tenu à emporter avec lui.

Par la suite, n'étant ni le moment ni le lieu pour que l'un des anges, qui ne détenaient pas toute la puissance de Max, ne la guérissent, ils installèrent Sophia sur l'une des trois civières pliables en toile qu'ils transportaient dans leurs paquetages. Une fois prêts, les groupes se séparèrent dans des directions différentes. Yohanda, guidé par Alfredo, dirigea son équipe vers le marché alors que Christophe, aux commandes du détachement de reconnaissance, bougea en direction de la dernière coordonnée connue de Malork.

Chapitre 39

Retour à Winslow

Après avoir roulé toute la nuit, Max arriva aux premières lueurs à la clôture qui avait été érigée autour de Winslow. Sans même ralentir, il fracassa la barrière de son solide pare-chocs avant de poursuivre sa route sur la rue abandonnée envahie par plusieurs longues herbes.

Incapable de faire autrement, il prit quelques minutes pour faire un détour vers son ancienne maison. En arrivant devant celle-ci, dont le terrain était désormais recouvert par une végétation plutôt dense, un paquet de souvenirs, bons et mauvais, lui revinrent en tête. Comme la voiture de police dérobée par Robert ainsi que le VTT de Ray incrusté dans le VUS des sataniques se trouvaient toujours là, l'ange ne put s'empêcher de se remémorer le début de toute son aventure. Il resta alors stationné un moment devant l'entrée tout en gardant le silence, repensant à la mort de son ami d'enfance, sa fuite miraculeuse face à Isigard et sa rencontre avec celui qui allait devenir son fidèle partenaire. Puis, après un instant de nostalgie, il poursuivit sa route vers la ville.

Encore une fois, en voyant le décor apocalyptique de ce que fut jadis Winslow, un paquet d'émotions s'empara de son esprit. En passant devant le Pub, il se revit en train de boire avec ses copains et de draguer la belle Éva, ce qui lui réchauffa un peu le cœur. Toutefois, un peu plus loin, il reconnut l'endroit où il avait affronté Nospheus et sa bande pour ensuite se séparer de Robert, Katie et Henri, ayant été contaminé par Bakkar. Il se rappela aussitôt toute la frayeur qui l'envahissait à ce moment où il croyait que tout était perdu pour lui. Lorsqu'il arriva finalement à la sortie de la ville, il en vint rapidement à la conclusion que les choses avaient beaucoup évolué depuis cette époque et espéra de tout cœur que toute cette histoire prenne fin un jour.

Il roula ensuite quelques kilomètres sur la route de campagne en direction de l'entrepôt de pommes de terre où il s'était battu pour la première fois contre Sadman. Arrivé à moins de deux kilomètres de là, il stationna son véhicule avant de poursuivre son chemin à pied. Afin de demeurer furtif, il utilisa la haute végétation des champs à l'abandon pour se déplacer. Tout en adoptant une position accroupie pour s'avancer, il aperçut bientôt la fameuse grange en question.

Encore une fois, les images de jadis lui traversèrent l'esprit, dont entre autre sa victoire sur le sorcier alors qu'il lui tranchait la tête ou encore Irsilda, laissée en tête du reste des Protecteurs au combat plus loin, qui arrivait enfin pour prêter main forte à Robert, salement amoché. Toutefois, il s'efforça de se ressaisir et de se concentrer sur sa mission actuelle.

Il s'installa donc afin d'examiner les lieux à l'aide de ses jumelles. À cet instant, la voix de Sarah lui disant de ne pas y aller résonna dans sa tête. Comme elle avait dû être déçue de lui à son réveil. Mais malgré le doute et les remords, Max demeura convaincu d'avoir fait le bon choix. Aussi, après n'avoir détecté aucun mouvement, il décida de s'approcher en douce.

Il se douta que, dû aux rayons du soleil, si Sadman était bien dans le coin, il allait forcément se cacher à l'intérieur. Il analysa donc la structure en se demandant quel était le meilleur endroit pour entrer. Il reconnut alors une trouée à travers les planches à l'étage que son pire ennemi et lui avait créée durant leur bagarre. Il se mit donc à ramper dans cette direction.

Tout en s'exécutant, il se mit à s'imaginer que l'un des gardes était peut-être en train de l'observer. Et plus il se rapprochait, plus il sentait la crainte l'envahir. Si bien qu'il fut persuadé qu'il allait bientôt recevoir une balle maudite. Mais malgré son cœur qui battait à vive allure dans sa poitrine et son envie grandissante de rebrousser chemin, il continua tout de même sa progression. À son grand soulagement, il arriva enfin à destination sans tomber dans une embuscade.

Une fois à proximité, il utilisa son ouïe ultra-aiguisée d'ange de niveau supérieur pour tenter de détecter un signe de vie. Il fut alors à la fois ravi et tracassé d'entendre deux hommes discuter tout bas à l'intérieur. Mais en écoutant leur conversation, il comprit avec grand soulagement que non seulement ceux-ci ne semblait aucunement l'avoir détecté, mais également qu'ils étaient en train d'effectuer une rotation de personnel à la position de tireur de couverture. Jugeant que d'avoir réussi à les surprendre ainsi en plein changement de garde était une grande opportunité et le meilleur moment pour passer à l'action, il décida donc d'agir maintenant.

Espérant ne pas commettre une grave erreur comme le croyaient ses comparses, il serra les dents et sauta en direction du passage. Dès qu'il pénétra dans le bâtiment, plongé dans l'obscurité, il scruta tout autour pour retracer les sentinelles. À l'instant où son regard se posa enfin sur eux, installés sur une plate-forme élevée qu'ils avaient fabriquée au niveau des poutres du toit, ces derniers remarquèrent également l'intrus. Celui en possession de la carabine de précision se réinstalla sans attendre derrière sa lunette de tir.

Mais même s'il s'exécuta rapidement, il ne put rivaliser avec la vitesse du surhomme qui avait déjà bondi dans leur direction.

Dès qu'il atterrit sur leur palier, Max agrippa le premier avant qu'il ne puisse se défendre et le jeta sur une caisse de bois plus bas, qui se fracassa bruyamment. L'autre dégaina aussitôt son pistolet. Toutefois, à la seconde où il le pointât sur l'ange, celui-ci agrippa le canon avant de l'écraser entre ses doigts. Puis, sans lui laisser le temps de tenter autre chose, Max l'assomma d'un solide coup de poing.

À peine venait-il de le mettre hors d'état de nuire qu'une panoplie d'hommes vêtus en noir armés de mitrailleuses sortirent de nulle part en ouvrant le feu. À l'instant où les balles se mirent à siffler autour de lui, le combattant du Bien se jeta dans le vide en direction de l'étage, qui surplombait la moitié du rez-de-chaussée tel un balcon. Il termina sa chute avec une roulade avant d'aller prendre un couvert derrière un muret, le tout sans être miraculeusement atteint par les nombreux projectiles. Alors que les impacts autour de lui s'accumulaient de plus en plus, Max se mit à tirer à son tour dans tous les sens, sans prendre réellement le temps de viser, ayant pour seul objectif de forcer ses ennemis à se tenir à distance et à prendre également un couvert.

Cependant, au moment où il s'exécutait, une voix masculine, prononçant des mots inconnus, se mit à résonner dans le vieil entrepôt. Aussitôt, les oreilles de l'ange se mirent à bourdonner à un point tel qu'il s'effondra à genou, avant de devoir même lâcher son fusil d'assaut pour atténuer la douleur en bloquant le son de ses mains. Comprenant aussitôt qu'il s'agissait forcément d'un sorcier qui récitait une incantation satanique, Max se dépêcha d'activer le pendentif que Travos lui avait fabriqué. Il fut alors ravit de constater que l'invention de ce pur génie fonctionnait à merveille.

Toutefois, étant maintenant privé de son ouïe, il leva vite les yeux pour analyser les menaces autour. Il discerna à ce moment un homme chauve à proximité de lui, qui faisait signe à ses troupes de cesser le feu. En reconnaissant le visage du psychopathe de la vidéo, le soldat de Dieu comprit qu'il ne pouvait s'agir de nul autre que Sadman.

À côté de celui-ci se tenait un inconnu aux cheveux longs, dont la bouche ne cessait de remuer. Il en déduisit sur-le-champ qu'il devait s'agir du sorcier que le démon avait recruté.

Max remarqua à cet instant Sadman faire un pas dans sa direction. Comprenant que son rival avait certainement l'intention d'en finir personnellement avec lui, l'ange garda sa position tout en simulant que les paroles maudites le forçait toujours à demeurer immobile.

— Je n'aurais jamais cru que tu aurais été assez idiot pour réellement venir jusqu'ici! avoua Sadman en s'approchant de son adversaire qui faisait semblant de se plaindre sans bouger. Mais je dois avouer que j'en suis réellement enchanté! Qui aurait pu croire que ça allait être aussi facile! Je vais enfin pourvoir prendre ma revanche!

Lorsqu'il arriva tout près de Max, le serviteur de Lucifer leva sa main alors que de longues griffes sombres jaillirent du bout de ses doigts. Tout en jubilant, il éleva donc celles-ci au-dessus de celui qui, depuis le début, avait contrecarré tous ses plans. Il se prépara à les rabattre quand tout à coup, Max cessa de jouer la comédie et se releva en lui balançant un puissant uppercut. Sadman s'envola aussitôt avant d'aller se river violemment contre l'un des coffres en bois plus loin.

Témoin de la scène, tous les hommes armés relevèrent aussitôt leurs canons dans la direction du demi-dieu. Sans perdre une seconde, celui-ci déploya ses ailes translucides pour se protéger avant de se précipiter vers le sorcier aux longs cheveux, qui ne comprenait toujours pas pourquoi son sortilège ne fonctionnait plus. Sans lui offrir d'explication, Max l'agrippa avant de le projeter brutalement contre l'un des tireurs. Puis toujours, en bloquant les balles avec son bouclier spirituel, il se rua vers les soldats de Satan en les mettant hors de combat les uns après les autres. Utilisant ses poings, ses coudes et ses pieds, il les neutralisa à une vitesse que même lui ne serait cru capable d'atteindre. Et en moins de quelques secondes, ils furent tous au tapis.

Se sentant faiblir tout d'un coup, Max comprit qu'il allait devoir rétracter ses ailes, qui étaient sa faculté la plus coûteuse en énergie. Afin de percevoir également les bruits, il désactiva le dispositif de Travos tout en s'assurant que le sorcier aux cheveux longs était bien inconscient.

Mais à peine venait-il de s'exécuter que trois sbires de Sadman bondirent de leurs cachettes en sa direction. En voyant ces êtres à la peau foncée, au nez aplati, aux yeux d'un bleu flamboyant et aux longs crocs de félin, le guerrier attrapa l'épée derrière son dos.

Avant même que le premier ne touche le sol, Max lui sectionna littéralement le torse en deux, lui coupant du même coup le cœur de sa lame bénite. Il se retourna ensuite vers le suivant et lui trancha la tête, faisant gicler un long jet de sang. Il l'acheva ensuite en transperçant son point vital. Puis, au moment où le troisième tentait de le griffer, il lui tailla l'avant-bras avant d'en finir également.

Mais alors qu'il terrassait le dernier, l'un des hommes de main à la mâchoire solide reprit soudainement conscience. Ce dernier, en apercevant l'ange occupé ailleurs, profita de cette diversion pour lever son arme. La première balle qu'il lui envoya le toucha à l'épaule alors que la seconde l'atteignit dans le bas du dos.

En sentant les impacts, Max se jeta à couvert avant qu'un autre projectile ne le touche. Une fois à l'abri, les blessures se mirent à le brûler intensément et il comprit que les munitions utilisées avaient forcément été maudites.

Malgré la douleur insoutenable, le guerrier du Seigneur voulut mettre le colosse hors-jeu au plus vite. Il attrapa donc l'une des caisses vides et la lança avec vigueur dans sa direction. Lorsque la boîte en bois le frappa de plein fouet, le tireur s'étala sur le dos et y demeura pour de bon cette fois.

Plus loin, lorsqu'il entendit son rival se plaindre de ses dommages importants, Sadman jugea que le moment était propice pour tenter une contre-attaque. Sous sa forme terrifiante de panthère humanoïde cette fois, il se projeta vers lui, une large poutre de bois entre les mains. En retombant, il fracassa celle-ci sur la tête de Max pour l'étourdir un peu. Puis, il enchaîna en lui plantant le bout qui s'était brisé en pointe en plein dans son ventre. Une fois qu'il l'eut empalé, il lui griffa le poignet, lui faisant ainsi échapper Spero, qui glissa jusqu'au rez-de-chaussée. Il termina ensuite son enchaînement de coups en le frappant sous le menton. Le visage lacéré, Max s'éleva à une hauteur importante avant d'aller se rabattre péniblement le dos contre le ciment du plancher principal plus bas.

Ne voulant pas lui laisser le temps de s'en remettre, Sadman bondit aussitôt dans sa direction. Par chance, l'ange se roula à temps sur le côté, évitant de justesse les griffes de la panthère-garou qui produisirent des flammèches en touchant le sol en béton. Puis, tout en arrachant le bout de bois qui lui transperçait le corps, le surhomme se remit rapidement sur pied. Néanmoins, comme la souffrance que les plombs maudits encore logés dans son corps lui embrouillaient complètement l'esprit, il ne vit que trop tard son opposant lui envoyer un solide coup de pied. Ne pouvant l'éviter, il encaissa la frappe en pleine poitrine avant d'aller se river dans une montagne de coffres, qui s'écroulèrent ensuite sur lui.

Se sentant pris au piège sous les caisses, Max se dépêcha de les repousser avant de se relever au plus vite. Mais à peine venait-il de réussir que le démon-félin revenait déjà à la charge. En découvrant celui-ci tenter de l'atteindre de sa gueule béante, le membre des Protecteurs lui saisit le visage pour le maintenir à distance. Comme ses deux mains étaient occupées, Sadman en profita pour lui planter ses griffes dans les côtes avant d'aller le plaquer contre un mur derrière.

Les deux pires ennemis, l'un en face de l'autre, se fixèrent alors du regard, attendant que l'un d'entre eux fléchisse. Max, le menton ensanglanté, semblait réellement en désavantage alors que l'effroyable créature le souleva carrément de terre pour le faire souffrir encore plus. Sentant que l'accumulation de blessures le rendait de plus en plus vulnérable, l'ange comprit qu'il devait trouver rapidement une échappatoire, sachant qu'il n'allait pas être capable de le retenir encore bien longtemps.

En poussant contre le visage de son assaillant, il remarqua

son système Chester fixé à son avant-bras. Il activa sans attendre un jet d'eau bénite et le liquide, corrosif pour les agents du Mal, se répandit sur toute la joue du monstre. Celui-ci se secoua la tête en grognant et Max en profita pour le repousser à l'aide de ses pieds.

Toutefois, à peine Sadman venait-il de chuter un peu plus loin que deux autres de ses sbires passèrent à leur tour à l'attaque, ne laissant pas leur proie reprendre son souffle. Aussitôt que les aniotas se présentèrent, l'ange blessé les évita avant de s'éloigner de quelques pas. Mais ceux-ci s'acharnèrent et retournèrent au plus vite à l'assaut. Comme ils s'approchaient, Max déchira d'un coup le devant de sa veste tactique, de son gilet protection et de son chandail au niveau de la poitrine, dévoilant ainsi la marque de crucifix sur sa peau. Dès que leurs yeux entrèrent en contact avec ce symbole de la victoire du Bien contre le Mal, les êtres surnaturels s'immobilisèrent en se bouchant la vue.

Max en profita pour actionner le pic du système inventé par son défunt collègue avant de s'approcher du premier. Puis, sans perdre une seconde, il lui transperça le cœur de son arme contenant des diamants. En remarquant la scène du coin de l'œil, l'autre tenta de bondir pour s'éloigner, mais l'ange l'agrippa à temps à la cheville avant de le projeter au sol. Il se pencha ensuite vers lui avant de l'achever également.

Pendant ce temps, derrière, Sadman se jeta sur lui comme une bête enragée. Mais au dernier instant, Max, l'ayant entendu, se retourna en lui envoyant un crochet du droit. Son pic lui traversa alors le crâne avant de se casser à la base. Le pieu ainsi logé, de part en part de sa tête, la panthère de l'enfer s'écroula au tapis en se plaignant et en se tortillant comme un vers.

L'ange profita de ce répit pour attraper un couteau et l'enfoncer au plus vite dans sa plaie faite par balle au bas de son dos. La faible douleur qu'occasionna la lame ne fut rien à ce moment comparée à la brûlure que lui infligeaient les projectiles empoisonnés. Ce fut donc avec un soulagement énorme qu'il réussit à extraire le premier. Alors, voyant que son antagoniste n'était pas encore sur pied, il en profita pour planter son poignard dans son épaule. Dès qu'il sentit la pointe toucher le plomb, il se mit à la tournoyer rapidement pour le faire sortir. Tout en gémissant, il retira enfin la petite bille qui lui faisait autant de mal.

De son côté, Sadman en fit autant en agrippant le pic de ses puissantes pattes et en tirant de toutes ses forces. Dès qu'il réussit enfin à l'arracher, il se secoua la tête pour reprendre ses esprits.

Comme ils finirent presqu'au même moment, les deux ennemis se tournèrent l'un vers l'autre en se fusillant du regard. Ils demeurèrent ainsi un moment, attendant que l'un d'entre eux ne tente quelque chose. Soudain, à sa grande satisfaction, Max remarqua un peu plus loin la poignée de Spero qui dépassait du coin d'une boîte de bois. Sans hésiter, il s'élança à une vitesse foudroyante vers son épée, qui avait chutée plus tôt.

Le démon, qui s'était aussitôt précipité à sa poursuite, s'immobilisa sur-le-champ en voyant l'ange mettre la main sur son arme fétiche. Sachant très bien qu'il ne faisait désormais plus le poids, il se prépara tout de même à se battre jusqu'au bout.

Pour sa part, Max, le feu dans le regard, s'apprêtait à en finir avec lui. Enchanté d'avoir réussi là où les autres croyaient qu'il allait échouer, il se prépara à lui faire payer toutes les horreurs qu'il avait commises.

— C'est fini, Sadman! Tu as perdu! Et tu vas bientôt retourner en enfer!

— Tu as peut-être réussi encore une fois! Mais un jour, ta chance tournera! Tu sais très bien que je reviendrai tôt ou tard! Je reviendrai encore et encore, autant de fois qu'il le faudra, jusqu'à ce que je réussisse enfin à te faire la peau! Mais je te jure que je réussirai un jour! Oh, oui! Et quand je mettrai la main sur ton âme, je te ferai souffrir les pires tourments pour l'éternité!

— Tu peux toujours rêver!

Lorsqu'il s'approcha, Sadman fit un pas en arrière en exposant ses crocs tel un chat enragé. C'est alors qu'étrangement, l'ange reconnut la peur dans le regard du monstre. En discernant cette émotion, un déclic inexplicable se fit dans son esprit, comme si quelqu'un venait de lui transmettre une réponse. Par la suite, la voix d'Henri se mit à résonner dans sa tête. «Il a vu du bon en lui! Il a perçu que Nicholas agissait de la sorte parce qu'il avait mal! Parce qu'une souffrance intérieure grugeait son âme!» Un étrange sentiment le fit aussitôt s'arrêter.

— Combien de fois allons-nous encore nous battre? s'exclama ensuite Max.

— Je te l'ai dit, le nombre de fois qu'il faudra pour que je réussisse enfin à te vaincre!

— Et… Et combien… Combien de gens en souffriront?

— Quoi?!

— Combien y aura-t-il encore de dommages collatéraux à cause de nos bagarres?

— Cesse de me faire patienter! Allez, finissons-en!

— Non! Non, Henri avait raison… Si je te tues maintenant, je ne règlerai que temporairement le problème! Ce… Ce n'est pas ainsi que j'arriverai à en finir pour de bon! Ce n'est pas en utilisant le mal que j'arriverai à combattre le Mal!

— Je ne sais pas à quoi tu joues, sombre idiot, mais saches que si tu t'en vas maintenant sans m'éliminer, je me ferai un malin plaisir à massacrer d'autres gens comme je l'ai fait avec cette mère et cette petite fille! Ne me dis pas que tu as déjà oublié leurs cris! Ha! Ha! Ha!

— Non! Je ne les oublierai jamais! Et je sais que tu continueras à faire souffrir des innocents tant que tu ne m'auras pas battu!

— Ah, oui! Tu peux en être certain!

— Très bien, dans ce cas! dit-il en abaissant son glaive et en tentant de relâcher toute sa colère et sa hargne envers cet être. Je comprends pourquoi tu me détestes! Alors, vas-y! Je n'ai pas l'intention que d'autres personnes paient de leur vie pour que je puisse survivre. Je… Je ne veux plus me battre contre toi! Fais ce que tu as à faire et finissons-en une bonne fois pour toute!

— Pauvre crétin!

Sur ces paroles, Sadman se précipita vers son antagoniste,

qui demeura complétement immobile. La panthère géante lui asséna alors un brutal coup de griffes au visage, l'envoyant ainsi valser contre d'autres caisses, plus loin. Malgré la douleur, Max se remit hâtivement sur pied en crachant une bonne giclée de sang. Par la suite, il se retourna face à son rival, qui restait à distance, craignant un piège.

— Je te l'ai dit, Nicholas! Je n'ai plus l'intention de me battre! avoua-t-il en jetant Spero au sol. J'en ai assez de tout ceci! Assez que des innocents souffrent à cause de nos bagarres!

Ne se posant pas davantage de question, le démon se rua vers lui. À défaut de se défendre, Max l'évita de justesse cette fois, cherchant à gagner un peu temps.

— Ça a été plutôt long, mais j'ai enfin fini par comprendre! poursuivit le jeune. Après toutes ces années à me battre au nom du Bien, ce n'est que maintenant que je saisis finalement ses véritables intentions!

— Ta gueule! lui répondit Sadman en se jetant à nouveau dans sa direction.

— Et je sais pourquoi tu as si mal! poursuivit l'ange en l'esquivant encore. J'ai lu tout le rapport de ta psy, Katie, à ton sujet. Je sais ce que tu as dû endurer au cours de ta vie!

— Non! Tu n'en as aucune idée! Avec ta belle petite gueule, tu ne sais pas ce que c'est que de vivre en étant sans cesse traité comme un monstre! Tous ces regards et ces jugements que l'on perçoit à tout moment. J'arrivais même à discerner toute l'hypocrisie au fond des yeux de ceux qui faisaient semblant d'être gentils avec moi! Sans aucune difficulté! Je discernais aisément qu'ils ne voyaient en réalité qu'un être répugnant! C'était plus fort qu'eux! Plus fort que la nature humaine! Ce monde est pourri jusqu'à la moelle et mérite de brûler!

— C'est vrai! Cette planète regorge de saloperies! Mais à qui revient la faute! C'est ton maître qui leur a montré cette voie! C'est vrai, personne ne m'a autant ridiculisé que tu as pu l'être! Alors oui, je ne peux pas comprendre tout ce que tu as enduré! Mais c'est Satan qui leurs a enseigné le mépris! Et de toute façon, toi et moi savons très bien que ce n'est pas principalement à cause de ces moqueries que ton cœur est devenu si noir! Non! C'est dû à quelque chose de bien plus important! De bien plus dramatique! En fait, c'est la perte de ton petit frère qui t'as mis dans cet état!

— Mon frère?

— Oui, Andrews! Ne me dis pas que ta transformation en démon t'a effacé tes seuls souvenirs de bonheur! Te souviens-tu seulement de ce qu'est le bonheur?

— En fait, je le retrouverai quand je mettrai ta tête sur une pique!

— Tu te trompes! Quand tu m'auras tué, que feras-tu ensuite? Qui iras-tu retrouver ensuite quand tu retourneras de l'autre côté, tôt ou tard! Andrews n'est pas en enfer! Et je suis persuadé qu'il te regarde en ce moment du paradis et espèrent de tout cœur que tu comprennes mon message!

— La ferme! Je n'ai aucun souvenir de cet Andrews! Tout ce que je désire, c'est te faire souffrir, peu importe les conséquences!

— Pourtant, tu as déjà été quelqu'un de bien! Quelqu'un qui faisait face à son père ivre pour éviter que son petit frère ne se fasse battre! Pourquoi crois-tu que tu te sacrifiais de la sorte?! Parce que tu l'aimais! Tu aimais Andrews de tout ton être!

— Je... Je... bégaya-t-il alors que des brides de mémoire lui revinrent contre son gré en tête.

— Tu as déjà connu l'amour, Nicholas! Souviens-toi!

— Non! Fermes ta gueule!

— Cesse de combattre et laisse les souvenirs remonter à la surface! Laisse le visage de ton frère revenir dans ton esprit!

— Non! Je ne veux pas!

— Je sais la perte d'un être cher peu faire souffrir! J'ai d'ailleurs perdu mon meilleur ami d'enfance Ray justement à cause de tes tentatives de fin du monde! Et j'ai eu mal! Très mal! Et je t'ai détesté pour cela! Mais... Mais même après t'avoir éliminé, la première fois, toute cette colère ne s'était pas envolée! La vengeance n'est pas la solution! Et aujourd'hui, j'ai enfin compris. Alors même si... Si je dois avouer que c'est plutôt difficile, je... Je te pardonne! Je te pardonne la mort de mes amis Ray, d'Éric, de Karl, ainsi que celle d'Éva et de tous ceux que j'ai perdu à cause de toi!

— Je ne veux pas de ton pardon!

— Je sais que la perte de ton frère t'a fait si mal que tu en as voulu à Dieu de t'avoir apporté un tel sentiment! enchaîna-t-il tout de même. Je sais que Satan a bien voulu te faire croire qu'à ses côtés, cela ne se reproduirait plus jamais. Mais tu te trompes! C'est sa raison d'exister! Il transmet la souffrance à tous ces gens comme il te l'a déjà transmise! Eh oui, mon ami! Tu t'es foutrement trompé de coupable durant toutes ces années! Ce n'est pas le Bien qui a tué ton frère! C'est ton maître qui a empoisonné l'esprit des humains! C'est à cause de lui que ton père était aussi violent! C'est aussi à cause de lui que ta mère prenait toute cette drogue et cet alcool! Et c'est parce qu'elle avait pris toute cette merde qu'elle s'est endormi avec cette cigarette allumée! Alors, si tu cherches un coupable à tous tes malheurs, tu devrais plutôt regarder dans ton camp! C'est en grande partie à cause de Lucifer que ce feu s'est allumé ce fameux soir. C'est celui à qui tu as promis allégeance qui t'as pris ton visage et surtout ton petit frère! C'est le Mal qui a tué Andrews!

— Je t'ai dit de fermer ta gueule!

Tout en rageant, Sadman fonça vers Max, qui cette fois, de façon volontaire, ne tenta pas de l'esquiver. Le démon se mit alors à le ruer de coups encore et encore. Après une série de violentes et sauvages attaques, le corps meurtri de l'ange glissa sur le sol en laissant une trace de sang.

Sadman resta sur place un moment, attendant de voir s'il n'allait pas se relever. Mais comme la carcasse devant lui demeura inerte, le démon au trait de panthère tandis l'oreille pour vérifier s'il respirait toujours. Dès qu'il eut confirmé que son âme ne l'avait pas encore quitté, il fit un pas en avant, ayant pour but d'aller la lui déroder au plus vite. Cependant, sa conscience l'arrêta aussitôt. Bien qu'il tenta de toutes ses forces de le nier, il ne put s'empêcher d'admettre que les paroles de l'ange l'avaient touché. Il se mit alors à se détester d'hésiter de profiter d'une telle occasion. Le fameux Max étendu là, à sa merci! Lui, qui attendait ce moment depuis si longtemps.

Soudain, alors qu'il s'apprêtait à se remettre en mouvement, un spectre blanc fit son apparition devant lui.

— Non, Nicholas! dit ensuite une voix d'enfant. Ne fais pas ça! Tu le regretteras!

En l'entendant, tous ses souvenirs refoulés remontèrent d'un coup à la surface. Les images de son enfance alors qu'il jouait avec son petit frère se mirent à défiler dans sa tête.

— Andrews?! C'est toi?!

— Je suis si heureux que tu te souviennes enfin de moi! Ton alliance avec le Mal t'avait totalement embrouillé l'esprit!

— Mais, c'est impossible! Comment as-tu fait pour...

— Tu sais pourtant que la peur d'un être aussi puissant que Daniel peut occasionner des fissures temporaires sur ce monde, comme cela s'est produit dernièrement lorsque ton maître s'en est pris à Robert. Eh bien, l'inverse est aussi possible. Un acte d'amour aussi grand qu'un sacrifice pour sauver son pire ennemi, posé par un ange, a également un effet similaire. J'ai donc voulu profiter de ce passage provisoire pour venir te livrer un message.

— Quel message?

— Il n'est pas encore trop tard pour toi! Tu peux encore te repentir! Tu peux toujours venir me rejoindre!

— Non! Je ne peux pas! Je ne veux...

— Nicholas, j'ai besoin de toi! En te voyant agir de la sorte, mon être ne fait que se remplir de tristesse! Alors il est impossible pour moi d'évoluer vers un palier supérieur. J'ai besoin de toi à mes côtés pour grimper de niveau. Je t'en supplie, viens me rejoindre! Je t'aime trop pour te laisser ainsi! Abandonne toute cette peine et cette douleur et viens avec moi! Tu ne souffriras plus jamais, c'est promis!

— Arrête! Non!

— Nicholas, si ton maître gagne cette guerre, il réduira le monde dans lequel je subsiste à néant. Il me jettera dans la fosse avec tous les autres. Quand nous étions ensemble, tu t'efforçais tant à me protéger! Tu étais même prêt à prendre des coups pour éviter qu'il ne m'arrive malheur! Et maintenant que je risque bien pire, tu veux m'abandonner?!

— Je ne peux pas! Je... Aaaargggh!

— Mais si, tu le peux! Va vers la lumière! Si tu sors dehors, ceci symbolisera que tu es prêt à abandonner les ténèbres!

— Je n'y arriverai pas!

— Tu es tellement habitué de vivre dans la souffrance que tu n'arrives même plus à t'en débarrasser! Mais Nicholas, tu peux en sortir! Je t'apprendrai! Une fois avec moi, je t'enseignerai le vrai bonheur! Et ensemble, nous progresserons pour devenir encore meilleur!

— Aaaarrrggghhh! Non! C'est trop dur!

— Va vers la lumière! Fais-le pour moi! Je sais qu'il y a encore de l'amour dans ton cœur! Je le ressens! Fais-le si tu m'aimes!

Totalement tiraillé à l'intérieur, Sadman hésita un bon moment en grognant et en se plaignant. Tout à coup, il se revit, enfant, alors qu'Andrews le remerciait tout en pensant ses plaies suite au passage de leur père. «Tu es le meilleur grand frère du monde!» avait alors dit le petit bonhomme.

Tout à coup, une larme coula sur la joue de la panthère

humanoïde, suivit d'une autre. Puis, un bref instant plus tard, le cœur serré, le démon s'avança lentement vers un passage à travers les planches, créé des années auparavant par Tom pendant sa bagarre avec Isigard. Une fois tout près, il hésita quelques secondes avant de se plonger volontairement sous les rayons du soleil.

Les brûlures qu'occasionnèrent ces derniers le poussèrent à hurler comme une bête et à se jeter à genoux. Mais malgré cela, il resta sur place, tentant de chasser toute cette obscurité en lui. Après un instant, son corps reprit peu à peu sa forme humaine. Bientôt, l'homme qui lui avait offert son véhicule charnel s'effondra dans la végétation, inconscient.

— Ça y est? Ça a fonctionné? demanda Max, qui était revenu à lui juste à temps.

— Oui! répondit le spectre blanc, toujours présent. Grâce à toi! Merci du fond du cœur!

— Merci à toi! En tout cas, je dois avouer que je ne cesserai jamais d'être étonné. Si j'avais su avant…

— Il fallait que tu sois prêt à mourir pour que le passage s'ouvre!

— Je vois!

— Bon, désolé, mais je dois y aller maintenant! Mon pauvre frère sera complètement perdu dans ce nouveau monde!

— Il aura un excellent guide!

— Je tâcherai de lui apprendre le bonheur! Mais avant de partir, je dois te prévenir! Tu ne pourras pas sauver les autres démons de la sorte! Ils se sont fusionnés avec le Mal depuis bien trop longtemps! Cela faisait à peine sept ans et déjà, Nicholas m'avait oublié. Mon frère était presque à un point de non-retour! Il est donc trop tard pour les autres. Il y a encore une possibilité pour eux de l'autre côté, mais pas ici!

— Je comprends!

— Et spécifiquement Malork! Il est l'un des plus vieux démons qui existe dans tout l'univers.

— D'accord!

— Alors, au revoir mon ami! Et bon courage pour la suite! Nous comptons tous sur vous afin d'arrêter cette armée infernale!

— Je ferai tout ce qui est en mon pouvoir pour y parvenir!

Le fantôme disparut ensuite d'un seul coup, laissant Max dans la grange. Celui-ci, qui se remettait lentement de ses blessures, se dépêcha de quitter les lieux, sans toutefois oublier Spero, avant que les hommes en noirs ne reviennent à eux. Une fois de retour à son véhicule, plus que satisfait de ce qu'il venait d'accomplir, il se mit à rire de bon cœur. Puis, l'âme en paix, il reprit la route vers le refuge des Protecteurs d'où il était parti.

Chapitre 40

La boutique d'Alfredo

Mis à part quelques zombies croisés en route, qui furent aisément neutralisés par les Protecteurs, le déplacement vers le centre commercial où se trouvait la boutique de l'italien se déroula sans embûche. Même l'inspection du bâtiment désert qui suivit, effectuée par la cinquantaine de combattants du Bien, ne dévoila aucun danger majeur. Toutefois, par mesure de précaution, fortement conseillé par Robert, tous les cerveaux des cadavres qui gisaient ici et là dans le corridor furent mis hors d'état de nuire. En effet, celui-ci leur expliqua que selon son expérience dans le marché de Winslow, il arrivait que les morts-vivants tombent en espèce de mode veille pour après se réveiller à la suite d'un bruit.

Une fois l'endroit jugé sécuritaire, la plupart des soldats raccompagnèrent les civils vers leur nouveau refuge. Travos, pour sa part, laissa son androïde à l'entrée principale pour faire le guet. Une vingtaine de membres de l'équipe restèrent également à ses côtés.

Une fois entré dans le petit commerce de babioles, Yohanda annonça une pause de quinze minutes à sa troupe, le temps de faire le point sur la situation. Jugeant que le moment était adéquat pour se permettre de perdre un peu de pouvoir, Tom en profita pour guérir l'entorse de Sophia. Pendant ce temps, Katie, qui attendait ce moment avec impatience, s'approcha de l'homme qui semblait détenir toutes les réponses. En la voyant, Robert comprit qu'il n'allait plus pouvoir éviter la conversation.

— Écoutez, monsieur, je…

— Robert!

— Eh bien, Robert, je suis désolée, mais il me tarde de comprendre ce qui ne va pas avec moi. Pourquoi je connais autant de trucs? Pourquoi j'ai toujours cette impression de déjà vu? Et pourquoi nous connaissons-nous?

— Katie, en fait, toi et moi avons déjà vécu une situation semblable, il y a presque sept ans déjà.

— Vraiment?

— Oui! Dans un petit village isolé appelé Winslow. Nous en avons pas mal bavé, mais nous avons réussi tout de même à nous en sortir. Mais comme tenter de reprendre une vie normale après tout ceci est chose impossible, eh bien… Tu as… Tu as décidé de te faire effacer la mémoire…

— Quoi?

— Oui, les Protecteurs font souvent affaire à un hypnotiseur aux dons divins… Un homme qui détient cette capacité. Tu as volontairement choisi cette option.

— Ah, ben ça! Ce n'est pas croyable!

— Mais c'est pourtant la vérité!

— Wow! Et vous, vous n'avez pas…

— Non! Même si j'y avais songé plusieurs fois.

— Nom d'un chien! Et vous et moi, est-ce que… Je veux dire… Dès que je vous ai vu, j'ai ressentis vraiment quelque chose de fort et… Enfin… A-t-on déjà eu une relation?

— Non! Il ne s'est jamais rien passé entre nous deux! dit-il en exposant sa bague de mariage.

— Je vois! Désolée! Je... Une fausse intuition... Tout comme pour l'agent-double...

— Ouais... En fait, il y avait bien une jeune femme au service des sataniques qui s'était infiltrée parmi nous à Winslow. Alors pas étonnant que...

— Oui... Ça me revient... Une belle fille aux cheveux foncés... Elle avait été envoûtée et manipulée par son gourou... Oui... Il s'appelait... Il s'appelait... Sadman!

— Exactement!

— Mais bien sûr! Son visage brûlé... C'était mon patient... Je...

Elle s'arrêta brusquement, comme si tous ses souvenirs venaient de la rattraper d'un seul coup. La barrière émise par l'hypnotiseur venait soudainement de s'effondrer. Elle sauta aussitôt dans les bras de Robert.

— Ça y est! Je me souviens de tout!

— Vraiment?

— Oui! Tout me revient! Je suis si contente de te revoir enfin!

— Je suis vraiment heureux de te retrouver également, Katie!

— Alors je constate que tu as encore repoussé la retraite.

— Disons que depuis que tu es partie, bien de l'eau a coulé sous les ponts!

— J'imagine, en effet!

— Comment va Max?! Il n'est pas ici? Est-ce qu'il est...

— Non! Il va plus que bien!

— Bon... Mais comment... Comment se fait-il que tu te retrouves ici en portant encore cet uniforme sur le dos?

Robert se mit alors à lui résumer toutes les aventures auxquelles Max, sa famille et lui avaient pris part. Celle-ci, ainsi qu'Ulric un peu plus loin, qui épiait la conversation, écoutèrent avec admiration tout le récit.

Pendant ce temps, plus loin, Yohanda, Wayuki, Abhay et les trois anges, réunis autour d'une carte de la ville, analysèrent les options pour leur prochain mouvement. Les rescapés un peu plus loin, quant à eux, pigeaient tranquillement dans les provisions qu'ils avaient trouvées en route, dans un petit marché.

La situation semblait tout à fait paisible quand soudain, un étrange bruit venant du conduit d'aération se fit entendre. Tous, encore sur le qui-vive, cessèrent aussitôt de parler tout en levant leurs regards inquiets vers le plafond.

— Mais qu'est-ce que... questionna Tom.

— Ça ne me dit rien qui vaille! s'inquiéta Robert. Ça n'augure vraiment rien de bon!

— Je n'aime pas ça! Pas du tout! Foutons le camp! décida le chef avant même de savoir ce qu'il en était réellement. Allez, maintenant! On bouge!

En plus de se répéter à plusieurs reprises, il fit également des signes de la main aux civils, qui étaient totalement figés sur place. Quand enfin ils se décidèrent à bouger, Yohanda ordonna à ses soldats d'ouvrir la marche en direction de la sortie. Mais au même moment, sans que personne ne l'ai vu venir, Alfredo sortit un pistolet d'un tiroir avant de le pointer vers le barbu. En le remarquant s'exécuter, le commandant leva à son tour son arme vers lui. Mais au moment où l'un comme l'autre allait ouvrir le tir, la petite Annalisa apparut entre les deux.

— Non! Ne tirez pas! hurla-t-elle.

— Pousses-toi, ma chérie!

— Papa! Mais à quoi tu joues!

— Elle a raison, Alfredo! l'appuya Ulric. Qu'est-ce que tu fais?!

— C'est... C'est pour elle que je fais ça!

— Mais qu'est-ce que tu me chantes? Ces trucs qui arrivent risquent de la bouffer, putain de merde!

— Vous ne comprenez pas! Ce n'est pas cette vie qui compte, mais la suivante! Quand mon cousin m'a amené à l'une de leurs réunions secrètes pour la première fois, j'ai vu toute l'ampleur de leur pourvoir! Les Illuminati sont partout! J'ai immédiatement compris! C'était inévitable! Je devais m'allier avec le camp gagnant! Quand le moment viendra... Quand le Mal l'emportera sur le Bien, je tiens à m'assurer que ma fille ne se retrouve pas dans la fosse avec vous tous! J'ai donc passé un pacte! Tout ce que j'avais à faire, c'était de garder un œil sur tous ceux qui allait se réfugier dans cette cathédrale! Et tout faire pour réussir à les convaincre de venir jusqu'ici! En échange, une place de choix pour ma petite Annalisa était garantie une fois de l'autre côté. Je n'étais censé leur apporter qu'un simple petit festin d'âmes de survivants! Mais quelle chance j'ai eu de tomber sur vous, les Protecteurs!

— Ne reste pas là, petite! lui ordonna Yohanda.

— Non! Ne tuez pas mon papa!

— Ils arrivent! enchérit l'italien. Je les ai avertis de votre présence! Ils sont venus en grand nombre! Vous ne pourrez jamais tous les combattre!

— Le fils de pute! s'exclama Katie. Je le savais que l'un d'entre eux s'était infiltré dans le groupe!

Entendant les bruits dans le conduit s'approcher de plus en plus, Yohanda comprit qu'il devait agir maintenant. Sachant qu'il pourrait lui atteindre l'épaule sans risquer de toucher sa fille, il pressa la détente. Lorsque la balle le toucha, Alfredo se recroquevilla sur sa blessure.

Au même instant, un armark poussa la grille d'aération avant de s'en extraire, tout en restant collé au plafond. Puis, tel une infestation d'insectes, d'autres se présentèrent, les uns après les autres. Les Protecteurs ouvrirent rapidement le feu alors que les rescapés se mirent à hurler d'effroi.

Malgré sa blessure, Alfredo profita de cette diversion pour prouver son allégeance au diable et pointa son canon vers sa cible principale. Yohanda, qui venait de tourner les yeux vers les démons-araignées, prit alors une première balle en plein bras droit. En sentant la douleur, il leva automatiquement son fusil d'assaut et tous les deux pressèrent instantanément leur gâchette. Le projectile envoyé par Yohanda frappa sa cible en pleine poitrine alors que celui de son opposant le toucha à la hanche, cette fois.

— Non! s'écrièrent presqu'instantanément la fillette et Wayuki.

La chinoise alla aussitôt attraper son amoureux qui s'apprêtait à s'effondrer tandis qu'Annalisa se pencha sur son père au moment où il poussa son dernier souffle.

— Ce connard m'a touché! réalisa Yohanda en s'appuyant sur sa copine.

— Ne t'en fait pas! Ça va aller! Dès qu'on sortira d'ici, l'un des anges te guérira, tout comme mon bras!

— Espèce de salopard! les coupa Annalisa en se retournant vers eux avec l'arme de son père.

Toutefois, avant que la fillette hésitante ne presse la détente, Wayuki, avec sa vitesse de ninja, relâcha son homme et alla lui arracher le pistolet des mains d'un coup de pied. Puis, par réflexe, elle enchaîna avec un suivant à la tête pour la mettre hors-jeu.

Tom, témoin de la scène, reprit rapidement les commandes et ordonna à tous d'évacuer au plus vite. Pendant ce temps, Robert, aidé d'une dizaine de musulmans, de bouddhistes et d'hindouistes, tentèrent de retenir par le tir les armarks qui devenaient de plus en plus nombreux dans la pièce.

Pour leur part, malgré leur désir de s'enfuir au plus vite, Xiang et Dylan donnèrent un coup de main à Sophia pour se déplacer. Bien que la cheville de celle-ci fût guérie, son embonpoint affectait tout de même sa vitesse de déplacement. Les autres membres du groupe de civils, quant à eux, suivirent Abhay qui ouvrait le passage vers le corridor. L'un des monstres réussit toutefois à se faufiler jusqu'au-dessus de l'indou. Heureusement, celui portant un turban rouge l'aperçut à temps et le détacha du plafond à l'aide d'un tir soutenu. Une fois par terre, l'indien l'aspergea d'une huile inflammable avant de lui mettre le feu. Le démon s'éloigna aussitôt en gémissant. Le guide somma alors les rescapés de poursuivre leur chemin.

Lorsque Yohanda, épaulé par Wayuki, se déplaça à son tour en boitant hors de la boutique, Tom ordonna à Robert et aux autres de sortir au plus vite. Mais au moment où il s'apprêta à bouger, l'ambulancier à la retraite remarqua la petite Annalisa étendue par terre. Étant incapable de la laisser, il l'attrapa et l'installa sur son épaule avant de s'enfuir.

Une fois dans le corridor du rez-de-chaussée, le groupe se dirigea en toute hâte vers la sortie. Mais à peine venait-il de commencer à se déplacer qu'une horde d'armarks bondirent de l'étage qui les surplombaient. Totalement encerclés par ces créatures des profondeurs en surnombre, les soldats se mirent à tirer dans tous les sens alors que les civils se centralisèrent au milieu. Bientôt, les combats se rapprochèrent à un point tel que certains durent attraper leurs poignards à la lame pouvant s'enflammer pour se défendre.

Tom tenta de reprendre le contrôle de ses combattants, qui pour la plupart faisait face pour la première fois à des êtres venus de l'enfer. Mais ceux-ci, craignant qu'il n'y ait aucune issue possible, semblaient totalement paniqués. Plus encore lorsqu'ils furent témoin de l'exécution violente de certains de leurs collègues.

L'un de ces êtres ignobles réussit même une percée jusqu'aux civils et agrippa Dylan. Toutefois, pendant que celui-ci se débattait pour le tenir éloigné, Katie jeta à l'agresseur une fiole d'eau bénite en plein visage. L'armark poussa une plainte avant de retourner d'où il venait.

Malgré cela, la situation semblait vouloir tourner au désastre quand soudain, une longue flamme réchauffa le couloir du centre d'achat. Les monstres, ultra-sensibles au feu, s'affolèrent à leur tour avant de s'en éloigner au plus vite. Lorsqu'un passage se libéra enfin, les humains furent profusément heureux de reconnaître le robot de Travos qui venait de déployer le lance-flammes intégré dans l'un de ses bras.

Par la suite, lorsque Tom vit une mitrailleuse rotative sortir du dos de l'androïde pour ensuite s'installer sur son épaule, il hurla à tous de se coucher à plat ventre. Sans poser de questions, ces derniers s'exécutèrent, laissant ainsi le champ libre à l'ingénieur pour ouvrir le feu. Les balles se mirent à frapper les démons à une vitesse fulgurante, faisant virevolter des morceaux de chair et gicler le sang à profusion. Au même instant, les vingt autres combattants restés à l'entrée arrivèrent à leur tour en ouvrant le feu.

Le nouveau chef par intérim, Tom, voulut aussitôt profiter de cette couverture et somma la troupe de poursuivre le désengagement. Les hommes et les femmes se remirent alors en route en passant de chaque côté de la machine, qui poursuivait son tir en balayant de gauche à droite et de haut en bas. Tous, y compris les nouveaux arrivants, se mirent à courir dans l'allée, laissant l'avatar du génie informatique tout seul.

Tout en restant aux aguets, les fugitifs avancèrent assez rapidement vers la sortie. Mais comme ils l'avaient presque atteinte, une bonne trentaine de vampires, qui servaient de force de réserve, bondirent à leur tour de l'étage. Les

Protecteurs entrèrent alors dans un combat sanguinaire contre ces êtres infectés par le Mal, dont beaucoup d'entre eux étaient des frères d'arme d'Ulric ou des policiers.

En apercevant cette nouvelle menace, Robert déposa la fillette et plaça son fusil d'assaut muni de son lance-grenade porte-bonheur derrière son dos, étant donné la trop grande possibilité de dommages collatéraux pour l'utiliser. Puis, le Chevalier de Dieu attrapa un couteau en bois avant de passer à l'attaque. Un peu plus loin, Tom déploya quant à lui son pic béni avant de charger à son tour. Les deux super-soldats se mirent alors à empaler l'un après l'autre les cœurs des créatures aux longs crocs.

Soudain, alors que la bataille faisait rage, Nospheus en personne, sous sa forme la plus terrifiante, fit à son tour son entrée en atterrissant juste devant Wayuki et Yohanda. À l'instant où le démon aux allures de chauve-souris se présenta, la guerrière déposa son copain blessé avant de déployer à la fois le pieu de son système Chester ainsi que son sabre. Puis, sans crier gare, elle se précipita vers lui.

Malgré la rapidité des assauts, le chef des vampires réussit à les éviter de justesse et réduire ainsi ses blessures à de simples petites coupures, dont une à la joue. Mais la vigoureuse as des arts martiaux poursuivit tout de même avec fougue sans ralentir. Toutefois, lorsqu'elle tenta de lui atteindre la poitrine de son pic, Nospheus l'esquiva à temps avant de saisir son moignon. Par la suite, il la projeta durement contre une colonne de soutien. Le souffle coupé, la pauvre tenta de peine et de misère de reprendre une inspiration.

L'hideux serviteur de Satan en profita donc pour se retourner vers Yohanda, à genou près de lui. Il fit alors un pas vers le commandant du groupe en élevant sa main griffue. Il s'apprêtait à la rabattre quant au dernier instant, Robert apparut juste derrière le barbu en exposant un crucifix.

Nospheus ne put rivaliser face au pouvoir spirituel du Chevalier de Dieu et fut forcé de se dissimuler la vue. L'un des musulmans à proximité, témoin de la scène, tenta aussitôt sa chance en approchant furtivement, un pieu de bois à la main. Cependant, le démon le remarqua à temps du coin de l'œil et se tourna en toute hâte vers lui tout en lui tranchant la gorge d'un coup de patte. Puis, il agrippa sa victime par la veste tactique avant de le lancer avec force en plein sur Robert, qui chuta à son tour.

Mais alors que la chauve-souris humanoïde croyait avoir enfin le champ libre, une balle le frappa en plein ventre. Lorsqu'il tourna ses yeux rouges vers celui qui avait osé l'agresser, il reconnut le jeune militaire qui lui avait glissé d'entre les doigts la veille. En le voyant, il eut aussitôt envie de prendre sa revanche. Il se rua alors vers Ulric, qui eut comme seule réflexe de poursuivre le tir. Mais malgré la douleur que lui infligeaient les projectiles de plomb, Nospheus ne brocha pas de sa trajectoire. Et lorsqu'il arriva à proximité, il le poussa avec vigueur de ses deux mains. Le jeune homme apeuré s'envola sur une distance impressionnante avant de traverser la vitrine d'une boutique de vêtements. Il termina ensuite sa chute en roulant dans le verre cassé.

Pendant ce temps, plus loin, deux vampires portant les uniformes des forces spéciales canadiennes se projetèrent au beau milieu de l'attroupement de civils. Le premier, désirant s'emparer d'une proie facile, attrapa Sophia un peu plus à l'écart avant de lui planter ses crocs dans une jugulaire. L'autre empoigna Éloi, qui se mit à se débattre de toutes ses forces pour se libérer de l'étreinte.

Au même moment, un peu plus loin, quatre hommes à la peau verdâtre et aux traits démoniaques apparurent à leur tour du balcon pour poser pied de chaque côté de Yohanda. Celui-ci, qui concentrait déjà toute son énergie à rester éveillé alors qu'il perdait beaucoup de sang, ne put rivaliser face à ce qu'il reconnut comme étant des léviathans. Bien qu'il fit tout de même éclater les crânes des deux premiers grâce au revolver de Riu, les deux autres réussirent à le désarmer pour le kidnapper avant de disparaître par où ils étaient venus.

Ayant assisté à la scène, Wayuki hurla sans attendre à Tom que son copain venait d'être emporté à l'étage. Celui-ci élimina rapidement le vampire avec lequel il se battait avant de bondir à sa poursuite. Cependant, au moment où il arrivait au balcon, trois autres léviathans portant des uniformes de la marine l'interceptèrent en sens inverse. L'ange retourna donc au rez-de-chaussée sous l'assaut de ses assaillants.

Plus haut, lorsqu'ils jugèrent être suffisamment éloignés, les léviathans détenant le colosse barbu s'immobilisèrent avant de se préparer à en finir avec leur puissant prisonnier. Yohanda, conscient qu'il n'avait désormais plus aucune chance de s'en sortir indemne, décida d'en finir avec dignité. Avec les dernières forces qui lui restaient, il agrippa l'une de ses grenades.

— Je ne vous laisserez pas mon âme, espèces d'enfoirés! s'exclama-t-il en tirant sur la goupille.

Lorsque la forte explosion retentit, Wayuki comprit aussitôt ce qu'il en était. Elle savait que son amoureux ne les aurait jamais laissé l'emporter en enfer.

— Noooon! hurla-t-elle en sentant sa poitrine se serrer douloureusement.

Tout en percevant ce cri de souffrance d'où il se trouvait, Nospheus afficha un sourire tout en continuant d'avancer vers le jeune fantassin, qui se relevait difficilement. Celui-ci, qui affichait quelques légères coupures au visage, dégaina rapidement le pieu de bois qu'il s'était taillé dans l'église. Et au moment où l'abominable créature arriva assez près, il tenta de la poignarder. Mais le démon lui saisit aisément le bras avant de répliquer en utilisant ses impressionnants crocs jaunâtres. Par réflexe, l'homme se rentra juste à temps le cou derrière son épaule. Les longues canines pénétrèrent tout de même son muscle en lui infligeant une douleur comme il n'en avait jamais connue. La chauve-souris géante le secoua ensuite comme un chien enragé avant de relâcher sa prise. Puis il saisit celui qu'il venait de contaminer par le collet et l'envoya se river contre le comptoir de la caisse, qui éclata en morceau sous le poids du pauvre homme.

Plus loin, Éloi, également en mauvaise posture, tenta toujours tant bien que mal de garder le vampire qui l'agressait à distance. C'est alors qu'au moment où il sentait qu'il allait céder, Zoé présenta un crucifix à l'agent du diable. Ce dernier grimaça immédiatement avant de relâcher sa proie. Sans réfléchir, Dylan, à proximité, attrapa son arme artisanale en bois et poignarda celui aux longs crocs à plusieurs reprises. Lorsqu'il lui toucha enfin sa partie vitale, le monstre de l'enfer poussa une plainte aigue avant de s'effondrer au sol. Une fois par terre, les spectateurs purent observer le corps reprendre son aspect humain.

L'autre vampire relâcha aussitôt le corps inerte de Sophia pour se tourner vers eux. À ce moment, Danielle lui envoya une giclée d'eau bénite en plein visage. La peau du suppôt de Satan se mit automatiquement à fondre. Xiang imita alors l'exploit de Dylan et lui planta son pieu dans le cœur.

Tom, pour sa part, prisonnier sous les trois léviathans acharnés, s'efforçait toujours de les maintenir à distance. Malgré sa force surhumaine, la position désavantageuse dans laquelle il se trouvait ne lui permit pas de reprendre le dessus. Mais alors qu'il allait bientôt perdre le contrôle, Robert surgit derrière, un couteau à la lame dorée entre ses doigts. À l'instant où son sauveur éliminait l'un d'entre eux, l'ange réussit enfin à en repousser un suivant de son pied. Puis, grâce à son système Chester béni, il terrassa le dernier qui était encore grimpé sur lui.

Comme celui qui venait d'être projeté par Tom glissa jusqu'à Wayuki, celle-ci en profita pour passer sa colère sur lui. Elle lui coupa d'abord une jambe avant de passer à l'autre. Elle enchaina par la suite avec ses bras pour finir avec la tête. Même s'il elle était consciente qu'il n'était pas encore tout à fait mort, elle le laissa tout de même ainsi, démembré, tout en crachant sur sa figure.

Plus loin, Nospheus, qui venait d'être affligé par la perte de deux de ses sbires, continua tout de même d'avancer vers Ulric, toujours dans les décombres du meuble sur lequel il avait atterri.

— Comme je viens de te mordre, ton âme m'appartiendra à ta mort alors que ton corps deviendra mon esclave! l'informa-t-il de sa voix grave et démoniaque. Mais d'ici-là, j'ai bien envie de te faire souffrir pour ce que tu m'as fait endurer!

Une fois arrivée jusqu'à lui, il se prépara à mettre ses intentions à exécution quand tout à coup, il ressentit des blessures importantes se faire infliger à ses troupes. Il se retourna aussitôt pour apercevoir l'androïde de retour en train d'asperger les démons présents de son boyau d'arrosage à eau bénite. Fou de rage, Nospheus hésita tout de même à agir, craignant pour sa vie. Mais alors qu'il ne s'y attendait pas, Ulric, derrière, profita de la diversion pour intervenir. Celui-ci attrapa en vitesse un petit madrier du comptoir, cassé en pointe, et le lui enfonça en plein centre du dos. En sentant le morceau de bois lui transpercer le cœur, le chef des vampires poussa un rugissement qui résonna à travers tout le centre commercial.

— Ça, c'est pour mes frères d'arme, sale fils de pute!

Comme à chaque fois qu'un démon originaire repartait en enfer, la peau de la création de Lucifer se mit à fondre de façon répugnante. Puis, ce fut au tour des muscles de se liquéfier. Finalement, une flamme bleuâtre vint consumer le squelette et les quelques amas de chair restants. Évidemment, tous les autres vampires encore debout se mirent également à gémir avant de tomber inconscient, pour enfin reprendre leurs formes humaines.

Comme ce fut une première pour Ulric, il fut estomaqué d'assister à un tel spectacle. À la fin, lorsqu'il ne resta plus rien de Nospheus, le jeune homme, bouche bée, demeura sur place.

— Bien joué, le jeune! le félicita Tom à partir de la sortie de la boutique. Ça alors, chapeau Lechasseur! Dis, ça va aller?!

— Je… Je crois que oui!

— Allez, viens vite nous rejoindre! D'autres armarks et léviathans risquent de nous tomber dessus d'un moment à l'autre! Il faut foutre le camp d'ici au plus vite!

Encore sous le choc, le jeune soldat resta tout de même immobile jusqu'à ce que l'ancien tireur d'élite, familier avec les méthodes de l'armée, lui ordonne de bouger d'un ton plus autoritaire. Tout en allant rejoindre les autres, Ulric récupéra en chemin son fusil, toujours orné d'une baïonnette.

Dès que tous ceux qui avaient survécus furent regroupés, le nouveau chef les dirigea vers l'extérieur, sous les rayons du soleil. Pendant ce temps, le robot de Travos utilisa son lance-grenades ventral pour ralentir l'avance des autres démons qui approchaient.

Une fois dehors, Tom poussa sa quarantaine de soldats restants vers l'avant pour ouvrir le chemin. Tout en éliminant quelques zombies de leurs fusils au passage, ceux-ci progressèrent d'un bon pas à travers la rue.

C'est alors que, comme le craignaient les combattants, des coups de feu provenant des buildings autour retentirent. Les premiers hommes se mirent ensuite à s'écrouler sous les tirs soutenus de mitrailleuses.

— Embuscades! s'écria Tom. Tout le monde à couvert!

Tous ceux encore debout accoururent aussitôt se mettre à l'abri derrière les voitures abandonnées et les coins de bâtiments. Puis, même s'ils n'arrivèrent pas à détecter visuellement les Illuminati qui les attaquaient, les Protecteurs se mirent tout de même à tirer en direction des bruits de détonation autour d'eux pour les forcer également à se dissimuler.

Robert, qui portait toujours la petite Annalisa inconsciente, après l'avoir reprise dans le centre d'achat, la déposa sous une voiture. Puis, il attrapa son arme derrière son dos afin de supporter ses alliés.

Comme si la fusillade n'était pas suffisante, une vingtaine des sbires de Malork, composés de ceux ayant traversé le trou de ver avec lui ainsi que des militaires fraîchement transformés, qui pour leur part avait une apparence un peu plus commune aux terriens, se projetèrent du haut des toits en direction des troupes au sol. En touchant terre, les créatures à la peau rougeâtre, dont le pouvoir titanesque de leur maître leurs permettait de toujours s'exposer à la lumière du jour, se ruèrent sauvagement à l'attaque.

Pour Danielle, la vieille dame, s'en fut trop cette fois et elle perdit conscience dans les bras de Dylan. Les autres civils, cachés ensemble derrière un pick-up, furent également tout aussi affolés de se retrouver en plein milieu de cette bataille, où les balles jaillissaient et les cris des soldats mutilés surgissaient de toutes parts.

Heureusement, Travos déploya aussitôt sa machine de guerre blindée en plein centre du conflit. Le génie, qui avait doté son invention d'une caméra thermale, put ainsi localiser rapidement la position des ennemis. Par la suite, en utilisant sa mitrailleuse rotative et les missiles dissimulés dans ses avant-bras, il brisa rapidement le contact. Il se servit également de ses tirs pour repousser les démons. Lorsque l'un d'entre eux bondit à proximité, il l'attrapa en vol, le jeta par terre et lui écrabouilla la tête avec vigueur de son pied de métal.

Tom en profita sans attendre plus longtemps pour sauter sur un balcon avant de sortir enfin de son sac sa carabine de précision de calibre.338. Dès qu'il eut adopté une position stable derrière celle-ci, il mit enfin ses talents de tireurs d'élite à profit. Il toucha d'abord un mitrailleur qui s'exposait la tête. Le sniper discerna ensuite un autre individu sur un toit, équipé d'un lance-roquette de type RPG 7, qui s'enlignait vers le robot. Le plus rapidement possible, il ajusta la distance et les vents sur sa lunette de tir pour ensuite placer la croix de son télescope au centre de la poitrine de celui-ci. Au moment où il pressa la détente, l'homme s'écroula mollement sur le rebord de l'édifice en échappant son lance-roquette au bas.

Lorsque celui-ci termina sa chute tout près d'Ulric, le soldat se risqua à aller le ramasser pour ensuite le pointer vers un être extra-terrestre en train d'égorger sadiquement l'un de ses nouveaux collègues. Jugeant qu'il n'y avait plus moyen de sauver la pauvre victime, il envoya la roquette en direction du monstre, qui éclata en morceaux.

Suite à l'explosion, un autre alien se précipita sur le capot du véhicule qui dissimulait le groupe de civils. Ceux-ci, terrorisés, hurlèrent d'effroi devant l'ignoble apparence de cette bête quand soudain, Wayuki arriva derrière lui tout en lui sectionnant un mollet de son sabre. Et à l'instant où la chose chuta au sol, elle enchaîna en lui tranchant la tête.

Pendant ce temps, de son point plus élevé, Tom poursuivait toujours ses tirs précis sur ses opposants humains et surnaturels quand il entendit tout à coup un bruit suspect derrière lui. En se retournant, l'une des choses d'un autre monde jaillit de la porte-patio jusqu'à lui. Néanmoins, grâce à sa vitesse d'ange, il réussit à l'éviter à temps en se roulant sur le côté. Il se releva ensuite d'un seul bond en esquivant les coups de griffes. Tout en bougeant, il dégaina son pistolet et, lorsqu'une opportunité se présenta, il vida son chargeur sur son agresseur. Et pendant que celui-ci tentait de se remettre de ses blessures, le guerrier au pouvoir divin en profita pour lui perforer le cœur de son pic béni.

Plus loin, Robert utilisa quant à lui son lance-grenade contre un autre de ces êtres. Lorsqu'il admira tout le haut de son corps exploser, il rechargea son M-203 et répéta le tir vers un suivant.

L'affrontement semblait tourner à l'avantage du Bien quand soudain, celui que tous redoutaient apparut du ciel pour terminer bruyamment sa chute auprès de l'androïde. Sous le poids la créature rouge de près de trois mètres de haut, possédant quatre bras musclés, une longue queue rappelant un peu celle d'un scorpion et une gueule dégoulinante remplie de longues dents acérées, l'asphalte se fissura tout autour sur une distance importante. En voyant cette abomination le fixer de ses quatre sévères yeux violets, Travos dirigea sur-le-champ son avatar dans sa direction. Mais malgré sa réaction instantanée, il ne put rivaliser avec la rapidité de Malork. Et en l'espace d'un clignement d'œil, le monstre arracha aisément un bras au robot tout en lui transperçant le tronc de part en part d'un coup poing. Presque simultanément, il saisit la tête de l'automate et l'écrasa en provoquant un bruit de frottement de métal. La machine perdit immédiatement son tonus.

Robert, qui fut d'abord subjugué par l'apparition de l'abject personnage, reprit ses esprits en le voyant détruire l'engin de guerre. Sans attendre davantage, il pressa la détente de son fameux lance-grenade. Mais à son grand désespoir, lorsque le projectile arriva à proximité de l'extraterrestre, celui-ci déploya son bouclier spirituel bleuâtre, se protégeant ainsi de l'explosion. Malork répliqua par la suite en projetant vers lui la carcasse du robot. Grâce à ses facultés surhumaines de Chevalier de Dieu, il réussit à l'éviter de justesse.

L'un des bouddhistes tenta également sa chance à l'aide de son fusil d'assaut. Mais le pauvre en subit rapidement les conséquences alors que le démon, qui continuait de se protéger à l'aide de ses ailes translucides, se précipita vers lui. Arrivée à sa hauteur, il l'attrapa par le bassin et la poitrine en se servant de ses quatre membres supérieurs. Puis, sous le regard horrifié de tous, il le déchira littéralement en deux, laissant s'échapper ses intestins et ses organes vitaux. Abhay, tout près, se risqua à son tour, mais son intervention fut sans succès. L'imbattable monstre le décapita en moins de deux d'un simple coup de queue. Et avant même que le corps sans vie de l'indien ne s'écroule, Malork se jetait déjà sur l'un des musulmans restant sur sa droite. Et dès qu'il en eut fini, il enchaîna avec un autre combattant.

Témoin de l'affreux spectacle, Tom replongea derrière son arme de précision et l'enligna vers lui. Mais comme s'il arrivait à tout voir, le monstre ressentit aussitôt la menace. À défaut d'être en mesure de déplacer l'ange par la pensée, il utilisa tout de même sa faculté pour faire léviter une voiture dans sa direction. N'ayant d'autres options, le tireur d'élite abandonna sa carabine et se jeta hors du balcon juste avant que le véhicule ne le percute.

Dès qu'il termina sa chute, Tom, étant le seul à être en

mesure de faire face à Malork, serra les dents et se prépara à livrer combat. Toutefois, au moment où il fit un pas, une fléchette ressemblant à un crayon métallique l'atteignit derrière une épaule. À la seconde où la pointe lui transperça la peau, une douleur intense se répandit dans tout son bras. En se retournant pour vérifier qui venait de le blesser ainsi, l'ange découvrit un être à la peau grisâtre, aux grands yeux sombres, au nez aplatît et à la bouche étroite. Celui-ci, qui portait un crâne d'animal inconnu en guise de chapeau et des vêtements semblant être fabriqués de morceaux de squelettes, se hâta de sortir d'une poche derrière ses hanches un autre projectile similaire au premier. L'étranger trempa ensuite la pointe de l'objet dans une petite plaie ouverte sur son avant-bras. Puis, il plaça l'outil imbibé de son propre sang de couleur brune dans un appareil fixé sur le dessus du membre blessé, qu'il pointa ensuite vers le combattant du Bien. L'instant d'après, l'instrument extraterrestre propulsa sa lance miniature dans sa direction.

Au dernier instant, Tom protégea sa poitrine de sa paume. La tige lui traversa tout de même la main pour ensuite terminer sa course contre son sternum, juste avant son cœur. Une fois encore, le liquide corporel de l'antéchrist engendra une douleur insoutenable pour l'ange, qui s'effondra à genou en se plaignant.

Usaarag attrapa sans attendre une troisième fléchette et la prépara tel qu'il venait de le faire afin qu'elle soit imbibée de sang frais. Puis, il s'enligna à nouveau vers la poitrine du guerrier revenu de l'au-delà en souhaitant toucher sa partie vitale cette fois. Le pauvre Tom, entièrement déstabilisé par l'atroce souffrance qui s'était maintenant propagée à travers tout son corps, n'était désormais plus en mesure de bloquer quoi que ce soit et encore moins de déployer son bouclier spirituel d'ange. Tout semblait perdu pour lui. Il était à sa merci.

Cependant, au moment où le fils du diable s'apprêtait à utiliser son dispositif, Ulric, qui avait assisté à une partie de la scène, tira sans hésiter une balle dans sa direction. Bien que la nervosité lui fit raté son point de visée, le jeune homme toucha tout de même le bras de l'antéchrist, le forçant ainsi à se recroqueviller. L'ayant toujours en visuel, le militaire se hâta de tenter un autre essai. Mais comme il s'apprêtait à faire feu, il se sentit mystérieusement décoller du sol pour s'envoler ensuite au-dessus de la rue. À son grand désespoir, il réalisa rapidement que sa trajectoire le menait directement vers Malork.

Robert, qui venait tout juste d'envoyer une grenade sur un Illuminati barricadé, remarqua à l'instant le soldat, qui n'avait pas reçu la bénédiction particulière d'Henri, s'apprêter à passer juste devant lui. Comprenant rapidement la situation, il se précipita dans sa direction avant de lui saisir fermement une cheville au vol. Mais malgré cela, il ne put rivaliser contre le magnétisme du puissant démon, qui tendait un bras vers eux. Tout en passant au côté d'une voiture, le vétéran brisa la vitre d'une portière de son autre poing, avant de s'agripper au contour. Il tenta par la suite de le retenir de toutes ses forces. Il en poussa même un cri pour appuyer ses efforts. Mais malgré cela, il sentit déjà son acolyte commencer à glisser lentement entre ses doigts. Il comprit alors qu'il n'allait pas pouvoir tenir encore très longtemps face à la télékinésie du puissant extra-terrestre. Néanmoins, il s'efforça de garder sa prise, sachant très bien que s'il l'échappait, c'était une mort assurée et un séjour en enfer qui attendait le jeune militaire.

Malork, voulant en finir au plus vite avec celui qui venait d'oser blesser la progéniture de son maître, envoya immédiatement, par télépathie, l'un de ses sbires vers eux. En apercevant un être aux traits diabolique et à la peau rouge, portant un uniforme de fantassin canadien, s'approcher à quatre pattes tel une bête enragée, Ulric cria à Robert de le lâcher. Mais même s'il savait que c'était peine perdue, le plus vieux resta malgré tout en position et se contenta de serrer les dents alors que la chose derrière s'apprêtait à lui bondir dessus.

Le démon-extraterrestre, qui aurait facilement pu pousser davantage sa télékinésie, préférait se délecter du désespoir des deux humains. Il savourait littéralement le spectacle quand soudain, sans crier gare, Djibo fit à son entrée en plongeant d'un toit. En arrivant à sa hauteur, il rabattit sa machette, lui tranchant ainsi la main qu'il utilisait pour appuyer sa télékinésie.

Au moment où un long jet de sang noir gicla de l'avant-bras sectionné, Ulric chuta instantanément au sol. Robert eut alors juste le temps de se pencher pour éviter le militaire possédé qui lui bondissait dessus. Néanmoins, celui-ci n'en resta pas là et se retourna illico pour retourner à la charge. Cette fois cependant, l'ancien ambulancier eut le temps d'activer l'eau bénite de son système Chester. L'ayant reçu en plein visage, la chose poussa un gémissement avant de battre en retraite. En le regardant s'enfuir, le Chevalier de Dieu fut soulagé de constater que même si le soleil n'avait plus d'effet sur lui, l'eau du Bien était toujours aussi efficace.

Plus loin, Djibo enchaîna sans attendre en lançant sa lame vers la poitrine du grand démon originel. Mais cette fois-ci, ce dernier l'esquiva avant de répliquer en utilisant deux de ses trois poings restants, l'atteignant à la fois à la tête et au corps. L'ange fut aussitôt projeté contre un mur de brique.

Presque simultanément, Christophe tenta à son tour sa chance en l'approchant par derrière. Mais dès que l'ange fut à portée, Malork lui assena un coup de queue d'une telle violence que le français alla s'incruster dans le côté d'une fourgonnette à quelques mètres de là.

Pendant ce temps, dans un édifice un peu plus distancé, un groupe de trois Illuminati terminèrent d'installer une lourde mitrailleuse sur trépied de calibre.50 et se préparèrent à supporter leurs confrères, qui se faisaient de plus en plus rare. L'un d'entre eux se positionna donc derrière l'arme automatique quand tout à coup, Khalid, qui avait fait éruption en douce dans la pièce, attrapa le plus costaud par la tête pour ensuite lui trancher la gorge de son poignard. L'autre à ses côtés se prépara à le défendre quand Tina, la costaude, lui planta à son tour sa lame dans la nuque. Et avant que le dernier ne puisse réagir, Lu-Pan, l'homme de confiance de Wayuki, lui envoya un brutal coup de pied à la mâchoire. À la seconde où le reste du groupe de reconnaissance, revenu prêter mains fortes, prirent le contrôle de l'endroit, Antonio s'installa à son tour derrière l'imposante mitrailleuse. Une fois ses deux mains positionnées sur les poignées, il ouvrit le tir vers les dernières poches de résistances humaines que sa consœur, Tina, lui désignait de ses jumelles thermales.

Même s'il avait l'impression d'avoir fait un face à face avec un camion, Djibo ne jeta pas l'éponge et retourna à la charge. Il envoya donc coup après coup, essayant de toucher son ennemi de sa machette bénite. Mais ce dernier, dont l'amputation était déjà entièrement cicatrisée, évita sans difficulté toutes les attaques. Puis, lorsque l'opportunité se présenta, il lui saisit un poignet d'une patte et utilisa les deux autres pour lui lacérer profondément le visage et le ventre.

Christophe, cherchant à défendre son ami, fonça à son tour, son épée à la main. Mais à peine avait-il fait quelques pas qu'une voiture, guidée par son adversaire, lévita directement sur lui. Celle-ci se déplaçait à une vitesse si phénoménale que malgré ses réflexes d'ange, il ne put l'esquiver et il se fit frapper de plein fouet à nouveau.

Tina, qui venait de détecter leur acolyte originaire d'Afrique en mauvaise posture, suggéra à son partenaire de déplacer son tir pour l'aider. Antonio pointa sans hésitation son canon vers le monstre rouge et ouvrit le feu. Par chance, les premières balles le surprirent et quelques impacts se formèrent sur sa peau avant qu'il ne redéploie son bouclier spirituel bleuâtre.

Djibo, malgré son état misérable, voulut en profiter et lui envoya un jet d'eau bénite. Mais contrairement à ses sbires, celui qui détenait les âmes des habitants de toute une planète était bien trop puissant désormais et sa tentative n'eut à son regret aucun effet.

Ne voulant pas lui laisser une autre chance, Malork lui empoigna son autre bras pour l'immobiliser. Se sentant pris au piège, l'ange se mit à débattre avec vigueur, allant jusqu'à lancer des coups de pied, mais sans succès. Le monstre le retenait beaucoup trop fermement. En voyant celui-ci ouvrir sa mâchoire juste devant son visage, celui revenu d'entre les morts comprit que son passage sur la Terre tirait à sa fin. Malgré tout, il tenta de se sortir de l'étreinte jusqu'à ce que l'ultime soldat du Mal lui engloutisse entièrement la tête dans sa gueule béante. Et lorsque les dents acérées de ce dernier lui sectionnèrent le cou, une abondante quantité d'hémoglobine s'écoula sur les bords de sa bouche et sur son menton. L'abomination se releva ensuite tout en avalant le crâne de Djibo, ainsi que sa puissante âme. Tout en s'exécutant, les blessures de balles se guérirent d'elles-mêmes en un temps record.

L'extra-terrestre relâcha après le corps inerte pour se retourner vers ceux qui tentait encore de percer ses ailes de leurs tirs. Les yeux remplis de colère, il éleva ses trois bras et son moignon en grondant horriblement. À cet instant, un nombre impressionnant de véhicules, de panneaux de circulations et même de morceaux d'asphalte s'envolèrent vers la position de la mitrailleuse.

Dès qu'ils perçurent les nombreux projectiles, les hommes et la femme se précipitèrent le plus rapidement possible à couvert. Toutefois, pour les pauvres Antonio, qui fut écrasé par une voiture sport, et Lu-Pan, dont le corps fut transpercé par un morceau de route, la chance ne tourna pas en leur faveur. Tina, quant à elle, arriva par miracle à une cage d'escalier sans être atteinte par quoi que ce soit. N'ayant pas le temps de réfléchir, elle sauta la longue série de marches pour terminer sa chute en roulade. Khalid, lui, fonça vers une fenêtre sur sa gauche. Bien qu'il savait qu'une chute à cette hauteur risquait d'être mortelle, il n'eut à son grand regret aucune autre option. Il passa donc à travers la vitre avant de chuter dans le vide. Fort heureusement pour lui, un balcon à l'étage en dessous se trouva juste sur sa trajectoire. Il tendit alors les bras et s'agrippa de justesse à la rambarde.

Devant un tel spectacle, Éloi proposa fortement aux autres de son groupe de partir au plus vite pendant que cette chose avait encore le dos tourné. Les autres approuvèrent immédiatement son idée et tous se préparèrent à bouger quand tout à coup, le monstre que Robert avait aspergé du liquide de Dieu un peu plus tôt apparut d'un coup sec sur le capot du pick-up en les faisant sursauter. Sans réfléchir, Xiang, qui se trouvait le plus près, leva un crucifix en guise de bouclier. Néanmoins, comme le pourvoir psychique de l'être démoniaque était plus grand que la foi envers le Bien de l'asiatique, la croix n'eut aucun effet sur lui et il s'empressa de le lui faire savoir en lui tranchant le poignet de sa patte. Il se précipita ensuite sur l'homme, qui hurlait en regardant son membre amputé, afin de lui dérober son âme. Tous les autres civils, excepté Danielle, toujours inconsciente, se poussèrent hors de leur cachette en criant. Sans perdre de temps, dès que sa proie primaire n'afficha plus aucun signe de vie, celui à la peau rouge se tourna vers la dame immobile au sol et lui planta également ses nombreux crocs dans la peau.

La gueule dégoulinante de sang et de bave visqueuse, le sbire de Malork se prépara rapidement à enchaîner avec un autre des survivants de l'église. Sans crier gare, il se projeta en direction de Zoé quand une grenade lancée par le M-203 de Robert le happa de plein fouet, le faisant exploser en plein vol.

Pendant ce temps, une fois qu'il eut repoussé le véhicule sous lequel il était prisonnier, Christophe analysa la situation autour de lui. Les quelques combattants du Bien restants, le cadavre décapité de Djibo, Tom à genou encore affecté par le sang de l'antéchrist et les gens apeurés qui couraient dans tous les sens furent tous des facteurs qui allaient incontestablement influencer son plan d'action.

— Robert, hurla le français pour attirer son attention. Il faut sortir ces civils de la zone de combat ou ils vont tous y passer! Prends tous les Protecteurs restants et foutez le camp au plus vite! Partez vous réfugier plus loin! Je vais tenter de retenir Malork pendant ce temps!

— Mais… Mais tu ne pourras pas le vaincre tout seul!

— Nous n'avons pas le temps de discuter! Nous ne pourrons jamais le vaincre au corps à corps, même si vous restez! Nous ne sommes pas de taille! Il va falloir que vous trouviez un autre moyen! Mais pour l'instant, il faut sauver ces gens! Alors pars maintenant!

Même s'il n'avait pas envie d'abandonner l'ange, l'ambulancier à la retraite ne voulut pas contredire davantage la décision de celui qui avait vécu sur cette planète pendant près de trois siècles et ordonna à son tour à Ulric de rassembler les survivants de la cathédrale et de venir ramasser la fillette. Puis, en utilisant la radio courte-distance, il demanda aux autres soldats du Bien d'accourir afin de le rejoindre au plus vite. Il fut bientôt affligé en constatant que, mis à part Wayuki, le groupe de combattants ne se résumaient désormais plus qu'à un autre bouddhiste, la femme hindouiste et un dernier musulmans. Tous les autres y avaient laissé la vie.

Dès qu'ils furent tous réunis, Robert attrapa Tom, incapable de se relever. Il l'installa sur son épaule avant de guider le groupe vers une ruelle étroite. Derrière, Ulric, qui transportait la petite Annalisa, inconsciente dans ses bras, fermait la marche.

Pendant ce temps, Christophe s'avança lentement vers le grand et robuste démon rouge, qui salivait d'envie de livrer ce combat contre l'envoyé de Dieu. Les deux adversaires se fixèrent un moment en silence, attendant que l'un ou l'autre tente quelque chose

— Tu ne pourras pas me battre, sale asticot! J'ai déjà vaincu toute une armée d'anges sur ma planète! Le Bien a tout tenté pour m'arrêter, mais Il n'a pas réussi! Alors ce n'est certainement pas un petit minable comme toi qui arrivera à me terrasser! Et avec la puissance que ton âme me fournira, je serai en mesure de faire repousser le bras que ton confrère a osé me prendre!

— Si tu veux mon âme, alors tu devras venir me la prendre! Allé, approche, espèce de sale pourriture!

Impatient d'en finir, l'imposant monstre se rua sur lui.

Plus loin, lorsque Robert arriva au bout de la ruelle déserte, il s'immobilisa d'un coup sec en découvrant toute une horde de plus d'une cinquantaine de zombies. Horrifié, il resta figé sur place, ne sachant plus du tout que faire. Il ne pouvait plonger le groupe dans ce troupeau de morts-vivants, mais il ne pouvait non plus les faire rebrousser chemin vers l'abomination de Satan.

— Qu'est-ce qu'on fait?! lui demanda Dylan, derrière.

Incapable de répondre, le Chevalier de Dieu demeura silencieux, tentant de trouver une solution rapidement. Mais aucune échappatoire ne semblait possible. Ils étaient pris au piège. Tout en se répétant de se calmer et de penser à une solution, il inspecta les alentours afin de trouver une autre alternative. Néanmoins, rien ne lui apparut comme étant une solution, pas même une bouche d'égout. C'était peine perdu, d'autant plus que quelques zombies semblaient déjà vouloir s'intéresser à eux. Les fugitifs allaient inévitablement devoir entamer un combat impossible contre la horde d'affamés. Même s'il savait que c'était perdu d'avance, Robert s'apprêta à déposer le blessé qu'il transportait pour livrer une dernière bataille quand soudain, un autobus de la ville frappa de plein fouet les premiers cadavre-marchands. Puis, lorsque le conducteur ouvrit les portes de verre, tous reconnurent Khalid.

— Vite! Montez! s'exclama-t-il.

Sans hésiter, tous se précipitèrent le rejoindre. À l'intérieur, ils retrouvèrent également Tina, qui les aida à entrer. Dès que le dernier mit les deux pieds à bord, le musulman pressa l'accélérateur. L'imposant véhicule se mit aussitôt en mouvement tout en écrasant aisément un tas de cannibales en putréfaction au passage.

— Je suis si content de vous voir! commenta Robert.

— Après nous être rejoint au bas de l'édifice, suite à l'attaque de Malork, Khalid et moi sommes accourus vers vous, expliqua Tina. Mais en route, un tas de zombies nous est tombé dessus. Par chance, dans notre fuite, nous avons trouvé cet autobus abandonné.

— En tout cas, je…

Il fut tout à coup interrompu par deux bruits étranges venant du toit.

— Ce sont ces trucs rouges! s'exclama Éloi en regardant par une vitre. Je les ai vus bondir vers nous!

Sans réfléchir davantage, tous ceux qui étaient armés pointèrent leurs canons vers le plafond et pressèrent leurs détentes.

Pendant ce temps, Christophe tenta d'atteindre le torse de son ennemi de sa mince épée. Mais celui-ci l'esquiva avant de lancer ses griffes, suivit d'un coup de queue. L'ange se recula à temps pour éviter la première attaque et se pencha ensuite pour la seconde. Une fois accroupi, il propulsa sa lame en direction de la jambe la plus près. Cette fois, il le toucha de son arme bénite, ce qui força le démon à s'abaisser. Le premier Protecteurs en profita pour élever ensuite sa pointe en lui visant le visage, lui lacérant un œil au passage. Cependant, presqu'instantanément, le monstre lui asséna un coup de patte si violent qu'il lui en arracha une oreille.

Dans l'autobus, les tirs se poursuivaient aveuglément alors que les trous s'accumulaient au-dessus d'eux. Par peur d'être envahi de zombies, Khalid, pour sa part, n'eut pas d'autre choix que de rester derrière le volant et de maintenir les gaz pour ne pas perdre de vitesse.

Soudain, l'un des sbires de Malork, qui malgré ses traits diaboliques avait un visage rappelant la race d'Usaarag, fit son entrée en traversant l'une des fenêtres de côté pour ensuite se jeter sur le bouddhiste restant. Presqu'au même moment, l'autre monstre, ayant pour sa part une apparence plus humaine, s'inséra à son tour.

Tina, juste à côté, le pointa de son fusil d'assaut. Toutefois, le conducteur frappa un trou à l'instant où elle pressait la détente et le point de visée se déplaça par malheur vers Éloi à proximité. Le pauvre, sentant que la balle venait de l'atteindre en pleine gorge, saisit sa blessure sanglante à deux mains en essayant de reprendre son souffle. Zoé, paniquée, tenta de l'aider, mais en vain. Incapable de reprendre le dessus, l'homme s'affaissa rapidement. Tina sous le choc, figea devant la situation et l'être infernal en profita pour l'attaquer.

À l'arrière, Robert dégaina son pistolet avant de le pointer directement sur la tête de celui qui massacrait le pauvre asiatique. En pressant la détente, il créa un trou impressionnant dans son crâne. La chose se retourna en hurlant de rage alors que le Chevalier de Dieu poursuivait le tir sans s'arrêter. À chaque projectile, sa cible fit un pas à reculons, si bien qu'il fut bientôt à proximité de la porte de derrière. Lorsqu'il arriva au bout de son chargeur, le guerrier du Bien le poussa d'un solide coup de pied à la poitrine, lui faisant ainsi traverser l'accès d'urgence, qui céda sous la force de l'impact. Le serviteur du diable chuta donc dans la rue avec une série de roulades.

Malgré la douleur, Christophe, plus loin, l'oreille et une partie du visage arrachée, tenta une fois de plus de toucher le cœur de Malork de sa lame. Mais celui-ci l'esquiva pour ensuite lui saisir le poignet. Il le tira aussitôt vers lui afin de le mordre. Cependant, grâce à sa rapidité surhumaine, l'ange dégaina à temps son pistolet-mousquet et lui tira son plomb en pleine gueule. Pendant que l'abomination se reculait en se plaignant, le soldat de Dieu lâcha son arme à poudre noire pour saisir sa dague. Une fois qu'il l'eut en main, il la planta dans la paume qui le retenait. Comme il l'espérait, la douleur força la création du Mal à le relâcher. Cependant, avant qu'il ne puisse poursuivre avec une autre offensive, l'extra-terrestre répliqua en lui transperçant un mollet du pic similaire à celui d'un scorpion au bout de sa queue. Lorsque la pointe lui traversa le muscle, Christophe ressentit une intense douleur lui brûler tout le membre, comme s'il venait d'être atteint par une arme maudite. Son opposant exploita cet effet de surprise pour le lacérer sous le menton et ainsi l'envoyer valser durement contre un mur de béton.

Toujours en cavale, le véhicule de transport en commun poursuivait sa route alors qu'à l'intérieur, Wayuki tentait de trancher la tête du dernier monstre à bord. Mais dû au mouvement du déplacement, elle perdit pied et la créature en profita pour frapper sa lame et ainsi la lui arracher de la main. Alors qu'il allait passer à l'attaque, Ulric lui empala le dos de sa baïonnette, toujours fixée au bout de son arme militaire. Dans le feu de l'action, le jeune homme se surprit ensuite à réussir à le lever carrément du sol sans trop forcer. Dylan, juste à côté, ramassa le katana échappé plus tôt et, avant que la chose qui se débattait ne se libère, lui sectionna le cou. Malgré cela, le démon continua de remuer. Le fantassin se déplaça donc vers l'arrière avant de jeter le corps hors du véhicule. Katie, quant à elle, se pencha pour ramasser la tête qui venait de rouler jusqu'à ces pieds. Puisque celle-ci tentait de la mordre, elle la saisit par les cheveux avec prudence, tout en affichant une expression de dégoût. Elle s'approcha ensuite d'une fenêtre cassée et la lança avec vigueur.

Tenant à peine debout, Christophe, défiguré, se fit totalement surprendre lorsque Malork, après s'être concentré un instant, lui cracha une boule de feu verdâtre. Cette dernière, similaire à celle que pouvait envoyer la bête à sept têtes, explosa avec force en le touchant. D'abord propulsé contre une automobile, le pauvre se retrouva ensuite complètement enflammé. Tout en hurlant de douleur, il se roula aussitôt par terre afin d'éteindre le feu qui le consumait. Lorsqu'il réussit enfin à maîtriser l'incendie, l'ultime machine à tuer de Lucifer, qui venait de s'avancer, le frappa d'un coup de poing avant de l'agripper au collet pour le soulever. Christophe, à bout de force, ne tenta même pas de se débattre et se laissa pendre mollement, sachant qu'il n'était maintenant plus possible pour lui de s'en sortir.

— Prépares-toi à souffrir en enfer pour l'éternité! le prévint-il afin que sa peur rende son énergie intérieure encore plus savoureuse. Je vais me délecter non seulement de ton âme, mais aussi de celle de l'homme qui t'as offert ce corps! Ha! Ha! Ha!

N'étant plus en mesure de répondre, le fondateur des Protecteurs se contenta de serrer les dents et d'appréhender la suite. Il pria en pensée le Bien afin qu'Il leurs vienne en aide pendant que le démon rouge l'acheva d'une morsure à l'épaule, afin de ne pas le mutiler davantage et être en mesure d'utiliser son cadavre pour remplacer ses sbires perdus.

— Putain de merde! s'écria ailleurs Khalid en débouchant sur un boulevard totalement obstrué par des centaines de véhicules abandonnés. Je... Je peux peut-être me frayer un chemin.

— Non! l'arrêta Robert. Le bruit risque d'attirer quelque chose. Il ne semble plus y avoir de zombies dehors. Je crois que le mieux serait de laisser le bus ici et d'aller nous réfugier dans l'un des bâtiments par là avant la tombée de la nuit.

— En effet! Je crois que c'est la meilleure option!

Le doyen expliqua donc ensuite le plan aux autres alors que le chauffeur immobilisait le transporteur. Lorsque tous, bien trop sous le choc pour s'obstiner, signalèrent de la tête qu'ils avaient compris, l'ancien ambulancier leurs ordonna de rester le plus silencieux possible. Puis, il attrapa le pauvre Tom, qui affichait un teint extrêmement pâle et qui tremblait tel un fiévreux, avant de sortir. Ulric, encore étonné par sa force incroyable, reprit la fillette toujours inconsciente avant de débarquer à son tour. Une fois que tous furent dans la rue, le groupe se mit en mouvement sans perdre un instant. Wayuki en tête, ils se dirigèrent vers l'édifice le plus près, qui leurs parut être un immeuble à logements.

Chapitre 41

L'appel

Le soleil venait à peine de se coucher lorsque Max arriva enfin au repère. Une fois qu'il eut entré le code pour ouvrir la porte du garage, il alla stationner son véhicule à l'intérieur. Il coupa ensuite le moteur, mais demeura tout de même un instant derrière le volant. Bien qu'il fût très fier de la tournure des évènements contre Sadman, celui-ci anticipait tout de même la réaction des autres, spécifiquement celle de Sarah. Il hésita donc un moment avant d'entrer. Lorsqu'il se décida enfin, il retrouva la majorité d'entre eux dans la salle à manger. Ceux-ci semblaient tous morts d'inquiétude.

— Max! s'écria Henri en le voyant. Dieu soit loué! Tu es de retour!

L'ange les salua alors discrètement de la tête en déposant son épée dans un coin. Sans hésitation, sa copine accourut immédiatement lui sauter dans les bras avant de le serrer très fort.

— Mais qu'est-ce qui t'as pris, bon sang?!

— Je… Je suis vraiment désolé… Il fallait que j'y aille!

— Espèce d'idiot! J'ai eu si peur de te perdre!

— Alors? questionna Richard. Tu l'as eu?

— Oui… Ça s'est plutôt bien déroulé en fait…

— Tant mieux!

— Max, il est arrivé quelque chose à Montréal! les interrompit

Sarah. Le groupe s'est fait attaquer! Ils ont dû affronter un paquet de trucs et... La dernière chose qu'on a vue avec la caméra du robot, c'était lui!

— Lui?

— Malork! Si tu le voyais... Il est tout à fait terrifiant! Il a détruit la machine et par la suite, nous n'avons plus eu aucune nouvelle d'eux!

— Vous avez tenté de leur parler avec le téléphone satellite!

— Oui! Mais il semblerait qu'un hacker des Illuminati a réussi à brouiller les ondes des satellites que Travos avait piratées. Ce dernier tente d'ailleurs de contourner ce cryptage.

— Seulement ce pare-feu nous apparaît plus coriace que prévu, ajouta Simon. Notre génie informatique a finalement rencontré un adversaire à la hauteur de ses talents!

— Je suis vraiment inquiète pour mon père! avoua la belle. Mais au moins, toi, tu es de retour! J'ai eu si peur de te perdre!

— Ça y est! les interrompit soudainement Travos en accourant dans la pièce. J'ai réussi à décrypter les ondes. Mais ce n'est que pour un temps très limité! Alors dépêchez-vous de passer cet appel! expliqua-t-il en tendant un téléphone satellite.

Pendant ce temps, dissimulés dans un appartement sur l'île de Montréal, les quelques survivants de la grande bataille tentaient toujours de reprendre le dessus sur leurs émotions.

Dans un coin, Wayuki, assise adossée contre un mur, n'avait pas prononcé le moindre mot depuis leur arrivée. Tout en fixant le plancher, elle ne fit que repasser en boucle l'image de Yohanda, disparaissant entre les mains des léviathans.

Tom, pour sa part, prenait du mieux. Son système semblait enfin avoir filtré le poison qui l'affaiblissait. Il en était même rendu à expliquer à Ulric que sa nouvelle force était dû à sa transformation en Chevalier de Dieu, depuis qu'il avait terrassé Nospheus.

Le jeune militaire ne sut trop qu'en penser, mais fut tout de même ravi d'avoir réussi à tuer un démon originel. Zoé, qui avait déjà un faible pour lui, le regarda comme un héros en écoutant le récit.

Robert, quant à lui, tentait toujours de rejoindre les autres avec l'appareil téléphonique et même la radio, sans toutefois obtenir de succès.

Dylan, qui était enfermé dans la toilette depuis un moment, commença à inquiéter Katie. Celle-ci frappa finalement à la porte et le grand lui répondit aussitôt qu'il en avait encore pour une minute.

Khalid, accompagné de l'autre musulman et de l'hindouiste restante, pour leurs parts, faisaient le guet par des fenêtres aux extrémités.

Soudain, Annalisa se réveilla enfin. Il lui fallut d'abord quelques secondes pour réaliser où elle se trouvait. Mais lorsqu'elle reconnut Wayuki, qui la dévisageait, elle se mit aussitôt à hurler sans réfléchir. Katie, qui se trouvait à proximité, l'attrapa sur-le-champ avant de couvrir sa bouche avec sa main.

— Chut! Ne crie pas! Nous ne te ferons aucun mal! Calme-toi!

Malgré cela, la petite, complètement hystérique, se mit à se débattre pour se libérer. La femme dû même utiliser la force pour la retenir. Wayuki se leva alors et s'approcha de celle qui était en partie responsable de la mort de son amoureux. Son sabre en main, elle menaça alors l'enfant de lui trancher la langue si elle n'arrêtait pas de geindre. Contrairement à ce la psychologue aurait cru, les sévères avertissements s'avérèrent plutôt efficaces.

— Vous avez tué mon père! s'exclama la fillette lorsque que Katie retira sa main.

— C'est lui qui nous a attaqué le premier! répliqua la chinoise. Ton père n'était qu'un enfoiré d'Illuminati! Il était dans le même groupe que ceux qui sont responsables de ce chaos! Et ce salopard t'a volontairement amené dans un nid de démons! Il était prêt à te laisser te faire dévorer par ces trucs dehors! La seule raison pour laquelle tu es toujours en vie, c'est parce que le type là-bas a bien voulu te sauver! expliqua-t-elle en pointant Robert. Alors maintenant, ouvre bien tes oreilles! Deux options s'offrent à toi! Ou tu te calmes et tu acceptes de rester bien sagement avec nous, ou alors on te jette dehors avec les monstres que ton père a servis! Et comme le soleil est en train de se coucher, tu n'auras pas à attendre longtemps avant que l'un d'entre eux ne te dévore! Tu pourras alors aller rejoindre ton paternel en enfer comme il l'avait prévu pour toi!

Annalisa, totalement bouleversée, ne put faire autrement que de se mettre à pleurer et à sangloter. Sans réfléchir, elle se blottit contre celle qui semblait lui apporter le plus de sécurité. Katie tenta alors de la consoler en lui flattant doucement le dos.

Wayuki, le visage de glace, retourna ensuite se rassoir en silence. Même si tous trouvèrent qu'elle avait été plutôt dure avec l'enfant, nul ne put nier l'efficacité du message.

Hormis les pleurs de la fillette, le silence plana ensuite dans le loyer quand soudain, les faisant presque sursauter, le téléphone satellite de Robert se mit à sonner. Ce dernier répondit aussitôt à l'appel.

En entendant la voix de Robert, tout le groupe dans le refuge fut fort soulagé, en particulier sa famille ainsi que Max.

— Robert, c'est Henri!

— Bon sang! Comme je suis content d'entendre ta voix, mon ami!

— Et nous donc! Comment ça se passe pour vous? Nous avons perdu le contact après que le robot de Travos ait été détruit!

— En fait… Pas très bien! Nous… Nous sommes tombés dans une embuscade… Nous avons perdu presque toute l'équipe… Et ce Malork, il est…. Seigneur… Il n'y a pas de mot pour le décrire! Il est encore plus redoutable que la bête en Irak. Nous ne sommes que très peu à avoir survécu…

— Qui… Qui est avec toi?

— Il y a Tom, Wayuki, Khalid et… Et…

— Jaladhija, l'aida l'hindoue, se doutant qu'il n'avait pas retenu son nom.

— Amir, précisa Khalid pour désigner celui qui restait de son équipe originel.

— Et… Et c'est tout? demanda le prêtre d'un ton inquiet.

— Nous… Nous avons également avec nous quelques

rescapés qui s'étaient réfugiés dans une église.

— Oui! Nous les avons vus à l'écran.

— Eh bien, parmi eux, il y a le jeune soldat qui était tombé sur Malork à son arrivée, Ulric. C'est un brave combattant. Il me fait un peu penser à Max, en fait. D'autant plus qu'il est un Chevalier de Dieu désormais puisqu'il a réussi à vaincre Nospheus. Et vous ne devinerez jamais… Katie, de Winslow, est également parmi nous.

— Ah ben ça! C'est bien ce qui me semblait. Nous ne l'avons jamais très clairement vu à la caméra, mais à chaque fois que je l'apercevais dans le coin de l'écran, je trouvais qu'elle lui ressemblait beaucoup.

— Fort heureusement, son subconscient l'a poussé à prendre refuge dans le lieu béni.

— Dieu merci!

— Les autres survivants sont également de braves personnes.

— Mais alors, ça veut dire que tous les autres sont…

— Je le crains, oui!

— Christophe et Djibo n'ont donc pas réussi à…

— Quand je suis parti, Djibo n'était plus et Christophe se préparait affronter le monstre au corps à corps, mais… Si tu l'avais vu, tu… Tu comprendrais que le pauvre ne s'en est certainement pas sorti.

— Et… Et Yohanda?

— Il… Il est parti en héros en dégoupillant une grenade.

— Seigneur-Jésus! soupira-t-il, totalement désappointé.

— Je sais… Ce n'est pas croyable tout ça… Aussi, nous avons réussi à sauver une fillette qui… Enfin, c'est une longue histoire et j'imagine que nous n'avons pas beaucoup de temps.

— En effet! Travos a réussi à nous fournir une courte période pour appeler, alors profitons-en pour élaborer un plan! Où êtes-vous en ce moment?

— Nous sommes réfugiés dans un immeuble à logements. Nous nous sommes installés au cinquième étage pour surplomber les rues sans être complètement au sommet. Comme ça, nous serons plus en mesure de détecter un éventuel ennemi, soit d'en haut ou d'en bas. Nous allons tenter de passer la nuit ici et demain…

— Aaaaahhh! hurla tout à coup Zoé derrière.

— Quoi?! interrogea Robert. Mais qu'est-ce que… Oh, putain de merde!

Par malheur, l'appel se coupa ainsi. Le groupe autour d'Henri, qui écoutait la conversation, s'affola instantanément. Le prêtre tenta d'entrer de nouveau en communication, mais sans succès. Il passa immédiatement le téléphone à Max, qui était plus à l'aise avec la technologie, mais il ne put faire mieux. Travos arriva bientôt de sa salle d'ordinateur pour mentionner qu'il avait complètement perdu le signal encore une fois et qu'il était impossible de rappeler Robert pour l'instant.

— Eh merde! s'exclama Max.

— Mais… Mais qu'est-ce que c'était que ce cri?! questionna Sarah.

— Ils... Ils ont forcément dû se faire attaquer! en conclut Richard.

— Oh, mon Dieu! Non! s'alarma Isabelle.

— Seigneur! Je vous en prie! Venez-leur en aide! pria Henri.

— Est-ce que... Est-ce qu'on peut faire quelque chose pour eux? s'interrogea Travos. Je ne sais pas... Prévenir l'armée ou...

— Le temps qu'ils interviennent, il sera trop tard! répondit Max. Mais il y a peut-être une solution! N'est-ce pas, Henri?

— Quoi?!

— Tu le sais bien!

— Tu... Tu penses à ce rituel dont je t'ai parlé?

— Oui! Celui dans la première bible qui ferait de moi un ange de niveau maximum.

— Mais Max, je... Je te l'ai déjà dit! Pour que cela fonctionne, tu ne dois avoir aucune rancœur, aucune colère, aucune haine, aucune...

— Henri, ça peut marcher! Mon voyage à Winslow m'a fait réaliser beaucoup de chose! Je n'ai pas tué Sadman, là-bas! J'ai plutôt réussi à le libérer de l'emprise du Mal! Il a rejeté l'obscurité pour retourner au paradis avec son petit frère!

— Vraiment?!

— Je te le jure! Et ça m'a fait comprendre un tas de trucs. En lui pardonnant, mon esprit est devenu bien plus serin. Cet évènement m'a réellement changé! Si je veux tous ces pouvoirs, ce n'est pas pour affronter Malork mais plutôt pour préserver la vie de mes amis et de milliards d'autres personnes! Henri, je t'en prie! Il faut que tu procèdes à ce rite! Je suis persuadé que ça fonctionnera! Je le sens! Et je pourrais ainsi aller à la rescousse de nos amis! Et peut-être même du monde entier!

— Je... Je ne sais pas... Max, il y a quelques heures à peine, tu étais tellement rongé par la colère que tu es allé jusqu'à t'enfuir au milieu de la nuit pour pouvoir affronter Sadman! C'est impossible qu'en si peu de temps...

— Henri, j'ai changé! Je te le jure! Écoute, quand j'ai décidé de me sacrifier pour sauver Nicholas, ça a créé une brèche dans notre monde. Ça a non seulement ouvert un passage au fantôme de son petit frère, mais ça a permis autre chose... Je ne sais pas trop comment l'expliquer, mais... Je sais que je suis totalement différent depuis. Comme si j'étais libéré de toute cette colère qui envahissait mon cœur! J'ai réellement compris! Je sais que ça semble impossible qu'aussi rapidement je sois parvenu à... Mais... J'ai cette lumière à l'intérieur qui... Je ne sais comment l'expliquer... Je le sens, au plus profond de mon être. Je suis prêt!

— Henri, faites-le! la supplia Isabelle, qui n'avait que son mari en mauvaise posture en tête.

— Personne ne voulait laisser partir Max pour Winslow, et pourtant..., insista Richard. Je crois qu'il est temps d'arrêter de le pousser à l'encontre de son destin. S'il dit qu'il est prêt, alors moi, je lui fais confiance! De toute façon, nous ne pourrons pas échapper à Malork éternellement! Il nous faudra bien l'affronter tôt ou tard! Plus on attendra et plus il aura le temps de se forger une armée! Je crois sincèrement que Max soit notre arme secrète! Et je pense qu'il est grand temps de la déployer!

— Si trois anges ne sont pas venus à bout de Malork, alors il nous faudra quelque chose de vraiment plus fort pour l'arrêter! rajouta Alicia. Je crois aussi qu'il faut tenter le coup! Je crois que Dieu lui donnera la force de réussir à acquérir tous ces pouvoirs!

— Max est l'homme le plus brave et courageux que je connaisse! se prononça Simon. Son sens de l'honneur est sans faille et je ne connais personne qui ait un cœur aussi pur que lui!

— Si ce rituel ne fonctionne pas avec Max, alors il ne fonctionnera jamais avec personne d'autre! en conclut Travos.

— Et toi, Sarah? l'interrogea Henri. Qu'en penses-tu?

— S'il... S'il..., hésita-t-elle, tiraillée entre l'idée d'envoyer son amoureux au combat et celle de porter secours à son père. S'il est réellement possible de vaincre Malork, alors je ne connais qu'une seule personne qui soit en mesure de le faire! Et c'est bien évidemment mon Max!

— Très bien! finit par répondre le prophète. Mais je tiens à préciser qu'il n'y a aucune garanti que ça fonctionne! Bon, je vais avoir besoin de tout le monde pour préparer l'incantation! Max, pour une première mondiale, nous allons tenter de faire accéder à un être vivant le pouvoir de Dieu!

Chapitre 42

Le pouvoir de Dieu

Près d'une demi-heure après s'être installé dans l'appartement, Dylan se sentit soudainement étourdi. Se doutant que tout ce stress en était forcément la cause, il alla dans la chambre de bain s'asperger le visage d'eau fraîche. Mais alors qu'il s'exécutait, une blessure à son triceps gauche, qu'il n'avait pas encore remarqué, se mit à le brûler affreusement. En examinant la plaie, il tenta de se souvenir d'où lui venait cette entaille. Sans en être certain, il pensa que sa bagarre avec l'armark qui avait tenté de l'enlever en était la cause. Tout à coup, les étourdissements reprirent de plus belle. Sa peau se mit à transpirer abondamment et son cœur à battre à tout rompre. Malgré son malaise, lorsque Katie, de l'autre côté de la porte, lui demanda si tout allait bien, il lui mentit en lui disant qu'il n'en avait que pour une minute. Il resta ensuite un moment ainsi, penché sur le lavabo, à tenter de se reprendre. Mais lorsqu'il leva enfin les yeux vers le miroir, il fut totalement horrifié de constater que ceux-ci étaient devenus entièrement noirs. Et il fut d'autant plus terrifié lorsqu'il aperçut de longues dents pointues d'araignée se mettre à lui pousser de chaque côté de la bouche. À son grand malheur, il réalisa à cet instant que sa lésion au bras était forcément une morsure. Affolé, il tenta tout de même de se demeurer conscient et en contrôle quand soudain, le paysage autour de lui se mit à se liquéfier. Des silhouettes humaines, prisonnières d'un mur gluant, l'agrippèrent tel des noyés paniqués tentant de sortir de l'eau. Le pauvre se débattit de toutes ses forces pour éviter d'être aspiré. C'est alors qu'une ombre sombre et immense lui apparut. Celle-ci s'enroula autour de lui et l'entraina contre son gré dans le gouffre.

À l'instant où Dylan se retrouva en enfer, son corps, toujours dans le monde physique, termina sa transformation en armark. Par la suite, il défonça la porte et, affamé, se jeta sur la personne devant lui afin de lui dévorer son âme.

Zoé, qui était concentrée sur la conversation entre Robert et Henri, sursauta lorsque la créature apparut juste derrière elle. Et sans avoir le temps de l'esquiver, elle se retrouva sous son emprise.

Lorsque le nouveau sbire d'Orzel planta ses crocs dans la gorge de la jeune femme, tous s'alarmèrent sur-le-coup. La fillette se mit à hurler et Robert en laissa même tomber le téléphone. Totalement pris par surprise, tous les spectateurs se figèrent pendant un instant.

Tom se leva enfin, agrippa le monstre par son chandail et le projeta par une fenêtre en face. Puis, appuyé rapidement par l'ancien ambulancier, les deux tentèrent de secourir la victime. Mais avant même que l'ange ne puisse la guérir, il était déjà trop tard. Elle était déjà partie. Comme elle avait été infectée, à défaut de lui sauver la vie, l'envoyé du Ciel déploya son pic béni et la libéra de l'enfer en lui transperçant le cœur. Les autres derrière regardèrent, horrifiés, le terrible spectacle.

Plus loin, Amir, pour sa part, observa le monstre dans le corps de Dylan se relever après sa chute sur le trottoir. C'est alors qu'il repéra plus d'une trentaine d'autres armarks qui jaillissaient de toutes les bouches d'égout de la rue. Il en avertit rapidement ses confrères et Tom en conclut aussitôt que, comme les démons communiquent par télépathie, le nouveau qui venait d'attaquer avait certainement prévenu son maître.

Tous les combattants saisirent rapidement leurs armes et se préparèrent à combattre lorsque brusquement, une roquette, tiré par l'un des Illuminati restants, frappa le bas de la fenêtre où se tenait Amir. Ce dernier disparut aussitôt dans la boule de feu.

L'explosion jeta tout le monde par terre. Puis, les oreilles bourdonnantes, Tom se releva et tenta de vérifier l'état des autres à travers l'épaisse fumée qui ensevelissait l'endroit. Il attrapa d'abord Wayuki et la traîna jusqu'à la porte d'entrée de l'appartement. Quand celle-ci lui signala qu'elle n'était pas blessée, il retourna dans le nuage de poussière. Il reconnut à cet instant la silhouette de Robert qui tenait la fillette dans ses bras. Plus loin il vit également Jaladhija aider Khalid à se remettre debout. Lorsqu'il arriva ensuite à Katie, il remarqua Ulric, assis, en train de secouer la tête. Il l'aida à se relever avant d'attraper la psychologue, qui toussait profondément.

À l'instant où tous ceux qui restaient sortirent de l'appartement détruit, l'ange perçut une quantité impressionnante d'armarks s'introduire par le passage créé par l'explosion.

— Vite! leur ordonna-t-il. Ils arrivent! Foutez le camp! Je vais tenter de les retenir!

Et pendant que les survivants subissaient une autre offensive, beaucoup plus loin, dans le refuge, le groupe de protection d'Alicia terminaient les préparatifs pour le fameux rituel inédit. Lorsque tout fut finalement en place, Max s'installa nerveusement au centre des symboles tracés à la craie sur le plancher. Henri pria ensuite le Bien de lui donner la force de parvenir à procéder efficacement à l'incantation. Puis, après une bonne inspiration, il commença à réciter les mots en langue inconnue, qui s'apparentait à du latin.

Pendant ce temps, à Montréal, Tom, son poignard enflammé d'un côté et son système Chester béni de l'autre, attendait ses adversaires sur le seuil du corridor afin que le secteur canalisant lui permette d'en affronter peu à la fois. Dès que le premier se présenta, il l'élimina avec son pieu. Par la suite, il fit de même avec le second de son couteau. Puis il en attrapa un autre qui grimpait sur un mur et le projeta sur ses confrères pour les retarder. Il lança ensuite une grenade incendiaire dans la pièce où ils s'accumulaient avant de se mettre à couvert. Quand elle explosa, il présenta un crucifix afin d'empêcher ceux qui avaient survécus de s'approcher.

Derrière lui, Robert guida le reste du groupe dans les escaliers. En dévalant les marches jusqu'au deuxième étage, il remarqua une bande de léviathans au rez-de-chaussée qui commençait à grimper. Il donna la fillette qu'il tenait à Ulric en ordonnant à tous d'aller la mettre à l'abri dans un loyer plus loin. Puis, il attrapa son fusil d'assaut derrière son dos, inséra un chargeur de balles d'or et pressa la détente. Wayuki, ignorant ses consignes, arriva ensuite à ses côtés, son pistolet à la main, afin de l'aider à retenir les monstres verts.

Pendant que l'action était à son comble dans l'immeuble, à des kilomètres de là, Henri poursuivait avec conviction son rituel de magie blanche. Max, qui ne sentait aucune différence pour l'instant, se contentait de répondre lorsque le prophète lui demandait s'il acceptait de rejeter toute forme de Mal de son esprit. Tout semblait se dérouler pour le mieux quand tout à coup, le temps autour de l'ange se figea. Excepté lui, plus rien ni personne ne semblait être en mesure de bouger. C'est alors qu'Hugo, le sorcier qui par le passé avait donné son corps à Satan en personne, arriva en marchant doucement dans la pièce.

— Toi?! le questionna Max. Que fais-tu ici?

— Je ne suis pas ce minable sorcier! Mais comme je n'ai pas de corps et que tu fais encore parti de ce monde, je dois absolument t'apparaître sous une forme physique si je veux être en mesure de communiquer avec ton esprit. Mais si tu veux, je peux prendre cette apparence! dit-il en adoptant d'un coup sec l'image stéréotypée du diable rouge cornu portant une barbichette. Peut-être me reconnais-tu mieux ainsi?

— Comment es-tu parvenu jusqu'ici?

— Quand on joue avec des sortilèges aussi puissants que celui que vous venez d'entamer, cela créé inévitablement des fissures dans le bouclier spirituel de mon Frère. Ce qui m'a permis de me faufiler pendant un instant pour venir te faire une petite visite. Je n'ai malheureusement pas un accès assez direct pour pouvoir tordre ton joli petit cou, mais je peux tout de même venir discuter avec toi. Attends! Laisse-moi prendre une apparence un peu plus amicale! enchaîna-t-il en devenant Éva, la serveuse du Pub de Winslow. J'arrive à lire en toi comme dans un livre. Je sais que, bien que tu aimes ardemment ta Sarah, tu n'as jamais oublié ton premier coup de foudre. Tu sais qu'à mes côtés, tu pourrais tout avoir! Je pourrais te ramener ton premier coup de cœur! Et tu pourrais te permettre d'avoir les deux! Tu n'aurais pas à choisir! Pourquoi un homme tel que toi devrait avoir à faire un choix? Avec la puissance dont tu disposes, tu pourrais tout te permettre! Tout!

— Tu peux toujours essayer de me corrompre ou de me noircir l'âme, mais ça ne fonctionnera pas!

— Tu en es certain? poursuivit le Mal en personne alors que le visage d'Éva, qu'il avait adopté, prit ignoblement les marques de la balle que la jeune femme portait lors de son suicide dans l'église de Winslow. Je sais que tu te crois toujours coupable de sa mort! Et avec raison! C'est à cause de toi qu'elle s'est sentie aussi fautive! Tout était clair dans son esprit jusqu'à ce que tu viennes l'embrouiller! C'est comme si c'était toi qui avait pressé la détente!

— Non! Elle avait fait son choix! Et grâce à cela, son énergie intérieure est en paix auprès du Bien plutôt que de croupir avec toi en enfer!

— Peu importe à présent où elle se trouve! Le paradis, comme vous le nommez, tombera bientôt sous mon emprise! La victoire est à ma portée à présent! Mon guerrier d'élite, Malork, détruira tous les combattants de la Terre alors que ma progéniture, Usaarag, corrompra le cœur des survivants. Et quand ce sera fait, le pouvoir que me fourniront les âmes de cette planète me rendra bien plus fort que mon ennemi. Je pourrai ensuite conquérir sans difficulté l'univers physique en entier! Alors ce n'est qu'une question de temps pour que tous ceux qui te sont chers se retrouvent sous ma domination! Je tiens à spécifier que je réserve d'ailleurs un traitement bien spécial à la petite Sarah! J'en ferai ma petite pute de compagnie! Ha! Ha! Ha!

Même si cette idée terrorisa Max, il tenta de garder son calme et de ne surtout pas sombrer dans la colère, comme le désirait son ennemi. Il se mit donc à réfléchir comme celui pour lequel il s'était battu tout ce temps. En se faisant, il implora Dieu de lui venir en aide afin de réussir cette épreuve. C'est alors que, tout en priant, il sentit étrangement une force intérieure l'éclairer et l'empêcher de s'engloutir dans les ténèbres. Il se surprit même à redevenir calme et serin, comme si cette lueur en lui venait de l'apaiser totalement. Finalement, après une courte réflexion, il reprit la parole.

— J'ai… J'ai de la peine pour toi, en fin de compte! Ton Frère est là à te tendre les bras et à attendre que tu reviennes auprès de lui, comme autrefois, alors que toi, tu ne fais que t'obstiner à le détruire! Tu ne vois pas à côté de quoi tu es en train de passer!

— Ferme ta gueule, sale petit minable! s'exclama-t-Il cette fois en prenant une voix grave et terrifiante qui lui perça les oreilles, tout en prenant l'apparence d'un immense visage sombre et translucide aux dents acérées et aux yeux blancs. Sais-tu au moins à qui tu t'adresses?! Je suis la peur, la colère et la souffrance! Agenouilles-toi devant moi ou je te ferai subir les pires tourments!

— Tu ne peux pas m'atteindre ici! cria Max en se bouchant les oreilles. Et tu n'arriveras plus jamais à me corrompre! Je n'ai plus peur de toi, à présent! Au nom du Bien, je t'ordonne de me laisser tranquille!

Dès qu'il termina sa phrase, des rayons de lumière émergèrent des symboles tracés sous l'ange. À l'instant où l'un d'entre eux illumina le Mal, celui-ci hurla avant de disparaître. Puis, lorsque Max fut submergé par la lueur, il s'écroula au sol.

Henri, qui n'avait aucunement été témoin du combat que venait de livrer son ami, s'arrêta de parler lorsqu'il vit ce dernier s'effondrer. Il hésita ensuite un instant en regardant les autres à gauche et à droite.

— Tu dois continuer! proposa alors à la grande surprise de tous le petit Daniel. Je le sens! Ce n'est pas encore fini!

— D'accord! C'est bon, mon bonhomme! Je... Je vais reprendre là où j'en étais.

Le prophète du Seigneur se remit alors à la lecture. Malgré cela, rien ne se produisit et le corps de Max demeura étendu au sol, inerte.

— Nous n'y arriverons pas! en conclut pendant ce temps Robert, toujours en train de tirer sur les léviathans qui grimpaient les escaliers. Ils sont trop nombreux!

— Et qu'est-ce que tu suggères?! lui demanda Wayuki. Nous ne pouvons plus aller nulle part! Nous sommes cernés!

— Allons nous barricader avec les autres! Nous arriverons peut-être à les retenir!

Sur ces mots, le Chevalier de Dieu dégoupilla sa grenade à main plaquée en or et la lança pour les retarder un peu. À l'explosion, le blanc et l'asiatique foncèrent rejoindre les autres.

Au même instant, Tom, qui arrivait à contenir les armarks de son crucifix, commença à reprendre espoir. Mais ce ne fut que pour un bref moment puisqu'à peine quelques secondes plus tard, Orzel en personne traversa carrément le mur sur sa droite, l'attrapa sans s'arrêter et l'emporta avec lui en défonçant le gypse de l'autre côté. Une fois dans la nouvelle pièce, l'ange trébucha et le monstre-araignée lui grimpa dessus sans hésiter. Prisonnier sous la créature, le soldat de

Dieu se débattit de toutes ses forces pour éviter d'être mordu.

Trois étages plus bas, Robert, Khalid, Jaladhija, Ulric, Wayuki et Katie bloquèrent la porte en jetant des meubles lourds devant celle-ci. Derrière eux, la fillette, terrorisée, se blottit dans un coin en pleurant. N'ayant pas le temps de la consoler, les autres se hâtèrent plutôt à ériger leur montagne d'objets.

Mais malgré tous leurs efforts, le groupe de léviathans défoncèrent sans difficultés la barricade alors qu'ils n'avaient même pas encore eu le temps de terminer. À ce moment, même s'ils comprirent que ça allait bientôt être la fin, les cinq personnes encore en possession d'une arme à feu ouvrirent tout de même le tir, en dernier recours. Cela les ralentit quelques peu, mais les munitions s'épuisèrent rapidement. Bientôt, il ne resta plus qu'un chargeur au plus vieux Chevalier de Dieu.

— Robert! l'intercepta Wayuki en le voyant l'insérer dans son fusil d'assaut. Il n'est pas question que nous allions brûler en enfer! Tu sais ce qu'il te reste à faire!

Contre son gré, le dernier à qui il restait des balles tourna son canon vers les autres à sa gauche. En le remarquant les pointer, Annalisa se mit à hurler de peur et Katie l'attrapa en tentant de lui expliquer que c'était la meilleure chose à faire. Malgré cela, la petite apeurée se mit à se débattre dans les bras de la femme. Alors Robert, la poitrine serrée et les yeux pleins d'eau, visa l'enfant en premier. L'arme tremblante entre ses mains, il hésita un instant. Mais en voyant du coin de l'œil les démons s'approcher, il comprit qu'il n'allait pas avoir le choix d'en finir maintenant.

— Pardonnez-moi, Seigneur!

Toutefois, quelques minutes auparavant, lorsqu'Henri termina de réciter à voix haute son rituel, tous autour demeurèrent silencieux, attendant la suite. Mais à leur grande déception, absolument rien ne se produisit.

— Je crois… Je crois qu'il n'était pas prêt, en fin de compte, en déduisit le prêtre.

Réalisant qu'il n'allait rien se passer de plus, Sarah s'avança vers son amoureux pour vérifier son état. Mais à l'instant où elle arriva tout près de lui, il ouvrit les yeux et regarda autour, comme s'il n'arrivait pas à reconnaître l'endroit où il se tenait. Puis, il se leva d'un coup sans même plier les genoux. Surprise, la belle se recula d'un pas, jugeant qu'il affichait un air étrange. Ce dernier regarda alors ses mains en les ouvrant et les fermant, comme s'il ressentait quelque chose de différent. Il prit ensuite une longue inspiration en abaissant les paupières, semblable à celle que l'on prend pour sentir une fleur.

— Ça a marché! s'exclama-t-il finalement. Je le sens! Tout ce pouvoir en moi!

— Vraiment?! s'étonna Henri. Que s'est-il passé?

— Je… Je ne suis pas certain… Il y a d'abord eu la… La tentation du Mal… Il a essayé de me corrompre et d'obscurcir mon âme et quand j'ai résisté, il y a eu cette lumière… Et… Tout est un peu flou, mais…

— Ça alors! s'exclama Alicia.

— Mais, je peux… Je peux le ressentir! poursuivit-il en se faisant soudainement léviter sous les regards ébahis de tous.

— Je vous le jure! Ce n'est pas moi qui fais ça! se justifia

Richard.

— Non! Cela fait partie de mes... Mes nouvelles facultés! J'arrive désormais à défier la gravité, en autres choses! Et c'est comme si... Contrairement à Richard... Je sens que je peux tout contrôler déjà parfaitement. Ça a été aussi facile de m'élever que de marcher...

— Wow! se réjouit Henri. C'est fantastique! J'ai... J'ai réussi!

— Nom d'un chien! n'arriva qu'à dire Sarah.

— Attendez, ce n'est pas tout, ajouta l'ange. Bon sang! C'est bizarre, mais j'arrive à percevoir... Comme un 6e sens... Je peux... Seigneur! Je peux les voir! avoua-t-il tout à coup en fixant le vide. Oh non! Ils sont en danger!

— Quoi?! s'inquiéta Isabelle.

Sur ce, il tendit le bras droit devant lui et, au même instant, Spero, dans son étui, s'éleva à travers la pièce où elle se trouvait. Elle traversa en lévitant tout le corridor et le seuil de la porte pour finalement terminer son trajet entre les doigts de son propriétaire. En mettant la main dessus, Max l'installa rapidement derrière son dos.

— Alors, toi aussi, tu peux maintenant..., en déduisit Richard.

— Désolé, mais je n'ai plus de temps pour vous en dire plus! Je dois absolument y aller! Ils sont vraiment dans un sale pétrin! Sarah, je t'aime! termina-t-il en se tournant vers sa copine.

— Quoi?! Attends...

Mais sans perdre une seconde de plus, il s'envola à une vitesse fulgurante, au grand étonnement de tous. Il traversa sans difficulté le toit avant de disparaitre en une fraction de seconde dans le ciel. Devant un tel spectacle, le prophète fit un signe de la croix alors que les autres, la tête remplie de questions, ne purent que se contenter de le voir s'envoler.

— Je t'aime aussi! Fait attention! se contenta de dire Sarah tout bas en le voyant percer les nuages.

Pendant ce temps, dans l'immeuble à logements de Montréal, Robert, le cœur gros, commença contre son gré à mettre de la pression sur la détente en pointant la fillette, qui se débattait toujours dans les bras de Katie. Le coup de feu était imminent lorsqu'à la toute dernière seconde, Max traversa une vitre à la vitesse de l'éclair pour s'arrêter brusquement entre l'arme et Annalisa. En se posant, le plancher craqua sous ses pieds. À l'instant où surgit le surhomme, son partenaire se figea, abasourdit.

— Je crois que j'arrive à temps, mon ami! se contenta de commenter celui qui venait d'apparaître comme un vrai super-héros.

— Max?! Mon Dieu! Mais qu'est-ce que…

Mais avant même que Robert ne puisse terminer sa phrase, l'ange de niveau maximum déchira le devant de son uniforme de Protecteurs pour dévoiler sa cicatrice sur le torse aux léviathans qui approchaient. Dès que la brûlure en forme de croix s'afficha, tous les démons présents se bloquèrent la vue de leurs mains en se tortillant et en grondant de rage. C'est alors que tous ceux qui venaient d'être fraîchement transformés s'écroulèrent en convulsant avant de reprendre lentement leurs formes humaines, comme s'ils venaient d'être exorcisés juste en posant le regard sur ce symbole du Bien.

Pour les autres, le super-soldat dégaina son épée bénite et alla les achever l'un après l'autre à une rapidité ahurissante. Il bougea si vite que les survivants arrivèrent à peine à le distinguer.

Orzel, toujours par-dessus Tom dans le loyer plus haut, prêta alors attention aux nombreuses lamentations des sbires de Bakkar. L'ange sous lui en profita pour lui planter son pic en pleine gueule. Et alors que son opposant se reculait en se plaignant, le combattant revenu de l'au-delà se dégagea sur le côté. Il attrapa ensuite une cuisinière à portée de main et la projeta sur son opposant à six bras. Puis, il saisit son couteau anti-armark et l'enflamma avant de l'expédier directement dans l'un des nombreux yeux du monstre. Comme désiré, sa manœuvre créa une ouverture et il en profita pour se ruer vers lui en visant son cœur. Lorsqu'il transperça ce dernier de son système Chester béni, tous les autres armarks qui s'accumulaient dans le bâtiment s'écroulèrent au sol. Comme à l'habitude, le démon, dans d'atroces souffrances, se mit à fondre devant son assassin avant de disparaître dans des flammes bleuâtres.

— Max! Nom d'un chien! s'exclama plus bas Robert. Mais comment as-tu...

— Eh bien, pour faire court, disons qu'Henri a procédé à un rituel blanc, contenu dans la première bible, qui consistait à faire de moi un ange de niveau supérieur.

— Bon sang! Je n'en reviens pas! Non, mais vous avez vu ça?! Il vient tout juste de débarquer ici comme Superman! Putain de merde! Mais... Mais pourquoi ne pas avoir fait ça avant?

— C'est un peu compliqué... Il fallait que je sois prêt. Je t'expliquerai plus tard! Nous ne devons pas perdre de temps!

— Tu... Tu as raison! Tom est plus haut et il y avait tous ces armarks...

— Il va bien... J'arrive à le percevoir!

— Quoi?!

— Ça aussi, je t'expliquerai! Mes nouvelles facultés...

— Ah, ben ça! En tout cas, comme à l'habitude, bon sang que je suis heureux de te voir!

— Moi aussi, mon ami! Vous en avez salement bavé à ce qui parait!

— On ne peut pas dire que ça a été une partie de plaisir!

— Ça va? Vous n'êtes pas blessés?

Après une vérification rapide, personne ne signala de blessures graves. Annalisa, pour sa part, se contenta de se blottir dans les bras de Katie, qui tenta tant bien que mal de la calmer alors qu'elle-même tremblait encore.

— Écoutez, je sais que vous avez un tas de questions, mais pour l'instant, je dois retrouver Malork au plus vite avant qu'il ne tente de s'enfuir! Il sait qu'il a désormais des chances de perdre face à moi! Il va donc certainement vouloir se retirer et tenter de se reconstituer une armée pour me tendre un piège plus tard! C'est pourquoi il faut en finir maintenant!

— Bien! Alors vas-y! Fonce!

— Ce n'est pas si simple! Il y a un autre ennemi ici qui pourrait réussir à m'éliminer!

— L'antéchrist, Usaarag!

— Oui! Même avec cette puissance, je ne suis pas certain d'arriver à battre le démon! Mais si ce dernier est appuyé par son acolyte, alors là, je n'aurai aucune chance! Je devrai être extrêmement prudent!

— Max, tu crois vraiment que je vais te laisser continuer tout seul! Je vais tenter de tenir à l'écart le bâtard de Satan pendant que tu affronteras Malork! Je ne sais pas si j'ai une chance de tenir, mais…

— Mais nous serons deux à essayer, en tout cas! le coupa Khalid.

— Trois, tu veux dire! se rajouta Wayuki.

— Je vais également avec vous! s'offrit Jaladhija.

— Je ne sais pas si peux vous être utile, mais je ferai de mon mieux! se proposa ensuite Ulric.

— Tu es un Chevalier de Dieu maintenant, petit! Il est évident que tu nous seras utile! répondit la guerrière asiatique.

— Ah, c'est donc toi…, commenta Max.

— Je… Je peux également me battre! avoua à son tour Katie.

— Non! Il est hors de question de laisser cette petite toute seule! l'interrompit Robert. Elle en a déjà assez bavé comme ça! Et tu es la personne la mieux placée pour s'en occuper! Tu dois rester auprès d'elle!

— Mais…

— Non, Katie! Elle a besoin de toi!

— Bien! Et j'imagine que Tom se joindra à votre groupe! supposa celui aux pouvoirs divins après un bref moment de silence.

— Alors, nous aurons peut-être une chance de le battre! espéra le doyen. Du moins, si on peut au moins le retenir assez longtemps pour que tu en finisses avec Malork!

— Si j'y parviens!

— Tu y arriveras! J'en suis persuadé! Néanmoins, il y a un problème... Je... Je ne sais pas où il se trouve, cet Usaarag!

— En effet... Attends... Comme tu es un Chevalier de Dieu, ça devrait fonctionner!

Le super-ange lui attrapa alors la tête à deux mains. Étonnamment, Robert se mit à avoir une vision de l'antéchrist dans une tour à bureau, qui regardait l'édifice dans laquelle ils se trouvaient à partir d'une fenêtre.

— Est-ce que ça a marché? l'interrogea Max en le relâchant.

— Oui! C'est bon! J'ai vu où il se cachait! Nom d'un chien! Je ne cesserai jamais d'être étonné!

— À qui le dis-tu? Bon, je dois y aller au plus vite et profiter de l'effet de surprise pour attaquer le bras droit du Mal!

— Compte sur nous pour surveiller l'autre enfoiré!

— Je n'en ai aucun doute!

— Bonne chance, Max! Donnes-lui une bonne raclée!

— Bonne chance à vous!

Sur ce, l'être surnaturel reprit son envol en défonçant

carrément le mur avant de disparaître. Les autres, encore sous le choc, regardèrent le trou avec étonnement.

— Ça va ici? demanda Tom en arrivant en toute hâte. Ah, ben ça! J'ai manqué quelque chose? rajouta-t-il ensuite devant tous les anciens léviathans terrassés ou inconscients.

Robert lui répondit alors d'un simple sourire en coin.

Chapitre 43

Le plan B

— Ce n'est pas croyable! s'écria de joie Henri, dans le refuge. Vous avez vu ça?! Il est parti dans le ciel comme un super-héros! Ha! Ha! Ha!

Tous, encore sous le choc devant cet exploit spectaculaire, demeurèrent un instant sur place à fixer le trou laissé dans le toit. Malgré la dose d'espoir que venait de leur donner la réussite du rituel, ceux-ci ne purent néanmoins s'empêcher de craindre le pire pour la suite, sachant que le combat final était imminent. Spécifiquement Sarah, qui une fois de plus devait composer avec le fait que son père et son amoureux allaient encore se retrouver au front. Et de plus, elle ne put également s'empêcher de penser que, même s'ils réussissaient, l'obtention des dons divins de Max allait inévitablement avoir des répercussions sur sa vie.

Isabelle, pour sa part, ne pouvait faire autrement que de se passer en boucle dans sa tête la phrase de Max avant de partir annonçant que son mari était en danger. Bien qu'elle tenta de rester positive, elle savait que son homme allait certainement tout tenter pour sauver le monde et que les chances de le revoir en vie étaient réellement minces.

— Seigneur, je vous en conjure! Donnez-leur la force de réussir! pria enfin le prêtre à voix haute, les mains jointes, exprimant ainsi ce que tous avait en tête.

Puis, lorsque la poussière retomba un peu, tous songèrent à retourner à la cuisine quand soudain, un bruit étrange attira l'attention de Richard.

— Vous avez entendu?

— Quoi? l'interrogea Simon.

— Une espèce de frottement sur le toit...

— Oui! Ça y est! Je viens de l'entendre! Mais qu'est-ce que...

Tout à coup, prenant tout le monde par surprise, un sbire de Malork s'introduisit subitement sans crier gare par le passage que venait de créer Max. Dès que la chose atterrit auprès d'eux, tous s'affolèrent complètement. Le monstre à la peau rouge, qui était le premier de sa planète à avoir été contaminé, profita alors de l'effet de surprise pour accomplir sa mission. Il bondit donc sans préavis en direction de la porteuse du messie. En le voyant se remettre en mouvement, Richard voulut repousser la créature en se servant de ses dons. Mais à son grand malheur, tel la télékinésie d'un démon sur un ange, sa faculté ne sembla pas vouloir fonctionner. Le démon empoigna donc Alicia, qui hurla de terreur. Par chance, en voyant que sa tentative était inefficace, le défenseur eut alors le réflexe d'attirer plutôt la jeune femme vers lui, la lui retirant ainsi des pattes juste avant que celui-ci ne lui fasse du mal. Insatisfait, le monstre poussa un horrible grognement tout en se préparant à retourner à la charge. Mais sans lui laisser le temps, le rouquin à la cicatrice lui projeta subitement un bureau en plein visage.

— Vite! Suivez-moi! lança ensuite Sarah alors que tous étaient totalement figés sur place. Il faut nous rendre à la salle des armes!

Aveuglément, tous la suivirent en file indienne, la panique dans le regard, alors qu'elle se précipitait dans le corridor. Richard, qui fermait la marche, poussa à ce moment son pouvoir à l'extrême en faisant s'écrouler les murs et le plafond pour bloquer le passage au nouveau venu.

Ils avaient presqu'atteint la pièce de l'équipement quand des hommes armés se présentèrent brusquement à l'autre bout du couloir. Mais avant qu'ils n'ouvrent le tir, Sarah bifurqua vers la porte à gauche, qui donnait directement dans le garage. Près de la moitié du groupe avait réussi à s'y réfugier lorsque les membres des Illuminati ouvrirent le feu. Heureusement, le défenseur sauva encore la mise en faisant dévier les balles pour ensuite repousser les tireurs comme si un vent violent venait de les balayer.

Une fois dans le garage, Sarah pensa au Hummer que Max avait utilisé pour se déplacer à Winslow. Se disant qu'il y avait peut-être laissé une arme, elle se déplaça en toute hâte vers le 4x4. Néanmoins, à l'instant où elle allait l'atteindre, Galalel surgit d'entre deux véhicules tout en se ruant vers elle. En apparaissant de la sorte, l'hideuse sorcière fit non seulement sursauter la membre des Protecteurs, mais également Alicia, qui avait aussi assistée à la scène.

C'est alors qu'une forte contraction traversa le ventre de la femme enceinte. Isabelle et son fils, à ses côtés, remarquèrent par la suite le pantalon pâle de la jeune femme s'humidifier, comme si elle venait d'uriner.

— Ho, Seigneur! paniqua la mère de Sarah. Elle vient de crever ses eaux!

Devant eux, Galalel, tenta d'atteindre la copine de Max de sa serpe. Mais grâce à ses réflexes aiguisés, dû entre autre à son entrainement avec Wayuki et Yohanda, Sarah l'évita de justesse. Néanmoins, la lame réussit tout de même à lui lacérer le haut du torse. La jeune femme se recula ensuite tandis que celle au visage cicatrisé s'avançait toujours en affichant un air terrifiant.

— C'est impossible! Comment nous avez-vous retrouvé?! l'interrogea Sarah, tout en demeurant en mouvement.

— Facile! L'un de nos membres a placé un traceur dans le véhicule de ton copain pendant qu'il se tiraillait avec Sadman. Une superbe initiative du maître dont même le démon à l'effigie de panthère n'était pas au courant. Le maître avait encore des doutes au sujet de son nouveau démon et Il ne laisse jamais rien au hasard.

— Mais… Mais comment se fait-il que Max ne vous ai pas senti?

— J'ai plus d'une corde à mon arc, petite! Je rôde sur cette planète depuis des siècles! J'ai appris un tas de sortilèges au cours de mon existence. Comme tu as pu le constater, j'ai pu me téléporter à l'intérieur de ces murs. J'arrive également à camoufler spirituellement les démons qui sont à proximité, pendant une période limitée, même à un être aussi puissant que ton Max. Et il était tellement obsédé à l'idée d'affronter Malork et sauver vos amis qu'il n'a jamais tenu compte que le maître a constamment une carte dans sa manche! Toujours un plan B! Ha! Ha! Et tu veux savoir ce que j'arrive également à faire? J'ai la capacité de changer le bébé que Dieu a mis dans le ventre de la petite pute là-bas en antéchrist, sans avoir recours à du sang d'un Luciférien. Ce n'est pas une pratique garantie, mais c'est un dernier recours qui peut tout de même s'avérer efficace, dans le cas de l'absence d'un démon assez puissant!

— Je ne vous laisserai pas l'approcher! la prévint-elle même si au fond de son être, elle était pétrifiée par le sombre aura qui se dégageait de la sorcière.

— Tu crois réellement être la première à m'affronter! Ha! Ha! Ha! Tu ne fais pas le poids, petite idiote! Laisse-moi te montrer autre chose que je gardais en réserve!

Elle sortit ensuite de derrière son dos un petit pantin de tissus, avant de se pencher vers une goutte de sang tombé plus tôt de la blessure de Sarah. Puis, elle passa son doigt dans le liquide rouge avant de l'étendre sur la marionnette, tout en marmonnant des mots incompréhensibles. Finalement, elle attrapa un poignard avec une crosse fabriquée à base d'os de squelette humain et enfonça la pointe dans la poupée Voodoo. Aussitôt, un point atrocement douloureux traversa le dos de la jeune femme, qui s'effondra à genou en hurlant.

Plus loin, le monstre venant d'une autre planète, s'étant frayé un chemin dans l'affaissement plus tôt, défonça un mur pour venir rejoindre le groupe dans le stationnement intérieur. En l'apercevant, Richard lui balança près d'une dizaine de véhicules pour l'arrêter. Toutefois, le démon les évita facilement tout en se rapprochant dangereusement. Et comme si ce n'était déjà pas assez, des hommes armés se créèrent à leur tour un passage grâce à une explosion. En entrant dans le garage, ils ouvrirent le feu sur leur plus grande menace; le défenseur. Ce dernier n'eut alors d'autres choix que de se concentrer sur eux pour dévier leurs balles. L'alien en profita donc pour lui bondir dessus. Le pauvre homme se retrouva alors coincé sous l'ignoble personnage, qui déferla sans attendre des coups de griffes en rafale.

— Isabelle, j'ai peur! avoua Daniel, dissimulé avec Alicia et elle derrière un panel.

En terminant sa phrase, une fumée noire aux yeux blancs, semblable à celle qu'ils avaient déjà eu à faire face chez les Longuet, se créa juste derrière eux. Presque simultanément, des morceaux de verres cassés, provenant des 4x4 que Richard avaient lancés sur le démon, se mirent à léviter. Une fois au-dessus du sol, les morceaux en pointe furent propulsés en direction de la femme enceinte, qui avait déjà le visage crispé de douleur.

Galalel, pour sa part, s'approcha lentement de Sarah, paralysée par la souffrance. La prêtresse du diable, sa serpe en main, prit à ce moment un malin plaisir à voir la belle se plaindre avant de se préparer à en finir avec elle.

Et pendant que les choses allaient au plus mal dans le refuge, sur l'île de Montréal, Tom, Wayuki, Robert, Ulric, Khalid et Jaladhija, qui avaient laissés comme prévu Katie derrière avec Annalisa, arrivèrent bientôt au pied du building dans lequel se trouvait l'antéchrist. Par chance, en chemin, ils tombèrent sur deux cadavres de militaires et purent ainsi se ravitailler en munitions. Une fois à l'intérieur de l'édifice vitré, ils gravirent en toute hâte les marches jusqu'à l'endroit indiqué par Max dans la vision transmise à Robert. Lorsqu'ils y arrivèrent, les membres du groupe pénétrèrent lentement dans la grande salle remplie de postes de travail séparés par de courts murets de plastique et de tissus. Tout en restant prudents, ils s'avancèrent nerveusement entre les cubicules, qui comprenaient des bureaux, des chaises et des ordinateurs.

Et alors que les six courageux combattants du Bien inspectaient l'étage, de son côté, Max s'introduisait par la fenêtre d'un autre bâtiment où se terraient les derniers

Illuminati présents dans la ville. Dès qu'il tomba sur ceux-ci, qui préparaient une embuscade, il s'empressa de les mettre tous hors d'état de nuire. Tel un éclair, il mit K.O. la quinzaine d'hommes et de femmes armés à l'aide de ses poings et de ses pieds sans même qu'ils n'arrivent à distinguer ses mouvements.

Une fois qu'il en eut terminé avec eux, il alla se placer au milieu d'une rue devant un autre immeuble un peu plus loin. En se laissant tomber, de nombreuses fissures se formèrent sur l'asphalte autour de ses pieds, comme s'il pesait plusieurs tonnes. Au même instant, une première goutte d'eau tomba du ciel, suivit rapidement d'une suivante. Et en peu de temps, il se mit à pleuvoir considérablement sur la ville.

— Malork! hurla à cet instant le surhomme. Je sais que tu es là! J'arrive à le sentir! Cesse de te cacher et viens te battre!

Quelques secondes s'écoulèrent sans aucun autre bruit que celui de la pluie quand soudain, le démon extra-terrestre surgit enfin à travers la brique du bâtiment pour venir se placer juste en face de lui, à moins d'une vingtaine de mètres. En arrivant, l'hideuse créature poussa un grognement si terrifiant que Max, malgré l'étendue de ses pouvoirs, ne put s'empêcher de ressentir la crainte l'envahir en entier. La chose était si imposante et effroyable. Le cœur battant si fort qu'il arrivait à entendre ses pulsations, il demeura tout de même sur place, immobile, à le fixer dans ses trois yeux mauves restants. Tout en élevant son épée, l'ange serra les dents, prêt à livrer le plus important combat de sa vie. Les deux adversaires demeurèrent ensuite en place, sous l'abondante averse, attendant que l'un ou l'autre ne tente quelque chose. Même s'ils ne prononcèrent pas le moindre mot, le regard qu'ils s'échangèrent démontrait toute la tension entre les deux adversaires, qui savaient tous deux qu'un seul d'entre eux allait survivre à cet affrontement qui s'annonçait être colossal.

C'est alors que Malork se décida d'attaquer le premier en faisant s'envoler tous les véhicules autour, ainsi que des morceaux de brique, dans la direction de l'ange au pouvoir divin. Ce dernier déploya immédiatement ses ailes blanchâtres translucides afin de bloquer les projectiles. Dès que les dernières carcasses de voitures se rivèrent contre son bouclier spirituel, Max rétracta ce dernier avant de se précipiter vers son ennemi, tout en élançant son glaive. Toutefois, la création du Mal l'évita au dernier moment avant de riposter à l'aide de ses poings et de sa queue. Mais grâce à sa vitesse surnaturelle, le soldat de Dieu esquiva à son tour les attaques et en para même certaines avec ses avant-bras et son épée. Tout en s'exécutant, il se risqua, lorsque l'occasion se présentait, à le toucher avec Spero, mais l'abomination s'avéra tout aussi rapide que lui. Ils continuèrent donc ainsi pendant un moment à tenter de s'atteindre l'un l'autre à une vélocité si impressionnante qu'un simple mortel ne serait jamais parvenu à voir tous les détails de l'affrontement. Finalement, Max réussit enfin à lacérer le ventre de son opposant, qui répliqua sans perdre de temps en le poussant de ses quatre bras. Le terrien se fit alors propulser avec une telle force contre la bâtisse de l'autre côté de la rue qu'il passa au travers de la brique. Il continua ensuite de glisser sur le plancher à l'intérieur, en brisant quelques murs de plâtre au passage, avant d'enfin s'arrêter. Puis, comme il se relevait, Malork souffla une boule de feu verdâtre dans sa direction. Mais juste comme celle-ci allait l'atteindre, l'ange s'envola à temps sur le côté, perçant ainsi un nouveau trou dans l'immeuble. Par après, sans ralentir, Max poursuivit son vol, propulsé par l'explosion en arrière-plan, en direction de son ennemi.

Alors que les bruits de la bagarre des titans dans la rue faisaient rage, le groupe dans la tour à bureau inspectait toujours prudemment les lieux, sans toutefois trouver la moindre trace de celui qu'ils recherchaient. Robert remit à cet instant en doute les images que son partenaire lui avait transmises. Ayant fait pratiquement le tour, tous commencèrent à baisser leur garde quand soudain, Ulric, qui n'avait pas eu la chance de recevoir la bénédiction spéciale d'Henri, sentit ses muscles se figer contre son gré. Par la suite, sans être en mesure de prévenir les autres, celui qui le manipulait le força à pointer son arme à feu sur ses partenaires. Il tenta de résister, mais en vain. Quelqu'un avait totalement pris le contrôle de son corps. Et comme il le craignait, il sentit son doigt se déplacer vers la détente.

Au dernier instant, Tom le remarqua et se plaça devant les autres tout en déployant sa barricade spirituelle d'ange. Sans encore saisir pourquoi le militaire les attaquait de la sorte, l'ancien chef des Protecteurs se contenta de bloquer les tirs de ses ailes translucides tout en essayant de le raisonner.

Profitant de la diversion, Usaarag, accroché au plafond dans un angle offrant une ouverture entre l'ange et sa barrière, projeta une fléchette ayant trempé dans son propre sang d'antéchrist en direction du plus puissant de l'équipe. Mais par miracle, le tige de métal extra-terrestre dévia sur l'un des chargeurs dans la veste de Tom et rata de peu son cœur.

Néanmoins, en recevant l'arme empoisonnée dans le torse, celui-ci laissa tomber son bouclier avant de se faire happer par les balles d'Ulric. Les quatre autres se mirent aussitôt à couvert pour ne pas être touchés également.

Ignorant toujours pourquoi le fantassin agissait de la sorte, Wayuki s'en avança en douce par le côté et, avant qu'il n'ait le temps de se tourner, elle sauta vers lui en lui assenant un solide coup de pied à la mâchoire. Tel qu'elle l'espérait, même s'il était désormais un Chevalier de Dieu, l'attaque brutale de cette experte en arts martiaux le mit automatiquement K.O.

Usaarag, pour sa part, se concentra plutôt sur le vétéran de Winslow en dessous le lui. Il se décrocha donc du plafond pour atterrir juste à côté de Robert. En posant les pieds au sol, l'étranger vêtu d'ossements sortit de derrière son dos un bâton d'environ un demi-mètre. Il l'actionna ensuite et deux longues lames pointues apparurent à chaque embout.

Rapidement, le retraité leva son fusil d'assaut vers l'extra-terrestre à la peau grise et aux grands yeux sombres. Mais juste comme il allait faire feu, la progéniture de Satan trancha son canon et son lance-grenade à l'aide de sa lance singulière. Par réflexe, Robert se recula tout en dégainant son pistolet. Mais encore une fois, il ne put l'utiliser puisque l'alien, plus rapide, envoya une seconde fléchette en plein dans sa main qui tenait l'arme de poing. Même si son sang d'être maléfique n'eut pas les mêmes conséquences que sur l'ange, la douleur de la tige dans son membre fut suffisante pour lui faire échapper son moyen de défense.

Usaarag fonça ensuite vers lui en visant le dessus de sa tête. Par chance, Robert l'esquiva à temps et la lame trancha seulement le bureau derrière. Mais sans attendre, l'extra-terrestre enchaîna avec un coup latéral. Même si l'ancien ambulancier se recula, la pointe lui frôla tout de même une joue, lui lacérant ainsi la peau tout en le projetant contre un muret.

Derrière, Jaladhija, ayant enfin une ligne de tir, se prépara à ouvrir le feu. Mais juste au moment où elle allait s'exécuter, l'antéchrist, qui l'avait entendu se positionner, se retourna tout en activant un bouclier gris foncé rétractable, qui se déploya en une fraction de seconde de son gadget installé sur son autre avant-bras. Et pendant que les balles de l'hindoue se rivaient sur le métal provenant d'une autre planète, Usaarag lui projeta sa lance en pleine poitrine. La pauvre femme s'écroula sur-le-champ.

Percevant ensuite Khalid sur sa gauche, la progéniture du Mal se tourna cette fois dans sa direction pour bloquer également ses tirs. Pendant que l'arabe cherchait un meilleur angle pour l'atteindre, son regard croisa les grands yeux sombres du fils de Satan. Presqu'instantanément, toutes les personnes présentes disparurent et l'homme se retrouva complètement seul. Celui-ci s'interrogea un bon moment jusqu'à ce qu'une silhouette apparaisse dans l'obscurité. Cette dernière s'avança lentement alors que Khalid commençait à identifier des traits familiers. Bientôt, sa poitrine se serra en reconnaissant son frère, Habib.

— Tu les as laissé prendre mon corps! l'accusa le plus jeune de la famille dans sa langue native. Et maintenant, à cause de toi, je me retrouve en enfer!

— Non, c'est faux! C'est toi qui tenais à te sacrifier!

— Tu es le plus vieux et le plus sage! Tu aurais dû m'en empêcher! Tu n'aurais pas dû les laisser faire! Quel genre de frère es-tu donc?! C'est de ta faute si je suis mort! Et c'est de ta faute si je souffre le martyr en ce moment!

— Je… Je suis désolé… Je…

— C'est toi qui aurais dû prendre ma place! Mais il n'est pas trop tard. Le Mal m'a dit qu'Il était prêt à me libérer en échange de ton âme! Tu peux encore te racheter! Tu n'as qu'à t'enlever la vie maintenant! Il te prendra en échange et me laissera partir! Je t'en supplie! Je n'arrive plus à supporter toute cette souffrance. C'est toi le plus dur des deux! Tu sais que tu seras bien plus en mesure que moi d'endurer cette peine! Khalid, je t'en prie! Fais-le!

Et alors que le combattant d'Allah était prisonnier de l'hallucination de l'antéchrist, ce dernier retira son bâton du cadavre de Jaladhija et, voulant en finir au plus vite avec Robert avant qu'il ne se relève, l'être qui portait le crâne d'une bête en guise de chapeau s'approcha hâtivement de son adversaire.

Et pendant que le Chevalier de Dieu se trouvait en très mauvaise posture, son fils, Simon, toujours dans le garage du refuge, fonça vers le Hummer que Max avait utilisé pour se déplacer plus tôt. Tout comme sa sœur avait tenté de le faire, il alla vérifier si son copain n'y aurait pas laissé son arme à feu. Il fût ravi de découvrir un fusil d'assaut sur le siège arrière. Il l'attrapa donc en vitesse et, sans prendre le temps de réfléchir, tira sur les trois Illuminati présents à l'autre bout. Par miracle, l'adepte de jeux vidéo de guerre arriva à les toucher tous avant qu'ils n'aient le temps de prendre un couvert.

Plus loin, les morceaux de verre guidés par le Mal en personne se dirigeaient à vive allure vers Alicia lorsqu'au dernier instant, Travos, témoin de la scène, se jeta littéralement devant elle. Les bouts pointus se logèrent alors dans le dos de celui qui venait de se sacrifier. Isabelle, ayant assistée au terrible spectacle, attrapa le pauvre homme à lunette qui tombait lentement.

— J'ai… J'ai enfin réussi à être utile sur le terrain! soupira-t-il alors que son âme quittait son corps meurtri.

Henri, pour sa part, accourut avec un crucifix vers le monstre rouge, qui s'attaquait toujours à Richard. Il plaqua sans réfléchir aux conséquences son symbole du Bien sur le dos du démon. Ce dernier, sentant la brûlure, se retourna tout en lançant un coup de patte au prêtre, qui fut propulsé durement contre un camion derrière.

Toutefois, cela donna une chance au défenseur de déplacer une barre de métal, posée un peu plus loin sur l'établi de la salle de maintenance, en plein visage de la chose. Tel que désiré, le bout en pointe alla lui transpercer la joue pour ressortir derrière la tête. Richard, le visage ensanglanté et couvert de profondes lacérations, réussit alors à se dégager sur le côté. Sans attendre, il déploya ensuite un paquet d'autres outils qui frappèrent et même empalèrent l'hideuse créature.

Un peu avant, Galalel se préparait à décapiter Sarah quand elle remarqua du coin de l'œil un jeune homme pointer une arme dans sa direction. Elle se jeta sans attendre à couvert au moment où Simon ouvrit le tir. En tombant, elle échappa la poupée Voodoo à proximité de celle qu'elle représentait. La jeune femme, malgré la douleur qui la paralysait, s'efforça de donner un coup de pied sur le couteau planté dans le pantin. À son grand soulagement, la lame se délogea, enlevant automatiquement l'affreux point dans son dos.

Une fois libérée, la fille de Robert fonça vers la sorcière, qui se relevait lentement derrière un véhicule. Elle la saisit à la taille avant de la plaquer contre un capot. Puis, elle lui envoya une série de coups de poing au visage. Mais malgré la violence de ceux-ci, la Cavalière du Diable réussit à les encaisser avant de riposter à son tour. Elle frappa d'abord la jeune à la gorge pour la déstabiliser. Puis, elle lui attrapa les cheveux et lui tapa la figure sur la taule du véhicule. Étourdie, Sarah s'accroupit et celle qui avait terrassé l'ange Gabriel l'envoya au tapis à l'aide d'un coup de genou sur le nez.

Quelques camions plus loin, Alicia, dont les contractions devenaient de plus en plus fréquentes, hurla de douleur. Isabelle tentait de lui expliquer comment respirer quand soudain, l'ombre de Lucifer s'approcha d'eux. C'est alors que la vierge se mit à s'étouffer comme si le Mal était en train de l'étrangler. La mère de famille tenta aussitôt de repousser le nuage, mais au moment où elle le toucha, ses mains se mirent à se glacer comme si elles avaient été exposées à un froid nordique. Sous la douleur, la pauvre paniqua totalement tout en tentant de les réchauffer de son souffle.

À cet instant, dans les rues de Montréal, Max tentait toujours de toucher son adversaire de son épée lorsqu'il réussit enfin à le blesser à une cuisse. Mais en se faisant, il s'exposa à lui et le monstre en profita pour le griffer à la joue. Par la suite, en utilisant sa queue, Malork réussit à atteindre sa main qui tenait Spero, la lui faisant glisser d'entre les doigts. Dès que le glaive se retrouva au sol, le grand démon envoya l'arme à l'écart à l'aide de son pied. Puis, il essaya d'harponner le super-ange de son dard de scorpion. Mais celui qui détenait le pouvoir de

Dieu attrapa la queue en vol et, en utilisant cette derrière, il lança violemment son opposant, qui disparut en traversant la façade d'un bâtiment.

Max se prépara à le voir resurgir d'un moment à l'autre quand derrière, sans qu'il ne s'y en attende, Bakkar, le démon à l'aspect de serpent, bondit d'un toit dans sa direction. Dès qu'il tomba sur l'être du Bien, il chercha à le mordre tout en le griffant. Et pendant que le membre des Protecteurs tentait de s'en défaire, Malork en profita pour retourner à l'assaut.

Pendant ce temps, dans la tour en face, Usaarag se préparait à achever Robert lorsque Wayuki arriva à la dernière seconde à la rescousse. En l'entendant s'approcher, l'antéchrist se retourna vers la ninja, qui l'attendait, son sabre dans sa main et son système Chester sur son moignon. Après s'être observés un moment, ils entrèrent tous deux de façon étonnante dans un impressionnant combat à l'arme blanche. L'alien bloqua tous les coups de son bâton à deux lames et tourna même une fois sur lui-même pour en éviter un, tout en tentant de riposter. Mais l'experte dans ce type d'affrontement sauta et se pencha à temps pour esquiver les tranchants et les pointes. Dans des bruits de métal à répétition, l'un comme l'autre ne voulurent céder de terrain.

Robert, la joue gauche ensanglantée, retira douloureusement la tige pointue de sa main avant de se préparer à aller aider sa collègue. Cependant, dès qu'il fit un pas, deux autres créatures à la peau rouge traversèrent un mur vitré pour terminer leurs sauts sur un bureau tout près. Le vétéran reconnut aisément que l'une d'entre elles était forcément arrivée sur terre à travers le trou de ver tandis que l'autre, malgré son abject apparence, était sans contredit Habib, l'homme qui avait donné son corps à Christophe. N'ayant autre chose qu'un couteau sur sa veste pour se défendre, il le sortit et se prépara à leurs faire face.

Toujours dans son cauchemar, Khalid approchait la bouche de son canon près de sa mâchoire, convaincu que l'individu devant lui était réellement son frère et qu'il devait à tout prix le libérer. Toutefois, lorsque fut venu le temps d'en finir, il hésita un instant.

— Qu'est-ce que tu fais?! l'encouragea à poursuivre Habib. Vas-y! Fais-le! Tu dois me libérer! Je t'en supplie!

— Non! Rien de tout ceci n'est vrai! Tu le sais tout comme moi! Chaque homme est responsable de son destin! C'est toi qui as tenu à te sacrifier! Et je sais que jamais tu ne me demanderais de prendre ta place! Tu n'es pas mon frère! Tu n'es pas Habib!

En prononçant ces mots, l'arabe se réveilla tout d'un coup au milieu de l'action.

Au même moment, dans le refuge secret des Protecteurs, Simon, n'ayant pas d'angle de tir pour appuyer sa sœur, ne put que regarder les femmes se battre. Toutefois, dès que Galalel prit le dessus, il fonça vers eux, espérant avoir une opportunité. En le remarquant, l'hideuse sorcière ramassa sa serpe à ses pieds pour ensuite saisir les cheveux de la jeune femme. Puis, elle se tourna vers le blondinet en posant le tranchant sur le cou de son otage.

— Si tu fais un pas de plus, je lui tranche la gorge! le menaça-t-elle.

Simon s'immobilisa sur-le-champ, ne sachant plus que faire.

Richard, quant à lui, tenant à peine debout, se tourna vers le tout premier sbire de Malork, qui revenait à la charge. Encore une fois, il fit léviter des véhicules dans sa direction, mais tel que précédemment, la chose les évita sans trop de difficulté. Indécis, il continua tout de même ainsi alors que celui aux longues dents acérées se rapprochait dangereusement.

Alicia, pour sa part, incapable de respirer, commença à avoir le visage de plus en plus bleu. Malgré ses efforts, il fut impossible pour celle au pied de l'ombre noire de reprendre son souffle.

Sous la pluie, à des kilomètres de là, Max réussit enfin à saisir la mâchoire de Bakkar, toujours sur son dos. En utilisant sa force herculéenne, il lui arracha carrément le bas de sa gueule. Et pendant que le chef des léviathans se débattait, le soldat de Dieu le désarçonna, avant de le projeter durement contre Malork, qui arrivait à contresens. L'ange bondit ensuite vers eux en lançant son poing sur celui qui venait de recevoir le reptile humanoïde. Il le frappa avec une telle force que le démon extra-terrestre passa à travers le coin du building déjà affaibli. À l'impact, une partie de celui-ci s'effondra sur le monstre aux yeux mauves.

Bakkar, qui était resté au milieu de la route après s'être rivé contre son compère d'une autre planète, se remit sur pied tout en lançant instinctivement un coup de patte au surhomme. Mais celui-ci lui saisit le poignet en mouvement avant de le pousser avec son pied sur le torse. Se faisant, il lui arracha ignoblement le bras. Il utilisa ensuite ce dernier en guise de bâton pour l'envoyer valser sur le tas de décombre qui recouvrait Malork.

Dans la tour vitrée derrière eux, Robert se demanda

sincèrement comment il allait faire pour réussir à tenir tête aux deux démons devant lui quand soudain, Khalid arriva par derrière et plaqua celui venu d'ailleurs, lui laissant ainsi son frère possédé. Une fois au sol avec celui qu'il avait choisi, sachant qu'il n'aurait jamais pu combattre son frangin, le musulman abaissa son kukri. Toutefois, à l'instant où il trancha la tête du sbire de Malork de sa manchette courbée, ce dernier lui enfonça ses griffes dans le ventre. Le pauvre homme, l'abdomen déchiré, se roula sur le côté tout en remarquant avec panique ses intestins s'exposer.

Simultanément, dès que Khalid fit son entrée, l'ambulancier à la retraite lança un écran d'ordinateur au monstre restant pour créer une diversion avant de le poignarder à plusieurs reprises sur le côté. Néanmoins, malgré la violence des attaques, celui aux habits de Christophe réussit à son tour à le griffer aux épaules et au visage. Les deux ennemis, l'un après l'autre, enchaînèrent les coups dans un combat sanguinaire où les lésions s'accumulaient tour à tour. Toutefois, la créature à la peau pourpre parvint finalement à placer un uppercut qui envoya valser le plus vieux sur le bord d'une fenêtre.

Pendant que son père meurtri glissait sur le plancher en laissant une trace de sang, Simon se demanda si le mince angle de tir disponible pour libérer sa sœur était suffisant pour tenter sa chance. Bien qu'il fût bon tireur, il savait que la nervosité risquait fortement de lui faire rater sa cible. Cependant, sachant très bien que s'il déposait son arme, tel que la sorcière l'exigeait, celle-ci tuerait quand même son otage, il se contenta de rester là, à la pointer, espérant avoir une chance d'ouvrir le feu.

C'est alors que Sarah, prisonnière de Galalel, remarqua le

couteau au manche en squelette juste derrière son pied. Subtilement, elle posa le bout de ses orteils dessus avant de le glisser plus près. Puis, comme l'attention de la prêtresse de Satan était tournée vers son frère, elle attrapa le poignard et le lui planta dans la cuisse. Grâce à l'effet de surprise, la jeune guerrière se libéra de son emprise, laissant enfin le champ libre à Simon. Celui-ci, qui priait pour que se présente cette occasion, tira trois balles en pleine poitrine de celle qui avait créé le trou de ver.

Quelques secondes avant les coups de feu, Daniel, réalisant qu'Alicia et Isabelle étaient en très mauvaise posture, prit son courage à deux mains et décida d'agir. Se remémorant comment ils s'étaient débarrassés du nuage sombre la dernière fois, il empoigna un morceau de verre incrusté dans le dos du cadavre de Travos et s'entailla l'une de ses paumes. Par la suite, l'enfant accourut vers le spectre et le toucha de sa main ensanglantée. Comme la dernière fois, l'hémoglobine de celui qui était née de l'amour d'un Chevalier de Dieu fit disparaître d'un seul coup l'apparition du Mal.

Aussitôt, Alicia reprit son souffle comme si elle émergeait après un bon moment de sous l'eau. Cependant, la pauvre n'eut que peu de répit puisque les contractions reprirent de plus belle.

En sentent ses mains se réchauffer, Isabelle remercia le courageux garçon de les avoir sauvé. Celui-ci, qui venait de subir toute une frousse, alla rapidement se réfugier dans ses bras.

Pendant que Daniel chassait l'ombre de Lucifer, Richard, le visage entièrement recouvert de plaies, comprit, en voyant s'approcher l'alien démoniaque, qui venait d'éviter tout ce qu'il lui avait envoyé, qu'il ne restait désormais plus qu'une seule option pour l'arrêter. Sachant que son voyage ici-bas tirait à sa fin, il se surprit à ressentir un pincement au cœur. Bien qu'il fût prêt depuis longtemps à traverser de l'autre côté, la crainte de l'inconnu le fit hésiter quelque peu. Cependant, dans le feu de l'action, il n'eut guère le temps de trouver une autre solution. Aussi, lorsque le monstre lui bondit dessus, le défenseur de la vierge fit s'écrouler la partie du toit au-dessus d'eux. Rapidement, ils disparurent tous deux sous les lourds morceaux de métal et de taule.

— Non! cria Henri en voyant son ami se sacrifier de la sorte.

Ne perdant pas de temps, Max, de son côté, s'envola vers le corps mutilé de Bakkar. Tout en se déplaçant, il tendit sa main, attirant ainsi son épée bénite tel un aimant. Dès qu'il l'empoigna, il la plaça devant lui et, sans freiner son élan, alla directement percer le cœur du démon aux traits de serpent.

Comme Malork se faufilait hors des blocs de pierre au moment où Bakkar commençait à fondre, l'ange retira son glaive de la poitrine du reptile et se prépara à attaquer. C'est alors que deux créatures à la peau rouge apparurent tout d'un coup pour protéger leur maître. Cependant, ils ne firent pas le poids face à celui qui détenait le pouvoir de Dieu. En effet, à l'instant où ils s'approchèrent, le surhomme leur trancha à tous deux le torse sans qu'ils n'aient le temps de le voir s'exécuter.

Puis, avant que son principal ennemi ne se ressaisisse, Max se rua vers celui-ci pendant qu'il était encore vulnérable. Sans crier gare il se mit à le ruer de coups à l'aide de son glaive. Bien que le monstre en esquivât la plupart, Max réussit tout de même à l'écorcher à quelques endroits. L'extra-terrestre, sentant qu'il n'avait plus le dessus, tenta de contre-attaquer d'un coup de patte. Mais cela ne fit que créer une ouverture à l'ange qui en profita pour lui trancher le bras. Tout en poursuivant ses offensives, l'être du Bien lui lacéra ensuite le torse à deux reprises avant de le couper profondément à la joue. La douleur obligea alors le démon à faire quelques pas à reculons. Néanmoins, le jeune téméraire, voyant que le combat tournait en sa faveur, continua d'enchaîner les attaques sans lui laisser le temps de reprendre son souffle.

Cependant, les choses ne semblaient pas vouloir se dérouler aussi bien dans la tour alors que le monstre aux habits de Christophe se précipitait avec férocité sur Robert. Celui-ci, n'ayant plus rien sous la main pour se défendre, ne s'était contenté que de lever les bras pour se protéger. La bête enragée était sur le point de lui tomber dessus quant au dernier instant, Tom, s'étant relevé malgré ses blessures, l'attrapa en vol avant de se jeter avec lui par une fenêtre. L'ange et le démon chutèrent ensuite de neuf étages avant de s'écraser brutalement sur le toit d'une voiture.

Malgré sa volonté et sa ténacité hors du commun pour une mortelle, Wayuki commençait à se fatiguer. Se rendant compte que la ninja baissait en intensité, Usaarag redoubla d'effort. Il envoya coups après coups et l'experte en arts martiaux dût bientôt se concentrer seulement à parer les attaques sans être capable d'en placer aucune. Elle arriva tout de même à le contenir jusqu'à ce que soudainement, le bâton tranchant venant d'une autre planète sectionna le pieu de son système Chester. N'ayant plus qu'une main pour se défendre, la belle n'arriva plus à tenir la cadence intense de son adversaire et, comme elle le craignait, il réussit enfin à frapper son sabre suffisamment fort pour le lui faire échapper. Celui vêtu d'ossements en profita ensuite pour lui empaler une épaule d'une de ses pointes. Et alors qu'elle poussait un cri de douleur, il la frappa durement du revers de la main. La pauvre fut propulsée dans les airs en tournant sur elle-même. Elle termina enfin sa chute sur un bureau de travail après une importante distance. Usaarag, jugeant que la guerrière qui ne bougeait plus était inconsciente, ne perdit pas davantage de temps avec elle, sentant que la situation pressait pour son acolyte à l'extérieur.

Le fils de Satan projeta sans attendre son arme vers Robert, qui vérifiait par la fenêtre cassée l'état de son partenaire qui venait de le sauver. Le prenant par surprise, la lance lui traversa le bas du dos et une longue partie ressortit sur le devant de son ventre. Et pendant que sa cible gémissait à voix haute, Usaarag fonça à toute vitesse vers lui. En chemin, il envoya un sauvage coup de pied au visage de Khalid, toujours présent malgré ses graves blessures, afin de le mettre hors-jeu.

— Aaaaahhh! s'écria pendant ce temps Alicia, étendue sur le plancher du garage, alors que ses contractions devenaient de plus en plus fortes.

— Respire, ma belle! l'encouragea Isabelle. Respire! Il va... Il va falloir la conduire à l'hôpital!

— Je... Je ne sais pas si c'est une bonne idée! répondit Henri. Les Illuminati sont partout! Qui sait s'il n'y a pas l'un d'entre eux qui attend là-bas!

— Ouais! Pas étonnant que Marie ait accouché dans une crèche la dernière fois!

— Je... Je pense qu'il va falloir que l'enfant vienne au monde ici!

— Bon! Dans ce cas, il va falloir au moins des couvertures, des oreillers et des serviettes propres!

— Bien, je…

Mais alors qu'il s'apprêtait à aller chercher l'équipement requis, le prêtre remarqua le tas de débris qui recouvrait Richard et l'extra-terrestre se mettre à remuer. Son cœur s'emballa, craignant le pire. À son grand regret, son pressentiment se concrétisa lorsque le sbire de Malork ressurgit en grognant des décombres.

Celui à la peau rouge et aux yeux mauves se rua aussitôt vers eux en exposant ses nombreuses longues dents acérées. Toutefois, alors qu'il était à mi-chemin, Simon s'interposa en ouvrant le feu. À l'impact des balles, la chose s'immobilisa tout en se plaignant.

Et durant que son sbire numéro un recevait une multitude de projectiles, Malork, lui, se fit d'abord trancher un deuxième bras avant de se faire sectionner verticalement le menton par Spero. Incapable de rester debout suite à cet intense assaut, la créature de Lucifer s'écroula enfin sur le dos.

À cet instant, Max comprit que le monstre, recouvert de sang noirâtre, était à sa merci. Il allait enfin pouvoir en finir d'un moment à l'autre. Il s'apprêta donc à porter le coup fatal quand soudain, une voix résonna dans sa tête, lui ordonnant de se retourner sur-le-champ. Lorsqu'il pivota pour vérifier qui venait de l'interpeler de la sorte, il figea aussitôt en apercevant au neuvième étage, par un vitrail cassé, Usaarag retenant Robert à genou.

— Si tu fais encore le moindre pas vers Malork, j'exécute ton meilleur ami! poursuivit la voix de l'antéchrist dans ses pensées.

— Ne l'écoute pas, Max! hurla l'otage, déjà recouvert de lésions. Tue ce fils de pute! Ne sacrifie pas le reste du monde pour moi!

— Deux choix s'offrent à toi à présent! lui présenta l'être à la peau grisâtre en élevant sa lance au-dessus de son prisonnier. Ou tu poursuis le combat et il mourra, ou alors tu laisses Malork pour venir le sauver. Tu sais très bien au fond de toi qu'avec tous ces pouvoirs, tu arriverais facilement à te rendre à temps pour m'empêcher de lui faire du mal. Alors n'attends pas trop longtemps! J'arrive à lire dans ton âme, Max. J'arrive à le sentir! Cet homme t'est réellement très cher! Je sais que tu ferais tout pour ne pas le perdre! Alors cesse d'hésiter et viens vite me le prendre!

Pendant que le héros s'interrogeait sur sa décision, au refuge, Simon tira sa dernière balle. Malgré les nombreuses blessures, l'alien de l'enfer se remit bientôt en marche. Ne sachant plus que faire, le fils de Robert attrapa le canon encore chaud pour se servir de son arme à feu comme d'un bâton. Lorsque l'effrayant agresseur arriva assez près, le blondinet s'élança de toutes ses forces. Mais avant que la crosse ne le touche, celui venu d'ailleurs la tailla de ses griffes. Ne voulant pas perdre une seconde de plus avec le minable humain sur son chemin, il envoya ensuite valser ce dernier d'un brutal coup de pied à la poitrine. Le pauvre alla se river contre le toit d'un véhicule déjà renversé sur le côté.

Ne sachant pas qu'Alicia, ainsi que tous ceux qui l'entouraient, risquaient la mort s'il n'éliminait pas Malork au plus vite, Max hésita encore à aller secourir son tout premier partenaire de cette longue aventure. Afin de l'inciter à prendre une décision, Usaarag inséra une partie de son bâton tranchant dans l'un des trapèzes de son détenu.

— Vite, Max! Viens le secourir avant qu'il ne soit trop tard!

Même si Robert tenta de se retenir, l'atroce douleur qu'il ressentit alors que l'antéchrist tournoyait la lame dans la plaie força le pauvre à crier. En entendant les plaintes, l'ange aux pouvoirs divins comprit qu'il ne pourrait jamais laisser son compagnon mourir sans tenter quelque chose. Il s'envola donc vers eux avec la ferme intention d'en finir avec l'envoyé du Mal.

Tout en s'approchant, il se mit à ressentir une certaine haine envers celui qui, non-seulement menaçait son fidèle partenaire, mais qui l'avait également interrompu alors qu'il allait en terminer avec son intense combat. Envers ce salopard qui venait peut-être de tout gâcher! Ce minable qui venait de blesser sérieusement son meilleur ami! Il se surprit même à cet instant à avoir envie de lui faire du mal, très mal! Ce lamentable fumier allait sans aucun doute devoir payer pour ça! Grâce à ses pouvoirs, il allait pouvoir lui foutre une bonne raclée!

Max était presque arrivé quand tout à coup, sans aucun préavis, sa capacité à voler s'estompa d'un coup sec. Tout en poursuivant sur son élan, la gravité l'attira subitement contre une fenêtre deux étages plus bas. En terminant sa chute dans une série de roulade à travers les cubicules, Max comprit que cette soudaine colère incontrôlée contre l'antéchrist venait probablement de lui coûter le pouvoir de Dieu. Usaarag, satisfait que son plan ait fonctionné comme prévu, afficha un sourire sadique sur son ignoble visage.

Sarah, ayant en sa possession la serpe de la sorcière, s'approcha en douce par derrière. Mais alors qu'elle s'apprêtait à attaquer le bras droit de Malork, Galalel, toujours en vie, attrapa la poupée Voodoo, qui était à sa portée, sortit le poignard encore logé dans sa cuisse et le planta dans le ventre du pantin. Dès que la pointe pénétra le tissus, la jeune femme s'effondra au sol en se prenant les abdominaux. En tombant, elle échappa la machette courbée, qui glissa un peu plus loin.

En remarquant ses coupures de verres se refermer rapidement suite à sa chute, Max comprit à ce moment que même s'il venait probablement de perdre ses capacités ultimes, il était tout de même demeuré l'ange qu'il était avant le rituel d'Henri. Ayant encore en tête d'aller secourir son ami, il se remit au plus vite sur pied en cherchant un panneau indiquant les escaliers. Mais à peine venait-il d'en apercevoir un qu'à son grand désespoir, Malork passa au travers d'une vitre pour venir le rejoindre. Le soldat de Dieu comprit alors que celui qui avait réussi à le mettre en colère venait certainement de prévenir son partenaire de la situation. En l'apercevant, Max sut qu'il allait devoir d'abord poursuivre son combat s'il voulait sauver Robert par la suite.

Malheureusement, Usaarag n'eut aucunement l'intention d'accorder un quelconque délai au jeune téméraire et se prépara à en finir dès maintenant avec le Chevalier de Dieu qu'il tenait toujours en otage. Il ressortit donc son bâton de l'épaule de son prisonnier avant de déplacer le tranchant au-dessus de sa tête. Il s'apprêta à le rabattre quand soudain, le prenant totalement par surprise, un sabre lui amputa le bras d'un coup sec au niveau du biceps. Alors que de la partie restante du membre giclait du sang extra-terrestre brun, le fils de Satan se retourna, fou de rage, vers celui qui avait osé l'attaquer. Il reconnut aussitôt Ulric, qui venait de se servir de l'arme de Wayuki.

Ne souhaitant pas lui laisser la chance de répliquer, le fantassin, qui avait repris conscience juste à temps, voulut poursuivre immédiatement son offensive. Cependant, par mégarde, son regard croisa celui de l'antéchrist. Presqu'instantanément, Robert, toujours à genoux, se transforma d'un seul coup en Sabrina, sa bien-aimée. En la voyant, le militaire s'arrêta. À ce moment, Usaarag agrippa de son bras restant la jeune femme au cou avant de la passer à travers l'ouverture dans la vitrine. Puis, tout en la retenant au-dessus du vide, il lui ordonna par la pensée de lui obéir.

— Je sais à quel point cette fille t'est chère! Lâche ton arme tout de suite ou je la lance dans le vide!

— Pitié, non! le supplia-t-il en s'exécutant, ne réalisant aucunement que tout ceci n'était qu'une mascarade.

— Bien! Et maintenant, ou tu prends sa place et tu te jettes à l'extérieur, ou alors elle fera un vol plané!

Comme la vision lui paraissait si réelle, le membre des forces canadiennes s'approcha lentement du bord alors que dans la réalité, Usaarag tentait toujours de stopper son importante hémorragie.

Pour sa part, Henri, n'ayant rien d'autre sous la main pour empêcher l'extra-terrestre de s'approcher d'Alicia, se plaça entre les deux en levant son crucifix. Mais malgré sa foi, le pouvoir spirituel de la chose était bien trop important pour que le symbole du Bien ne l'affecte. Elle balaya donc le prêtre du revers de la main.

Espérant avoir tout de même une chance de le battre, étant donné que le démon était plutôt mal-en-point, Max fonça vers Malork. Même s'il avait perdu énormément de rapidité, l'ange réussit tout de même à esquiver un premier coup de griffe. Au même instant, une ouverture vers le cœur se créa. Toutefois, à l'instant où il s'approcha pour lui enfoncer son épée dans la poitrine, le dard de scorpion se dirigea hâtivement dans sa direction. Jugeant qu'il ne pourrait l'atteindre sans en subir les conséquences, il laissa instinctivement tomber son offensive et se tourna plutôt pour protéger sa partie vitale à l'aide de son épaule. Lorsque le long pic lui transperça le muscle, le membre des Protecteurs ressentit rapidement la même douleur que celle qu'affligerait une arme maudite. Le grand démon en profita donc pour enchaîner en le frappant au visage, le projetant à travers plusieurs cubicules avant qu'il ne termine contre un mur de béton.

Dans le refuge, étant la dernière personne disponible pour protéger la femme en train d'accoucher, Isabelle serra les dents et se positionna devant celui qui exposait ses longs crocs. Sarah, incapable de se relever, regardait sa mère se sacrifier sans pouvoir y faire quoi que ce soit. De son côté, Simon, dont la plupart des côtes avaient été cassées en recevant le brutal coup de pied, tentait toutefois de s'approcher en titubant. Mais malgré son courage, il était bien trop loin pour arriver à temps. Il était trop tard!

Le monstre envoyé en secret au refuge salivait abondamment en sachant qu'il allait bientôt remplir sa mission cruciale. Il allait d'abord se débarrasser facilement de celle qui le gênait pour ensuite éliminer la vierge et le messie qu'elle portait. Toutes les tentatives du Bien pour sauver l'humanité étaient sur le point de s'écrouler.

— Avant de t'éliminer, je tiens à ce que tu saches que la victoire sera bientôt nôtre! avoua de son côté Malork en s'avançant vers Max, toujours au sol, qui tentait de reprendre le dessus sur sa douleur. Mon tout premier esclave a été envoyé à votre insu dans le repère où se terrait Alicia. À ce que je vois à travers ses yeux, il l'a bel et bien retrouvé et il s'apprête à la massacrer d'un moment à l'autre! C'est terminé pour vous! Et ça le sera bientôt pour tout ton peuple! affirma-t-il afin de le tourmenter et ainsi rendre son âme encore plus délicieuse.

— Non! Tu mens!

— Oh, mais c'est bien la vérité mon cher! J'arrive même à reconnaître ta belle Sarah qui se trémousse de douleur juste à côté. Ne t'en fais pas, il s'en occupera dès qu'il en aura fini avec la mère et son bébé! Comme ça, elle pourra venir te rejoindre en enfer!

— Va te faire foutre!

Dans l'urgence de la situation, Max s'efforça de se remettre sur pied malgré la souffrance que lui infligeait surtout sa blessure à l'épaule. Une fois debout, il comprit que dans son état, il lui était impossible de terrasser le puissant alien tout en évitant d'être atteint. Il sut alors ce qu'il allait devoir faire. Il ferma les yeux un instant et pensa à l'amour de sa vie, Sarah. Comme il aurait aimé que les choses tournent autrement. Puis, le cœur gros, il les rouvrit, avant de passer à l'assaut.

Mais au moment où il se mit en mouvement, la créature au

refuge, elle, bondit en plein sur Isabelle. Pendant son envol, Max, de son côté, accourut vers le maître de celui-ci. Malork, voyant l'ange foncer tête baissée, l'attaqua aussitôt de sa queue empoisonnée. Même s'il vit le dard s'approcher dans sa direction, le jeune guerrier ne tenta aucunement de le bloquer ou de l'éviter. Il se contenta seulement d'avancer et, le moment venu, de se concentrer à glisser son épée dans la mince ouverture entre les bras restant, que son adversaire plaçaient pour se protéger. C'est alors que, presque simultanément, le pic de scorpion perfora le torse du grand soldat du Bien tandis que Spero transperçait le cœur du démon. À l'instant où la lame bénite de l'ange traversa sa poitrine, celui qui avait enseveli un monde en entier poussa un hurlement si puissant que toutes les vitres de l'étage volèrent en éclats.

Malgré l'insoutenable douleur, Max s'efforça de faire un pas vers l'arrière en repoussant la queue inerte hors de son corps. Puis, tout en s'écroulant à genoux, il s'obligea à demeurer éveillé afin de regarder le départ de la féroce abomination, qui commençait déjà à fondre.

Durant ce temps, à des kilomètres de là, la chose aux yeux mauves emportait toujours Isabelle avec elle contre le plancher de ciment. Mais soudain, à la grande surprise de la femme, plutôt que de l'agresser, le monstre se mit étrangement à avoir des spasmes. La mère de Sarah en profita pour se glisser hors de sa portée. Elle fut ensuite ravie lorsque le démon se mit lentement à reprendre sa forme initiale d'habitant d'une autre planète à la peau grise.

Toujours persuadé qu'il devait se jeter dans le vide pour sauver l'amour de sa vie, Ulric regarda nerveusement en bas.

Un saut à cette hauteur serait inévitablement mortel.

— Saute! ordonna l'antéchrist. Vas-y ou je te jure que je la laisse tomber!

Le jeune, complètement submergé par cette vision, se prépara donc à se suicider quand le cri de rage de Malork le ressaisit. Il resta alors sur place tout en se questionnant réellement. Lentement, il commença à reprendre ses esprits, un peu comme si le hurlement venait de le réveiller en pleine nuit de sommeil. Usaarag, fou de rage en voyant le militaire revenir à lui, éleva son bras restant et se prépara à lui envoyer une fléchette. Mais pendant que son attention était fixée sur le jeune homme, il ne remarqua pas Robert, derrière, qui saisissait en douce sa lance extra-terrestre tombée plus tôt avec le bras amputé. Et, malgré ses blessures, celui qui avait déjà terrassé le Mal en personne se releva d'un coup et trancha la tête de l'antéchrist venu d'ailleurs. Une effusion d'hémoglobine brune l'aspergea instantanément, à son grand bonheur.

Isabelle ne put s'empêcher de sourire en regardant l'alien à la peau grisâtre cesser de remuer. En effet, elle comprit à cet instant que s'il avait repris ainsi sa forme originale, c'était forcément parce que le groupe de son mari et de son gendre avait réussi à détruire son maître.

Toutefois, les réjouissances ne furent que de courtes durées lorsqu'elle remarqua Galalel du coin de l'œil. En effet, l'hideuse sorcière, toujours en vie, le nez et la bouche dégoulinant de sang empli de bulles, dû à la balle qu'elle avait reçu dans un poumon, s'avançait vers eux en boitant. Voyant que la seule arme qu'elle possédait était piquée dans l'effigie de Sarah, accrochée à sa ceinture, la mère de famille se dit qu'elle avait peut-être une chance de combattre l'hideuse femme blessée. Elle lui envoya donc un coup de poing lorsqu'elle arriva à proximité. Mais celle qui avait plus de deux mille ans esquiva l'attaque malgré ses dommages pour ensuite la saisir au collet et l'envoyer au tapis d'un coup de tête sur le nez.

Une fois qu'elle l'eut écarté de son chemin, la prêtresse de Lucifer se pencha sur Alicia en contractions avancées et posa une main sur son ventre. Puis, elle se mit à réciter sans préavis un sortilège en langue noire. La vierge tenta aussitôt de la repousser tout en lui criant de la laisser, mais Galalel lui retint le haut du corps à distance de son autre bras. Celle au visage brûlé se blottit également la tête dans son épaule afin de s'aider à encaisser les coups que lui assignait la femme enceinte sans toutefois cesser de prononcer sa formule magique. Alicia se débattit de toutes ses forces, mais en vain. La Cavalière du Diable était bien trop forte pour qu'elle ne réussisse à lui échapper.

Pendant que la sorcière poursuivait son sort afin que l'essence du Mal envahisse l'âme du bébé, derrière, Henri regarda la scène, totalement terrorisé. Tout en se demandant comment il pouvait l'arrêter, il remarqua la serpe de la sorcière, qui avait glissé à sa portée. Tandis qu'il s'en emparait, il hésita un instant, sachant qu'il ne pourrait certainement pas rivaliser avec la force de cette dernière. Cependant, lorsqu'Alicia poussa à nouveau un long hurlement, le prêtre se décida enfin à agir.

Sans plus attendre, il se déplaça derrière elle avant de lui enfoncer maladroitement la lame courbée dans un trapèze. En sentant la pointe, la sorcière s'arrêta enfin de parler et se releva, tout en se tournant, l'arme blanche encore enfoncée jusqu'au niveau de la clavicule. Henri, réalisant comme il le craignait que son attaque n'avait pas atteint l'effet escompté, sentit la frayeur lui paralyser tous les muscles. Face à celle qu'il trouvait encore plus terrifiante qu'un démon, il se contenta de demeurer sur place, incapable de faire le moindre geste.

Mais alors que l'attention de Galalel était portée sur le prophète, le courageux Daniel, tout en se déplaçant en douce, alla arracher le poignard de la poupée Voodoo. Instantanément, le point dans le ventre de Sarah s'envola et elle se remit sur pied en moins de deux secondes. Le fils de Tom attira ensuite son attention tout en faisant glisser vers elle le couteau. Celle-ci le saisit en route alors qu'elle se ruait déjà vers la tueuse d'anges. La membre des Protecteurs s'élança sans hésitation dans les airs pour terminer son élan en enfonçant sa lame dans la poitrine de celle qui venait juste de se retourner.

Malgré l'offensive qui aurait dû être mortelle, la sorcière demeura sur place tout en la fixant horriblement et en respirant difficilement. Puis, elle lui cracha ignoblement une bonne quantité de sang au visage avant de tomber finalement à genou. Voyant que Galalel semblait vouloir s'accrocher, Sarah retira son poignard avant de le rediriger avec force sur le dessus de la tête de son opposante. La pointe transperça alors le crâne de la sorcière pour ressortir de façon dégoutante sous le menton. Cette fois, la prêtresse du Mal s'écroula enfin sur le côté en poussant son dernier souffle.

Plus loin, lorsque les conventionnelles flammes bleuâtres se mirent à consumer les restes de Malork, Max, incapable de demeurer sur pied une seconde de plus, se laissa tomber en poussant un soupir de soulagement, malgré l'atroce douleur toujours présente dans le haut de son corps. Puis, l'âme en paix d'avoir réussi à terrasser l'être de l'espace, l'ange posa lentement sa tête sur le plancher. C'est alors que le paysage autour de lui se mit à devenir de plus en plus brouillé jusqu'à ce qu'il disparaisse complètement.

Étrangement, le jeune homme se retrouva tout d'un coup avec ses vêtements boueux du début de l'aventure, en train de chevaucher son VTT dans les sentiers de Winslow. En se tournant, il vit passer à vive allure, sur son quad, son ami d'enfance Raymond. Ne comprenant pas réellement ce qui était en train de se produire, il se contenta de presser l'accélérateur pour rejoindre son copain qui lui faisait signe de le suivre. Tout en roulant, toute cette histoire de démons devint de plus en plus floue, comme s'il avait simplement rêvé tout ça. Il se demanda même un instant s'il n'était pas devenu complètement cinglé et si son esprit n'avait pas inventé toute cette histoire tordue. Tout en se posant des questions, il continuait sa randonnée comme si rien ne c'était jamais produit. Il s'amusa ainsi un bon moment en tentant de ne pas trop y réfléchir. Sur la route du retour, ils utilisèrent même le pont qu'ils avaient construit tous les deux.

Une fois arrivé dans le garage de Max, Ray enleva son casque et alla faire une accolade à son ami.

— Ce que tu peux m'avoir manqué, petit salopard!

Il alla ensuite chercher deux bières dans le petit frigo et en tendit une à celui qui n'avait pas encore dit un seul mot.

— Tiens, prends-la! Tu l'as bien mérité!

— Ray? finit-il par dire en attrapant le breuvage. Est-ce que...

Est-ce que je suis mort?

— Pas encore, mon pote!

— Mais je... Je ne comprends pas! Je suis totalement perdu!

— Cesse de te questionner et buvons ensemble au moins une gorgée! Depuis le temps que j'attends de te revoir, il faut bien célébrer un peu cela, insista-t-il en cognant sa bouteille avec la sienne.

En voyant son camarade porter le goulot à sa bouche, Max cessa de s'interroger et en fit de même. Le goût en fût alors des plus rassasiants. C'était de loin la meilleure bière qu'il n'eut jamais goûtée.

— Elle est bonne, hein? commenta le blond un peu plus grassouillet.

— Oui! Wow!

— Ça fait du bien de te revoir! Je me suis réellement ennuyé de toi, mon petit Max!

— Mais... Mais qu'est-ce qui se passe, Ray? Où sommes-nous?

— Il va tout t'expliquer! Je voulais simplement passer un petit moment avec toi. Je tenais à ce que tu aies un instant de répit avant... Enfin... Ce qui t'attends! Mais ne t'en fais pas, tout ceci n'aura pris qu'une fraction de seconde sur Terre!

— Mais qui... Qui va m'expliquer?!

— Lui!

C'est alors qu'une lumière blanche scintillante se mit à envahir l'endroit. Celle-ci se concentra bientôt devant lui pour devenir une silhouette humaine. Finalement, le spectre prit l'aspect d'un acteur de cinéma.

— Mais... Qu'est-ce qui se passe?!

— Bonjour Max! répondit l'homme d'une voix douce et chaleureuse. Comme je n'ai pas de corps et que ton esprit est encore enfermé dans le tiens, je dois adopter une forme physique pour que tu arrives à m'écouter. J'ai donc opté pour ce comédien qui a déjà joué mon rôle par le passé, étant donné que c'est le dernier visage que ton subconscient ait associé à moi. Mais si tu veux, je peux prendre l'apparence d'un grand barbu.

— Alors vous êtes... Vous êtes...

— Oui, Max! Je suis celui que tu appelles Dieu.

— Mais... Comment se fait-il que j'arrive à vous voir si je ne suis pas mort?!

— Tu es présentement à cheval sur la mince ligne qui sépare nos deux mondes. Ton corps est meurtri, certes, mais par miracle, Malork a raté sa cible. Son dard maudit ne t'as qu'à peine effleuré le cœur. Alors, oui, le venin du Mal se répand peu à peu sur ta partie vitale, mais il te reste tout de même du temps. Laisse-moi te montrer quelque chose!

Le Bien posa alors ses mains sur le front de l'ange. À ce moment, une panoplie d'images plus horribles les unes que les autres traversèrent ses pensées. Des scènes effroyable de guerre, des enfants soldats, des parents brutalisant leurs petits, une bombe nucléaire explosant sur Hiroshima, des sans-abris en train de mourir de froid, des jeunes délinquants prisonniers des gangs de rue, d'autres en train de subir de violentes intimidations, des prostituées obligées d'endurer les volontés de leurs clients tordus, des drogués en très piteux états et encore. Il fut témoin de toutes ces affreusetés en moins d'une seconde. Incapable d'en supporter d'avantage, il se recula en fermant les yeux et en se secouant la tête.

— Tu vois, tout ça s'est déroulé bien avant que Malork et Usaarag ne débarquent ici! expliqua le Bien. Mon Frère a empoisonné vos âmes. C'est l'offensive la plus menaçante et efficace qu'Il ait utilisé. Cependant, Il savait qu'après le sacrifice de mon fils, Jésus, qui a fait le tour du monde, l'arrivée d'un deuxième messie réussirait certainement à chasser l'obscurité dans vos cœurs et pourrait enfin vous montrer la voie. C'est pourquoi Il a tout mis en œuvre pour empêcher sa naissance.

— Mais Il a échoué!

— Pas tout à fait! Comme tu le sais, tu es le seul à être en mesure de transmettre mon pouvoir! C'est ainsi que ça doit être pour que ça fonctionne. Ça fait partie du barrage que j'ai érigé pour vous protéger de Lui. Voilà pourquoi il me faut un représentant là-bas, qui possède déjà une partie de ma puissance et à qui je puisse confier le colis. Elle aura grand besoin de ma force et de ma sagesse pour arriver à convaincre l'humanité. Mais je ne peux pas lui confier directement tout ce pouvoir. Je dois absolument voyager à travers un récepteur qui a toujours été encré dans le monde physique et qui est assez fort pour survivre à toute cette énergie! Tu es, en terme facile, le seul disjoncteur capable d'encaisser et de faire passer un tel choc psychique à ma création. Tu comprends?

— Oui! En résumé, je suis le seul être sur Terre n'ayant

jamais quitté son corps qui soit doté d'un pouvoir spirituel suffisant pour vous permettre de transmettre votre... Votre énergie!

— C'est exactement cela!

— Mais... Sauf votre respect... Je me demande vraiment si... Après toutes les terribles images auxquelles vous venez de me faire assister, enfin... Croyez-vous réellement que nous méritions de vivre? Je veux dire... Oui, le Mal nous a peut-être transmis sa noirceur, mais... Plusieurs d'entre nous y ont pris goût plutôt facilement! La majorité des humains ont une part de ténèbres dont ils ne veulent pas se débarrasser! Pouvons-nous réellement être sauvés?!

— Laisse-moi te montrer autre chose.

Il lui pointa à ce moment à l'extérieur du garage un homme qui semblait complètement perdu. Malgré l'absence de sa cicatrice résultant de sa tentative de suicide, Max reconnut aussitôt Richard, qui marchait en regardant tout autour. C'est alors que trois silhouettes se dessinèrent devant lui. Bientôt, celles-ci prirent la forme d'une femme et de deux enfants. En les voyants, le défenseur, qui venait de donner sa vie pour sauver Alicia, s'effondra à genoux. Sa femme, son fils et sa fille accoururent immédiatement le serrer tous ensemble dans leurs bras. Richard s'écria de joie en les voyant alors que ses yeux se remplirent de larmes. Il les embrassa un par un en leur disant à quel point ils lui avaient manqués. Il remercia le Ciel de les revoir enfin en les prenant tous dans ses bras. Puis, dans un tourbillon de lumière, ils disparurent tous ensemble. Devant une scène aussi touchante, Max ne put s'empêcher d'être ému.

— Autant vous pouvez être capable d'une grande méchanceté, autant vous possédez un amour infini! précisa Dieu. Oui, j'ai foi en vous! Je crois sincèrement que les humains peuvent être sauvés! Mais ils n'y arriveront pas tout seul! Tout comme la dernière fois, ce ne sera pas une tâche facile pour mon guide! Et c'est pourquoi elle aura besoin de ma force pour y parvenir!

— Elle?!

— J'ai besoin de toi, Max! enchaîna-t-Il sans répondre.

— Très bien! Alors que dois-je faire!

— Cependant, saches que tu as toujours le choix! Jamais je ne forcerai personne à faire quoi que ce soit! Et tu en as déjà fait énormément pour ta planète, ainsi que pour celle dont tu viens de libérer toutes les âmes de l'enfer en éliminant Malork. Toutefois, si tu le veux, et seulement si tu le veux, tu peux retourner dans ton corps. Celui-ci est empoisonné, certes, mais tu peux combattre la malédiction pour ralentir sa progression. Avec de la chance, tu pourras peut-être tenir assez longtemps pour transmettre mon pouvoir au bébé d'Alicia! Mais avant d'accepter, je dois te prévenir que tu ressentiras la douleur la plus intense que tu n'aies jamais connue! Une souffrance pire que tout! Et tu devras t'efforcer de rester éveillé et de l'endurer pour demeurer combatif!

— Je vois… Mais vous savez déjà que je vais tout de même accepter le défi!

— Je te connais très bien, Max! J'ai toujours su! Quand tu n'étais qu'un adolescent et que tu travaillais comme un forcené sur la ferme pour aider ton père avec ses problèmes financiers. Quand tu as tenu tête à Isigard et à ces zombies au tout début de ta bataille contre des êtres paranormaux. Quand tu as pardonné à Éva d'avoir pris la mauvaise route. Quand tu as décidé de rester à Winslow, lorsque tu t'es aperçu qu'un léviathan t'avait mordu, afin d'éviter de propager la malédiction. Quand tu t'es évadé de l'enfer au moment où Charles te montrait la voie. Quand tu as foncé tête baissée pour libérer ce dernier des griffes du loup-garou dans l'entrepôt. Quand tu as réussi à t'exorciser toi-même en plaquant mon emblème sur ton torse. Quand tu as fait des pieds et des mains pour libérer Sarah et Robert de l'emprise de Nospheus. Quand tu n'as pas hésité à te rendre en Irak pour sauver Daniel et terrasser la bête. Quand tu as réussi à mettre Lieng et son équipe sur le bon chemin. Ou encore quand tu as tout fait pour protéger Alicia, allant même jusqu'à te battre avec mon Frère en personne. Et surtout à cet instant, où tu t'es volontairement exposé et sacrifié pour réussir à toucher le cœur de Malork. J'ai toujours su que tu serais un grand homme! Les tiens ont beaucoup à apprendre d'un garçon aussi courageux!

— Je… Je vous remercie!

— Non! C'est moi qui te remercie! Je te remercie d'être qui tu es!

— Wow! Ouf! D'accord! Alors, c'est… C'est quoi la suite!

— Tu n'as qu'à me dire que tu acceptes la douleur et je te renvois dans ton corps.

— C'est… C'est bon! Je… Je suis prêt! Je l'accepte!

— Bon voyage, mon pote! rajouta Ray en lui faisant une dernière accolade. Tiens le coup! Je sais que tu peux y arriver! Ne flanches pas! On se revoit bientôt!

— Max, sache que peu importe ce qui arrivera, je t'aime et je suis si fier de toi! avoua Dieu avec un sourire si agréable que le jeune ne put s'empêcher de se sentir réconforté malgré ce qui l'attendait. Tout est entre tes mains, maintenant! Allez, c'est parti!

En ouvrant les yeux, une crampe insoutenable lui envahit la poitrine. Incapable de faire autrement, il poussa un bruyant hurlement en plaçant ses mains sur sa blessure. Tom, qui après s'être relevé péniblement de sa chute du neuvième étage était déjà en train de grimper les escaliers pour venir prêter main forte à ses acolytes, perçut immédiatement la plainte. Il accourut sur le champ le rejoindre. Lorsqu'il arriva aux côtés de celui qui se tortillait au sol, il se demanda réellement ce qu'il pouvait faire.

— Attends, je vais tenter de te guérir, dit l'ancien chef des Protecteurs.

— Non! Aaaarrrgggghhh! Pas... Fonctionner! Dois... Voir... Alicia... Vite! Aaaargghh!

— OK! Je... Je vais aller chercher les autres. Ne lâches pas! Je reviens!

En utilisant les marches, Tom grimpa deux étages plus haut, d'où il avait sauté. En passant la porte, il resta aux aguets, ne sachant pas encore si Usaarag était toujours présent. Toutefois, lorsqu'il retrouva Ulric en train de prodiguer les premiers soins à Robert aux côté de l'extra-terrestre décapité, l'ange fonça vers eux.

— Il est en piteux état! le prévint le militaire.

— Attends, je vais le guérir!

Pendant qu'il refermait les plaies de son confrère grâce à ses pouvoirs surnaturels, Wayuki, qui avait repris connaissance depuis un moment, l'appela pour qu'il aille au plus vite faire de même avec Khalid, qui gisait inconscient, le ventre ouvert. Dès qu'il en eut terminé avec Robert, le soldat du Bien alla auprès du musulman. Par chance, il réussit également à le sauver à temps et l'arabe se réveilla en sursaut. Ce dernier le remercia aussitôt. Tom, qui commençait à se sentir vraiment étourdi, se retourna ensuite vers Wayuki. Mais celle-ci, jugeant que ses blessures ne mettait pas sa vie en danger, refusa qu'il ne la touche et préféra qu'il conserve ses forces au cas où. Robert lui fit alors rapidement un bandage pour stopper l'importante hémorragie à son épaule. Moins de cinq minutes après l'arrivée de l'ange, celui-ci les prévint à propos de Max et tous descendirent illico le rejoindre.

Ce dernier tenta alors de leur faire comprendre qu'il devait retrouver Alicia au plus vite. Tous s'interrogèrent alors sur la façon la plus rapide de retourner au refuge quand Ulric eut soudainement une idée. Il les somma de le suivre et tous redescendirent au rez-de-chaussée. Max sur ses épaules, Tom fut le premier à mettre le pied dehors, alors que la pluie s'était arrêtée.

Une fois à l'extérieur, Khalid, après avoir éliminé à l'autre bout de la rue deux zombies de son arme, remarqua le corps de son frère, imbriqué dans la voiture sur laquelle l'ange et lui avaient chutée. Le cœur serré, il s'approcha lentement pour lui offrir une prière. C'est alors qu'il remarqua des mouvements au niveau de son ventre. Réalisant qu'il respirait toujours, il accourut auprès de celui qui portait les vêtements de Christophe.

— Il est en vie! Qu'Allah soit loué! Partez, mes amis! Je vais rester auprès de lui afin être présent à son réveil! Et surtout pour le protéger de ces putains de cannibales!

D'un geste de la tête, les autres acquiescèrent avant de suivre Ulric, qui s'installa dernière le volant d'un vieux mini-van dont les clés étaient toujours sur le contact. Une fois tous à l'intérieur, il décolla en trombe en direction d'un des barrages de ses collègues. Sans autres incidents majeurs, mis à part devoir éviter quelques zombies sur la route, ils arrivèrent devant le blindé qui bloquait le pont. Après avoir immobilisé le véhicule, le militaire encore en uniforme descendit en faisant aller ses bras au-dessus de sa tête. L'un des Sergents sur place, qui connaissait déjà le jeune fantassin, le reconnut aussitôt et lui fit signe de s'approcher. Une fois arrivée, l'officier en charge le salua et le bombarda de questions, mais le soldat se contenta de lui demander au plus vite un hélicoptère pour une évacuation médicale aérienne. Lorsqu'il vit Max en piteuse état dans les bras de Tom, le Capitaine entama la procédure radio.

Quelques minutes plus tard, lorsque l'appareil se posa, Tom, ancien tireur d'élite de l'armée, demanda au pilote et son équipe de les conduire au repère plutôt qu'à l'hôpital de campagne, même s'il savait très bien que ce n'était pas la procédure. Les membres des forces de l'air refusèrent au début, mais tous, à tour de rôle, insistèrent en tentant d'expliquer la situation. Après un instant, le pilote et le co-pilote finirent par accepter. Étrangement, même s'ils savaient qu'il y allait forcément avoir des représailles pour agir ainsi, quelque chose en eux leurs dictait qu'il devait le faire. Suivant leurs instincts, ils les firent tous monter à bord et décollèrent en direction de la coordonnée que Tom leur donna.

— Je vois sa tête! l'encouragea là-bas Sarah, la médicale des Protecteurs. Pousse, Alicia! Pousse!

Autour, Henri et Isabelle, qui venait d'emporter des couvertures, des serviettes et un bol d'eau, assistèrent silencieusement à la naissance du nouveau Christ. Un peu plus loin, malgré ses côtes cassées, Simon, auprès de Daniel, s'efforça de rester éveillé pour assister également au spectacle.

— Ça y est! Ça y est! Une dernière poussée! Et voilà! dit la copine de Max en sortant le bébé. Wow, c'est... C'est... Mais c'est une fille! s'exclama-t-elle en la déposant sur le ventre de sa mère.

Aussitôt, la petite à la peau foncée poussa son tout premier cri, qui réchauffa le cœur des spectateurs. À ce moment, alors que Sarah enveloppait le nouveau-né dans une couverture chaude, un bruit d'hélicoptère se fit entendre. Rapidement, tous ceux en état de marcher accoururent nerveusement vers l'appareil qui atterrissait dans la rue.

Lorsque ceux dissimulés dans le garage reconnurent les membres des Protecteurs en descendre, ils s'écrièrent de joie en leurs ouvrant la porte. Cependant, cette euphorie s'éteignit d'un coup sec lorsque Tom se présenta avec Max, qui souffrait le martyr. Malgré les nombreuses questions, l'ange venu de l'au-delà se contenta d'emmener au plus vite l'archange, qui n'avait jamais quitté ce monde, auprès du bébé. Sachant que le temps était compté, celui dans le corps d'Alec entailla ensuite le doigt de son confrère mourant sans prononcer le moindre mot. En le voyant agir de la sorte, Henri comprit que le temps était compté et commença à réciter le rituel blanc, qu'il avait appris par cœur. Au signal du prophète,

Tom versa une goutte de sang dans la bouche de la fille d'Alicia. Tous les autres autours, y compris l'équipage, s'approchèrent en silence.

— Est-ce que... Est-ce que ça a marché? interrogea la nouvelle mère alors que rien ne se produisait.

— Je... Je n'en sais rien...

Sur ces mots, un reflet de lumière s'échappa de la bouche du bébé et traversa le plafond comme un rayon laser. Puis, celui-ci s'éleva dans le ciel pour former une boule brillante qui illumina l'aube au-dessus d'eux.

— Ce devait être ça, l'étoile que les bergers avaient aperçue il y a deux mille ans! en déduisit Robert.

Devant un tel spectacle, les membres de l'équipage de l'hélicoptère comprirent qu'ils avaient réellement fait le bon choix.

Lorsque la lumière disparut après quelques secondes, la nouvelle messie se remit à pleurer comme un bébé tout à fait normal. Tous, estomaqués, restèrent sur place à observer jusqu'à ce que Max pousse à nouveau un long gémissement. L'attention bifurqua aussitôt vers lui.

— Est-ce que... Aaaarrrghh! Est-ce que ça a marché? demanda le mourant.

— Oui, mon chéri! répondit son amoureuse en se penchant sur lui.

— Bien! Je... Je suis si... Heureux de l'entendre! Je... Je vais devoir y aller, maintenant!

— Non! Max! Tu... Tu ne peux pas... Je ne veux pas que tu

partes!

— Sarah, j'ai si mal! Aaaaahhh! La malédiction envahit mon cœur! Je le sens! Je n'arriverai plus à la retenir!

— Mais tu ne peux pas mourir! Je t'en supplie! J'ai besoin de toi!

— Je t'aime, Sarah! Je t'aime tellement!

— Non!

— Sarah, ma chérie! intervint son père, les larmes aux yeux. Il… Il ne pourra pas rester! Pas cette fois! Tu ferais mieux de profiter du peu de temps qu'il te reste pour lui faire tes adieux.

— Mais papa…

— Au… Au revoir, mon ami! dit Max en attrapant la main de Robert. Ça été toute… Toute une aventure!

— Oui! Et je suis réellement choyé de l'avoir vécu avec un type aussi extraordinaire que toi! Tu vas… s'arrêta-t-il, interrompu par un trop plein d'émotions. Tu vas réellement… Réellement me manquer!

— On se reverra bientôt de l'autre côté…

— Oui… Oui, mon ami!

— Dis… Dis à mes parents et ma sœur que même si je n'ai pas été très présent… Je… Aime!

— Je ferai le message! Je te le promets! Je leur expliquerai tout et ils comprendront!

— Max, depuis le premier jour où je t'ai croisé, j'ai… J'ai su que je t'aimais! avoua Sarah en pleurant. Mais qu'est-ce je vais faire sans toi?! termina-t-elle en le serrant très fort.

— Je… Je t'aime… Tellement!

Sur ce, le paysage autour de l'ange se mit à s'assombrir. Et bientôt, il se retrouva devant le Bien alors qu'il n'y avait plus rien autour.

— Cette fois, c'est fini? demanda Max.

— Pas tout à fait! Honnêtement, je n'aurais jamais cru que tu aurais réussi à t'accrocher aussi longtemps à ton corps. Décidément, il y a quelque chose qui te retient, ici-bas. Un amour si intense qui a permis de ralentir la malédiction du Mal qui t'envahissait peu à peu et du coup, qui a empêché ton esprit de quitter ton véhicule. Ton âme ne semble pas prête à partir. Cependant, dans très peu de temps, ton cœur s'arrêtera tout de même. Néanmoins, j'ai peut-être trouvé une solution, si tu le désires. Je ne peux pas me rendre dans ton monde pour te guérir, mais ton sacrifice a tout de même ouvert une petite faille qui me permettrait de venir te retirer tes pouvoirs. Tu redeviendrais un humain normal et la malédiction n'aurait plus d'effet sur toi!

— Vraiment?!

— Mais je dois te prévenir! Après avoir connu une telle force, tu devras subir une grande réadaptation!

— Je suis prêt! Vous savez que je suis capable de relever un défi!

— Oui! Je le sais très bien! Oh, avant de partir, je dois te laisser un message pour Robert. Il n'arrête pas de me le demander dans ses prières! Dis-lui que pendant mon passage, je vais lui retirer également ses facultés. Il ne sera plus mon Chevalier, désormais. Il pourra lui aussi vieillir auprès de sa femme.

— Entendu!

— Alors, on remet ça, mon pote! intervint Ray en apparaissant juste à côté.

— Oui! Je suis désolé, mais...

— Tu n'as pas à te justifier, Max! Je suis vraiment heureux pour toi! Profites-en bien! Et je serai là quand tu reviendras pour de bon! Nous finirons cette bière! Et tu pourras m'apprendre ce que je n'ai pas eu le temps de comprendre pendant ma vie!

— C'est promis!

— Merci! Max! Merci pour tout! lui dit Dieu avant de lui embrasser le front comme un père à son fils.

À ce moment, le jeune homme se réveilla dans les bras de sa douce, qui pleurait toujours. C'est alors que Tom perçut un message dans ses pensées lui dictant de guérir la blessure à la poitrine de Max. Aussitôt, il demanda à Sarah de se pousser en vitesse. Celle-ci, ne comprenant pas trop, s'exécuta tout de même sans poser de questions. Le dernier ange encore sur Terre appliqua ensuite sa main sur la blessure de celui qui avait terrassé Malork, et celle-ci se referma aussitôt.

Max poussa instantanément une grande expiration en regardant de gauche à droite. Même si elle n'était pas certaine de saisir pourquoi il revenait à lui, sa bien-aimée lui sauta au bras en l'embrassant.

— Je croyais t'avoir perdu!

— Je n'étais pas encore prêt à te quitter!

— Mais… Est-ce que… Est-ce que…

— Oui, je vais bien maintenant!

— Ah, merci Seigneur!

— En effet, Il y est en grande partie pour quelque chose! Allez, viens par-là!

Après l'avoir embrassé, il tenta d'expliquer du mieux qu'il le put, non seulement à son amoureuse, mais également à tous les spectateurs autours, ses souvenirs déjà flous et incohérents, tel un rêve. Même s'ils n'en comprirent pas tous les détails, ils en captèrent l'essentiel. Robert l'aida ensuite à se relever et lui fit une accolade. Son partenaire en profita pour lui passer le message à propos de ses dons envolés. Après lui avoir fait répéter pour être certain d'avoir bien entendu, le retraité ne put s'empêcher d'afficher un grand sourire sur son visage.

Après un bon moment de réjouissance, tous s'approchèrent d'Alicia, épuisée, afin de la féliciter.

— Est-ce que cette petite merveille a un nom? finit par demander Isabelle au cours de la discussion.

— Je pensais à quelque chose d'original, en l'honneur des deux religieuses du couvent qui m'ont élevé comme leur enfant. Germaine et Anita. J'ai pensé à Geranita.

— Wow! C'est beau et unique! J'adore!

Tous acquiescèrent alors que des sirènes commençaient à se

faire entendre.

— Je crois que tout ce brouhaha va attirer du monde, réalisa Henri.

— Nous devrions partir d'ici, suggéra Tom. Pour l'instant, je crois que nous devrions nous mettre à l'abri dans un autre repère, le temps de reprendre notre souffle. Il reste tout de même encore des Illuminati.

— Bonne idée! approuva Robert.

— Nous nous organiserons plus tard pour rapatrier les dépouilles des pauvres Travos et Richard, affirma Henri.

— Ne t'en fais pas pour eux! le rassura Max. Pour ce qui est de Richard, en tout cas, je l'ai croisé. Il a enfin rejoint sa famille.

— Dites, les gars, dit l'ancien sniper en se tournant vers l'équipe de la force aérienne, qui semblait effrayée par toute cette histoire. Ne craignez rien, messieurs! Lorsque vous retournerez à Montréal, avertissez le QG (quartier-général) que tous les démons ont été détruits. Je crois bien qu'ils peuvent finir le travail. Il reste un ménage de zombies à faire et des survivants à rescaper, alors ils ont encore du pain sur la planche. Et passez la bonne nouvelle à tout le monde! Une Sauveuse nous est née!

— Bien! Nous ferons le message! affirma le pilote.

— Encore merci!

Sur ce, le groupe se divisa dans deux panels afin de quitter avant l'arrivée des autorités locales. Tom monta dans le même véhicule que Simon et Wayuki afin de les guérir en route. Ils embarquèrent aussi l'extra-terrestre inconscient afin que le pauvre ne se réveille pas dans un laboratoire.

Même s'il était le bienvenu, Ulric se sépara d'eux pour l'instant, expliquant qu'il devait se rendre ailleurs. Celui-ci opta ensuite pour un beau Hummer noir avant de prendre la route.

Sabrina, toujours dans le chalet de son père, regardait encore le bulletin de nouvelles, inquiète d'entendre le téléphone sonner pour lui apprendre que son amoureux était décédé. Soudain, elle vit le 4x4 foncé se stationner dans la cour. En regardant par la fenêtre, elle reconnut son cher militaire, dans son uniforme crasseux, qui venait de conduire pendant des heures pour venir la rejoindre enfin. Elle accourut aussitôt dans ses bras en lui avouant combien elle avait été inquiète et à quel point elle l'aimait. Les autres membres de la famille arrivèrent également pour se réjouir auprès d'Ulric.

Plus tard, à Montréal, Katie et Annalisa furent bientôt soulagées de voir enfin les soldats de l'armée inspecter les rues de la ville. La psychologue avoua à la fillette qu'elle n'avait désormais plus rien à craindre et qu'elles étaient sauvées.

Lorsque les secours arrivèrent à la hauteur de Khalid, barricadé avec son frère qui venait à peine de se réveiller, les deux hommes poussèrent également un long soupir de soulagement.

Les coups de feu retentirent ensuite une bonne partie de la journée, signalant la présence encore accrue de zombies. Lorsque les commandants des groupes de militaires affirmèrent avoir enfin fait le tour, à l'approche du crépuscule, tous les survivants et les soldats évacuèrent l'île, qui allait ensuite être mise en quarantaine le temps de la durée de vie des morts-vivants encore dissimulés dans les coins sombres de la ville.

Chapitre 44

Retour dans l'au-delà

Deux jours après le mariage de Max et Sarah, Tom profita de ce dernier moment pour jouer aux petites voitures avec son fils. L'ange, qui avait bénéficié de près d'un mois auprès de Daniel, savait que son temps parmi les mortels tirait bientôt à sa fin.

Néanmoins, il fut ravi d'être resté assez longtemps pour voir Robert accompagner sa fille dans l'église jusqu'au meilleur ami de celui-ci, qui affichait un sourire radieux. La cérémonie, tenue par Henri, avait été merveilleuse. La salle était remplie par les Gunnar ainsi que les Longuet. La petite Annalisa et sa nouvelle tuteure, Katie, avait également été présentes. Ulric, Sabrina, Wayuki, Khalid et son frère Habib faisaient aussi partis de l'assistance. Sans oublier Alicia et la petite Geranita. Quand les mariés tant appréciés s'étaient embrassés à la fin, tous avaient éclaté de joie. Une grande fête s'en était suivie et Max, qui était redevenu un homme normal, avait été épuisé d'avoir dansé une bonne partie la nuit. Il s'était toutefois gardé un peu d'énergie pour profiter du reste de sa nuit de noces. Le lendemain, il avait cependant admis ne pas s'être ennuyé de la gueule de bois.

— C'est prêt, Tom! l'avait interrompu dans ses pensées Henri en entrant dans la pièce. Prends tout ton temps. Nous allons attendre dans la chambre.

— Alors, ça y est? devina le jeune prodige. Tu t'en vas?

— On... On en a déjà parlé, Daniel. Ce corps n'est pas à moi! Je dois le redonner! Alec a une petite fille de ton âge et il a besoin de revenir.

— Je… Je sais, mais… Tu vas tellement me manquer, papa! dit le petit en s'accrochant à son bras et en se mettant à pleurer.

— Je sais, mon bonhomme! s'exclama Tom, incapable de retenir ses larmes également. Tu vas tellement me manquer aussi! Je… Je t'aime si fort!

— Moi aussi, papa! Reste encore un peu! S'il te plait!

— Je… Je ne peux pas, mon garçon! J'en ai réellement envie, mais… Je ne peux plus rester! Je dois redonner ce corps avant qu'il ne soit trop tard pour Alec.

— Je sais… Mais je ne veux pas que tu partes!

— Ah! Mon chéri! dit-il en le serrant une bonne minute. Je n'ai pas le choix! Je n'ai pas le choix!

— En tout cas, quand tu seras là-bas, dis aussi à maman que je l'aime et qu'elle me manque énormément!

— Je… Je le ferai! C'est promis! Tu es tellement un petit gars brillant! Je suis si fier de toi!

— Je suis fier de toi aussi, papa! Tu es mon héros!

— C'est toi mon héros, mon bonhomme! Saches que maman et moi, nous allons veiller sur toi de là-haut! Et nous serons là quand tu viendras nous rejoindre!

— Je sais!

— Mais pour l'instant, tu dois rester ici! Tu as encore des choses à faire!

— Je sais, le monsieur gentil me l'a dit.

— Ah oui? Qu'est-ce qu'il t'a dit?

— Qu'avec mes grands pouvoirs, j'aillais devoir veiller sur Geranita. Elle allait certainement avoir un tas d'ennemis plus tard et que je devrai la protéger.

— Et tu comptes le faire?

— Oui! Je veux être un héros, comme toi!

— Ah... Mon petit homme adoré! Tu... Tu seras encore meilleur! J'en suis persuadé! Dieu a confiance en toi et moi aussi!

— Merci, papa!

— C'est... C'est probablement la chose la plus difficile à faire au monde, mais... Je dois te laisser maintenant. Je dois partir!

— Pas tout de suite! Reste encore un peu! Je sais qu'il faut que je te laisse partir, mais je vais bien trop m'ennuyer de toi!

— Je... Je vais tellement m'ennuyer! Comme je peux t'aimer!

— Moi, je t'aime juuussssqu'à la lune!

— Ça alors, j'en ai de la chance! Allez... Il... Il faut que j'y aille mon grand! réussit-il à dire malgré la boule d'émotions dans sa poitrine qui l'empêchait de parler.

— Un dernier câlin papa!

— Ah! Bien sûr mon cœur!

Le père et le fils se serrèrent pendant un long moment. Isabelle, dans le couloir, ne put s'empêcher de pleurer devant un spectacle si touchant. Quand enfin Tom le lâcha enfin contre son gré, la femme, les yeux pleins d'eau, le salua avant d'aller réconforter le garçon. L'ange, le cœur gros, alla rejoindre Henri et les autres dans la pièce remplies de chandelles et de symboles tracés sur les murs et le plancher. Après que chacun eut fait ses touchants adieux, il se plaça au centre de l'emblème au sol. Le prophète tâcha de passer par-dessus ses émotions et se mit alors à prononcer les mots en langue étrangère. À la moitié du rituel, l'ange s'écroula par terre. Une quinzaine de minutes après avoir terminé, Alec se réveilla enfin. Ce dernier fut accueilli aussitôt par tous. Il avoua alors se souvenir de tout ce que Tom avait fait pendant qu'il contrôlait son corps, comme s'il avait assisté à un film.

Par la suite, il alla s'excuser auprès de Daniel de lui avoir enlevé son père. Mais le petit, dans toute sa sagesse, lui signala qu'il n'avait aucune raison de le faire. Il le remercia même de lui avoir donné le privilège d'avoir pu passer un peu de temps avec lui.

Quelques jours plus tard, Alec, voulant profiter de cette deuxième chance, prit son courage à deux mains et alla frapper à la porte de la mère de sa fille. En le voyant, celle-ci hésita un moment à lui adresser la parole.

— Qu'est-ce que tu fais ici, Alec?

— Écoute, Sally! Je... Je suis venu te dire que je suis vraiment désolé... Désolé de ne pas avoir été là pour vous... Désolé de...

— Quoi?! Tu as eu des remords soudainement et tu voulais te donner bonne conscience?

— En fait, je... Je me suis enfin réveillé... Et je me suis rendu compte que ce qui aurait dû être le plus important dans ma vie, je l'ai balayé du revers de la main! Juste comme ça! J'ai été un vrai con!

— C'est peu de le dire!

— Et là, je le sens…

— Quoi donc?!

— Que j'aurais vraiment aimé m'impliquer davantage dans…

— Dans quoi, Alec?! Dans l'éducation de ma fille!

— Je… Je sais que je ne peux pas arriver ici comme cela et m'imaginer que tu vas tout me pardonner. Que d'un coup, tout va rentrer dans l'ordre que tu vas oublier d'un claquement de doigt que j'ai été un idiot de foutre le camp et de vous abandonner! C'est juste que… Que les évènements qui sont arrivés dernièrement m'ont fait énormément réfléchir! Je ne veux pas m'incruster dans vos vies! Mais je… J'aimerais juste que tu me laisses la chance de… De la connaître, au moins! Écoute, je… Je comprendrai si tu veux que je parte et…

— Nom d'un chien, Alec! Tu crois vraiment que c'est aussi simple!

— Non! Je sais que c'est loin de l'être! Mais… Mais je suis là! Je me tiens là, en ce moment, à te demander une seconde chance! Tu sais très bien qu'un jour ou l'autre, elle te demandera qui est son père!

— Alec, je…

— Sally! Je te jure que j'ai changé! J'ai… J'ai vraiment envie d'être là pour elle! Je t'en prie!

— Et moi, je suis là, à me laisser convaincre encore une fois que tu es un bon gars!

— Je sais que j'ai fait un tas d'erreurs dans ma vie. Mais vous quitter a été la plus stupide d'entre toutes. Je le sais aujourd'hui! Et j'espère de tout cœur qu'il n'est trop tard pour me racheter. Je veux juste... Je veux juste la connaître... Je veux juste t'aider! Je t'en prie, tu dois me croire! J'ai envie de devenir celui que tu voyais en moi! Je te promets que je ne lui briserai pas le cœur comme j'ai brisé le tiens!

— Ah, Seigneur! Je... Je ne sais pas!

— Tu n'as... Tu n'as qu'à ne pas lui dire qui je suis réellement. Mais s'il te plait, laisse-moi au moins la voir! Je t'en supplie!

— Qui c'est le monsieur, maman? les interrompit soudainement une adorable fillette blonde.

— Bonjour toi, lui répondit Alec. Wow, bon sang! Ce que tu peux être grande! Et tu es aussi jolie que ta maman.

— Je suis une princesse, affirma-t-elle en exhibant sa belle robe.

— Oui, en effet! Une merveilleuse princesse.

— Et toi, qui tu es?

— Et bien... Je suis... Je suis un ami de ta maman.

— Si tu es son ami, pourquoi êtes-vous en train de vous chicaner?

— Ça alors... Tu n'es pas juste jolie, mais tu es également très brillante?

— J'ai l'impression que je t'ai déjà vu.

— Je… Je…, se contenta-t-il de répondre, les yeux pleins d'eau, incapable de dire un mot de plus.

— Est-ce que c'est vrai maman que c'est ton ami?

— En fait, c'est… C'est… C'est ton père, ma chérie! avoua finalement Sally, espérant que son instinct ne venait pas de lui faire commettre une erreur.

Sur ces mots, les yeux d'Alec s'illuminèrent et il se pencha à la hauteur de la petite.

— Ah oui! C'est toi, mon papa?

— Oui! C'est… C'est moi! finit-il par dire en levant le regard vers son ex-conjointe tout en la remerciant de la tête.

— Alors c'est vrai! J'ai un papa moi aussi!

— Oui, ma belle!

— Mais… Où tu étais, tout ce temps?

— J'étais… J'étais…

— Il était au travail, répondit pour lui la femme.

— C'est vrai! J'étais au travail! Mais je te promets désormais que je prendrai soin de toi! Je te le jure!

Chapitre 45

Le discours du prophète

Le nouveau cardinal, Henri, vêtu de noir et de rouge, s'approcha lentement du micro devant son assistance, qui ne comprenait cette fois que quelques leaders religieux ainsi que les membres de l'ONU. L'endroit secret, sécurisé par le nouveau chef des Protecteurs, Max, n'avaient malheureusement pas la capacité d'accueillir autant de gens que lors du dernier discours du prophète. Néanmoins, son exposé était cette fois-ci diffusé à la télé et sur internet à travers la planète.

Le pape, qui siégeait à l'avant, fit bientôt un signe de la tête à son nouveau bras droit afin qu'il débute son communiqué.

— Mesdames et messieurs, comme vous le savez tous, nous venons de traverser une dure épreuve! Personne ne peut nier que depuis, le monde a changé! Il n'y a plus de retour en arrière possible, désormais! L'existence des démons et de l'enfer a été révélée à tous! Mais ne sombrez pas dans la peur! Car ces évènements nous ont également démontré que de l'autre côté, il existe bien un paradis et une vie après la mort! J'ai un message venant de Dieu, d'Allah, de Jéhovah ou de peu importe comment vous l'appelez. Tous, vous devrez comprendre que c'est ici, dans ce monde physique, que se forgent nos âmes. C'est pourquoi il nous faut errer ici-bas avant d'aller le rejoindre! Ici, dans notre monde! Notre monde que nous pouvons désormais transformer à son image! Il y a eu une guerre contre le Mal dernièrement! Et malheureusement, elle n'est pas encore terminée! Car celui-ci peut encore se nourrir de notre méchanceté. Mais nous pouvons changer tout ça! Nous pouvons le vaincre une fois pour toute! Nous pouvons former une civilisation où plus personne ne vivrait dans la peur ou la souffrance! Nous pouvons le faire! Oui, mes amis, nous devons y arriver! Cependant, je vous avertis, ce ne sera pas chose facile! Toutefois, nous aurons désormais un guide! Une Sauveuse nous est née! Elle doit présentement se dissimuler des adeptes du Mal encore présents! Mais dans quelques années, quand elle aura grandi, elle ressortira de sa tanière et nous montrera la voie! Et tous ensembles, nous pourrons rejeter les ténèbres à jamais de cette planète! Ensemble, nous gagnerons enfin cette guerre!

Tout son auditoire se leva alors debout en applaudissant. Henri, la tête bien haute, sentit un vent d'espoir lui réchauffer le cœur.

Chapitre 46

Un moment de repos

Max et Robert, assis paisiblement sur le patio de la nouvelle demeure des Longuet, buvait lentement une bière par ce bel après-midi frais d'automne. L'un comme l'autre apprécièrent enfin ce moment de répit.

— Ne viens pas me dire que le paradis, c'est mieux que ça! affirma Robert.

— En fait, je n'ai eu qu'un avant-goût. Je n'y suis pas officiellement entré, alors… De toute façon, pour être honnête, tout est déjà un peu flou dans mes souvenirs.

— Ouais, bien… Ne sois pas trop pressé d'y retourner! En théorie, c'est moi qui devrais y aller en premier pendant que tu restes ici à t'occuper de mes petits-enfants.

— Oui, en théorie!

— En tout cas, je remercie le Ciel que tu sois intervenu à temps lorsque j'étais sur le point de… De tirer sur la petite. Je ne m'en serais jamais remis, même de l'autre côté.

— Je dois avouer qu'il n'y a pas qu'à ce moment que la chance nous ait souri!

— En effet! Nous l'avons échappé belle à plus d'une reprise! Quelle histoire tout ça!

— Comme tu dis… Alors, un «rematch», ça te dis maintenant qu'on est tous deux redevenus des hommes normaux? taquina celui qui avait déjà perdu beaucoup de masse musculaire.

— Oh, non! J'aurais bien trop peur de t'humilier!

— Ha! Ha! Ha! Ouais... Tu as certainement raison. Tu sais, pour être honnête, ce n'est pas si facile de se réadapter... Quand tu as ressenti autant de force... Pendant si longtemps... Non, ce n'est pas si simple de redevenir normal.

— J'arrive à te comprendre. On dirait que j'ai pris 30 ans d'un coup lorsque mes pouvoirs de Chevalier de Dieu m'ont été retirés. Mais tu t'y feras, ne t'inquiète pas.

— Je sais... Je vais devoir surveiller ma ligne maintenant et me remettre à l'entraînement. J'ai fait une séance de sport hier et bon sang, ce que mes muscles peuvent être endoloris aujourd'hui.

— Tu es chanceux car moi, ils le sont à chaque matin sans que je n'aie fait la moindre minute de musculation.

— Ha! Ha! Ha!

— Ouais... En tout cas, j'espère sincèrement que cette fois, je pourrai réellement prendre ma retraite.

— Honnêtement, le recrutement se fait en force au sein des Protecteurs. Depuis que les gens connaissent la vérité, plusieurs guerriers et guerrières viennent de par le monde pour s'enrôler. Beaucoup d'hommes et de femmes veulent faire leur part pour empêcher le retour des démons. Et la population mondiale connait maintenant les moyens de se défendre. Alors, même si par miracle, un sorcier parvenait à faire entrer l'un d'eux parmi nous, je ne pense pas qu'il survivrait très longtemps. Du coup, je crois bien que mon organisation pourra désormais se passer d'un vieux bonhomme comme toi!

— Ha! Ha! Oui, en effet!

— En plus, dans le cas où nous devrions intervenir, nous détenons toujours un courageux Chevalier de Dieu dans notre équipe.

— Ulric?

— Exactement!

— J'adore ce jeune homme! Nous avons eu de la chance de l'avoir à nos côtés à Montréal!

— Tu l'as dit! C'est pour cela que j'étais enchanté lorsqu'il m'a approché pour rejoindre les Protecteurs.

— Ouais! J'imagine... Mais, malgré tout ça, ce qui m'inquiète, c'est que le monde entier ressente désormais la peur qu'une créature puisse se terrer dans le noir! Et ça, ce n'est pas bon! Pas bon du tout!

— Elle nous apprendra à vaincre cette peur!

— Oui, je l'espère!

— Où est-elle d'ailleurs, en ce moment?

— Cachée, quelque part sur cette planète. Geranita et Alicia se déplacent constamment, comme nous l'avions fait avant l'accouchement. Et elles ne sont pas seules. Wayuki, Khalid et Habib ont décidé de les accompagner. Et il y a aussi avec eux ce type venant d'une autre planète, nommé Tahuri, qui avait été la première victime de Malork.

— Tu lui fais confiance?

— Oui! En fait, d'où il vient, il était comme nous, un chasseur de démon. Il est très sympa et apprend très vite notre langue.

Comme il ne peut repartir parmi les siens, il tient à se rendre utile. Le pauvre a passé tellement de temps en enfer... C'est un honneur pour lui de faire partie de la garde de la fille de Dieu.

— Ah, ben ça!

— Et de votre côté, pour Daniel?

— Il va très bien! Il veut que je lui apprenne à se battre pour défendre Geranita quand il sera plus vieux!

— C'est un enfant exceptionnel!

— En effet!

— Je suis vraiment heureux de la tournure des évènements!

— À t'entendre, on dirait presque que c'est la fin!

— Oh, il reste encore beaucoup de travail à faire! Néanmoins, je crois que le coup que nous venons de porter au Mal risque d'influencer grandement les générations à venir. Ce sera long avant que l'humain ne s'adapte à un mode de vie dépourvu de toute forme de Mal. Mais nous y parviendrons, j'en suis convaincu. Alors oui, je suis persuadé que le pire est derrière nous.

— Je l'espère, en tout cas! Putain de merde, qui aurait cru tout ce qui nous attendait, le jour où nous nous sommes rencontrés?

— Ouais... Il faudrait être complètement tordu pour inventer une histoire pareille!

— Ça, oui! Ha! Ha!

— En tout cas, c'est réellement un miracle que nous soyons

toujours là, tous les deux, à siroter tranquillement une bière.

— C'est vrai que nous avons eu énormément de chance! Mais tu sais, parfois, il faut juste arrêter de se poser des questions et tout simplement profiter de ce genre de moment.

— C'est bien dis! Santé, Robert!

— Santé, Max!

Chapitre 47

L'assaut du Mal

Une fois seul devant son ordinateur, Allan Grisko eut le syndrome de la page blanche. Après ses longues entrevues avec Max, Robert et Henri, juste avant qu'il ne soit promu cardinal, le journaliste regarda son curseur clignoter devant son écran vide, se demandant réellement comment il allait débuter le tout. Ce long récit, raconté entre autre par celui qui avait prononcé une allocution mondiale qui venait de marquer l'histoire, ne pouvait se résumer en un simple article. Une cigarette au bec, il réfléchit longuement avant de se prononcer. Soudain, il eut un flash. Il commença alors à écrire le titre de son ouvrage : «L'assaut du Mal». Il débuta son récit avec Max, au moment où il avait croisé son fidèle partenaire Robert la première fois à Winslow. Une fois qu'il eut enfin commencé, il lui fut incapable de s'arrêter et raconta toute la saga en détails, se fiant sur les versions de l'un et de l'autre.

Plusieurs mois plus tard, alors qu'il achevait son travail de longue haleine, le pauvre homme, qui prenait peu soin de sa santé, eut un malaise à la poitrine. Heureusement, il eut le temps de communiquer avec les urgences avant de perdre conscience. Quand les ambulanciers le trouvèrent, son cœur venait tout juste de s'arrêter de battre. Par miracle, ces derniers réussirent à le réanimer avant qu'il ne soit trop tard.

Cependant, durant les trois minutes sur terre où Allan fut cliniquement mort, il erra dans l'au-delà, un endroit où le temps s'arrête. Et comme si une force surnaturelle avait arrangé leur rencontre, il tomba bientôt sur un étranger. Celui-ci se baladait également entre la vie et la mort car suite à une dislocation de l'épaule, il avait reçu une trop forte dose de médication et avait cessé de respirer pendant un moment.

Les hommes, avides de réponses, se mirent inévitablement à discuter. Rapidement, ils en conclurent qu'aussi étonnant que cela pouvait le sembler, ils venaient tous deux de différentes époques. En effet, le plus jeune n'avait aucune notion de toute cette guerre contre les démons qui venait de chambouler la planète. Pourtant, celui-ci lui avoua être un fantassin dans les forces canadiennes. Même si sa théorie paraissait insolite, le journaliste dût alors admettre que ce type venait forcément du passé, avant même les évènements tragiques de Winslow.

Commençant à présumer qu'il n'avait pas été mis sur sa route par hasard, Allan se mit à lui transmettre tout le récit, espérant ainsi que ce militaire, une fois de retour à son époque, puisse prévenir le monde avant les attaques du Mal et ainsi sauver des milliers de vies.

Mais malheureusement, lorsque ce dernier, nommé Sylvain Bouffard, revint à lui, il n'eut que de vagues souvenirs de sa rencontre avec le journaliste. Tel un rêve, il oublia rapidement sa discussion avec l'homme du futur. Néanmoins, il fut tout de même hanté par le récit d'Allan, qui était resté gravé dans son esprit. Sans comprendre pourquoi, il se sentit obligé de mettre sur papier toutes ces images qui ne cessaient de tourner dans sa tête. Cela devint presqu'une obsession et, pour une raison qu'il ignorait, une partie de son être lui dictait de terminer au plus vite son histoire.

Par malheur, croyant que tout ce récit provenait simplement de son imagination, l'auteur ne put prévenir tous ses lecteurs que sa série était en fait un avertissement avant l'ultime assaut du Mal. Qu'aussi insolite et irréel que ce cela puisse paraître, des êtres démoniaques étaient véritablement sur le point de traverser dans notre monde! Que des créatures sanguinaires de la nuit pouvaient réellement se terrer dans les coins sombres de la maison! Sous leurs lits ou dans leurs penderies. Voir peut-être en ce moment-même, attendant que les lumières se ferment pour venir s'emparer de leurs âmes pendant leur sommeil!

Si seulement ils avaient su…

FIN

Bonus

Bien que l'histoire s'achève ainsi, je tiens à vous céder, chers lecteurs et lectrices, un petit cadeau en prime, afin de vous remercier d'avoir été fidèle jusqu'à la fin. Cette portion est presqu'un roman en soi, mais que voulez-vous, je m'amuse tellement à écrire que j'ai de la difficulté à m'arrêter, haha!

D'abord, laissez-moi vous exposer mes idées d'une fin alternative suivie d'une série de nouvelles, se déroulant avant le Tome 1, qui apporteront une certaine profondeur et un aspect différent à l'histoire.

Bien que beaucoup de ces courts récits soient déjà disponibles sur mon site internet assautdumal.com, je vous suggère tout de même de les relire, car ici vous sont offerts les originaux, alors que les histoires sur le net ont été modifiées pour éviter de révéler certaines surprises du Tome 1. Découvrez également plusieurs mésaventures toujours inédites.

Je vous suggère donc de vous amuser à passer au travers et de remettre ensuite le nez dans le Tome 1 et le Tome 2. Je suis persuadé qu'avec tous ces détails supplémentaires sur le passé des personnages, vous percevrez l'histoire d'une toute nouvelle façon.

Fin alternative

Alors que je rassemblais mes idées avant de rédiger les tomes 4 et 5, je me suis grandement interrogé sur la façon dont j'allais clore mon récit. Convaincu qu'il fallait que Geranita accède à ses pouvoirs pour donner un sens à l'histoire, je me suis mis à hésiter entre deux façons d'y parvenir. La première option était évidemment celle que vous venez de lire, où Max réussit grâce à son amour et sa ténacité à retarder la malédiction qui envahissait peu à peu son cœur. Mais l'alternative aurait été que Max se soit véritablement sacrifié et meurt sur le coup en vainquant Malork. Et alors que tout aurait semblé perdu pour effectuer le rituel blanc, Robert aurait éliminé Bakkar, le démon-serpent, qui ne serait donc pas intervenu contre Max lors du grand combat. Ce faisant, Robert, qui était déjà un puissant Chevalier de Dieu, serait à son tour devenu un ange et c'est lui qui aurait transmis les pouvoirs à la nouvelle messie. De cette façon, tout le long de l'histoire, je vous aurais laissé croire que Max allait être l'élément-clé alors que finalement, au dernier instant, c'aurait été Robert au bout du compte. Cette fin, plus inattendue, m'a longuement fait hésiter dans mon choix. Même lorsque j'ai commencé à taper les premiers chapitres, je ne savais pas encore comment l'histoire allait réellement se conclure.

Toutefois, plus je m'approchais de la fin et plus je me sentais incapable de tuer mon Max. Incapable de transmettre le message que malgré le fait que l'on soit persévérant et brave tel que ce personnage, on ne puisse mériter un dénouement heureux. Je sais que la vie nous enverra toujours de dures épreuves à surmonter, des démons à combattre. Mais je crois également que si l'on prend son courage à deux mains, que l'on se retrousse les manches et que l'on s'efforce à rester debout, on pourra réussir, nous aussi, à atteindre le bonheur que l'on mérite. Vous allez rire, mais l'une des citations qui m'a fait le plus grandir vient de Rocky Balboa (Sylvester Stallone), qui disait dans l'un de ses films : «La vie d'adulte n'est pas toujours rose. On vit dans un monde cruel et sans pitié et peu importe d'où tu viens, on va te maintenir là, au sol, de façon permanente, si tu te laisses faire. (Personne) ne cognera jamais aussi dur que la vie! Mais ce qui compte, ce n'est pas la force des coups que tu donnes, c'est le nombre de coups que tu peux encaisser tout en continuant d'avancer! Ce que tu arrives à endurer tout en marchant la tête haute! C'est comme ça qu'on gagne! Alors si tu sais ce que tu vaux, fonce pour avoir ce que tu mérites, mais tu dois être prêt à recevoir des coups!»

Raconter une histoire, c'est évidemment dans le but de divertir, de faire vivre des émotions et de permettre de rêver. Mais c'est également pour passer des messages. Par exemple, qu'il y aura toujours des démons qui se dresseront sur notre route. Et que plus on essaiera d'aller loin et plus ils seront difficiles à terrasser. Sauf que d'un autre côté, plus on arrivera à en vaincre, et plus on évoluera et on deviendra plus forts pour les combattre. Que, comme je l'ai enseigné à maintes reprises à mes recrues lorsque je donnais de la formation militaire, «ce n'est pas fini tant que ce n'est pas fini!» Alors oui, comme je suis le genre de personne à voir le verre à moitié plein, j'ai voulu terminer mon histoire sur une note positive. Je tenais à vous laisser sous-entendre, cher lecteur ou chère lectrice, que même lorsqu'une épreuve aussi insurmontable qu'un extra-terrestre démoniaque à quatre bras se présente, si vous serrez les dents et que vous l'affrontez en y mettant tout le courage et la volonté nécessaire, vous pourrez, vous aussi, atteindre le dénouement heureux que vous méritez!

Les pages maudites

860 ans avant les évènements tragiques de Winslow

Les deux barbares, vêtus de fourrures foncées, s'efforçaient de rester alertes devant l'entrée de la grotte. Leur glaive en main, ils scrutèrent la forêt obscure lorsque soudainement, l'un d'entre eux reçut une flèche en pleine gorge. Et avant que l'autre sentinelle ne puisse avertir ses confrères à l'intérieur, un second projectile le frappa en pleine poitrine. Le souffle coupé, il s'écroula d'abord à genou avant de s'effondrer auprès de son confrère.

Dès que les deux gardiens furent hors d'état de nuire, la dizaine de chevaliers dissimulés dans un bosquet se précipitèrent vers l'entrée de la caverne. Guidés par un colosse un peu plus âgé, qui arborait une barbe grisonnante, les hommes portant des casques de métal et des cotes de mailles pénétrèrent ensuite sans perdre un instant, tout en dégainant leurs épées.

En entrant dans la pièce éclairée par des torches, ils tombèrent nez à nez avec un groupe d'une vingtaine d'étranges personnages portant tous de longues toges sombres à capuchon qui dissimulaient leurs visages, excepté celui au centre qui prenait place devant un lutrin. Aussitôt, les yeux cernés de ce dernier, qui portait une longue barbe foncée sans moustache et une couronne de cheveux retenus en queue de cheval, se tournèrent vers les nouveaux venus.

— Non! s'écria-t-il dans sa langue. Comment nous ont-ils retrouvés?! C'est impossible! Vite! Arrêtez-les!

Dès que le sorcier eut prononcé son ordre, tous les hommes en noir foncèrent à l'assaut, armés de cimeterres, de glaives et de massues. Une grande bataille éclata alors entre les deux clans. Au sein de la lutte plutôt serrée, le chef des chevaliers se démarqua en tranchant d'abord la tête à l'un de ses ennemis avant de planter sa lame dans la poitrine du suivant. Puis, lorsqu'il en terrassa un troisième, le leader du groupe obscur se décida enfin à passer également à l'attaque.

Le personnage au visage découvert empoigna donc une imposante hache à deux tranchants avant de foncer vers le paladin le plus près. Après avoir aisément évité la pointe de ce dernier, il lui fracassa d'abord un genou pour le forcer à s'accroupir avant de lui fendre le crâne, malgré son casque, comme s'il s'agissait d'un melon.

En voyant cet adversaire de taille éliminer l'un de ses hommes, le plus vieux des chevaliers se rua dans sa direction. Les deux dirigeants se retrouvèrent alors face à face, prêts à livrer le combat. Après s'être analysés un moment, celui à la barbe grise tenta finalement un assaut le premier. Mais une fois qu'il eut bloqué l'épée, le sorcier essaya à son tour de l'atteindre. Toutefois, le guerrier d'expérience se recula juste à temps. Ils échangèrent par la suite coups après coups sans qu'aucun d'entre eux ne réussissent à atteindre l'autre. Cependant, après une longue série d'attaques, celui en noir réussit enfin à faire échapper la lame à son adversaire. Néanmoins, cela n'empêcha pas le chevalier de poursuivre l'affrontement en empoignant rapidement sa dague, qu'il réussit ensuite à enfoncer dans l'épaule de son opposant. Malgré la douleur, le prêtre satanique ne se laissa pas déconcentrer et envoya un brutal coup de tête sur le nez de celui qui venait de le poignarder. La rudesse de la collision força le chevalier à reculer d'un pas et son ennemi en profita pour élever sa hache.

— Père! Non! s'écria un autre paladin plus jeune, témoin de la scène.

Ce dernier, trop loin pour intervenir directement, lança tout de même son épée vers le sorcier. Bien que la lame ne fit que le frapper, sans réellement le blesser, la manœuvre attira son attention suffisamment longtemps pour permettre à celui à la barbe grise de passer à l'action. Le combattant attrapa donc à une vitesse ahurissante sa dague, encore plantée dans l'épaule du sorcier, pour finalement l'atteindre à la gorge cette fois.

Cependant, en agissant ainsi, le fils, plus loin, s'exposa à un autre adversaire, qui en profita pour l'attaquer de dos.

En voyant son aîné s'écrouler, le chevalier barbu repoussa le sorcier agonissant de son pied, ramassa son glaive et fonça vers celui qui venait de s'en prendre à l'être qu'il aimait le plus au monde. L'assassin n'eut alors aucune chance contre l'homme enragé et s'effondra rapidement, le torse et le visage profondément lacérés.

Voulant en finir rapidement, le vieux guerrier poursuivit avec vigueur la bataille. En l'espace de quelques instants, ses chevaliers et lui terrassèrent tous les adeptes du Mal restants. Une fois que leurs ennemis furent enfin vaincus, le père retourna en toute hâte auprès de son fils. Mais comme il le craignait, il était déjà trop tard.

— Non! hurla le chef en serrant le corps du jeune guerrier.

Tous les autres alentour demeurèrent immobiles et silencieux pendant un long moment devant la touchante scène. Finalement, l'un d'entre eux alla chercher les feuilles de papyrus posées sur le lutrin du sorcier avant de les apporter à son commandant.

— Au moins, il n'est pas mort en vain, tenta-t-il de le consoler en lui remettant les écrits qui affichaient des symboles mystérieux et incompréhensibles.

— Oui, en effet! Allez! Détruisons-les au plus vite!

Tout en empoignant les pages, le vieux chevalier se releva et se dirigea vers une torche. Cependant, lorsqu'il les plaça sous les flammes, non seulement elles ne prirent pas feu, mais le flambeau s'éteignit sur le coup. Stupéfait, il se déplaça ensuite vers un petit ruisseau sur sa droite et y plongea les textes. Néanmoins, lorsqu'il ressortit les feuilles de papyrus, il aperçut les gouttes d'eau qui les recouvraient s'évaporer en un instant. Fou de rage, il déposa les pages contre le sol rocheux, dégaina son épée et les frappa de toutes ses forces. Mais au grand étonnement de tous les spectateurs, la lame forgée solidement éclata en morceaux en touchant l'œuvre maudite. Des petits bouts de métal allèrent même se loger dans les joues du barbu, qui se recula en poussant une légère plainte.

— Oh, Seigneur! s'écria l'un de ses alliés. Ces pages sont indestructibles!

— Pas étonnant! répondit le plus vieux en retirant douloureusement les éclats de son visage. Elles ont été écrites avec le sang du diable en personne!

— Que pouvons-nous faire dans ce cas?!

— Nous... Nous allons les ramener aux grands prêtres! Mais

si ceux-ci n'arrivent pas à les détruire, nous devrons les séparer et les dissimuler à travers le monde. Ils ne doivent jamais retomber entre de mauvaises mains! Ce serait catastrophique!

Apprenez la suite dans le roman L'assaut du Mal, tome 1, Sadman, le sorcier.

Nicholas

17 ans avant les évènements tragiques de Winslow

En sortant de la bibliothèque de l'école, qui donnait sur la grande salle de récréation, Nicholas, un adolescent au visage couvert d'horribles cicatrices, entra accidentellement en collision avec le grand sportif Joshua Lirette, le gars le plus populaire du lycée. Celui qui avait été atrocement défiguré par un incendie, auquel il avait survécu six ans plus tôt et qui avait coûté la vie de sa mère et de son tant aimé petit frère, échappa les livres qu'il portaient sous son bras dès l'impact.

— Oh désolé! s'excusa aussitôt Nicholas en baissant les yeux.

— Mais regarde où tu vas, le monstre! Nom d'un chien, j'ai renversé ma gourde sur mon chandail à cause de toi!

— Peut-être que si tu enlevais ta capuche, tu y verrais quelque chose?! rajouta un des amis du sportif, témoin de la scène.

— Ouais, je crois que ça pourrait t'aider à y voir plus clair! poursuivit un autre en retirant le capuchon du chandail kangourou sur la tête de Nicholas.

— Aïe! Ne me touchez pas, espèces d'enfoirées! répliqua-t-il lorsque son crâne chauve et ses répugnantes marques furent révélés dans la salle publique.

— Enfoirés?! lança Joshua. D'abord, tu me fonces dessus et après, tu oses traiter mes amis d'enfoirés?! Tu ne manques pas de culot pour la gueule que tu as!

— Je me suis déjà excusé alors laissez-moi tranquille! lui répondit, tout en relevant la tête, le jeune au visage déformé, qui avait l'habitude de provoquer son père alcoolique à l'époque pour protéger son petit frère.

— Pardon?! Ne lève pas le ton face à moi, sale petit connard!

— Oh, regarde Josh les beaux bouquins du petit génie, lança soudain son troisième copain en ramassant les livres précédemment échappés, ayant pour but de ridiculiser davantage celui qui osait tenir tête au chef de leur gang.

— Wow! «Vampires, mythes ou réalité?», lut Joshua sur la page couverture du premier manuscrit. À ce que je vois, tu essaies de retrouver tes semblables, le monstre!

— Et on a aussi une belle bande dessinée de super-héros, poursuivit l'autre.

— Je vois! enchaîna le leader. On aime les héros! Mais avec ta sale gueule, tu serais plutôt un vilain!

Malgré les insultes, Nicholas demeura muet, se contentant de fixer le blondinet tout en serrant les dents. Autour d'eux, les autres jeunes en récréation regardèrent le spectacle silencieusement. Certains pouffèrent de rires tandis que d'autres trouvèrent les commentaires de la bande de sportif complètement déplacés. Cependant, personne n'osa intervenir pour tenir tête au gars le plus en vogue de l'établissement.

— Oh, mais c'est qu'il a l'air triste, le pauvre petit, poursuivit ce dernier. Eh! J'y pense! Ça pourrait être ça, ton nom de super-vilain! L'homme-triste... Ou en anglais, le Sadman! Ouais! Ça sonne plutôt bien! Tu ne trouves pas, Sadman?

— Redonne-moi mes livres et fiche-moi la paix!

Lorsque sa victime éleva la voix, l'imposant blond répliqua aussitôt d'une poussée à la poitrine. Toutefois, à sa grande surprise, malgré la force de son attaque, le grand brûlé broncha à peine vers l'arrière. Conscient que ce dernier s'avérait beaucoup plus robuste qu'il ne le paraissait, Joshua se mit à douter de sa capacité à le vaincre au corps à corps. Afin de ne pas perdre la face devant toute l'école, il décida donc de s'arrêter là.

— Ce que tu peux être repoussant! se contenta-t-il de dire. Si tu oses encore m'adresser la parole de la sorte, le monstre, tu le regretteras! le menaça-t-il en jetant les livres au sol avant de repartir, suivi de près par ses trois camarades.

Les spectateurs demeurèrent sur place un moment à regarder silencieusement Nicholas ramasser ses ouvrages avant de retourner à leurs activités quotidiennes.

Une fois debout, le brûlé s'isola à nouveau sous sa capuche avant de poursuivre sa route vers son casier. En chemin, il sentit toute la colère accumulée lui ronger l'intérieur. Comme il aurait aimé lui remettre la monnaie de sa pièce.

Arrivé à destination, ses mains encore tremblantes eurent de la difficulté à composer la combinaison du cadenas et il dut s'y reprendre à plusieurs reprises. Lorsqu'il l'ouvrit enfin, il sentit une voix intérieure lui dicter que ce salaud de Joshua ne devait pas s'en sortir aussi facilement, qu'il n'avait pas le droit de le ridiculiser de la sorte et qu'il méritait une bonne leçon. Complètement aveuglé par la rage qui bouillonnait en lui, Nicholas attrapa une chaussette en laine dans sa case et y introduisit son cadenas en le faisant glisser jusqu'au fond.

Puis, sans y réfléchir davantage, il retourna d'un bon pas en direction de Joshua, toujours dans la salle publique, en train de flirter avec de jolies filles.

Au moment où il arrivait à proximité, il fit tournoyer son fléau d'arme improvisée le plus rapidement qu'il put avant d'interpeller son adversaire en hurlant son nom. Dès que ce dernier se retourna, le colérique lui asséna un violent coup en plein visage. Suite à la brutale attaque, le sportif s'effondra au sol en se tordant de douleur.

En voyant leur chef se faire agresser, ses trois copains accoururent à sa rescousse. Toutefois, dès que le premier s'approcha, Nicholas le frappa à son tour de son arme artisanale en plein sur la mâchoire, l'envoyant directement au tapis.

Sans attendre, le brûlé tenta de reproduire la même chose avec le deuxième, mais celui-ci se pencha à temps, évitant de justesse le cadenas logé au fond du bas. Néanmoins, en voyant que son assaut avait été inefficace, Nicholas enchaîna avec un puissant coup de pied qui lui fractura douloureusement le nez.

Mais avant qu'il ne puisse poursuivre, le troisième l'agrippa de dos pour le surprendre. Dès qu'il se sentit pris au piège, Nicholas le frappa à l'aide du derrière de sa tête pour se libérer avant de se retourner et d'enchaîner d'une série de plusieurs coups de poings.

Lorsque ses quatre adversaires furent étendus au sol en se plaignant de douleur, Nicholas attrapa Joshua par ses cheveux et le releva brusquement à la hauteur de ses hanches.

— Regardez tous! se mit-il à crier en dévoilant l'importante incision sanglante qu'il venait de lui infliger sur une joue. Cette école a désormais un nouveau monstre! Je ne serai enfin plus le seul à vous servir de phénomène de foire! Regardez comme il la ramène moins depuis qu'il n'a plus sa belle petite gueule! Qu'est-ce qui se passe les filles? Ne me dites pas que vous ne le trouvez plus aussi attirant, maintenant? Pourtant, c'est enfin son vrai visage qui vous est révélé!

— Nicholas, lâchez-le! lui ordonna soudainement une jeune professeure en tirant sur son chandail.

Dès qu'il l'aperçut, Nicholas repoussa sa victime avant de se retourner agressivement vers la belle enseignante. Puis, sans crier gare, il l'attrapa à la gorge en serrant de toutes ses forces.

— Ne me touche pas, sale pute! Où étais-tu plus tôt, quand c'était eux qui m'agressaient? Hein?! Où étais-tu?!

— Nicho... Ni... Nicholas... Aaaarrrgghhh!

— Ton petit protégé avait bien raison sur un point, toutefois! C'est vrai que Sadman, ça sonne beaucoup mieux que Nicholas! Tu ne trouves pas? poursuivit-il en regardant son visage devenir de plus en plus rouge.

— Nicholas! hurla à son tour le directeur, qui venait d'être prévenu. Lâche-la tout de suite!

— Sinon quoi, petit grassouillet? Tu crois être en mesure de me foutre une raclée? Ah non, je sais! Tu vas le dire à mon père! Eh bien, laisse-moi t'avouer que mon père, ce minable, n'en a rien à foutre de moi! Il doit probablement être en train de se branler à la maison, sa douzième bouteille de bière quotidienne à la main. Et il n'osera jamais me toucher, parce qu'il a bien trop peur de moi! Lorsque j'avais dix ans, là, il ne se gênait pas! Mais aujourd'hui, il sait ce qui risque de lui arriver!

— C'est la police que je vais appeler!

— Nicolas, Seigneur! l'interpela tout à coup Muriel, la gentille bibliothécaire qui était la seule à avoir toujours eu du respect envers lui.

En la voyant, le jeune agressif desserra son étreinte et la professeure se libéra rapidement en toussant à répétition.

Un long silence s'en suivit, alors qu'il resta là à dévisager de son inquiétant regard tous les spectateurs terrifiés. Puis, après un certain temps, le directeur fit enfin un pas vers lui.

— Si tu oses me toucher, le vieux, je te jure que je te brise tous les os de la main! le menaça le jeune aux cicatrices. Plus jamais personne ne me touchera désormais! Et plus jamais je ne laisserai quelqu'un me manquer de respect!

— Sors de cette école immédiatement, Nicholas! Tu es expulsé!

— Oh, je vois! Mais eux, ils n'auront rien! C'est ça?! Même si ce sont eux qui ont commencés! Parce que je me décide enfin à me défendre... Ou c'est peut-être ma gueule qui ne te revient pas! Je t'emmerde, vieux connard! Je vous emmerde tous! Je vous déteste tous autant que vous êtes!

Sur ces dures paroles, Nicholas se dirigea hâtivement en direction de la sortie. Tous, y compris le directeur, se reculèrent pour lui libérer le passage, terrifiés par l'angoissant personnage.

Avant d'atteindre la porte, l'adolescent s'arrêta à la hauteur du gros crucifix, qui décorait l'entrée de cette école catholique. Après avoir dévisagé la statuette en plâtre représentant Jésus sur la croix, il se décida à lui lancer son cadenas de toutes ses forces.

— Et toi aussi, je t'emmerde!

Le projectile frappa ensuite la tête de l'effigie, qui se détacha avant de finir en morceaux sur le sol. Dès qu'il eut touché sa cible, le Sadman fit un petit sourire en coin avant de disparaître à l'extérieur.

Sachez ce qu'il advient de Nicholas dans le roman L'assaut du Mal, tome 1; Sadman, le sorcier.

Sadman

16 ans avant les évènements tragiques de Winslow

Myreille, la mine basse, rentra chez elle après cette longue journée d'école. Elle, qui regrettait encore amèrement ce qu'elle avait fait à ce pauvre garçon, deux jours plus tôt, lors de la fête, fut des plus heureuses de se retrouver enfin à la maison pour ne plus en entendre parler. Comme sa mère n'était toujours pas de retour du travail, la belle adolescente aux cheveux bruns monta à l'étage dans le seul but d'aller se détendre dans un bon bain chaud.

En grimpant les marches, son esprit la ramena contre son gré à la fameuse scène. Elle revoyait encore les yeux tristes du pauvre Nicholas, alors qu'il comprenait qu'elle n'avait pas réellement le béguin pour lui et que tout ce qu'elle lui avait dit à propos de sa beauté intérieure et de son courage n'était que des mensonges. Et elle entendait encore les rires de ses camarades qui l'entouraient, le pointant tous du doigt et se moquant de lui. Spécialement Joshua, qui l'avait poussé à agir de la sorte afin de pouvoir prendre sa revanche, sachant que le grand brûlé avait un faible pour elle.

Au moment où celui que tous surnommaient désormais Sadman avait tourné les talons, le cœur brisé, Myreille avait compris que jamais elle n'aurait dû écouter cet idiot de Joshua et s'était même demandée comment elle avait pu se laisser embarquer dans cette histoire.

Avant de se rendre à la salle de bain, elle passa d'abord chercher son pyjama dans sa chambre. Mais en entrant dans la pièce, elle fut estomaquée d'y découvrir, en plein centre du plancher de bois, une étoile satanique tracée à la craie. Et au bout de chaque pointe y était déposée une chandelle éteinte. En voyant le dessin, elle s'immobilisa, se demandant réellement qui en était responsable.

— Bonjour Myreille, la fit soudainement sursauter le jeune aux cicatrices, qui l'attendait impatiemment dans un coin.

— Nicholas?! Oh mon Dieu! Tu m'as fait peur! Mais... Mais que fais-tu ici?

— Comme nous avons été interrompus samedi dernier, j'ai pensé venir terminer notre petite conversation.

— Écoute, Nicholas, je suis...

— Ne m'appelle plus comme ça! Mon nom est désormais Sadman! Tu devrais pourtant bien le savoir, tout le monde n'arrêtait pas de le hurler!

— Je suis si désolée...

— Désolée?! Je m'étais confié à toi! Je t'avais même parlé de mon père et de... De mon petit frère décédé, Andrews! Alors que durant tout ce temps, ton seul but était de m'amadouer afin que je baisse ma garde!

— Non, je... C'est Joshua! Il m'a...

— Ce n'est pas lui qui m'a dit tous ces mensonges! Ce n'est pas lui qui a fait semblant de s'intéresser à moi! Qui m'a raconté des sornettes à propos du courage que j'avais démontré en lui tenant tête à l'école! Ce n'est pas lui qui m'a attiré à cette fête en sachant que tous ces petits connards m'attendaient! Non, toutes ces choses, c'est toi qui les as faites!

— Pardon!

— Oh, mais il n'y a rien à pardonner. Au contraire, je t'en remercie. Car désormais, je ne me laisserai plus jamais avoir! J'aurais dû savoir qu'une petite pute comme toi ne pourrait jamais s'intéresser à un type ayant une sale gueule comme la mienne! Mais c'est la dernière fois que je tombe dans un piège! Plus jamais je ne me laisserai embobiner de la sorte!

— Écoute, je... Je...

— Ferme ta sale gueule! Je ne veux plus rien entendre de toi! Toutefois, je t'ai préparé une petite surprise pour te remercier de m'avoir ouvert les yeux. Un truc que j'ai appris dans mes bouquins et que j'ai très envie d'expérimenter. Tu vas d'abord te placer au centre de cette étoile, par terre.

— Quoi? Non, il n'en est pas...

— Ferme-la et fais-le! lui ordonna-t-il d'un ton sévère en lui présentant un long couteau de cuisine.

— Nicholas?! Mais qu'est-ce que...

— Rien ne me ferait plus plaisir à ce moment que de te saigner comme un porc, alors je te conseille fortement de m'écouter!

La pauvre fille, complètement hystérique depuis que le psychopathe menaçait sa vie, s'avança finalement après un moment d'hésitation. Tout en s'exécutant, elle lui mentionna à maintes reprises à quel point elle regrettait ce qu'elle lui avait fait. Mais Sadman s'obstina à poursuivre sa revanche.

Lorsqu'elle fut en position, le brûlé lui tendit un briquet avant de l'obliger à allumer les cinq chandelles. Quand elle eut terminé, Nicholas se mit à réciter un sortilège dans une langue inconnue tout en levant les bras. Effrayée, la pauvre adolescente demeura immobile, se demandant ce qu'il lui réservait.

Quand il eut enfin terminé, il invita la belle jeune fille, qui n'affichait aucun changement physique, à venir s'admirer dans le miroir juste à côté. C'est alors qu'en posant ses yeux sur son reflet, elle aperçut un visage complètement défiguré. En voyant celui-ci, qui était d'une monstruosité saisissante, elle ne put s'empêcher de se mettre à hurler.

— Maintenant, tu vas enfin comprendre ce que je ressens! lui avoua Sadman.

Myreille, qui en réalité n'avait pas du tout changé, fila vers le miroir de la chambre de bain. Mais une fois encore apparurent les mêmes traits ignobles dans la glace. Totalement affolée, elle se précipita vers une autre pièce.

Lorsqu'elle cria une nouvelle fois, le nouvel adepte de sorcellerie poussa un long rire sadique et effrayant. Plutôt que de lui avouer que ce n'était que ses yeux qui lui jouaient des tours et que l'effet n'était que temporaire, il resta plutôt sur place à jubiler en écoutant la terreur de Myreille et en se glorifiant pour la réussite de son premier tour de magie noire.

Apprenez jusqu'où l'obscurité mènera Nicholas dans L'assaut du Mal, Tome 1, Sadman, le sorcier

Tom et Daniel

7 ans avant les évènements tragiques de Winslow

* Bien que les personnages soient fictifs, cette nouvelle est inspirée de faits réels. Pour être plus précis, de l'une de mes aventures alors que je me trouvais en Afghanistan.

L'équipe de tireurs d'élite canadiens, après être grimpés sur le toit ondulé de cette petite demeure faite en terre en plein cœur de la province de Kandahar, en Afghanistan, déposèrent enfin leurs lourds sacs à dos sous cette chaleur accablante d'août. Une fois allégés, les quatre barbus sortirent rapidement l'équipement nécessaire, dont une arme de précision de calibre.50, avant de se positionner pour couvrir leurs frères d'arme qui s'apprêtaient à pénétrer dans le village.

Tom, un bel homme athlétique affichant un tatouage tribal sur un côté du cou, plaça son œil droit derrière l'impressionnant télescope alors que son commandant, mentor et ami, Daniel, un grand blond, s'installa derrière avec sa radio et une paire de jumelles. Le troisième de l'équipe, Patrick, un sportif élancé, se positionna devant une imposante lunette d'observation sur trépied afin d'analyser en détail le village presque désert devant eux. Samuel, le dernier, un peu plus costaud que les autres et ayant quelques poils grisonnants au menton, leur tourna le dos afin de surveiller leurs arrières.

Après quelques minutes à observer l'horizon, Daniel communiqua à ses supérieurs que la voie semblait libre et que les troupes d'infanterie et de démineurs pouvaient commencer à inspecter le village. Mais soudain, alors qu'il venait à peine de terminer sa phrase, des coups de feu retentirent. Et bientôt, ce furent des bruits de claquements que les militaires, qui se trouvaient dans cette zone de guerre depuis près de cinq mois, reconnurent comme étant des projectiles passant à proximité de leur tête. Devinant que les tirs leurs étaient destinés, les snipers se mirent à couvert entre les vallons du toit.

— Contact! Attendez, terminé! lança aussitôt le commandant du détachement sur la radio pour avertir ses confrères et supérieurs.

Par la suite, à tour de rôle, les quatre guerriers s'exposèrent pendant moins de deux secondes chacun pour tenter de distinguer les ennemis qui les engageaient. Mais malheureusement, ils leur furent impossibles de les repérer dans le village qui ressemblait à un vrai labyrinthe. Le tatoué, déterminé à les localiser, resta alors à découvert pour scruter vers l'avant.

— Tom, penches-toi, putain de merde! ordonna ensuite Daniel en trouvant que son ami demeurait un peu trop longtemps exposé au feu ennemi.

— Ces fils de putes ne m'auront pas! Ils ne savent pas viser!

— Tom, si par malheur ils te touchent, c'est nous qui allons être pris pour te sortir d'ici!

Les paroles sages du soldat d'expérience eurent aussitôt l'effet escompté sur le plus novice. Dès que ce dernier, que Daniel avait formé, suivit ses consignes, le doyen se releva à son tour en direction des bruits de coups de feu et tira quelques balles au hasard, question de forcer les talibans à se pencher également. Aussitôt, les autres membres de l'équipe se mirent à faire de même. Chacun leur tour, ils expédièrent alors deux à trois projectiles avant de se remettre à couvert, espérant ainsi repousser l'ennemi. Pour en rajouter, Daniel envoya également, à l'aide de son lance-grenade fixé sous son fusil d'assaut, quelques balles explosives au hasard vers l'endroit suspecté, que tous les villageois avaient préalablement quitté des heures auparavant.

Tout à coup, une roquette de RPG 7 tirée par les talibans passa juste au-dessus d'eux avant d'aller exploser un peu plus loin. En levant les yeux, le commandant remarqua que la roquette avait laissé une trace de fumée noire qui lui indiquait exactement le point de départ, lui donnant enfin un indice de la cachette des terroristes.

— Faites-moi un feu de couverture! cria-t-il alors à ses hommes.

Sans poser de questions, les soldats professionnels s'exposèrent en ouvrant le tir à profusion. Le blond en profita alors pour se relever un peu plus haut et prendre le temps de mirer avec son lance-grenade. Puis, lorsqu'il pressa la détente, il fut des plus ravis de voir une explosion en plein sur son point de visée.

Lorsque les tireurs d'élite se remirent à couvert, le silence refit surface. Plus aucun bruit d'armes à feu ne se fit réentendre. Jugeant que soit il avait réussi à les toucher, soit il leurs avait réellement donné la frousse, Daniel en déduisit que le contact venait d'être brisé. Mais comme ceux qui les avaient attaqués se trouvaient à près de 400 mètres, ils leurs étaient impossible de s'aventurer dans ce labyrinthe truffé de pièges pour aller vérifier leurs états. Le sniper dut donc se contenter de l'absence de coup de feu comme indice, lui indiquant qu'il avait probablement fait mouche.

Après un moment sans signe de vie, Tom se repositionna derrière son arme de tireur d'élite alors que Daniel envoya son rapport de situation à ses supérieurs. Samuel et Patrick reprirent également leur position respective.

Soudain, Tom remarqua deux hommes armés qui se tenaient près de l'endroit que Daniel avait bombardé. Il les indiqua aussitôt à ses confrères et Patrick lui envoya aussitôt les ajustements à mettre sur son télescope pour contrer la gravité et le vent. Puis, lorsque le blond lui donna l'autorisation d'ouvrir le tir, le tatoué pressa lentement la détente.

— Hit! s'écria presqu'aussitôt Patrick en voyant à travers sa lunette d'observation le taliban faire quelques culbutes arrière. Tu l'as bien eu! Si vous aviez vu ça!

Le tireur, satisfait, actionna aussitôt sa culasse pour remettre une nouvelle balle dans la chambre. Puis, il tenta de faire de même avec le second ennemi. Toutefois, ce dernier s'était déjà dissimulé, ne voulant pas subir le même sort.

Après plusieurs minutes sans apercevoir aucun autre mouvement, Daniel avertit son supérieur de la situation et lui confirma que de leur point de vue, la voie semblait libre. Ce dernier poussa alors ses troupes à poursuivre l'avance dans le village.

L'équipe de tireurs d'élite, pour leur part, restèrent sur place toute la journée sous les brûlants rayons pour les couvrir, s'hydratant avec l'eau ayant chauffée dans leurs sacs, sans toutefois arriver à retracer d'autres cibles. Ce ne fut que lorsque le soleil entama sa descente que l'équipe de Daniel plia bagage pour aller rejoindre leurs collègues fantassins et ingénieurs, qui avaient terminés de faire le tour de la partie sud du village comme prévu.

Retrouvez Daniel et Tom dans la série L'assaut du Mal.

L’arrestation, Partie 1

2 ans et 4 mois avant les évènements tragiques de Winslow

Dès que les chevaliers, plus de huit siècles auparavant, remirent les pages maudites écrites avec le sang du diable aux grands prêtres, ceux-ci s’étaient immédiatement mis au travail afin de trouver un moyen de les détruire. Mais malgré leurs innombrables tentatives, rien ne sembla vouloir venir à bout de ces écrits maudits.

Les grands prêtres continuèrent tout de même à peiner sur la tâche jusqu'au soir où, à sa plus grande consternation, l'un d'entre eux surprit son confrère en train d'en produire discrètement une copie. Pris en flagrant délit, celui qui s'avéra être un agent du Mal tenta aussitôt de s'enfuir, mais il fut fort heureusement appréhendé par les gardes.

Néanmoins, durant son interrogatoire, les sages apprirent que l'agent-double n'en était pas à sa première retranscription et qu'il avait déjà réussi à distribuer en douce d'autres répliques à plusieurs fervents des ténèbres. Toutefois, ils eurent la confirmation que les manuscrits rédigés seulement à l'encre n'offraient pas les mêmes propriétés que l'original, telle une clé mal taillée ouvrant difficilement une serrure. Les reproductions ne permettaient donc que de libérer de peine et de misère un seul démon à la fois ou de ne réveiller qu'un nombre très limité de zombies.

Malgré cela, le conseil en vint à la conclusion qu'ils devaient s'assurer qu'en aucun cas une chose pareille ne se reproduise. Et surtout que jamais un adepte de Satan ne puisse s'enfuir avec le grimoire original, qui donnait accès à des rites apocalyptiques tel que ressusciter les morts en grande quantité, ouvrir les portes aux quatre démons d'un seul coup et même faire revivre la bête de Babylone.

N'ayant d'autres choix que d'admettre que l'œuvre du Mal était indestructible, les grands prêtres décidèrent donc de trouver une alternative, tel que le proposait depuis un moment le chef de leurs chevaliers. Ne pouvant le conserver par crainte qu'un traitre ne se retrouve une nouvelle fois parmi eux, ils chargèrent donc leurs soldats d'élite les plus dignes de confiance de disperser et de dissimuler le plus discrètement possible les pages, le tout sans divulguer leurs emplacements à qui que ce soit, pas même à eux.

Néanmoins, afin de pouvoir maintenir un certain contrôle, le conseil désigna tout de même un endroit pour conserver quelques textes à l'abri, soit à l'intérieur des murs de l'un des châteaux des Templiers, au Portugal.

Suite à leur quête, le groupe de chevaliers jurèrent d'emporter dans leurs tombes le secret à propos des endroits où ils avaient dissimulé les écrits maudits. Et tel que promis, ces emplacements demeurèrent dans le plus grand anonymat. Si bien que près de 850 ans plus tard, même Christophe, fondateur et commandant de l'escouade anti-démons du Vatican, n'avait toujours pas la moindre idée des lieux où étaient enfouies les pages originelles, mis à part bien sûr celles au château des Templiers.

En effet, ce combattant du Bien, pendant ses 260 années de guerre contre les agents du Mal, n'avaient dès lors eu affaire qu'à des créatures libérées qu'une à la fois grâce aux copies, produites à la base par le traître parmi les grands prêtres de l'époque.

Voilà pourquoi il avait fallu trop longtemps à Christophe, ce Chevalier de Dieu aux cheveux en queue de cheval et aux longs favoris, avant de prendre connaissance de la quête de Sadman, qui, guidé par le diable en personne, rassemblait secrètement les textes de l'ouvrage maudit. Ce ne fut donc que lorsque celui aux cicatrices eut déniché les dernières pages dans le château des Templiers, le seul repère connu, que le fondateur des Protecteurs eut enfin la puce à l'oreille.

Craignant que le sorcier, maintenant en possession de l'intégralité du manuscrit, puisse arriver à ouvrir les quatre portes d'un seul coup, Christophe alla au plus vite enquêter au fameux château en question. Comme le combattant au service des chrétiens en avait déjà plein les bras à protéger le monde alors que les démons ne refaisaient qu'occasionnellement surface et seulement un à la fois, il voulut à tout prix éviter que tous les Cavaliers de l'Apocalypse ne se retrouvent rassemblés.

Étant donné que Sadman avait dû tuer un gardien de sécurité pour arriver à dérober les dernières pages manquantes, le chef des Protecteurs, en se faisant passer pour un policier, apprit que celui qu'il recherchait était un homme au visage défiguré par des brûlures.

Cet indice lui permit, après évidemment plusieurs heures de recherche sur les réseaux policiers, de mettre la main sur un mandat d'arrêt pour un certain Nicholas Styles du Canada, suspecté du meurtre de son père alors que le cadavre avait été retrouvé crucifié la tête en bas. Bien qu'à cet instant, il avait compris que l'auteur de ce rite satanique était probablement le sorcier qu'il recherchait, Christophe et son équipe se questionnèrent toutefois sur le moyen de mettre la main sur lui au plus vite.

C'est alors qu'une nuit, après presqu'une année et demi de recherche, le Chevalier de Dieu vit en rêve Sadman s'introduisant incognito dans son pays natal en Amérique du Nord, à bord d'un navire de marchandise. À son réveil, le soldat du Bien, ayant cru à une vision, voulut se rendre au Canada pour poursuivre ses recherches. Jugeant que ce pays peu peuplé pour sa grande superficie, qui offrait des barrières naturelles pour limiter l'accès à des renforts, le temps que les démons gagnent en puissance, était un endroit idéal pour procéder à l'ouverture des quatre sceaux, il fut persuadé de retrouver son suspect dans ce secteur. D'autant plus qu'il était fort probable que ce soit l'endroit où le brulé voudrait frapper en premier pour se venger.

Rapidement, plus de la moitié des Protecteurs, y compris Christophe, se déplacèrent donc jusque-là. Toutefois, ne voulant pas tout miser sur une simple intuition, l'autre partie du commando du Vatican, sous le contrôle de Djibo, fut sommée de poursuivre des recherches à travers le reste du globe.

Avant de partir, Milan, le vieux gardien de la bibliothèque secrète, avait expliqué à Christophe que le sacrifice d'une vierge, symbole de pureté, était nécessaire pour le rituel. Voilà pourquoi l'homme de plus de deux siècles s'empressa une fois sur place de se guider grâce à cet indice. Hâtivement, il retraça la disparition d'une adolescente dans une petite ville isolée. Après s'être déplacé à cet endroit, il questionna les habitants, toujours en se faisant passer pour un agent de la paix. Il réussit alors à obtenir certains témoignages affirmant que l'homme au visage défiguré avait bel et bien été aperçu dans le coin.

L'homme d'époque dispersa alors ses troupes présentes avec lui vers tous les endroits suspects de la place. Ce fut Tom et Daniel, qui composait la nouvelle équipe de tireurs d'élite fraîchement enrôlés, qui dénichèrent le repère le plus similaire de celui qu'ils recherchaient. En effet, alors qu'ils avaient été déployés pour vérifier le secteur d'une vieille usine abandonnée, les snipers, grâce à leurs optiques, y remarquèrent du personnel des plus suspects, vêtus de noir, qui rôdait autour de l'endroit.

Sachant grâce aux informations de Milan que le rituel permettant aux quatre soldats des ténèbres de revenir devait avoir lieu au début d'une nuit de pleine lune, astre qui représente l'antinomique du soleil, tant méprisé par le Mal, Christophe décida d'attendre ce moment propice afin de s'assurer de mettre la main sur le sorcier ainsi que sur les pages maudites qu'il avait dérobées.

Voilà comment il se retrouva ainsi, dissimulé en cette soirée d'avril, dans un boisé de conifères, à proximité du vieux building, entouré de ses soldats de confiance, qui étaient vêtus de leurs uniformes de combat noir dont le devant était orné d'une mince croix blanche. Tout d'abord, il y avait Irsilda, la belle latino, qui était à la tête de ses vingt guerriers. Il y avait également Chong, le chef de l'autre équipe, qui pour sa part comptait une quinzaine de combattants.

Après avoir attendu près d'une heure sous les branches que le soleil se couche enfin, Christophe, qui était le seul à porter une tenue différente en affichant entre autre une chemise blanche à manches bouffantes, un veston et des pantalons bruns ainsi que de hautes bottes de cuir d'époque, décida de passer enfin à l'action. Supposant que Sadman, si vraiment il se trouvait là, allait incessamment entamer son rituel, il jugea que le moment était le plus propice pour intervenir. Dès que Tom et Daniel, en position plus loin, leurs confirmèrent que la voie était totalement libre, les Protecteurs s'avancèrent lentement et prudemment vers leur point d'entrée. Arrivés à la porte, l'un des soldats d'Irsilda testa la poignée de la porte de métal. Il fut alors des plus surpris de constater que celle-ci n'était pas verrouillée.

Malgré le fait qu'il trouva des plus suspects que non seulement aucune sentinelle ne surveillait à l'extérieur, mais qu'également l'accès n'était pas clos, le commandant ordonna tout de même à ses soldats d'entrer. Telle une escouade tactique de police, les guerriers pénétrèrent lentement en adoptant une posture des plus professionnelles.

Une fois à l'intérieur, les Protecteurs se retrouvèrent dans une grande salle complètement déserte où seules de grosses cuves vides, de vieilles machineries rouillées et des passerelles poussiéreuses au-dessus d'eux les attendaient. Cependant, des lueurs chancelantes de bougies et les voix synchronisées d'un groupe de gens prononçant les mêmes paroles simultanément les attirèrent aussitôt vers une autre pièce sur la gauche. Tout en longeant le mur, les troupes du Bien se déplacèrent rapidement jusqu'au seuil qui menait à un autre garage un peu plus petit.

En jetant un coup d'œil rapide, Christophe y aperçut près d'une quinzaine de personnes, portant des toges à capuchon, qui se tenaient devant un grand homme au visage terrifiant. Aux côtés de celui aux cicatrices, positionné derrière un lutrin, se trouvaient quatre personnes vêtues toutes différemment.

Le premier portait des vêtements de cuir qui lui donnait un air gothique. Le second, réellement colosse, était pour sa part torse nu, mis à part une peau de loup qui lui recouvrait les épaules et la tête. À sa gauche était placée une femme musclée en camisole, qui affichait un imposant tatouage d'araignée sur le côté de son coup. Finalement, le quatrième, un grand mexicain aux cheveux rasés, portait quant à lui grand boa en guise de foulard.

— Nous ne nous sommes pas déplacés pour rien! annonça Christophe tout bas sur la radio. Ce fameux Sadman est bien ici! Et il s'apprête véritablement à débuter le rituel! Il semble même qu'à ses côtés se retrouvent les quatre volontaires prêts à donner leur corps aux démons! Oh... Je viens d'apercevoir la jeune adolescente prévue pour le sacrifice! Elle est enchaînée juste derrière eux! Préparez-vous à passer à l'attaque...

Mais soudain, alors qu'il allait donner l'ordre à ses troupes d'intervenir, les adeptes de Satan cessèrent de parler d'un seul coup suite à un geste de leur prêtre.

— Christophe? s'exclama ensuite Sadman, prenant totalement par surprise le Chevalier de Dieu, toujours de l'autre côté du mur. Christophe, est-ce que c'est bien toi?

Ce dernier, complètement déboussolé alors que tous ses soldats le regardaient d'un air interrogateur, figea sur place tout en demeurant silencieux. Soudain, sans qu'aucun des Protecteurs ne le voient venir, une vingtaine d'hommes et de femmes armés apparurent sur les passerelles au-dessus d'eux. Au moment où ces derniers, vêtus de vêtements civils noirs, pointèrent leurs nombreux canons, passant du calibre douze à celui de mitrailleuses M-16, ceux en uniformes plus bas élevèrent rapidement leurs fusils d'assaut, prêts à se défendre. Mais comme les Protecteurs étaient loin d'être en position avantageuse, Christophe somma ses guerriers d'attendre avant d'ouvrir le feu. Malgré la tension qui était à son comble, les deux clans se firent alors face sans qu'aucun coup de feu ne retentisse. Un silence total plana ensuite entre les murs de la vieille usine jusqu'à ce que la voix de Sadman retentisse de nouveau.

— Christophe, ne fait pas de bêtise si tu ne veux pas perdre inutilement tes soldats! Allez, montres-toi que je puisse enfin mettre un visage au valeureux guerrier devenu immortel après avoir vaincu au corps à corps le loup-garou. Ne sois pas timide! Allez, approche!

Sachant que s'il n'obéissait pas, il risquait grandement la vie de ses troupes, le Chevalier de Dieu serra les dents avant de s'avancer lentement.

— Ah, ben ça! Je ne suis pas déçu! commenta le sorcier en l'apercevant. Tu corresponds exactement à l'image que je me faisais de toi. Par contre, je t'imaginais un peu plus baraqué, je dois l'avouer.

— Comment se fait-il que tu saches qui je suis? répliqua le français avec son accent européen.

— Mais tout simplement parce que mon Père m'a parlé de toi. Il m'a dit qui tu étais. Qui vous étiez tous. Et Il m'a averti que vous alliez probablement débarquer pour tenter de m'empêcher d'accomplir mon destin. Voilà pourquoi je me suis préparé en conséquence. Comme mon Père n'arrive pas à vous voir à cause de votre bénédiction, j'ai installé des détecteurs lasers à l'entrée pour me prévenir de votre arrivée.

— Vraiment?

— Quoi, ton Dieu ne parle pas ainsi? Il… Il ne t'a rien dit à propos de moi? Ça, c'est bien Lui! Pas étonnant que plus personne ne croit en Lui! Malgré le fait que tu te sois battu en son nom pendant plus de deux siècles et demi, Il ne daigne même pas t'adresser la moindre parole! Quel beau salop, celui-là!

— Nicholas, écoute-moi!

— Mon nom n'est pas Nicholas! Nicholas est mort il y a longtemps! Désormais, je suis Sadman! Je suis celui qui plongera ce monde de merde dans le chaos!

— Je sais qui tu es! Au contraire de ce que tu crois, Dieu m'a envoyé une vision afin que je te retrouve! J'ai enquêté sur toi! Je sais par où tu es passé pour en arriver là! Je sais ce que tu as dû endurer! Je sais tout ce que tu as vécu!

— Ferme ta sale gueule! Tu ne sais rien de rien!

— J'ai perdu ceux que j'aimais, moi aussi! tenta-t-il pour l'amadouer. Je connais cette douleur! Celle que tu as ressenti à la mort de ton frère! Il n'est pas trop tard pour mettre un terme à tout ça! Il n'est pas trop tard pour toi! Redonne-moi le livre et viens avec nous! Nous t'aiderons à…

— Tu parles de ce manuscrit! le coupa-t-il en élevant les pages maudites. Tu sais, comme mon Père est trop puissant pour un humain, lorsqu'Il emprunte un véhicule charnel, celui-ci se détériore très rapidement, ne pouvant pas contenir autant de pouvoir. Il a fallu que près de 200 volontaires offrent leur corps en sacrifice pour que le maître puisse réussir à écrire ce chef-d'œuvre avec son sang. Et tu crois réellement qu'après tous les efforts que j'ai pu déployer pour mettre la main dessus, je vais tout simplement te les remettre? Juste comme ça? Non! Il n'en est pas question! En fait, vu la position dans laquelle ton escouade et toi vous vous trouvez, c'est plutôt moi qui vais t'offrir des options. Soit tu décides d'attaquer et j'ordonne à mes fidèles de tous vous abattre, soit tu t'offres en sacrifice et je laisse la vie sauve à tous tes soldats. Je te le jure! Deviens mon prisonnier et je les laisserai tous partir d'ici!

— Et que ferais-tu de moi?

— Oh, j'ai ma petite idée! Du sang de Chevalier de Dieu pourrait certainement m'être utile. Particulièrement pour un petit truc de magie contenu dans ces pages. Mais je ne peux t'en dire plus! Ça doit rester un secret! Ha! Ha! Ha! termina-t-il en riant de manière terrifiante comme un vrai psychopathe.

Christophe, se sentant complètement pris au piège, chercha une idée pour se sortir au plus vite de cette impasse. Mais comme aucune solution ne lui venait sans risquer la vie de ses subordonnées, il se contenta de rester immobile à fixer le sorcier.

— Alors, le français! Que décides-tu? La mort de tes soldats ou la tienne?! Tic, tac! Le temps file! Ou tu te décides, ou nous ouvrons le feu!

— C'est bon, finit par répondre le commandant, essayant ainsi de gagner du temps. Laisse-les partir et je serai à toi!

— Bien! Alors, messieurs-dames, vous pouvez quitter!

— Il n'en est pas question! répliqua alors Irsilda, la grande guerrière. Tu peux te les foutres au cul, tes conditions!

— Irsilda! lui ordonna Christophe. Ne risquons pas inutilement la vie de nos troupes! Part maintenant!

— Non! insista-t-elle tandis que les autres Protecteurs regardèrent à gauche et à droite, ne sachant plus trop que faire.

— Irsilda, c'est un ordre!

— Ouh! Comme c'est excitant! commenta Sadman. Je vous croyais beaucoup plus discipliné comme équipe! C'est très intéressant!

— Ferme-la, le monstre! le provoqua la belle. Pas étonnant qu'avec ta sale gueule, tu te sois tourné vers les ténèbres! Qui voudrait aimer un être aussi hideux! Hein, Nicholas?!

— Ha! Ha! Ha! Dernière chance, petite pute! Où tu pars maintenant, ou j'ordonne à mes fidèles de te trouer la peau!

— Ouais! C'est ça! Tu nous crois vraiment assez idiot pour te croire! Je suis persuadé que d'autres de tes hommes nous attendent dehors pour nous prendre à revers! Il est certain qu'un malade tel que toi ne laisserait jamais une occasion pareille lui glisser entre les doigts!

— Tu crois… Alors, si je comprends bien, tu proposes plutôt un bain de sang! Bien!

— Non, attends! les interrompit le doyen. Irsilda, baisse ton arme! Maintenant!

Soudain, alors que la tension était à couper le souffle, Daniel, le chef de l'équipe de tireurs d'élite à l'extérieur, envoya enfin à la femme, par son oreillette, le message d'avertissement qu'elle attendait avec impatience. En effet, juste avant de s'introduire dans la conversation, la femme avait réussi à discuter discrètement par radio à ses coéquipiers à l'extérieur. Ceux-ci s'étaient alors déplacés sur un petit building à proximité pour tenter d'apercevoir les ennemis par l'une des fenêtres crasseuses.

— Nous avons une silhouette en vue! s'exclama le sniper dehors. Irsilda, je sais que tu ne peux pas parler, mais presse trois fois l'interrupteur pour me confirmer qu'aucun d'entre vous ne se trouve à l'étage.

Au moment où la guerrière envoya secrètement le code, un léger sifflement retentit et un carreau se cassa. Presque simultanément, l'un des membres de la secte s'écroula sur la passerelle. Les autres autour, en voyant leur collègue s'effondrer, se mirent à observer à gauche et à droite pour vérifier d'où provenait le tir. Sans perdre une seconde, Irsilda profita de ce moment de confusion pour presser à son tour la détente. En abattant de la sorte un second homme de Sadman, la belle donna ainsi le coup d'envoi à ses troupes, qui rapidement l'imitèrent. Sous les tirs, les membres des Serviteurs du Mal, pris au dépourvu, se reculèrent en toute hâte pour se mettre à couvert. Les Protecteurs en profitèrent donc pour faire de même, avant que ne se poursuive la fusillade.

Dès que les coups de feu retentirent, les prieurs, qui se dressaient entre Christophe et Sadman, dévoilèrent à leur tour une panoplie d'armes à feu de toutes sortes, qu'ils dissimulaient sous leurs toges à capuchon. En les voyant s'exécuter, l'homme de 260 ans se précipita derrière une large colonne de métal.

Le sorcier, quant à lui, attrapa le grimoire avant de faire demi-tour et de prendre ses jambes à son cou. Au passage, il fit signe au gothique, qui devait offrir son corps au vampire, de le suivre. Heureusement, Chong, malgré l'action qui était à son comble, remarqua à temps le prophète du Mal s'enfuir en toute hâte. L'asiatique fit aussitôt signe à deux de ses soldats, Florine, une grande sportive à la peau foncée, et Kyle, un petit blanc plutôt maigrichon, de le suivre. Par la suite, tout en essayant de demeurer à couvert, le petit groupe se faufila par un passage entre deux grosses machines rouillées pour aller à la poursuite de celui qu'ils étaient venus arrêter.

Pendant ce temps, Irsilda tira un peu au hasard la dernière balle de son chargeur avant de retourner à l'abri derrière un mur. Mais avant qu'elle ne puisse insérer de nouvelles munitions dans son fusil d'assaut, le colosse portant une peau de loup arriva par surprise à sa gauche. Celui-ci, qui filait à vive allure dans sa direction, la plaqua de plein fouet sans ralentir le moindrement. La pauvre femme fut alors propulsée au travers d'un vieux vitrail derrière elle qui les séparaient d'une autre petite pièce. Et avant même qu'elle ne puisse se remettre sur pied, l'enragé bondit la rejoindre avant de commencer à la ruer de puissants coups de poing. La guerrière couchée au sol tenta alors tant bien que mal de bloquer les nombreuses attaques à l'aide de ses avant-bras. Par chance, le grand homme, qui s'essouffla rapidement, commença à ralentir. La belle en profita donc pour attraper son couteau avant de le lui planter dans les côtes. Toutefois, la tentative ne fut guère suffisante pour mettre un terme au dur à cuir qui, fou de rage d'avoir été blessé, agrippa la combattante et la projeta contre un mur un peu plus loin. Puis, sans même broncher, il extirpa la lame de sa blessure avant d'adopter une posture menaçante, prêt à utiliser l'arme blanche recouverte de son propre sang contre sa propriétaire. Cependant, au moment où il s'avança, la latino dégaina le pistolet qu'elle portait à sa cuisse et ouvrit le feu à bout portant. Lorsque que le géant s'arrêta enfin, elle releva son canon avant de lui faire exploser la cervelle.

Tout en reprenant son souffle, Irsilda remarqua plus loin celui portant un serpent en guise de foulard attraper un imposant révolver. Rapidement, elle visa ce dernier avant d'ouvrir à nouveau le feu. Presqu'au même moment où elle le toucha, la femme au tatouage d'araignée bondit par le vitrail cassé, un long poignard à la main. La membre des Protecteurs tourna sans hésiter son canon vers elle. Toutefois, au moment où elle pressa la détente, un défaut de l'amorce provoqua un enrayage et la balle ne put être tirée. En constatant que son arme était défectueuse, la combattante se recula juste à temps pour éviter l'attaque de la tatouée. Par la suite, tout en esquivant une seconde fois la pointe de la dague, elle exécuta une roulade au sol en agrippant au passage son couteau précédemment échappé par le colosse qu'elle venait d'abattre. Elle se releva ensuite d'un bon pour faire face à celle qui revenait à la charge. Puis, après quelques tentatives de part et d'autre à l'arme blanche, Irsilda réussit enfin à lui sectionner l'une des carotides. La femme sensée accueillir Orzel porta instinctivement sa main libre à son cou pour tenter de stopper l'importante hémorragie, qui déferlait sur son tatouage, mais en vain. Et en moins de quelques secondes, la satanique s'écroula par terre.

Pendant ce temps, lorsqu'un homme en toge, armé d'un calibre douze à deux canons, tourna un coin à la recherche de Christophe, le satanique se fit surprendre par la rapidité du surhomme. En effet, dès que l'adepte de Sadman lui apparut, le Chevalier de Dieu empoigna l'arme de chasse avant de la lui arracher des mains. Puis, il lui frappa durement le visage à l'aide de la crosse en bois. Dès que le mortel s'évanouit, le chef des Protecteurs l'agrippa au collet avant qu'il ne s'écroule et s'avança en s'en servant comme bouclier, tenant le fusil de sa main restante. Dès qu'il fut exposé aux autres, il atteignit à l'épaule de ses cartouches les deux premiers ennemis qui le visaient. Puis, il lança rudement celui qu'il tenait sur un troisième pour l'assommer avant de dégainer sa mince épée de style mousquetaire. Il se retourna ensuite vers une autre combattante pour lui transpercer le bas du ventre. Et avant même de retirer sa lame, il empoigna la dague à sa ceinture et la lança dans la cuisse d'un autre qui arrivait par derrière. À ce moment, une balle lui transperça un biceps. Malgré la douleur, il se dépêcha à se remettre en mouvement avant d'être touché à nouveau. Au passage, il ramassa un pistolet mitrailleur par terre et courut se dissimuler à nouveau à couvert. Tout en avançant, il vida son chargeur en tenant l'arme au bout de son bras non blessé et atteignit par chance deux autres lucifériens à des endroits non vitaux.

Pendant que Christophe neutralisait presqu'à lui seul la bande d'hommes et de femmes en toges à capuchon, sans même en tuer un seul, Chong, Florine et Kyle, quant à eux, poursuivaient toujours Sadman et le gothique. Ces deux derniers, qui couraient à vive allure, arrivèrent bientôt au bout d'une passerelle. Néanmoins, sans ralentir le moindrement, les deux fugitifs bondirent par-dessus la rampe pour aller s'agripper à une autre rambarde environ cinq mètres plus loin. Ils enjambèrent ensuite celle-ci avant de poursuivre leur fuite. L'asiatique derrière, déterminé à attraper le sorcier, sauta à son tour sans la moindre hésitation. Florine, juste un peu en retrait, fit également de même avant de s'agripper aux barreaux horizontaux rouillés. Cependant, Kyle, qui pour sa part hésita un peu, rata complètement sa tentative et alla s'écraser au sol près de 3 mètres plus bas. Chong se retourna aussitôt vers le petit blanc maigrichon pour s'assurer de son état. Lorsqu'il vit ce dernier se prendre une cheville en se plaignant, il en déduit que ce dernier n'avait probablement subi qu'une blessure mineure et retourna donc à la poursuite du sorcier, suivi de près par la grande sportive.

Jugeant qu'ils n'arriveraient pas à semer les Protecteurs déterminés, Sadman, en voyant une vieille hache de pompier trainer au sol, décida de s'arrêter. Il remit ensuite les pages maudites au gothique qui l'accompagnait en lui ordonnant d'aller les mettre à l'abri pendant qu'il allait rester pour retarder leurs poursuivants. Par la suite, il agrippa l'arme blanche avant de se réfugier derrière une pile de caisses en bois.

Au même moment, à l'extérieur, Tom et Daniel aperçurent un groupe de personnes sortir des bois pour se diriger vers l'entrée principale. Les tireurs d'élite en conclurent rapidement que cette bande devait avoir été pré-positionnée ainsi dans le but de tendre une embuscade à l'escouade du Vatican lorsque celle-ci devait ressortir, tel qu'Irsilda l'avait pressenti. Dès que ceux-ci, qui s'apprêtaient à prêter main-forte à leurs collègues à l'intérieur, furent dans sa ligne de tir, Tom pressa la détente. Lorsque le premier ennemi s'écroula, le sniper, tout en suivant les conseils de son observateur derrière lui, se dépêcha d'ouvrir le feu à nouveau. À l'instant où le second satanique s'écroula, tous les autres alentour se dispersèrent pour ensuite se mettre à couvert. Lorsque Daniel remarqua une dizaine d'entre eux se dissimuler derrière une carcasse de camion, il empoigna son arme muni d'un lance-grenade et envoya une série de balles explosives dans cette direction.

Pendant ce temps, à l'intérieur, Florine s'avança lentement, tout en élevant son canon, vers l'endroit où elle avait perdu de vue Sadman. Mais en tournant un coin, le machiavélique sorcier la prit par surprise en lui assenant un mortel coup de hache en plein visage. Chong, un peu en retrait, ouvra aussitôt le tir en voyant sa collègue s'écrouler. Malheureusement, le prêtre noir eu le temps de se reculer derrière les caisses. Sans hésiter, l'as des arts martiaux accourut dans sa direction. Toutefois, en arrivant sur place, seul le vide l'attendait. Il chercha rapidement autour, mais il ne comprit que trop tard où le brûlé avait disparu lorsque ce dernier, perché plus haut, s'abattit sur lui. En tombant, Sadman le frappa du tranchant de sa hache en plein sur la tête. Par chance, grâce à son casque, le coup ne fut pas mortel. Mais il assomma tout de même suffisamment le membre des Protecteurs pour permettre ensuite au sorcier de lui arracher son arme principale du revers de la main. Puis, le brulé retenta sa chance à l'aide de sa hache, mais cette fois, Chong l'évita de justesse en reculant.

Suite à cette esquive, les deux ennemis se fixèrent dans les yeux un bref moment. À cet instant, le combattant du Bien ressentit une frayeur incontrôlable l'envahir. Comme si le simple regard de cet être abject avait réussi à le terroriser totalement. Malgré cela, il resta sur ces gardes, attendant d'avoir une opportunité de contre-attaquer.

Bientôt, Sadman tenta une nouvelle fois sa chance et le membre des Protecteurs échappa encore à la mort au dernier instant. Rapidement, ce dernier répliqua d'abord d'un coup de pied sur ses doigts pour lui faire échapper son arme blanche, pour ensuite enchaîner d'un solide «sidekick» à la mâchoire, qui aurait dû avoir raison du luciférien. Néanmoins, non seulement le dur à cuire résista à l'assaut, mais il récidiva également en attrapant son adversaire à la taille avant de le plaquer contre une poutre derrière lui. Puis, sans perdre une seconde, il se releva, en lui assenant un dur crochet au visage. L'asiatique, qui en temps normal aurait facilement pu parer cette attaque, était beaucoup trop étourdi par le premier coup de hache pour réagir à temps.

Dès que son adversaire s'affaissa, Sadman se dépêcha de ramasser son instrument tranchant à proximité pour ensuite l'élever au-dessus de sa tête. Mais juste comme il allait le rabattre, la voix de Christophe retentit tout près de lui.

— Non! Arrête-toi!

En levant les yeux vers celui qui venait de l'interpeler, le sorcier aperçut le Chevalier de Dieu qui pointait vers lui son pistolet-mousquet d'époque. En effet, le surhomme, après s'être rapidement débarrassé des adversaires en toges restants, s'était empressé de poursuivre à son tour les fugitifs. Grâce à sa vitesse surhumaine, il avait évidemment pu les rattraper rapidement.

— Ne me force pas à te tuer! le menaça l'immortel.

— Mais vas-y donc! Allez, Christophe! Vas-y! Tue-moi!

— Je le ferai s'il le faut! Lâche ton arme et rends-toi! C'est terminé!

— Tu sais très bien que ce ne sera jamais terminé! Même si je meurs, quelqu'un d'autre prendra ma place! Et tôt ou tard, l'un des serviteurs du maître réussira à ouvrir les quatre sceaux!

Tôt ou tard, ce monde plongera dans l'apocalypse! C'est un combat perdu d'avance! Alors pourquoi t'accrocher?! Hein? Après tout ce temps à errer sur terre, n'es-tu pas fatigué par tout ça?! Dis-moi, pourquoi t'efforces-tu à rester en vie?! N'as-tu pas envie de revoir ta femme et tes enfants?!

— Je ne te le redirai pas! Lâche ton arme!

— Tu sais, je pourrais te les ramener! Avec les pouvoirs que m'a conférés mon Père, je pourrais facilement les faire revenir à la vie! Ne serait-ce pas là ton plus grand souhait? Ce n'est pas ton Dieu qui te ferait une telle offre! Malgré tout ce que tu as fait en son nom, jamais Il ne t'a proposé quelque chose d'aussi alléchant! Rejoint-nous Christophe! Viens te battre à mes côtés et je te jure que tu pourras les serrer à nouveau dans tes bras!

— Crois-tu réellement que je sois aussi sot? D'ailleurs, dis-moi, si tu peux réellement ramener les morts sans qu'ils ne soient des zombies, pourquoi ne l'as-tu pas fait pour ton petit frère? Eh oui, je sais que tu l'aimais! Je connais toute la tristesse qui a envahi ton cœur! Mais il n'est pas trop tard pour toi!

— La ferme, sale connard! Tu ne sais rien à propos de moi! Et maintenant, toi qui œuvre pour le Bien, tu vas devoir te salir les mains! Jamais je ne te laisserai m'avoir en vie! Tu vas devoir m'abattre de sang-froid! Allez, vas-y! Tue-moi! Fais-le!

Nicholas commença ensuite à s'avancer lentement en continuant de narguer le soldat. Ce dernier, ne voulant pas presser la détente, se contenta de reculer au même rythme sans toutefois abaisser son canon. Tout en se faisant, il se questionna réellement sur ce qu'il allait faire.

Bien que l'envie de mettre un terme à la menace lui traversa l'esprit, il ne put s'y résoudre. Et pourtant, plus il le regardait et plus il sentait la haine l'envahir. L'envie de le tuer se mit à croître littéralement en lui. Comme celle ressentie avant d'écraser un ignoble insecte. Si bien qu'il commença lentement à mettre de la pression sur la gâchette. Mais malgré son désir de voir cet être infect mourir, il s'efforça de se ressaisir. Le tuer tout simplement serait un chemin trop facile. Le genre d'option que choisirait un agent du Mal. Et dans son combat contre lui-même, Christophe se contenta de tenir en joue son rival.

Le dilemme dura encore quelques secondes quand soudain, les prenant tous deux par surprise, Chong se remit sur pied avant de frapper Sadman derrière la tête. Au grand soulagement de tous, le sorcier s'écoula enfin au sol, inconscient. Aussitôt qu'il fut neutralisé, l'asiatique se dépêcha de le menotter tandis que Christophe se précipitait vers Florine qui, à son grand malheur, ne présentait plus aucun signe de vie. Constatant, qu'il ne pouvait plus rien pour elle, il se rua à la poursuite du gothique, qui avait complètement disparu.

Pendant ce temps, les troupes restantes, sous le contrôle d'Irsilda, réussirent à neutraliser les ennemis toujours debout à l'intérieur et libérèrent l'adolescente. Pour ce qui était de ceux encore vivants à l'extérieur, les tireurs d'élite les virent battre en retraite dans les bois sans être en mesure de les arrêter.

Après avoir fait le tour du reste du bâtiment sans retrouver la trace de celui à qui Sadman avait confié les pages maudites, Christophe retourna auprès de Chong. Une fois arrivé, Irsilda et Daniel lui firent un compte-rendu par radio. Le chef ordonna alors à ses troupes de fouiller en profondeur le bâtiment et aux tireurs d'élite de garder l'œil ouvert pour repérer le fuyard. Il exigea aussi de débuter les premiers soins non seulement sur leurs soldats blessés, mais également sur leurs prisonniers en mauvais état.

— Et pour lui? demanda l'asiatique encore penché sur Sadman.

— Pour l'instant, nous… Nous allons l'amener avec les autres prisonniers.

— Ce fils de pute vient tout juste de tuer Florine! Et tu connais ce dont il est capable de faire!

— Nous ne le tuerons pas de sang-froid! Si nous faisons ça, nous ne vaudrions pas mieux que lui!

À suivre…

L'arrestation, partie 2

2 ans et 4 mois avant les évènements tragiques de Winslow

— Quoi?! s'écria Chong à l'intérieur du repère secret, à proximité de l'endroit où les Protecteurs avaient mis la main sur Sadman. Tu es sérieux?! Tu veux le remettre aux autorités civiles!

— Je ne vois pas pourquoi tu t'énerves de la sorte! répliqua Christophe. C'est toujours ce que nous faisons après chaque arrestation de sorciers et de sorcières

— Mais tu sais très bien qu'il n'est pas comme les autres! Le Mal en personne l'a guidé afin qu'il retrouve les pages! Ce qui veut dire qu'il a forcément le pouvoir de réussir!

— Alors quoi?! Tu sais très bien que nous ne disposons d'aucune installation pour le garder en captivité!

— Mais… Mais… Il a tué Florine! On ne peut pas le donner à la police, juste comme ça!

— Tu proposes quoi, alors! De le buter! Je ne m'abaisserai pas au niveau du Mal!

— Pourtant, tu as déjà tué des dizaines de personnes auparavant!

— Il y a une grande différence entre enlever la vie en légitime défense et tuer de sang-froid! Si tu n'es pas à même de comprendre ça, alors tu n'as plus ta place dans cette équipe!

— Je comprends! Mais… Putain de merde! On détient le plus

puissant sorcier qui ait habité ce monde depuis longtemps et… Et si jamais il est libéré par un juge!

— Il a déjà un avis de recherche pour le meurtre de son père, alors il ira forcément en prison!

— Et s'il plaide la folie!

— Qu'il se retrouve en prison ou dans un asile psychiatrique, il sera tout de même retenu sous surveillance. Et nous laisserons une équipe sur place afin de s'assurer qu'il ne s'évade pas. Nous infiltrerons les gardiens, tout simplement.

— Tout simplement?! Ouais… En tout cas, je… Je continue à croire que c'est une très mauvaise idée! Irsilda, dis-lui toi! lança-t-il à la femme dans le coin, qui les regardait s'obstiner sans dire le moindre mot.

— Désolée Chong! répondit-elle. Mais Christophe a raison! Nous n'avons pas d'autres choix!

— Je n'arrive pas à le croire! L'as-tu seulement regardé?! Je ne parle pas de son aspect physique, mais de lui! Son âme est plus noire que celle d'un démon! On ressent les ténèbres qui planent autour de lui juste à s'en approcher! C'est un être horrifique!

— Je n'enlèverai pas la vie à un homme dont le cœur est submergé par l'obscurité parce qu'il a souffert pendant toute son existence! le coupa Christophe avant que la belle latino ne puisse répondre.

— Chong, le patron a parlé! Il n'y a rien d'autre à ajouter! se contenta d'argumenter Irsilda.

— Bien! Qu'il en soit ainsi! Mais je vous aurai prévenu!

Sur ces mots, l'asiatique sortit de la pièce en claquant la porte. Christophe remercia alors la femme pour sa confiance avant de s'éloigner à son tour afin d'aller vérifier sa blessure au bras et changer son bandage imbibé de sang. Une fois seule, celle issue d'une famille de bohémiens remit inévitablement sa décision en question. Tout en réfléchissant sur ce que son collègue avait mentionné, elle sentit la curiosité la piquer à propos de ce sorcier si spécial. Après un bon moment d'hésitation, elle se laissa finalement tenter et se déplaça, malgré ses jambes ankylosées par la bagarre, vers l'endroit où était tenu captif ce fameux Sadman. Lorsqu'elle arriva devant la porte close de la pièce derrière laquelle se trouvait le prisonnier, elle demanda aux deux soldats en charge de faire la garde de lui ouvrir.

Dès le moment où l'homme assis par terre, les mains enchaînées derrière le dos, leva lentement les yeux vers elle, Irsilda comprit ce que Chong avait voulu dire à son propos. En effet, un simple regard du psychopathe réussit à lui donner un long frisson dans le dos. Pas seulement parce qu'il était d'une laideur repoussante, mais surtout dû à l'aura intimidante qu'il dégageait.

Bien qu'elle en avait déjà assez vu pour se faire une idée, quelque chose en elle, sans pouvoir se l'expliquer, la poussa à creuser un peu plus loin. Après un instant d'hésitation, elle prit son courage à deux mains et s'avança enfin vers lui. Ce dernier se contenta de rester muet tout en la fixant de manière abjecte.

— Alors, dis-moi! Est-ce vrai que c'est le Mal en personne qui t'a guidé pour retrouver les pages? finit-elle par dire pour briser le silence.

— Tu n'es pas ici pour ça! Avoue! Puisque tu connais déjà la réponse! Non! Tu es ici parce que tu voulais voir le monstre, toi aussi!

Juste à entendre le ton machiavélique de sa voix, la femme figea sur place. Même si elle s'efforça de rester de glace, le sorcier comprit sur le coup qu'il venait de l'atteindre.

— Alors, satisfaite?! Est-ce que je suis aussi laid que ce que tes amis t'ont raconté?! Tu n'avais pas eu la chance de bien me contempler plus tôt, pendant notre petite conversation juste avant la fusillade!

— Je ne suis pas ici pour ça!

— Foutaise! Je sais exactement pourquoi tu es ici! Tu voulais savoir si ce que ton pote a dit sur moi était véridique! Si le fait de vouloir me buter est justifiable! Et si ce con de Chevalier de Dieu qui vous sert de chef n'est pas en train de se planter! N'est-ce pas?!

— Je... Non! Je...

— Cesse de mentir! Alors, quel est ton verdict? Est-ce que je mérite la potence?

— Je n'en sais rien! À toi de me le dire!

— Tu sais très bien ce que tu devrais faire! Tu devrais prendre ce pistolet à ta jolie cuisse et me foutre une balle dans la tête! Je sais que tu en as envie! Laisse-toi tenter! Allez, fais-toi plaisir! Explose-moi le crâne! Allez, sale pute! Fais-le! postillonna-t-il.

— Tu as raison sur un point! Je suis bien venu vérifier quelque chose! Et je comprends maintenant pourquoi Christophe ne veut pas te tuer! Pas parce qu'il n'en a pas envie! Mais justement parce qu'il ne veut pas céder aux ténèbres! Il sait que son âme en serait forcément atteinte!

— Ha! Ha! Ha! Tu n'es pas si stupide, finalement. À te voir, une si belle femme, on ne serait pas porté à croire que tu pourrais avoir autant de jugeote. Est-ce qu'ils le savent, tes collègues, que tu es aussi brillante. Ou est-ce qu'ils ne sont hypnotisés que par ton joli petit cul! Te traitent-ils réellement à ta juste valeur? Je dois avouer que je n'ai pas vu beaucoup de femmes dans votre groupe. C'est vrai que vous les chrétiens, vous préférez souvent les petits garçons! Ha! Ha! Ha! Mais dis-moi, sérieusement, est-ce que ces Protecteurs savent réellement à quel point ils ont de la chance d'avoir dans leur rang quelqu'un d'aussi exceptionnel que toi! J'en doute! Je suis persuadé que tu as dû redoubler d'effort pour être accepté au même niveau que les autres. Oh oui! Avec un si beau visage, je suis certain qu'il a fallu un certain temps avant qu'ils ne te prennent au sérieux. Alors que moi, simplement en posant les yeux sur toi, j'ai tout compris. J'ai tout de suite su que tu es d'une valeur inestimable.

Malgré le fait qu'elle le trouvait toujours aussi terrifiant, Irsilda se sentit alors complètement chamboulée. Comme si les mots de Sadman avaient réussi à la toucher exactement au bon endroit. Elle se surprit même à ressentir une certaine attirance envers cet être pourtant ignoble. Et pendant que toutes ces émotions la renversaient, le manipulateur continua d'enchérir.

— Jamais tu n'aurais à te justifier ou te prouver avec moi. Tu es quelqu'un d'inestimable et je le sens. Aide-moi à me libérer et je ferai de toi mon bras droit!

Même si elle savait pertinemment que cette histoire n'avait

aucun sens, elle se sentit malgré tout tentée. Tout en l'écoutant continuer de la charmer, la guerrière tenta de se ressaisir. C'est alors que Sadman se mit à parler dans un jargon totalement inconnu. Comme s'il récitait une formule magique en une langue qui s'apparentait à du latin.

— Écoute ton cœur! poursuivit-il ensuite en français. Libère-moi et je ferai de toi ma reine!

— Bien essayé! se reprit-elle enfin. Mais je connais ce genre d'ensorcellement. Ma mère était une gitane et elle m'a bien préparé à faire face à des envoûteurs tels que toi! précisa-t-elle en exposant une petite fiole vide. Voici d'ailleurs un élixir maison conçut pour résister à ce type de sort. Mais je dois avouer que tu es très doué! Toutefois, tu t'en es pris à la mauvaise personne!

— Je suis doué dans un paquet de truc, ma jolie! Ha! Ha! Ha! ricana-t-il en sortant et en agitant la langue, sachant que ses charmes ne fonctionneraient plus avec elle. Tu ne sais pas ce que tu manques!

— Très bien! Assez joué! Dis-moi! Où est-ce que ton collègue a caché les pages!

— Ha! Ha! Ha! Tu crois réellement que je vais te le dire! À moins que tu me tortures, ma chérie! Allez, vas-y! Fais-moi très mal! Ha! Ha! Ha!

— Je ne te ferai pas ce plaisir!

— Dommage! répondit-il en la fixant comme un vrai psychopathe. Ha! Ha! Jamais vous ne les retrouverez!

— C'est ce qu'on verra!

Sur ce, Irsilda tourna les talons et ressortit en vitesse de la pièce. Juste avant que les gardes ne referment la porte, Sadman hurla à pleins poumons comme un vrai aliéné.

— Tu aurais dû me tuer, sale pute! Tu sais très bien que je réussirai à m'évader tôt ou tard! Et ce jour-là, je plongerai ce monde de merde dans le chaos! Et vos âmes iront tous souffrir en enfer! Tu m'entends! Vous irez tous en enfer!

En ayant assez entendu, la latino ordonna aux soldats de ne pas s'approcher de lui avant d'aller rejoindre Christophe. Puis, encore bouleversée, elle lui relata toute l'histoire tout en remettant sérieusement en question le fait de le remettre aux autorités civiles. Mais comme après une longue discussion, aucune solution envisageable ne semblait préférable, le commandant de l'escouade décida tout de même de poursuivre avec le plan original.

Dès le lendemain, il utilisa donc ses contacts pour remettre le fugitif et ses collègues à la gendarmerie tout en réussissant à laisser ses hommes s'occuper de la garde jusqu'au procès.

Mais comme les Protecteurs le craignait, l'avocat de Nicholas, qui s'avérait être secrètement un adepte de la secte de son client, réussit à convaincre le juge et les jurys que le pauvre souffrait de trop graves problèmes psychologiques pour être jugé pour ses gestes. Grâce à ce plaidoyer, Sadman fut donc interné dans un hôpital psychiatrique, où il fit d'ailleurs la connaissance de Katie, son docteur.

Afin de garder constamment un œil sur lui, Christophe, tel que promis, plaça une équipe à même l'établissement pour le surveiller. Ces hommes furent d'ailleurs formés par Irsilda en personne afin qu'elle leurs apprenne comment résister aux envoûtements du sorciers.

Tout sembla ensuite fonctionner pendant près de deux ans. Si bien qu'avec les rapports positifs de ses soldats sur place, Christophe crut même durant une certaine période à une rémission de Nicholas. Jusqu'au jour fatidique où, tel que le craignait Chong, Sadman réussit à s'évader…

Max

1 an avant les évènements tragiques de Winslow

Comme il le faisait régulièrement lorsqu'il se sentait nerveux, Max joua avec sa bague en or portée à son annulaire droit, remise de père en fils, tout en dévisageant la jolie serveuse en charge de prendre sa commande.

— Une pinte de rousse pour moi, finit-il par répondre à la belle jeune femme aux longs cheveux noirs bouclés et aux merveilleux yeux bleus.

— D'accord, merci les gars! Je vous apporte ça, termina-t-elle en envoyant un léger sourire coquin au jeune homme athlétique, de belle apparence et à la chevelure foncée.

— Oh, Max! Je crois qu'elle craque pour toi! souleva son meilleur ami Raymond, un blondinet un peu grassouillet, lorsque celle-ci s'éloigna un peu.

— C'est vraiment mon type de femme!

— Max… Allô! rétorqua l'autre à sa gauche, qui pour sa part portait les cheveux aux épaules ainsi qu'une petite barbichette. C'est le genre de femme de tout le monde! Non, mais… Regardez-la!

— Désolé Éric! insista Max. Mais je l'ai dit le premier.

— Cependant, mon cher ami, tu n'as aucune chance quand je suis dans les parages! s'exclama à son tour Karl, un rouquin plus ou moins attirant physiquement, mais qui s'en sortait toujours bien grâce à son charisme. Tu devrais savoir qu'elles craquent toujours toutes pour moi!

Les quatre amis autour de la table pouffèrent de rire. Ceux-ci, qui avaient déjà bu plusieurs bières durant leur partie de pêche, ainsi qu'au chalet avant de se déplacer vers la ville, commençaient drôlement à ressentir les effets de l'alcool.

La soirée semblait vraiment bien partie pour ce groupe de copains d'enfance, maintenant dans la mi-vingtaine, venu au Pub de Winslow finir leur voyage de pêche dans le coin de façon mémorable. La conversation allait bon train et changeait rapidement de direction. Bientôt, ils se mirent à rire des ronflements d'Éric et du fait que ce dernier les avait tous empêché de dormir durant la semaine.

— Il faut admettre que j'ai quand même réussi à fermer l'œil cette nuit, car j'ai fait un rêve vraiment étrange, admit alors Max. J'étais un genre de superhéros… J'avais une brûlure en forme de croix sur la poitrine et je combattais des démons avec mon épée.

Les autres se mirent évidemment à le taquiner sur son aveu, poussant toutes sortes de blagues plus loufoques les unes que les autres. Toutefois, ayant parlé de démons, la conversation devint de plus en plus sérieuse et tourna même en réflexion par rapport à la religion et à l'existence de Dieu.

— Ouf, vous êtes lourd les gars! les interrompit soudainement la belle serveuse, qui venait de surprendre leur discussion en apportant leurs breuvages.

— Et toi, euh…, la questionna Raymond en tentant de vérifier si elle ne portait pas un écusson avec son nom sur son blouson rose.

— Éva!

— Et toi, Éva, est-ce que tu crois que Dieu existe? poursuit-il dans le seul but de conserver la belle auprès d'eux le plus longtemps possible.

— Moi? Je... Non! Et même si c'était le cas, je crois qu'Il n'en aurait rien à foutre de nous! Avec toutes les saloperies qu'on se fait balancer en pleine gueule, s'Il existait réellement, Il serait un beau salaud de ne pas intervenir davantage. Toutes ces catastrophes naturelles, ces guerres, ces... Ces maladies...

— Oui, en effet! C'est une théorie intéressante! l'appuya le plus grassouillet.

— Vous savez, j'ai fait voler en morceaux un nid de fourmis cet après-midi en tondant le gazon. J'ai détruit toute une civilisation, et ce, sans le moindre remords. Je crois que si Dieu existait réellement, Il agirait sans aucun doute de la même façon. Il n'aurait pas plus de sympathie pour nous que nous en avons envers les insectes!

— Wow! Quelle brillante réponse! répondit Éric.

— En effet, tu as tout à fait raison! l'appuya Karl.

— Ce n'est pas bête comme réflexion, ça! rajouta Raymond pour flatter la jolie demoiselle.

— Eh bien moi, je ne suis pas d'accord! répliqua tout à coup Max. Je... Je ne suis pas à proprement dit quelqu'un de très pratiquant... Je... Je ne vais pratiquement jamais à la messe, mais, je crois... Je crois qu'il y a quelque chose... Une force plus grande que nous qui... Oui! Je crois que Dieu existe. Je ne crois pas qu'il s'agisse d'un magicien qui peut intervenir physiquement sur notre monde. Je ne pense pas qu'Il puisse arrêter une tornade ou guérir un cancer. Mais je crois plutôt qu'Il agit… Disons d'une façon différente.

— Alors tu crois au Père-Noël! rétorqua la belle, qui fut aussitôt appuyée par les trois autres.

— Eh bien, on peut voir son effigie partout dans le temps des fêtes et il arrive à réchauffer le cœur de million d'enfants à travers le monde, peu importe leur classe sociale. Alors, même s'il ne vit pas réellement au pôle Nord et qu'on ne puisse le voir ni le toucher physiquement... D'une certaine façon, le Père-Noël existe! C'est… C'est un peu la même chose que l'amour, en fait. Tu vois où je veux en venir?

Sur ces mots, Éva rebroussa chemin hâtivement vers le bar sans rajouter le moindre mot.

— Bravo Max! s'exclama Éric. Tu as réussi à la faire partir!

— Max! rajouta Karl. Franchement, le Père-Noël! Tu pousses un peu, là!

— Désolé, les gars!

— Elle ne nous méritait pas! en conclut alors Raymond pour supporter son meilleur ami.

Tous acquiescèrent quant au même moment, la serveuse revint auprès d'eux avec un plateau de «shooters» de Whisky, les prenant tous par surprise. En la voyant, les quatre jeunes hommes s'écrièrent de joie.

— Comme vous m'avez l'air d'une bande vraiment sympathique et que celui-là est particulièrement mignon, c'est ma tournée! dit-elle en pointant Max.

Franchement heureux du retournement de situation, tous se mirent à chanter de bon cœur la chanson habituelle s'appliquant à la situation avant d'avaler d'un trait leur consommation. À peine venaient-ils de finir que Raymond demandait déjà à Éva de rapporter la même chose.

— D'accord, mais pas pour moi, lui répondit la serveuse.

— Ah oui, alors! insista le blondinet. On te doit bien cela!

— Allez, juste un autre, l'appuya Max avec un sourire.

— Bon, d'accord! Juste un autre!

La soirée continua donc ainsi alors que les quatre fêtards devinrent de plus en plus bruyants, sans toutefois être déplacés. Peu à peu, Éva se mit à porter davantage d'attention à Max, négligeant de ce fait légèrement les autres clients du Pub. Puis, environ une heure avant la fermeture, le jeune homme invita la belle à s'asseoir pour discuter, ce qu'elle fit sans hésiter.

— Alors comme ça, tu es propriétaire? commença-t-il. Une maison ou un condo?

— Non, je suis en appartement.

— Mais tu nous as dit plus tôt que tu tondais ton gazon, non?

— Oui… Je vois que tu es plutôt perspicace. En fait, mon propriétaire est plutôt vieux et moi, j'aime travailler à l'extérieur, alors…

— Vraiment?

— Oui, ce n'est pas parce que je suis serveuse dans un bar que je suis forcément une poupée qui a peur de se casser un ongle, tu sais? En fait, j'adore le travail physique, la campagne et même la pêche!

Ça y était, Cupidon venait de frapper! Il venait de tomber littéralement en amour. Lui, qui avait été élevé sur une ferme, n'arrivait pas à croire qu'une fille aussi jolie puisse partager les mêmes valeurs et passions que lui.

Ils conversèrent donc ainsi pendant près d'une heure, parlant de tout et de rien. Max lui raconta finalement que le propriétaire de la grande pourvoirie de la région venait de lui faire une offre qu'il ne pouvait refuser et que, du coup, il y avait de fortes chances qu'il vienne s'installer dans le coin.

— Tu… Tu désires vraiment venir vivre dans ce coin perdu?

— Eh bien, je dois encore y réfléchir… Mais je le ferai sérieusement. Pour moi, c'est le paradis ici!

— Ce… Ce n'est peut-être pas aussi parfait que tu ne le crois…

— Il n'y a pas d'endroit parfait, mais il y en a certains qui sont mieux que d'autres.

— Je… Je ne pense pas que ce soit une si bonne idée de… Je veux dire… On est loin de tout ici et… Comment dire…

— Éric ne se sent pas très bien! les coupa soudainement Raymond. Il a exagéré sur le Whisky. Je suis désolé de vous déranger, mais je crois que nous allons devoir y aller. J'ai déjà appelé un taxi et il sera là dans moins d'une minute.

— Bien… Dans ce cas… Je vais te souhaiter une bonne nuit, Éva.

— Oui… Tu… Tu pars déjà… C'est dommage…

— Oui, à voir l'état d'Éric, je crois que je ferais mieux d'y aller. Les gars vont avoir besoin d'un coup de main. Mais... En fait... Je n'ai pas su ton nom de famille.

— Si c'est pour me retracer sur Facebook, et bien j'utilise un surnom pour éviter que tous les types que je croise ici m'écrivent... Tu vois?

— Bon... Alors, à une prochaine fois peut-être!

Mais à peine venait-il de terminer sa phrase que la serveuse attrapa un morceau de papier pour y gribouiller son pseudonyme. Puis, elle inséra la note dans la poche de son jeans en lui donnant un baiser sur la joue.

— Merci pour ce soir, lui dit-elle ensuite. J'ai vraiment passé un bon moment. Ça m'a fait réellement du bien. Passe me voir si tu reviens dans le coin.

— J'y compte bien.

La belle lui répondit d'un sourire avant d'aller servir un client qui s'impatientait. Max la regarda s'éloigner un moment avant de se déplacer pour aider ses amis à transporter Éric, qui tenait à peine debout.

Une fois de retour à leur chalet, Max, qui était encore le plus sobre du groupe, supporta son ami pendant que ce dernier vomissait dans les bois. Lorsqu'il eut terminé, le jeune homme le reconduisit à son lit.

Quand un douloureux mal de tête le réveilla le lendemain, Max se hâta de fouiller dans son jeans pour trouver le pseudonyme d'Éva. À son grand malheur, le papier ne s'y trouvait plus. Il chercha alors partout pour le retrouver, y compris à l'endroit où Éric avait été malade, mais sans succès. Il eut alors un petit pincement au cœur en se demandant s'il allait la revoir un jour…

Apprenez-en plus sur Max dans L'assaut du Mal, tome 1; Sadman, le sorcier.

L'évasion

1 mois avant les évènements tragiques de Winslow

Comme à l'habitude depuis près de deux ans, les deux membres des Protecteurs infiltrés dans l'équipe de jour de sécurité de l'institut psychiatrique, où était retenu Sadman, relayèrent ceux qui étaient en poste de nuit depuis 12 heures. Après un bref rapport en privé avec leurs confrères, Patrick et Danny, les deux hommes sous couvertures, allèrent rejoindre le reste des gardiens en uniforme pour le briefing journalier du patron.

Une fois dans la salle, Danny, un petit blanc plutôt robuste aux cheveux courts blonds, salua l'un des vrais agents de l'établissement, Pierre, un gros bonhomme à la coiffure brune frisée, avec qui il s'était réellement lié d'amitié depuis tout ce temps. Même s'il était moins proche de lui, Patrick, un grand athlétique de race noire aux cheveux rasés, portant une courte barbe, lui fit à son tour un signe de tête par politesse.

Après avoir discuté de leur dernière partie de poker, qui avait eu lieu chez Pierre avec d'autres collègues du boulot, les hommes assistèrent en silence aux directives journalières du chef d'équipe. Les deux Protecteurs y apprirent donc que, comme c'était le cas deux fois par semaine, Katie, l'une des psychologues de l'asile psychiatrique, devait passer au courant de l'avant-midi pour une rencontre avec Nicholas Styles.

Comme toujours, Patrick et Danny se portèrent volontaires pour assurer la sécurité de la femme durant la cession. Étant donné que tous les autres voulaient se tenir loin du détenu au visage brûlé, qui donnait froid dans le dos, ce fut encore une fois un jeu d'enfant pour les agents doubles d'être attitrés à la tâche.

À l'arrivée de Katie, Patrick, qui simulait un flirt pour la belle psychologue, lui offrit comme à chaque fois un bon café dans lequel il avait secrètement versé un élixir pour résister à l'envoûtement du sorcier. Puis, après la séance, qui comme à l'habitude bouleversa Katie, les deux soi-disant agents de sécurité saluèrent le docteur avant de renfermer Nicholas dans sa chambre capitonnée.

Une fois le boulot complété, les hommes se dirigèrent vers la salle de pause. En route, Patrick bifurqua vers les toilettes alors que Danny alla rejoindre le gros Pierre, qui se trouvait déjà assis seul dans la pièce à manger un petit gâteau.

— Et puis, comment ça s'est passé avec Nicholas? demanda le vrai gardien en avalant sa dernière bouchée.

— Bah! Tu sais! Ce type restera toujours… Ce type!

— Ouais! On peut dire qu'il est plutôt unique.

— Mais je dois avouer qu'aujourd'hui, il a été plutôt calme. En fait, il l'est de plus en plus, ces temps-ci. J'irai même jusqu'à dire qu'il semble en rémission.

— Ouais… Non! Désolé de te dire ça mon vieux, mais il le fait exprès!

— Quoi?! De quoi est-ce que tu parles?

— Ça fait partie de son plan! Il a fait exprès de rester aussi longtemps ici! Il a voulu laisser retomber la poussière avant de frapper à nouveau!

— Pierre, je... Je ne comprends pas!

— C'est pourtant simple...

Soudain, avant même de terminer sa phrase, le garde ventru se releva d'un bon, tout en enfonçant le couteau qu'il avait dans sa poche dans la gorge de son interlocuteur.

— Le maître pense à tout! poursuivit-il en regardant Danny suffoquer tout en se vidant de son sang. Il savait que s'il revenait trop vite à la charge, vous, les Protecteurs, vous seriez encore sur les dents. Il a donc laissé s'écouler du temps afin que vous rabaissiez votre garde, avant de contre-attaquer. C'est pourquoi, tout comme vous, j'ai été infiltré ici comme gardien pour non-seulement vous garder à l'œil, mais également pour faire sortir le maître lorsque le moment serait venu. Et ce moment est aujourd'hui! Dommage que ça finisse ainsi entre nous, mec! Je dois avouer que tu étais un chic type!

À l'instant où il cessa de parler, l'agent secret de Christophe s'effondra dans une mare de sang avant de rendre l'âme. Mais avant même que l'homme de main de Sadman ne puisse reprendre sa lame, Patrick fit éruption dans la pièce. En voyant son collègue gisant par terre, un vent de panique envahit aussitôt le soldat.

— Qu'est-ce... Pierre?! C'est toi qui a...

Mais en guise de réponse, le sbire du Mal dégaina le bâton rétractable qu'il portait à la ceinture. En le voyant s'exécuter, le plus grand en fit autant, prêt à se défendre.

Sachant qu'il n'était pas assez rapide pour esquiver, Pierre fonça donc littéralement sur son adversaire en se protégeant la tête de son bras encore libre. Malgré la douleur du coup que Patrick lui assena au coude, le pansu poursuivit son avance sans broncher. Puis, sans ralentir, il se jeta sur le Protecteurs en le planquant comme un joueur de football. Sous le poids du membre de la secte des Serviteurs du Mal, le barbu aux cheveux rasés ne put faire autrement que de chuter sur le sol.

Pierre se releva ensuite à cheval sur le ventre de son opposant avant de se mettre à le rouer de coups de bâton. Patrick tenta de se protéger de ses avant-bras, mais après un instant, le plus gros réussit finalement à l'atteindre à la mâchoire. Le pauvre soldat du Bien tomba dans les pommes sur le plancher. Malgré son cœur qui battait la chamade, Pierre continua tout de même à frapper le pauvre homme inconscient de toutes ses forces jusqu'à ce que le crâne de ce dernier soit complètement déformé.

Par la suite, après avoir repris son souffle, celui à genou portant un uniforme couvert de sang s'assura que ses deux adversaires étendus à ses côtés étaient bel et bien morts avant de se diriger vers la cellule de son maître. En l'apercevant marcher dans le corridor par la petite vitre de leurs chambres, les autres internés se mirent alors à s'exciter et à crier. Soudain, l'un d'entre eux se mit à scander le nom de Sadman. Et bientôt, tous les autres se mirent à l'imiter comme de vrais cinglés.

— Sadman! Sadman! Sadman! hurlèrent-ils en cœur.

En ouvrant la porte au sorcier, Pierre s'agenouilla devant lui.

— C'est bon, mon frère! Relève-toi! Alors, qu'en est-il?

— Je... Je les ai tués! Tous les deux!

— Bien! Beau boulot! Et ce n'est que le début de notre vengeance! Alors, est-ce que tout est prêt?

— Oui, mon maître! Nous avons gardé constamment un œil sur la petite ville. Winslow est demeurée aussi parfaite pour les accueillir! Elle sera facile à contenir et il y aura suffisamment d'âmes pour les rendre puissants. D'autant plus qu'un prêtre est attitré à la paroisse. Nous avons trouvé quatre volontaires, prêts à s'offrir en sacrifice pour les recevoir. Et nous détenons toujours la vierge qui servira au rituel. Plus personne ne recherche cette fugueuse depuis qu'elle a disparu, l'an passé.

— Bien! Ça ne devrait donc pas élever de soupçon comme la dernière fois.

— Oh! Et le plan de simuler un sorcier voulant ouvrir une porte à Nospheus en Grèce semble avoir fonctionné. L'attention du commando de Christophe semble s'être dirigée vers cet endroit.

— Oui! C'est bien! Ça nous laissera un peu de temps!

— Également, ces types... Ces allemands que vous nous avez dit d'engager viennent tout juste de débarquer. Ça n'a pas été facile, mais grâce à votre influence, ils ont réussi à entrer au pays avec leurs armes et leur équipement.

— Tu parles bien de ces mercenaires qui prétendent être des tireurs d'élite.

— Oui! Ils sont plutôt coûteux, mais je crois vraiment que vous n'y perdrez pas au change! Ces mecs ont l'air redoutables!

— Excellent! C'était bien ce que mes contacts m'avaient mentionné à leur propos. Ces Protecteurs nous ont bien eu la dernière fois avec leurs putains de snipers. Ce sera à leur tour ce coup-ci de goûter à cette médecine! Je suis persuadé que lorsqu'ils débarqueront, ils tenteront de nettoyer la ville des zombies. Enfin, j'en aurai bientôt la confirmation par Ryan. Et ils seront totalement déboussolés quand leurs hommes se mettront à tomber les uns après les autres sous le tir de mes tireurs d'élite!

— Aussi, vos pirates informatiques ont tout mis en œuvre pour couper le réseau et les lignes téléphoniques. Cette fois, maître, ce sera la bonne. J'en suis persuadé!

Soudain, les deux lucifériens se firent interrompent par un infirmier qui s'apprêtait à faire sa ronde un peu plus tôt que prévu.

— Pierre? Mais qu'est-ce qui se passe ici…

Mais avant même de le laisser terminer sa phrase, Sadman se rua hors de sa cellule et se précipita sur le pauvre civil comme un déchaîné. Puis, il le plaqua contre le mur avant de l'étrangler à deux mains. L'homme en train de suffoquer tenta alors de le repousser, mais en vain. Le dur à cuir au visage brulé était beaucoup trop déterminé. Et ce fut en le fixant comme un psychopathe que le représentant du Mal le regarda mourir.

— Bien! déclara-t-il ensuite lorsque sa victime s'affaissa. Maintenant, libère tous les autres cinglés! Ça devrait occuper le reste du personnel un bon moment! Car contrairement à toutes les fois où je suis sorti pour mes séances avec la secte, ce coup-ci, je ne reviendrai pas! Alors il faut absolument faire croire que je me suis évadé par accident et non que tout était planifié!

— Oui, maître!

— Excellent! Bon, vas-y qu'on foute le camp au plus vite d'ici! Ces murs me font vomir! Allons détruire ce monde de merde!

Robert

3 semaines avant les évènements tragiques de Winslow

Robert Longuet, un sexagénaire légèrement bedonnant aux cheveux poivre et sel, décapsula la bière que le mari de sa nièce, Antoine, venait de lui offrir. Accompagné des autres hommes à cette réception de baptême, le nouveau retraité discuta ensuite de choses et d'autres par ce bel après-midi d'été.

— Je trouve vraiment ça bien, le fait de poursuivre les traditions, avoua Robert au père du bébé. Je dois avouer que les parents qui font encore baptiser leur enfant est quelque chose de rare de nos jours.

— Pour être tout à fait honnête, M. Longuet, l'idée vient de Judith, précisa Antoine. C'est elle qui y tenait. En effet, les baptêmes… La religion… C'est pas trop mon truc. Ce genre de pratique est plus fréquent dans les petits villages comme ici. Mais en ville, il est vrai que c'est de moins en moins populaire.

— Oui. Malheureusement… Alors, tu… Tu ne crois pas en… En Dieu.

— Non, pas vraiment.

— Alors, tu penses qu'après la mort, enfin…

— C'est la fin. Le noir. Que la lumière s'éteint tout simplement.

— Ouais… Je dois avouer que je trouve cela un peu triste. Je veux dire, tu n'as même pas une petite lueur d'espoir de revoir ceux qui nous ont quittés.

— Je vous avoue que j'aimerais vraiment réussir à considérer cette option, mais... Non! Je ne crois pas aux fantômes. Désolé, mais je pense que ces histoires sont aussi farfelues que celles de vampires, loup-garoups ou autres monstres.

— Eh bien, je me trompe peut-être, mais je suis persuadé que quelqu'un tire les ficelles. Que... Que nous n'existons pas en vain. Qu'il y a un but à tout ceci.

— Mais sachez que je respecte ceux qui y croient. Et honnêtement, j'espère me tromper... Alors comme cela vous avez célébré votre retraite la semaine passée, enchaîna le jeune homme, espérant changer le sujet de la conversation.

— Eh oui! C'était une belle fête! C'est... C'est une grande page de ma vie que je viens de tourner.

— En tout cas, je salue votre courage! Toute une carrière comme ambulancier à sauver des vies! Wow!

— Malheureusement, je n'ai pas pu tous les sauver... Et ce sont évidemment les visages de ceux que nous perdons qui hantent nos pensées. Mon partenaire Georges et moi, nous en avions assez de tout ceci.

— Mais au moins, vous étiez là pour tenter quelque chose. Je suis vraiment épaté par les gens comme vous. Je vous félicite!

— Ouf... Eh, bien... Merci... Je... Je ne faisais que mon boulot.

— Ça non! C'est bien plus qu'un simple boulot! Alors, quels sont les plans maintenant?

— Je ne sais pas trop encore. Profiter de la famille... De la vie… D'ailleurs, Georges et moi allons officialiser notre retraite avec tout un week-end de pêche, dans trois semaines.

— Vraiment? À quel endroit?

— Une certaine pourvoirie à proximité d'une petite ville isolée peu connue du nom de Winslow, à environ 5 heures de route de la maison. C'est un lac très prometteur selon ce que j'ai pu lire sur internet.

— Eh bien, je vous souhaite de bien vous amuser là-bas. Vous le méritez réellement.

— Oh, merci… Ce voyage ne va pas changer ma vie, mais il devrait nous aider à décrocher et à faire le point.

— Robert, il s'étouffe! les interrompit soudainement la voix paniquée de sa femme, Isabelle.

Aussitôt, l'ambulancier nouvellement retraité leva les yeux vers son épouse de belle apparence aux cheveux châtains, qui lui pointait un enfant incapable de respirer. En le voyant, il se précipita dans sa direction. Il poussa ensuite la mère affolée à ses côtés avant d'administrer au gamin en difficulté la procédure adéquate. Et quelques secondes plus tard, le garçon cracha le morceau de nourriture qui obstruait ses voies respiratoires avant de se mettre à tousser, au grand soulagement de tous.

Quand le garçon se remit enfin à respirer normalement, les parents de celui-ci remercièrent profondément le sauveur. Par la suite, tous se mirent à applaudir son exploit, dont en autre sa fille de vingt-deux ans, Sarah, une belle brunette athlétique, ainsi que son fils de dix-sept ans, Simon, un grand blondinet à lunettes.

— En tout cas, M. Longuet, lança Antoine, si, comme vous le croyez, il y a bien quelqu'un là-haut qui tire les ficelles, il semble qu'il n'en a pas encore fini avec vous! Ha! Ha! Ha!

Même s'il ne s'agissait là que d'une simple blague, cette affirmation trotta tout de même dans la tête du héros tout le reste de l'après-midi, qui se déroula sans autres évènements importants. Et même une fois de retour chez lui, les paroles d'Antoine le firent se remettre en question. Autant il avait hâte de prendre enfin sa retraite, autant maintenant il craignait que son emploi peu commun puisse lui manquer. Cette crainte de se sentir désormais inutile le força à en parler à son épouse, qui le rassura en lui affirmant qu'il allait toujours être des plus importants pour sa famille. Elle insista ensuite sur le point que les enfants et elle étaient réellement fiers de lui.

Les jours passèrent ensuite et la remise en question de Robert s'estompait de plus en plus. Il commençait même à prendre goût à son nouveau style de vie exempt de pression et de stress. Et bientôt, il retrouva enfin son fidèle partenaire, Georges, avec qui il avait travaillé tant d'années, pour leur fameuse partie de pêche.

Toutefois, leur premier avant-midi, ne fut pas très fructueux en poissons, sans compter le bris accidentel de la canne de Georges. Néanmoins, la pêche du soir fut beaucoup plus profitable. Tout se déroulait à merveille quand soudain, à leur grand désespoir, ils découvrirent le cadavre d'une fillette flottant à proximité de la berge. Après avoir tiré à bord de la chaloupe le corps en décomposition, dont des sangsues étaient ignoblement collées au visage, les deux retraités se préparèrent à retourner au plus vite à leur véhicule pour aller prévenir les autorités. Mais comme ils allaient se mettre en mouvement, un évènement des plus inattendus se produisit…

Apprenez ce que le destin réserve à Robert et Georges à Winslow dans le roman L'assaut du Mal, tome 1, Sadman, le sorcier.

Jack

Samedi, 14 août, 18 h 30

Jack engloutit d'un trait le reste de sa bière en fixant les deux étrangers vêtus de noir assis à une table un peu plus loin. Ceux-ci, qui venaient tout juste d'avoir une altercation avec la jolie jeune serveuse, commençaient de plus en plus à énerver le grand homme dans la quarantaine, aux cheveux noirs et à la barbe poivre et sel. Celui-ci hésita alors un moment à se lever et à se diriger vers ces inconnus, qui semblaient vouloir semer la pagaille dans sa petite ville natale.

En effet, même s'il n'était pas très costaud, Jacques Herbier, que tous dans la région surnommaient Jack depuis plus de 30 ans, si bien qu'il en avait lui-même oublié son vrai nom, était réputé dans le coin pour être doté d'une grande robustesse. Ce travailleur forcené de longue date en avait effectivement surpris plus d'un à l'époque avec ses tours de force à l'usine de ciment de la magnifique municipalité isolée, nommée Winslow, comptant un peu moins de 5000 habitants. Alors, il fallait plus que deux jeunes blanc-becs de la grande ville pour faire peur à ce dur à cuire, et chez lui en plus.

— Ça va aller, Jack! intervint soudainement la belle serveuse en revenant près du bar, reconnaissant son regard hargneux.

— Tu es certaine, Éva?

— Mais oui, mon beau Jack. Tout… Tout est sous contrôle.

— Qu'est-ce qu'ils te voulaient, ces deux crétins?

— Ah, rien de spécial…

— Tu les connais?

— Oui, je… C'est une longue histoire…

— Qu'est-ce qu'ils font ici, ces deux-là? De la façon dont ils sont vêtus, on dirait presqu'ils s'en vont à un spectacle de rock heavy métal. Ce n'est pas normal de voir ce genre de type traîner dans le secteur. Ils ne me plaisent pas du tout!

— Allons, allons, cher Jack. Si tu continues, tu vas me faire penser au vieux Louis Masseur.

— C'est bon, ça va! Mais tu sais que s'ils t'embêtent, je peux m'en occuper!

— Ha! Ha! Je sais! Merci! Mais je vais m'en sortir toute seule. Je suis une grande fille.

— Tu es certaine, car je dois y aller. Ma femme vient de finir son quart de travail à l'hôpital.

— Ça va aller, ne t'en fais pas pour moi. J'ai connu bien pire que ces deux idiots. Allez, va rejoindre ta douce avant de te faire gronder.

— D'accord. Tu es bien sûr, là? Tu m'as l'air un peu tourmentée.

— Mais non! Allez va et profites bien de… Bonne soirée!

— Bonne soirée, jeune fille!

— Jack…

— Oui?

— Je… Non rien! finit-elle par répondre en levant les yeux vers les deux inconnus qui la fixaient à l'autre bout de la pièce.

— Éva, qu'est-ce qu'il y a? Tu me sembles inquiète!

— Non, non! C'est rien, je t'assure! Dis bonjour à Marie pour moi! Ce n'est vraiment pas le moment de vous disputer!

— Que veux-tu dire?

— Rien… C'est… C'est un si beau samedi… Il ne faudrait pas le gâcher avec une dispute…

— Ouais… Tu sais que si tu as quelque chose à me dire, tu peux te confier.

— Ça va Jack! Je t'assure!

Sur ce, même s'il se doutait que quelque chose n'allait pas, Jack régla le montant de sa facture, avec évidemment un petit supplément pour le magnifique sourire de la belle. Puis, ne voulant pas faire attendre sa femme, il se dirigea vers son bon vieux pick-up bleu, s'installa derrière le volant en faisant gronder bruyamment le moteur et décolla sur la route en direction de sa résidence.

Lorsqu'il arriva un peu plus tard devant sa petite maison beige, relativement propre compte tenu du nombre d'années qu'elle avait, il remarqua la voiture blanche de son épouse déjà dans l'entrée. Il se prit alors rapidement une gomme pour camoufler l'odeur d'alcool, question d'éviter un interrogatoire inutile, avant de se stationner à son tour. Puis, sans perdre de temps, il se dirigea vers la porte d'entrée.

— Bonjour chérie! lança-t-il en voyant sa femme encore sur le seuil.

— Allô mon amour! répondit Marie, une belle femme de quarante ans aux longs cheveux châtains, encore attachés en queue de cheval.

— Alors, ça a été à l'hôpital?

— Pas trop mal. C'était relativement tranquille. Et toi, grosse journée?

— Je suis allé donner un coup main à Jacob. Il avait un problème de plomberie et il n'avait pas d'outils, alors...

— Et tu ne t'es certainement pas arrêté au Pub sur le chemin du retour.

— Hein? Quoi?

— J'espère au moins que tu as prévu quelque chose pour le souper! Je meurs de faim!

— Euh... Oui... Euh... Justement, je me suis dit que comme tu avais travaillé fort et qu'il faisait très beau dehors, on pourrait aller manger une bonne poutine chez Loulou.

— Ah, je ne sais pas! Je suis fatiguée et je n'ai pas envie de me changer...

— Allons, tu n'as qu'à rester habillée comme cela. Tu sais que je te trouve très sexy dans ton uniforme d'infirmière. Nous allons chez Loulou, manger sur une table de pique-nique. Pas besoin de se mettre sur son trente-et-un pour cela. Et on finira ça avec un bon cornet de crème glacée, termina-t-il en ouvrant les bras.

— Bon, d'accord. Tu m'as eu, finit-elle par répondre en allant se blottir contre l'homme de sa vie avec qui, même s'ils n'avaient pas réussi à avoir d'enfants, elle avait déjà passé ses quinze plus merveilleuses années.

Après leur accolade, tous deux se dirigèrent vers le camion de Jack. Ce dernier ramassa alors rapidement les outils de plomberie qui trainaient sur le siège passager et les déposa à l'arrière pour libérer la place à sa bien-aimée. Puis ils partirent à bord du bruyant véhicule en direction du petit casse-croûte saisonnier.

En route, Marie racontait brièvement sa journée au travail lorsqu'elle s'arrêta soudainement en plein milieu d'une phrase.

— Jack! Regarde ce type sur le trottoir! lui pointa-t-elle ensuite.

Le conducteur tourna aussitôt la tête en direction de l'homme en question, qui avançait dos à eux en titubant, sans chaussure et vêtu d'un complet poussiéreux et déchiré. À peine Jack venait-il de le remarquer que ce dernier, dont les cheveux blancs étaient ébouriffés, s'effondra tout à coup durement au sol.

— Oh Seigneur! s'écria la femme. Il vient de tomber! Il... Il ne bouge plus! Arrête-toi! lui ordonna-t-elle lorsqu'ils arrivèrent à proximité.

Et avant même que le camion ne soit totalement immobilisé, l'infirmière ouvrit sa portière et se jeta à l'extérieur tout en hurlant à son homme de composer le 9-1-1. Sans perdre de temps, ce dernier attrapa son téléphone intelligent et se prépara à appeler les urgences. Mais à sa grande surprise, aucun réseau ne fut disponible.

— Comment est-ce possible? On est en plein centre-ville?

Il descendit alors à son tour en élevant son cellulaire, espérant ainsi capter des ondes. Mais malgré ses efforts, aucune ne semblait disponible. Toutefois, le barbu continua de tenir son bras bien haut en se déplaçant de gauche à droite.

Il était encore en train de s'exécuter lorsqu'il fut soudainement saisi par un puissant hurlement, provenant de sa femme. Il se tourna aussitôt vers celle-ci et fut estomaqué en apercevant le vieil homme, à qui ils tentaient de venir en aide, à cheval sur Marie. Celle-ci, maintenant couchée par terre, tentait tant bien que mal de le repousser.

En apercevant la scène, Jack se rua vers eux et agrippa le veston défraîchi de l'étranger dans le but de le tirer vers l'arrière. Mais à sa grande surprise, l'assaillant s'avéra être bien plus solidement accroché à sa femme qu'il ne le croyait et, en dépit de ses efforts, il ne réussit pas à les séparer. Cherchant plus de poigne, le mari lui attrapa donc les cheveux et tira de toutes ses forces. C'est alors que, à son grand étonnement, le cuir chevelu du vieillard s'arracha de façon répugnante d'un seul coup. Dès qu'il réalisa ce qui venait de se produire, Jack lança sur le côté l'abjecte poignée de poils et de chair qu'il tenait encore entre ses doigts, tout en poussant un petit cri de surprise. Au même moment, le vieux tourna lentement la tête en direction de celui qui venait d'émettre ce son. Jack fut alors totalement horrifié de découvrir un visage affreusement décomposé, dont la moitié était squelettique et auquel aucune lèvre ne dissimulait les dents pourries dégoulinantes de sang frais.

En voyant l'abject personnage, le pauvre Jack figea complètement sur place. Incapable de faire autre chose que de fixer avec effroi l'énergumène, qui semblait sortir tout droit d'un film d'horreur. L'homme resta là sans bouger, sentant son cœur se mettre à battre à tout rompre.

Il n'eut cependant pas à attendre longtemps pour la suite, puisqu'à peine la chose en décomposition venait-elle de l'apercevoir de son unique œil restant que déjà elle s'était relevée, prête à lui bondir dessus d'un moment à l'autre. Et comme il le craignait, la créature aux allures d'un mort-vivant se rua vers lui à une vitesse surprenante, tel un chien enragé.

Dès qu'il arriva tout près de lui, Jack l'attrapa par le collet de son veston afin de le retenir. Malgré la force surprenante du zombie, le robuste travailleur réussit à le tenir à distance tout en demeurant debout. Réalisant qu'il ne pouvait plus avancer malgré ses efforts, l'agresseur approcha tout de même la tête en ouvrant et fermant vigoureusement la bouche dans le vide, laissant entendre d'effrayants claquements. Puis, après plusieurs essaies sans résultat, le vieillard putréfié se tourna vers la main droite de Jack, qui empoignait toujours son complet.

Fort heureusement, le barbu lâcha à temps sa prise, évitant ainsi de justesse une dangereuse morsure. Par la suite, voyant que son opposant semblait vouloir diriger son attention vers son autre bras, Jack lui balança un solide coup de poing au visage. L'impact brutal lui fit alors perdre quelque peu l'équilibre et le barbu en profita pour le repousser sur le côté. Mais malgré le dur choc qu'il venait de recevoir, le zombie se remit presque aussitôt sur ses pieds.

Complètement paniqué, Jack chercha rapidement un moyen de se défendre. Ne voyant rien d'utile autour, il se dirigea hâtivement vers son pick-up et ouvrit la portière arrière. À sa grande satisfaction, il remarqua une clé anglaise parmi les tournevis et les autres outils de plomberie qui traînaient sur le siège.

À peine venait-il de saisir son arme improvisée que déjà le mort-vivant revenait à la charge. Et contrairement aux zombies de films d'horreur, celui-ci se précipitait à grande vitesse vers sa proie. Alors, sans réfléchir, Jack le frappa de toutes ses forces à l'aide de son lourd outil en fer. À l'impact, la clé anglaise s'incrusta profondément dans le crâne du vieillard. Ce dernier, encore avec l'outil logé dans la tête, s'effondra aussitôt. L'homme apeuré resta alors immobile quelques secondes à observer une mare de sang foncé se dessiner autour du cadavre nauséabond à ses pieds.

Après un bref moment, le travailleur reprit enfin ses esprits et accourut vers sa femme, toujours étendue au sol. Il sentit aussitôt son cœur se crisper en remarquant une plaie béante et sanglante à la gorge de sa bien-aimée, qui gisait sur le trottoir, inconsciente.

— Ah Seigneur, non! s'écria-t-il en se penchant vers elle. Non! Non! Non! Non! Noooon! poursuivit-il en plaçant ses mains sur la plaie pour tenter de stopper l'hémorragie! Marie! Marie! Ah, Seigneur! Ce n'est pas possible! C'est quoi ce délire! Marie, réveille-toi! Non!

Réalisant que ses manœuvres désespérées n'amélioraient en rien l'état de Marie, Jack la saisit alors dans ses bras et alla la déposer sur le siège arrière, dont la portière était déjà ouverte. Puis, après avoir vérifié que son téléphone portable n'avait toujours pas de réseau, il s'installa derrière le volant, la respiration haletante, et démarra promptement vers l'hôpital, qui se trouvait à proximité.

Tout en roulant à vive allure dans les rues de Winslow, le conducteur mit en marche de son doigt tremblant ses feux de détresse. Lorsqu'il arriva derrière une petite voiture économique rouge qui suivait les limites de vitesse, Jack écrasa l'accélérateur et la doubla en pressant sur le klaxon pour l'avertir.

Il était presque à mi-chemin, quand tout à coup, le faisant sursauter au plus haut point, il remarqua dans son rétroviseur Marie, le visage d'une pâleur étonnante, se redresser d'un seul coup. Et avant même qu'il ne puisse ralentir ou prononcer le moindre mot, celle-ci se jeta sur lui en tentant de le mordre. Instinctivement, Jack se retourna pour l'empêcher de l'atteindre.

Inévitablement, son camion bifurqua aussitôt sur la gauche et entra violemment en collision avec un VUS bleu stationné sur le bord de la route. À l'impact, Jack fût aussitôt brutalement projeté contre son volant tandis que Marie passa entre le siège du conducteur et celui du passager pour ensuite aller traverser littéralement le pare-brise. Elle termina finalement sa course mortelle sur le capot froissé.

Lorsque le pauvre Jack put enfin reprendre son souffle, il leva les yeux vers le corps inerte de sa femme devant lui. Il resta un bon moment ainsi, immobile, tentant de comprendre ce qui venait de se produire.

Alors qu'il s'apprêtait à ouvrir sa portière, la tête de Marie se releva d'un coup sec. Et avant même qu'il ne puisse réagir, celle-ci, le visage complètement lacéré, se retourna vers son époux en le fixant d'un regard démoniaque, avant de se précipiter à nouveau vers l'intérieur du véhicule. Lorsqu'elle se jeta sur Jack, celui-ci essaya tant bien que mal de la tenir à distance. Tout comme le vieillard décomposé, la nouvelle zombie tentait de le mordre comme une vraie hystérique.

— Marie, arrête! hurla-t-il, sans succès. Stop! Arrête-toi! Marie, je t'en prie! Arrête merde!

Tout en luttant, Jack glissa entre les deux sièges. Le dos arqué contre l'appui-bras, il se retrouva ainsi prisonnier sous la démone, qui poussait maintenant d'horribles grognements. Pris au piège, le pauvre regarda autour pour trouver quelque chose afin de se défendre. Il remarqua alors un tournevis qui avait chuté sur le tapis, près d'une portière arrière. Jugeant qu'il était à portée, il agrippa le front ensanglanté de son assaillante d'une main, en utilisant les cheveux comme poigne, et dirigea son autre main vers l'outil pointu. Cependant, à son grand regret, compte tenu de sa position inconfortable, l'outil s'avéra plus loin que prévu. Il tenta alors de se déplacer pour l'atteindre, sans toutefois accorder de chance à la morte-vivante.

Celle-ci, qui dégoulinait de bave et de sang sur le visage de sa proie, en profita tout de même pour se frayer un chemin. Malheureusement, même s'il se rendait bien compte que Marie se rapprochait de plus en plus, la position dans la laquelle il se trouvait l'empêchait maintenant d'utiliser ses deux bras pour la repousser sans risquer une morsure. Et celui qui la retenait commençait peu à peu à manquer de force. Sa seule chance maintenant était d'attraper ce foutu tournevis.

Sentant qu'il n'allait pas pouvoir la maintenir à distance encore longtemps, il étira le plus loin possible sa main libre vers la poignée. Il poussa également avec ses pieds sur le tableau de bord pour s'aider. Il laissa même échapper un hurlement pour appuyer son effort. Il y était presque. Ses doigts arrivaient à y toucher. Plus qu'un centimètre.

— Allez, merde! se dit-il. Allez!

Tout en se concentrant sur son arme, il délaissa légèrement Marie, qui quant à elle se rapprochait de plus en plus. Ses dents qui se refermaient sans cesse dans le vide étaient maintenant à un cheveu de son cou. Elle se démena comme une vraie cinglée pour atteindre son but.

C'est alors qu'au dernier instant, Jack réussit enfin à agripper le tournevis. Sans réfléchir, il ramena celui-ci à toute allure et l'enfonça juste au-dessus de sa poigne, soit en plein centre de la tête de sa femme. Dès que la pointe pénétra son cerveau, Marie s'immobilisa d'un coup et devint complètement inerte.

Jack, à bout de souffle, poussa aussitôt un long soupir, qui se transforma bientôt en une plainte d'effroi. Il resta ainsi quelques secondes, complètement abasourdi. Puis, après un moment, il poussa sur le cadavre de sa bien-aimée afin de se libérer et se glissa à l'arrière du véhicule.

Une fois qu'il eut réussi à atteindre la banquette arrière, le pauvre homme sous le choc s'immobilisa tout fixant le cadavre de sa femme, totalement dépassé par les évènements.

— Ah, Seigneur! Aahhh! Seigneur! Aahhh! Marie! Seigneur, non! Mais ça rime à quoi cette merde!

Au même instant, la portière à sa droite s'ouvrit d'un coup. Spontanément, Jack attrapa son tournevis, qui était encore incrusté dans la tête de Marie, avant de se tourner vers celui qui venait de faire son entrée en scène.

Le conducteur de la petite voiture rouge que le barbu avait doublé plus tôt fut alors des plus abasourdi devant cet horrible spectacle. Il se figea sur le coup, dévisageant Jack couvert de sang qui pointait agressivement un tournevis dans sa direction.

Les deux hommes se fixèrent ainsi un bon moment, se questionnant l'un comme l'autre sur leurs intentions. Près d'une vingtaine de secondes plus tard, Jack, réalisant que le pauvre garçon n'était pas une menace, s'apprêta à ouvrir la bouche quand tout à coup, les surprenant tous deux, une autre silhouette se jeta sur le nouveau venu en le plaquant durement au sol. En entendant les cris qui suivirent, le barbu comprit que trop bien ce qui venait de se passer.

Sans réfléchir, il descendit du véhicule pour aller lui prêter main-forte. En posant les pieds au sol, il s'approcha en douce de la chose aux cheveux bruns échevelés, qui était maintenant grimpée sur le jeune conducteur, déjà en piteux état.

— Hé, lâche-le! l'interpela-t-il en élevant son tournevis.

Sur ces mots, la créature se tourna vers lui, dévoilant encore une fois un terrifiant visage en décomposition, sur lequel des vers blancs se trémoussaient. Devant un spectacle aussi affreux, Jack se recula instinctivement de quelque pas. Au même moment, d'autres cris retentirent autour de lui. Ce dernier leva alors les yeux et fut stupéfiés d'apercevoir une dizaine d'autres zombies, tous aussi hideux, arriver à toute vitesse pour s'attaquer aux passants, immobilisés depuis l'accident. Il fut alors tellement dépassé par cette scène qu'il en échappa même son outil pointu.

— Nom d'un chien! Ce n'est pas vrai!

Mais alors qu'il restait planté là, au beau milieu de la rue, l'un des cadavres animés, à proximité sur sa gauche, se mit à courir dans sa direction. En l'apercevant du coin de l'œil, Jack reprit heureusement ses esprits et s'enfuit en sens inverse. Toutefois, malgré l'état dégénératif de son corps, son poursuivant s'avérait d'une rapidité étonnante. Voyant que ce dernier allait bientôt le rattraper, le quadragénaire inspecta autour de lui afin de trouver un endroit où se mettre à l'abri. Dès qu'il remarqua l'église de la ville à proximité, il s'enligna vers celle-ci en courant le plus vite qu'il put. Sans se retourner, il grimpa l'escalier de pierre vers la porte d'entrée. À son grand soulagement, cette dernière ne fut pas verrouillée et il réussit ainsi à se glisser à l'intérieur sans se sentir agrippé par la chose.

Dès qu'il traversa le seuil, il referma la porte et engagea le verrou. Puis, il plaqua son épaule sur celle-ci pour la retenir au cas où le loquet ne serait pas suffisant. Mais à sa grande surprise, rien ne semblait vouloir essayer d'entrer.

Il resta tout de même ainsi un bon moment, tentant de reprendre son souffle et surtout ses esprits. Après quelques minutes, qui lui parurent des heures, Jack se risqua enfin à quitter sa position pour tenter d'observer par un carreau. Il fut alors très surpris d'apercevoir son dernier agresseur encore au bas des marches. Celui-ci tentait toujours de s'approcher désespérément, mais sans succès, comme si un mur invisible l'empêchait d'avancer.

Après un certain temps à observer cet étrange manège, Jack en vint à la conclusion que le zombie n'avait pas accès au terrain de l'église, ce qui lui donna encore plus de frissons.

— Mais qu'est-ce qui se passe ici, bordel de merde?!

Retrouvez Jack dans L'assaut du Mal, tome 1; Sadman, le

sorcier.

Jacob

Samedi, 14 août, 22 h 51

Cela faisait presque une demi-heure que Jacob et ses deux fillettes, Éveline et Lisa, âgées de 8 et 6 ans, s'étaient endormis sur le divan devant un film lorsque l'homme rouvrit les yeux. Alors que le générique défilait, le père d'une trentaine d'années, qui élevait seul ses enfants depuis la perte tragique de sa femme, décédée dans un accident de la route un an et demi plus tôt, déplaça la tête de la plus jeune posée sur sa cuisse. Il se releva ensuite lentement tout en s'étirant avant d'attraper la manette pour éteindre la télévision. Par la suite, l'homme de race noire de taille moyenne, aux cheveux courts, se pencha vers Éveline dans le but de la transporter dans son lit quand soudain, un coup de feu retentit à l'extérieur.

Jacob releva aussitôt la tête. Bien qu'il était fréquent d'entendre ce type de bruit en plein jour dans cette région rurale remplie de chasseurs, un bruit de détonation à une heure aussi tardive n'avait rien d'habituel. Même si ses voisins étaient éloignés et isolés dans les bois, il s'approcha tout de même d'une fenêtre par réflexe. Cependant, comme seul l'obscurité du boisé entourant sa demeure fut perceptible, il ne scruta l'extérieur qu'un bref instant. Puis, tout en retournant auprès de ses filles, il s'interrogea s'il n'avait pas confondu le son suspect avec celui d'un feu d'artifice. Mais alors qu'il venait d'abandonner son poste de garde, une série d'autres tirs résonnèrent dans la nuit. Si bien que Jacob soupçonna une fusillade.

Apeuré, le père de famille attrapa le combiné du téléphone

afin d'en avertir les autorités. Mais à sa grande surprise, aucune tonalité ne fut perceptible. Il tenta alors de rallumer et d'éteindre son appareil, sans toutefois obtenir de succès. Inquiet, il saisit son cellulaire pour signaler le 9-1-1. Cependant, à son grand étonnement, aucun réseau non plus ne fut disponible.

Paniqué, il voulut aller vérifier chez son voisin si c'était seulement sa ligne qui faisait défaut ou si c'était celle de la région en entier. Mais comme le plus près se trouvait à près de 200 mètres dans ce secteur un peu en retrait de la municipalité de Winslow, il transporta ses fillettes dans la voiture, ne voulant pas les laisser seules à la maison.

Comme la plus vieille des deux, Éveline, se réveilla lorsqu'il l'allongea sur la banquette arrière, il dut lui baratiner quelque chose pour ne pas l'inquiéter avant d'aller chercher sa sœur. Par la suite, il s'installa derrière le volant et démarra en direction de la maison la plus proche de sa demeure.

C'est alors qu'en route, il remarqua des lueurs bleues et rouges provenant vraisemblablement d'une voiture de police de l'autre côté d'une courbe un peu plus loin. Ayant envie d'en apprendre davantage, il poursuivit donc sa route, conscient que les autorités venaient de prendre les choses en main.

Toutefois, il fut absolument estomaqué de découvrir le véhicule d'urgence accidenté dans le fossé, juste en face de la résidence du jeune homme nouvellement emménagé, qu'il n'avait d'ailleurs pas encore eu la chance de rencontrer. Il hésita aussitôt à poursuivre son chemin, mais la curiosité le poussa tout de même à continuer d'avancer.

Lorsqu'il arriva devant l'entrée, il remarqua dans la cour un autre voisin, M. Marois, un homme blanc costaud dans la soixante avancée. Ce dernier se tenait debout devant la carcasse d'un VUS bleu qui, à première vue, était bizarrement entré en collision avec un quad rouge, le tout juste devant le garage. Et comme si la scène n'était déjà pas assez étrange, un pick-up stationné derrière avait la portière du côté conducteur complètement arrachée. Devant un tel spectacle, Jacob immobilisa sa voiture.

— Papa, qu'est-ce qui se passe? demanda celle qui était éveillée.

— Je… Je n'en sais rien, ma puce…

— J'ai peur, papa!

— Mais non, ma chérie. Ne crains rien. Reste ici avec ta sœur, je vais juste aller voir M. Marois.

— Non! Ne nous laisse pas toutes seules!

— Ce ne sera pas long et je n'irai pas loin. Je vais juste là. Restez dans l'auto!

Par la suite, il alla à la rencontre de l'homme plus âgé. Ce dernier tourna aussitôt la tête vers lui.

— Mais qu'est-ce qui s'est passé ici? interrogea Jacob.

— Je… Je n'en sais rien! Je viens tout juste d'arriver! Il y eu tous ces coups de feu et j'ai… Enfin…

— Oui! Je les ai entendus également.

— J'ai tenté de téléphoner, mais je n'ai aucune ligne.

— Vous non plus alors!

— Puis, quand les coups de feu ont cessé, j'ai aperçu les lumières de cette auto-patrouille dans le fossé par la fenêtre. Je me suis donc approché lentement... Et j'ai vu... Ça! Je n'ai vu aucun individu autour. J'ai crié, mais personne n'a répondu. Il n'y a que ces véhicules accidentés! L'endroit est complètement désert!

— Seigneur! À quoi ça rime tout ça? Je crois que... Hé! On dirait qu'il y a quelqu'un à bord du 4x4! dit-il en apercevant une silhouette par la vitre de la portière du côté passager.

— Oui, en effet! Mais... Il ne semble pas bouger beaucoup! Il est... Il est peut-être blessé?

Jugeant que M. Marois avait probablement raison, Jacob s'approcha pour porter secours à l'étranger. Cependant, lorsqu'il remarqua des impacts de balles dans le pare-brise et sur le capot ainsi que des traces d'incendie, il s'arrêta brusquement. Sentant son inquiétude croître de plus en plus, il resta immobile un instant à regarder le quad rouge incrusté dans le pare-chocs avant du VUS suspect.

Finalement, il prit son courage à deux mains et mit un pied devant l'autre. Puis, le cœur battant la chamade, il attrapa la poignée de la portière et ouvrit celle-ci d'un coup. Comme il le redoutait, un corps inerte s'écroula à l'extérieur. Et en plus du cadavre d'un homme vêtu de noir et portant une cagoule du même ton, un fusil de calibre 12 chuta également aux pieds de Jacob. Aussitôt, celui-ci fit un bond en arrière tout en poussant un petit cri d'effroi.

Devant un tel spectacle, M. Marois et lui demeurèrent immobiles et silencieux à fixer le corps au sol, complètement abasourdis. Du coin de l'œil, Jacob remarqua ensuite qu'un autre mort gisait derrière le volant. Sous le choc, il se tourna vers son voisin et se prépara à lui suggérer de se rendre au plus vite au poste de police quand soudain, les prenant tous deux par surprise, un énorme loup brun de deux mètres, aux yeux verts qui illuminaient dans l'obscurité, jaillit de la ligne de conifères à proximité et se rua agressivement sur le plus âgé des deux. En voyant l'animal, qui avait une silhouette humanoïde, projeter M. Marois au sol pour ensuite l'attaquer férocement de ses griffes et de ses crocs, le pauvre Jacob, terrorisé, figea complètement sur place.

Mais lorsque le cri aigüe d'Éveline se fraya un chemin au travers des hurlements de la victime de la créature jusqu'aux oreilles de son père, l'instinct paternel de celui-ci le poussa enfin à agir. D'autant plus lorsque la chose à l'apparence d'un loup-garou releva la tête vers la fillette apeurée qui se tenait debout à l'extérieur de la voiture. Jacob attrapa alors l'arme à feu tombée plus tôt avec le défunt cagoulé et le pointa vers le monstre, dont les longs crocs jaunâtres dégoulinaient d'un mélange de bave et de sang frais. Puis, il pressa la détente.

Lorsque les plombs frappèrent la bête, celle-ci poussa une plainte de chien battu avant de tourner son regard vers le tireur. Ne prenant aucune chance, ce dernier actionna rapidement la pompe du fusil afin de le réalimenter d'une nouvelle cartouche avant d'ouvrir le feu à nouveau. Cette fois, le loup se recroquevilla sur lui-même en poussant un terrifiant grognement. Mais comme ce dernier ne semblait n'être que blessé, Jacob répéta son manège une autre fois. Cependant, lorsqu'il actionna la gâchette, seul un clic se fit entendre.

Réalisant qu'il n'avait plus de munition, le père jeta son arme et fonça vers sa fille, toujours en train de crier, espérant que la créature soit trop estropiée pour le poursuivre. Sans même regarder derrière, il courut à une vitesse impressionnante vers sa voiture. Il attrapa en route Éveline et la jeta auprès de sa sœur, qui venait tout juste de se réveiller, avant de refermer la portière. Puis, tout en se dirigeant du côté conducteur, il jeta un œil par-dessus son épaule. Comme il le craignait, il aperçut le loup-garou, qui semblait fou de rage, se remettre en mouvement vers eux. Sans perdre une seconde, Jacob se lança derrière le volant et démarra en trombe.

— Il nous suit toujours! s'écria Éveline.

— Quoi? Qu'est-ce que... Aaaaahhhh! hurla Lisa en apercevant par la vitre arrière l'animal enragé.

Le conducteur leva aussitôt les yeux vers le rétroviseur et, à son grand malheur, aperçut en effet le prédateur les rattraper. Il pressa sans attendre l'accélérateur en espérant le semer. Mais malgré cela, la chose, qui courait à quatre pattes à une rapidité fulgurante, réussit étonnamment à les rejoindre. Lorsqu'elle fut assez près, elle bondit en plein sur toit du véhicule, faisant ainsi crier les fillettes effrayées. Et pour en rajouter, de longues griffes traversèrent le métal au-dessus des passagers avant de commencer à se déplacer en produisant un bruit de frottement.

Jacob leva instinctivement la tête vers la patte du loup, qui était en train d'ouvrir la voiture comme s'il s'agissait d'une boîte de conserve. N'étant plus concentré sur la route, le véhicule se dirigea lentement vers la droite. Lorsque les roues du côté passager entrèrent en contact avec le gravier sur l'accotement, le conducteur rabaissa automatiquement les yeux vers la route. Voyant qu'ils se dirigeaient à toute vitesse vers un profond fossé, il donna instinctivement un coup de roue sur la gauche. Le geste plutôt drastique fit déraper la voiture sur 180 degré. Néanmoins, grâce à la manœuvre non-prémédité, le loup-garou se fit propulser plusieurs mètres plus loin.

En voyant la créature terminer sa chute en effectuant plusieurs roulades sur l'asphalte, Jacob en profita pour repartir au plus vite en sens inverse. Après une centaine de mètres, il regarda dans son rétroviseur pour vérifier si l'imposant animal les poursuivait toujours. À sa grande satisfaction, il vit celui-ci disparaître au loin dans l'obscurité.

Sous les cris et les pleurs de ses fillettes, Jacob, sous le choc, poursuivit malgré tout sa route à vive allure, le pied tremblant sur l'accélérateur.

— J'ai peur! hurla Lisa.

— Où il est, le monstre?! s'alarma Éveline.

— Il... Il n'est plus là! s'efforça de répondre le plus calmement possible leur père. Ça... Ça va aller, les filles! Il... Il n'y a plus rien à craindre! Nous allons nous rendre au poste de police et nous serons en sécurité là-bas! Ne vous inquiétez pas! Tout va bien aller! A... Asseyez-vous comme il le faut et attachez-vous!

Arrivée à une intersection, il s'engagea sans trop ralentir sur le chemin menant au centre-ville dans le seul but d'alerter les autorités. Alors qu'un tas de questions hantaient son esprit, il roula le pied au plancher, espérant rejoindre au plus vite la civilisation.

Cela faisait près de cinq minutes que Jacob et ses filles venaient d'échapper aux griffes de l'énorme loup lorsqu'ils aperçurent enfin les lumières de la ville à l'horizon. Impatient de mettre Éveline et Lisa à l'abri, il roula à vive allure sur la route déserte. Une fois arrivé aux premières maisons, il trouva étrange de voir autant de piétons à une heure aussi tardive. Mais il était tellement sous le choc de l'attaque du loup qu'il ne prit pas le temps d'y réfléchir davantage. Un seul objectif guidait ses actions; rejoindre le poste de police au plus vite.

Toutefois, lorsqu'il tourna le coin de la rue menant au centre-ville, l'horrible spectacle qui l'attendait l'obligea enfin à ralentir. Devant lui, un paysage apocalyptique venait d'être révélé. Des vitrines de commerces fracassées, des automobiles accidentées et même enflammées et des gens courant dans tous les sens en hurlants dans les rues. Le père de famille, complètement estomaqué, regarda à gauche et à droite cet horrible spectacle tout en continuant d'avancer lentement.

Lorsque les fillettes se mirent à crier en apercevant à leur tour la situation des plus alarmantes, Jacob se ressaisit enfin et se prépara à faire marche arrière le plus rapidement possible. Mais avant qu'il ne puisse embrayer, une mini fourgonnette entra en collision de plein fouet avec le devant du véhicule du côté conducteur. Dès l'impact brutal, le moteur calla.

Le père se secoua rapidement la tête pour reprendre ses esprits avant de se tourner pour vérifier l'état de ses filles. Soulagé de constater qu'elles n'avaient rien, il tenta aussitôt de remettre le moteur en marche. Toutefois, après quelques tentatives sans succès, il dût se rendre à l'évidence et envisager un autre plan pour sortir de cette zone chaotique.

C'est alors qu'un être répugnant au visage en décomposition apparut à la vitre de sa portière, le faisant affreusement sursauter. Puis un autre se montra du côté passager, suivit d'un troisième. Bientôt, le véhicule fut complètement encerclé par ces choses à l'apparence de zombies. Figé de peur, Jacob se contenta de regarder tout autour les créatures qui s'accumulaient alors que ses enfants s'époumonaient derrière.

Lorsque l'un des morts-vivants fracassa le verre du côté passager, l'homme, sans trop réfléchir, pivota sur son siège et tenta de le repousser de ses pieds tout en évitant qu'il ne les agrippe. À ce moment, un second se fraya un chemin par une fenêtre arrière. En voyant l'ignoble personnage tenter de se faufiler à l'intérieur, Éveline et Lisa se glissèrent dans le coin opposé tout en se serrant l'une contre l'autre. Le pauvre Jacob, déjà occupé à retenir un cadavre animé, ne put que se contenter d'hurler à l'aide en voyant ses princesses en détresse.

— Au secours! Aidez-nous! Mes filles sont en danger! Par pitié! Quelqu'un! Venez nous aider!

Soudain, alors que la situation semblait désespérée, un homme blanc d'une trentaine d'années, portant une courte barbe, arriva derrière le zombie que Jacob tentait de repousser et lui fracassa la tête d'un coup de bâton de baseball. Lorsque l'être s'écroula, le sauveur se tourna vers un second en lui administrant le même sort. Puis, il répéta son manège avec un troisième. Dès que la voie fut libre, l'étranger ouvrit la portière arrière en criant aux fillettes de sortir, ce qu'elles firent sans attendre. Au moment où elles furent à l'extérieur, le bienfaiteur ferma la portière au nez de la chose sur la banquette.

Jacob alla au plus vite les rejoindre tout en remerciant de tout cœur le bon samaritain. Toutefois, à peine le père de famille venait-il de lui adresser la parole qu'un autre mort-vivant arriva en douce derrière et attrapa le courageux défenseur. En voyant le bâton glisser d'entre les doigts de ce dernier, alors que l'abject personnage lui plantait ses dents pourries dans le cou, Jacob attrapa l'arme artisanale et frappa l'agresseur en plein front. Lorsque le bout s'enfonça dans son crâne, le monstre relâcha sa proie avant de s'affaisser mollement à leurs pieds.

Aussitôt, celui qui venait d'être mordu plaça sa main contre sa plaie pour tenter d'arrêter l'hémorragie qui semblait des plus sérieuses. Jacob essaya rapidement de lui venir en aide, mais à son grand malheur, la blessure semblait beaucoup trop grave. Et en l'espace de quelques secondes, sous le regard terrorisé des jeunes filles, celui qui les avait sauvées s'écroula à son tour en soupirant.

Jugeant qu'il n'y avait malheureusement plus rien à faire pour lui et remarquant d'autres zombies s'intéresser à eux, Jacob, contre son gré, attrapa ses fillettes sous chacun de ses bras, sans lâcher son bâton, et prit ses jambes à son cou. Tout en courant, il jeta un coup d'œil par-dessus son épaule et aperçut quelques cannibales en décomposition se précipiter sur le corps encore chaud du bon samaritain pour s'en faire un festin.

Ne sachant pas où aller se terrer, le père, guidé par son instinct de survie, se contenta de courir dans la rue en s'éloignant de tous ceux qui avaient des regards agressifs. Tout à coup, il perçut des voix familières hurler de venir les rejoindre. En se tournant vers celles-ci, il reconnut son ami Jack ainsi que le nouveau curé de la paroisse, Henri, à la sortie de l'église. Ces derniers, qui s'époumonaient sur le perron, tentaient tant bien que mal d'inciter les gens à venir les rejoindre.

— Par ici! hurlaient le barbu et le vieux prêtre. Ils ne peuvent pas grimper les marches! Vite! Par ici!

Sans y réfléchir plus longtemps, Jacob se déplaça vers la maison de Dieu. En route, deux cadavres animés s'interposèrent devant eux. Il relâcha aussitôt Éveline et Lisa avant de les affronter l'un après l'autre avec son accessoire sportif. Lorsqu'il les eut aisément mis hors d'état de nuire en les frappant de toutes ses forces à la tête, il rattrapa ses enfants et poursuivit sa course.

Quand il arriva enfin au bas des marches, il remarqua sur sa droite une belle jeune femme qu'il connaissait bien étant donné qu'elle avait été, par le passé, la fille de ses voisins et la petite gardienne de ses fillettes quand elle était adolescente.

— Éva! l'interpela-t-il. Éva, viens! Ils disent qu'ils ne peuvent pas venir ici!

Sans perdre de temps, la jolie barmaid, n'ayant que son sac à main pour se défendre, se hâta d'aller les rejoindre avant que l'une de ces choses ne s'en prenne à elle. Ensemble, ils grimpèrent à l'abri.

Une fois auprès d'Henri, le prêtre, et de Jack, Jacob tenta de reprendre son souffle tout en s'assurant de ne pas avoir été suivi par ces abjects personnages.

— Ça va aller! les rassura le vieux pasteur. Ces trucs ne peuvent venir jusqu'ici! Comme si... S'il y avait un mur invisible! Comme si Dieu les empêchait de passer!

— Vous êtes blessés? demanda Jack.

— Non… Non…, répondit entre deux souffles Jacob en fixant la scène infernale devant eux. Les filles, ça va?

— Oui! affirma Éveline.

— J'ai peur, papa! J'ai peur! se contenta de répondre Lisa.

— Et toi? questionna Jack en leva les yeux vers Éva.

— Ces… Ces trucs ne m'ont pas touché! confirma-t-elle tout en affichant un air hystérique.

— Mais qu'est-ce qui se passe, merde?! interrogea ensuite celui qui tenait toujours le bâton de baseball couvert de sang.

— Je… Je n'en ai pas la moindre idée! admit le premier à s'être réfugié à l'église. C'est… C'est un putain de cauchemar!

Curieux et curieuses de savoir ce qu'il adviendra de Jacob, Éveline, Lisa, Éva, Henri et Jack? Tout vous sera révélé dans le roman L'assaut du Mal, tome 1, Sadman le sorcier.

Ricky

Samedi, 14 août, 23 h 13

À peine Éva, Jacob et ses deux filles venaient-ils de rejoindre Henri et Jack sur le perron de l'église que le prêtre remarqua un homme aux longs cheveux blonds qui lui descendaient aux épaules et portant une petite barbiche au menton se retourner vers eux. Aussitôt, celui qui avait prêté serment à Dieu se mit à hurler à nouveau afin que l'étranger vienne les rejoindre. Rapidement, les autres qui l'accompagnaient firent de même.

En voyant les survivants agiter les bras, Ricky, sans réellement y réfléchir, se mit à courir dans leur direction. Par chance, les nombreux zombies semblèrent occupés à d'autres victimes et l'homme d'une trentaine d'années réussit à se rendre au bas de l'escalier sans embûche.

— Vite! leur hurla-t-il ensuite en grimpant les marches. Il faut vous barricader à l'intérieur! Ils vont nous attaquer!

— Du calme, mon gars! l'arrêta Jack lorsqu'il arriva à leur hauteur. Ils ne peuvent pas grimper ici!

— Mais qu'est-ce que vous me chantez là?! l'interrogea-t-il en tentant de reprendre son souffle.

— Regarde! Ils sont bloqués! Comme si un mur invisible protégeait le terrain de l'église!

— Quoi?!

— Retournes-toi bon sang et regarde!

— Mais qu'est-ce que... Oh, mon Dieu! s'exclama-t-il en apercevant un zombie qui s'était lancé à sa poursuite se buter contre le parapet imperceptible. Et... Et aucun d'entre eux ne peut...

— Apparemment pas!

— Nom d'un chien! Mais qu'est-ce que ça veut dire, tout ça?

— Je crois qu'il ne peut y avoir qu'une seule explication! avoua le prêtre.

— Ne me dites pas que vous croyez que...

— Ce sont forcément des suppôts de Satan!

— Allons donc! Mais qu'est-ce que c'est que ces sornettes? Vous êtes cinglés ou quoi?!

— Écoute, mon vieux! D'abord, comment t'appelles-tu? lui demanda Jack.

— Ricky!

— Eh bien, Ricky, je sais que ça semble réellement insensé, mais... Je ne vois pas d'autres explications!

— Et si seulement il ne s'agissait que de zombies! affirma Jacob. La bête qui nous a poursuivi était...

— Alors vous aussi, vous avez vu ce monstre marin?!

— Un monstre marin?!

— Oui! Une espèce d'homme-reptile!

— Non! Ce qui nous a pourchassé, mes filles et moi ressemblait davantage à un loup!

— Vraiment?! Mais je vous jure que ce n'est pas ce que j'ai vu!

— C'est quoi cette histoire?! le questionna Jack.

— Eh bien, j'étais... J'étais là, seul à proximité de ma tente, sur la plage à... À regarder mon feu de camps, comme je le fais fréquemment. Je... J'étais de retour depuis une bonne heure de ma tournée en kayak à fumer tranquillement mon joins lorsque deux pêcheurs ivres ont accosté à proximité. Ils étaient en train de sortir leur chaloupe de l'eau quand soudain, cette chose, au moins grosse comme deux hommes, a émergé pour ensuite se jeter sur eux! Elle avait une peau verte de reptile... Mais ce n'était pas un crocodile... Non! Il avait une silhouette d'humain! D'un très gros humain avec des écailles! Chose certaine, ce n'était pas du poil! Et ensuite... Les pauvres se sont mis à hurler! Mon Dieu, ces cris, c'était... Je... Je n'ai pas pu voir ce que ce monstre leur faisait parce que la nuit était trop sombre, mais juste à les entendre..., affirma-t-il alors qu'en réalité, il s'était dépêché d'aller se réfugier derrière un rocher.

— Seigneur-Jésus! laissa échapper Henri.

— Et puis... Quand... Le bruit s'est arrêté, je... Je me suis approché quelque peu et c'est là que je les ai vus! Les pauvres types gisaient sur la plage en lambeaux... Il y avait du sang partout... C'était horrible! Aucun homme ne peut arriver à faire cela! Je... Je me suis aussitôt enfui avant que ce monstre ne revienne. J'ai sauté à bord de ma voiture et j'ai filé vers ici! Un paquet de scénarios m'a évidemment traversé l'esprit en route, comme la possibilité d'un déguisement! Mais... Je sais ce que j'ai vu! Cette chose était si... Et quand je suis tombé sur ce chaos, ici, j'ai compris que toute cette histoire avait été bien réelle! Ce monstre était réel! Sans réfléchir, j'ai juste continué à conduire en espérant atteindre le poste de police... C'est là que cette femme est arrivée de nulle part! Je... Je n'ai pas pu l'éviter... Lorsque sa tête à frapper mon pare-brise, celui-ci a craquelé en entier et je n'arrivais plus à rien y voir!

— Et la femme?

— Eh bien... C'était... C'était une zombie, donc..., se défendit-il, alors qu'il savait très bien que ce n'était pas le cas. Comme le coup semblait lui avoir été fatal, je n'ai pas perdu de temps et je me suis enfui en laissant la voiture. Et en route, je vous ai vu!

— Ça alors! Un homme-reptile, un loup-garou... Et quoi encore?! s'exclama Jack.

— C'est... C'est peut-être des expériences scientifiques qui ont mal tournées... Ou un virus, comme dans les films! suggéra Ricky.

— Et dis-moi, comment est-ce qu'un virus pourrait les empêcher de venir jusqu'ici?! Oh, non! C'est forcément quelque chose de bien pire!

— En tout cas, nous devrions nous barricader au plus vite à l'intérieur! Ce mur invisible n'est peut-être que temporaire! En plus, regardez là! Ceux qui ont été mordus, ils... Ils se relèvent! Il ne faut pas rester ici!

— Non, il faut rester pour avertir davantage de survivants!

— Mais vous êtes cinglés?! Qui sait ce qu'il y a d'autres qui rôdent autour de nous?!

Jack s'apprêta à lui répondre que c'était justement parce qu'ils étaient demeurés sur le perron pour attirer son attention qu'il venait tout juste d'être sauvé. Mais au moment où il ouvrit la bouche, il remarqua du coin de l'oeil un autre rescapé s’enfuir à travers la rue…

Marc

Samedi, 14 août, 23 h 16

Quel ironie alors que Marc venait de passer la journée devant une série d'horreur, « downloadée » illégalement la veille. S'il n'avait pris ne serait-ce qu'un instant pour jeter un coup d'oeil à l'extérieur, ce gros bonhomme à la couronne de cheveux grisâtre et à la barbe de trois jours aurait eu bien autre chose en tête que de s'installer immédiatement devant son écran pour jouer une partie de jeux vidéo en ligne. Mais l'homme à l'approche de la quarantaine, qui vivait toujours tel un adolescent, n'avait aucunement l'intention de déroger de sa routine du samedi. Pour cet adepte de mondes fantaisistes, c'était un réel bonheur de s'isoler à l'abri des regards dès la fin de son quart de travail à l'usine. Dans son havre de paix, soit le sous-sol à prix modeste d'une vieille dame très gentille, il n'y avait rien de mieux. Si bien que malgré une aussi belle journée d'été, il n'avait même pas eu envie un bref instant de se pointer le nez dehors. Ce, malgré les encouragements de sa propriétaire, Mme Lafond, qui s'inquiétait pour ce pauvre garçon dénué d'activités sociales. Mais pour ce célibataire endurci, ce mode de vie lui convenait parfaitement.

Étrangement, en mettant en marche sa console, celle-ci indiqua un problème de connexion internet. Au prix que lui coûtait son forfait, cela lui parut inacceptable. Tout en poussant quelques jurons, il vérifia quelques causes possibles, dont son « routeur », sans toutefois trouver de solution. Il alla vérifier s'il pouvait au moins utiliser le wi-fi sur son cellulaire, encore branché pour recharger sa batterie faible, mais sans succès. Incapable de se connecter. Frustré, il grimpa à l'étage pour évaluer si le problème s'étendait dans toute la maison. Une fois en haut, il n'alluma qu'une seule lumière et s'avança en silence afin de ne pas réveiller la vieille dame, qui avait l'habitude de se coucher tôt.

Tout à coup, alors qu'il s'approchait de l'ordinateur portable posé sur la table de cuisine, il remarqua du coin de l'oeil la propriétaire dans l'obscurité, dos à lui, qui se tenait étrangement debout à fixer silencieusement un mur.

- Mme Lafond? Est-ce que tout va bien? demanda-t-il aussitôt de sa voix grave, sans toutefois obtenir de réponse. Mme... Mme Lafond? hésita-t-il ensuite, inquiet, sentant que quelque chose n'allait vraiment pas. Qu'est-ce que vous...

Soudain, avant même qu'il ne puisse terminer sa question, la dame se retourna lentement en affichant un regard terrifiant, alors que sa bouche ouverte dégoulinait de bave jusque sur son pull rouge. Devant cet insolite spectacle, il sentit un long frisson lui traverser le dos et ses pulsations cardiaques redoubler d'ardeur.

- Oh, Seigneur! Mme Lafond! Qu'est-ce que vous avez? Ne... Ne bougez pas! Je... Je vais appeler...

Mais au moment où il posa un pied pour s'approcher du téléphone, la vieille femme se précipita dans sa direction en poussant un effrayant grognement. En la voyant agir ainsi, Marc attrapa sans réfléchir une chaise et s'en servi pour la bloquer et la maintenir à distance. Celle-ci, en se rivant contre le siège en bois, continua tout de même d'essayer d'avancer tout en se débattant et en hurlant comme une déchaînée.

- Mme Lafond! Arrêtez! Mais arrêtez, putain de merde! tenta l'homme corpulent, tout en s'efforçant de la retenir.

Malgré ses tentatives, la dame agitée semblait déterminée à l'atteindre. Craignant que la pauvre soit atteinte d'une crise de démence quelconque, Marc continua de la maintenir à distance tout en essayant de ne pas la blesser. Cependant, après un instant à se tirailler de la sorte, il sentit ses bras commencer à faiblir. Sachant qu'il ne pourrait pas tenir encore très longtemps, il chercha une échappatoire. Il se rapprocha donc de l'accès à son appartement et, dans un dernier effort, poussa la chaise un bon coup vers la propriétaire agitée. Comme il l'espérait, celle-ci chuta sur le dos et Marc en profita pour passer la porte menant à son loyer, avant de la lui refermer au nez.

Et alors que la dame se rivait contre celle-ci, voilà qu'une fenêtre de son salon se cassa avec fracas. À l'instant où Marc, dépassé, dévala l'escalier pour en vérifier la cause, un inconnu entra curieusement dans le sous-sol en rampant. Dès qu'il aperçut ce dernier, qui portait des blessures sanglantes au visage, plonger sans aucune hésitation à l'intérieur de son appartement, suivi rapidement d'un deuxième, l'homme corpulent comprit qu'il devait fuir au plus vite. Alors, sans attendre que les nouveaux venus ne se relèvent, il fonça vers l'autre accès, qui menait cette fois à l'extérieur. À mi-chemin, il jeta instinctivement un coup d'oeil par-dessus son épaule. Il aperçut à ce moment les deux étrangers se ruer vers lui avec le même regard agressif que celui de Mme Lafond.

Celui de devant était déjà bien trop près et rapide pour qu'il arrive à le semer à temps! L'être hostile allait bientôt lui mettre le grappin dessus! Il devait réagir au plus vite!

Marc, affolé, attrapa la première chose qui lui tomba sous la main. Il saisit donc une petite table en bois sur son chemin et la projeta en plein visage de son poursuivant. L'effet souhaité fut atteint puisque l'étrange agresseur oscilla à l'impact, permettant au fugitif de prendre un peu d'avance. Sans rester une seconde de plus sur place, ce dernier reprit sa course. Sans même se retourner, il se précipita à l'extérieur de son appartement.

Toutefois, alors que celui-ci pensait pouvoir reprendre son souffle, le pauvre fut subjugué par le décor qui l'attendait dehors. La panique générale s'était emparée du centre-ville de Winslow. Devant ces centaines d'autres enragés qui s'attaquaient aux passants hystériques, cet adepte de films d'horreur conclut aussitôt ce qui était en train de se produire. Bien qu'il ne voulût pas en croire ses yeux, il fut forcé d'admettre qu'il s'agissait bien là d'une infestation de zombies.

Mais comment cela pouvait-il être possible? Était-il au beau milieu d'un mauvais rêve? Pourtant, ça paraissait si réel! Mais ce genre de chose, ça n'existait que dans sa vie virtuelle! Impossible que ce soit la réalité! Que toute ce chaos soit vraiment en train de se produire devant lui!

Malgré toute la confusion ressentie, Marc comprit que, tout comme les personnages des longs métrages de morts-vivants, s'il restait sur place, il finirait vite comme ces pauvres gens autour. Retourner à l'intérieur et devoir faire face à Mme Lafond n'étant pas une option, il décida de courir vers la ruelle derrière la maison, qui semblait déserte.

La respiration haletante, il se lança donc dans le corridor tout en restant très méfiant, terrifié à l'idée de voir surgir l'une de ces choses à tout moment. Même si la forme physique n'était pas l'un de ses atouts, la peur le poussa à avancer à toute vitesse sans même ralentir.

À son grand soulagement, l'homme en sueur traversa la ruelle sombre sans embûche et déboucha sur une autre rue. Mais à l'instant où il s'y engagea, son coeur se serra d'un seul coup en repérant, à une trentaine de mètres devant lui, une créature absolument immonde. Lui, qui croyait avoir tout vu, fut totalement pétrifié en apercevant cet être à la peau grisâtre, à mi-chemin entre un homme et un insecte, qui entraînait avec lui une pauvre femme hurlant à pleins poumons jusque dans une bouche d'égout. La chose aux multiples bras, qui affichait plusieurs yeux noirs et une gueule béante, semblaient provenir du pire de tous les cauchemars.

En l'apercevant, Marc figea sur place. Comme il aurait aimé avoir le courage de l'un de ces héros de cinéma pour aller porter secours à la pauvre victime. Mais il fut incapable de bouger le moindre petit doigt. La peur le paralysait complètement. Il ne put donc que se contenter de fixer la pauvre femme affolée se débattre alors que le monstre la traînait par les cheveux jusqu'à ce qu'ils disparaissent tous deux dans les souterrains de la ville. Un sentiment sans nom, à mi-chemin entre la culpabilité de ne pas être intervenu et le soulagement que la bête ne l'ait pas attaqué également, le frappa de plein fouet.

Même si son esprit n'arrivait toujours pas à assimiler toute l'insolite information perçue, son instinct de survie, elle, reprit enfin le contrôle de ses membres. Dès que l'insecte humanoïde et sa proie eurent disparus, Marc se dépêcha de fuir dans la rue en sens inverse avant que l'hideux monstre ne réapparaisse. En route, à travers les grognements de zombies à gauche et à droite déjà occupés avec d'autres victimes, qui hurlaient leur désespoir, il entendit miraculeusement une voix d'homme lui sommant de venir le rejoindre.

- Par ici! Monsieur! Vite! Venez par ici! Ils ne peuvent pas monter jusqu'à nous! Dépêchez-vous! Venez nous rejoindre!

En se tournant vers l'église, il remarqua des silhouettes sur le perron qui lui faisaient signe d'approcher. À première vue, ces derniers, qui demeuraient sur place sans être attaqués, semblaient curieusement être à l'abri du chaos qui les entourait. En temps normal, Marc aurait pu trouver cette situation plutôt louche et aurait fort probablement remis en question les intentions de ces étrangers. Mais les circonstances ne lui laissaient que très peu de choix. Ou il se dirigeait vers ces personnes un peu douteuses, ou alors il devait poursuivre sa route à travers une centaine d'horrifiants zombies. Le choix fut assez évident et il bifurqua vers ceux qui l'appelaient.

Il courut plus vite qu'il ne l'avait jamais fait, sentant son ventre balloter de gauche à droite au rythme de ses enjambées. Heureusement, la peur l'empêcha de ressentir la douleur que tentait de lui infliger ses pauvres poumons à bout de souffle. Il y était presqu'arrivé lorsqu'il vit à son grand désespoir trois ignobles morts-vivants se positionner au bas des marches, lui barrant ainsi la route.

Impossible de passer! Que devait-il faire à présent? Rebrousser chemin? Mais pour aller où? Comme la frayeur altérait sérieusement son jugement, le pauvre se contenta de simplement s'immobiliser. Contrairement aux zombies de la plupart des longs métrages, ceux-ci étaient loin d'être lents et maladroits. À l'opposé, ils étaient vifs comme des bêtes enragées. Et l'homme au surplus de poids savait très bien qu'il n'avait pas les atouts physiques pour arriver à les semer sur une longue distance. Telle une proie apeurée, il figea sur place alors que les prédateurs se préparaient à passer à l'attaque.

- Ces saloperies commencent à s'accumuler! s'exclama plus loin Jack, le grand mince portant une barbe poivre et sel qui venait juste d'interpeler Marc à partir du perron. Elles vont lui bondir dessus! Il est fait comme un rat!

- Non, pas question! répondit à ses côtés Jacob, l'un des rares habitants de race noire de cette petite ville isolée. Les filles, restez avec Éva, poursuivit-il en poussant ses deux fillettes en direction d'une belle jeune femme caucasienne. Je reviens tout de suite!

- Non, papa!

- Je n'ai pas le temps de discuter! Je dois aller aider ce pauvre homme! Je reviens, je vous le promets!

Sur ces mots, le père de famille, le bâton de baseball à la main, quitta l'endroit apparemment inaccessible aux zombies et dévala les marches avec détermination. Puis, lorsqu'il arriva à proximité de ses adversaires, tout droit tirés d'un film d'horreur, il cogna de toutes ses forces la batte au visage du premier. Lorsque celui-ci s'effondra, il se dépêcha de frapper le second. Tout se passait tellement vite et il allait manquer de temps pour être capable d'attaquer le troisième, qui se ruait déjà vers lui. Jack, qui l'avait suivi, lui donna un sursis en repoussant l'abject personnage à l'aide de son pied. Jacob, voyant que son ami était désormais en plus mauvaise posture que lui, lança sans attendre son arme dans sa direction. Jack le saisit au vol avant de défoncer à son tour le crâne du cannibale aux yeux sans vie.

Lorsque les courageux hommes lui libérèrent la voie, Marc se dépêcha de les rejoindre. Une fois à leur hauteur, ceux-ci l'invitèrent à le suivre. L'homme corpulent, déjà à bout de souffle, s'exécuta le plus vite qu'il le put sans même les questionner. Si les intentions de ces derniers étaient hostiles, ça n'avait pour l'instant aucune importance. Le pauvre était prêt à prendre le risque afin ne pas finir entre les pattes des zombies ou de la créature qu'il avait vue. Rien de ce que les étrangers pouvaient lui faire subir ne pourrait être pire que ce qui l'attendait s'il rebroussait chemin.

Une fois de retour sur le perron, Jack tenta de calmer le nouveau venu en lui expliquant qu'il n'avait rien à craindre et qu'il était en sécurité pour le moment.

- Oh, merci! Mon Dieu, merci! Vous m'avez sauvé la vie! Mais... Mais qu'est-ce que vous faites à l'extérieur? Il faut aller se barricader! s'exclama Marc.

- Non, mon ami! Ça va aller! Étrangement, ces saloperies ne peuvent pas remonter jusqu'ici. Ils n'ont... Ils n'ont pas accès à l'église.

- Quoi?! Comment ça?

- Si seulement je le savais! Et je... Je ne suis pas certain que ce soit réellement une bonne chose! J'ai peur de ce que ça pourrait cacher!

- Tu as été mordu?! les interrompit Ricky, un blondinet à barbiche un peu en retrait.

- Non! Et c'est un vrai miracle! répondit avec soulagement l'adepte de films d'horreur, qui se doutait bien de ce qu'une réponse positive aurait eue comme répercussion.

- Bien! reprit Jack.

- Mais... Il ne faut quand même pas rester là! Il faut entrer au plus vite avant que cette bête ne remonte à la surface! continua de s'alarmer Marc.

- Quelle bête?!

- Alors, vous l'avez vu, vous aussi, ce loup gigantesque? les interrompit Jacob.

- Quoi?! Un loup?! Non! Ce truc ressemblait à un énorme insecte!

- Seigneur! Ça va vraiment de mieux en mieux! Un insecte géant maintenant! reprit Jack.

- Et quoi encore! s'écria Ricky. Mais écoutez-nous, bon sang! Il faut entrer au plus vite! Comme je viens de vous le dire, moi, la chose que j'ai vue ne ressemblait ni à un loup, ni à un insecte! Cette saloperie de lézard qui a émergé de l'eau était plus gros qu'un crocodile!

- Quoi?! s'affola Marc. Mais qu'est-ce que c'est que cette histoire?!

- Je... Je n'en ai aucune putain d'idée! avoua Jack.

- Papa! J'ai peur! s'exclama l'une des fillettes.

- Oui, moi aussi, papa! la seconda sa soeur.

- Je sais mes chéries, tenta leur père afin de les consoler tout en essayant de rester calme même si à l'intérieur, une panoplie d'émotions lui tiraillaient l'estomac. Allez, venez ici, termina-t-il en leur tendant les bras.

- En tout cas, faites comme vous voulez, mais moi, je ne resterai pas une seconde de plus à l'extérieur! lança Ricky.

Et alors que le blond se dirigeait sans attendre vers l'entrée, une horde de plus d'une vingtaine de zombies, préalablement attirés par les cris des appétissants survivants, se pointèrent à leur tour au bas de l'escalier. Une fois sur place, certains tentèrent d'avancer malgré l'étrange mur invisible qui leur bloquait l'accès, alors que d'autres se firent ignoblement un festin des cadavres qui gisaient à proximité.

- Eh merde! Ça risque d'être difficile maintenant de tous les repousser! soupira Jack.

- Je crois sincèrement qu'ils sont attirés par nous! supposa Jacob. Si on reste là, on risque d'en attirer encore plus. En tout cas, avec les filles, je... Je ne peux rester plus longtemps à l'extérieur.

- Il faut faire comme Ricky et aller se réfugier à l'intérieur! suggéra à son tour Éva, la belle jeune femme, qui semblait hystérique.

- Elle a raison! s'inclina Henri, un vieil homme portant un col romain porté par les prêtres, qui était demeuré silencieux depuis l'arrivée de Marc. Pour l'instant, même si un autre rescapé arrive, il ne pourra même pas s'approcher! Sans compter que nous n'avons aucune confirmation que... Enfin... Que toutes ces autres créatures... Ne peuvent pas grimper jusqu'ici!

- Et qui sait combien de temps ce bouclier invisible pourra encore tenir! l'appuya Jacob.

Contre leur gré, le reste du groupe dût en venir au même consensus. Avec cette horde de zombies au bas des marches, il était désormais presqu'impossible de reproduire ce qu'ils venaient de faire pour Marc. Aussi se dirigèrent-ils tous, un à un, vers l'intérieur.

Plus la conversation sur le perron se déroulait, plus Marc avait senti sa crainte envers ces autres survivants se dissiper. À première vue, ces quatre autres hommes, cette jeune femme et ces deux enfants semblaient tous aussi confus que lui. Il n'hésita donc pas un instant à les suivre.

Tout en barricadant la porte, la plupart d'entre eux espérait de tout coeur devoir la rouvrir pour accueillir d'autres personnes encore en vie, mais en vain.

Un peu plus tard, tout en tentant de faire le point, Henri, celui qui portait un collet de prêtre, alla enfiler sa toge de cérémonie afin de réciter une prière, implorant que quelqu'un leurs vienne en aide. Pendant qu'il s'exécutait, tous, y compris ceux qui étaient non-croyants, prirent place à un banc avant de joindre leurs mains, espérant que ceci aiderait à retenir les créatures à l'extérieur.

Ayant les lamentations de zombies en guise de bruit de fond, les pauvres réfugiés traversèrent cette angoissante nuit, qui leur parut interminable. Tous sur le qui-vive, ces derniers s'attendirent à ce que ces choses dehors finissent par réussir à prendre d'assaut leur forteresse. Mais à leur grand soulagement, la force invisible qui protégeait l'enceinte tint le coup jusqu'au lendemain. Bien que la plupart des cadavres-cannibales demeurèrent en position pour les assiéger, la situation sembla se stabiliser avec l'apparition des rayons du soleil.

Est-ce que des secours allaient finir par venir les sortir de ce cauchemar? Est-ce que cette situation s'étendait au-delà des frontières de Winslow? Était-ce une situation régionale, nationale ou même mondiale? Étaient-ils plongés au beau milieu de l'Apocalypse?

Ces questions hantèrent en boucle les esprits de tous et chacun. Certains manifestèrent leurs craintes en se rongeant les ongles, d'autres en marchant de long en large, ou encore en fixant la représentation du soi-disant fils de Dieu, en train de souffrir le martyr, crucifié sur une croix. Depuis un bon moment déjà, leurs inquiétudes les avaient plongées dans le silence.

Pour sa part, Marc, contre son gré, rejoua en boucle la scène de l'enlèvement de cette femme par ce monstre, incapable d'oublier le regard affolé de celle-ci. Même si sa raison tentait encore et encore de le convaincre qu'il n'aurait rien pu faire pour l'aider, la culpabilité de n'avoir rien tenté le rongea de l'intérieur.

Personne n'avait prononcé le moindre mot depuis plus d'une heure quand soudain, le bruit d'un véhicule arrivant à toute vitesse à proximité de l'entrée principale se fit entendre. Puis, peu de temps après que le moteur ait été coupé, quelqu'un frappa à la porte…

Retrouvez la suite dans les pages du roman L'assaut du Mal, tome 1, Sadman le sorcier.

Éva

1 an et 9 mois avant les évènements tragiques de Winslow

Lilith, l'apprentie sorcière de Sadman, qui terminait sa reconnaissance des lieux, décida de faire une pause au Pub de Winslow. Fière d'avoir découvert cette petite ville isolée, qui répondait à tous les critères de son maître pour la prochaine tentative de celui-ci, l'asiatique aux courbes plantureuses alla s'offrir une pinte de bière bien méritée. Tout ce qui lui manquait à présent, c'était de réussir à recruter quelqu'un déjà sur place pour infiltrer ceux qui iraient se réfugier dans l'église. Une personne qu'aucun survivants ne pourraient soupçonner.

En entrant, elle remarqua aussitôt la belle serveuse aux cheveux noirs alors que celle-ci discutait avec l'un des clients assis au bar.

— Je… Je suis vraiment désolé pour tes parents. C'est affreux cette histoire, avoua le vieil homme, qui en était déjà à sa cinquième consommation.

— Merci, Monsieur Drolet. Mais ce serait gentil d'arrêter de me le rappeler sans cesse. Ça va faire bientôt cinq mois et disons que j'essaie… Enfin…

— Désolé, Éva! C'est juste que… Désolé! Que Dieu te bénisse, ma belle fille!

— Ouais… Dieu… C'est ça!

En assistant à la scène, l'apprentie de Sadman comprit sur le coup qu'elle venait tout juste de repérer l'élément qui lui manquait. Sans perdre une seconde, elle alla également s'asseoir au bar et, après quelques verres, elle se mit à discuter avec la jeune femme. Tout en utilisant les techniques d'influence que son maître lui avait apprises, Lilith réussit facilement à atteindre la serveuse, qui semblait désespérément vouloir trouver du réconfort. Au cours de la conversation, durant laquelle l'ensorceleuse la convainquit de prendre aussi plusieurs consommations, Éva avoua finalement à la sorcière avoir perdu sa mère à la suite d'un cancer et que pour en rajouter, son père s'était pendu. Et que c'était elle qui avait découvert le corps. Elle alla même jusqu'à dire à sa nouvelle confidente qu'elle aussi, elle songeait fortement au suicide.

À la fin de la soirée, Lilith l'informa qu'elle allait demeurer dans le coin pour un petit bout de temps et elles se redonnèrent donc rendez-vous pour poursuivre leur conversation le lendemain, au restaurant. Éva, contente de s'être faite une nouvelle copine, avec qui elle s'était vraiment senti à l'aise pour se confesser, fut des plus ravie de pouvoir la revoir.

Puis, après s'être recroisée à maintes reprises, Lilith, qui avait réussi à gagner sa confiance, décida bientôt de passer à la prochaine étape. D'abord, en utilisant quelques cheveux d'Éva, qu'elle s'était discrètement procurée pendant leurs rencontres, la sorcière procéda en secret à un rite noir, ayant pour but de l'appuyer dans sa tentative de la persuader à l'accompagner à une séance avec son mentor.

Au début, quand Lilith lui avoua faire partie d'un groupe privé, Éva resta plutôt méfiante. Mais grâce à l'envoûtement, souvent pratiqué par les adeptes de Voodoo, elle ne put ensuite nier se sentir plus qu'intriguée.

— Viens juste faire un tour! l'avait supplié Lilith. Je sais que ça semble un peu bizarre, mais je te jure que tu ne seras pas déçue! Ça ne te fera que du bien! Tu vas voir! Moi aussi, la première fois que l'on m'a invité, j'étais vraiment sceptique. Mais je te jure que ça va changer ta vie! Pour moi, ils sont littéralement ma famille! Alors je t'invite, toi qui n'en a plus, à venir en découvrir une nouvelle! Et quand tu rencontreras notre leader, tu saisiras enfin le but de ton existence! Il te fera vivre des émotions que tu n'aurais jamais pu songer ressentir un jour! Et après tout, qu'as-tu donc à perdre?

Après l'avoir finalement convaincu, toute deux s'étaient déplacées le soir en question à plus de trois heures de route. Tout le long du chemin, Éva s'était réellement demandée comment elle avait pu accepter de se laisser embarquer là-dedans.

Et ce ne fut pas mieux lorsque sa nouvelle amie l'amena dans le sous-sol d'un grand manoir. D'abord, l'imposant portier au visage sévère, qui leurs ouvrit la porte en voyant Lilith sans dire le moindre mot, n'était guère rassurant. Puis, tous ces gens à l'intérieur, plus étranges les uns que les autres, donnèrent aussitôt envies à la jeune femme de rebrousser chemin. Mais la sorcière réussit sournoisement à la persuader de rester jusqu'à l'arrivée de l'invité d'honneur. Lorsqu'ensuite un verre de Schnurzun, une boisson alcoolisée allemande contenant de l'amphétamine, fut offert à tous les nouveaux afin de les préparer à ce qu'ils allaient assister, Lilith dut en prendre également afin d'inciter son accompagnatrice à se prêter au jeu.

— Prépares-toi ma belle à vivre une expérience unique! Tu

vas vraiment être sur le cul, je te le promets!

C'est alors que dans une acclamation significative, la soixantaine de personnes sur place accueillirent Sadman, qui grimpait sur une scène à l'avant. En voyant l'homme au visage brûlé, Éva, qui ressentait déjà les effets du Schnurzun, ne se sentit guère rassurée.

Lorsque ce dernier leva les bras, tous se turent immédiatement afin d'écouter leur gourou.

— Mes chers fidèles! Je suis si heureux de vous voir aussi nombreux ce soir! Vous savez que j'ai plusieurs autres groupes de guerriers, mais vous êtes de loin les meilleurs!

Suite à une volée d'applaudissements, le grand sorcier refit signe à la foule de s'arrêter afin de reprendre la parole.

— Comme vous le savez déjà, nous avons dernièrement essuyé un échec! Mais ne vous en faites pas, mes frères et mes sœurs! Tout était méticuleusement calculé! Car cette première tentative n'était en fait qu'un test! Juste une manière de connaître davantage nos ennemis afin que nous puissions nous préparer à leur faire face lorsque sera venu le vrai moment! Et quand nous mettrons notre plan à exécution, je vous jure que cette fois, nous n'échouerons pas! OK, mes fidèles, dit-il ensuite pour calmer à nouveau l'assistance en délire. Comme vous le savez, je n'ai pas beaucoup de temps. Mes contacts à l'intérieur de l'institut où je suis retenu ont réussi à me faire sortir en douce pendant qu'un de nos confrères, également détenu, attirait l'attention ailleurs, grâce à la mise en scène de sa tentative de suicide. Mais je devrai bientôt regagner ma cellule avant que ces idiots à la solde du Vatican ne remarquent mon absence. Effectivement, le temps n'est pas encore venu de prendre notre revanche! Nous devons d'abord laisser retomber la poussière et faire croire à ces idiots que nous ne récidiverons plus. Et bien sûr, nous devrons nous préparer à les accueillir convenablement! Voilà pourquoi je resterai enfermé afin de ne pas soulever de soupçons, jusqu'à ce que nous soyons enfin prêts! Néanmoins, je vous promets de venir vous visiter comme ce soir le plus souvent possible! Mais pour l'instant, je vois plusieurs nouveaux visages parmi nous! Et j'en suis vraiment très fier! Cependant, je détecte des regards méfiants! La plupart d'entre vous, qui ne me connaissez pas encore, êtes présentement en train de vous demander réellement comment vous avez pu vous laisser convaincre de venir jusqu'ici! Eh bien, laissez-moi vous le démontrer! Commençons par toi! Oui, toi! Viens ici! dit-il en pointant une jeune femme blanche. Allez, ne sois pas timide et grimpe jusqu'à moi! J'ai une surprise pour toi!

La petite blonde, qui semblait réellement surprise, hésita un instant avant de s'avancer finalement, encouragée par la foule. Lorsqu'elle arriva à ses côtés, Sadman s'adressa à nouveau à ses spectateurs.

— Je vous présente Claudia! Eh oui, je connais ton nom! Je connais d'ailleurs tous déjà vos noms! Néanmoins Messieurs-Dames, il n'y a pas seulement son nom que je connaisse, mais aussi toute son histoire. Cette pauvre femme a souffert pendant des années, sous l'emprise d'un mari alcoolique qui la battait fréquemment et qui la méprisait sans cesse! Jusqu'au jour où enfin elle décida de se confier aux autorités. Mais faute de preuves, ce fils de pute a rapidement été remis en liberté! Bien que Claudia ait réussi à obtenir son divorce, elle n'a jamais pu lui faire payer tout ce qu'elle avait enduré et elle a continué à vivre dans la peur! Mais ce soir, c'est terminé!

En finissant sa phrase, deux de ses adeptes firent leur entrée sur la scène en transportant le fameux ex-mari en question, attaché à une chaise. Puis, ils le déposèrent juste en face de la blonde, qui semblait totalement stupéfaite. Par la suite, Sadman lui tendit un bâton de baseball.

— Vas-y Claudia! C'est l'heure! Le retour du balancier! Voilà mon cadeau de bienvenu! Tu vas enfin pouvoir faire ce que notre justice de merde n'a pas réussi à accomplir! Repense à tout ce que ce salop t'a fait subir et laisses-toi aller! Cesse d'hésiter et fais-le! Je te jure qu'il n'y aura aucunes représailles! C'est le moment de prendre ta revanche!

Encouragée par la foule, Claudia saisit enfin l'arme et, malgré les supplications de l'ivrogne, elle le frappa de toutes ses forces à plusieurs reprises tout en l'injuriant. Lorsqu'il fut salement amoché, Sadman l'arrêta.

— Assez, il ne faut pas le tuer! Pas maintenant, car c'est à son tour! À son tour de vivre dans la peur! Tu m'entends, sale connard! Un jour ou l'autre, Claudia refera surface pour te foutre une autre raclée! Mais d'ici là, si tu oses en parler à qui que ce soit, j'irai moi-même te couper les couilles! Et n'oublie pas que nous avons des yeux partout, même dans la police!

Éva, qui ne s'attendait pas du tout à ça, se demanda un instant si elle ne devait pas partir au plus vite. Mais même si elle n'en croyait pas ses yeux et que sa conscience lui dictait que tout ceci était immoral, elle se surprit tout de même à prendre un malin plaisir à regarder ce salopard se voir remettre la monnaie de sa pièce. Et le spectacle n'alla qu'en s'améliorant lorsque Sadman invita par la suite un travailleur forcené, qui avait tout perdu suite à la fermeture d'une usine par un riche homme d'affaire, normalement intouchable.

— Ces fumiers sont tous des salops à cravate corrompus qui ne pensent qu'à eux et leur portefeuille! Ils n'en ont rien à foutre de vous et vous considère tous comme des minables! avait dénoncé le sorcier avant d'offrir un combat loyal à l'ouvrier, qui s'était fait une joie de marteler le «business man» de ses poings.

Tout comme le premier, après lui avoir exposé ses menaces, Sadman retourna l'homme ensanglanté derrière la scène, toujours sous les acclamations de la foule.

Éva, toujours à se demander si elle ne devrait pas quitter cet endroit, se laissa encore une fois tentée et resta sur place afin d'en voir davantage.

— Maintenant, laissez-moi vous présenter quelqu'un, continua-t-il en dévoilant une grande statuette de Jésus crucifié, qui était dissimulé sous un drap. Vous savez ce qu'aurait fait ce sale fils de pute s'il avait été ici! Il leur aurait pardonné! Tout comme notre système de justice de merde! Tu parles d'un idiot! D'un traître, dont la devise était de tendre l'autre joue! Ouais, pour ne recevoir que des coups! Eh bien moi, je t'emmerde! hurla-t-il en crachant au visage de la représentation du messie. Et vous savez à qui d'autre ce con aurait pardonné? À lui! termina-t-il en dévoilant un autre prisonnier qui, tout comme le premier, était attaché à une chaise. Quelqu'un sait ce que ce type a fait?

— Moi, je le sais! s'écria un grand barbu en accourant à l'avant. C'est le salopard qui a violé et tué ma fille!

— Oui! C'est bien lui! Mais comme il est le riche fils à papa, il a réussi à se payer un juge afin de ne pas aller croupir en prison! Eh bien, ce soir, je t'offre un deux pour un, mon ami! avoua-t-il alors que ses hommes de main apportaient également le juge corrompu. Ce soir, nous allons rétablir l'équilibre de ce monde pourri! Jure-moi fidélité, crache au visage de Dieu et je te les laisse tous les deux! lui dit-il en tendant un couteau cette fois.

Sans aucune hésitation, l'homme aveuglé par la tristesse et la colère, qui depuis les incidents ne rêvait que de les faire payer, s'exécuta sur la statue avant de s'approcher de celui qui lui avait pris sa petite fille. Mais avant de passer à l'acte, le barbu hésita.

— Allez! Fais-le! l'encouragea Sadman. Repense à ta charmante petite fille. C'est lui qui te l'a pris! Écoute ta colère! Laisse-la te guider! Tu sais que ce fumier mérite de payer! Et tu sais qu'il va certainement recommencer!

Sous les encouragements de la foule, l'homme assoiffé de vengeance se décida enfin de poignarder le tueur de sa petite princesse adorée. Tout en s'exécutant plusieurs fois à répétition, il insulta sa victime et cria sa rage.

— Prends ça, sale fils de pute! Pourquoi?! Pourquoi tu me l'as prise?! Elle était tout ce que j'avais! Crève connard! Raaaaarrrgh!

Puis, lorsque le prisonnier poussa son dernier souffle, le père, en larme, le visage recouvert du sang de sa dernière victime, se retourna vers le juge corrompu tout en tentant de reprendre son souffle. Puis, sans trop réfléchir, toujours attisé par la colère, le poignarda également à maintes reprises.

Cette fois cependant, devant ce meurtre en direct, Éva se mit aussitôt à paniquer. Frapper, c'était une chose! Mais là, ça allait beaucoup trop loin! Toutefois, à l'instant où elle allait quitter, Lilith la saisit fermement par le bras et la força à rester en lui jurant que la suite allait réellement l'intéresser. Encore victime de son envoûtement Voodoo, la serveuse se laissa donc convaincre contre son gré.

— Plusieurs d'entre vous sont septiques! Je le sens! poursuivit pendant ce temps Sadman, alors qu'il venait d'escorter le père, dans toutes ses émotions, vers ses fidèles derrière la scène. Quand je vous ai dévoilé cet emblème du Bien, plusieurs se sont demandé où je voulais en venir! C'est évident, la plupart de vous, les nouveaux, ne croyez pas au monde spirituel! Et avec raison, puisque Dieu vous a toujours caché la vérité! Eh bien moi, ce soir, je vais vous dévoiler d'où provient le vrai pouvoir!

Sur ce, Sadman enflamma une étoile satanique tracée sur la scène avec de l'essence, dont des crânes humains étaient prédisposées aux embouts. Puis, lorsqu'une femme lui apporta de vieilles pages en papyrus, celui-ci les éleva à bout de bras tout en récitant une formule en langue noire. Soudain, après un bon moment à exécuter son manège, les deux cadavres encore ficelés se mirent à remuer lentement. Puis, sous les regards ébahis des recrues, spécifiquement d'Éva, le tueur d'enfant et le juge corrompu se réveillèrent sous forme de zombies.

— Quoi?! s'exclama la serveuse, tout comme le quart de la foule. C'est impossible!

— Oh non, ma chérie! Je t'avais bien dit qu'il était fantastique! lui répondit Lilith.

— Est-ce que j'ai bien vu?! Il arrive à...

— À ramener les morts! Eh, oui!

— Non! Je n'y crois pas!

— Et pourtant, regarde! Tout est vrai!

— Alors... Alors est-ce que ça veut dire que...

— Oui, ma chère! Il pourrait te ramener ta mère!

— Il n'y pas de trucages, Messieurs-Dames! poursuivit Sadman à l'avant. Je vous le jure! Demandez à ceux qui vous ont traîné jusqu'ici! Je vois bien que vous semblez tous effrayés pour l'instant! Mais ne le soyez pas! Car tous mes fidèles n'ont absolument rien à craindre! Donc, voilà ce que mon Père nous offre! Le vrai pouvoir!

Le sorcier fit alors une pause pour que tous les anciens membres puissent calmer leurs accompagnateurs hystériques. Lorsque la plupart d'entre eux finirent par se tranquilliser quelque peu, le grand manitou reprit la parole.

— À tous les nouveaux, je vous demande de venir à l'avant! Tout comme vient de le faire notre ami, venez me jurer fidélité, crachez au visage de ce Dieu de merde... De ce traître! Et vous serez enfin des nôtres! Et je vous jure qu'ensemble, nous serons invincibles! Ensemble, nous Lui ferons payer de ne pas nous avoir donné ce que nous méritions de droit!

Alors que la foule était en délire, Lilith poussa Éva, qui semblait complètement déboussolée, à s'avancer. Bientôt, elles se retrouvèrent sur la scène avec tous les autres nouveaux fidèles, qui projetaient agressivement leurs salives sur la représentation du Bien. Mais lorsque la sorcière remarqua de l'hésitation dans les yeux de sa recrue, elle l'attira aussitôt vers son maître, qui était en train de s'amuser avec le juge-zombie avant de l'achever à l'aide d'un couteau.

Bien qu'il était affreusement laid, lorsqu'elle arriva devant lui, Éva se sentit totalement chamboulée par la prestance de l'homme aux cicatrices.

— C'est donc toi! lui dit-il aussitôt. Lilith m'a beaucoup parlé de toi! Elle m'a tout raconté! Et elle m'a dit que tu étais très prometteuse!

— Écoutez, cher Monsieur, je...

— Sadman! Appelle-moi Sadman.

— Oui... Bon, Sadman, je... Je dois avouer que ça me dépasse un peu tout ça et...

— Écoute Éva, je sais que c'est un peu intense, mais... Ces types ont tous réellement mérité leurs sorts ce soir. Bon, je me doute qu'en étant élevé à la campagne, tu as dû subir une certaine éducation sur le catholicisme. Tes parents devaient à l'occasion t'amener à la messe tout en prônant les louanges du Seigneur. Mais dis-moi, qu'est-ce que Dieu a fait pour toi dernièrement? Hein? A-t-Il répondu à tes prières lorsque ta mère s'est faite dévorée par ce putain de cancer? Non! Et est-ce qu'Il a donné la force à ton père de surmonter cette épreuve? Non plus! Il vous a abandonné, comme Il nous abandonne toujours! Pour lui, nous ne sommes que des insectes! Mais pas aux yeux de mon Père! Lui, il nous offre le pouvoir de changer les choses! Regarde ce type! dit-il en pointant le mort-vivant restant, qui se débattait sur sa chaise. Tu vois bien que ce ne sont pas des trucages! Il est bien réel! J'ai vraiment réussi à les ramener tous les deux d'entre les morts! Tout comme j'aurais pu sauver ta mère! Tout comme je peux la ressusciter également! Elle reviendrait, comme elle était avant sa maladie! Je te le jure! En échange, je ne te demanderais qu'une seule petite faveur. Une simple chose à faire! Mais je t'en reparlerai le moment venu! Écoute, je sais que tu as souffert! Je sais ce que tu as dû endurer. Et avec un aussi beau visage, je connais la vérité à propos de tous ces hypocrites qui ont voulu te consoler, simplement dans l'espoir de se rapprocher physiquement de toi! Juste pour avoir accès à ton joli corps. Mais je suis différent des autres! Regardes-moi! Je suis bien placé pour savoir que l'important se cache à l'intérieur! Et crois-moi, côté souffrance, je suis le mieux disposé pour te comprendre! Éva, j'ai besoin de toi!

La belle, totalement hypnotisé par ce beau parleur, se laissa finalement convaincre. Celle-ci, après un moment de réflexion, se décida donc à retourner auprès de la représentation de Jésus avant de le rejeter à son tour en utilisant sa salive.

Peu de temps après, Sadman leur expliqua qu'il devait quitter mais leurs promit de revenir bientôt.

Le lendemain, Éva se remit en question à propos de sa folle soirée en se demandant même si elle n'avait pas rêvé tout ça. Car en effet, dû en partie au Schnurzun, tous ses souvenirs étaient un peu flous. Mais lorsqu'elle reçut un appel de Lilith un mois plus tard, lui indiquant que Sadman allait réussir à se libérer en douce et donc qu'une autre assemblée allait avoir lieu, elle n'eut d'autre choix que de se rendre à l'évidence; tout avait été bien réel. Avant de se déplacer, elle hésita longuement, pour finalement se laisser tenter. Et tout comme la dernière fois, elle en repartit complètement confuse.

Puis, réunion après réunion, elle commença à y prendre de

plus en plus goût. Bien que la plupart du temps, Sadman tenait ses séances par vidéoconférence à partir de sa cellule, chaque fois qu'il réussissait à fuir en douce pour se présenter en personne, il lui adressait intimement la parole. Celle-ci, qui buvait littéralement ses mots, s'était même surprise à ressentir de l'attirance envers lui.

Au cours de chaque réunion, elle en apprit peu à peu sur le pouvoir du Mal. Bientôt, elle sut enfin le plan concernant les démons, qui allaient selon son nouveau gourou purifier ce monde pourris. Évidemment, pour leur prouver à tous que son Père n'était pas un hypocrite comme Dieu et aussi pour gagner leur confiance, Sadman leurs avait même expliqué comment éliminer ces êtres surnaturels.

Toutefois, un an avant la date prévue de l'ouverture des sceaux, où il lui avait été expliqué que tout ce qu'elle aurait à faire serait de surveiller les survivants dans l'église, elle fit la rencontre de Max au bar. Le lendemain de cette merveilleuse soirée, où elle regrettait d'ailleurs d'avoir seulement simulé avoir inséré son pseudonyme dans sa poche, elle s'était remise en question. Après s'être confiée à Lilith, celle-ci s'était sournoisement dépêchée d'envoyer l'un de ses hommes au Pub pour jouer le salopard à cravate se croyant tout permis. Après que l'acteur en question lui ait entre autre envoyé des insultes et lui ait touché une fesse, la serveuse s'était aussitôt rappelée pourquoi elle détestait tant ce monde et du coup, en oublia rapidement le beau garçon de la veille.

Finalement, la fameuse journée du 14 août, bien que tout semblait pourtant si clair le matin, elle se remit encore une fois en question en début de soirée. En effet, alors qu'elle s'était rendue à son travail pour ne pas élever de soupçons, elle avait commencé à réaliser en servant le gentil Jack qu'elle était en train de commettre une grave erreur. Cependant, deux membres de la secte, en charge de vérifier tous les derniers détails, étaient débarqués à ce moment pour s'assurer qu'elle allait toujours s'en tenir au plan. Ceux-ci, voyant qu'elle semblait hésitante, lui signalèrent que si elle se résignait, elle en paierait cher le prix. Éva les avait alors rassurés avant de retourner voir Jack, qui semblait se douter de quelque chose. Elle s'était alors efforcée de cacher sa nervosité derrière son sourire. Toutefois, lorsqu'elle vit son client sortir pour aller rejoindre sa femme, elle réalisa vraiment à quel point ce que sa bande s'apprêtait à faire était mal.

Sentant qu'elle était sur le point de craquer, les deux hommes avaient aussitôt prévenu Sadman en personne. Celui-ci, craignant qu'elle ne prévienne trop tôt son entourage alors qu'il venait à peine de réveiller les morts et que tout était en place pour briser les sceaux, s'était lui-même déplacé pour la rencontrer, à l'extérieur derrière le bar. Comme elle sortit nerveusement à sa rencontre pour lui expliquer qu'elle abandonnait, celui-ci s'était alors mis à réciter un envoûtement en langue noire. Par la suite, lorsqu'il lui parla en français, il arriva facilement à la convaincre de faire son travail, lui rappelant entre autre que c'était le prix à payer pour revoir sa mère. Celle-ci, hypnotisée, un peu comme les gens réceptifs le sont face à des fascinateurs comme Messmer, avait finalement avoué être prête à tout pour toucher sa récompense.

Un peu plus tard, lorsque les zombies firent leurs entrées dans la ville, Éva se retira par la sortie d'urgence, où d'autres membres de sa secte armés de bâtons l'attendaient pour l'escorter jusqu'au bâtiment en face de l'église. Une fois réfugiés, ils attendirent le bon moment avant de déployer leur agent-double. Lorsque l'un d'eux remarqua quelques heures plus tard un père de famille s'approcher de la maison du Bien avec ses filles sous les bras, il sentit que le temps était venu et ordonna à la serveuse, tout en lui donnant un sac à main dans lequel était dissimulée une radio, d'aller sur-le-champ accomplir son travail.

Toutefois, lorsque la jeune femme sortit dans la rue, elle figea devant un spectacle aussi horrible. Elle, qui pendant l'attente se bouchait les oreilles pour ne pas entendre tous ces cris, fut subjuguée en voyant les nombreux zombies s'attaquer à sa ville. En parler, c'était une chose, mais le voir en était une toute autre. Cependant, comme si les paroles de Sadman résonnaient dans sa tête, elle se sentit obligée d'avancer. Bientôt, une voix familière l'interpela. En reconnaissant Jacob, dont elle avait déjà été la gardienne de ses fillettes, Éva accourut vers lui. Bien que ce ne fût pas très difficile avec cette ambiance, elle s'efforça de jouer la femme hystérique dès qu'elle les eut rejoints. Tout en s'exécutant, l'image de sa mère la prenant dans ses bras lui traversa l'esprit. Elle sut à ce moment qu'elle ne pouvait plus reculer qu'elle allait devoir accomplir sa mission si elle voulait que le sorcier la lui ramène.

La suite dans L'assaut du Mal, Tome 1, Sadman le sorcier.

Le mot de la fin

En espérant que ma portion bonus vous aura donné le goût de replonger dans le tome 1 (créant ainsi une boucle sans fin).

C'est donc ainsi que se conclut cette histoire... Ou presque! En effet, des amis m'ayant servis de critique pour ce dernier tome (dont Stéphane D'amours et Yves Gonneville) m'ont fait part de leur désir d'en savoir plus sur le futur de mes héros. Jugeant de ce fait que la boucle n'était pas encore totalement bouclée, je n'ai pas pu résister à l'envie de rédiger deux courtes nouvelles se déroulant quelques années après la naissance de Geranita. Elles sont déjà écrites et les réactions de mes proches sont vraiment positives. Ainsi, vous pourrez retrouver ces histoires en bonus dans mon prochain livre.

Sur ce, encore un énorme merci d'avoir suivi ainsi ma série jusqu'à la fin et je vous dis à la prochaine!

Made in the USA
Columbia, SC
16 July 2021

41886237R00439